海飞 作品

INSECTS AWAKEN

惊蛰 下

南方出版传媒
花城出版社
中国·广州

图书在版编目（CIP）数据

惊蛰：上下 / 海飞著. -- 广州：花城出版社，2019.11
ISBN 978-7-5360-9013-2

Ⅰ.①惊… Ⅱ.①海… Ⅲ.①长篇小说－中国－当代 Ⅳ.①I247.5

中国版本图书馆CIP数据核字(2019)第233706号

出 版 人：肖延兵
选题策划：程士庆
责任编辑：黎 萍　夏显夫　邹蔚昀
技术编辑：薛伟民　凌春梅
封面设计：WONDERLAND Book design
　　　　　仙境 QQ:344581934

书　　名	惊蛰
	JING ZHE
出版发行	花城出版社
	（广州市环市东路水荫路11号）
经　　销	全国新华书店
印　　刷	广东新华印刷有限公司
	（广东省佛山市南海区盐步河东中心路23号）
开　　本	787毫米×1092毫米　16开
印　　张	45.5　2插页
字　　数	900,000字
版　　次	2019年11月第1版　2019年11月第1次印刷
定　　价	128.00元（全二册）

如发现印装质量问题，请直接与印刷厂联系调换。
购书热线：020－37604658　37602954
花城出版社网站：http://www.fcph.com.cn

| 目 录 |

第一章	001
第二章	028
第三章	043
第四章	058
第五章	071
第六章	084
第七章	098
第八章	114
第九章	131
第十章	148
第十一章	165
第十二章	182
第十三章	199
第十四章	214
第十五章	229
第十六章	245
第十七章	262
第十八章	277
第十九章	294
第二十章	312
第二十一章	329
第二十二章	346
第二十三章	360
第二十四章	376
第二十五章	392

于无声处听惊雷
——电视剧《惊蛰》致全体主创 …………… 411

第一章

1

蒙蒙细雨中,陈山来到客轮甲板,为独自站在那里的张离撑起雨伞。

陈山什么也没有说。他在怀中摸索出了那个小布包,轻轻打开,看了看,扔进了江水里。那是他割下的朱士龙后背的皮。埋藏秘密最好的地方,就是江水,现在谁也找不到了。

张离说:"你的记性可真好,在那么短的时间内,能够那么准确地记得人皮图案上的所有细节。"

"如果性命攸关,就自然记住了。我每次怕死的时候本事都特别大。"

张离忍不住笑了:"我其实从来没想过,我会以一个日谍的身份离开重庆。"

陈山吸了吸鼻子,说:"是一对日谍。"

张离白了陈山一眼。陈山问她:"后悔吗?这铁轨被扳了道,就往东去了,往上海去了,再也回不了重庆了。"

"上海是我的故乡,我终于可以回家了。"

陈山笑嘻嘻地爬上栏杆,一手仍给张离打着伞,一手向江面挥动着大喊:"喂!老子离开重庆了!老子再也不去重庆了!老子要回上海!老子要吃生煎!"

张离看着陈山失态地在风雨中大叫。他的脸上带伤,手上挂彩,张离不禁有些动容,嘴角露出了笑容。在她看来,这样的陈山率真又可爱。此刻,他们都看不到飞在重庆上空的大批日军轰炸机,也看不到防空警报拉响后市民们四处奔逃的景象。

荒木惟悠然地坐在沙发上,抽着雪茄,听着留声机中播放的门德尔松的钢琴曲《春之歌》。千田英子向他汇报,海军航空部队13、14编队对重庆兵工厂的轰炸开始了。听到这个消息,荒木惟脸上有难掩的激动。他仿佛能真切地看到,密密麻麻的轰炸机正往重庆山林中丢下繁密的炸弹,能真切地感受到山林中腾起的浓烟和火焰。他说:"千田,这是我们一生都值得铭记的日子。"

"和科长一起并肩战斗的每一天,都值得铭记。"

荒木惟一脸激动地听着《春之歌》,丝毫不察千田英子话中隐含的情意。而千田英子也只是望着荒木惟微笑,便已心满意足。

报童挥舞着《抗战》报纸在重庆的街头奔跑叫喊："号外号外,汉奸情侣卖国求荣,窃取军统重要情报,号外号外,重庆军方兵工厂被炸,军方高层震怒,相关长官被问责……"

荒木惟拿着一份《抗战》,看着《雌雄日谍联手盗取兵工厂地图,重庆军方兵工厂被炸损失惨重》的特写标题,满意又激动地笑了。千田英子在一旁看着他,也露出了笑容。

余小晚坐在沙发上,冷漠地读完了《抗战》的报道。然后她对费正鹏决绝地说:"这不是真的。"

费正鹏诧异地看着她,不确定她是否知道些什么。"你信不信,这都是事实。可惜我没能抓住他们。"

余小晚爆发般地喊了出来:"这就不是真的!就算这个叫陈山的男人真的骗了我,离姐也不会骗我的!"

"小晚,别傻了,你上哪儿去找他们?"费正鹏耐心地劝导,"他们已经跟着日本人回了上海。知人知面不知心,你不能再对他们有任何幻想,他们现在就是卖国贼。"

"他们是不是卖国贼,你说了不算,我要他们亲口给我一句交代!"

"小晚,我知道你心里难过。干爹答应你,如果能在上海找到他们,我会通过局本部,下令让飓风队锄杀他们,为你报仇,为你出气。"

"不用你动手。他们要真敢骗我,要不让雷劈了,要不让我劈了!"

话音刚落,一声惊雷响起。窗外,雨铺天盖地落了下来。

费正鹏沉默地看着余小晚,拍了拍她的肩:"有的人走了,就再也找不回来了。你心里再不痛快,也得接受这个事实。"

"干爹,我余小晚不会认命的,我要去上海找他们!"

"不行!"费正鹏瞪大了眼,"上海是战区,是日本人的地界,我不会让你去冒险的。"

"上海就没中国老百姓了?吓唬我没见过世面呀?上海这种地方,你是不敢去,但我敢。我头上没有乌纱帽,走到哪儿都不怕。"

费正鹏有些怒气,提高了声音:"余小晚!"

余小晚毫无怯意地看着费正鹏,猛地站起了身,说:"我说错了吗?"

费正鹏忍着气,努力让声音平和:"就算你说得没错,可这么跟干爹说话,就不怕干爹伤心吗?"

"对不起,干爹,可这次我不能听你的。"

"你要冷静,小晚。跟两个骗子浑蛋无赖流氓要个说法,这事情有意义吗?我答应过你父母要照顾你,你不能让我食言。知道吗?"

"你放心,我也答应过我爸,我自己能照顾好自己。"

费正鹏无奈，让她早点休息，好好睡一觉，什么事都等醒了再说。他缓慢地起身，落寞地离去了，剩下余小晚呆呆地站着，直到听到关门声，她才无力地坐了下来。

2

陈山和张离乘坐的客船此时已经行驶在黄浦江上。张离独自站在船头，望着黄浦江畔熟悉又陌生的街景，心中感慨万千。她已经有五六年没回来了。一阵风吹来，她不禁瑟缩了一下。陈山走到她身后，为她披上了一件外衣。

张离回过头，看了陈山一眼。陈山对她笑了笑，然后对着船头大吼一声，吼的却是重庆船夫的调子。

张离看着陈山笑，陈山问她，就不想跟上海打个招呼？张离说想，但肯定不是用他这种方式。

陈山在上海长大，他从来都觉得这里没什么好的。钞票又不好挣，骗子还多，有钱人是不少，可个个狗眼看人低。但是在重庆的每一天，他都盼着，要是一眨眼就回到宝珠巷了，听他爹骂骂咧咧地叫他去帮他买生煎就好了。张离告诉他，故乡就是让你厌倦又无限惦记的地方。哪怕这里再也没有亲人，它也会有一种气味，让你觉得踏实。

"这么说来，你还得谢谢我把你拐回来。"

"要请你吃生煎吗？"张离微笑着说。

"生煎怎么够？最起码也得是老正兴的草头圈子、红烧荷包翅、虾子大乌参那一级的吧。"

"你这是把自己当成杜月笙了。"

陈山用上海话说："侬也晓得杜月笙是老正兴的常客啊，他还同我打过招呼呢。"

"他是跟你打招呼说，小赤佬滚一边去是吗？"

"侬哪能晓得？"

两人不禁相视笑出声来。

一声船鸣，客船驶进一处码头。

随人流准备下船时，陈山看到码头上有一队身穿军装的日兵和两辆汽车。在舷梯下的人群中，他一眼看到了荒木惟和千田英子。荒木惟戴着一副墨镜，脖子下面露出洁白的衬衣领子，面无表情。

陈山夸张地支开手肘，示意张离挽着自己："这里可没有不许同志恋爱的规矩。"

"荒木惟应该不会喜欢看到你太得意的样子。"说完，张离不再理会陈山，径直走下船去。陈山悻悻跟上。

两人走到荒木惟面前，敬了个礼。陈山看得到荒木惟脸上的笑容，但感受不到他镜片后的目光，心底不由得升起了一股寒意。

荒木惟反背着手，说："恭喜二位功成归来。"

陈山说："你能亲自来接我，我简直有点受宠若惊。"

荒木惟说："你比过去会说话了。所以人是需要磨炼的，磨炼才会成熟。"

"是吗？但我听说男人只有经过女人的调教才会真正成熟。看来我要谢谢的，应该是我的女人。"陈山望向张离。张离淡然一笑。

"一会儿在尚公馆为你准备的接风宴上，你要继续好好说话。"

荒木惟转身就走。千田英子让陈山和张离上车，特高课麻田课长他们已经在华懋饭店等他们了。

陈山低声对张离说："听到了吗？接风宴。我就知道咱们这回的排场非大不可了。"

"我只想把荒木惟刚才那句话再送你一次。"

两辆汽车分别载着四人在华懋饭店门口停下。横山已经在门口等候，麻田课长也已经等候多时了。荒木惟朝横山点了点头，向里走去。

横山看了陈山一眼，陈山也认出了他，说："这位兄台，又见面了，还记得我吗？"

横山冷哼了一声："当然。"

陈山笑着拍了拍横山的肩膀，说："不打不相识嘛，缘分，以后大家都是自己人了。"

陈山说罢入内，张离跟上。但是横山让他们等等。

两人站住后，横山走到陈山身旁，一字一句地说："你最好给我记住。中国人，永远没有资格走到日本人前面。"

陈山想开口，被张离扯了一把衣袖。陈山顿了下，笑了。横山趾高气扬地向前走去。

张离低声说："这就对了，没必要跟他们在面子上争长短。"

陈山看着横山的背影，低声道："放心吧，老子皮厚，能屈能伸。不过，早晚我会好好教训他一顿。"

此时，麻田带着两名日本军官从饭店内迎了出来。他向荒木惟敬了个礼，荒木惟立刻回以敬礼。

麻田用日语说："荒木科长，恭喜你啊。这次能利用这个中国人，立下重创重庆兵工厂的大功，你的运气可真不错。"

荒木惟回复说："如果运气就能为国建功，我希望这样的运气再更多一些。"

陈山和张离在荒木惟身后站住观望，不知道他们说些什么。然后麻田把脸转向了陈山，用中文问："这位，就是拿到兵工厂分布图的功臣陈山吧？"

陈山赶紧上前一步，并向麻田敬礼："麻田课长，我是陈山。"

荒木惟说："要不是当时麻田课长请我到米高梅喝酒，我或许就错过这个人才了。"

"是啊。"横山在一旁接话,"所以这次任务能完成,最大的功臣,是麻田课长。"

麻田看着横山揶揄地笑了:"你是不是还想说,要不是你闯祸,我们也就不会认识陈山君了吧?"

横山不好意思地挠头:"麻田课长,您这是取笑我了。"

进门前,麻田瞥了张离一眼,张离礼貌地微笑点头。麻田不动声色,转身向内走去,边走边问荒木惟围剿上海飓风队的行动:"听说惊蛰之日你们尚公馆的围剿行动莫名其妙落了空?"

"麻田课长的消息很灵通啊。"

"保护池田将军的大事,我当然是知道的。我还听说你们一直盯着那个代号'雄狮'的军统卧底,诱捕计划可谓是万无一失,可怎么还是让这个'雄狮'跑了呢?"

"保护池田将军的安全,就是我们最重要的任务。军统飓风队虽然失约,但我相信,早晚我们还是会再交手的。"

麻田皱起了眉:"真要交起手来,我倒不担心荒木科长拿不下飓风队。我担心的是,你这么周密的计划,怎么就出了纰漏?荒木科长这是前线告捷,后院起火啊。"

荒木惟沉默不语,若有所思。千田英子跟在荒木惟身后,有些愤愤不平。

落座后,麻田举杯,说:"来,为我们的功臣荒木惟科长,和陈山先生的功成归来,干一杯。"

众人干杯,只有张离浅尝辄止。麻田看了张离一眼,让荒木惟为他介绍一下这位眼生的客人。荒木惟说,这位是陈山在重庆军统时期策反过来的张离小姐。

张离说:"麻田课长,初次见面,请多关照。"

陈山在一旁补充说,这次他能在重庆完成任务,多亏张离相助。

"是吗?那我一定要敬张小姐一杯。"麻田为自己倒满酒之后端起酒杯,张离只得也端起酒杯。

"我好像觉得,这杯酒是刚刚张小姐没有喝完的那半杯吧?"麻田冷冷地看着张离的酒杯说。

横山在一旁冷冷地说中国人还真是不懂规矩。当长官提议大家干杯的时候,不喝完杯中酒,就等于违抗长官的命令。

"对不起,麻田课长,张离她不胜酒力,也确实不太懂酒桌上的规矩,我代她向您谢罪,我先干为敬。"

陈山说罢立刻端起张离的酒杯一饮而尽,随即又为张离的杯子倒满了酒。

但麻田的脸色没有丝毫缓和的意思:"我现在是敬张离,不是敬你,陈山。"

"又一个不懂规矩的。"横山又插一句。

"横山先生,麻田课长,我们中国人对男人的要求呢,讲究两个字,担当。我作为一个男人，替自己的女人代酒，这是我的职责。"陈山看向横山，接着说，"当然，横山先生或许不太懂得怜香惜玉。"

荒木惟知道陈山暗讽横山当日非礼黄莺，嘴角不由得露出一抹淡淡的笑容。横山脸色立马变得很难看。

张离举起自己的酒杯，说："麻田先生，首先我确实不太懂这里的规矩，失敬之错，请您海涵。陈山代我喝酒，虽有莽撞之错，但他的本意是向您谢罪，恰恰是为了表达对您的尊重，弥补我的过失。我之所以愿意助陈山一臂之力，甚至跟他一起来上海，就是因为他曾经告诉我，日本是一个比中国更讲信义更高贵的民族……"

见麻田的脸色稍有好转，张离接着说："只要我们足够忠心，会在这里得到最大的尊重，和更大的用武之地。这是军统根本不可能给我们的。"

麻田不动声色地看着张离。陈山心中捏一把汗。饭桌上的气氛一时凝结。

麻田忽然笑了："说得好。如果有更多的中国人有你这样的见识，则大东亚共荣，指日可待也。"

"为共建大东亚共荣事业，我敬您！"张离说罢将杯中酒一饮而尽。麻田也笑着喝下了酒。

陈山松了一口气。荒木惟则始终不动声色地观察着这一幕。

3

陈山、张离随荒木惟和千田英子下了车。张离看着尚公馆掩映在绿树丛中的红砖小楼，一时有些感慨。

荒木惟径直走进了办公楼。千田英子走到陈山和张离面前说："张离君，请你跟山口去会客室稍事休息。陈山君，科长让你去他的办公室。"

千田英子带陈山走进荒木惟的办公室时，荒木惟正用白毛巾擦拭着钢琴盖上的尘埃。

"科长，陈山来了。"见荒木惟不说话，千田英子继续说，"科长，您不在的日子，我已吩咐他们每天打扫你的办公室。"

"知道了。你出去吧。"荒木惟擦着琴说。

千田英子应声退出，并带上了房门。荒木惟让陈山坐，陈山便大大咧咧地走到沙发边坐下了。荒木惟歪过头，把目光放平到与琴盖平行的位置，仔细观察琴盖上的尘埃，并细细擦拭着。

"回到这里，有什么感想？"

"老是指着我脑袋的那把枪总算是不见了。"陈山往后靠了靠，说，"原来这沙发这么舒服。"

"还记得你去重庆前的那个任务吗？"

陈山眼神一亮，身穿白色大衣的"雄狮"在他面前一闪而过："记得。去见那个雄狮嘛。怎么?"

荒木惟离开钢琴,走到陈山面前的沙发上坐下:"她不见了,就在我们的严密监视之下,就在惊蛰前一天,她像空气一样消失了。"

陈山皱眉听着,思索着。荒木惟逼视着他,问:"你觉得她是怎么跑掉的?"

"那你先告诉我,惊蛰那天,飓风队有没有行刺池田将军?"

"你说呢?"

"没有。"陈山说,"否则这会是你所立的另一件大功,会得到更大的奖赏才对。但麻田课长今天在饭桌上压根儿没提这件事。"

"猜对了。那么你再猜猜,'雄狮'是如何消失的?究竟是哪个环节出了问题?"

陈山思索着说,有两个可能。

"第一,你们的监视惊动了她,她通知飓风队并获得了他们的营救。第二,飓风队发现你们监视了她,认为她出卖了他们,所以她被飓风队除掉了。"

"我怎么觉得,还有第三种可能?"

"什么?"

荒木惟望向陈山的目光仿佛利箭:"你向她告了密。"

陈山暗自心惊,愣了一下,随即大笑起来:"在我脑袋上还顶着枪的时候,我要敢为一个素不相识的女人冒这种险,我的脑袋一定是被驴踢了。我知道您很器重我,但也不用高估了我的能力。"

荒木惟沉吟不语。

陈山继续说:"况且,要真是我告的密,她应该一早就跑了,根本不用等到惊蛰前一天才走。"

荒木惟沉默了一会儿,说:"你可以走了。山口会安排你和张离的住处。"

陈山问起陈夏,荒木惟说,稍晚几天,会安排他们通一次电话。陈山问她到底在哪里,为什么不能见她。荒木惟淡淡地说,一个月通一次电话的话,现在距离他们见面,还有五次电话的距离。

"为什么?你答应过我只要我完成任务就放了她的。"

"她的归期不会改变,但你们的通话机会现在只剩四次。"

"你要对她做什么?"

"三次。"

"算你狠,老大。"陈山无奈,忍着火说。

"永远不要再跟老板谈条件。否则你能得到的只会越来越少。"

陈山起身离去。带上房门后,他脸上的怒气消失了,取而代之的是一抹得意的微笑。

荒木惟猜得没错,确实是他向"雄狮"告了密。当日他假冒肖正国与"雄狮"在凯司令咖啡馆碰面,离开的时候,他抱住了"雄狮"。这是荒木惟用望远镜看到的画面。但是他没有看见,陈山在"雄狮"耳边说了什么,以及他的手短暂地伸进

"雄狮"的大衣口袋。

"池田抵沪前一天,你去七福弄63号信箱取一封信,绝不能早也绝不能晚,更不能被任何人知道。"

陈山将信箱钥匙塞进了"雄狮"的大衣口袋:"钥匙在你口袋,什么也别问,敌人就在附近。"说罢,他放开"雄狮",转身离去。

信箱里的信是刘芬芳在惊蛰的前一天,放进七福弄63号信箱的。离开上海之前,陈山与刘芬芳在街头相遇。千田英子朝着刘芬芳的裤裆连开数枪,吓得他尿湿了裤子。陈山在他身边蹲下,说了几句。觉察到千田英子走远时,陈山忽然压低了声音让刘芬芳别说话,只管听:"钞票我加倍还你。但你要替我办一件事。"

说着,他将一包东西迅速塞进刘芬芳怀中:"听牢,一个字也不能记错。要是办不好,我下次保证让那个日本女人一枪打中你的命根子。"

刘芬芳哆嗦了一下。陈山继续说,明年惊蛰前一天,务必把里面的这封信放到七福弄63号信箱里。人命关天,命根子也天关。刘芬芳坐在原地,看陈山和千田英子走远。然后转过身,从怀里取出了那包东西。

里面有钞票、一封信和一把信箱钥匙。路人好奇地打量他屁股底下那摊水,他忙把枪捡起来插回了腰间,一骨碌爬起来,叫嚷:"不许看,特工执行任务!"

惊蛰前一天,"雄狮"七拐八弯地走进了弄堂。她躲进一间民房,甩开跟踪她的日本特务后,拐进了七福弄。

她找到了63号信箱,打开锁,果然看到里面有一封信。

那封信只有十个字:"已暴露,行动取消,速撤离。"

4

陈山走到会客室门口,看到了正从会客室出来的张离。看见他脸上的笑容,张离问:"看起来有高兴的事?"

"马上就能跟你一起回家了,还有比这更高兴的事吗?"

张离看到了不远处的千田英子,立刻配合地挽住了陈山的手臂,说:"走吧,回家。"

看着两人离去后,千田英子转身走向了荒木惟办公室。

荒木惟仍在擦拭钢琴。千田英子问他是否真的相信陈山跟"雄狮"的失踪毫无关系,荒木惟沉吟了一会儿说,他有这个能力,但没有理由为一个陌生人冒险。而他自己不向麻田课长反驳"雄狮"失踪的事与他们无关,也只是因为,跟蠢材的争辩毫无意义。

"但麻田毫无根据地揣测是我们这里出的娄子,我替您感到委屈。"

荒木惟打量着已经被擦得锃亮的钢琴,说:"我们要做的事太多了。有些事,只好假手于人。可凡事只有亲力亲为，才最合心意。"

"所以如果交代他人去做，便要忍受不合心意之苦。"

"但我们也因此可以完成更多的使命。"顿了会儿，荒木惟继续说，"我们要用人，但不可尽信他人。陈山和张离的一举一动，你要及时向我汇报。"

然后荒木惟想起了陈夏。今天是她去日本的时间。他看了眼表，此刻，估计她和竹也医生应该已经在军用机场了。

山口驾车把陈山和张离送到了国富门路69号。两人下车抬头看了看，那是一幢二层的沿街小楼。

陈山提着行李打开门，与张离一块儿入内。看着屋里典雅的装饰，考究的家具，陈山有些兴奋。他摸了摸靠窗的一张摇椅，上等黄花梨的材质意味着，它的价钱够买他家两间老房。

张离谨慎地检查着屋子的各个角落是否有窃听器，柜子、柜子底、沙发后面无一放过。她指着桌上的吊灯，对陈山努了努嘴。陈山便从太师椅上起来，以一个潇洒的姿势纵跃上餐桌，查看灯罩上方，然后向张离摇了摇头。

张离径直上楼进了卧室，继续细心查找。她注意到，窗台和窗户上有一个子弹留下的小洞。确认卧室也没有窃听器以后，她才在床上坐下。

"你觉得日本人信不过我们？"

"小心驶得万年船。"

"这万年船好，我想跟你坐一辈子。"陈山嘿嘿一笑，"以后再加上我爹和小夏，咱们一家人住在这儿，你说这该有多好。"

"你不会真以为你可以在这里住一辈子吧？"

"那就不住这儿，只要跟你们在一块，住哪儿都成。"

张离打量着这间卧室，她总觉得这里是个有故事的地方。在他们到来之前，这里住着什么人？发生过什么事？那子弹又是射向谁的？恍惚中，她仿佛看到有透明的影子从眼前走过。

"陈山，"张离嘱咐他，"今天我第一次看到尚公馆那幢楼的时候，我在想，我终于进入了离敌人心脏最近的地方。陈山，你可不能忘了咱们是来干什么的。"

陈山正色道："我从来没忘过，我是个中国人。你知道今天我从荒木惟办公室出来的时候，为什么那么高兴吗？"

"为什么？"

"因为在去重庆之前，我做了一点儿小动作，那个小动作救下了一个只有一面之缘的军统特工，还避免了整个飓风队落入荒木惟的圈套。张离，我陈山是没正经，但我从来不忘本。"

张离欣慰地看着陈山，她相信他。但回到上海之后，他们的每一步都只会比在重庆时更危险。

"别忘了你答应过老费什么。"

"不会忘,"陈山认真地看着张离的眼睛,"也不敢忘。"

那夜,李龙、齐云等军统特务走远后,费正鹏问陈山,来重庆究竟是为了什么。陈山说,为了抗日。然后费正鹏就笑了,他无法相信有这么一个人,接受日本人的安排,跑来军统卧底,还告诉他是为了抗日。陈山仰头喝了一口酒,说军统为国抗日,他这个小老百姓为家抗日。为家为国,都是抗日。

"你处心积虑盗取兵工厂的分布图,就是为了抗日?真是天大的笑话。"

"如果不是我让张离告诉你,你怎么会来这里见我呢?"

费正鹏感到有些不妙,果然陈山告诉他,最好不要动。接着,费正鹏看到陈山拉开衣襟,露出了里面的炸弹。陈山咧着嘴冲他笑,说:"这是你教我的,诱杀。"

"杀我对你有什么好处?"

陈山想了想,说:"没好处。杀了你,谁给我送酒喝呢?"

"那你到底想干什么?"

陈山便向费正鹏道出了全部。他的家人在日本手上,所以他必须得交给日本人一张假分布图,才能保他自己和家人的性命。但这需要他费正鹏的配合,就像营救美国飞行员那次一样,一定要让日本人相信,他们得逞了。作为回报,他会在返回上海之后继续为军统工作,成为一颗扎入敌人心脏的钉子。而如果他费正鹏回去之后向戴局长汇报,是他在确认假肖正国的日谍身份后,成功策反并精心策划其越狱和出逃,戴局长肯定会对他大大奖赏,同时,关永山也应该会被他压得抬不起头。

"只要你相信我,配合我,你就是这个反潜伏计划的最大受益者。当然你也可以不相信我,选择,死。"

费正鹏与陈山冷冷对视,过了一会儿才说:"看起来,我好像没得选。"

"识时务者为俊杰。老费,这方面,我一直坚信你会做出最正确的选择。"

费正鹏说:"你还没告诉我,你究竟叫什么名字。"

"陈山。我还有个大哥,叫陈河。我爹给我们兄弟起这两个名字,是让我守住山河的。像我这种二十四孝大孝子,又怎么可能卖国?"

费正鹏看了远处的李龙等人一眼。陈山递上一张纸,这张图上的所有红色标记,就是他打算告诉日本人的兵工厂地址。

"你应该知道该怎么办。"

费正鹏接过看了一眼,把图放入口袋:"既然如此,就得把戏演足全套。挟持我,我送你们走。"

"不过我不想为老费工作。我只想为你工作。"陈山狡黠地对张离说,"从此唯命是从,一辈子听你吩咐。"

张离没好气地看着陈山。陈山故作正经地补一句:"我说的是工作。"

"行。那你听好。"

"是！"陈山立正喊到。

"第一，情侣戏是演给日本人看的，在家我们就是同志关系，你既然愿意服从我的领导，就得把一切情况向我汇报，接受我的领导！"

陈山撇了下脸，问："同志关系，是暂时的吧？"

张离不理会他，继续说："第二，以后晚上我睡床，你睡地铺，井水不犯河水。"

"那河水也不能犯井水，你也不许爬我地铺上来。"

张离哭笑不得："第三，说正事的时候不许开玩笑。"

陈山说："那我能问句正事吗？"

"你说。"

陈山盯着张离问："那台在心心咖啡馆找到的电台，是姓共的吗？你究竟是姓国还是姓共？"

"不论我姓什么，你可都愿意追随我？"

"愿意。"

"那答案还重要吗？"

"不重要，跟着你才最重要。"

说完，陈山与张离相视而笑。

一架军用飞机停在停机坪上。

陈夏随竹也医生走来，有些恋恋不舍地回望了一眼眼前模糊的故乡。就在两人走向飞机的时候，陈夏听到身后有一辆汽车驶来。仿佛心灵感应般，她停下脚步回过身去。望着那辆汽车渐渐驶近，她的脸上露出期待的神色。

汽车停下，荒木惟从车上下来，走向了陈夏。千田英子跟着下车，站在车边。

陈夏辨认出荒木惟的身影，像个孩子般地向荒木惟飞奔而去。荒木惟站住了，淡淡地望着陈夏。在离荒木惟两三米远的距离，陈夏停下了，一脸兴奋，又有些不知所措。

"荒木君，能见到你真好。"

荒木惟微笑着说："和我一起回来的还有陈山。"

"谢谢你，荒木君！"陈夏更高兴了，"我就知道荒木君不会食言的。"

荒木惟说："希望你也是。"

"我会的。我会听医生的话，好好治好眼睛，成为一个对你更有用的人。"

"有目标就是好事。"

"谢谢你，荒木君，我会成为更好的陈夏的。请等我回来。"

陈夏说罢对着荒木惟鞠了一躬。她脖子上的灰色丝巾此时被大风吹起，她伸手没能按住，丝巾飘飞向荒木惟的方向。

荒木惟接住了丝巾，陈夏有些窘迫地看着他模糊的身影。荒木惟走向她，她不禁低下了头。

"等你回来。"

陈夏虽然看不清荒木惟,但眼神中满含着情意。她接过丝巾,用力点了点头。

远处,站在车边的千田英子看着这一幕,面无表情。

5

荒木惟坐在尚公馆办公桌后,对面前的陈山宣布他新的身份。今天起,他从肖科长改为陈组长,尚公馆特务科第一行动组组长。

陈山立正敬礼,看了墙上的天皇像一眼,利落应答:"是!陈山愿誓死为天皇陛下效忠。"

至于张离,荒木惟暂时并没有合适的职务可以给她。这倒更符合陈山的期望。

"我只想让张离做我的女人,做普通人,我不想她再为我冒险。这是我作为一个男人的请求,请荒木科长成全。"

荒木惟沉吟了一会儿,答应了:"只是可惜了她的智谋和勇气,本来她也算是个不错的特务。"

中午,陈山提着公文包回到住处的时候,桌上已经摆好了两个小菜。他看着张离出入厨房的样子,一时有些发愣。她系着围裙端着碗筷,头发松松地挽起,有种别样的温婉。

"准备开饭,还愣着干什么?"

"家里来客人了?"陈山回过神来,眼睛指了下茶几上的几包点心问。

乔瑜来过。他就住在附近,比他们早半个月到上海。乔瑜在特务科第二行动组混了个副组长,论级别,比陈山低半级。

"看到了吧?在哪儿都一样,官大一级压死人,人就得巴结着我。"

张离笑了笑:"给点颜色就开染坊。荒木惟对我有什么安排吗?"

"没安排。"陈山平静地说,"日本人不是那么容易相信中国人的。我和乔瑜好歹是他们派过去的人。你是为了我才过来的,又是个女人,行动组不合适,要是去什么文职部门,估计又担心你知道太多机密。"

张离有些失落,陈山偷瞄她一眼,确定她没有怀疑自己撒谎,安慰了几句。张离递上筷子,两人就一起在桌边坐下开始吃饭了。

吃完饭,两人一起去看陈金旺。陈山骑着一辆自行车,张离坐在后车座上,手上提着乔瑜送来的纸包点心。陈山按着车铃,把车骑得飞快,不时绕过行人,险象环生。为了坐稳,张离只得扶住他的腰,让他慢点。她的手一往上搭,陈山心中就一阵暗喜,一本正经地说:"刹车不好,慢不下来。当心啊。"刚说完,一个男孩就忽然从一个弄堂口蹿出来。为躲避男孩,陈山猛拉一下刹车。张离身子随着惯性往前一扑,整个人贴在了他后背上,手也抱住了他的腰。

"哎呀，这刹车怎么忽然又灵了呀！"

"我不坐了。"

张离想跳下车，陈山却喊她坐稳了，并再次加速。张离只得再次扶紧了他的腰。同时，她听到陈山压低了的声音："有山口盯着，戏得演好了，这可是工作。"

"长本事了，成天拿工作当借口。"

陈山嘿嘿笑："上了贼车，想下车可就难了。"

自行车疾行在一条满是梧桐树的街道上。阳光透过树影洒在两人身上。春风吹拂起张离的头发，她的头发已经披肩，两人脸上流露着自然的笑容。

陈山到家时，陈金旺正抱着收音机坐在家门口的椅子上。他呆呆地看了眼在自己面前蹲下的陈山，又望了望站在一旁冲他微笑的张离，一脸陌生的表情。

陈山问他认不认得自己，他就继续打量起陈山。几秒钟后，他笑了起来："你白相我是哦？不就是早上跟你买了十个生煎还没付钞票吗？你还追到我家里来了？李阿大？"

陈山的笑容渐渐消失，有些尴尬地看了张离一眼，转过头说："陈金旺，你这个老糊涂！你看清楚了，我是陈山，你儿子！"

话音刚落，陈金旺一巴掌就拍在了陈山头顶。陈山赶紧躲避。张离也措手不及地退开两步。

"你讲谁老糊涂?！我同你说，我儿子叫陈河，我女儿叫陈夏。我一点也不糊涂。"

"那你有几个儿子？"陈山继续问。

"两个！"

"大儿子叫陈河，小儿子呢？"

"小儿子……"陈金旺的脸上铺起茫然，然后忽然吼了起来，"我儿子叫陈河！就叫陈河！他在北平读书，跟清朝的秀才一样，是要当官的！你晓得哦？"

"老东西。"陈山悻悻地独自走开。张离有些同情地看了陈山的背影一眼，将点心递给陈金旺。

"陈叔，这是你儿子陈山买给你的。"

"我儿子给我的呀？"陈金旺两眼放光，"我儿子顶孝顺了，侬不晓得，伊十岁就会烧菜给我吃了……"

陈山远远听见，露出了笑容。老东西倒还记得这一出。张离还在问着，他烧什么给你吃了。陈金旺想也不想地说，红烧大肠。

回去的路上，张离坐在自行车后座上，对陈山说："他只是病了，并不是真的把你忘了。"

可是陈山清楚，就算陈金旺记得，也不待见他。陈河有能耐，小夏乖巧，他有什么呀？每次陈金旺不高兴，挨揍的都是他。张离笑笑说，谁家的老二不是这么过来的。

"敢情你也是家中老二?"

张离没回应,她意识到陈山正在向不认识的弄堂骑去,反问他去哪儿,山口一会儿该跟不上了。

"跟得上,"陈山加速蹬车,"那地方他熟。"

陈山来到宋大皮鞋的修鞋摊前时,宋大皮鞋正低头哼着《四季歌》,给一双女式皮鞋钉鞋掌。宋大皮鞋看到了停下的自行车轮,以及从脚踏板上下来的一只穿着皮鞋的脚,不抬头地问修鞋还是擦鞋。没听到应声,宋大皮鞋就抬起了头,只见陈山笑盈盈地坐在自行车上冲着他笑。

"山哥!? 侬回来啦?!"

张离站在陈山身后,对宋大皮鞋嫣然一笑。

陈山、宋大皮鞋和菜刀喝了一场大酒。他们勾肩搭背、东摇西晃地走在弄堂里,陈山在中间,菜刀和宋大皮鞋走在两旁,手里都攥着酒瓶。张离推着自行车,不远不近地跟着,听他们乱侃。

说着说着,菜刀回过头看了张离一眼。见张离也在看他,菜刀讨好般地笑了笑,赶紧扭过头来。哎呀,真好看,她要是去米高梅,那个唐曼晴的头牌位置都不一定坐得牢了。

宋大皮鞋打了个酒嗝,问起小夏,陈山说她还得过阵子才回。菜刀说,她一个人看也看不见,让她到哪里去了。陈山说,治眼睛。菜刀和宋大皮鞋便兴奋起来,纷纷说如果小夏能看见了,说不定能看上自己。两人为此争起来,陈山搂紧两人的肩膀,脸贴着脸说:"以后跟着山哥混,你们还怕没钱没女人?山哥有的,你们全都有!"

后一句,陈山是吼出来的。他觉得从未有过此刻般的志得意满。

"朝天一炷香,就是同爹娘。有肉有饭有老酒,敢滚刀板敢上墙。"

夜色中,三人扭扭歪歪,勾肩搭背,不时大笑,不时高呼。张离看着陈山,忽然觉得这样的他才是真实的自己,嘴角不禁露出了一抹微笑。

远处,山口正猫一样无声地跟随着。

荒木惟决定给陈山和张离办西式婚礼。他的说辞是,虽然他没有职位可以给张离,但婚礼就是给她的奖励。但张离很清楚这是日本人的怀柔政策。荒木惟想造势让更多的人知道,只要依顺于他们,就能得到荣华富贵,也会受到尊重和重用。

"我才不管什么怀柔不怀柔。我就想问你……"陈山忽然单膝下跪,从口袋掏出一个戒指盒打开,"这个世界上最美丽的张离小姐,你愿意嫁给我吗?"

张离望着那枚闪亮的黄金戒指愣了一下,恢复了平静:"咱们立的第一条规矩是什么，你不会这么快就忘了吧？这又不是人前，演什么戏？起来。"

"那就演习下呗。"

张离不理陈山，从茶几上拿起《申报》翻开，给陈山看上面的一则寻人启事。《申报》是今天的，军统发出了隐秘的接头信号。组织要求陈山三天之内到绣春楼茶馆以取重庆特产的名义找茶馆老板老魏。老魏会带他去见飓风队的人。说完这些，张离又加了一句，"你要把结婚的事向组织汇报。"

陈山一挺胸："是！"

陈山接过报纸，思索着说："要去接头，可不能再成天带着山口玩了。"

"那就我来带他玩。"

两人会心一笑。

6

陈山把自行车停在老正兴饭馆门口后，张离挽着他走进了饭馆。在张离的余光中，自行车上的山口正在树后偷望。

两人要了个二楼的包厢，饭馆的招牌菜草头圈子、红烧荷包翅、虾子大乌参都点了。小二出去后，两人迅速走到窗边，打开了窗户。隔着一条巷子，对面是一排平房。从这里下去到巷口，就是绣春楼茶馆。

陈山正欲爬窗，又停下，匆匆走回桌边抄起了筷子。这么好的菜不趁热吃几口，多可惜。

张离有些哭笑不得："我数三下，你再不走，我可不帮你了。三、二、一……"

陈山把嘴塞得满满的，边吃边走向窗边："不要这么严肃。"

"半个小时内必须回来，不能让山口起疑。"

"草头圈子可别吃完啊，给我留点儿。"陈山边爬窗户边嘱咐。

老魏把陈山带进茶馆包厢时，飓风队队长陶大春正反背着双手站在窗前。他穿着褂衫，看着外面。听到老魏招呼，陶大春转过了身，盯着陈山问："你就是陈山？"

"久仰了，陶队长。"

陶大春咧嘴笑了："欢迎你来上海。"

陶大春向陈山交代，自己以后是他的直接联络人。他和张离会共用一个代号，"闪电"。自戴局长以下，只有费正鹏处长和他知道他们的真实身份。

张离换好睡衣，准备上床。陈山打着地铺问张离知不知道"熟地黄"。张离听说过，早些时候，"熟地黄"在上海潜伏。

"陶大春告诉我，'熟地黄'就住在这幢楼里。"

张离恍然："怪不得。"

"你是说窗台上那些枪眼?"

张离点了点头。她深深地知道,潜伏的日子只是表面风光,但没有一天不是活在腥风血雨里。"熟地黄"是什么人她虽然不知道,但能在汪伪内部潜伏的,都是军统最优秀的特务。

"那你知不知道,'熟地黄'和我们的'闪电'一样,其实也是两个人,男的叫唐山海,女的叫徐碧城,他们是一对假夫妻。"说到这里,陈山脸上忽然浮起了坏笑,"你说这是不是挺巧的?"

张离并不接话茬儿,问:"那陶大春有没有告诉你,'熟地黄'现在在哪里?"

陈山沉默了一会儿,说:"说了,唐山海牺牲了,徐碧城下落不明。"

气氛一时变得凝重。沉默了一会儿,陈山说:"你放心,我跟那个唐山海不一样,我是什么人?土生土长的上海线人,地头蛇。在重庆我不敢说。在上海,就没有我混不开的地盘。"

"你要那么能耐,荒木惟在上海是怎么把陈夏抓走的?"

陈山脸上的笑容僵了:"那个,领导啊,咱们能看破不说破吗?牛皮吹破是很丢脸的。"

"你想丢脸还是丢命?不管在哪儿,不论什么时候,都不能掉以轻心。给我记住了。"

"是!"陈山脸上的正经仅维持了一秒,"那……如果组织同意我们结了婚,那个第二条规矩,是不是就可以撤了?"

"不行,和'熟地黄'一样,我们的关系也只能是假夫妻,只是工作关系。"

张离关了灯,在床上躺下。黑暗中,陈山仍坐在地铺上。他说:"我知道你这个人重情,你是怕对不起余小晚,是不是?"

张离没说话,眼前浮现起自己亲手为余小晚戴上珍珠项链的亲密情景。

"可我不是肖正国,我也没有对不起她,你跟我之间出生入死的感情,更没有对不起任何人。就算余小晚找上门来,我也会亲口告诉她,我陈山这辈子就要张离你一个。"

"我不许你这么做!"张离忽然开了口。

"为什么?!"

张离坐了起来,说:"陈山你听着,我可以和你同生共死,但日本人一天没有打跑,我们的命都不是自己的,今天的话请你忘记,也不要再提。"

黑暗中,张离可以看到陈山的眸子正在闪闪发光。她听到陈山说:"那我就等,直等到胜利的那一天。"

张离不禁动容,扭过头背对陈山侧躺着,不再理会他,但内心的澎湃撞击不止。

张离来到了猛将堂教堂附近。确定前后无人注意后,她将一封信投入了教堂门口的信箱。

这是还在重庆时老汪对她的吩咐。一到上海，务必尽快去猛将堂教堂门口的信箱投出她的接头信。信封上写"鸿基商行马胜年先生收"。那一带的邮递员是他们的同志，他会把信交给上海的党组织。党组织会尽快在申报上用《寻人启事》与她联络。

张离寄给"鸿基商行马胜年先生"的信只有一句话：日方拟为我和陈山举办婚礼，请组织指示。

周海潮提着箱子从货船上下来，登上了南京长江码头。他非常憔悴，嘴唇发青，脚步虚浮。

他去了舅舅家，打算在这里躲一阵子。但是坐下没多时，就看到了桌上的《抗战》。报纸上印着很大的标题"重庆兵工厂被毁损失惨重，汉奸情侣叛逃上海罪该当诛"。迅速看完报道后，他决定立刻前往上海。

来到上海后，周海潮住进了四海旅社。随那名叫凤仙的中年女服务员走向客房时，一个男人搂着个浓妆艳抹的妓女正好从一间房间里笑闹着出来。周海潮不禁看了他们一眼。凤仙注意到了他的眼神，打开房间门后，她打量着他说："第一趟来上海吧？"

"来过几次。"

"有啥需要的你都可以同我讲。我凤仙这个人呀，没有别的本事，但就是热心。"说着，她瞟了一眼那名妓女，向周海潮暗示。

周海潮说："我想找个人。"

7

周海潮提着箱子，在几个抽烟打扑克的男子旁停下了脚步。他对着其中一人问："你就是黑皮哥？"

"你就是凤仙说的那个周老板？"

周海潮点点头，从口袋里掏出了陈山的照片："我要找个人，他是个汉奸，应该在日本人手底下干活。"

"事儿好办。定金呢？"

周海潮又递上一小卷钞票。见黑皮不动声色，他又递上一卷。黑皮笑了，接过钞票："三天后给你消息。"

飓风队队员沈莫和江奇在据点的走廊上边走边聊，聊起了周海潮。

江奇说："你从前在重庆不是有个好哥们儿叫周海潮吗，去年冬天还来看过你。他被查出来残杀同僚，就是去年冬天他来上海执行任务那次，把自己的同志给杀了。"

沈莫难以置信，问："你怎么知道的？"

"都党内通缉了，他自己也从重庆跑了。陶队长昨天收到的消息。一会儿会上，肯定会跟大家通报这事。"

沈莫仍然无法相信，他那一届青浦特训班的班长周海潮，会杀自己人。

在绣春楼茶馆的包厢里，陶大春向陈山传达了戴老板刚下达的指令：飓风队会在他和张离的婚礼上对他们进行假刺杀，给荒木惟演一出苦肉计。

陈山明白，他和张离趾高气扬地离开重庆，飓风队要不对他们下点狠手，不符合常理。这个苦肉计的目的就是要让日本人相信，他和张离是飓风队的锄杀目标。只有他们先站稳脚跟，后续的情报工作才能开展。

"我只有一个要求。"陈山说，"狙击手一定要靠谱，只许打我，不能手抖打到张离。"

"放心吧，"陶大春胸有成竹，"我会派枪法最好的狙击手去执行这个任务。"

陈山回来前，张离在翻看当天的《申报》。《寻人启事》要着重看，她从中挑出了四个字：同意婚礼。那是党组织给她下达的指令。

陈山一回来，就告诉张离，荒木惟今天给他们定了婚期。三月初一。张离神色淡然地说了个好。

"你在上海还有亲戚朋友吗？喜帖也得尽快发出去。"

"没有亲戚朋友了。"张离依然神色淡然地回答，"一切从简就好。反正也就是个假婚礼，你别搞得那么认真。"说完，她就起身上了楼。

张离关上卧室门，后背倚在上面，内心感慨不已。此刻她脑子里白茫茫一片雪地。她挽着钱时英的胳膊，走在其中，留下一串歪歪扭扭的脚印。她也曾在这片雪地中欢喜奔跑，然后停下来，用双手拢成一个喇叭，对着身后的男子大声呼喊他的名字。那片雪地在北平，那些往事，以及往事中的他们，显然也早已和那片雪地一起融化，不复存在了。

陈山来到卧室门外，对张离说："那天晚上你说的话，我都记住了。放心吧，你要是不情愿，我陈山绝不越雷池半步，我只想每天看着你，看你高高兴兴的就成。快结婚了，咱也得有个结婚的样子，至少要让荒木惟觉得咱们挺高兴。要是我有什么冒犯的地方，你就直接批评我，我一定虚心接受，坚决不改……那是不可能的。我改还不行吗？"

听到这些，张离嘴角一牵，想笑一下，但那笑容终未成形，于是心里更加感慨，淹没掉所有的话语。

在街头，周海潮为黑皮点了一支烟。黑皮吸了一口烟，将照片交还给周海潮，同时给他的还有陈山的信息。

"这个人叫陈山，住在国富门路69号，在尚公馆当什么行动组组长。"

周海潮看着照片，冷笑了下，然后递上一卷钞票，拍了拍黑皮的肩膀。他让黑皮继续调查陈山最近都跟什么人来往，去过哪些地方，越详细越好。

之后，周海潮来到了国富门路69号对面的巷口，暗暗监视。不久，他就看到了回家的陈山和张离。陈山骑着自行车，张离坐在后座，手上提着菜篮子。周海潮冷冷地望着那温馨的情景，然后又看到了不远处随行着两人的山口。也是在此刻，他被陈山眼角的余光扫到了，下意识地往巷中一退。

"今天监视我们的人好像又多了一个。"陈山面色如常地对张离说。

"比我们更累的是他们。由着他们去吧。"

两人进家门后，周海潮悄然离去。

沈莫打开住处的门时，看见地上扔着一个信封，显然是有人从门缝底下塞进来的。他吃了一惊，望了望门外。确定前后无人，他才进屋关门，打开信封。

"沈莫，我因遭奸人陷害，不得已暂离重庆，然天下之大竟无藏身之处。如今我人在上海，唯盼你念在昔日同学之谊出来一见。明天下午三点，我在静安寺后门等你。海潮。"

沈莫从信上抬起脸，神色凝重了起来。

陈山坐在荒木惟桌前，打开一个碗盖，露出了里面的葱油面。荒木惟看了那碗面一眼，又抬头看了他一眼。

"在重庆的第一碗小面是你请我吃的。现在回了上海，我当然也要略尽地主之谊，请你尝尝我亲手做的葱油面。"

荒木惟接过陈山递过来的筷子，尝了一口，说："看来你在美食上，也颇有些天赋。"

"张离也这么说。但她比你多说了一句。"

"哪一句？"

"她说我天生反骨，做什么事都心不甘情不愿，如果多点诚意，其实可以做得更好。"

荒木惟又尝了一口葱油面，说："她倒是很懂你。"

陈山对荒木惟说，自己并不喜欢做饭，可他大哥很早就离家出去求学。他要不做，他爹一定会打断他的腿。所以做饭他是被逼的。荒木惟听出了陈山的言下之意，他去重庆做卧底，也是被逼的。

"你知道就好。"陈山说，"不过呢，要不是碰见你们这些冤家，我陈山一辈子也不会去做这些事，也不知道自己竟然还挺有能耐的。所以我觉得一码归一码。你是逼我做了我不想做的事，可也让我从一个混混变成了一个更厉害的人。说起来我好像还得谢谢你。"

"陈山君，只要你心悦诚服，我保证你可以得到更多。"

陈山笑笑："承蒙提携，到时候婚礼上我一定多敬你一杯。"

"三月初一，你的婚礼会在慕尔堂教堂举行。等到那一天，你要向所有到场的报馆记者说出你的感激，表达你的忠心。"

"不用了吧，排场太大了也不好。再说拍马屁这种事不是我的专长啊。"

荒木惟脸上漾起了微笑："你以为我是在和你商量吗？"

陈山撇撇嘴："成，你们都是大爷。我反正这辈子就是个陀螺，都得被你们抽着转。"

陈山骑车载张离来到了慕尔堂教堂。此时恰逢中午12点整，教堂钟声绵延不绝地敲响了。两人透过铁栅栏，望着高大肃穆的教堂，感到一种厚重的宁静。

再过七天，就是他们的婚礼了。陈山从来没有想过，他讨老婆的排场会有这么大。原来他以为顶多到宝珠弄口的李记菜馆摆两桌就差不多了。张离告诉他，民国十六年，蒋委员长和夫人就是在这里宣誓结婚的。

"是吗？"陈山有些意外，"那咱们也在这儿宣誓，是不是算跟领导人统一方向，步伐一致了？"

张离看了陈山一眼，说："我倒是想，只要我们能统一方向，步伐一致就够了。"

"这个你就不用担心了，咱们是同一道'闪电'，你见过有闪电往两个方向打的吗？"

这时，张离瞥见了不远处蹲着啃甘蔗，眼神精光一闪的黑皮。而距离黑皮不远处，军统飓风队队员江奇在路边石凳上看着报纸，并从报纸后瞥向张离和陈山。当江奇发现张离在看自己时，他将自己的脸隐藏到了报纸后面。

"今天跟踪的，好像是生面孔，而且可能不止一个。"

陈山顺着张离的目光望了黑皮一眼，只见黑皮衣襟一半扎进裤腰带，裤脚卷起半尺高，眼神看着像打滑，其实早把人盯紧了。这都是当年他刚做包打听时师父教过的。

"荒木惟什么时候用上跑码头的包打听了？"

"荒木惟明知道你是包打听出身，还找一个包打听来盯你，就不怕你一眼看穿吗？"

张离说得对，这只能说明这个人就不是荒木惟派来的。陈山又瞄了江奇一眼，说，他跟那个啃甘蔗的也不像一伙的。

"事情好像越来越好玩了。"

张离没有说话，她有些忧心。

8

敲门声响起的时候，陶大春正在飓风队据点的屋里看《申报》。

连敲三下，再连敲三下，是自己人。陶大春小心地走过去开门，进来的是沈莫。

沈莫关上房门，在陶大春面前坐下后，陶大春跟他说起了周海潮。他已经知道周海潮是沈莫青浦的同学，他告诉沈莫，周海潮因为谋害同志而被全党通缉，重庆总部对他内部通缉的通告已经发到了各区站。

"知人知面不知心，此事已经盖棺定论。万一他来找你，我想你应该知道怎么做。"

"我知道。"沈莫说。

"另外，有秘密任务给你。"陶大春将陈山的照片推到沈莫面前，说，"这个人叫陈山，新任的尚公馆特务科行动组组长。三月初一，他会在慕尔堂教堂举行婚礼。你的任务是在他婚礼当天向他行刺，但只可伤其皮肉，不可伤其要害。"

沈莫略一皱眉，但没有多问。陶大春继续嘱咐他，到时候以抛出新娘捧花为信号开枪。如果没有信号，说明情况有异，行动取消，务必尽快撤离。江奇会在外围负责接应。

黑皮蹲在静安寺后门附近的角落吃甘蔗，他的眼睛像探照灯一样左右晃动。不久，沈莫骑着自行车出现在了他的视野里。

黑皮从口袋里掏出一幅铅笔画像对比了一下，没错。他站起身走向沈莫。沈莫从一个报童手上买了份《申报》，在路边石凳上坐了下来。黑皮过来时，沈莫抬头打量了他一眼，看了看手表，3点整。

黑皮不停留地从沈莫身边走了过去。他打量着附近的行人，确定没有可疑人员后，折回沈莫身边，将一个小纸团丢进了他怀中。

沈莫一怔，看到黑皮快步走远，他没有追。他看了看四周，无人注意自己，便用报纸遮挡着打开了那个纸团。

纸团上写着：改为4点，品泉楼茶馆二楼西包厢见。海潮。

4点，沈莫准时进入了品泉楼茶馆的二楼包厢。忽地，门被关上了。沈莫猛地转身，周海潮已在身前。

"沈莫，我就知道你会来。"

沈莫叹了口气，说："你信不过我，又何必来找我？"

"我当然信得过你，我只是怕你会被人跟踪。"

沈莫问到底出了什么事，周海潮让他相信他，他是被人陷害的。这件事说来话长，一时也很难洗清冤屈。所以他来找他，并不是要他帮忙翻案，而是另有一事相求。然后他说起了陈山,在上海尚公馆日特机构里。

"你知道他吗?"

"陈山?"沈莫愣了一下。

周海潮似乎察觉到了他的异常,问:"你认识他?"

沈莫的眼神闪了一下:"不认识。"

周海潮观察着沈莫。沈莫继续说:"但我听说过他的名字。"

"既然不认识,那好,这个人在重庆潜伏的时候曾好几次陷害我,一天不杀他,难平我心头之恨。可我现在有冤案在身,背腹受敌,行动多有不便。你们飓风队本来的任务就是锄奸。我知道你枪法好,你帮我杀了他,我周海潮这辈子一定做牛做马报答你。"

沈莫眼神闪烁,说:"海潮,不是我不帮你,你也知道,我们是有组织的人,做什么事可不能由着自己。"

"我当然知道军统的这些破规矩。可我要你杀的是个汉奸,到时候你只要说你是临时有动手良机,就顺手把他锄杀了,飓风队也不会怪你的。"

沈莫一脸为难。他沉默了一会儿,告诉周海潮,飓风队曾把锄杀陈山的报告往上头递过,但上头没让动,他就不能自作主张做这件事。但是,飓风队给他的命令却是如果见到他周海潮,杀无赦。这事他下不了手。

"但你要我帮你杀人,这事恐怕……眼下,你真不要为难我。"

周海潮一脸失望。沈莫从口袋里拿出一叠钞票递给周海潮,让他找个地方安顿下来。如果能洗清冤屈就最好。要是洗不清了,索性就从此做个普通人,也未必不是一件好事。

周海潮没接钱,沈莫就站起了身,语气迫切:"海潮,你的内部通缉令已经到了上海,要是被人看见我们见面,我也会有麻烦。所以,你也替我想想,暂时你还是别再找我了。"

沈莫转身离去,快走到门口时,又折回递给周海潮一把钥匙。

"这是七巧弄86号的钥匙,那是我朋友出国后闲置的一套房子,你要是暂时没地方去,可以去那儿躲一躲。走的时候,把钥匙留在门口花盆底下就行。我能帮你的,也就这么多了。"

周海潮看着那把钥匙发呆。随后,门被关上了。周海潮懊恼地一拳砸在桌上,那枚钥匙被砸得跳了起来。

周海潮想了想,不甘心地收起那枚钥匙,跟了出去。他追出荣美阁茶馆时,沈莫已经骑着自行车走远了。他赶紧拦下一辆路过的黄包车坐上,跟上前去。

沈莫在慕尔堂教堂附近停下,开始观察周围情况。周海潮看着他的身影,让车夫左转弯,车夫便把他拉向了一条弄堂。

周海潮在弄堂里下车,在弄堂口远远地看着沈莫。沈莫确定安全之后,走进了慕尔堂教堂。

周海潮疑惑不解，离开教堂，去找黑皮。而黑皮告诉他，陈山也去过慕尔堂教堂。这些天，陈山和张离忙着置办结婚用品，还在红宝石订了一批鲜奶小方，以备三月初一办喜酒的时候招待客人。

周海潮回想着与沈莫的短暂见面。说起陈山时，沈莫的神情明显不自然。他忽然满意地笑了，把一张钞票塞到了黑皮手里。

他已经推测到，身为飓风队最有名的狙击手沈莫此时忽然前往慕尔堂教堂，踩点行刺的可能性极大。陈山即将在慕尔堂教堂结婚，沈莫要行刺之人，会不会就是陈山？沈莫嘴上说上头并没有同意飓风队刺杀陈山，背后却要开始动手了，那么只有一种原因：这是一场假刺杀，只是在协助陈山取得日本人的信任，更好地完成潜伏任务。不管怎么说，这个发现都让周海潮觉得无比兴奋。一个计划迅速在他心头产生。

他走进一处公用电话亭，给荒木惟打了一个电话。

"荒木惟先生，我有一份礼物想送给你。"

"你是谁？"电话那边，荒木惟淡淡地问。

"现在你不用知道我是谁，但如果你对我的礼物感兴趣，相信我们会有机会相见的。"

"什么礼物？"

"你的手下陈山和那个叫张离的女人，其实是军统派过来的卧底。"周海潮握着电话说。

"这位先生看起来很有想象力。"荒木惟的语气依然平淡。

"我会证明给你看的。我可以告诉你，等陈山结婚那天，飓风队会设计刺杀他，但陈山一定不会死，这就是演给你们看的苦肉计。"

荒木惟沉吟不语了。周海潮在这时挂断了电话，阴沉着脸走出了电话亭。

他的计划，便是让荒木惟知道飓风队将对陈山行刺之事。只要荒木惟相信这是陈山与军统串通之后上演的苦肉计，即使沈莫的行刺并不成功，他也可以利用荒木惟对陈山的疑心，借荒木惟之手除掉自己的劲敌。但是，他不能确定荒木惟能不能相信他，所以他必须另有后着。

荒木惟缓缓放下听筒，陷入了沉思。他闭上眼睛，先前那些对陈山的怀疑此刻从心底慢慢升腾。重新睁开眼睛后，他也没有得出结论。有可能，电话那边那个人说的是真的。也有可能，对方是军统内部的人，虚张声势，借他的刀杀人。

千田英子陪他去院子散步，她的意见是，宁可信其有，不能信其无。"雄狮"在惊蛰前逃跑之事，如果真是陈山的布局，那这个人已经很可怕了。荒木惟想了想，让她查清楚那个电话是从哪里打来的。

"把陈山带到我的密室来。"

"是。"

9

千田英子将陈山带到了荒木惟的密室前。

陈山朝里张望，里面光线昏暗，但在千田英子的注视下，他只能忐忑地入内。

一进去，门就被千田英子关上了。陈山看到屋里的窗帘是被拉上的，一缕香袅袅地飘散着。荒木惟坐在一盏幽暗的落地灯旁看书，他的对面是一张墨绿色的包皮椅子，椅子上布满整排用来固定皮子的圆钉。

"荒木科长。"陈山走了过去。荒木惟指着那张墨绿色包皮椅子，让他坐。

陈山有些警惕地坐下，但只坐了半个屁股，没敢往后靠。荒木惟看着陈山说："你看上去有点紧张。"

陈山大大咧咧地说："真是什么都瞒不过你。今天你忽然这么客气，我还真有点不习惯。"说话间，他还是往后靠了靠，不知道荒木惟究竟要对自己做什么。他看着焚香升腾的形状，内心充满了不安，不由得抽了抽鼻子。

荒木惟起身走到唱机旁，放上一张唱片。在音乐声里，他重新坐回椅子，看着陈山的眼睛说："陈山君，你心里可有愧疚之事？"

陈山愣了一下，说当然有。

"对谁呢？"荒木惟继续问。

"没能保护好小夏，到现在还不知她死活，都是我这个哥哥连累了她。"

荒木惟掏出一块怀表，再问："那你想见她吗？"

"当然想。"

荒木惟抓着怀表的表链，将怀表举在半空："看着这块表。"

"这表跟陈夏有什么关系？"

"有关系。看下去你就知道。"

陈山不由自主地望着怀表。荒木惟将怀表在空中晃荡起来，口中数着："1、2、3……"

陈山感觉到自己进入了一种幻境，更为准确的是，有一只手伸出来，将他揪了进去。他所看到的不再是荒木惟和那间密室，而是重庆的江边。陈夏就走在那里，走在离她不远的位置。他大声喊着，向她追赶而去。然后，他听到荒木惟的声音从天上传来，像风声，有些扭曲。他说："告诉我，你看到了什么？"

"重庆。小夏。"

陈山继续在幻境中追向陈夏。忽然，一个炮弹在附近炸开，他被气浪掀翻在地。再爬起时，他面前的画面又变成了他和余小晚的家。余小晚坐在家门口，正在啃着小苹果，头也不抬地翻看着画报。"小晚。"他叫了一声，但余小晚头也不抬。

荒木惟的声音又远远地吹到了他的耳边："你也觉得亏欠她吗？"

"欠。"

"因为你必须离开，对吗？"

"对……离开……"

画面又改变了。他看到石板坡监狱的围墙被炸塌，然后就和张离、朱士龙在山林中奔逃。身后是穷追不舍的狱警。

荒木惟的声音紧追着他："你跑得掉吗？"

"费……正鹏……"

他被李龙、齐云等人包围，他看到费正鹏从众军统特务后面走了过来。

他的内心挣扎着，他努力地甩了一下头，把眼睛睁开一条缝，影影绰绰地看到荒木惟的脸时，才意识到刚才是梦境。

"我……怎么了？"

荒木惟的脸隔得他很近："你没什么，你有点儿累。"

陈山眼睛便又合上了："噢，累……"

荒木惟淡淡一笑，把嘴贴在了陈山边上，轻声说："你看见费正鹏了，他在做什么？"

"他挡住我了。"说完，陈山的嘴唇开始抖动，手下意识地轻移，摸到了皮椅下面的圆图钉。他把食指指甲缝抠进了图钉的圆帽边沿。

"但你还是跑掉了，你怎么跑得掉呢？"

陈山皱起眉，挣扎犹豫，脸上开始有细密的汗珠："答应他。"

荒木惟眼中闪着兴奋的光芒："答应他什么了？"

"给你们假图……回来做他的卧底。"

荒木惟的脸立刻阴沉了下来。

陈山表情有些痛楚，他用力将自己的指甲缝嵌进图钉的圆帽边沿。在重庆的山林中，他低头看着自己的手指。他的手指剧痛，还流出了鲜血。

"你答应了？"

"我骗他的。"

"你这点小聪明，费正鹏能轻易相信你？"

"不能。"

"那你是怎么跑掉的？"

"挟持他。"说完，陈山的身体扭动起来。他皱着眉头，双手用力抓住扶手，仿佛在睡梦中挣扎，接着身子猛地向左边一倾，竟连人连椅子倒在了地上。

荒木惟有些始料不及地看着陈山。陈山倒在地上睡着了。

荒木惟站起身来，长长地嘘了口气。门被千田英子打开了，漏进来一些光线。

夜晚，陈山将荒木惟的"妖术"讲给张离听。他能确定记得自己在过程中说过的所有话。一场虚惊，一阵后怕，如果不是把手指深深地嵌进图钉，没有什么能把他拉出梦境。

张离一边给陈山的食指消毒上药,一边告诉他,这叫催眠术,原理相当于一种心理暗示。催眠师会暗示被催眠者信任他,让其不设防地说出内心的秘密。

"他果然还是信不过我。"

"他这样的人,永远不会轻易相信任何人。"

陈山忽然疼得大呼小叫起来,让张离轻点:"最毒妇人心啊,下手这么重?你要是外科医生,我肯定得被你一刀给整残了。"

"我本来就不是什么外科……"张离说到这里突然停住了。陈山看了她一眼,心知她想起了余小晚。两人心照不宣地没有再说话。

"这么说来,他通过了催眠测试,他应该没有说谎?"听完荒木惟的话,千田英子说。

荒木惟观察着陈山坐过的椅子,回想陈山过程中的神态。过了一会儿,他说:"如果他早就醒了,只是假装没醒,那么他说的话,就作不得数。"

"那电话里告密的人,说的到底是不是真的呢?"

"只要等到陈山结婚那一天,答案自然就揭晓了。"

"不管情报的真假,我都会在慕尔堂教堂周围安排围捕。"

荒木惟站直身子,望向窗外说:"飓风队已经失约一次,这一次我倒要看看,他们会不会来。"

乔瑜指挥着两名特务把一些盆栽花卉搬进了陈山的住处。

陈山穿着一身崭新的西服,朝乔瑜走过来。两人说了会儿玩笑话。特务放好植物后,乔瑜让他们先走,

他继续和陈山聊天。

"多谢了,乔瑜。"陈山拍了拍他的肩,"能从重庆一起来上海继续并肩战斗,也算是缘分了。以后大家继续互相照应。"

乔瑜点点头:"还真得照应。荒木惟那个精明啊,就不用说了。麻田更是难对付,他跟荒木惟之间,还有点不对付,谁也不服谁。咱们这些当喽啰的,有时候还真难做人。"

"也没那么难做,咱们只是无足轻重的人,不求有功,但求无过就是了。赚点钱养家糊口,是吧。"

"你说得对。"乔瑜向楼上瞄了一眼,"哎呀,明天你就要结婚了。真是挺快的啊。"

"嗯,速战速决。"陈山点点头,"哎,对了,我听说,过去你也追过张离?"

乔瑜面露尴尬:"啊?哦,那……那只是传闻。再说了,张离哪能看得上我呀。你别多心,别多心啊。"

"怎么会呢？都是过去的事了。过去我还看上过周璇呢。"

"那，我先出去叫黄包车，你跟张离赶紧出来，今天可不能迟到了。"

乔瑜离开后，陈山听到楼梯上传来脚步声。一回头，只见张离已经换好了旗袍，披着披肩，从楼上走了下来。陈山望着盛装的张离，只觉得美人如玉，明媚不可方物。

"可以走了吗？"

陈山不眨眼地看着走到他面前的张离，说："我走进米高梅这么多次，今天晚上一定是腰板最直的一次。"

"不光要挺直腰板，还得竖起耳朵，打起精神。以后跟日本人的每一次见面，虽然都没有硝烟，但都是交锋。"

"我懂，真正的战斗，才刚开始。"

今天，是麻田科长的生日。

第二章

1

陈山、张离以及乔瑜来到米高梅门口的时候，天已经黑了。

米高梅门口，守着一些日本便衣特工。陈山伸出手臂，张离看了他一眼后，挽住了他。陈山不禁得意地挑了下眉毛。此时，陈啸昆和陆之远也同时到达了舞厅门口。

乔瑜笑着跟两人打招呼，并为他们介绍了身边的陈山和张离。陈啸昆是开酒行的，全上海滩的洋酒有一半以上都是他的货。陆之远做粮油生意，盘子铺得也不小。两人都知道陈山的"功绩"，与他礼貌地握手。

这时，又有两辆汽车来到了米高梅门口。同时，数名日本特务迅速从舞厅门口冲出，拦住了正欲进门的陈山等人，让他们全都让开。陈山被推开了两步，还被踩了一脚。他立刻收敛得意，看到张离也被推搡，迅速护住。他们一直被驱赶到了米高梅对面的路旁，陈山看向那两辆汽车，看到了麻田、荒木惟和横山从前一辆车上下来。

后一辆车上先出来的是唐曼晴，她依然美艳动人，气场强大。几乎门口的所有男人都在望着她，而她神色漠然，对这一切仿佛熟视无睹。陈山下意识地摸了一下自己的肋骨，嘴里无声地骂了一声婊子。

接着下来的是一个男子，身材高大，一身西服，头戴礼帽。他站在暗处，陈山看不清他的脸。但张离的神色却变了，并下意识地向前走了一步。她望着那名男子的背影，再次被日本特务推搡着命令退后。她的高跟鞋碰到了马路牙子，险些跌倒，被陈山及时地扶住了。

张离站稳后再次望向米高梅门口，而那个男子已经与唐曼晴相挽着，随麻田和荒木惟说笑着走进了舞厅。陈山顺着她的目光望向唐曼晴，说："你不用看她，你比她好看多了。"

"她就是唐曼晴小姐吧？"张离问。

"对。上海滩能让日本人也乖乖给她面子的女人，也就她了。她欠我两根肋骨，这事儿你知道。"

唐曼晴和那名男子的身影已经看不见了，张离依然维持着先前的目光，若有所思。

陈山、张离和乔瑜走进舞厅的时候，麻田一行人已经在舞厅一角落了座，千田英子、山口等日本特务也散坐在几人附近的桌边。

陈山看到，唐曼晴和那名男子相挽着走向了麻田的雅座。在男子扭头的瞬间，陈山愣住了。那是他的大哥，陈河。

陈山面前闪过大哥几年前离家时的情景。陈河穿着长衫，背着包袱。他在他背后大喊，让他一定要早点回来。已经走到弄堂口的陈河转过身，朝他挥了挥手，什么也没说。

看着大哥被唐曼晴带着引见给麻田和荒木惟，并与他们握手寒暄，陈山满心意外和感慨。很明显，唐曼晴看向陈河的眼神顾盼生姿，有藏不住的爱意。当她不经意地瞟向陈山时，眼神中原本的暖意便在瞬间消失了。

陈山顿时冷静下来，他向舞厅各个角落打量了一眼，猛地看到荒木惟正坐在角落盯着他，目光锐利仿佛老鹰。他朝荒木惟略点了下头。

张离当然也看到了陈河。她的脸上也有些微微变色，北平那片雪地再次浮现眼前。她没有认错，确确实实就是钱时英。

"既然是人家的寿辰，咱们还是要先跟主人打声招呼。"耳边传来的陈山的话语和气息把她拉出了思绪。她定了定神，点点头。

陈山当先一步走去，张离跟在后面。借着陈山背影的遮挡，她望向唐曼晴和钱时英，眼神中仿佛浮起了一层薄雾。她深深地吸了一口气，极力让自己镇定下来。

在荒木惟的目光中，两人向这边走来。在这个时间里，麻田向荒木惟介绍了缘客隆药行老板"钱老板"。"钱老板"可以为他们采购到很多珍贵的中医药材，价格便宜。钱时英热情地接话，他的店里又新到了一些长白山参、藏红花和鹿茸，各位长官要是有兴趣，改天他可以送到府上供长官们挑选。

"礼拜天长官们不是要上我家打麻将吗？时英，不如你到时候一起过来聚聚。"唐曼晴笑着提议。

钱时英面露欣喜，说："那就最好了。"

横山开了腔，说钱老板只卖药赚他们的钞票，不像是要跟他们交朋友的样子。钱时英回答说，在商言商，他一个生意人，非说自己不赚钱，说了也没人信。但是因为受唐小姐熏陶，他对大东亚共荣事业也很有兴趣。

"日前钱先生还刚捐了一万元给我们的东亚联盟理事会。"唐曼晴接话说。

陈山和张离走到了雅座前，恭敬地向麻田和荒木惟点头打招呼。钱时英看到两人时，瞳孔有一瞬间的放大，呼吸和心跳仿佛也停了一会儿。唐曼晴端着酒杯望向他，分明捕捉到了他神情中的细微变化。只不过两秒，钱时英便神色如常地扭头望向了唐曼晴。而荒木惟似乎也将钱时英的情绪变化看在了眼里。

"哦，是陈山君来了。"麻田看向唐曼晴，"唐小姐，你还记得这位小兄弟吗？"

唐曼晴一双妙目望向陈山，陈山回复挑衅的眼神。唐曼晴说："这不是那个在鱼缸里找到金条的小子吗?"

麻田笑了:"陈山君现在已经是尚公馆特务科特别行动组的组长。"

"《抗战》上说的那个获取重庆兵工厂情报的人才,看来就是他吧?"

陈山略一点头,开口说:"唐小姐对战事新闻了如指掌,不愧为日中友好亲善大使。"

"要不是唐小姐当日替你求情,也就不会有今天的陈组长了。"

听了麻田这话,横山有些尴尬。

"如果中国能多一些像陈组长这样的人才,和像钱老板这样的热心人士,则大东亚共荣事业指日可待也。"麻田眼神语气中充满展望。

陈山看了大哥陈河一眼,陈河落落大方地向他微笑,点头致意,展露陌生人之间的礼貌。

"陈组长有深入虎穴舍身成仁的勇气和智慧,在下不过一介商人,怎么敢与陈组长这样的英雄相提并论?"

荒木惟饶有兴致地观察着两人的神色。

唐曼晴为陈山和钱时英相互做了介绍,钱时英对陈山举起了酒杯说幸会,陈山却没给他面子。

"钱老板一看就是读过书的文化人,小弟我大字不识几个,跑码头当包打听出身,见着我说幸会,这也太抬举我了。陈某可不敢当。"

唐曼晴不由得看了陈山一眼。张离也察觉了陈山对钱时英的不客气。但钱时英只是淡淡地笑笑,说:"英雄莫问出处,像兄弟你这样有真才实干之人,钱某一向景仰。"

陈山拿起桌上两杯未有人喝过的酒,把其中一杯交给张离:"我和我的未婚妻张离小姐,恭祝麻田课长日月长明,福如东海。"

钱时英淡淡地看了张离一眼。张离神色如常地随陈山一起举杯,微笑看着麻田,饮尽杯中酒。

陈山继续说着:"要不是各位长官给我机会,我就只是个街头混混,根本不可能立下战功,也不会在重庆找到……我媳妇。"说完扭头看了张离一眼,眼中满是爱意。

唐曼晴在一旁祝贺,说鱼与熊掌兼得之事可不常有。张离微微一笑,说,能遇见陈山,也是她的幸运。

钱时英微笑不语,而荒木惟则依然在冷冷地观察着。

陈山说:"明天就是我结婚的大喜日子,务请各位都能莅临参加我的婚礼。"

"好。"麻田干脆地答应,"明天陈山君的婚礼,我会安排特高课所有有身份的朋友过来。唐小姐,到时候也请你过来露个脸,我们要告诉记者朋友们,对于英雄,我们从不吝啬赞美。"

唐曼晴欣然答应,钱时英不由得看了陈山一眼。

"唐小姐能来喝一杯喜酒，是我陈山的荣幸。"陈山放下酒杯，对张离说，"媳妇，告诉你一个秘密，我从前当包打听的时候，最大的心愿就是有朝一日能请米高梅的头牌唐小姐跳支舞。你猜，我这个心愿今天能不能实现？"

张离笑了，望向唐曼晴，说："那要看唐小姐给不给你面子了。"

陈山走到唐曼晴面前，唐曼晴没有马上回答，而是给自己倒了一杯酒，又给陈山的酒杯满上，递给他。

座上的所有人都看着两人，唐曼晴似笑非笑地说："今天我可是有舞伴的。本来这第一支舞，我是要跟钱先生跳的。"

唐曼晴瞥向钱时英，钱时英立刻笑了："君子愿成人之美。曼晴，我们跳舞的机会很多，你不如了了陈组长的心愿吧。"

"干！"陈山用自己的酒杯碰了唐曼晴的杯子一下，一饮而尽。唐曼晴却看着钱时英，说："好啊，我这面子可是给你的。"

钱时英和张离不由得对视一眼。

荒木惟不动声色地把这一切看在眼中，缓缓地抽了一口雪茄。

陈山拥着唐曼晴在舞池中旋转，唐曼晴夸他确实有跳舞的天分，几个月不见，小混混已经脱胎换骨。但练了应该没多久，应该不超过半年。

"你眼睛很毒。"

"人看得多了，自然就看得准些。"

"所以你就看上了那个叫钱时英的？"

"你好像对他很在意？"

"女人比样貌，比首饰，比各自的男人。男人之间，自然也要比一比的。"

唐曼晴淡淡地笑了下："你不要对时英不服气，你和他没得比。他身上那种风骨，你没有。"

"真正聪明的人，才不会自作聪明。"

唐曼晴又笑笑，说："我看人很少走眼。你虽然有些小聪明，运气也不错，但终归是有点儿小家子气。倒是你媳妇，端庄得体，比你大气。"

陈山透过重重的人影望向在雅座角落独坐的张离。她虽不言不语，但在人群中自有一种卓尔不群的气质。

"看在你夸我未婚妻的分上，我就不同你计较了。我陈山，也从来没瞧上过你。"

荒木惟坐在灯光暗淡的角落里抽雪茄。雪茄一闪一闪，猩红而热烈的火光照亮他冷峻的脸庞。他一直暗暗观察着陈山和唐曼晴的神色。

张离起身去了卫生间。钱时英看在眼中，拿起酒杯继续喝着。

从卫生间出来时，张离将手包放在洗手池旁，站在镜前洗手。水哗哗地流着，看着镜中的自己，她有一丝恍惚。之后，她转身慢慢地离去。两步之后，有人在身后喊起她。

"小姐,是你的包吗?"

张离一怔,回过身,看见钱时英站在洗手池旁,手中拿着她的手包,对着她温柔地笑。

钱时英的笑容熟悉又陌生。从数年前起,她就失去了钱时英的一切消息。民国二十九年的时候,上级告诉她,钱时英同志牺牲在了安定的战场上,那是跟国军的一场围剿战,已经是去年的事了。张离感慨地看着钱时英。钱时英只是淡淡地笑着,什么也没有说。

"不好意思,我这人常丢东西。"

"能找回来就好。"

"是啊。有些东西还以为丢了就再也找不回来了。"

"失而复得总会让我们觉得赚大了。"

张离笑了笑,说:"是钱先生吧?"

"在下钱时英。"

横山摇晃着走了过来,看了张离和钱时英一眼。张离迅速镇定自己,钱时英亦自然地将手包递向了她:"小姐,你的包。"

"谢谢。"张离接过包,转身离去。

钱时英转身洗起手,横山又看了他一眼,进了厕所。从镜中,钱时英可以望见张离远去的背影,感觉自己恍若置身梦中。舞厅里的音乐声,谈天说地以及酒杯相碰的声音仿佛变成了雾气,忽远忽近,亦真亦幻。

2

回家后,陈山解松领结,在沙发上坐下。张离倒了两杯水,在另一张沙发上坐下。

"我有话问你。"张离审视着陈山。

"你对那位钱先生,好像有敌意。"

陈山拿着杯子,看着张离,说:"有吗?"

"有。我都能看出来,荒木惟不可能看不出来。"

"我这就是故意做给唐曼晴看的。"陈山扭了扭脖子,"从前就因为我靠近了她两步,她的保镖就打断了我两根肋骨。今天我故意打压那个姓钱的,就是要压一压她的气焰,让她别狗眼看人低。"

张离想了想,说:"但愿荒木惟能相信你。"

"放心,我知道自己在干什么。我有分寸的。"

然后,秘密和疑问让两人进入了沉默,他们都没有说出来的打算。从见到大哥的第一眼起,陈山就在猜测,多年未见的大哥之所以改名换姓,跟日本人打成一片,是因为身负特殊使命吗？家里有自己一个"汉奸"已经够了，他不想让大哥和他一样身处险境。一想到这里，他再也坐不住了。他站起身，让张离去休息。

"明天婚礼，要做个最漂亮的新娘。"

"你呢？"

"告别单身的前一晚，我得再去会一会我的……兄弟们。"

汽车停在霞飞路培恩公寓门口。钱时英先下车，为唐曼晴开车门。唐曼晴让他上去喝杯茶。钱时英想了想，说不了。

唐曼晴沉默了一下，说："我推掉麻田的宵夜，可不是为了听你拒绝我的。"

"那不如去江边走走？月明星稀的美景，不到夜深人静的时候，是看不到的。"

"好啊，那就带上茶壶，去江边喝茶。"

按照钱时英的指引，唐曼晴的司机兼保镖把两人送到了一条僻静的巷子前。穿过巷子，就是江边，那里有片空地，是观星的绝佳之地

唐曼晴没让司机跟随，自己挽着钱时英的手臂进了巷子。没走几步，一个人影便出现在了两人身后。钱时英已经觉察到了，但他一直走到巷子深处才停下脚步。

"朋友既然来了，不如出来说话吧。"

唐曼晴愣了一下，顺着钱时英的目光望向暗处。然后，陈山就从那个角落吊儿郎当地晃悠了出来。

"唐小姐，我有几句话，想跟这位钱兄单独聊聊。"

唐曼晴笑了笑："看来你们早就认识。"

钱时英没否认，唐曼晴又看向陈山："好吧，今晚这茶是吃不成了。不如明天直接吃你的喜酒。我先去车里等你。"

钱时英把陈山带到了黄浦江边。两人沉默了一会儿，然后钱时英说："陈山，你长高了。"

陈山冷笑了一下："哟，你居然还认得我？"

钱时英说有些事以后再解释。陈山不干，让他现在就解释，为什么好好的书不念了，为什么这么多年不回家，为什么最给陈金旺长脸的大儿子陈河连祖宗姓什么都给忘了。

"我不会让你现在跟我解释，你为什么就成了尚公馆的陈组长。同样，我的事你也不必过问。"

陈山不怒反笑："好，我管不了你。缘客隆药行是吧？改天我就领陈金旺去逛逛……"

"你不会这么做的。"顿了一下，钱时英继续说，"因为我也不会领他去尚公馆。"

陈山一时语塞，感慨地看了他一会儿。

"你走了几年了？你知不知道每年过年，陈金旺都伸长了脖子盼你回家？等到年夜饭都冷了，还不让我们动筷子。他要等着最让他长脸，最给陈家光宗耀祖的大儿子陈河回来！你怎么就狠得下心，这么多年对他不闻不问？"

钱时英无言以对，默默看着陈山。陈山涨红着脸，一把揪住了他的衣领："你说话啊？你从前在家里不是挺会教训人的吗？成天教训我不成器，现在怎么不吭声了？你说话啊！"

钱时英淡淡地笑了笑："现在看到你成器了，我真替你高兴。"

刚说完，钱时英就挨了陈山一拳，顿时鼻血长流。他摸了摸鼻血，笑了："上一次流鼻血，好像是七年前了。"

陈山脸上不由得抽搐了一下。他当然记得七年前的事，那时，陈河也还是个少年。他被人围殴，为了护他，陈河同样被打得鼻血长流。

"这一拳，我是替陈金旺打的。既然你不姓陈了，以后我就当没你这个大哥！"

陈山愤然离去，钱时英抹去鼻血，看着陈山远去的背影，伤感涌动。

唐曼晴把钱时英带进了自己的公寓。她赤脚站在他身后，将裹着冰块的毛巾敷在他的后颈。

"真没想到那个小赤佬竟然是你弟弟。"

"他不是小赤佬。我不许你这样叫他。"钱时英坐在沙发上，扶着额头上的湿毛巾，"我们三兄妹中，最聪明的就是他，但我更希望他做个普通人。我爹以我为荣，可我离家多年一直没能回去。他替我爹教训我呢。"

"你要做外面的事，就顾不上家里的事。他要是真像你说的那么聪明，总有一天会懂你的。"

"但愿吧。"

唐曼晴说起了陈山明天的婚礼，她让他同他一起去。钱时英怔怔的，眼前浮现出张离在舞厅望向他的欲说还休、百转千回的眼神。

唐曼晴打量了他一眼，说："你弟弟结婚，你好像并不太高兴？"

钱时英回过神来，端起茶水喝了一口，掩饰着情绪说，当大伯了当然要高兴。这是陈家的喜事。

"放心吧，他们俩是真心的。"

"这你也看出来了？"

"是不是相爱的两个人，看他们的眼神就知道了。是真心就会幸福，你放心吧。"

唐曼晴吐了口烟圈，打量着钱时英，等待着他会对自己说点什么。但钱时英只是沉默。唐曼晴就又吸了口烟，说："挺晚的了，今天你留下吧。"

钱时英沉默了一会儿，说："我这个人孤家寡人惯了，我怕有牵挂，不踏实。"

唐曼晴狠狠地吸几口烟，把烟头撳灭在烟灰缸里。"好。你走！"她站起身，面无表情地进了卧室。钱时英独自一人坐在沙发上,被无奈和伤感包裹。

3

慕尔堂教堂上的钟指向9点,当当当地响起来。一些盛装的宾客开始进入教堂。

唐曼晴和钱时英已经来到了教堂前,两人坐在汽车的后排。唐曼晴从包中拿出一只锦盒让钱时英看,那是她给陈山和张离准备的新婚礼物。

钱时英打开锦盒,看到里面有一对银筷子,上面刻着七个字:一生一世一双人。

钱时英一时有些发怔。唐曼晴问他准备了什么,他也递过去一个锦盒。

一支派克金笔。

那是多年前钱时英答应张离的。那天,他和张离坐在树下看书。他说,我想送你一件礼物,你最想要什么。张离想了想,侧脸望着钱时英露出了微笑:"送我一支笔吧,我想用它给你写信。"

"新郎官这样在码头上混大的人,不像是爱读书的样子。这支笔,我猜新娘子倒可能更欢喜。"

钱时英看着唐曼晴感叹说:"你好像能把什么都看得明白。"

此时,荒木惟的汽车停在教堂附近的街道上。他坐在汽车后排,山口坐在驾驶座。千田英子在车外,她对六名日本便衣挥了挥手,便衣们就分散进入了各个弄堂角落。

事实上,日本便衣特务远不止这六个。他们扮成摊贩和路人,分散在街道各处。在某个隐蔽的小路路口,停着一辆汽车,车内坐着的也是待命的日本特务。

宾客在教堂中就座。教堂的台上也已准备就绪,布置了鲜花和红毯。

乔瑜凑到陈老板跟前,说:"这次婚宴的酒都是你赞助的,破费了啊。"

"哎,自己家的货,不破费。"陈老板摆摆手,"麻田和荒木长官高兴,大家喝得高兴就行。"

说话间,教堂门开了。麻田、荒木惟、横山、千田英子等日本军人一起走了进来。众宾客纷纷起立致意。等候在场的数名记者立刻上前,为麻田等人拍照。最终,几人坐到了第一排。

周海潮也混在宾客之中。他戴着帽子,压低帽檐遮住了半张脸,正悄然环视着教堂的环境。他注意到教堂二楼有一扇很小的气窗,正对着台上。他很清楚,那是个绝好的狙击位置。

在教堂响起的10点整的钟声中,内室的门打开了。身穿洁白婚纱、握着一束白玫瑰的张离挽着身穿西式礼服、扎着领结的陈山走了出来。婚礼进行曲中,两人手挽手并肩走过婚礼甬道,伴娘跟在身后,撒着花瓣。所有宾客纷纷起立鼓掌,目光集中在这一对璧人身上。

张离看到钱时英后，垂下了眼帘，心中百味杂陈。陈山与钱时英对视了一瞬，随即发现荒木惟正盯着自己，他转而望向张离，与她相视一笑。

此时此刻，气窗后面的沈莫正端着狙击枪，通过瞄准镜跟随着陈山的身影缓缓移动。

两人上台后，神父手执《圣经》说："各位来宾，我们今天欢聚在这里，一起来参加陈山先生和张离小姐的婚礼。婚姻是爱情和相互信任的升华。它不仅需要双方一生一世的相爱，更需要一生一世的相互信赖。"

听到神父这番话，唐曼晴望了钱时英一眼。而钱时英眼中只有张离。

陈山忽然注意到了几个面生的便衣特务。他们正盯着自己或其他宾客，腰间鼓鼓的，显然藏着枪。他不由得心中一紧。张离也察觉了一丝异样，与陈山交换了一下眼色。陈山快速扫视着宾客，看到周海潮的时候，他多看了一眼。但周海潮立刻低下头，躲在了前排宾客的身后。

荒木惟敏锐地捕捉到了陈山的目光，他望向周海潮，同样看不到他的脸。他不动声色地对千田英子使了个眼色。

陈山忽然意识到，飓风队的假行刺计划，或许是一个天大的失误。以荒木惟的谨慎和周全，他一定会在这样的场合高度戒备。只要飓风队员一动手，便等于掉入了挖好的陷阱。想到这里，他惊出一身冷汗。他几乎立刻决定，必须中止假行刺计划。

"陈山先生，你是否愿意娶张离，作为你的妻子？无论是顺境或逆境，富裕或贫穷，健康或疾病，快乐或忧愁，你都将毫无保留地爱她，对她忠诚，直到永远？"

在神父的话语中，陈山微笑地看着张离，眼中满是情意。他丝毫没有注意到，一个女人此时来到了教堂门口。他与张离深情对视。这一刻，两人都感觉整个教堂，甚至整个世界，只剩下他们俩。

陈山牵住张离的手正欲回答，教堂门忽然被推开了。光线霎时射入室内，一个女人的影子被阳光投射在了教堂通道上。

陈山、张离和全体宾客望向门口，看到了一身素色旗袍的余小晚。

陈山和张离深感诧异，荒木惟脸上却浮起了意味深长的笑容。周海潮也暗自冷笑。余小晚径直走向陈山和张离。乔瑜从议论纷纷的宾客中走出来，挡在了她面前，让她到一边坐。他想去拉余小晚，但被余小晚冷冷地瞪一眼："让开！"

乔瑜的手就停在了半空，不敢冒犯。张离说，让她过去。乔瑜就让到了一旁。

张离冲走到台上的余小晚淡淡地微笑了一下："小晚，你来了。"

余小晚也嫣然一笑，眼神却很犀利，说："离姐，咱们是什么交情？你结婚这么大的事，我怎么能不来呢？"

张离神情磊落，说："是啊。换成你结婚，我也会不远千里赶来的。"

陈山挡在张离面前，说："小晚，你应该已经知道了，我并不是肖正国。"

余小晚的目光望向陈山，说："我知道啊，你是鞋匠嘛。"

"你要是真心来贺喜的，请到下面坐着，一会儿我和张离亲自向你敬酒。你要是来捣乱的，那可对不起了……"

张离轻唤陈山一声，打断了他："让小晚把话说完。"

"你把我余小晚当成什么人了？我可不是来让人看笑话的。"余小晚对着陈山冷笑了一下。

陈山不再说话，退开一步，站到张离身旁。

余小晚继续对张离说："离姐，你问过我，不论你做什么，我是不是都会信你。我告诉过你，我信。要是连你都不信，这世界上我还能信谁呢？今天你要再问我这句话，我还是会告诉你，我信。"

"谢谢你信我，小晚。"

余小晚的情绪有些激动，她克制着自己不要哽咽，停顿了一下才说："所以，你是真心喜欢这个男人，是吗？"

张离在众目睽睽之下，唯有坚定地回答，是！

听到这个字，余小晚眼中的痛苦一闪而过。而台下的钱时英此刻也是同样的心绪。

"好。"余小晚眼含热泪强笑，"那我就没来错。今天是你大喜的日子，这里有哪一个是你的亲人吗？"

张离看了一眼宾客席，没说话。陈山又扫视了一遍宾客中间的便衣特务和各个可疑的角落，此刻，他内心紧张，却不能表露。

"但我是。"余小晚说，"我余小晚，跟你不是亲人胜似亲人，我怎么能不来祝福你呢？"

"你来或者不来，我都明白，你一定会祝福我的。"

"还有鞋匠……"

陈山看着余小晚，听她跟他说："你要是不好好待离姐，我一定对你不客气。"

"你放心，我陈山这辈子要是辜负张离，一定不得好死。"

张离不由得看了陈山一眼。余小晚只觉得心如刀割，脸上却笑着："你要说到做到。"

台下宾客议论纷纷。荒木惟、周海潮静观其变。唐曼晴看了钱时英一眼，却无法在他脸上看到任何情绪的波动。

余小晚抹掉即将溢出的泪水，让神父走开。她要亲自为他们证婚，她要亲手把她最好的姐妹，交到她爱的男人手上。

教父不走："教堂是神圣之地，婚姻不是儿戏，不得无礼。"

"就让她为我们证婚吧。"张离说，"谢谢。"

神父愣了一下，只得退到一旁。余小晚走到张离和陈山对面，凝视着陈山问：

"陈山先生,你还没有告诉神父,你愿意娶张离吗?"

"我愿意。"陈山坚定地说。

余小晚又望向张离:"张离小姐,你愿意嫁给陈山,永远爱他,跟他白头偕老吗?"

张离张了张嘴,闪过瞬间的犹豫,随即说:"我愿意。"

"好。"在鼓掌声中,余小晚泪光闪烁着说,"从此刻开始,你们就是夫妻了。"

伴娘拿着戒盒呆呆地站在一旁,有些不知所措。余小晚拿过戒盒,取出里面那枚精致的黄金戒指,举到了陈山面前。

"陈山,给你的妻子戴上戒指吧。"

神父略一鞠躬:"愿神保佑你们,阿门。"

陈山为张离戴上了戒指,同时对她低语:"花不能抛,你想办法送出去。"

张离怔了一下,不明所以,但顿时会意,轻点了一下头。

余小晚转身离去。然后几个未婚姑娘都站了过来,等待张离抛花球。唐曼晴也被两个姑娘拉了过去。她们像一道篱笆,把余小晚越走越远的身影隔开了。

此时,千田英子走到荒木惟身边,低声说了几句。荒木惟略一点头,千田英子便离开了,并向旁边一名特务点了点头。

人群中的周海潮露出阴险的笑容,望向了教堂顶部的气窗。一个黑洞洞的枪口正从气窗后露了出来。端着这把狙击枪的人是一个小胡子,是周海潮安排的,他曾经也是一名军统特务,枪法不比沈莫差。

未婚姑娘们挤在前排,等着张离抛花。但张离说:"今天这束花,我不打算抛了,我想把它送给一位我最喜欢的姑娘。"

将要走到教堂门口的余小晚听到张离的话,不禁心酸,但她脚步不停。在未婚姑娘们热切的眼神中,张离走到了唐曼晴面前。

唐曼晴深感意外。钱时英看着相对而立的两人,心中也颇为感慨。

"唐小姐,虽然昨天才初相识,但我对你一见如故,也很欣赏你过人的气度。"

"张小姐,"唐曼晴意识到称呼有错,立马改口,"哦,不,陈太太,你谬赞了。我觉得你有一种气质,兰心蕙质。新郎官那个粗人,能娶到你这样的姑娘,可真是他的福气。"

陈山笑了:"虽然这话是在骂我,可我听起来怎么就那么舒服呢?"

众宾客也笑了。鼓掌声中,张离笑着将花束交到了唐曼晴手中。气窗后的沈莫松开了狙击枪的扳机。陈山的心放了下来。他看了人群中的荒木惟一眼,而荒木惟也在鼓着掌,眼神却是冷的。

而与此同时,教堂顶部的气窗处枪口轻动。张离下意识地抬头,看到了那个枪口。

枪响了。

子弹穿透皮肤,鲜血飞溅。

倒地的是张离。就在她猛然推开陈山的瞬间，她的整个身体猛地震动了一下，随即倒地。子弹射中了她的右肩。鲜血很快浸透雪白的婚纱，向四周晕染开来。

唐曼晴迅速上前，把张离抱住。钱时英情不自禁地向前迈出了一步，又赫然停住。陈山大惊失色。一名日本便衣特务冲向台上，陈山迅速从腰间抽出手枪，对准顶部气窗开了一枪。而与此同时，气窗后的小胡子狙击手开了第二枪。

陈山就地一滚，躲开了子弹。气窗口，小胡子狙击手摔了下来，眉心中弹，双目圆睁。

现场一片大乱。陈老板陆老板等宾客纷纷向外跑去。周海潮看了一眼死去的小胡子，亦混在人群中出了教堂。而原本已经走到教堂门口的余小晚却逆着奔逃的宾客人流，反身跑向了台上。

荒木惟下令迅速包围教堂，彻底搜查，有可疑人员，一律抓捕或击毙。在千田英子的指挥下，一群日本特务掏枪奔向二楼。那些等候在教堂外围的日本便衣特务听到枪声，也朝教堂奔来。他们用枪指住乱纷纷跑出来的宾客，命令他们抱头蹲下。

麻田有些慌张，问荒木惟怎么回事。荒木惟说，麻田课长不是已经看到了吗？有刺客。麻田说，看来你早有准备。荒木惟笑了笑，说，我就怕他们不来。

"全都给我让开！"陈山一把抱起了受伤的张离，大吼一声，红着脸就往外冲。张离的脸十分苍白，血不停地从她按住伤口的指间涌出来，滴向地面。余小晚迎上去，想给她止血，但被陈山大吼了一声。

"你让开！"

余小晚愣在一旁。

钱时英迅速解下围巾递给陈山："按住伤口，马上送医院。"

唐曼晴在一旁说："坐我的车！"

4

钱时英跑到唐曼晴的汽车前开门，陈山抱着张离钻进了后排。唐曼晴吩咐司机马上去同仁医院。汽车迅速驶离。钱时英目送着汽车离去。唐曼晴看了会儿汽车，瞟了一眼钱时英。

余小晚跟上两步，亦目送汽车离去，心中满是焦急和担忧。看到也跟着出来的乔瑜后，余小晚拉住他，让他带她去同仁医院。

已收枪的沈莫还没从教堂二楼的夹层中撤离，就听到从楼梯上传来的一个日本女人的说话声和纷乱又迫近的奔跑声。沈莫一惊，迅速奔向二楼一个窗口。那里已经事先捆好了绳索。他推窗欲沿绳而下，不料刚一开窗，立刻有埋伏在楼下的日本特务向他开枪。

沈莫只得缩回脑袋，再次冲向楼梯。他身背狙击枪，双手都持手枪，与冲上楼来的日本特务展开了枪战。而江奇到现在也没有来接应他。在婚礼开始的时候，江奇开着汽车来到了教堂附近。但是看到那些在教堂外围待命的日本便衣特务后，他并没有停车。

击伤两名日本特务后，沈莫欲从楼梯冲下。但千田英子忽然闪出身，并踢飞了他手中的枪。几招之后，沈莫便被制住，带到了麻田和荒木惟面前。

周海潮正蹲在远处的人群中，默默地看着。千田英子将狙击枪交给了荒木惟。荒木惟打量着，是莫辛纳甘1891，苏式装备。中共应该还装备不起。

"那么，你是军统飓风队派来的？"

沈莫看着荒木惟，一言不发。荒木惟也居高临下地看着沈莫，冷笑了一下："幸会。"

张离躺在急诊室的病床上，脸色苍白。陈山紧握着她的手站在一旁。医生已经检查过伤口，需要马上进行手术取出弹头，并进行输血。

张离是B型血，但是库房今天的B型血用完了。陈山立马卷起了衣袖，让护士抽他的血，他就是B型。此时，一名护士焦急地跑了进来。

"有两名日本商人被人刺伤，院长让您和沈医生马上先给他们做手术。"

医生点点头，扭头让身边的实习医生先给张离止血，跟着护士朝门口走去。

"医生！你不能走！"陈山一把拉住他的手，"我太太需要立刻动手术！"

"你们就先等一等吧。"

"你是医生，救人也得有个轻重缓急，先来后到吧？"

"那你知道现在是什么世道吗？日本人得罪不起啊。命要紧还是轻重缓急要紧？"

陈山气急，掏出枪来："那你就能得罪得了我吗？"

两名护士惊呼着倒退了两步。张离用尽力气抓住陈山握枪的手："陈山！你不能这样。"

陈山把子弹上膛，大吼："什么不能这样？就该是这样！"

刘医生懊恼地说："我知道你们全都是大爷。不管我先救谁，都会有人要我的命。我就一条命，你们谁要谁拿去！"

"你们医院就没有别的医生了？"

"要还有人手，我也不能丢下急诊室不管。"

"还有我！我来给她做手术！"

陈山和张离望向门口，只见乔瑜和余小晚站在了那里。

5

沈莫被带上一辆汽车，押回了尚公馆。荒木惟和千田英子仍站在原地，看着那些抱头蹲着的宾客。

周海潮突然从人堆中高高地举起双手，叫了两声荒木先生。一个特务过来，一脚将他踢倒在地，另一个特务则用步枪顶着他的脑袋，让他别说话。荒木惟却远远地朝他钩了钩手指头。

走到荒木惟身前后，周海潮先脱下帽子对他鞠了一躬："您就是荒木惟先生吧？在下周海潮。"

荒木惟看着周海潮的脸，记起了他，他在重庆的军人俱乐部见过他。他似笑非笑地说："要是我没记错，你杀了肖正国，现在你是军统的通缉犯。"

周海潮谄笑一声："您记性真好。"

"那个电话，就是你打来的。"

"是。今天这两个杀手我认识，他们都是飓风队的人，他们的任务就是来演一出苦肉计。陈山和那个叫张离的女人，其实是军统派过来的卧底。所以刺杀是假，苦肉计是真。"

"我还是那句老话，我凭什么相信你？"

周海潮微微一笑："请允许我证明给您看。"

"给我一间手术室，我来给她做手术。"余小晚对医生说，"我是重庆宽仁医院的外科医生，我想借你们的手术室一用。出了事与你们无关，我会承担责任。"

陈山和张离一时都怔了。余小晚看着两人，冷笑了一下："是信不过我吗？"

张离笑了，虚弱地说："要是连你都不信，这世上还有谁是我能信的？"

听到这话，余小晚有些难过，她扭脸跟医生说："立刻。"

余小晚进手术室前，陈山叫了她一声。余小晚没有回头，但是站住了。

"拜托了。"

余小晚不回头地说："我救她，是因为念在她和我昔日的姐妹情谊，不是因为受任何人之托。"说罢，她径直走进了手术室。陈山看着她，直到她的背影消失在合上的手术室门后。

乔瑜站在陈山身边，低声说："这女人缘多了，也不是好事啊，陈兄。"

陈山回过神来，长叹一口气，有些疲倦地问乔瑜要烟。乔瑜赶紧掏出烟给他点上："唉，你也真是树大招风，结婚的大好日子，碰上这事儿。"

陈山抽着烟说，也不知道对方是什么人。乔瑜说，掰着手指算算也知道是飓风队的："除了被你打死的那个，还活捉了一个。"

陈山诧异地一时说不出话。

"今天的婚礼上，来了两个刺客。"乔瑜故作神秘地问，"觉不觉得今天的事儿很蹊跷。"

陈山看了他一眼："怎么蹊跷？"

"你知道我看见谁了？"

"谁?"

乔瑜一字一句地说:"就在我骑车带余医生离开教堂的时候,我看到了周海潮。"

陈山的额头上顿时冒出了冷汗。乔瑜不知周海潮已被军统通缉的事,仍在絮叨,"周海潮为什么这个时候来上海,他来上海做什么?他是奉军统之命来刺杀你的吗?"

看千田英子带着两名日本特务走过来,乔瑜赶紧闭了嘴。

千田英子走到陈山面前,冷冰冰地说:"陈山,荒木科长命你立刻回尚公馆接受调查。"

"遇刺的人是我,为什么我要接受调查?"

陈山只问了一句,千田英子就举枪对准了他:"那就请你回去调查那个刺客吧。"

乔瑜有些紧张地咽了一口唾沫。陈山面不改色,说:"我太太还在手术室抢救,生死未卜。她没有出来之前,我哪儿也不会去的。"

"难道你以为,我这把枪里没有子弹吗?"

陈山毫不相让:"荒木科长让你来带我回去,但不是带一具尸体回去。"

千田英子笑了:"我也可以带一个被打断了腿的人回去。"

"你们兴师动众为我办这场婚礼,不就是为了颜面?今天遇刺的人是我,他们没伤着我,你却要打断我的腿带回去,这事儿是不是太打脸了?"

千田英子瞟了陈山一眼,似乎开始思考他的话。陈山依然毫无惧色地看着她,说:"我只想问千田队长一句话,要是今天在手术室里的人是你的家人,你也可以心无牵挂地立刻离开吗?"

千田英子放下了枪:"同事一场,我给你一个面子。"

陈山独自坐在手术室门口的长椅子上,忧心忡忡。

手术室内,余小晚正在给张离手术。麻醉后的张离已经陷入昏睡。余小晚从伤口中取出子弹,扔进搪瓷盆。然后止血,缝针,有条不紊。

第三章

1

"我已经说了,我就是飓风队的,我的任务就是杀了那对汉奸夫妇。"

沈莫冷冷地看着面前的荒木惟。如果不是被牢牢捆在刑架上,他会死死掐住荒木惟的脖子,与他同归于尽,来个痛快。

"是吗?"荒木惟从容地用剪刀修剪着自己的指甲,不抬头地说,"我得到的消息可不是这样。你们飓风队还真够兴师动众的,一次派了两名狙击手。"

"我也说过了,我不认识那个人,也不知道他是谁。"

"对付嘴硬的人,我们有很多方法。"

话音刚落,山口就将一块烧红的烙铁按上了沈莫的胸口。

"明天把他移送到漕河泾监狱。"

在沈莫痛苦的号叫声里,荒木惟站起身,走出了审讯室。周海潮就在审讯室门外等他,对他点了点头。

"就按你的计策去办吧。"

"是!"周海潮心中兴奋,"多谢荒木科长给我机会。"

荒木惟对旁边一名日本特务使了个眼色,特务会意,带着周海潮离开。

余小晚一出手术室,陈山就迎了上去,问她怎么样。

"我说过,我不会让她死的。"余小晚的脸色有些疲惫,没有看陈山的眼睛。

"真是太谢谢你了,小晚。"

"你不用谢我。我是医生,救人是我的职责。"

"哪怕我们是汉奸吗?"

"杀人是战士的事,不是医生的事。"

张离被两名护士从手术室内推了出来,双目紧闭,脸色苍白。陈山快步上前,握住了张离的手。余小晚看在眼里,心中又涌起伤感。

千田英子和两名日本特务走了过来,陈山明白,他该走了。再次深深地看了张离一眼后,他随千田英子走向医院门口。他脸上有义无反顾的神色,内心却是对前途未卜的深深担忧。余小晚望向他离去的身影,不禁流露出关切之色。

千田英子将陈山带进审讯室时,刑架上的沈莫已经满身伤痕。荒木惟坐在椅子上抽雪茄,说:"你来晚了。"

千田英子朝荒木惟低下头:"对不起,科长。"

陈山接话说:"我刚刚发誓要照顾她一生一世的女人还没有脱离危险,要我在那个时候离开她,恕我不能照办。所以抗命的是我,与千田队长无关。"

千田英子有些意外地看了陈山一眼,荒木惟则笑了。

"没关系。其实叫你来也只是为了让你知道,是谁欲置你于死地。"

陈山也笑了笑,"要是我没猜错,他应该是飓风队的。"他接过荒木惟递过来的审讯报告看了下,"果然。"

陈山走到沈莫面前,问:"你叫沈莫?"

沈莫抬起双目,恶狠狠地盯着他:"今天老子没能一枪了结了你,算你命大。但你记住,当汉奸一定不得好死!"

陈山拍了拍他的肩膀说:"这时候还能说出这话来,我敬你是条汉子。"

"不过他居然说,被你打死的那个人,并不是他的同伙,这事你怎么看?"荒木惟在他身后问。

陈山转过身,看着荒木惟,若有所思地点了点头:"我在重庆结的仇家多了,也保不准……还有人想要我死。这世界上有很多人,最不舒服的就是看到别人过上好日子。"

荒木惟又笑了:"想在我的眼皮底下对付你,他们这是以卵击石。等给他行刑的时候,我会让你亲自动手。"

"多谢科长。"

荒木惟看了陈山一会儿,让陈山放松表情下的神经不由得紧绷。然后他说:"你可以回去了,祝你太太早日康复。"

陈山带上门后,千田英子走到荒木惟身前,用日语轻声低语:"医院那边已经准备好了。"

走出审讯室,陈山的神色就忧虑起来。两名狙击手的同时出现,让他意识到了情况远比自己想的复杂。他明白,沈莫一定就是飓风队的人,沈莫刚刚的一番话就是在向自己表明态度,他将舍身成仁保全自己的潜伏。这让他心中震撼,又充满歉疚。而周海潮的出现绝非偶然,已死的那名狙击手会是周海潮派来的吗?这异乎寻常的情形让他心中更添忐忑。

张离醒来的时候,余小晚愣愣地坐在她床边。张离轻轻叫了她一声,余小晚的眼睛就红了,把头扭向一边。手被张离握住了,她并没有抽,但也没回握。

"小晚,谢谢你。"顿了下,张离继续说,"我知道我伤了你的心,我不奢求你的原谅。"

余小晚的眼睛看着窗户:"现在只有我们俩,你能跟我说实话吗?"

现在的两人都不知道，在病房隔壁的物料间里，山口正用窃听器探听着她们的对话。

张离看着余小晚，欲言又止。

"离姐，你是不是有什么苦衷？我跟你姐妹这么多年，我不信你会卖国，什么男人也不可能让你卖国。"

"小晚……"

"你不用问她了。我陈山一人做事一人当。是我拖张离下的水，要恨你就恨我吧。"

陈山忽然出现在病房门口，打断了张离的话。

余小晚眼神中有些委屈，说："你骗我……"

"我要是不骗你，怎么在重庆潜伏，拿到我要的情报？要不是有你的掩护，我也不可能跟张离这么顺利地完成任务。所以我一直欠你一句谢谢。"

"陈山，你不许这么跟小晚说话。"

陈山看着张离，迅速朝屋顶瞟了瞟。张离一愣，随即顺着陈山的目光望去，发现屋顶有一条崭新的电线，一直延伸到一个柜子后面。张离明白了，在柜子底部，一定安装着一个窃听器。

在走廊时，陈山就发现了这个秘密。一根崭新的电线贴屋顶墙角走线，而且恰恰是从张离的病房接出来的。

陈山指着余小晚提高了声音对张离说："她要真是甘心认栽，还大老远从重庆跑来上海做什么？她到底还是怨我们背叛了她。"

刚说完，陈山就挨了余小晚一耳光，看得张离心疼又纠结。余小晚指着陈山开始嚷："你是陈山，你不是肖正国。你们怎么背叛我了？你们背叛的是国家！我大老远从重庆来这里找你们，就是为了要你们一句交代，你们对得起自己的良心吗？你们有脸见自己的祖宗吗？"

陈山和张离无奈地相顾无言。

"这次他们杀不死你们，一定还会有下一次。一切都会有报应的。离姐，这是我最后一次叫你离姐。你们好自为之。"说完，余小晚转过身，浑身颤抖地走了。陈山站在原地，无奈地看着张离。张离只觉得心如刀绞。两人深深地对视，沉默不语。

陈山追出去时，余小晚已经快步走到了医院大门口。这时，菜刀、宋大皮鞋和刘芬芳正在医院对面嘀咕。刘芬芳从一个跑码头的小兄弟那儿听说今朝慕尔堂有个新娘子被人打伤了，新郎官就是山哥。菜刀和宋大皮鞋跟来了，但还是半信半疑，因为陈山结婚不会不叫他们吃酒。然后，菜刀就看到了从医院奔出来的陈山。

陈山拽住余小晚的手，随即又被甩开。

"我跟叛徒无话可说！"

陈山一眼瞥见，不远处正有个日本特务紧盯着自己。他望着转身又要走的余小晚说："那我必须得把你的鞋修好了，你才能走。"

余小晚一愣低头，只见自己左脚的鞋跟已经有些松动。

菜刀要过去，被刘芬芳一把拉住。刘芬芳说，根据他敏锐的洞察能力，他发现有点儿不对劲。宋大皮鞋也没动，不知道余小晚是什么来头。三人就站在原地，看着两人。

陈山蹲下身，握住余小晚的左脚，把鞋脱下。余小晚不由自主地扶住了他的肩。陈山察看了一下松动的鞋跟，捡了块石头敲打，让松动的钉子重新钉进去。没有趁手的工具，只能先加固一下，回头还得找鞋匠重修。陈山嘱咐着，将鞋子套到余小晚脚上。

"鞋结实了，才能跋山涉水，回你的重庆去。以后你要好好的，继续做你的跳舞皇后。"

余小晚站直，冷冷地说："桥归桥，路归路，以后我要怎么过，跟你半点关系也没有。"

陈山看着余小晚，没有说话。余小晚用云淡风轻的语气说："再见了，鞋匠。"

陈山望着余小晚义无反顾远去的背影，怅然又无奈。

菜刀、刘芬芳和宋大皮鞋杵到了陈山身后，陈山问他们来干什么。刚才给余小晚修鞋的时候，他就已经瞥见了他们。

刘芬芳嗅了嗅，说："这叫天生的嗅觉。是我们做特工的必备的素质。"

菜刀问刚才那个女的是啥人，宋大皮鞋问嫂子在哪儿，是不是真的中枪了。陈山没回答，一把勾起刘芬芳的脖子走到一旁，让两人别过来。

"山哥说了，等着，听见没有？我们俩有情报需要交流。"刘芬芳转头望了眼菜刀和宋大皮鞋，一脸得意，留下两人站在原地生闷气。

陈山拉着刘芬芳到一旁，低声说："上次的任务完成得很好，我认为必须口头嘉奖你一次。"

刘芬芳咧嘴笑了："我早说过，我这个人干特务有天分的。"

"看到那个女人了吗？"陈山一指远处余小晚的背影，"跟着她，找到她的落脚点后告诉我。这个任务只有你知我知，不能给第三个人知道。"

刘芬芳跟上去以后，陈山走回菜刀和宋大皮鞋面前，三两句打发走了两人。他站在原地，看了一会儿车水马龙的大街，感到了一种坚硬的孤独。他不知道明天面临着的会是什么。

2

唐曼晴打电话给张离的医生时，钱时英坐在一旁，手上沏着工夫茶，心全在电话上。听到张离已经脱离生命危险后，他心里松了一大口气。

唐曼晴放下电话，看着钱时英，说："看不出来，你这个滑不溜丢的弟弟，还挺招姑娘喜欢的。"

钱时英苦笑了下:"太招人喜欢,可不是好事。"

"对一个女人重情重义,就得对另一个薄情寡义。世事两难全。"

"只要他认准了,就好。"

"明天,我会再去打听一下那个刺客的来历。"

钱时英递给唐曼晴一杯茶,让她周末的时候陪他去看忠厚。唐曼晴很开心,她正好让人给忠厚新做了一副新马鞍,也不知道合不合适。

钱时英说:"你办的事,从来都合适。"

说完,两人相视一笑。

陈山推着轮椅上的张离从病房出来,到院中晒太阳。春光明媚,两人心中却不轻松。张离问他,飓风队要对他们假行刺的事,为什么不事先告诉她。他说怕她担心,张离就有些火了。

"咱们的规矩你又忘了?我是你的领导,虽然你是负责接头的,但你必须把你所知的情报一一向我汇报,不得隐瞒!"

"我错了还不行吗?还有什么想批评我的,都一块儿来吧。"

张离瞪着陈山:"你这是认错的样子吗?"

陈山立刻板起脸变严肃:"这样呢?"

"你要再这么胡闹,这个任务我不干了。"

"要是不干,那我不就成了脱缰的野马,更找不着北了。老费肯定不会让你撂挑子的。你信不信?"

张离不再理会陈山,她清楚,荒木惟这么轻易就把陈山放回来,很可能是欲擒故纵,在等他们露出破绽。沈莫没把陈山供出来,实属万幸,但荒木惟下一步还有什么招,周海潮又会不会使什么阴招,现在还不知道。他们只能静观其变。

遍体鳞伤的沈莫戴着手铐,被两名日兵押上了囚车的后车厢。荒木惟与千田英子站在阳台上,目送山口驾驶的囚车驶出尚公馆大门。荒木惟看了眼千田英子,千田英子会意点头,一言不发地离去。

沈莫神情萎靡地坐在后车厢,静等死亡来临。忽然,他听到外面传来了一声枪响,同时囚车迅速偏移了方向。他和身边的两名日兵在瞬间失去平衡,倒在车厢中。

囚车的轮胎被打爆了,向右侧墙壁急速冲去。山口奋力控制,好不容易才在撞墙前一刻堪堪停下。此时,一个人影忽然从暗处冲出来,向囚车开枪。山口被其击中,趴在了方向盘上。

后车厢的两名日兵跳下来,向那人开枪。沈莫爬到车厢口向外张望,非常意外,袭击囚车的竟然不是他飓风队的战友,而是周海潮。此时,周海潮已经又将一名日兵击倒在地,正大喊着让他快走。忽然一声枪响,子弹擦过了周海潮的手臂。周海潮只得躲到了一棵树后。

沈莫振作精神，跳下车来，用戴着手铐的手从后面勒住了后车轮处那名开枪的日兵。日兵奋力挣脱，长枪左右乱晃。周海潮冲上来，猛踹一脚日兵，并一把夺下了枪。沈莫肘部猛地用力，日兵顿时晕倒在地。

气喘吁吁的沈莫亦不支倒地，周海潮把他扶起，十分关切地问："没事吧？"

沈莫问他怎么来了，周海潮迅速从地上那名日兵的腰间找到钥匙，为沈莫打开了镣铐。

"什么都别说了，先离开这里。"

周海潮扶着一瘸一拐的沈莫来到了一个偏僻的弄堂。周海潮告诉他，陈山婚礼那天，他也在慕尔堂教堂。他问沈莫，既然他的任务就是要杀陈山，为什么不告诉他。沈莫说，有些事他不能说，家里的规矩都明白。

"你就是死脑筋，跟我还有什么不能说的？"周海潮一脸兄长式的心疼，"你跟飓风队讲组织纪律，你失手被擒的时候，他们管过你的死活吗？"

一阵摩托车驶过的声音忽然传过来，周海潮拉沈莫躲到了角落。沈莫捂着剧痛的伤口向外张望，只见三辆飘着太阳旗的三轮摩托车呼啸而过。

沈莫想尽快赶回队里，但周海潮不同意，现在回队太危险，怎么也得等天黑再说。这里离七巧弄不远，回住处躲躲更安全。

周海潮背起负伤的沈莫前行。沈莫趴在周海潮背上一脸感激："海潮，谢谢你舍命相救。"

"谁还没有个落难的时候，不准说谢！"

沈莫不会知道，他被周海潮扶走不久，山口就从方向盘上好端端地坐了起来。那名被周海潮击中的日兵也从地上爬起来，接着取出了藏在衣襟内的钢板。接着，那名被他打晕的士兵也被两人拍醒了。

千田英子匆匆走进了荒木惟的办公室。

荒木惟站在窗前抽着雪茄，没有回身。窗外，三月的玉兰花开得正艳。

"山口回来了，一切都按计划进行着。"

"好，出发。"

荒木惟将按熄的雪茄留在桌上的雪茄盒中，转身离去。

花园中玉兰花盛放。陈山推着张离往病房走，张离仰头看着已经开花但还未长叶的玉兰花，一时欣喜。在重庆，可不太见得到玉兰。但下一刻，当她望向医院门口时，那份欣喜就消失了。

千田英子和山口正匆匆向他们走来。

陈山手扶了下张离的肩，说："我就怕他们不来。"

"见机行事，多加小心。"

看着渐走近的千田英子,陈山低声说:"小菜一碟!"

玉兰花瓣被风吹着,一片片掉落下来,掉落在两人身上。两人神色平静,看着千田英子和山口一直走到面前。

"陈山君,荒木科长在门口等你。"千田英子依然面容冷峻。

"我想先把我太太送回病房。"

"这件事交给山口就可以。你不可以让科长等。"

陈山看了张离一眼。张离朝他微笑:"千田队长说得没错,不可以让科长等。但我会等你回来的。"

陈山站直,对张离敬了个礼:"遵命!"

张离对着陈山笑,眼神中充满镇定和鼓励。陈山替她盖好膝上的毯子,让她回去先睡一觉,睁眼他就回来陪她吃晚饭了。

"想吃什么?老正兴的草头圈子好不?"

"好,一碟小菜,就成!"

千田英子无言旁观,嘴角露出了冷笑。

陈山大步向医院门口走去。张离由山口推着前往病房。两人的距离越来越远,张离回头看了一眼陈山的背影,脸上浮起担忧。

荒木惟的汽车就停在医院门口,他戴着墨镜坐在后排。陈山什么也没有问,拉开后车门上了车。

"你也不问我要带你去哪里?"

"问了,我能说我不去吗?肯定不能,那还不如不问。"

"你比过去聪明了。"

"近朱者赤。跟了你这么久,总会学聪明的。"

荒木惟不含温度地微笑。千田英子上驾驶座,把两人载到了七巧弄。

荒木惟带着陈山和千田英子来到了一间民房前。门即刻打开,一名早已等候在内的日本特务对荒木惟半鞠了个躬。

荒木惟和陈山、千田英子走进的那间民房就在沈莫的隔壁。一进屋,陈山就看到了里面的窃听器。一名日本特务正戴着耳机窃听。陈山不由得心中一紧。

荒木惟望向陈山,淡淡地说:"你知道我们会听到什么吗?"

陈山有些紧张,但面容平静地摇了摇头。

"一些关于你的秘密。"

陈山的心跳不由自主地加快了。荒木惟把一副耳机递给陈山,自己戴上了另一副。

陈山听到的是周海潮和沈莫的对话。

"沈莫,我觉得你可能回不了飓风队了。"

"为什么?"

"你已经被捕超过24小时,你究竟是逃出来的,还是被日本人故意放走的,你要怎么证明自己的清白?"

一阵空白之后,周海潮继续说:"你也不能跟队里说,是我救了你。我这样一个被内部通缉的身份,怎么会跟你有联系?你又为什么不杀我?你怎么交代?"

又是一阵短暂的沉默过后,才传来沈莫的声音:"清者自清,我能让队里相信我。"

"凭什么?"

"事到如今,我就跟你说实话吧。"

陈山戴着耳机,脸上镇定,暗自心惊。他的后背渗出了汗。他知道,荒木惟一直在观察他。

沈莫开口了:"我为什么不帮你杀陈山,是因为队里给我的任务是,向陈山行刺,但不能要了他的性命。"

周海潮说:"我明白了,这说明陈山不是真汉奸,他在离开重庆之前已经洗白了自己,成了军统反潜伏回来的卧底。对吗?"

"我不知道。我只管执行命令。"

"苦肉计。一定是怕日本人不相信他,所以队里才让你假装行刺他,好让他在尚公馆站稳脚跟,窃取日军重要机密情报。你说是不是?"

沈莫的声音变得郑重:"不负党国,不辱使命,所以我更得赶紧回队里复命。"

3

一时,陈山只觉得脑袋嗡嗡响。看着荒木惟望向自己的锐利眼神,他感觉自己陷入了一片空白。荒木惟看着他,露出了微笑。站在一旁的千田英子缓慢地举起枪,对准了他的脑袋。

"陈山君,你有什么想说的吗?"

陈山缓缓舒气,让自己恢复冷静:"我想知道,周海潮为什么和沈莫在一起。"

"这个你不用管。你倒是分析分析看,飓风队为什么要假装行刺你?"

"周海潮这个问题你不回答我,我分析不了。"他和荒木惟目光对峙,逐渐镇定下来。"沈莫今天应该被移送去漕河泾监狱。为什么他会在这里?是周海潮救了他,对吗?"

荒木惟没有开口,陈山知道自己猜对了,继续说下去。

"周海潮没有别的帮手,他能从你们手上毫发无伤地救人,只有一个可能。你默许他救走沈莫。"

荒木惟不由得面露赞许之色:"接着说。"

"我不知道他是怎样让你相信他的，但这整件事根本就是他精心谋划的连环计。想不到老谋深算的你也会上他的当。"

荒木惟冷笑了一下："你是在嘲笑我吗？"

"不敢。你其实心里比谁都清楚，从向我行刺到向你投诚，整件事都是周海潮的阴谋。"见荒木惟没有打断他，陈山继续说，"周海潮因为谋杀肖正国之事被军统内部全国联缉，断了在军统的前程，甚至随时可能被锄杀。他早已恨我入骨，欲除去我而后快。所以他收买了两名狙击手来向我行刺。如果第一个狙击手能一枪把我给杀了，自然达到了报仇的目的。但万一失手呢？所以，他的计划还有第二环。他故意安排这个一枪未开的沈莫在现场被捕，就是为了在今天演出这出戏。只要你对我有一丝疑心，他照样能达到借你之手除掉我的目的。而他也可以因此立功上位，抱上尚公馆的大腿。"

荒木惟喝了口茶，不动声色地说："尚公馆的大腿是这么容易抱的吗？"

"像他这样的丧家之犬，除了躲起来当个普通人之外，唯一的出路大概就是投奔敌营。他越了解前东家，越能帮后东家跟前东家对着干。在你这里倒也不是没有用武之地。所以他算准你只要相信他，他就有机会留下来。"

荒木惟沉吟不语。

"这个沈莫究竟是不是飓风队的人？仅凭他一面之词，你能确定吗？飓风队让他假装行刺，演苦肉计，这究竟是真有此事，还是他们编出来骗你的诡计？你能确定吗？"

荒木惟笑了笑，说："你果然有些本事，差不多已经把事情分析成了另一个方向。演完苦肉计，这是接着演金蝉脱壳之计吗？"

陈山也笑了："陈夏还在你手上，我也算为你出生入死过。是信我，还是信这个半路杀出来的丧家之犬，荒木科长心中一定早有判断，哪里是我几句话能左右的？"

荒木惟冷笑说："其实，我一个也不信。"他对千田英子使了个眼色，千田英子会意点头，收起枪。然后，一名日本特务走近陈山，将枪顶上了他的脑门。

陈山不由得咽了一口唾沫，看着千田英子走出门去。

荒木惟又戴上了耳机。几分钟后，他的嘴角再一次朝陈山泛起笑意，并抬起手，示意他也把耳机戴上。

周海潮扶着沈莫在卧室床上躺下。沈莫把自己的困惑讲给周海潮。为什么会有人比他先开枪，那个人又是谁派来的。周海潮眼神闪烁了一下，说："既然你们队长没把实情全告诉你，那么他们再多派一个人确保任务完成，估计也不会让你知道。"

"可是那个狙击手，我根本不认识……"

这时，门忽然被敲响了。

沈莫一哆嗦，紧张地看了周海潮一眼。周海潮示意他噤声。周海潮要过去看看，被沈莫一把抓住。沈莫让他赶紧走，不要管他。但周海潮坚决表示自己不会丢下他，否则不算兄弟。

周海潮打开门,看到了门口的千田英子。

"周先生,恭喜你。"千田英子冷冰冰地说。

"不客气,我已经履行了我的诺言,也希望你们能兑现承诺。"

"当然。"

此时,沈莫来到了卧室门口。他明白了,周海潮才是跟日本人一伙的。周海潮回过头,举枪对准了沈莫,说:"从现在开始,你也是了。"

"我绝不会当汉奸。"

"但你已经招了。刚才你跟我说的话,他们全都听到了。你已经是叛徒了,回飓风队的事,你就别再想了。你只有两条路:一、投诚;二、死。"周海潮顿了下,换上关切的语气继续说,"我是在帮你,沈莫。军统里都是些什么人,我们都很清楚。前方屡屡战败,后方从上到下乌烟瘴气,咱们根本就没有出头之日。我对军统一片忠心,却无人赏识,最后还成了权力斗争的牺牲品,被人诬陷成了叛徒。"

沈莫似乎冷静了一些,他似乎在思索犹豫。

"沈莫,你现在就算死了,军统也不会把你当成英雄,可你只要跟着我干,咱们就还有机会翻身。人生在世,找对后台跟对人,这很重要。只有傍上了尚公馆这棵日本大树,或者得到小日向白郎的青睐,我们才能一展宏图啊。"

千田英子忽然在周海潮身后开了口:"周先生,我们答应事成之后可以收留你,但这个人我们不会要。"

周海潮脸色变了,非常意外:"为什么?他也是我的朋友,他的枪法也很好,他也是人才啊。"

"我只执行荒木科长的命令,他命令我带你离开这里。这个人,必须死!"

听到千田英子的话,沈莫面如死灰。

陈山听到这里,神经再一次高度紧张。荒木惟向陈山身边的日本特务使了个眼色,特务便一把摘掉了他戴的耳机,并继续用枪顶上他的脑袋。

荒木惟微笑看着陈山,问道:"你猜,他是会慷慨赴死呢,还是会苟且偷生?"

陈山攥拳又张开,掌心已满是汗:"你很清楚,我在重庆帮你们炸死美国飞行员,炸毁重庆兵工厂这些战绩,并不是假的。"

"转移话题一般是一种心虚的表现,陈山君。"

"不。现在我多说无益。"陈山毫无惧色地与荒木惟对视,"我早说过了,我就是个陀螺,被你们所有人抽着转。我的命是不是留,你说了算。我跟你这些日子,没学会别的,就学会了该认命的时候得认。"

被枪指着的陈山感到了一种深深的绝望。他想起了张离,从未有过的想念。他无法看见,此时张离独自一人来到了医院院中的一棵玉兰树下。那是之前他与她告别的地方,现在她来到这里,等他回来。

周海潮表示自己想跟荒木科长谈谈，千田英子冷冷地告诉他，他没有资格讨价还价。听到这些，沈莫露出了绝望和决绝的神色。

"周海潮，你骗我。"沈莫突然吼起来，"你说过只要我扛过了大刑，再被你救出来，然后故意说出飓风队并不是真想杀了陈山，我们就能平安无事，飞黄腾达的。可现在只有你一个人能活命。你骗我！"

周海潮满脸诧异："沈莫，你胡说什么？！"

沈莫红着眼扑上了周海潮，吼着要杀了他这个骗子。他想夺周海潮的枪，但周海潮躲过，退出一步，毫不犹豫地扣动了扳机。

沈莫的胸口泅出了大片鲜血。他站住，身子晃了晃，口中溢出鲜血，然后直直地倒在地上，瞪着眼睛不再动弹。

周海潮惶恐地扭头对千田英子解释，沈莫完全在胡说，千万不能相信他。千田英子却只冷冷地问了一句："可以走了吗？"说完，便走了出去。周海潮收起枪，忐忑不安地跟上。

4

周海潮追着千田英子一路解释，千田英子步履不停，毫不理会。周海潮忽然站住了，看了一眼荒木惟所在的民房。千田英子亦站住，让周海潮走。

"难道荒木科长不在这里吗？"

"他在尚公馆等你。"

周海潮只得跟着她继续走。千田英子坐上了七巧弄弄堂口外的汽车，周海潮朝车里看了一眼，除了开车的特务，后座还坐着一个。这让他心生惶恐。

"上车。"千田英子坐在副驾驶座，以不容置疑的语气说。周海潮胆战心惊地上了后排。从后视镜中，他能看到她冷漠锐利的眼神。

此刻，荒木惟就站在窗帘后面。看周海潮与千田英子离开之后，他对枪指陈山的日本特务做了个手势，特务放下了枪。荒木惟走到陈山前面，说："走。去亲手除掉那个差点让你蒙冤的……情敌。"

汽车行驶上大街以后，周海潮就开始寻找机会跳车。不久，他从后视镜里看到有另一辆汽车不远不近地跟着。他想得到，车里坐的该是荒木惟。

汽车在路口等红灯时，周海潮又瞟了眼后视镜。这时，后面那辆车大概离他有五十米的距离。再等，只能更近，这就是最好的时机。周海潮大力推开车门，夺路而逃。

后排的日本特务立刻持枪蹿下车，向周海潮追击。周海潮一直往人流多的地方跑，枪响了，击中了一名路人，人群大乱。荒木惟的车也停下了，荒木惟说，陈山，

053

杀了他。陈山迅速下车，掏枪追向周海潮。

千田英子亦下车，向周海潮追去。但混乱奔跑的人群挡住了他们的视线，怕伤及路人，陈山没有开枪。

千田英子向周海潮开了两枪，又击中了两名路人。

周海潮逃进一条弄堂，千田英子追到弄堂口，一枪击中了他的背心。周海潮踉跄一下，继续咬牙向前跑去。陈山也追了过来。周海潮穿过弄堂，跑到了另一条大街上。这时，有辆电车正叮叮当当地驶近。

当千田英子和陈山穿过弄堂跑到这条街时，只见街头人来人往。电车缓缓驶过，却不见了周海潮的身影。

周海潮躲进了电车，蹲在车厢角落，双手合十对一名坐在他身旁的妇女求情，示意她不可暴露自己。妇女看到了车厢外马路上举枪环视街道的千田英子和陈山，她回过头，用一件斗篷盖住了周海潮颤抖的身体。

陈山回到同仁医院时，已是傍晚。张离还在坐在玉兰花下的长椅等他，夕阳西下，天色已近薄暮。夜风微凉，她不禁把衣领紧了紧，缩了下脖子。然后，陈山的声音在她身侧响了起来。

"这是闻着草头圈子的香味出来接我了吗？"

张离转头看到陈山，千言万语只化作一句最普通的话。

"你回来了？"

陈山微笑着："言出必行，是你相公最大的优点。"

"怎么这么晚？"

"都怪老正兴生意太好，所以排了很久的队，抱歉，让老婆久等了。"

"总会等到的，我不怕。"

说完，两人相视一笑。

5

余小晚提着箱子，跟随一个中年女房东进入了一间公寓。公寓整洁明亮，欧式实木家具颇具质感。余小晚很满意，闲聊几句后，她就递上了三个月的房租。

刘芬芳鬼鬼祟祟地来到了公寓对面。他戴着帽子，躲在一棵树后。不多久，余小晚在二楼的公寓推开了窗。刘芬芳闪身躲到树后，靠着树干掏出小本子，瞄了一眼余小晚公寓的门牌号记下，斯文里175号。接着，他又掏出一块破怀表看时间，再写下三月初六，10点08分。他很享受这种专属于特工的隐秘、危险、暴力和追索的交融感，以至于一个路人狐疑地瞄他一眼，他都要掀开衣襟，露一露腰间那把生锈的手枪。

送房东出门后，余小晚关上房门，长出一口气，有些疲惫地走到床边坐下。发了一会儿呆后，她才起身拉上窗帘。

她打开她那口巨大的行李箱，将一些换洗衣物放到床上。

行李箱里还有一个小箱子。余小晚取出小箱子，打开。里面放着的，是一台发报机。

那台发报机是她从书柜的暗格里找到的。那天，她将一本厚书放回书柜时，书的硬壳封面撞击书柜内壁，发出了空洞的回声。原本她已回身准备离去，忽又站住，转过身望向书柜。她取出书本，用手指敲了敲壁板，又听到了回声。她找来螺丝刀，撬开木板，看到了木板后的箱子。一取出来，她就认出了它。这就是那回张离约她去心心咖啡馆时所带的那只箱子。从那时起，她就明白了什么。

余小晚重新将箱子合上，藏入了自己的床底。

傍晚，陈山将张离接回了家。他扶着张离在沙发上坐下。

"饭已经做好了，有黄豆炖猪蹄、麻油腰花和桂圆枸杞煎蛋。这就上桌。"

张离有些哭笑不得："又不是坐月子，怎么整这些菜？"

陈山边往厨房走边说，月子早晚得坐，肯定比这还隆重。但现在不是坐月子，现在是得补身体，枪伤需要补身体。然后，他忽然止住脚步，开始往回走。因为有人在敲门。

陈山打开门，看到刘芬芳一脸严肃地站在那儿。

"有消息了？"

刘芬芳点了点头，瞟了一眼屋内的张离，对陈山钩了钩手指，陈山便关上门跟刘芬芳走了出来。

在陈山查看笔记本的时间里，刘芬芳一本正经地向他汇报，这个姑娘叫余小晚，那天离开同仁医院之后，她去了东亚旅馆，住了一晚后退房，接着就住进了他记下的那个地址。

陈山拍了拍刘芬芳的肩膀，夸奖两句。刘芬芳很得意，说自己路上至少甩掉了六个眼线。陈山掏出钱包，取两张钞票递给他，但刘芬芳瞟了一眼，坚决推开。

"我可不是为了钱才干这个的。我干特务是专业的。"

"专业的特务才要领军饷。我这是按少尉职衔给你的。拿着吧。"

"少尉，"刘芬芳眼里充满向往，"很大吧？"

"大。手底下少说得管几十号人。以后人够了，我都得给你配上。"

刘芬芳一脸欢喜，沾了口水数起钞票。收起钞票，他又要枪。人没有没办法，装备可得跟上。他掏出自己的枪向陈山展示："你看，都锈成铁疙瘩了。"

陈山批准了，说等发了饷，他会搞一支给他。刘芬芳一脸欣喜，但还没完，他四下望望，压低声音，又提出了新的请求。为了尽量专业，下次汇报工作，最好能使用暗语。

"这个，有人的时候可以用暗语。等我想好了告诉你。"
"好，越复杂越好，我记得住。"
陈山忍着笑意，亦一本正经地点头，对刘芬芳竖起了大拇指。

饭后，陈山把一个小锦盒交给了张离。张离打开锦盒，里面装着两根金条。那两条大黄鱼是他用自己所有的钱换的，包括婚礼收到的礼金和尚公馆给他的奖金。他想让陶队长转交给沈莫的家属。
张离赞赏地看着陈山。陈山脸上却无半点开心："他用自己的牺牲保全了我。"
"金条要赠送，你还要把他牺牲的情况写下来，向上级报告，为他争取嘉奖。"
陈山点点头："回头就写。"
"你还要好好检讨。这次有沈莫用命保你，下次没有！"
陈山举手发誓："一定认真检讨，绝不再自作主张。"
张离问起刚才来找他的刘芬芳，陈山告诉她，是个牙医，想当孤胆特工，除了有点假模假式，倒也是个实在人，靠得住。现在他帮他找到了小晚的落脚点，就住在斯文里。
张离叹了口气。余小晚显然还是回重庆更安全些，起码有费正鹏照应。但那也得她自己愿意。张离吩咐陈山找人暗中保护她，陈山立刻站直身子敬了个礼："遵命！"

来到上海的余小晚开始自己动手做家务了，洗衣服倒还好，炒菜就把她弄得有些狼狈。不是被油星子烫了，就是把青菜炒到锅外面。但是她一点也不想离开上海。她已经找到了工作，在李氏诊所当医生。

陈金旺换了住处。新居在大庆里，周围环境比宝珠弄好得多，房子也更敞亮。搬家这天，他依然坐在他的竹躺椅上，两名日本特务把他抬进了屋。
另有两名日本特务负责搬运他的日常用品，陈山和千田英子跟着进屋，只见陈金旺坐在躺椅上，抱着他的五灯"电曲儿牌"收音机和一把弹弓，正勉力睁开眼睛，环视着屋内。
他问，这是谁家。陈山说，你家。陈金旺又环视一遍，摇摇头，说不是我家。陈山说，这就是你家。
"那么我儿子陈河呢？"
"鬼才知道。"
"我女儿小夏呢？"
陈山这回没接话，眼露伤感。陈金旺看着他说："陈河啊，老陈家就靠你光宗耀祖啦。"
陈山看着陈金旺手中的弹弓，走上前去抢："老东西，弹弓还给我。"

陈金旺把弹弓握得更紧了:"不行,这是我儿子陈河的。"

"你这个破脑筋,什么时候能记起我来?这弹弓是我的,是我的!"

陈金旺索性把弹弓藏进怀里死死按住,扭过头去闭上眼不再理会他:"没了,没了。"

陈山无奈,转身离去。千田英子跟着他离开。路上,陈山问千田英子,老东西在宝珠弄住得好好的,为什么非要让他搬过来。千田英子说,一切都是科长的安排。

陈山无奈地叹了一口气:"荒木君对我还真够义气的。"

"当然。如果飓风队杀不了你,去找你父亲的麻烦可就坏了。所以科长此举,就是为了让你免除后顾之忧。"

"回头我一定好好谢谢荒木君。"

第四章

1

清洗手术用具的时候，余小晚忽然听到隔壁物料间传来了一声异响。

她疑惑地关掉水龙头，屏气凝神，却再没听到动静。她又打开了水龙头，继续清洗，异响再次传来。

她手持手术刀，悄然走向隔壁。水龙头并未关紧，在她身后滴水，像某种提醒。

物料间里摆满了货架，货架上是医疗用品。余小晚双手握紧手术刀，一排排地查看。忽然，货架下伸出一只手，抓住了她的脚踝。

余小晚吓得一声尖叫，但她随即看到了那人的脸。

是周海潮。

周海潮虚弱地躺在一排货架后面，嘴唇发白，面无血色："救我，小晚……"

"怎么是你？你为什么会在这里？"余小晚稍微定定神说。周海潮没有回答，他已然晕了过去。

余小晚叫来护士，将周海潮抬上推车，推向手术室。诊所所长在中途拦下，查看了一下他后背的伤势。是枪伤，所长决定先报警。余小晚不同意，如果不马上取出子弹，周海潮就会没命。

所长担心的还有诊费，诊所可不是红十字会。满街的子弹横飞，那么多来历不明的伤者，救不过来。余小晚看着周海潮苍白的脸，犹豫下，决定承担他的手术费和医药费，就从她薪水里扣。

"一个素不相识的人……"

"不，我认识他。"

周海潮被推进了手术室，手术即刻开始。他面无血色，沉沉地陷入昏迷。余小晚身穿白大褂，戴着口罩，神色镇定地为他取出了背部的子弹。

在绣春楼茶馆的包房，陈山向陶大春汇报了沈莫的牺牲。陶大春答应会向上级汇报此事，为沈莫追功授奖。

"希望经此事后，荒木惟能真正信任你。"

"我也会加倍小心的。"

陶大春向陈山下达了新的任务。前方正面战场上，国军急需药品。但目前市面上的盘尼西林千金难求，几乎都集中在日军手中。所以陈山的任务是找到日军在上海的医药仓库，设法盗取盘尼西林。飓风队会伺机将医药仓库一举摧毁。

宋大皮鞋和菜刀来家中做客。两人在客厅里拿放大镜研究古董瓷器，连声赞叹，猜测陈山老板的身份。陈山和张离在厨房为他们烧菜。陈山将锅中的螺蛳翻炒了一下，加水盖上后，转身看向张离。张离的头发比在重庆时要略长了些，她正洗着辣椒，低头的面容无比温柔。陈山看着她，眼前叠印着她在重庆余小晚家中洗菜时的画面。

"别看我，看着你的菜。"张离不抬头地说。

陈山继续看，问："你信不信命？"

"锅里的水该烧干了。"

"在重庆看你洗菜的时候，我就觉得咱们像一家人。原来这就是命中注定。"

张离把洗好的辣椒放在案台上："命就是踏实走好每一步，不然你都不知道自己能不能看到明天的太阳。"

"老婆说话就是这么有道理。在重庆只有小夏一个人质。回了上海才知道更展不开手脚。现在连陈金旺都被他们软禁了。"

听到这话，张离看了一眼客厅的菜刀和宋大皮鞋："他们还不知道你是个……'汉奸'吧？"

"就怕早晚也会连累他们。"

四人围坐在桌前吃饭。菜刀和宋大皮鞋吸着螺蛳，喝着小酒，吃得津津有味。吃到高兴处，菜刀脱了鞋，把一只脚竖起踩在了凳面上。宋大皮鞋让他赶紧把自己的臭脚从黄花梨凳子上挪开，屁股能挪开蹲着吃的话就更好了。菜刀意识到失了礼数，看眼张离，赶紧把脚放下穿鞋里，说了声嫂子对不起。张离让他们随意就好。

陈山发话了："我们仨在自己的地盘上当然可以随意。在我老婆面前，在外人跟前，以后还是得有点规矩。"

宋大皮鞋附和着，山哥的身份不比从前了。菜刀嘿嘿笑，问这么大的房子好不好空一间出来给他住住。宋大皮鞋瞪他一眼，住啥，你住在这里，人家怎么生娃。菜刀说他可以住楼下，不影响。张离听了脸通红，眼神中却涌动爱意。菜刀不管不顾，又跟张离讲起以前，那会儿追求陈山的小姑娘一直要排到弄堂口。宋大皮鞋拽了他一把，不让他说了，再说山哥就该跪搓衣板了。张离忽然开了口，说，咱家是不是还少块搓衣板？明天记得买回来。菜刀和宋大皮鞋就起了哄。张离让他们继续说陈山的陈年往事，说一件，管一顿饭。

昏黄的灯光下，四人有说有笑。喝至酣处，陈山作势要打宋大皮鞋，宋大皮鞋躲到菜刀身后继续说。菜刀乐得拍桌子拍大腿，弄得陈山一脸哭笑不得，张离笑盈盈地看着他们。

那是一顿温馨快乐的晚餐，就像在硝烟弥漫的废墟狭缝里盛开的一朵晏饭花。在往后的岁月中，陈山每每想起此刻，都会微笑着流泪。

下午2点的时候，张离从门口取了报纸，一进屋，就关上了门。她在沙发上坐下，把《申报》翻到寻人启事那一版，找到了她要找的一则。相互间隔的文字从内容中浮出，连接成句：下午3点前，至怀仁药店接头。

张离合上报纸，取了包，披上外套准备出门。陈山正好开门回来，他先前在外面办了点事，所以就不回办公室了。张离告诉他，她要去医院复诊。陈山要陪她一起去，张离让他在家做饭，这样，等她一回家就能吃到红烧大肠了。

"你想吃红烧大肠哪天都成。但今天就不做了吧，怎么能让你一个人去医院呢？我陪你，然后我们在外面下馆子吧。"

张离心中焦急，思索对策，却无果。此时，菜刀在外面叫起了门，听上去很着急。陈山一打开门，菜刀就慌乱地让他快跟他走，宋大皮鞋家出事了。

"出什么事了？"

"宋老爹……他……"菜刀哽咽着，说不下去了。

陈山意识到问题的严重性，回头看了张离一眼。张离让他快去，她能照顾自己。陈山便匆匆随菜刀离去，张离跟着走出了家门。

张离缓步走到怀仁药店附近，四下观察后，走向了目的地。

步入药店后，一名伙计就朝她招呼，问她是看病还是抓药。张离看着伙计的眼睛说："听说你们这儿的裘大夫专看久咳不止的肺热症。"

伙计眼神闪了一下，回复道："太太，您来得可真不巧，裘大夫今天休诊。"

"是吗？可裘大夫说，下午3时他会在店里，让我来早了可以先等他。"

"太太，里边请。"说着，伙计带张离进入了内室。

内室里，一名身穿长衫的男子正站在窗前逗着鸟，背对门口而立。伙计将张离带入，说了句："先生，病人来了。"便带上房门离去。

男子没有说话，但看他长身玉立的背影，张离就已经认出他就是钱时英。她的声音激动起来："请问是裘大夫吗？周太太推荐我来找你就诊。"

钱时英转过了身，看着张离，镇定地说："我的诊金可不便宜。"

张离看着钱时英，眼中涌上泪水，继续对着暗语："周太太已经告诉我了，报她的名字，可以打八折。"

钱时英走了过来："好，那就八折。"

钱时英走到桌前："你好，'蒲公英'同志，我是你的上级，我的代号'裁缝'。"他的声音依然平静。

张离依然站在距离桌子两米远的地方，她稳定了一下自己的情绪，说："果然是你。"

"你有什么要问的，现在问吧。"

"把你能说的告诉我就行。"

"对不起。"钱时英说，"按纪律，我在'牺牲'被救活以后，不能联络你也不能告诉家里。在今天之前，我也不能向你透露我的身份。"

张离克制着情绪，不看钱时英，她低头走到桌前，说："我明白。我也理解。"

2

宋老爹的尸体躺在一块床板上，面无血色，遍体鳞伤。宋大皮鞋呆呆地跪在一旁，红着双眼。菜刀也跪在一旁，大哭不止。陈山蹲着，狠狠地抽了口烟。

因为打碎了陈啸昆店里的两瓶洋酒，没钱赔偿，宋老爹就被毒打了一顿。宋老爹不舍得花钱，不肯去医院，只让宋大皮鞋叫了弄堂口的郎中看了下。警察也叫过，他们不管，因为是私人恩怨，但真正的原因谁都知道，他们惹不起陈老板背后的日本人。

宋大皮鞋让陈山帮帮他，他爹不能白死。陈山告诉他，不能急。那个姓陈的跟特高课的麻田走得很近，家大业大，手底下起码有几十杆枪，他要抬一抬脚，踩死他们几个就像踩死几只蚂蚁。所以，想要报仇就要先忍下这口气。

宋大皮鞋火了，他们在码头混了这么多年，见过枪见过炮，但什么时候怕过？"你不帮我，我自己去！"说着，他就要夺陈山的枪。被陈山推开后，他从墙角抄起一把砍刀，就往外走。愣在一旁的菜刀冲过去把他抱住，宋大皮鞋挣扎着，晃着砍刀大喊大叫。

"都给我让开，你们这些不讲义气的东西！还说朝天一炷香，就是同爹娘呢。同个屁！"

陈山三两招夺下砍刀，一脚将宋大皮鞋踹翻在地。抱着宋大皮鞋的菜刀也被踢得一齐摔倒。宋大皮鞋坐在地上，继续大叫："你拦着我干啥？我知道你现在有钱了，还娶了老婆，命比从前金贵了，我不拖累你。我皮鞋贱命一条，这仇我非报不可！"

陈山也冲他吼了一句："仇当然要报，但得动脑子，得从长计议你懂不懂！"

"那要等到什么时候？等到你也有几十杆枪，也傍上日本人的时候？"

陈山愣了，没说话。宋大皮鞋又捶着自己胸口吼了一句："我等得到那一天吗？"

陈山不再理会他，让菜刀把宋大皮鞋看好了，没他的命令，哪儿也不许他去。自己提着砍刀转身离去。

走出门口的时候，宋大皮鞋还在屋里骂他。他听得清清楚楚，骂他是不讲义气贪生怕死的缩头乌龟。刘芬芳这时也来了，叫了他一声，但他没理会，径直朝前走去。

"很高兴，还能在这里见到你。"钱时英朝张离伸出手，张离却没有，只是坐了下来。钱时英的手有些尴尬地在半空晾了会儿，缩回去。

"所以，我之前申请结婚的报告，最先收到的是你吗？"

"不是我。"钱时英说，"但上级的批准报告是我转达给你的。"

"那会儿你心里是怎么想的？"

钱时英看着张离，语气里依然没有丧失平静："我知道你和陈山是在重庆认识的。随他一同来上海潜伏，也是你自己主动提出的。珍珠港事件之后，日军战略方针已有所改变。比防范内战更重要的，是与日方的情报战。所以组织在考察过陈山的背景之后，同意了你们一起来尚公馆潜伏的申请。陈山很聪明，看起来也很照顾你，你们有过共同战斗的经历和经验。现在这个假夫妻关系，可以更好地掩护你们工作。希望你确保自己的安全，并完成组织给你的新任务。"

"回答得可真够官方的。"

钱时英沉默了。

张离继续说："陈山对你似乎有敌意。"

钱时英自嘲地笑了："面对一个七年没回家的哥哥，他当然有理由恨我。"

听完这句，张离正视着钱时英的脸，眼神中充满惊诧。

"我原本的名字叫陈河，保卫河山的河，陈山，是保卫河山的山。"顿了下，钱时英继续说，"这些年我亏欠家里的太多了。"

"我想以后他都会明白的。"

在布置任务之前，钱时英道出了自己的想法。在合适的时候，他希望张离能策反他加入他们。张离点点头，说，我会的。

据可靠情报，近期日军会有一批价比黄金的盘尼西林运抵上海，以陈山现在的职位，应该有机会查到船期。张离的任务是想方设法夺得这批药品。

张离告诉钱时英，军统也让他们查探日军医药库的地点，也想要盘尼西林。钱时英指示她，不能跟军统有正面冲突，但必须先下手为强。

"在没有成功策反陈山之前，我们给你的任务，包括我的身份，仍然必须对他保密。"

"是。裁缝同志。"

陈山懊恼地将砍刀丢进阴沟后，问刘芬芳余小晚那边的情况。刘芬芳向他汇报，余小晚应该是打算长住，她在李氏诊所找了份工，每天除了上班就是在公寓待着。诊所最近蛮忙，她都是快半夜了才回去。

陈山点点头，让刘芬芳继续盯，并让他有空的时候去建德路89号找茅师傅。说着，陈山掏出钱包抽了几张钞票给他："就说我介绍你去的。他会教你开汽车。这是学习经费。"

一听到要开汽车，刘芬芳甚为惊喜："你还真是找对人了。我告诉你，我虽然没开过车，但看得多了，老早就看会了。只要给我一部车，不出一天，我保证学会。"

"好，学会了就能执行更重要的任务。你是我的重点培养对象，好好学。"

"放心，一定不辱使命！"

陈山想了想，让他在牙科诊所装一部电话，这样才便于联络和安排工作。刘芬芳很同意，电话是少尉级别的装备，得跟上。

看陈山心事重重，刘芬芳问他宋大皮鞋为什么骂他。陈山没回答，让他别跟着。刘芬芳就站住了，看着陈山走远，然后向宋大皮鞋家走去。

听宋大皮鞋说完了原委，刘芬芳觉得他跟陈山翻脸就是小题大做："陈山摊上你们两个没脑子的兄弟，也真是够倒霉的。"

宋大皮鞋生着闷气，蹲在地上烧纸钱，一声不吭。菜刀不高兴了："你说啥人没脑子？"

刘芬芳开始长篇大论讲道理："陈山什么德行，你们还不知道吗？但凡有点把握的事，他能把牛吹上天去，扛着断几根骨头，也要把面子挣回来的人。他今天连牛也不吹一下，那说明什么？说明这事情肯定不好办啊。你说他娶了媳妇怕死，那么难道要他跟你一道去送命，然后让他刚进门的老婆守寡才叫讲义气？陈山怎么就摊上了你这种兄弟？换成我才不拦着你，让你去送了小命拉倒。"

刘芬芳扬长而去，留下宋大皮鞋和菜刀面面相觑。忽然，宋大皮鞋打了菜刀一记头皮。

"你打我做啥？"菜刀捂着头叫。

"前面我骂山哥的时候你为啥不拦着我？"

"嘴巴长在你脸上，我又捂不牢，怎么拦啊？"

3

周海潮穿着病号服躺在床上。他还未苏醒，但脸色较此前已经好多了。体温37.8摄氏度，烧几乎也退了。余小晚看了看他的病历，吩咐护士，药量比昨天减半，继续观察。

"今天我要早点下班了。"余小晚看了周海潮一眼，转身离开。

陈山往桌上端菜时，张离提着几个中药包进了家。陈山瞟了一眼药包上的怀仁药店字样，问她，没去同仁医院？张离说去了，医院的护士长推荐她去怀仁药店找一位裘大夫，说他擅长伤后调理养身，对她的身体应该会有帮助。

两人在桌前坐下吃饭。张离问宋大皮鞋家出了什么事，陈山眼神一闪，将事情原委告诉了她。张离记得陈啸昆。在米高梅门口，他曾与陈山握手寒暄。婚礼的时候，他坐在乔瑜身边。婚礼的酒也是他赞助的。

她沉默了一会儿，问陈山什么打算。听见陈山说仇要报但得找合适的机会，她说："你比过去成熟了！"

关于报仇，陈山已经想过了，得从长计议。第一步，就得麻烦张离出马，合适的时候，去唐曼晴那儿串串门，打听下陈啸昆的底细。张离觉得，唐曼晴这个女人，跟一般的交际花不一样。跟她交个朋友也好，总能顺带着认识一些人，说不定也能了解到一些情报。陈山深表同意，太太团们那儿的小道消息最多了。

张离又问起医药仓库的事，他打算怎么办。因为仓库不好找，所以陈山打算去乔瑜那儿查看下记录，所有到港货物的货运信息都会由乔瑜的二分队经手。或许能顺藤摸瓜，找到些线索。

张离点点头，让他万事小心。陈山叫她放心。娶了老婆之后他又新学了一桩本事，就是怕死，怕得要命。宋老爹的事搁从前，他抄起家伙就冲过去砍了再说。现在不成，他得想着自己死了，张离怎么办。

"所以我向你保证，以后不论干什么，小命第一，任务第二。"

"有任何进展，必须随时向我汇报！"

"放心吧，我现在就像这块大肠。"陈山夹起一块大肠嚼起来，"被你吃定了。"

第二天，陈山就去了乔瑜的办公室。到门口的时候，乔瑜刚好将一份货运记录往抽屉里放。封面上的"到港货物登记册"字样陈山看得很清楚，他假装随意地敲了敲开着的办公室门。

闲聊几句后，乔瑜说准备去荒木科长那儿汇报工作。陈山说请他吃中饭，为了婚礼的事，他没少忙活。

乔瑜听了，嘿嘿笑两声，说老正兴。然后他看了下表，已近11点，让陈山先回办公室等他一会儿。

"我能在这儿等吗？"

乔瑜愣了下。

陈山解释说："刚出办公室的时候不小心把钥匙锁里头了，总务科管备用钥匙的戴小姐不巧又去了宪兵队的特高课办事。下午之前，我是回不了办公室了。"

"那你就在我这儿坐会儿，等我去科长那儿汇报完工作就走。"

乔瑜拿起桌上一个笔记本离去。陈山跷着二郎腿在椅子上坐下，翻看着报纸。听着乔瑜的脚步声渐远，他起身迅速走到门边，探头望出去。乔瑜走上去二楼的楼梯后，他立刻将房门虚掩，走回办公桌前，从口袋里掏出一根铁丝，撬开了办公桌的抽屉锁。

陈山拉开抽屉，找到了乔瑜刚放进去的"到港货物登记册"，上面写有数字3，他迅速浏览强记。之后，他又在乔瑜抽屉里翻看另外两本数字编号为1和2的"到港货物登记册"。翻看过程中，他同时侧耳倾听着门外的动静，并不时瞟一眼虚掩的房门。

乔瑜回来得比陈山预料的早很多,因为乔瑜根本没有见到荒木惟。开门的是千田英子。她冷冷地告诉他,科长现在没空见他,说完就关上了门。从楼上下来后,乔瑜远远地看到自己办公室门口地面的光影是一道缝。他立刻意识到自己的房门被陈山掩上了,不由得心中生疑,放轻了脚步。而这时候,陈山仍在翻看登记册。

乔瑜轻步走到自己的办公室门口,又无声地推开门时,陈山正坐在座位上看报纸。听到声音,陈山从报纸后面露出头,说:"呦,这么快回来了?走,吃饭去。"

陈山放下报纸,离开了桌旁。乔瑜把笔记本放回桌上,打量了一眼自己的桌子抽屉后,暗舒一口气。

其实在乔瑜轻步靠近办公室的时候,陈山就听见了声音。他迅速将三本登记册放入抽屉,并将抽屉推回,同时一手以报纸挡在面前,一手以铁丝捅入锁芯使其上锁复位。

在走廊上,陈山假装随意地问乔瑜婚宴上的酒是哪儿买的,后来他带回去给张离喝了,她喜欢,让他再买点儿。乔瑜说,那是陈老板赞助的。陈山又故意问哪个陈老板,乔瑜说就是那个开酒行的陈啸昆。

"哦,我想起来了。他好像跟麻田挺熟的。"

乔瑜前后看了看,压低了声音神秘兮兮地告诉陈山,他听说麻田看上了陈啸昆的姨太太,陈啸昆就特地把姨太太送去麻田那儿过夜。然后他就拿着麻田给他的特别通行证,在各个码头自由出入,什么生意都敢做,连鸦片也敢碰。

陈山听了,夸陈啸昆够能耐:"舍得了孩子,才套得着狼。"

乔瑜猥琐地笑起来。

傍晚,陈山提着公文包坐黄包车到家时,菜刀和宋大皮鞋正坐在他家门口。

看到陈山,菜刀拉了拉宋大皮鞋的衣袖,宋大皮鞋却有些不好意思地把头扭向另一边。陈山从黄包车上下来,菜刀硬拉着宋大皮鞋迎过来:"山哥,放工了啊?"

"你嫂子应该在家啊。怎么不进去坐,蹲门口做什么?"

"没事儿,我们在门口等你就成。不打扰嫂子。"

见宋大皮鞋仍扭着头不说话,菜刀又拉了他一下。

"你拉我干什么?"

"不是你自己说想通了吗?"

"那也是我自个儿的事,跟你们没关系。"

"皮鞋,兄弟一场,以后那些伤感情的话不要再说。你知道我不会不管你的。但哥现在有家有口的,我的命不是我自个儿的,凡事得从长计议,想好了再干。"

宋大皮鞋低着头,不说话。菜刀不住点头。

"你们俩也是,年纪不小了,命只有一条,能拼几次?谁也不能保证每次都有好运气。以后我也不许你们胡来。"

陈山说到这里，宋大皮鞋面露感激之色。陈山告诉两人，姓陈的底细，他已经查过了，除了做正当生意，还在法租界私下贩卖鸦片。说着，陈山掏出钱包抽了两张纸币递给菜刀，让两人去查清楚，陈啸昆下次交易是什么时候，再买两条枪。到时候，他一定让他栽个大跟头，连本带利替宋老爹讨回血债。

"山哥，我错了。"宋大皮鞋抬起头说，"我不该心急不过脑子，骂你不讲义气。"

"就是咯，"菜刀数落道，"还说我没脑子，你又有什么脑子？"

"行了。"陈山说，"都给我好好蹦跶着，回头一个个都把老婆讨上，把命给你们老婆孩子留着。"

4

饭后，在书房，陈山向张离汇报了两件事。

第一件是为宋老爹报仇的事。日本人对鸦片生意一向控制得很严，租界里被允许贩卖鸦片的几个大佬也不敢背着日本人走私，都得按比例进贡。麻田要知道姓陈的私贩鸦片，绝不会对他客气。所以，借刀杀人是报仇的最好方式。

第二件，是他从乔瑜办公室偷看到的日军的货运记录。登记册上，军服、大米、到岗时间、数量等字眼他都看得懂。但里面还有一个英文单词，他不知道是什么意思。他拿起笔，在桌上的信笺上写下一个单词：Penicillin。

张离看着信笺，把那个单词念了出来："这就是我们要找的盘尼西林。"

陈山欣喜："它最近两次到货的时间分别是二月初五和二月二十七。"

张离指示，光这些还不够。他还得设法查出它到港的具体时间，接货人是谁，有可能被送去了哪里。

陈山信心满满地笑了："这事儿找我办，可算找对人了。别忘了，我是包打听出身。"

第二天，陈山来到了码头。宋大皮鞋给他领来了那个叫番茄的线人。陈山冲他点了点头，说："听说你手上有货？"

番茄打量了陈山一眼，问他钱带来没。陈山就从口袋里掏出了一叠钞票。番茄数过钞票，前后望了望，然后掏出了一个药盒。

陈山接过药盒，打开，看到了放在里面的那一排针剂。针剂上面标着英文：Penicillin。陈山问番茄怎么搞到的，番茄告诉他，他们成天在码头混的都知道，但凡有值钱要紧的货到了，别的货就不让提了。那天一听说其他货延迟提货，他们就蹲在了码头，想着能不能偷点出来。不久，一船货靠了岸，接着一辆车来接货。他们最机灵的小弟扒到车底，货卸到车上后，他翻身进入车厢，用小刀撬开了一个木箱。

"但他刚掏了一盒这个，就被车厢一角的日兵发现了，只得跳车逃跑。可惜我那小弟，中了一枪，刚逃回来就断气了。"

陈山问："你这个小弟，跳车逃跑的地方在哪儿？"

"环龙路，73弄弄堂口。"

陈山当即驾车，来到环龙路73弄堂口。他望向前方，看见不远处有一个十字路口，就翻开地图，在上面画着可能的路径方向。然后他继续驾车前行，一条条路径进行探查和排除。只要他看到仓库，就在地图的对应标记上画圈。

回到住处后，陈山将画了标记的地图交给了张离。现在，他大概能确定药品仓库应该在法租界的西北部方向。具体方位不详，但西北方可以做仓库的建筑也并不多。

张离看着地图，思索陈山提供的线索。最后运药车经过的地方是环龙路，但法租界仓库聚集地，其实是在西南方位，那么，有可能是日军为了隐蔽起见，故意设计了迂回的运药路线，运药车其实只是故意往西边转了一下，从前面这个路口，又转向了西南方。

张离用铅笔在地图上画出了一条新路线，指给陈山看。陈山眼前一亮，确实有这个可能。张离让陈山一并把他们的猜测告诉陶大春，由他去判断。

"好。"陈山点点头，"还有，我的线人告诉我，盘尼西林到货那天，为确保安全，其他货物会暂停提货。今天晚上，有个米铺老板原本可以提货，但被通知明天再来。所以我怀疑，今晚又会有新的盘尼西林到岸。"

事不宜迟，张离让陈山马上通知老陶。

陈山坐上一辆黄包车离去后，张离迅速关窗，拿着手提包，穿上外套，也出了门。

在绣春楼茶馆，陈山拿着那盒盘尼西林见了陶大春，道出所知的一切线索。他并不能保证今晚到岸的一定是盘尼西林，但是陶大春决定一试。

"还需要我做什么？"

"不。"陶大春扬了下手，"接下来的事由我们部署，你不用再管。"

张离在怀仁药店的内室见到了钱时英，并向他汇报了一切。尽管不能确定仓库在哪儿，但是可以肯定的是运药车会经过环龙路，所以钱时英猜测，如果飓风队打算今晚动手，最大的可能是在环龙路守株待兔。他打算先下手为强。

此时，有人敲响了门。钱时英和张离同时望向门口，进来的是伙计，低声告诉钱时英，唐小姐来了。

出门前，钱时英嘱咐张离，等他和唐曼晴走了再出去。钱时英出去的时候，唐曼晴正坐在外间角落的椅子上，喝着伙计给她泡的茶，一派风情万种的模样。见他出来，唐曼晴站起了身，脸上带着甜蜜的微笑。

"是还在忙着招呼病人吗?"

"没有。刚盘点了新到的药。我们走吧。"

唐曼晴又笑一下,走到钱时英面前,替他整了整围巾。

钱时英先向药店外走去,唐曼晴瞟了一眼门帘后的药店内室那扇门,一言不发,跟着钱时英离去。

两人从药店出来的时候,陈山刚好步行经过。他下意识地躲了躲,看着两人一起坐上汽车离去。他看了眼招牌,怀仁药店,想起张离之前正是从这里拿的药。而这时,他刚好又看到张离从药店走出来,手上照旧提着几包中药,向家的方向走去。陈山似乎明白了什么。

张离走了几步又折回,到一个水果摊前买了些水果。陈山迅速躲藏,他清楚,张离在查看是否被人跟踪。他再探身时,张离已经买好了水果。望着她往家的方向走的背影,陈山神色凝重。

唐曼晴和钱时英去了马场。唐曼晴站在栏杆外,看钱时英骑马奔跑。望着他英姿飒爽的身影,唐曼晴眼神中流露出温柔的爱意。

钱时英在唐曼晴附近跃下马,唐曼晴朝他笑笑,说看来新马鞍还是很适合忠厚的。钱时英摸着忠厚的脖子,说:"替忠厚谢谢你。我早说过,你办的事没有不妥帖的。"

"那你还不让我给它改名字?"

"忠厚这个名字不好吗?"

"好,就是土气。"

"土气的马配土气的人,正好。"

唐曼晴也想试试,钱时英握住她的手,将她拉上了马。坐稳后,钱时英一夹马腹,忠厚便奔了出去。

夕阳下,一骑两人在马场上策马飞驰。唐曼晴被钱时英拥在怀中,脸上满是幸福的笑容。

唐曼晴忽然问:"你是重庆的人,还是延安的人?"

钱时英愣了一下,随即哈哈大笑:"我是你的人。"

两人共骑的身影在马场上跑远。路边的野草在微风中轻摆,不知名的小花已经盛放,春的气息是越来越浓了。

5

煎药时,陈山起身到一旁的抽屉里找扇子,一连拉开两个抽屉都没找到,却在第二个抽屉里看到了一个纸盒。他下意识地打开纸盒,发现里面是满满一盒钢珠,每颗占了一格。

陈山疑惑地看着那些钢珠，然后就听到了张离走来的脚步声。他赶紧关上抽屉，打开抽屉下的柜门，找到了里面的扇子。他回过头时，张离站在他身后不远处。

张离拿着苹果进了厨房，站在一旁削起来。陈山问她上次那五帖药还没吃完，怎么又去抓。她面不改色说，裘大夫说过，如果吃了三帖感觉没什么好转，剩下的两帖就不吃了，回去改药方。所以今天她去抓了新药。说完，张离把削好的苹果递给陈山。陈山接过苹果，观察着她的神色。

"你看什么？"张离削着第二个苹果说。

"确实脸色不太好。这几天你就好好在家休息，有什么要出门办的事，告诉我，我来办。"

张离答应了。削完苹果，她就走向了客厅。她在客厅坐下，眼神复杂地回望了一眼在厨房煎药的陈山。下午，当她走了几步又折回时，就发现了陈山。陈山看见她就躲了起来。而刚才，陈山显然又发现了那些钢珠。

此时，望着炉火扇风的陈山，同样心事重重。

余小晚有些疲惫地在桌前坐下，缓慢地吃苹果。吃完苹果后，她拉开抽屉，取出一个本子和一支派克钢笔。本子的扉页上，有父亲余顺年的名字。余小晚摸了摸那个名字，翻到本子的某一页。上面是余顺年亲手所写的《致女儿书》。

余小晚轻声念了起来："我不愿失去每一寸泥土，哪怕是泥土之上的每一粒灰尘，我不愿失去每一滴河水，哪怕是河床之上升腾的水汽……"

看着父亲所写的文字，余小晚眼前浮现出昔日父亲的身影。他穿着发白的卡其布中山装，反背着手，在家中来回踱步，给她念诗。那时的她扎着两个辫，还是个青葱少女。

"我不愿失去任何，因为她属于我的祖国，就像我不愿意失去我生命的分分秒秒，因为我需要用来爱我的女儿。那么小晚，你要给我听好，流失家园就是流失我们的生命……"

在父亲遥远又近在咫尺的念诗声中，余小晚开始在信笺上抄写这首诗。抄着抄着，钢笔写不出墨了。她打开笔套想吸点墨水，却发现笔套里藏着一卷纸，上面密密麻麻写满了字。

余小晚疑惑地展开那卷纸看着，面容越来越诧异。

陈山走出家门时，看到菜刀站在门口。菜刀是来报信的，姓陈的今晚10点要在蒲石路交易鸦片。消息绝对确切，是他用十块钞票买来的。宋大皮鞋已经去蒲石路踩点了。

陈山四人在蒲石路碰了头。天一黑，刘芬芳便独自离去，陈山三人则蹲进了一条弄堂。菜刀不时走到弄堂口张望。宋大皮鞋一直蹲着，握着枪瑟瑟发抖。

陈山看了一眼表，9点了。菜刀从弄堂口折回来，问陈山，这里离蒲石路还有点路，为什么在这里等。陈山没回答，转问枪都有了没有，菜刀说只买了一支。

"不是让你们一人买一支吗？"

"那不是又要给你找药，又要查陈老板的交易时间，要花钞票的地方太多吗？剩下的钱就只够买一支枪的了。"

陈山又转脸看了宋大皮鞋一眼，问他学会开枪没有。没等皮鞋开口，菜刀就先乐了。宋大皮鞋对着桌上的冬瓜连开三枪，冬瓜没打着，把桌子打散了。

宋大皮鞋恼怒地号："侬又好到哪里去了。枪一响，手抖得来，子弹飞到哪里去也不晓得。"

"行了。今晚不用开枪。"

宋大皮鞋大惑不解地望向陈山："那怎么报仇啊？"

陶大春和江奇坐在一辆汽车里，埋伏在环龙路73弄附近黑暗的街角。另有些飓风队员埋伏在暗处。

飓风队副队长程少风则带领数名飓风队员坐在另一辆汽车内，埋伏在买杨路一带。在陶大春的猜测里，如果今晚确有药品到港，最有可能经过这两条路。一旦发现目标，要设法追踪，找到他们的仓库所在地。然后在药品入库之前，再设法将其劫下。

钱时英出现在了码头附近。他身穿日本军装，肩膀上的军阶显示他是大尉军衔。他站在一辆日本军车旁，看了一眼手表，9点。他身后不远处，是一个公用电话亭。

他身边站着的日本士兵是手下小吴。两人身旁的军车，扁了一只轮胎。

公用电话亭的电话响了。

钱时英镇定地走进电话亭，接起电话。打电话的是在陆军司令部门口暗处执行监视任务的中共队员。

"车牌号，743，出发已经有五分钟。"

"好。"

钱时英放下电话，对小吴说："特高课派去码头接药的车已经出发。咱们这儿是从特高课去码头的必经之路。顶多二十分钟他们就会到这里，准备行动。"

"是。"

第五章

1

日本军官宫野和三名手下乘坐的一辆日本军车行驶在码头附近的路上。

宫野坐在副驾驶座,手中拿着一份药品接收令。看了一眼后,他将接收令折好放入上衣口袋。然后他看到前面不远处有一辆车停在路边,车旁的日军军官伸出手臂招了招手。辨认出对方身上军服的军阶和自己一样也是大尉后,他让手下停下了车。

宫野显然不知道,此刻向他敬礼的日本军官正是钱时英。钱时英向他出示了一份证件,用日语告诉他,他是竹机关工藤矢二。

宫野也报上了自己的身份,问钱时英有什么需要帮助。钱时英说他的车子爆了胎,备胎也没在车上,想借用他所乘汽车的备胎。

宫野面露难色,说:"但是我有要务在身。"

"因为赶着执行任务,所以如果不能立刻解决这个问题的话,只怕会耽误正事。所以只能请求同僚的帮助。拜托了。"

宫野想了想,同意了。他从车上招呼下来两名士兵,推着备胎来到钱时英的汽车旁。钱时英站在宫野车旁,还给宫野点了一支烟。

小吴和另一名中共队员小丁开始行动。两人朝那两名推备胎的日兵悄无声息地掩上,小吴一刀捅死了一个。另一个有所察觉,刚要叫喊,被小丁捂住口鼻扭断了脖子。

宫野抽了一口烟,听到钱时英车旁似乎有什么动静,但是此时的他忽然有些头晕。钱时英问他是否可以借用车上的工具,他便招呼司机把工具拿过去。司机下了车,从后车厢中取了工具送往钱时英的车旁。

宫野问"工藤大尉"几时来的上海。他上个月还去过竹机关,但是并没见过他。钱时英说来了两个月了,他也没见过他。"不过现在认识了,以后去司令部宪兵队,我会去特高课拜访您的。"

宫野头晕得更厉害了,他下意识地晃了晃脑袋,说了声"客气了"。当他再次看向车外的"工藤大尉"时,对方的脸已经模糊一团。他明白事情不妙,掏出了枪。但他的枪被钱时英一把夺下,脖子也被死死扼住。

挂着743号牌的日本军车继续朝码头行驶。小吴驾车,钱时英坐在副驾驶座上。

后车厢里,小丁和另一名中共队员守着宫野和三名日兵的尸体。经过一片草丛时,两人将那四具尸体迅速抛进了里面。

刘芬芳正在蒲石路附近的公用电话亭给警察局打电话。他告诉对方,浦石路中段,15弄弄堂口,许记当铺门口,有两帮地痞打架,好像已经砍死好几个人了。

"你们赶紧来,不然的话,上海滩就该血流成河了……你说我是谁?我说出名字来吓死你,你就赶紧出警吧。"

刘芬芳说罢挂了电话,看了看表,9点45分。给那帮吃干饭的警察十五分钟,总能赶过来吧。他寻思着,望向不远处的许记当铺。

10点整,一身黑衣的马老三带着一帮手下出现在了当铺门口。他身旁那名手下提着一个黑色皮箱。浓浓的夜色中,马老三看到陈老板带着一群持枪的手下从对面走了过来,其中一人推着一辆平板车。

刘芬芳还在电话亭中,看着两帮人马在许记当铺门口会合。马老三和陈老板简短寒暄了几句,交易就开始了。马老三对手下使了个眼色,手下将箱子提到陈老板面前打开,露出了里面整叠的钞票。但是警察还不见踪影。

接着,马老三的两名手下开始查验平板车上的货物。他们打开木箱,取出里面的纸包,撕开一包,闻了闻气味。

此时,五名骑着自行车的警察出现在了附近。其中一名警察吹响了哨子。

"前面的人听着,交出武器,举起手来!"

在陈老板和马老三相互怀疑怒目相视之际,警察朝天开了一枪。接着,陈老板的手下迅速向马老三等人开枪。双方各有负伤,马老三和两名手下被当场打死。警察一边开枪一边靠近。马老三手下见老大已死,无心恋战,向旁边弄堂跑去。

这时,一颗子弹擦过了陈老板的肩膀。陈老板吓得脸色大变,捂住伤口,让手下赶紧带着货走。几人跑进了一个弄堂。警察在后紧追不放,不停开枪。

忽然,弄堂前方传来了一阵密集的枪声。陈老板立刻指挥手下往另一条横向的弄堂跑。他当然不知道,那不是枪声,是菜刀点燃的一只又一只的鞭炮。

陈老板带着两名手下跑了会儿,当警察追踪的声音变得遥远之后,他略松了口气。但冷不防,宋大皮鞋从屋顶撒下来一包石灰。陈老板的眼睛立刻剧痛起来,无法睁开。

在陈老板的号叫声里,他的手下朝屋顶开起枪。但宋大皮鞋此时已经躲了起来。而他们没有留意到,此时,另一边二楼的窗户又打开了。陈山从窗户后面倒下一大盆辣椒水,那名推车的身上已有枪伤的手下立刻被辣得满地打滚。

警察追击的脚步声再一次靠近,陈老板命令手下别开枪,赶紧走,货也不要了。两名手下相扶着,与陈老板一起,一瘸一拐地逃离了现场。

刘芬芳开着一辆汽车前去接应陈山三人。但因为车技尚不熟练,车子抖动得厉害。他看到菜刀在前面一个弄堂口招手,便一脚踩下刹车,车子直接熄了火。

宋大皮鞋推着装有鸦片的手推车也从弄堂奔出,陈山跟随其后。几人一起将鸦片搬上了后车厢。

在鸦片快装完的时候,几束手电光从弄堂中照射了过来。陈山回头一看,催促他们快些。菜刀跳上汽车,接过宋大皮鞋递过来的最后一箱。刘芬芳迅速发动汽车,陈山坐进副驾驶座。

宋大皮鞋还不及上车时,三名警察就追出了弄堂口,开始朝汽车开枪。他小跑着扒住后车厢,菜刀用力把他拉上车厢。两人滚倒在车厢内,抱紧了脑袋。

警察连开数枪,一排子弹打在了后车厢的门板上。副驾驶座的陈山探出头,向警察开了几枪。在警察伏地躲避的时间里,刘芬芳已驾车驶远,驶向陈金旺的大本营。

在一声汽笛声中,一艘货船缓缓靠岸了。

钱时英站在一辆日本军车旁,等候在码头上。他还穿着那身日军军装,并粘了胡子,戴上眼镜。同样由中共队员假扮的三名日兵站在他身后。

一名日本军官从船上下来,走到钱时英面前,对他敬了个礼。

钱时英亦向对方敬礼:"辛苦了。"

日本军官问,怎么今天不是宫野队长来接货。钱时英说,宫野队长另有重要任务,所以今天由他代替。

说着,他递上一份验收令,上面有特高课的印章。日本军官接过验收令后用手电照着,仔细辨认了特高课的印章,没有问题。

"一共是二十箱,请开始卸货吧。"

"好的。"钱时英对几名手下使了个眼色,做个手势,几人便奔上船去。

刘芬芳驾车驶到了高恩路破败的肥皂仓库,那是陈金旺以前的工作地点。陈山三两下用铁丝捅开大门,推开门让汽车驶入。院内杂物遍地,一间库房的玻璃几乎全碎了,爬满了蛛网。

后车厢的宋大皮鞋和菜刀有些哆嗦着探出了脑袋。菜刀摸着后车厢挡板上的子弹孔,一脸后怕。宋大皮鞋惊魂未定,长舒一口气,庆幸自己本领高强,力敌千钧。

刘芬芳下车,放下了后车厢挡板。他满脸鄙夷地看了看车上的两人,说:"瞧瞧你们的脸,白得可以直接扮鬼了。这什么素质?这样下去可不行。想跟我和山哥执行任务,得提高业务技能!特工素质!懂吗?"

库房门上挂着一把生锈的大铁锁。陈山找到院子角落的一根铁棍,将锁撬开。门一拉开,一片灰尘就扑面而来,刘芬芳顿时打了个喷嚏。

陈山打开手电照了一下。库房内堆放着一些杂物,有一个角落放着一些废弃的篷布。他朝几人挥了下手,吩咐赶紧卸货。

2

小吴三人将二十箱盘尼西林装车完毕后，日本军官将一份签收单交给钱时英签字。

与日本军官互相敬礼后，钱时英坐上了驾驶室。汽车驶离码头，钱时英略松了口气，吩咐驾车的小吴避开环龙路，因为军统的人应该会在那里设伏。

没有预料到的是，汽车刚驶出码头，就遇到了日兵的临时关卡。现在，对方已经注意到了他们所在的车辆，那就没法掉头了，只能继续往前开。

小吴在关卡前停车，钱时英摇下了车窗。日兵看到钱时英军服上的大尉军衔，立即立正敬礼，让他出示证件。

钱时英刚递上证件，三辆插着日军军旗的三轮摩托车就从前方驶过来，照亮了黑暗的街道。钱时英和小吴不由得心中一紧，对视一眼，强作镇定。

三辆三轮摩托在关卡前停下了，领头的一名日本军官是个少佐。

小吴嘟囔了一句："乖乖，比你的官还大。"

钱时英轻声说："在车里待着。"

钱时英主动下了车，走到那名日本少佐面前，敬礼问好，说自己是竹机关工藤矢二。日本少佐略一皱眉，仿佛在思索什么："我是宪兵司令部的青木川。你们安田长官最近好吗？"

钱时英恭敬回答："安田科长公务繁忙，昨天刚刚去南京开会归来。"

"这样啊。替我向他问好。"少佐瞥了一眼汽车，问，"有什么任务吗？"

钱时英脸上挂上为难之色："这个……因为涉及机密，恕不能如实相告。"

少佐又瞟了一眼军车，打量了下面前的钱时英后，向汽车走去。两名手下紧跟在他身后。钱时英内心紧张，但只得缓步跟了上去。

看少佐走过来，小吴不由得咽了一口唾沫。少佐让他下车，他听不懂，只得望向钱时英。钱时英却也重复了一遍那句日语。幸好他还做了手势，小吴才明白过来，迅速跳下车，对少佐立正敬礼。

钱时英趁机快步走到后车厢，轻声说了句下来，然后提高声音又用日语重复一遍。车厢里的两名中共队员立即下车，在钱时英的眼神指示下，跑到小吴身边，与其站成一排。

忽然，那名日本少佐的眼神变了。钱时英的心提到了嗓子眼，顺着少佐的目光，他看到小吴的衣领没有翻好。

"你的长官没有教导你如何保持正确的军姿军容吗？"少佐盯着小吴，训斥道。

小吴不解其意，惶恐地望向钱时英。钱时英走到小吴面前，厉声说道："不能尊重你的军装，是对天皇陛下最大的不敬。你知错了吗？"

小吴茫然地看着钱时英。日本少佐疑惑地站在一旁。钱时英对小吴使着眼色，亲手为他整理衣领,并重复了一遍,"你知错了吗?"

小吴下意识地说出他唯一知道的一句日文:"是!"

钱时英转身向少佐,郑重道歉。少佐看了他一眼,让他继续任务。说完,他和手下重新上了三轮摩托,驶离了关卡。钱时英这才松了口气,向三名手下使着眼色并用日语说道:"上车。"

上车后,小吴后怕不已,不由得又用日语轻声说了一遍"是"。钱时英走到副驾驶车门旁,看着关卡日兵。关卡日兵递还证件,钱时英朝他略一点头,接过,日兵向钱时英再次敬礼后,向关卡处走去,走了两步,他仿佛不经意地回头看了一眼车牌号。

钱时英此时已经拉开了车门准备上车,他瞟了关卡日兵一眼,似乎感觉到日兵的眼神有些异样。日兵随即正色询问钱时英车内装载的是什么物品,钱时英说是药品。那名日兵便不动声色地朝自己的两名伙伴转过了身。接着,这三名日兵同时举枪对准了钱时英和小吴。

钱时英也不由得脸上变色。

菜刀和宋大皮鞋负责把鸦片一箱箱码在仓库,陈山和刘芬芳把篷布钉在窗户上,挡住破玻璃窗。干完活后,菜刀和宋大皮鞋看着一箱箱鸦片,感叹它们价值上万大洋,并设想用这上万大洋下聘礼、娶媳妇、买下整条弄堂。刘芬芳不屑地看了两人一眼,让他们有点儿理想和情怀。三人吵起来,陈山不理会,打开一个箱子,拆开一小包鸦片闻了闻。

刘芬芳吵烦了,走到陈山跟前,问这些货怎么办。陈山略一沉吟,说先放着,合适的时候他再想办法处理。

"你随时打我电话,我随叫随到。"

陈山满意地对刘芬芳竖起了大拇指。

"知道你们在干什么吗?"钱时英恼怒地冲三名用枪指着他的日本兵喊。

"这辆汽车不是竹机关的。我记起来了,这是我们陆军司令部宪兵队特高课的车子。说,你们到底是什么人?举起手来!"

钱时英举起双手。日兵随即上前搜走了他身上的枪。钱时英微微一笑,说:"很好,我很欣赏你的警惕。"

在日兵疑惑的眼神里,他继续说:"没错,汽车是特高课的,今天的行动,就是竹机关和特高课共同完成的。这是机密,你懂吗?"

日兵将信将疑:"跟我回宪兵队说清楚,不要耍花样。"

"在没有完成任务之前,我不能跟你去宪兵队。所以,告诉我你的名字,明天一早,我会去陆军司令部宪兵队,向队长提议给你嘉奖。"

日兵似乎又信了几分,但他的枪仍然举着没有放下,质问道:"我凭什么相信你?"

钱时英忽然提高了嗓门斥责:"你不相信我,执意要我现在去宪兵队,耽误了我的正事,你担得起责任吗?"

日兵惶恐地慢慢放下了枪。钱时英忽然上前将他制住,用事先藏在袖口中的刀片对准了他的脖子,并命令另外两名日兵把枪放下,不然他会杀了他。

那两名日兵面面相觑,小吴和后车厢的两名中共队员跳下车,持枪对准他们。

"和他们拼了!"被钱时英制住的日兵突然朝自己的伙伴大喊,并举枪向小吴射击。

小吴未被击中,但在钱时英因枪声愣神之际,那名日兵挣脱了他的劫持,并转身用长枪对准了他。此时小吴等三名中共队员正与其他两名日兵近身格斗,无暇顾及他。

就在日兵即将向钱时英开枪之际,一颗钢珠飞来,精准地击中了日兵的手腕。日兵忍痛扣动扳机,子弹擦过钱时英的手臂。钱时英略一皱眉,纵身上前,手一挥,用刀片割断了日兵的颈部动脉。日兵倒地后,伤口的鲜血喷涌出来。

另外两名日兵亦几乎同时被小吴等三人杀死。钱时英扭头望向暗处,只见一个身穿黑色风衣的女子身影一闪,便即消失。小吴等三人来到钱时英身边询问伤势,钱时英用手按住流血的伤口,下令赶紧撤退。

附近弄堂,那名身穿风衣的女子正在疾行。竖起的衣领遮住了她的半张脸,是张离。

在环龙路73弄弄堂口蹲点的陶大春和江奇听到了第一声枪响后,觉得可能出了事。随后,又一声枪响传来,陶大春决定派个人过去查看。

一名飓风队员来到关卡附近,从屋角处观望,看到那躺着三具日兵的尸体。一辆经过的日本军车停下来,下来的几个日兵查看了尸体之后,发现死的是自己人,迅速上车,去队部汇报。

飓风队员若有所思,悄然撤离。

陈山回到家的时候,屋内一片漆黑。他蹑手蹑脚地摸黑上楼。推开卧室门,借着月光,他发现床上并没有人。

陈山打开灯,见床上的被褥整整齐齐。他和张离的拖鞋亦整齐地放在床边。他疑惑地叫了声张离,无人应声,于是匆匆跑下楼。但他刚打开门,就看见张离出现在了门口。

张离神色平静地说:"你回来了?"

陈山没说话,一把将她拉入屋内。锁上门后,他压低声音问她这么晚,跑哪儿去了。张离说,她去了趟斯文里。

"你见着余小晚了?"

张离径直走上楼去，神情黯淡地说："她应该不会想见我吧，所以我只是远远地看了看她。"

暗中接应钱时英后，她疾行之中偶然跑过了斯文里。她不由得停下了脚步，向弄堂中走去。

她在斯文里 175 号附近站住，望向那幢楼亮灯的窗口。不久，余小晚的身影出现在窗口。她下意识地躲了一下，随即不动，因为她意识到自己身在暗处，余小晚并不会看见她。很快，余小晚拉上了窗帘。她的影子也从窗帘上越来越淡，消失了。

陈山跟着张离上楼，嘱咐她以后晚上不要一个人出门，想去哪儿，他陪她一起去。张离不回头地说，有本事偷袭她的人应该不多。陈山又说了几句，然后提到，小晚那幢公寓楼里还有房子出租，他想让刘芬芳上那儿住着。这样更方便了解她的行踪，也便于保护她。张离想了想，让他看着办。

3

陈老板光着上身趴在床上，手下帮他清理被子弹擦伤的肩膀。他痛得龇牙咧嘴，忍不住大骂今天的霉运。在他看来，一定是自己人走漏了消息。不然警察不会知道，那帮劫货的人也不会埋伏他们。

他让手下明天找几个包打听，查查到底是谁劫了他的货。一定得把货捞回来。只要他们想出手，市面上就一定会有这批货的消息。今天晚上交易的事家里都有谁知道，也要挨个儿去查清楚，一定要把那个奸细揪出来。

清晨，陶大春和江奇回到了飓风队据点。白等一夜，陶大春觉得他的推断可能有误。但是从码头附近的枪声和死的三个日兵来看，昨夜又确实是发生了什么。他无法确定，只能等里面人的消息。

陈山提着公文包和一个纸包来到尚公馆。他看到乔瑜行色匆匆地奔向荒木惟办公室，就叫住了他，把生煎塞给他。乔瑜没吃早饭，抓一个扔嘴里，满脸幸福。陈山问怎么急匆匆的，乔瑜口齿不清地告诉他，出大事了。

陈山眼神一闪。乔瑜前后张望了下，凑到他耳边，压低声音说："昨晚有批盘尼西林刚到码头就被人给劫了。影佐机关长一早把荒木科长骂了个狗血淋头，这不得赶着去把事情查清楚吗？"

"那你快去。"

"生煎，谢了啊。"乔瑜又塞嘴里一个生煎，跑向了荒木惟的办公室。

在之后与陶大春的碰面中，陈山得知药品并不是飓风队劫的，深感诧异。更匪夷所思的是，陶大春告诉他，他们在环龙路一直等到天亮也没见运药车过来。而他掌握的情况是，劫药人假扮成日本军官，先劫走了那批药，又杀了三个日兵，闯过了码头附近的一个临时关卡。听完陈山汇报的情况，陶大春明白了，有人抢在他们前头截了胡。

"一定是中共干的。当初中共的'麻雀'和咱们的'熟地黄'同时潜入76号，要的都是'归零计划'，最后得手的也是他们。友军抢起我们的东西来，从来都是毫不手软，防不胜防。告诉你，利益面前，没有朋友。"

陈山缓缓点头。他想起之前，钱时英和唐曼晴从怀仁药店离开不久，张离也从药店出来。而昨晚，他回家的时候，张离并不在家中。难道是他们干的？

"说不定尚公馆里也有中共的卧底。你有没有观察过，身边是否有可疑之人？"陶大春打断了他的思索。

"暂时没有发现。尚公馆那么多机构，许多人我根本不认识，再说那里的人个个资历比我深，不太熟的人我也不好多打听。"

陶大春点头头，说："你回去再打听打听，这些药价比黄金还贵，实在太过珍稀，日本人一定会想尽办法找回来的。只要药还没运出上海城，咱们说不定还有机会横插一刀，从中共手上把药抢过来。"

"好，日方一旦查到药品下落，我会立刻向你汇报的。"

回家后，陈山为张离煎药。他心中有一些关于张离的迷惑。他想起了抽屉里那个装了钢珠的纸盒，便再次查看，赫然发现里面的钢珠少了一颗。这时，张离下楼的声音响了起来。

陈山关上抽屉，走到炉子旁，继续扇炉火。他有些出神，直到药液因炉火过旺溢出来才回过神。

"你有心事。"张离站在厨房门口，淡淡地说。

陈山没有回头，掀开药罐盖子，待炉火稍小后，再盖上："老陶说，劫走药品的人，十有八九是共党，这事你怎么看？"

"也不是没这个可能。"

"老陶还问我，会不会尚公馆里也藏着中共的卧底。"

"昔日中共大名鼎鼎的'麻雀'把76号搅得天翻地覆之后功成身退，延安对于情报战的重视程度丝毫不亚于重庆。"

陈山沉吟片刻，转过了身："张离，这些场面话呢，我也会对老陶说。但关起门来，你难道就没什么话要跟我说的吗？"

张离看着陈山的眼睛，但语气还是淡淡的："该说的，我不会隐瞒。除非有一天，你也同我一样，愿意为抗日救国事业随时奉献自己生命的时候，我会把一切都告诉你。"

"我想过了，以后你在哪儿，我就在哪儿；你干什么，我也就干什么。我愿以你马首是瞻。所以我也希望你能对我开诚布公，把一切都告诉我，怎么样？"

张离看着陈山,以质疑的语气问:"你真的做好准备了吗?"

"是的。"陈山利落地回答。

"随时抛下所有生命中最重要的人,毅然赴死的准备?"

陈山张了张嘴,无言以对。

"所以,其实你并没有准备好。等你真正准备好的那一天,即使你不说我也会看得出来,到那时候,即使你不问我也会如实相告。"

张离说话的腔调让陈山想起了庆哥。两人的语气真是一模一样。当年庆哥也这么跟他说,等他觉得他行了的时候,自然会带他一起干。可直到他牺牲,也没有带上他。

这时,客厅的电话铃忽然响了起来。张离换上了些许轻松的表情,说:"除了你在尚公馆给我打的电话之外,其余的电话应该都是找我的。"

打电话的是刘芬芳。他刚刚在自己的诊所里装好了电话,电话号码是367。向陈山汇报完号码,他一本正经地担心起他们的通话会被窃听,所以最好要有暗号。

"呃,"陈山挠了挠头,"暗号的事暂时不需要,需要的时候我会通知你的。"

4

荒木惟放下电话,问站在一旁的千田英子有没有新的进展。打电话来的是影佐机关长,催促他把药品被劫的事情赶紧查明。

千田英子递给他一张画像,这是根据昨晚负责交货的军官的描述所画的接货人的肖像。以往都是宫野来接货,但昨晚由于对方带着接收令,所以那名军官并没有多想。

荒木惟看了一眼画像。有眼镜,有胡子,显然此人进行了乔装,估计不好找。但泄露情报的人,一定潜伏在他们身边。千田英子又递上一份名单,她已经查了,所有有可能接触到药品相关情报的人,都在这个名单上。

荒木惟看了一遍,里面有乔瑜的名字,但无陈山的名字。他站起身,说:"去现场看看,叫上陈山。"

"您确定要叫他一起去吗?"

"陈山观察力过人,既然他不在名单上,不如让他看看,或许能发现我们没有注意到的细节。"

三名死去的日兵尸体盖着白布,被放在临时关卡旁的空地上。陈山和荒木惟蹲在尸体旁,揭开白布查看。三人全部死于刀伤。其中一具尸体颈部被割开道口子,像张着的一张嘴,他的虎口上有一处青紫淤痕。

荒木惟与陈山走到关卡现场,地上用粉笔画着死去日兵的陈尸位置。陈尸位置旁边有车轮印和血迹。陈山又走到货包旁,看到那里也有一些血迹。这时他忽然注意到了麻包旁的一颗钢珠,而且这颗钢珠和他家厨房里的钢珠一模一样。他下意识地回头看了一眼荒木惟和千田英子,见他们并未注意自己,迅速蹲下身装作系鞋带的样子,捡起钢珠,藏入了手心。

"有什么发现吗?"荒木惟的声音忽然在他身后响起。

陈山吃了一惊,但随即镇定站起,说有。他走到血迹处,蹲下身说:"死在这里的那人身上,只有一处致命伤。在颈部,目测是被利刃割断动脉而死。这些喷溅状的血迹就是从他的伤口处喷出来。但为什么这里同时还有滴落状的血迹呢?显然这血迹不是死者的,是敌人留下的。"

荒木惟和千田英子对视一眼,均感颇有道理。荒木惟马上吩咐千田英子提取血样送检。趁两人不注意,陈山悄悄将掌心的钢珠放入了口袋。

回去的途中,荒木惟忽然对也坐在汽车后座的陈山冷冷地说:"交出来。"

汽车赫然停下。

陈山一惊。千田英子亦转头逼视着他。

陈山咽了一口唾沫,问:"什么?"

千田英子冷冷地说:"你自己心里清楚,刚才你把什么东西藏起来了?交出来!"

陈山伸手到口袋中,摸索着,似乎在犹豫。荒木惟和千田英子都盯着他的手。

终于,陈山把手伸了出来,摊开掌心。是一只金戒指。那枚戒指的成色有些旧,还沾着一点泥巴。

千田英子皱起眉。荒木惟瞟了一眼戒指,目光像利刃盯住了陈山。

"我错了。"陈山说,"我不该私吞死者的遗物。"

千田英子失望地看着陈山。荒木惟冷冷地说:"是我给你的薪水不够用吗?"

"不是。"陈山低着头说,"从小穷惯了,所以一看到值钱的东西就忍不住捡。捡不算偷。"

"这样丢脸的事情,我绝不允许有下一次。"

"是,科长。"陈山将戒指交到了千田英子伸过来的手里。

车子重新发动,继续前行。陈山略松了一口气。在他刚把珠钢藏入手心的时候,他就瞥见了荒木惟的身影出现在自己身后。接着,他走到尸体身边,掀开布单,瞥见了尸体手指上所戴的黄金婚戒。为尸体盖上布单的同时,他已经抹下了那枚戒指藏入口袋。

荒木惟坐在办公桌后,问千田英子怎么看那枚戒指的事。千田英子说,陈山君做出这样低级的事来,她对他很失望。出身低微的人,过于看重蝇头小利,只怕难成大事。

荒木惟摇了摇头:"捡便宜这样的小毛病无伤大雅,就怕他在刻意掩饰什么。"

千田英子一惊:"难道他还藏了别的东西?"

"有时间你再去现场看一次，尽快拿到尸检报告，看还会不会另有线索。"

"是！"

敲门声响了起来，进来的是乔瑜。他向荒木惟汇报，有最新情报。他锁定了一名代号"扁担"的中共地下党，是一名交通员。此人今天会离开上海。上午8点有一趟前往苏州的长途汽车，他已经买了汽车票，应该是辗转换车赶往北平。

荒木惟听了，命令他带几个人上车，等汽车出城之后再动手，他要活的。

陈山站在窗口抽烟，看到一辆车在门口停下。接着，被打伤腿部的中共队员"扁担"就被两名尚公馆的特工从一辆车上押了下来。在乔瑜的指挥下，"扁担"被押往了审讯室。

看到乔瑜往办公室走来，陈山思索了一会儿，迅速走出了办公室。

5

在走廊，陈山迎上乔瑜，装作偶遇的样子，说："回来啦。又出任务了？"

"不出任务，不能白拿工资啊。日本人精着呢。"

"抓的什么人，看样子像是条大鱼啊。"

乔瑜笑笑："你看见了？鱼不大，但没准能拖出一串来。"

闲聊几句后，乔瑜小跑着去了荒木惟的办公室。陈山目送乔瑜离去，略显忧心。

乔瑜汇报完情况后，荒木惟问他"扁担"被捕的事，除了他的心腹，尚公馆里还有谁知道。乔瑜愣了一下，说刚才人抓进来的时候，陈山看到了，问了他几句，但他什么都没说。荒木惟向千田英子使了个眼色，千田英子会意，点头离去。

陈山走出尚公馆大门，叫了一辆黄包车。千田英子在暗处对一名尚公馆特务使了个眼色，特务便骑上一辆自行车跟了出去。

陈山到家的时候是11点半，张离正在厨房下面。他提着些橘子推门而入，语气仓促地告诉张离，乔瑜今天上午抓了个人。至于身份是军统还是中共，他暂时打探不到。

放下橘子他就走了，他要去通知陶大春。陈山坐着黄包车离开后，张离在门口街道扫视了一眼，看到一个男子推着自行车从对面弄堂走了出来，形迹非常可疑。张离不动声色地关上房门，走到窗边，掀开帘子的一道缝，果然看到他骑上自行车，正尾随着陈山而去。

陈山坐着黄包车来到了绣春楼茶馆门前。付过钱后，他向前走去。他眼角的余光已经瞟见了身后的盯梢者，所以拐进了一条七拐八弯的弄堂，快步地走，企图甩掉跟踪。冷不防在一个弄堂转角处，有人按住了他的肩膀。

陈山吃了一惊，反手就擒住了对方的手。而对方反应灵敏，一个腾空转身，挣脱了他的擒拿。

陈山这才看清来人竟是张离。

"你怎么来了？"

"就算你甩掉这个尾巴，荒木惟也会起疑。去见老陶的事，交给我。你现在马上回尚公馆。"

"绣春楼茶馆203包房。你带上这个。"陈山说着解下了自己的怀表，那是属于肖正国的那块刻有号码的怀表。见到这块表，老陶就会相信她是替他去接头的。

尚公馆特务骑着车追进弄堂后，陈山忽然提着裤子从一个粪坑处走了出来，险些撞上他。特务只得继续向前骑出一段路才停下，回头时，陈山已经走回大街上。特务跟出去时，陈山拦下了一辆黄包车离去。

陈山在黄包车上侧了下脸，余光中，那名特务还在骑着自行车紧跟着。

张离在绣春楼203包房见到了陶大春。陶大春认真看完怀表上的号码后，笑了："原来你就是二处的张离同志？"

张离点头微笑："没来上海之前，我就已经久仰飓风队陶大春陶队长的大名，听说过你的很多传说。"

陶大春听了十分高兴，故作谦虚地说了几句，然后问今天她亲自来接头，是不是有什么紧急情况。

"对。"张离点点头，"尚公馆今天上午秘密逮捕了一个人，陈山被人盯得太紧，所以只能我来。现在还不清楚此人的身份，我想还是有必要尽快通知你们。万一是组织内有人被捕，大家就得尽快反应，立刻转移。"

陶大春摇了摇头：笑了："那你们放心，不是我们的人。"

"陶队长这么确定？"

"当然。"陶大春得意地说，"被捕的是个中共交通员，这名交通员今天要离开上海前往北平的消息，还是我们的人故意透露给乔瑜的。"

张离吃了一惊。从茶馆出来后，她立即来到了怀仁药店。但伙计告诉他，钱老板刚刚去唐小姐那里，给唐小姐的朋友送鹿茸和人参去了。唐小姐就住在霞飞路培恩公寓，如果有急事，可以去唐小姐家去找他。

尚公馆审讯室里，捆在刑架上的"扁担"已经被打得遍体鳞伤。乔瑜抓起"扁担"带血的手指，在口供上按下了指印，然后乔瑜看了一眼墙上的钟，很得意："不到一个时辰就招了，挺替我省事的。"

听到这话，"扁担"痛苦自责，泪流满面。乔瑜转过脸，把手下叫过来，说："给他饭吃，加鸡腿。"

乔瑜毕恭毕敬地将"扁担"的口供递到荒木惟面前。

"扁担"全招了，今天他刚刚交接完在上海的工作，被派往北平站。刚丢的那批盘尼西林就是共党抢走的。上海中共地下党里领头的叫"裁缝"。药品就是"裁缝"亲自带人干的。

"裁缝？"荒木惟淡淡地说，"中共的代号很有意思，听起来就是个长袖善舞的角色。"

乔瑜继续交代，"裁缝"的级别很高，"扁担"只闻其名，从未见过其人。不过"扁担"之前是运输线的交通员，所以他知道这批盘尼西林还没运出上海。明天之前，"裁缝"会去见一名在马场工作的交通员，下令转移药品的具体路线和方案。马场那名交通员代号"草帽"。

千田英子问有没有这个"草帽"的具体信息，乔瑜摇了摇头。向荒木惟请示后，千田英子快步走出办公室，去调查马场的工作人员。

"从上海赶往北平，一路上车船转辗的，至少需要十天。这十天之内，'扁担'被捕的消息不会走漏。"乔瑜很有底气地说，"科长，这次我们有很大的机会逮住这个'裁缝'。"

"很好。"荒木惟点点头，"小日向白郎先生领导的尚公馆是个奖罚分明的地方，特务科尤甚。只要你足够忠诚和努力，一定会有大展抱负的机会。希望我有机会能为你向小日向白郎先生请功。"

乔瑜激动地向荒木惟表达着感谢，心情振奋，请示能不能现在就去马场围捕。

荒木惟平静地说："你可以先带人过去，记录所有出入马场人员的名单。但忌打草惊蛇。"

"是！"

第六章

1

唐曼晴的住处，陈老板正坐在客厅沙发上，挑拣着钱时英带来的长白山人参。陆老板亦在座，看着钱时英介绍药品。

钱时英拿着一支长白山野山参告诉陈老板，七两为参，八两为宝，而他手里的参净重九两一钱二分，是一件可遇不可求的宝贝。陈老板直接问价，唐曼晴抽着烟走过来说，这支参她要了。影佐机关长下个月生日，这是她让时英特地替她物色的寿礼。

陆老板觉得有些无聊，就让唐曼晴去给她拿她做的甜品。唐曼晴进厨房后，陈老板一脸猥琐地望向钱时英，说："钱老板你也真是的，不能卖给我，还拿出来让我眼馋。能不能搞定我那几个姨太太，可就全靠它了。"

钱时英哈哈一笑，说："陈老板要是愿意出高价，下次我去东北，想办法再给你找一支来。"

"搞定姨太太那得吃虎鞭啊。"陆老板大笑着拍了陈老板的肩膀一下，拍到了伤口，疼得地陈老板哎哟一叫："这儿有伤。"

"怎么伤的？"陆老板猥琐地看向陈老板，"姨太太搞的？"

陈老板打着哈哈："你是躲我家床底下了是吧？"

此时，钱时英也感觉自己手臂上的伤口有些疼痛。他略一皱眉，起身去了卫生间。脱去外衣才发现，伤口崩裂了，绷带上渗出了血。他解下绷带，从口袋里取出一小卷新的。准备重新包扎时，唐曼晴敲起门，让他出来吃甜点。

钱时英应着，匆匆包扎，没有察觉到有两滴鲜血滴落在了地面上。地面是黑色的，出门时他也没有发现。

三个男人品尝着唐曼晴做的西式蛋糕，赞不绝口。吃完蛋糕，陈老板提出打麻将，唐曼晴说不急，麻将晚上再打。下午她和时英约了徐老板去马场赛马，问两人有没有兴趣一起。陆老板很想去，因为背伤陈老板起初不去，被陆老板激了两句，也站起了身。

唐曼晴想上楼去换衣服，此时电话铃响了起来。打电话来的是罗太太，问鹿茸的事。唐曼晴说时英已经送来了，随时过来拿。

"不好意思，罗太太一会儿要过来拿鹿茸，还有件字画想让我给她看一下，我得留在家里等她。"放下电话，唐曼晴脸上略带失望，"你们先去吧，我晚点过来。"

三个男人便先走一步。

张离坐着一辆黄包车快到培恩公寓时，钱时英正好进汽车。她让车夫快点，但还是迟了，只得眼睁睁看着汽车驶离。

车夫奋力奔跑追赶，但刚跑出一小段路，他就踩中了一块碎石，扭了脚，跌倒在地。黄包车也险些翻了。张离稳住身子，下车来查看黄包车夫的伤势，迅速从包中取出两张钞票递给他，让他自己去看医生。

张离小跑着上前，追到路口时，汽车已不见踪影。张离满心忧虑，她回头望了一眼培恩公寓的大门，但想了想，决定离开。

陈山敲响荒木惟的办公室的时候，荒木惟正在看一些人员的资料。进门后，荒木惟伸手示意他坐在自己面前，然后把那叠人员资料递给了他。

陈山问是什么，荒木惟没说话，拿起桌上燃着的雪茄抽了一口，靠到椅背上盯着他。千田英子开口说："这是马场所有工作人员的资料，在这些人当中，有一个代号'草帽'的中共地下党。"

"我想让你看看，谁最有可能是'草帽'。"荒木惟接话说。

陈山神色凝重地翻看着资料。资料上有马场工作人员的姓名和照片。在放下资料之前，荒木惟一直在隔着烟雾观察他的神色。

"有发现吗？"荒木惟吐了个烟圈，问。

"不能确定谁是'草帽'，但应该可以缩小范围。"

"接着说。"

"地下党的身份通常是伪造的，但为了不被人查清底细，他们通常都是外地背景，在上海也没什么亲眷。"说着，陈山从资料中挑出五份递给荒木惟，这五个人符合他说的条件。

荒木惟翻看一遍，又从陈山没有选出的资料中挑出了两份。在他看来，这两个人也有嫌疑。

那两个人一个叫于超，一个叫卫兰。他们虽然是上海崇明岛人，但都上过大学，进步学生当中，被中共收买者为数不少。但因为他们是本地人，身份不易伪造，索性写成真的，让人能查清楚，反而是对他们真实身份的最好掩护。

"走，我们去一趟竞马场。"荒木惟站起了身。

陈山跟着起身，问他中共要在竞马场干什么。荒木惟说，路上英子会告诉他。荒木惟又吩咐千田英子，带上所有人的资料，让乔瑜把今天负责马场的人员名单弄来，目标范围就会更小。

陈山忧心忡忡。他几乎可以确定，被乔瑜逮捕的人就是中共。一定是此人扛不住酷刑，招出了在马场工作的"草帽"。马场会有什么事发生吗？此事会与被中共劫走的盘尼西林有关吗？而张离又是否会与此事有牵连？

乔瑜和手下小四从马场传达室的屏风后面走出来，目送着钱时英、陈老板和陆老板走向马场的贵宾室。钱时英递交的会员卡，而且是预约的。乔瑜很兴奋，喃喃自语："来熟人了，看来有戏。"这时门卫接了个电话，听了几句，把电话递给了乔瑜。

打电话来的是千田英子。乔瑜一脸正色地接着："好的，马上办。"

荒木惟、千田英子和陈山来到大马路竞马场的时候，乔瑜等候在路旁。车一停下，他就迅速对着里面的荒木惟敬了个礼，并交上了今天值班人员的名单。

荒木惟把名单递给陈山，让他看看这份名单和他们筛选的名单里有几个是重合的。陈山在名单中赫然看到了卫兰和于超的名字。

乔瑜对荒木惟说："我打听过了，这两个人是一对，上月刚订的婚。"

荒木惟笑了："已经打中了九环，能不能中十环，一会儿就知道了。"

"刚刚进马场的人里头，还有咱们的老熟人。卖药的钱老板，卖酒的陈老板，还有卖粮油的陆老板。"

陈山心中一惊。荒木惟扭头望向他，让他猜猜看这三个老熟人当中，谁会是"裁缝"。

陈山思索着，陈河为何会改名换姓？他离家多年音讯全无的原因，是因为秘密加入了共产党吗？难道他就是"裁缝"？张离与他为何会同时出现在怀仁药店，他们之间会有关联吗？他不由得更加担忧。此刻，荒木惟正在关注着他的神情变化。他清楚，以荒木惟的洞察力，如果刻意撇清钱时英，只怕会引起他的怀疑。但如果钱时英就是"裁缝"，难道他要眼睁睁看着他被捕吗？

"如果中共的人真在这里传递消息，最有可能此人是马场的常客，这样他来这里才不会被怀疑。"陈山硬着头皮说。

"分析得有理。还有别的吗？"

"如果他已经准备今天传递情报，那么极有可能提前预约。"

乔瑜对陈山竖起了大拇指："没错，钱老板他们就是提前预约的贵宾室。"

荒木惟笑了，吩咐乔瑜封锁大门。从现在开始，所有人员，只进不出。他吩咐千田安排人手增援，包围马场。陈山听了，不禁忧心。

"走。"荒木惟整理了一下西服，"我们进去找一找，谁才是李鬼。"

在钱时英与一位徐老板于贵宾室寒暄、陈老板与陆老板换骑马装的时间里，荒木惟的汽车来到了马场的桃花林前。

汽车在路边停下，荒木惟、陈山和千田英子下车步行，走向马场赛道旁的一幢二层小楼。忽然，荒木惟有些不适，站住了喘息，千田英子赶紧扶住了他。荒木惟看了一眼不远处的桃花林，千田英子改道绕开。陈山跟随着两人，瞥了一眼桃花林，心有所思。

马场经理热情地将三人领进二楼的一个房间。荒木惟来到窗前，从窗口可以清晰地看到赛道上的情形。陈山站到荒木惟身边，他看到，已经换上骑马服的钱时英等四人正站在赛道上。

荒木惟看着窗外，淡淡地说："我记得你说过，码头附近的关卡上，有一处血迹是对方的人留下的。"

陈山一惊，硬着头皮说是。

"要是这四个人当中还有受过伤的人，那目标就明确了。"

陈山忧心地望着钱时英。一阵风吹来，荒木惟又有些喘息起来，千田英子立刻关上了玻璃窗。

陈山没有说话，又看了一眼楼旁的那片桃花林。

2

赛道上，卫兰和于超迎向钱时英等四人，让他们选马。陈老板说，挑马这个事情，先挑的占便宜，所以钱时英让陈老板先挑，因为他有伤。陆老板解释自己技术最差，所以要第二个挑。徐老板想了想，说论技术钱老板必须最后一个挑，才有的比。

"看来诸位今天是打算联手坑我一顿宵夜了。"

钱时英说完，众人便笑了起来。于超与卫兰也相视一笑，两人的眼神中涌动着爱意。

于超领着陈老板进入了马厩。卫兰站在一旁，钱时英亦站着，两人并无眼神交流。钱时英最后一个选马，"忠厚"已经被陈老板挑走了。他随于超进入马厩，最终选了一匹瘦弱的马。

在这个时间里，荒木惟、陈山和千田英子一直坐在窗后的椅子上，看着四个老板以及卫兰和于超，并没有发现异常。

唐曼晴在卫生间洗手的时候，下意识低头，注意到了地面上的血迹。她关了水龙头，蹲下身，伸手轻拭了一下。血迹是新鲜的。她想起刚才只有钱时英用过卫生间，心有所思。接着，她拿起纸，不动声色地擦掉了血迹。

钱时英等四人骑在马上，在起跑线上等候出发。于超站在一旁，举起信号枪，对天开了一枪。四人立即策马飞奔起来。陈老板一马当先，跑到了最前面。四人你追我赶，次第领先。

看着赛道上的四人，陈山用不屑的口气说，有钱人玩得果然有腔调。不比两条腿谁跑得快，比四条腿。怎么就不抓条蜈蚣来比一比。荒木惟问他，想不想赌一把，看谁会赢。

"科长，你想赌的不是谁会赢，而是谁才是中共吧？"

荒木惟笑了："也可以这么说。"

陈山看了一眼场上众人，目光停留在了已经赶超到第二名位置的钱时英身上："我赌那个姓钱的。"

千田英子不由得看了陈山一眼。荒木惟依旧保持着微笑，问："理由？"

陈山笑嘻嘻地跷起了二郎腿，说："我就是看他不顺眼。这算不算理由？"

此时，钱时英已经骑着那匹瘦弱的马，在弯道时赶超陈老板，成为第一。陈老板面露焦急之色，用力策马，但还是被钱时英拉开了距离。

钱时英策马飞奔，一路领先。他的目光瞟向了赛场旁的卫兰，卫兰平静地以眼神回应。钱时英用力一夹马腹，策马进入下一个弯道。不料就在转弯之际，马匹竟然意外地失去平衡，跌倒在地。

钱时英大惊，立刻纵跃离开马背，然后就地一滚。后面的陈老板、陆老板和徐老板都是脸上变色，叫停了坐骑。卫兰和于超则迅速奔向钱时英。

于超走到倒地的马匹旁，试图拉着缰绳让马站起。但马的左前蹄受了伤，用另外三腿站起，随即又再伏倒在地。卫兰奔到钱时英身旁将他扶起，问他有没有事。钱时英看了看自己被擦破皮的手掌，摇摇头说不要紧。

陈老板、陆老板和徐老板也都下马奔了过来。钱时英拍拍尘土站了起来："不碍事，就是这局本来我以为自己能赢，看来是不作数了。"

陈老板笑了，说："哎，还没跑完呢，肯定不作数。这样一匹瘦马你都能跑第一，再换一匹壮马更不了得。不比了。"

陆老板和徐老板也都在一旁笑了。卫兰让钱时英去医疗室处理伤口，钱时英便跟着于超走向了马场办公楼。卫兰留下察看受伤马匹的伤势。她的目光落在了马鞍上，手也下意识地伸了过去。忽然，身后有个声音让她等等。

卫兰吃了一惊，不由得停住了手。她扭头一看，只见千田英子和陈山及两名日兵已经来到了赛场上，挡住了于超和钱时英等人的去路。

当看到钱时英摔倒时，荒木惟微笑了下，说事情好像变得更有意思了。他吩咐千田英子马上去搜查那匹马。陈山脑子急速思索着，语气故作平淡地问荒木惟，需不需要他一起去把姓钱的请上来。荒木惟说，不止姓钱的，全部客人都要请。

钱时英看到过来的千田英子和陈山，平静地跟两人打了声招呼。陈山笑笑说："公务在身，我可没有钱先生这样的闲情逸致。让一让。"

钱时英和于超让到一旁。千田英子径直走向卫兰，让她让开。卫兰只好让到一旁，她望了钱时英一眼，眼神中有担忧一闪而过。钱时英微微地对她使了个眼色。

陈山的心亦提到了嗓子眼。

千田英子把手伸到马鞍底下摸索,摸到了一个粘在马鞍内侧的字条。她将字条打开,只见上面有一串四位数字。那是钱时英牵马走出马厩时,趁人不备粘上的。

陈山担忧地看了钱时英一眼,钱时英一脸平静。陈老板似乎从千田英子的神色中嗅出了一丝不祥之意,问那是什么。千田英子笑了下,说,证据,通共的证据。陈老板立刻紧张起来。千田英子观察着众人,钱时英亦显出有些紧张的样子,与陆老板等人面面相觑。

陈山的目光扫过钱时英等人,说:"马骑累了,跟头也摔了,各位不如休息一下。我们科长在楼上备了好茶,请各位上去喝茶聊天。"

钱时英望向旁边的二层小楼,看到了二楼窗口的荒木惟的身影。荒木惟似笑非笑地站在玻璃窗后望向他们,钱时英礼貌地对他略一点头。

千田英子瞥了一眼卫兰和于超,命令两名日兵把这两人带走。日兵立刻上前,上前推搡着卫兰和于超就走。于超护住卫兰,跟日兵辩解,日兵拉动枪栓对准了他。卫兰冷静地拉了于超一把,对他摇了摇头。

"老实点!"陈山朝两人呵斥,"想当出头鸟是不是?枪就等着哪只鸟出头!"

卫兰和于超被押向办公楼后,陈山对钱时英四人说了句请,四人便也随他走向后办公楼。途中,卫兰低声对于超说,有机会就跑,别管她。于超不由得一愣,似乎明白了什么。陈老板与钱时英并排走着,他跟钱时英说,他怎么觉得今天这阵仗有点不对劲。

"陈老板在上海根深叶茂,什么阵仗没见过?不就是喝杯茶吗?"钱时英镇定地说。

陈老板一脸紧张:"今天这杯茶,怕是不好喝啊。"

钱时英等四人一字排开坐在了二楼会议室的桌旁,看着坐在他们面前的荒木惟。卫兰和于超站在四人身后,紧紧握着对方的手。会议室的门外,是四名荷枪实弹的日兵。

荒木惟拿着千田英子从马鞍中搜出的字条,高高举在光线下,看着上面那一串四位数字。

陈老板先开口,磕磕巴巴问荒木惟,到底怎么回事。荒木惟展示着手中的字条,目光从六人身上扫过,说:"该问这话的人,应该是我。你们谁能告诉我,这里写的到底是什么?"

钱时英与站在荒木惟身后的陈山眼神短暂交会,非常镇定。但随即,钱时英换上了一副不安的神色。他与徐老板对视了一眼,然后赔着笑看向荒木惟,说:"荒木科长,您……是不是弄错了?"

荒木惟笑而不答,吩咐千田英子打电话回去,让人把"扁担"押过来。站在一旁的马场经理让千田英子跟他走,他的办公室有电话。

千田英子在马场经理的带路下走向经理室。经理说:"怎么会有中共呢?你们会不会弄错了?我就是个做生意的老实人。"

千田英子冷冷地问:"你是在心虚吗?"

"不是不是,您千万别误会。不管你们要查什么,我都会尽力配合。我是良民,绝对的良民。"

"把马场今天上班的所有工作人员集中起来,配合调查。"

"是是。"马场经理连声答应着。

3

"荒木长官,您说我们是中共?开什么玩笑?共党全是不要命的穷鬼,专门对付我们这种有钱人的。我们日子过得好好的,又得皇军的恩惠,怎么可能去干共党?"陈老板向荒木惟摊开双手,神情委屈,然后他回过头,憎恶地指着于超和卫兰说,"要真有共党,肯定是他们!"

卫兰一凛,被于超握紧了手。于超说:"你们别欺负人,我们都是良民。"

荒木惟瞥了卫兰一眼,卫兰似乎已经做好了准备,平静地望着荒木惟。

荒木惟淡淡地说:"'草帽'是个很美的代号,它让我想起美丽的少女,很适合你,卫兰。"

卫兰说:"我只是个养马的。"

"这句话很有腔调,我见过的很多中共都有这样的腔调。看来你也不会让我失望的。"

"我不明白您在说什么。"

荒木惟侧了下脸,让手下把她带下去:"我们的刑具会让你明白的。"

于超拦住过来的日兵,被对方用枪托打得头破血流。于超发狠般地吼了一声,扑向日兵,抢夺他的枪。争夺中擦枪走火,一声枪响,子弹击中荒木惟身旁的窗玻璃,玻璃顿时碎了一地。

荒木惟受了惊吓,伸手下意识地一挡,还是有碎玻璃飞溅过来划破了他的衣袖。荒木惟不禁脸色发白。

钱时英等人纷纷闪避俯身躲到桌下。陈山也吓了一跳,他立刻扑上前去护住荒木惟,大喊一声:"保护科长!"

于超让卫兰快跑。站在会议室门口的几名日兵冲了进来。听到枪声的千田英子也立刻朝会议室跑。于超夺下了那名日兵的枪,转身瞄准了荒木惟。

卫兰叫了于超一声,于超让她快跑,同时瞄准了挡在荒木惟面前的陈山。陈山下意识地拔枪,而于超的手指已经扣动了扳机。那黑洞洞的枪口让陈山眼中一时闪过绝望。

钱时英愣住了。

一声枪响。

于超两眼发直,缓缓倒地。他的后脑中枪,开枪之人正是刚刚赶到的千田英子。她的枪口还冒着青烟。

卫兰披头散发,大哭不止,两名日兵把她拖出会议室,拖向了走廊的另一头。会议室里,钱时英等四人惊魂未定,各自沉默。把脸转向无人处时,钱时英眼中流露出悲伤和不忍。荒木惟和千田英子、陈山走了出来,看着于超的尸体被两名日兵拖远,留下一道很长的血痕。

荒木惟拿出手帕掩住了鼻子,淡淡地说:"我不喜欢血腥味。"千田英子会意,说马上让人清理。话音刚落,她看见荒木惟似乎有些不适,脸上有痛楚之色一闪而过,并伸手按住了胸口。

"科长,要不我去把仓田医生请来吧。"

荒木惟略一点头,扭头吩咐陈山,把他们四个挨个儿请过来喝茶。然后,他独自走向对门的房间。

陈山走回会议室,与钱时英对视了一眼。陈山脑海中的各个疑点连接起来,他几乎可以肯定,大哥极有可能就是"裁缝"。而张离亦有可能与他有着千丝万缕的联系。一切证据都对大哥十分不利,叛徒"扁担"一旦破译情报,大哥必然命悬一线。所以陈山十分忧虑,他看了坐在最外面的陈老板一眼,说:"陈老板,荒木科长有请。"

陈老板惶恐地站起,看了钱时英等人一眼后,随陈山走了出去,来到了荒木惟面前。

荒木惟好整以暇地沏着工夫茶,并将一小杯茶水递到陈老板面前。陈老板惶恐地接过茶杯,手不由自主地颤抖。

"只要说出你知道的一切就行,不用紧张。"

"我没看见,我真的什么也不知道。谁知道那字条是谁塞进那马鞍底下的?你们要问也该问钱老板,那匹马是他骑的。"

陈山站在荒木惟身旁,默默观察着陈老板。

之后坐到荒木惟面前的是陆老板。荒木惟同样给他递了一杯茶,陆老板没敢碰。

陆老板擦了下额头上的汗,说:"就算马鞍底下藏了字条,那也不一定是我们放的呀?说不定在我们来之前,有人已经放进去了,只是还没来得及取。"

"在你们之前,今天没有人接触过那匹马。"荒木惟平静地回答他。

"那……会不会是昨天?"

荒木惟摇了摇头。

"我这个人很笨的,我只晓得我自己不会做这种掉脑袋的事。至于我旁边有没有人做过这件事，我没看到，也不好瞎猜，万一猜错了，这可事关人命啊。"

荒木惟朝他微笑了一下，说："喝茶。"

陆老板一呆，拿起茶杯喝了一小口，亦僵硬地对荒木惟笑了一下。

徐老板第三个进来。他显然要比前两人都镇定一些。他说："荒木科长，字条是谁放的，我不晓得。"

荒木惟缓缓点头赞同。

徐老板端起面前的茶水喝了一口，继续说："我是玩票的，难得到这里来玩一次。但以我曾经在巡捕房干过的一点粗浅经验来看，这要真是共党接头，那个人肯定是这里的熟客。生面孔太扎眼了，只有熟客，不管什么时候来都不容易被人怀疑。"

"熟客是谁？"

徐老板端起茶又喝了一口："钱老板和陈老板都是这里的贵宾，他们还专门养了自己的马呢。"

钱时英坐在了荒木惟面前，他的面前，同样放着一杯茶。荒木惟身后的陈山审视着钱时英，却无法从他平淡的眼神中看出什么情绪来。

钱时英说："从理论上说，所有接触过这匹马的人，都有可能把字条放进去。"

荒木惟审视着钱时英的脸，语气依然淡淡的："钱老板看起来像个读书人。"

"钱某不才，上过几年私塾。"

"读书人的谈吐气质，一看就和寻常生意人不同。"

"荒木科长在今天说这话，我可要心慌的。"

荒木惟笑了笑，问："你心慌了？"

"我们不过是小本生意人，莫名其妙沾了通共这样的事，哪有不心慌的？刚才那个不要命的马夫，还有那一地的血……可把我这腿都吓软了。"说完，钱时英端起水杯喝了一口。

"不，"荒木惟盯着钱时英的眼睛，"你并不惊慌。"

钱时英迎向荒木惟的目光，笑了笑。陈山依然站在荒木惟身后，有些紧张地看着钱时英。

"你比他们三个都要镇定。"

钱时英看着荒木惟微笑了："好吧，不妨告诉你一个秘密。"顿了下，钱时英继续说，"我杀过人。在长白山的皑皑白雪中，齐腰深的雪地里，我杀了一个药商。那个人就在离我不到两尺的地方，当时他的血溅了我一脸。"

"你为什么杀他？"

"如果我不杀他，死的人就是我。他想抢走我已经买下的人参。"

荒木惟沉默不语。

"我算是差不多死过一回的人,所以再见到死人,也就没那么怕了。"

"经历和见识,都能让一个人的意志更加坚不可摧。你这样的人,不简单。"

钱时英笑了:"所以你想说,我很像一个中共吗?"

"或者你告诉我,你觉得还有谁比你更像中共?"

钱时英想了一下,又笑了下:"情报是在我的坐骑上找到的,这嫌疑还真够大的。但以我之见,这事恐怕没这么简单。在我之前,能接触到这匹马的人也不少。"

荒木惟也笑了下:"接着说。"

钱时英端起面前的茶杯说:"在荒木先生面前,钱某不敢班门弄斧。您的敌人究竟是什么段位,他会如何掩饰自己,荒木先生应该比我更清楚。"

荒木惟看了钱时英一会儿才开口:"钱先生心思缜密,分析入理,跟你这样的聪明人喝茶,是一种享受。"

"能和荒木先生喝茶,亦是在下的荣幸。"

4

钱时英离去后,荒木惟把四人喝过的茶杯整齐地排列在桌子的左侧,说:"你怎么看。"

陈山说:"一个杯子代表一个人,你心里已经有答案了。"

"那我想知道,你的答案,是否跟我的一样。"

陈山笑嘻嘻地说:"一进来这里我就跟你赌过了。我就是看姓钱的不顺眼。"

荒木惟瞪了陈山一眼。陈山认真起来,挨个儿说。

陈老板是个人精,黑白两道通吃,跟麻田先生也颇交好。但今天他看来是真有点怕。这个怕有两个可能。第一,心虚。第二,他对尚公馆的手段太知根知底。所以他知道万一惹了麻烦,只怕很难再出去。

陆老板为人圆滑,平日里从来不当出头鸟,但凡事他都能跟着沾点光。他说得最少,符合他一贯明哲保身的风格。

徐老板在巡捕房干过,他对嫌疑人身份的推理,也不是没有道理。但他和陆老板这两个人说得越少,隐藏的信息可能越多。

钱老板说得最多,透露的信息也最多。这人可是个老狐狸。他这摆的是个迷魂阵。既承认他自己嫌疑最大,又想把他们绕进去,意思是真正的共党没这么简单。就是他怎么说,听着好像都有道理。

陈山说完后,陈老板和钱老板用过的水杯已经被荒木惟推出了之前的序列。在他看来,"裁缝"就在这两个人之中。

陈山暗自心惊,语气平静,说:"二选一,要怎么排除另一个呢?"

"脱衣验伤。"

陈山又是一惊。

荒木惟继续说:"这个裁缝要真是那天从码头把货劫走的人,那他身上应该有枪伤。"

陈山看着钱时英喝过的杯子,内心深感惶恐。

陈山走进会议室,来到等待的四人面前,让钱老板和陈老板脱掉上衣,做个检查。

钱时英心中一凛,随即望向了陈老板。陈老板亦莫名慌张。钱时英与陈山对视一眼,却发现陈山格外平静。

之后,陈山向荒木惟汇报,两个人身上都有伤。

荒木惟便笑了,喃喃自语:"越来越有意思了。"

陈山第二次挨个儿将两人请进来。

先进来的仍然是陈老板。这次,他的面前没有茶水了。荒木惟悠然地抽着雪茄,千田英子和陈山站在他身后。

陈老板紧张地向荒木惟交代,自己背上的伤是他前两天跟兄弟打兔子的时候不小心走火弄伤的。荒木惟没说话,千田英子质问陈老板,哪些兄弟,在哪里走的火。陈老板眼珠转了一下,说,自家兄弟,自家的农场。

"伤口看起来很新鲜,受伤不超过两天。"千田英子继续说。

陈老板立即接话:"就昨天白天。"

陈山开口问:"那昨天晚上你在哪里?跟谁在一起?"

"这不是受了皮肉伤,所以昨晚上就在家早早歇了吗?哪儿也没去。"

"有人证吗?"陈山又问。

"我老婆晓得我在家的呀。"

荒木惟抽着雪茄,不动声色地听着,听到这里之后,他对陈山说,下一个。

陈山带着陈老板从会议室对面的房间出来时,钱时英已经站在了门外。

陈山说:"该你了,钱老板。"

钱时英没说话,主动推开房门,进入了荒木惟所在的房间。

陈山跟入,站在房间门口对荒木惟说了声对不起,他要去方便一下,马上回来。荒木惟没有说话,略一挥手。陈山迅速带上房门,快步下楼。

陈山一脸焦急。他明白,在荒木惟的老谋深算面前,大哥陈河的镇定或能支撑一时,但无法自圆其说始终是他最大的嫌疑。他必须制造机会和大哥对话,必须赶在"扁担"到达之前获得情报并设法送出去。否则大哥只怕难逃一死。

荒木惟看着钱时英说:"想不到,钱先生身上的伤还不少。"

"是啊。"钱时英脸上稍稍浮起无奈的神色,"枪伤两处,摔伤不计其数。跑江湖的代价。"

"看起来更像是打仗的代价。"

"一处枪伤是在长白山那次，撂倒了对方，我自己也差点去了半条命。另一处枪伤，是沪淞会战时中的流弹。"

"像钱先生这样的读书人，我以为会有报国之志才对。"

钱时英笑了笑，说："仁孝礼仪读多了，报国之志必然有过。但是惜命。况且这乱世里头，看你们打来打去，想着不管这国家大权最后落到谁手里，我也不过是一介草民。就算拼死一搏，谁又知道究竟是为国，还是只做了某位政客的垫脚石？索性还是置身事外的好。"

荒木惟一笑："难得钱先生如此清醒。"

荒木惟旁边的千田英子开口问："那你手臂上的新伤怎么解释？"

"是前两天骑马坠落时受的伤。你看，今天又摔了，这都是常事。"钱时英说着展示自己掌上的伤痕，笑了笑，"不过，曼晴说，有伤的男人才更像个男人。"

荒木惟审视着钱时英，问："那么，昨晚钱先生身在何处？"

钱时英似乎迟疑了一下说："在家里。"

"整晚都在家里吗，还是曾经出过门？"

"整晚在家。"

"人证呢？"

"我在家里看书到深夜，不知道邻居有没有留意到我一直亮着灯。"

千田英子接话说："亮着灯，可不代表你一定在家。"

5

陈山从二层小楼出来，径直走进那片桃花林。他前后张望了下，四顾无人之际，打下花拍打着自己的身体，让花粉尽可能多地沾染到衣服上。从先前荒木惟的反应来看，他应该对花粉过敏。

看到不远处的一名日本特务向桃花林方向走来后，陈山故意走到一棵树旁撒起尿来。日本特务看了他一眼，走开了。

荒木惟对钱时英的审问还在继续。他说："钱先生，我很欣赏你，但刚才的那两个问题，你没有说实话。"

话音刚落，陈山就敲响了门。

他推门而入，带上房门，对荒木惟略一点头，走到了荒木惟身后。荒木惟有些敏感地皱了一下眉头。

钱时英说："我一点也不喜欢撒谎。因为撒了一个谎，意味着要撒更多的谎来圆。这样未免太辛苦。"

"但对一个地下党来说，如果不能学会撒谎，大概在上海也活不过几天。"说到这里，荒木惟忽然面露痛楚之色，捂住了胸口，脸色变得煞白，喘息不止。

千田英子立即扑上去扶住他，询问状况。钱时英与陈山对视一眼，迅速明白了陈山在暗中帮助他。他开口说："看样子像是急性哮喘发作。"

陈山问要不要送医院，荒木惟痛苦地摇了摇头。钱时英说马场有一个医疗室，千田英子便命令所有待查人员留在原地。

两名日兵扶着双腿发软的荒木惟躺在了医疗室的床上，千田英子和陈山接着跟进来。千田英子问马场经理要了一杯水，然后从荒木惟胸口的口袋里找出一个药瓶，帮他服下药片，并为他轻抚后背，问是否真的不用去医院。荒木惟虚弱地摆了摆手，闭上了眼睛。

"那您休息一下，仓田医生应该马上就到了。"

说完话，千田英子一回头，发现陈山不见了。

陈山快步回到会议室对面的房间时，钱时英仍坐在刚才的座位上。陈山迅速关上房门，压低声音跟他说，如果想活着出去，就告诉他那张字条上到底写着什么。但钱时英打量了他两秒钟，沉默不语。

"我要是想害你，就根本不会放倒荒木惟来问你。"

钱时英又沉吟了片刻，低声正色道："盘尼西林在西郊永兴路沈记货场3号仓库。"

"药的事交给我。你保重。"陈山说罢决绝地走了出去。

望着弟弟陈山的背影消失在门后，钱时英脸上浮现出欣慰的神色。

陈山面容镇定地走向了马场经理室。这一刻，他已经肯定，大哥一定是从张离处获知了情报，才抢在军统飓风队之前劫得了药品。一旦叛徒"扁担"译出情报，荒木惟会立刻派人赶往沈记货场。他必须不惜一切代价赶在那之前转移药品，同时找一个替罪羊，这是为大哥洗脱嫌疑的唯一办法。因交易鸦片而受伤且无法说明前晚去向的陈老板，无疑就是替罪羊的最佳人选。而这样一来，为宋老爹报仇的机会也来了。

楼梯上忽然传来急促的脚步声，陈山迅速推开旁边的一扇房门入内。就在他进入房间并轻掩上房门之际，千田英子跑上楼来，径直跑向了钱时英所在的房间。

千田英子的脚步声走远后，陈山轻轻拉开房门，看到了千田英子进入大哥房间的背影。他迅速闪身出来，并立刻来到马场经理室，迅速给刘芬芳拨打电话。

刘芬芳并没有立刻接起，陈山焦急万分，不时向门口张望。而此刻，千田英子已经离开了钱时英所在的房间，去了会议室。依然没见到陈山后，她想到了什么，迅速向马场经理室走去。

刘芬芳终于接了电话。陈山迅速告诉他，马上去沈记货场3号仓库，找到那里的一批盘尼西林，运回肥皂仓库，不能让第三个人知道。

"保证完成任务!"电话那边,刘芬芳激动地说。

这时,门外响起渐近的脚步声,陈山立刻挂断了电话。当千田英子推开房门的时候,陈山正在给仓田医生打电话。

"喂,仓田医生已经出发了吗?好的。我知道了。"

陈山挂了电话,千田英子冷冷地质问他:"谁让你来打电话的?"

"科长的病情必须得到控制,这里的医疗室显然没这个能力,他需要医生。"

千田英子凝视了陈山一会儿,语气仿佛温和了些许:"科长让你过去。"

"好。"陈山走过千田英子身边,出了办公室。千田英子看了一眼电话机后,随陈山一起离去。

刘芬芳嘴里不停念叨着"沈记货场"和"盘尼西林"两个词语,搞不清是什么情况。想了想,他决定给陈山打个电话问清楚。

"喂,我找陈山。"

"他不在家。"接电话的是张离。

"不在?"刘芬芳嘀咕着,"他刚还给我打电话呢。"

张离问:"你是刘芬芳?"

"你听出来了?"刘芬芳赞叹道,"这特务的媳妇也不简单哪。"

"陈山刚才打电话跟你说什么了?"

"呃……就是没听清楚我才打过来的,我还以为他在家给我打的呢。我估计……他大概要找我拔牙齿,前两天他说过的。那他不在我就先挂了啊。"

刘芬芳挂断了电话,仍不停念叨着"盘尼西林"和"沈记货场"。几号仓库来着?他忘了,急得抓耳挠腮。

唐曼晴已经穿戴整齐准备出门,她边走边向吴妈交代,一会儿罗太太来了,替她把这些鹿茸给她。然后跟她讲一声不好意思,她有急事要去马场,改天再登门帮她看字画。

张离思索一番,打出了一个电话。

她打的是唐曼晴家的电话,吴妈接的。张离问唐小姐在不在,吴妈说她出去了,然后问:"侬是不是罗太太?"

"是啊。"张离顺势答道。

"唐小姐吩咐过了,伊说侬来的话,鹿茸先拿去,字画她下次再给你看。她今朝有要紧事情要出去。"

"她是和钱先生一起去药店了吧?"张离继续问。

"不是去药店,是去马场了。"

道了声谢,张离挂断了电话。她想了想,立刻起身外出。

第七章

1

陈山和千田英子来到医务室时,马场医生正在给荒木惟测量血压。荒木惟的血压偏低,需要卧床休息,还需要专业心脏科医生的诊治。荒木惟虚弱地躺在床上,望向陈山的眼神却依然有刀锋的意味。

陈山告诉荒木惟仓田医生已经在赶来的路上,以示自己之前是在给仓田医生打电话。荒木惟却让千田英子扶他起来。"耽搁的时候越长,消息泄露的概率就越大。"他说,"喝茶要趁热。"他的声音里带着明显的喘息。

此时,乔瑜正好领着仓田医生进来。在几人的劝慰下,荒木惟不再坚持。

在走廊,陈山给乔瑜点燃一支烟。两人往医疗室内瞟了一眼,仓田医生正在准备药水为荒木惟注射。陈山低声跟乔瑜说,我看这回你真能立大功。当班的两个马夫里,肯定有一个是"草帽",死了一个,另一个也跑不了了。乔瑜听了很开心,问起了"裁缝"。

"四选一,你觉得谁最像?"

"是我在问你呢。"乔瑜说,"陈老板和钱老板,你觉得哪个才是'裁缝'?"

陈山想了想:"实者虚之,虚者实之。'裁缝'是什么人?中共地下党的上海头目,这个段位的人,他能这么明摆着让你逮,都不给自己留条后路?"

乔瑜觉得有道理。能从他们手上劫走盘尼西林的,肯定不是吃素的。然后他想起了陈老板。那陈老板靠着有姨太太陪麻田睡觉,拿了特别通行证,在租界里耀武扬威的。他要真是"裁缝",这人可藏得够深的,真是想不到。陈山说,让人想不到,这才叫本事。

"你们在说什么?"千田英子从医务室走了出来。

乔瑜抢着说道:"千田队长,我觉得那个陈老板有很大的嫌疑。"

千田英子冷冷地问了一句"是吗",乔瑜便胸有成竹地讲述起来。

"以我对共党的了解,他们做事情七拐八弯的,特别擅长掩护自己。这个陈老板在上海根基很深,看起来还不像个好人,黑道白道的生意都做,一般咱们不容易怀疑到他头上。我倒觉得,他比钱老板嫌疑更大。"

千田英子沉吟不语。陈山在一旁附和他说得有点儿道理。见陈山并不抢功,乔瑜显然十分高兴。

"不过他坚称昨晚在家，老婆可以做证。要抓到他的把柄可不容易。"陈山若有所思地说。

乔瑜摇摇手，说："他藏得深那是他的本事，可他手底下也不全是好汉。把他的手下找来，胡萝卜加大棒，肯定能招！"

陈山赞许地点点头："乔瑜是老军统了，他在军统时抓过的共党就不少，我觉得可以按他的办法试试。"

说干就干，乔瑜立即向千田英子表示，陈老板的司机就在外头等着，他马上就可以把他带进来。千田英子想了想，折回医务室去请示荒木惟。

听完建议并特意问了是谁的建议以后，荒木惟若有所思地望了眼门外的陈山。

"刚才你四处去找陈山，却发现他在经理室打电话？"

"是的。"

荒木惟思索着摇了摇头，他并不认为"裁缝"是那个姓陈的。

千田英子问："难道您认为乔瑜和陈山在偏袒钱时英？"

"但凡有人一心想脱罪，必有动作。我们等着看就好了。"

千田英子从医务室走了出来，告诉乔瑜，科长同意他的建议。乔瑜大喜，立即就去带人了。陈山低头抽了口烟，明白事态正在向自己刻意引导的方向发展，心中稍定。

千田英子说："陈山，科长让你陪同他继续审讯。"

"是。"陈山扔掉烟头，踩灭在脚底下。

审讯陈老板的司机在马场的一间办公室进行。小四将他押到乔瑜面前时，司机已经被吓得六神无主。乔瑜问他陈老板昨晚几点回的家，司机支支吾吾说不知道，昨天他下班早。

乔瑜看着司机，顿了一下，换上带着些微温度的语气，问："今年多大？有三十了吗？"

司机愣了一下，说："三十二。"

"这年纪，肯定上有老下有小。"

司机更紧张了，手心冒汗，双手擦着裤腿。

"你要是不说实话，就是通共，拿着这么点养家糊口的薪水，就真替他把命给卖了，值得吗？"

司机结巴着回答："我怎么会通共呢？我就是一车夫。"

"不用怕。只要你说实话，我不但保你平安无事，还会有奖赏。"

"我说……"

一旁的小四提起笔，准备记录口供。

陈老板再次坐到了荒木惟、陈山和千田英子面前。他满脸紧迫，说自己不可能通共，明摆着通共的人就是那个姓钱的。荒木惟平静地说，其实我和你的看法一样。这句话让陈山心中一跳。

"不过，如果你不能说明自己昨天晚上的去向的话，我可能会改主意的。"

荒木惟说完，陈山拿起司机的口供走到陈老板面前。陈老板看了一眼，脸色骤变。

陈山盯着陈老板的眼睛说："你的司机告诉我们说，昨晚8点多你就离了家，直到近12点才回家。陈老板，他说的跟你说的好像不一样啊。"

"他……他胡说！"陈老板语速加快说，"这些家伙个个胆小怕事，肯定是你们一吓唬他，他就信口开河，顺着你们的意思说了。荒木先生你不可以相信他的，以我和麻田长官的交情，我要是通共，那麻田长官不也是通共了？"

陈山笑了笑，说："想拿麻田长官吓唬我们？麻田长官是宪兵司令部特高课的，荒木长官是尚公馆的。论级别，虽然麻田高一级，但是荒木长官不属他管。我们科长敬重他，不过因为他是前辈。"

荒木惟脸色苍白，不动声色地审视着陈老板的神色。

陈山继续说："陈老板，大家都姓陈，也算同一个老祖宗。我必须跟你提个醒。在尚公馆，每个刚开始抵死不认的人最后都招了。你以为你买通手下和家人为你做时间证人，就可以隐瞒你昨晚做的事吗？"

"我做什么了？"陈老板急了，"我什么也没做。你们个个脑袋瓜这么好使，这事儿这么明显，字条就是在钱时英的坐骑底下找到的，你们不查他，揪着我干什么呀？"

"陈老板，你可是第一个进去挑的马。钱时英有机会往马鞍底下塞情报，你也一样有。还有，你身上的伤做何解释？"

陈老板张了张嘴，愣了一下："我不是说过了吗……"

"你根本就是昨晚才受的枪伤！"

被陈山打断后，陈老板满脸惶恐，一时因心虚而哑然。

"你自以为干得神不知鬼不觉，可你身上的伤出卖了你。"

"我什么也没干！"

陈山盯着陈老板，冷笑了一下，说："陈老板，你大概还不知道我们的规矩吧。通共可是死罪。你要是认了，死你一个。你抵死不认呢，全家都得跟你陪葬。你好好算一算账吧！"

陈老板的嘴唇哆嗦起来。

唐曼晴来到马场时，马场的铁门紧锁着，她还看到乔瑜等人站在铁门后面。乔瑜认出了她，朝铁门晃了过来。

"哟，唐小姐，您怎么来了？"

"约了朋友骑马。"

"不好意思，唐小姐。尚公馆今天在马场执行公务，我们科长有令，所有无关人员不得出入马场。"

唐曼晴笑了笑，说："大家这么熟，你是真要连我也拦着？"

乔瑜支吾起来："这个……还请唐小姐别让我为难。"

"那能不能麻烦乔先生帮我通报一声，我想进去看一眼我的朋友。在你们完成公务之前，我可以保证不离开。"

"唐小姐想见的朋友是？"

"钱时英。"

2

陈老板脸色惨白，嘴唇哆嗦着，交代了实情："我……我昨天晚上是去交货了。"

"交货？什么货？"陈山追问着。

陈老板的脸有些抽搐，他闭了下眼睛，下定决心："烟土。"

荒木惟满脸意外。陈山的内心却放松了一些，事态正在向着他想要的方向发展。

这时，乔瑜敲起门，中断了对陈老板的审问。他来向荒木惟汇报唐曼晴想见钱时英的请求。陈山有些意外。荒木惟与千田英子对视一眼，微笑着说："让她进来。"

乔瑜小跑着出来，为唐曼晴打开小门时，小四正好开着车带着"扁担"到来。乔瑜很不满，问他怎么这么慢。小四说犯人在临出来的时候休克了，抢救了一回才缓过来。

"快点，科长等着呢。"

乔瑜一挥手，几名手下打开了大门，让小四开着车驶入马场。唐曼晴站在一旁，无声旁观。铁门重新关闭后，乔瑜让她跟他走。

陈老板说出了一切。因为有了麻田先生批的特别通行证，他可以在租界私营鸦片。昨晚他在蒲石路丢了一车鸦片，到现在还没查出来是谁下的手。他的伤就是那会儿被乱枪打的。

"不信你们可以去警察局问问，昨晚在浦石路是不是有人火拼。"

"那鸦片在哪儿？"陈山盯着陈老板问。

陈老板满脸委屈，说："我不知道啊。"

陈山若有所思地点了点，说："看来你确实是有备而来。一边抢药，一边贩卖鸦片。万一被人发现，你大不了招了私贩鸦片的罪行，假装分身无术，便可失财保命，逃脱通共的死罪。这一招壮士断腕，果然高明。"

陈老板瞪着陈山，激动地吼叫起来："胡说八道！你这是想置我于死地？！这租界还是有王法的地方，由不得你信口雌黄。有本事你拿出证据来！"

"放肆！"千田英子提高声音说。

荒木惟却只是冷冷地看着。这时，敲门声又响了起来。乔瑜带着"扁担"来了。陈山望向遍体鳞伤的"扁担"，同时看到了门外的唐曼晴。

荒木惟对千田英子使了个眼色，千田英子迅速将在马鞍下搜得的字条递上，让"扁担"马上译出来。

陈山押着陈老板走出来，吩咐门口的山口把他押回会议室。房间里，"扁担"正在翻看密电码，译着字条上的内容。陈山没有立刻返回，他从口袋里掏出一根烟点燃，吸了一口，然后对旁边的唐曼晴说："不好意思，唐小姐，没有科长的命令，你暂时还不能见钱先生。"

"没关系，我先去下洗手间。"唐曼晴瞥了一眼会议室。透过门上的透明玻璃，她看到了里面的钱时英。她对钱时英嫣然一笑，钱时英亦冲她微笑点头。之后，唐曼晴走向洗手间。陈山前后看了看，见无人注意，也跟了过去。

唐曼晴在洗手间洗了手，对着镜子整了整妆容，又从手包里取出烟叼在嘴上。一时没找到打火机，却忽然有只火机出现在了她面前，啪的一声打着了。

唐曼晴点燃了烟，看着镜子里的陈山说了声"谢了"，脸上却毫无笑容。

"这种小事不用谢，但有的事儿，你日后应该会谢我。"

唐曼晴吐了一口烟圈，饶有兴致地看着陈山，问："他现在是不是有麻烦？"

陈山玩味般地看着唐曼晴，还在思索着如何说下去。唐曼晴并不看陈山，对镜观察着自己的妆容说："时英告诉过我，他是你大哥。"

陈山顿时放心了："那就不用谢我了，以后我会谢你。"

陈山和唐曼晴在洗手间短暂交谈的时间里，千田英子对荒木惟说，唐曼晴忽然前来，很可疑。荒木惟说，没关系，每一颗妄图挪动的棋子都有可能露出破绽，我就怕他们不动。

"扁担"把字条上的情报译好了。千田英子拿起看了一眼，面现兴奋之色。陈山也在这时推门入内，看见千田英子把一张字条交到了荒木惟手中。荒木惟说，陈山，马上带人去这里，把货给我拿回来。说着，他将手中的情报展示给陈山。

"货在沈记货场3号仓，速转移。"

陈山从会议室对面的房间走出来时，唐曼晴还站在门口的走廊上。陈山什么也没说，隔着会议室玻璃门与钱时英对视一眼，然后大步向走廊的一头走去。现在，情报已经泄露，陈山不知道刘芬芳能否赶在他之前将药品转移。现在他唯一能做的，就是尽可能地拖延时间。钱时英会被"扁担"认出吗？唐曼晴能否助钱时英渡过难关？他不知道，也唯有听天由命。

唐曼晴默默地看着陈山走远。陈山在洗手间门口跟她说的话还在耳边重复："证明他昨晚在你那儿，否则他不可能活着离开这里。"

然后，唐曼晴听到她身后那个房间的门开了。千田英子、"扁担"和荒木惟走了出来。

荒木惟再一次坐在会议室的桌前，看着站成一排的钱时英、陆老板、徐老板和陈老板。他瞥了一眼旁边被千田英子和乔瑜押着的"扁担"，跟四人说："有一个地方，不知在座四位是否熟悉？沈记货仓。"

钱时英心中一凛，与其他三人均沉默不语。

"钱先生？"荒木惟看着钱时英说，"不如你先回答吧。"

钱时英愣了一下，说："荒木科长，你说的这个地方，我听说过，但只是听说过而已。我不知道这意味着什么。我想另外三位，也是一样不知个中轻重，所以怕不小心说错话。不如荒木科长把话挑明了，以免我们瞎猜。"说完，他望向另外三人，三人皆点起头。

荒木惟笑了笑，扭头望向"扁担"，说："情报译出来了，要是再能认出你的老朋友来，我保证你会在尚公馆得到无上的荣誉。"

钱时英平静地望着"扁担"。"扁担"的脸上混杂着无奈和愧疚，他眼神呆滞地走过陆老板和徐老板身边，站在了钱时英面前。

"扁担"盯着钱时英看了一会儿。终于，他又继续迈步。

钱时英的目光望向会议室门外的唐曼晴。唐曼晴一直在看着他，此刻的她仿佛松了口气般地吐出了一个烟圈。缭绕的烟雾中，钱时英看不清她的面容。

"扁担"依次从四人面前走过。千田英子一直观察着他的神色，但他的眼神中并无惊喜。最终，他对千田英子摇了摇头。

荒木惟面无表情地起身离去。

陈山走出办公楼，向空地上停着的一辆篷布军车走去。乔瑜迎向他，询问情况，陈山就扬了扬手中的字条。

"货应该就在沈记货仓。货归我提，人归老大审。"

"总算没白忙活。提货那边要不要我帮你？"

"只要情报不泄露，货就安全，所以你把门看紧了才是最重要的。"

乔瑜深以为然。陈山走向不远处的一名手下，让他把车况查一查，再找四个兄弟，一会儿跟他出去。吩咐完，他看了看表，3点45分。

3

刘芬芳的汽车抛锚在去沈记货场的半路上。

他再次发动汽车，但发不起来。他焦急地下车，先看了一眼排气管，又走到车前打开引擎盖检查，一脸茫然。他踢了一脚车胎，跟汽车发牢骚：“做啥？关键时刻跟我耍脾气，考验我的特工素质是吧？”

荒木惟把唐曼晴请进了会议室对面的房间。
荒木惟微笑着说：“唐小姐经常来这里骑马吗？”
“是啊。”唐曼晴说，“时英是我的马术老师。我们每个星期都会来这里骑马。”
“两位真有雅兴。”
“要是方便的话，我想现在就见时英。”
荒木惟审视着唐曼晴，说：“当然可以。”
钱时英被千田英子带进房间后，唐曼晴跟他说的第一句话是：“把衣服脱了。”
钱时英一怔。唐曼晴从包中取出绷带和药，斥责他：“早跟你说了，伤还没好，今天就不要骑马了。你偏不听，摊上事儿了吧？”
钱时英明白了，唐曼晴在帮他打掩护。他装作迟疑了一下，乖乖地脱去了外衣。
"唐小姐知道钱先生受伤的事？"荒木惟问道。
"知道啊。之前骑马时摔的。要不是为了护着我，他也不会受伤。"说着，唐曼晴麻利地为钱时英除去已经被鲜血湿透的纱布，上药，并重新包扎好。钱时英打量着她，虽不知她如何得知自己受伤，也为她的冰雪聪明暗自赞叹。
"唐小姐，钱先生最近晚上经常去找你跳舞吗？"荒木惟又问。
"跳舞倒不常去，米高梅太闹，倒是常去我家里喝茶作画。"顿了下，唐曼晴继续说，"昨晚我们还在一起呢。"
"你们在一起？"
钱时英的心揪了起来，沉不住气了："曼晴……"
荒木惟喝止了他："让唐小姐说下去！"
钱时英无奈闭嘴。荒木惟双眼放光，期待地看着唐曼晴。唐曼晴笑了笑，望向钱时英，"你是不是没跟荒木先生说实话？"
钱时英心中紧张，表面平静。他做出支支吾吾的语气，说："我想……这样对你不太好。"
荒木惟意味深长地笑了。
"钱先生，唐小姐，我很想知道，你们俩到底谁在撒谎？"
唐曼晴笑着说："荒木科长，中国人有一句话，水至清则无鱼。有些事不清比清好。"
钱时英沉默着。荒木惟则继续问："但昨天晚上的事如果不说清楚，唐小姐知道这意味着什么吗？"
"我知道昨晚应该出了大事。所以才顾不得颜面了，我得替时英把话说清楚。昨天晚上他整晚都在我那儿，可他在我家过夜的事，要是让您知道了，麻田先生多半也会知道,时英不说实话,除了清者自清之外,也是为了我考虑。"

"是吗?"

"麻田先生一向很关照我,不过,要是他知道我留宿别的男人,男人嘛,终归会不太高兴。所以时英觉得需要避嫌吧。"

荒木惟长久地审视着唐曼晴,不知她究竟是太聪明,还是确实说了实话。

唐曼晴继续说:"荒木科长的公务有任何需要,我和时英都会竭力配合。那在场面上,我也不想让麻田先生不愉快,不知道荒木先生能否为这件事保密呢?"

荒木惟沉吟不语。

钱时英和唐曼晴去会议室以后,荒木惟站在窗前,望着窗外那片桃花林发呆,陷入了沉思。"扁担"在审讯的时候就已经说过,他和"裁缝""草帽"是不同线上的人,他认不出来,也不奇怪。但是他并不着急,拨开迷雾见谜底的过程,也是一种享受。

忽然,他想到了什么。之前,陈山告诉他要去方便,一回来,他的身体就出现了严重的过敏症状。很可能是因为陈山身上带着花粉。如果陈山是故意为之的话,那他就是在营救"裁缝"。

"你马上把陈山拦下来。"荒木惟忽然转过身,对千田英子说。

千田英子一愣。

"把陈山留下,提货的事交给乔瑜去办。"

"是!"千田英子匆匆跑出,并在陈山准备上车之前叫住了他。那时是4点整。

听到千田英子的声音,陈山回过头,看着赶来的千田英子和乔瑜,问:"是科长还有吩咐吗?"

"你留下,乔瑜去。"见陈山站在车边没动,千田英子说,"这是命令。"

陈山有些意外,他望向马场办公楼窗口,看到荒木惟正站在窗后,冷冷地看着他。

在陈山一步步走回马场办公楼的时间里,乔瑜带着手下驶出了马场大门。刘芬芳则重新发动起了汽车,坐着黄包车赶去马场的张离与他擦肩而过,并认出了他,记下了车牌号936。

陈山走进房间,问荒木惟是否有任务时,荒木惟已经摊开了围棋棋盘。他说:"下棋。"

"这也算任务?"

"这棋最早发明出来,大概就是为了纸上谈兵。虽不能上战场,也可在方寸之间运筹帷幄,决胜千里。"

"怪不得有那么多人喜欢下棋,战斗总是让男人热血沸腾。"

"那也得棋逢对手。"

"我不是你的对手。"

荒木惟看着陈山,意味深长地笑了:"你故意示弱,很像是一种战略。"

陈山苦笑说:"我这叫自知之明。"

荒木惟从旁边柜中拿出一个闹钟放在棋盘边。陈山瞥了一眼,4点05分。

"要是没有意外,最晚5点,乔瑜就该回来了。在他回来之前,我们正好可以分析一下,谁才是'裁缝'。"荒木惟说着在棋盘中落下第一枚黑子。

"以科长的才智,应该早有判断了。"

"要是你能为我一一梳理,我想我会更确信我的判断的。"

闹钟嘀嗒嘀嗒地响着,在陈山听来,如同他剧烈的心跳声一样响亮。

刘芬芳驾车进入沈记货场的大门。这是一处无人管理的废弃货场,现场破败零乱。他记不清是2号仓库还是3号仓库,心里着急,看到一幢仓库外墙上写着大大的数字2后,就停下车奔向了2号仓库。翻遍2号仓库的各堆货物,他也没有找到药品。他走出来四下张望,看到了不远处的3号仓库。

在3号仓库,他看到在不起眼的角落有一堆盖着篷布的货物,而且篷布上几无灰尘。他快步过去,揭开篷布,果然看到底下摆放着几十纸箱的盘尼西林药品。

棋盘上已经摆放了四分之一的棋子。陈山执白落下一子,瞟了一眼旁边的闹钟,4点半。然后他听见荒木惟问他,你觉得陈老板私贩鸦片之事,有几分可信?

陈山沉吟着。他明白,荒木惟已经对自己起疑。唐曼晴似乎已经成功掩护了钱时英,但自己此时对钱时英有丝毫的偏袒,只怕都会加重他的疑心,甚至加速暴露自己,搭上钱时英的性命。所以他说:"七分。"

"哦?"

"私贩鸦片不是小事,他能说出具体的时间地点,跟巡捕房那边所说的情况基本一致,不像是撒谎。"

荒木惟落下一枚黑子,抬眼看着陈山。陈山继续说:"他这一招供,他在麻田那儿攒下的人品就等于是用完了。搞不好在租界也混不下去。拼着散尽家财,不过是为了保命。他成天跟咱们的人混在一块,他很清楚,要是不能说清楚他昨晚究竟在干什么,彻底洗脱他的通共嫌疑,只怕他再也不能活着走出去了。"

"分析得不错,丝丝入扣,入情入理。"

"而那个钱时英故作镇定,却连时间证人也没有,他才是嫌疑最大的!"

"他有证人。"

"是吗?那个姓唐的女人?"

荒木惟笑了笑:"她说,昨晚钱时英一直在她那儿。"

陈山故作冷笑,说:"这个女人总是自作聪明,但她忘了,你比她更聪明。"

闹钟仍在嘀嗒嘀嗒地走着,距离陈山上次看表,时间过去了五分钟。此刻的每分每秒,对陈山来说都是煎熬。

"看来你很不待见他们俩。"

"你也肯定不喜欢他们这种攻守同盟。"

　　荒木惟笑了，说："只要把药找回来，我们会有证据的。"

　　就在荒木惟说下这句话的同时，乔瑜的车开进了沈记货场大门口。

　　张离坐着黄包车来到了马场附近。她远远看到马场门口守着尚公馆特务，遂叫停了黄包车。

　　下来后，张离看到一辆汽车驶了过来。看清了坐在副驾驶座上的人是乔瑜后，她闪身躲到一棵树后，目送着汽车驶入马场大门。同时，她也看到了停在马场门口的唐曼晴的汽车。

　　荒木惟和陈山仍在下着棋。棋盘旁的闹钟嘀嗒嘀嗒地走着，时间已近5点。心神不宁中，陈山听到敲门声响了起来。

　　荒木惟说了声进来，和陈山同时望向门口，看到了乔瑜推门而入风尘仆仆的身影。会议室里的钱时英当然也看到了乔瑜和千田英子一前一后走进对面房间，他的心和陈山一样，也提到了嗓子眼。唐曼晴亦回身，淡然地看了一眼。而在乔瑜和千田英子进入房间后，那扇门随即又被关上了。

　　陈山紧盯着乔瑜的表情，想看出些端倪。但乔瑜脸上无喜无悲。闹钟的嘀嗒声似乎变得巨响。"报告科长。沈记货场3号仓没有找到可疑货物。除了这个。"乔瑜给荒木惟递上了一片纸箱的碎片。

　　荒木惟看着碎片，上面有半个英文字母：Penici。

　　这片纸箱碎片是刘芬芳在搬运药品的过程里，不小心被绊险些跌倒时，纸箱刮到墙上的铁钉留下的。当乔瑜带着小四及四名尚公馆特务持枪冲进3号仓库时，看到了角落里那个被搬空的货架。货架上面落满灰尘，但有新鲜的手指印，显然是有人刚将货物搬走。乔瑜快步走到那块空地处，看到了墙边地上那片纸箱的碎片。

　　"刚才进货场的时候，我看到有辆车往后面开过去了。"小四在一旁说。

　　"追！"

　　六人从3号仓库冲到门口，乔瑜观察着地上的车轮印。小四一指后门方向说，刚才那车就是往那边开的。乔瑜确认车轮印正是延伸向小四所指的方向，立即下令上车紧追。

　　车行至后门，乔瑜见铁门虚掩，透过门缝能看见门外路上，有辆没有牌照的卡车正在驶远。小四猛踩油门，直接撞向虚掩着的铁门。

　　汽车撞开铁门，但也触发了刘芬芳放置在那里的炸弹。一声巨响，汽车被炸得一阵颠簸。乔瑜和小四大惊失色，四名特务亦摔倒在后车厢内。

　　小四的方向一偏，眼看着就要撞向旁边的围墙，他猛踩刹车，堪堪在撞墙之前刹住。惊魂未定的乔瑜望向远处，只见那辆无牌车已经一溜烟地驶远，转弯了。

乔瑜推门下车，看见车子的一只右前轮已被炸扁，显然无法再追。

4

"为什么不事先封锁货场？"千田英子不满地问。

"对不起，"乔瑜低着头说，"我没想到有人会抢在我们前面去提货。"

"你以为我们想听到借口吗？"

"货被人抢先一步取走了，只有一个可能。"荒木惟望向陈山，在等待着他开口。

陈山有些机械地说："有人走漏了消息。"

荒木惟盯着陈山，缓缓说道："是，有内鬼。"

一旁的乔瑜不以为然，因为自从他们进来之后就没人离开过马场。千田英子怀疑"裁缝"有另外的传递消息的途径。荒木惟摇了摇头，问道："这里一共有几部电话？"

陈山心中一凛。乔瑜说，就经理室一部。荒木惟吩咐千田英子马上去电话局拉清单，看今天这部电话一共打出过几个电话，分别是打给谁的。陈山低头茫然地看着棋盘，脑中已经一片空白。

唐曼晴在这时敲响了房门，其实她来到门前已经有一小会儿了。要去电话局的千田英子打开门，看到她没有说话，直接奔了出去。唐曼晴站在门外问荒木惟，要是没什么太大的问题，她和时英可否先离开。

荒木惟审视着唐曼晴，没有说话。陈山的目光看似盯着围棋盘面，听到此话时心神一动。

"荒木科长。"唐曼晴继续说，"不管时英是不是有嫌疑，我都可以向您担保，他绝不会离开上海一步。您有任何需要他配合调查的地方，他都可以随叫随到。"

荒木惟沉吟不语。陈山抬起头来看了唐曼晴一眼，心中感慨。

陈山此刻在心中突然对唐曼晴生出感激之意，她对大哥陈河的心意如此昭然，而此刻能让他脱险的人，也只有她了。只要大哥现在能走出马场，远走高飞，他也不算白白牺牲，总算陈家还留着一根独苗，陈河永远是陈金旺最得意的儿子。想到这里，陈山的内心忽然变得平静。

"唐小姐既然作保，我要不答应，似乎就太不给唐小姐面子了。"荒木惟终于开了口。

唐曼晴笑了："那就多谢荒木科长了。"

荒木惟继续说："除了陈老板之外，另外两位朋友，也可以走了。"

唐曼晴、钱时英、陆老板和徐老板走出办公楼，向门口走去。陆老板和徐老板有些失魂落魄，互相搀扶着。然后他们看到卫兰和陈老板被乔瑜等人押上了一辆军车。

钱时英与卫兰最后对视了一眼，心知自己再无能力营救他们，钱时英的眼中分明有深深的无奈。而卫兰只是微笑了一下，眼神坚定，视死如归地踏上了军车后车厢。

荒木惟和陈山的棋局还在继续。荒木惟盯着棋盘说："陈山，你是不是内鬼？"

陈山心头一震，脸上发麻，感觉自己的虚影是一根剧烈震颤的弹簧。他强笑着说："看起来我嫌疑很大啊。"

"你说这个内鬼心里现在怎么想？"

陈山仍在笑着："死定了。就这么死了，可真不甘心哪。"

"你难道不想问问，我为什么要放走他们？"

"欲擒故纵。"

荒木惟落下一颗黑子，说："以静制动，以逸待劳。"

张离站在街边树后，看到乔瑜的汽车驶离了马场。接着，唐曼晴和钱时英也走出了马场。

钱时英紧跟在唐曼晴身后，为她拉开车门后，和她先后上了车后座。看到钱时英安然无恙，张离松了一口气。

唐曼晴的汽车离开后，一辆三轮摩托又驶出马场，不远不近地跟着唐曼晴的汽车。看着两辆车一前一后在道路尽头转弯后，张离拦住了一辆路过的黄包车。

汽车上，唐曼晴低声告诉钱时英，千田英子去了电话局。荒木惟让她去查今天从马场打出去的电话记录。钱时英神色严峻，现在他得马上去一趟麦阳路，越快越好。唐曼晴什么也没问，她从后窗玻璃向后望了一眼。钱时英亦回过头，两人都看到了不远处那辆跟着他们的三轮摩托。

"你确定？"唐曼晴问。

钱时英略一点头。

刘芬芳驾车驶在街道上。远远地，他看到前方有日本特务设置的关卡，不由得一阵紧张。他一眼瞥见左侧有条小道，便毫不犹豫地开进了小道。道路狭窄，他撞到了一个鸡窝，一时鸡飞狗跳。穿过小道后是另一条街。他左右看了看，最终右拐绕道，找到一处破院墙，将车开了进去。

刘芬芳看了看怀表，6点了。他停下车，颇为得意地自言自语："想堵我？老子最擅长的，就是躲猫猫。我躲到天黑，看你们撤不撤？"

车子一行驶到麦阳路，钱时英就叫停了汽车。钱时英由衷地看着唐曼晴，说了一声"谢谢"。

"我们之间，不言谢。"

钱时英点点头，利落地推开了车门。唐曼晴忽然问他晚上可不可以去她那儿："今天是我们认识第一百天。"

钱时英匆匆回头说："能去的话，我一定去。"

"好，我等你。"

钱时英关上车门，小跑着进入一条弄堂。他的身影完全看不见以后，唐曼晴让司机开车。不一会儿，那辆尚公馆的三轮摩托车出现在了后面。

穿过弄堂是一条街道，电话局就在街道对面。钱时英已经跑到了弄堂口，正欲向电话局大楼奔去时，千田英子驾车停在了电话局楼前。她迅速下车，奔进了电话局。

钱时英心急如焚。他思索着，四下张望。这时，有个提着菜篮子的大妈从面前走过，他便叫住了她。

"大姐，"钱时英瞥了眼她的篮子，"请问能不能向你买几个鸡蛋？"

千田英子奔进电话局办公室，向李主任出示了证件，要求调取今天从大马路马场打出去的所有通话记录。

李主任一指旁边的沙发，示意她稍坐一会儿，他去机房去调取。千田英子要求同去，李主任站住，一脸为难："这个……机房重地一般人是不能入内的。"

"需要我让尚公馆的当家人小日向白郎给你们局长亲自打电话吗？"

对方尚未答应，外面就突然传来了一声枪响和玻璃碎裂的声音，同时传来的还有路人的尖叫。

千田英子一惊，立刻掏枪奔了出去。出来的时候，她的车窗玻璃已被子弹击碎。前挡风玻璃上被扔了鸡蛋，一张写有"打倒日本帝国主义"的字条用蛋液糊在上面。

千田英子举枪四望，却没有发现可疑人员，只见到了几个惶恐躲在街角的路人。千田英子过去，揪住一个，质问他什么人干的。路人惊恐地摇头，说没看清，只知道是个男人。然后他指了指左边，说往那边跑了。

此时，钱时英正在电话局大楼的后墙上攀爬，一直爬到三楼的一个窗口。那个房间正是电话局的机房，钱时英露出两只眼睛，无声地瞅着里面。机房里有三个人，已近下班时间，其中两人站起身，跟小苏打声招呼，出了门。

小苏整理完面前的资料后，起身去旁边倒水。忽然，她觉察到窗口一黑，机警地扭过头，问谁。

"是我，小苏。"钱时英跃下窗户，说。

"钱先生？怎么是你？"

钱时英迅速关上窗户，说："时间紧急，我来不及跟你解释。我要你立刻帮我清除一些电话记录。"

110

左右张望中，千田英子似乎想到了什么，立刻跑回电话局内。她冲进办公室，举枪对准了李主任，让他马上带她去机房。

李主任举着双手将千田英子带到了机房门前，千田英子一脚将门踢开，正在里面喝水的小苏吓得肩膀一抖。李主任让小苏把大马路马场今天的通话记录找出来，小苏有些害怕地看了千田英子一眼，才回过神。

千田英子打量着机房问："就只有你一个人？"

"白班的同事下班了。我刚接的夜班。"小苏边说边在抽屉里翻找。她找到一个本子，翻开到某一页，打开活页，取下了这张纸。

千田英子接过这张纸，看到抬头上写着"大马路马场"。她冷冷地说："这个我要借走。"

小苏看了李主任一眼，李主任欠着身子说："那就请千田队长去我那里登记签字。"

千田英子往门口走了几步，又忽然站住，转过身，盯住了靠墙的一个柜子。小苏似乎有些紧张，也顺着千田英子的目光望向那个柜子。

千田英子拔出枪，走向了那个柜子。李主任赶紧让到一旁。

千田英子一手持枪，一手迅速拉开柜门，只见柜内体积虽大，但有好多隔层，放满了文件资料，并没有藏人。她失望地收起枪，回头瞥了一眼小苏，转身离去。李主任亦不敢吭声，赶紧跟上。

小苏松了口气，望向窗口。钱时英正扒着窗台边缘挂在墙壁上。他扭头看了一眼附近的一棵树，用脚在墙上一蹬，转身跃至树上，滑下地面，悄然离去。

5

荒木惟看着千田英子带回来的通话记录。记录显示，从下午到现在，从马场打出去的电话只有两通，都是打给尚公馆的。千田英子说，这两通电话分别是她和陈山打的。

陈山听到这里，既意外，又惊喜。本已做好必死准备的他有些劫后重生的虚脱感。荒木惟放下通话记录，面容严峻。千田英子问接下来做什么。荒木惟说，派去跟踪嫌犯的人没有消息之前，我们可以暂时休息了。

陈山走出马场办公楼，脸上浮起劫后余生的笑容，连照在他脸上的夕阳仿佛都比以往更温暖。此刻，他感觉自己像一棵树，积压在他身上的一些泥土正在夕阳中消散，让他变得轻盈起来。

这次和此前的一次次力挽狂澜不同，在听到荒木惟下令彻查通话记录的那一刻，他就知道自己已经回天无力，甚至会牵连刘芬芳。他唯一的愿望是大哥陈河离去之后能及时通知张离撤离。是大哥及时修改了通话记录，让自己逃过一劫吗？陈山不得而知。绝境逢生的喜悦猝不及防，甚至有点不真实。

千田英子疑惑不解，如果共党不是用打电话的方式传消息，那他们究竟是怎么通知同伙的。荒木惟揉着眉心，沉吟不语。千田英子俯身询问他的身体，荒木惟轻声说让山口送他回去。

"你回尚公馆等着，派出去跟踪嫌犯的人一有消息，马上电话通知我。"

"是。"

天色已黑。刘芬芳驾车载着一车药品运往肥皂仓库。在驶过白天那条有关卡的街道时，他发现关卡已撤，不由得面露得意。但当他拐上另一条路时，又发现前方不远处仍旧有日本宪兵设置的临时关卡。有路人正被日本宪兵拦下盘查。而此时他的前方并无岔路，离关卡也只有几十米远。

刘芬芳下意识地踩刹车减慢车速。日本宪兵已经看到了他的汽车，掉头显然已经不可能了。

刘芬芳的汽车缓缓行至关卡前，他不禁有些紧张，自语着为自己打气："别慌啊，刘芬芳，千万不能慌。考验你的时候到了。没死里逃生过，都不算真正的特工。"

张离所坐的黄包车此时也跑到了附近，她一眼看到了车上的刘芬芳。她立即让车夫停下，付钱后走到关卡附近，观望着刘芬芳的汽车被日本宪兵拦下。

张离急向附近张望，她看到一个铺子已经打烊，货架上盖着黑色的布。她快步走过去，慢慢将黑布掀了起来。

刘芬芳坐在驾驶室里没下车，对日本宪兵点头哈腰叫皇军。日本宪兵用中文磕磕巴巴问他："你的，车上的，什么东西？"

"死人用的东西。"刘芬芳笑着说。

看日本宪兵皱眉，刘芬芳解释了一下："死人，办丧事用的东西，大大地不吉利。"

听完，日本宪兵更加疑惑了。

"您要不怕晦气也可以检查。不过不怕告诉您，这个死人是得了瘟疫死的。"

日本宪兵犹疑着说："下车，打开后车厢检查。"

"是，皇军。"

刘芬芳慢吞吞地打开驾驶室车门，面露忧色。他在焦急地寻思着应对之策。

忽然，有颗钢珠不知从何处飞来，击中了日本宪兵的右眼。宪兵痛得大叫一声，随手朝天开了一枪。

街头的行人顿时乱了。然后刘芬芳看到一个黑影朝日本宪兵掷出了一块石头，接着黑影转身就跑进了一条弄堂。

两名日本宪兵追进弄堂。他们看不见目标的样子，也无法辨别性别，因为对方的身体和脸都包裹在黑布中。

那正是张离。奔跑中，张离忽然停步回头，用弹弓射出两颗钢珠，分别击中了两名日本宪兵的眼睛。

　　刘芬芳身边的那个宪兵吃痛欲开枪之际，手上又被钢珠打中。刘芬芳捡起一颗滚到他脚边的钢珠，见宪兵追着黑影进了弄堂，立刻跌跌撞撞冲向汽车。

　　他发动汽车，径直冲过了关卡。一名宪兵又冲进了张离逃跑的弄堂，另外两名宪兵则对着刘芬芳的汽车开枪，并随即开车追赶。

　　两名日本宪兵驾车追逐着刘芬芳。刘芬芳眼看甩不掉他们，焦急万分，不停地拍着方向盘，失去主张。

　　情急之中，他忽然一个急拐弯，开进了一条小路。

　　日本宪兵依然紧随其后，刘芬芳想了想，大不了鱼死网破，一咬牙猛然开始倒车。

　　两辆车撞在了一起。

　　由于车身大小的不同，日本宪兵的汽车被撞到墙边。墙塌了，砖块盖满车身。刘芬芳迅速换成前进挡向前行驶，转瞬又露出得意之色。

　　"跟我这个老特务比开车，小鬼子，你们还嫩着呢！"

　　两名日本宪兵都受了伤。一人满头是血无法动弹，另一人奋力推开副驾驶室车门，冲了出去，对着刘芬芳的汽车连开数枪。但刘芬芳的汽车越来越远，很快就消失在夜幕中。

第八章

1

被绑在刑架上的陈老板已经被打得遍体鳞伤。乔瑜抽了口烟，把烟雾全都喷到了他脸上。

"鸦片？舍财保命是吧？小算盘打得不错。"

"我说的都是真的。"陈老板眼睛低垂着，一张口，血就流了下来。

小四站在一旁，正在火炉中将火钳烧得通红。乔瑜继续问陈老板，鸦片在哪里。如果找不着，就是信口雌黄。陈老板这会儿连哭泣的力气都没有了，奄奄一息地说："真把我弄死了，那共党只会在外面偷着乐，你们还是找不着药，对你们有什么好处？"

"我们当差的能有什么好处，不过是想这案子水落石出，有个交代。这年头，从老板那儿领点薪水不容易啊。"

"我认是死，不认也是死，我为什么要成全你？"

"是啊，认了通共，死路一条。不认吧，这十八般酷刑你也挨不过几种，还是死路一条。人要知道自己没的选，这事情是不是就简单了？怎么痛快怎么来嘛。"

"你们这些汉奸，除了整自己人，就没点别的本事。"

"你们不也就是抱着日本人的大腿，赚着中国人的钞票吗？"乔瑜的脸忽然变得狰狞，"谁瞧不起谁呀？给我好好伺候！"

小四举起烧红的火钳，探向陈老板的胸口。陈老板看着那火钳，面露恐惧之色。火钳杵到他的胸口上，嗞的一声冒起烟来。他开始撕心裂肺地号叫。乔瑜冷冷地站在一旁，继续抽着烟，一脸冷漠。剧痛之下，陈老板继续号叫着，青筋凸起，满面痛楚之色，忽然瞪大了眼睛，停止了呼吸。

小四一探陈老板的鼻息，说："乔组长，好像……好像没气了。"

乔瑜走上前去，一探陈老板的颈动脉，皱起眉。这么快就死了，真是便宜他了。这下，只能把口供写下来，就让陈老板招认自己是"裁缝"，再拿他的手指头摁上手印。

小四似乎有所犹豫，被乔瑜瞪了一眼后，才迅速走到一旁桌边写起了口供。

"要是别人问起要怎么说呀？"乔瑜盯着小四问。

小四抬起头，有些紧张，说："就说……就说他是招供了之后，才伤重不治，死掉的。"

乔瑜满意地点了点头："好，就这么说。"

陈山推门进家的时候，屋内一片漆黑。他叫了张离一声，没人应。他一步步走向餐桌，此时门外传来了脚步声。陈山扭头望着门口，果然门开了。

陈山问张离去哪儿了，张离一手拿着手包，一手端着一大碗生馄饨，说："给你的宵夜。"

陈山感慨地看着张离，忽然一把将她抱住。张离下意识地想推开他，而陈山仍紧紧抱着她。

"今天差一点，我以为自己再也回不来了。"

张离怔了，不再推他，任由他抱着自己，手上仍拿着手包和碗："要不，我们一边煮夜宵一边说？"

"你应该知道我被困在了马场。对吗？"陈山忽然问。

"对，我知道。"

"那你或许也知道，钱时英今天也在那里。"陈山慢慢地放开张离，望着她的眼睛说，"我要告诉你一件事。"

张离已经猜到陈山要说什么，但她没说话，只是温柔地望着他。

"你还记得我跟你说过，我有个大哥叫陈河吗？"

张离走到桌边，放下了碗和手包："难道钱时英就是陈河？"

"你早就知道？"

"我刚刚知道。"张离不回头地说。

"你根本早就认识他。是不是？"

张离背对着陈山沉默了。

"你还有多少事瞒着我？为什么你到现在还不肯同我说实话？"

"上次我已经说过了，在你做好准备真正投身革命之前，我无权告诉你更多的事。"

"屁话！"陈山忽然提高了声音，"今天我连命都差点丢了，死是可以准备的吗？死就是一颗不知道什么时候会砸下来的炮弹，根本没法躲也没法准备。你要是早点告诉我你跟钱时英都是共产党，药就是你们劫走的，今天我就不会这么被动。我和我大哥也不会差点一起送了命！"

"对不起，陈山。"张离回过头说，"我必须遵守纪律。"

"那就是承认了？既然都认了，你是不是可以把我当自己人了？把你瞒着我的事一五一十地告诉我，而不是跟我揣着明白装糊涂！"

"能不能说，我必须请示我的上级。"

"少拿上级压我。你就是有个天大的上级，也同我没关系。"

张离再次沉默了。陈山继续说："一个是我老婆，一个是我大哥，我豁出命去替

115

你们补漏，你们却像防贼一样防着我。这就是你们的纪律？你告诉我我就能卖了你？这共产党给你们灌了什么迷汤，让你们随时可以把小命交出去，却连家人也信不过？"

"陈山，信仰不是迷汤，守纪也不是信不过你。只有当你真正理解我们的信仰之时，我才能对你坦诚。否则我们只怕很难沟通。"

陈山望着张离，张离紧紧盯着他说："相信我说的每一句，相信信仰，她至高无上。"

陈山长长地嘘了口气："你们确实让我惊讶，我相信！我不过是有点儿想不通。"

陈山转身要走，张离问他想去哪儿，陈山头也不回地说，他想走一走。走着走着，就慢慢想通了。说着，他关门离开了。

张离独自站在灯下，长嘘了一口气，内心也是百感交集。她看了一眼墙上的钟表，9点了。

陈山去了刘芬芳的诊所。刘芬芳在门口前后张望了一下，确定无人跟踪，才关上了诊所的门。然后他回过身，警惕地问屋里的陈山："有尾巴没有？"

"行了，有尾巴我还能敲开你的门？我问你，药藏好了吗？"

陈山一问，刘芬芳便满眼放光，十分得意："你交给我办的事，哪回我出过岔子？我跟你说，今天我可是冲过刀山火海，从枪林弹雨里把这些药给抢回来的。老子一枪没开，多少小日本都没拦住我。他娘的，干特务真他妈带劲！"

陈山看着刘芬芳，很认真地问："刘芬芳，你为什么肯为我卖命？"

"我可不是为你。"刘芬芳也很认真的回答，"日本人都欺负到我们头上来了，明着干不过他们，暗地里总要捅他们几刀。杀一个够本，杀两个就赚了。再说我这一身的特务本事，不用多可惜。"

陈山从腰间掏出一支手枪放在桌上，推到刘芬芳面前。刘芬芳满眼放光，他认得，是勃朗宁。

"以后再闯枪林弹雨的时候，也给他们来几枪！"陈山瞥了刘芬芳一眼说，"把你的头发理短了，胡子也剃掉。"

"做啥呀？"刘芬芳正端枪指着虚空处，想象自己勇闯枪林弹雨的情景。

"闯关的时候日本宪兵既然见过你，就会开始对你通缉，要还想干特务就按我说的做。"

刘芬芳听了，觉得有道理。然后他想起了车厢里的药，问陈山怎么处理。陈山说先不动，等他后续的安排。陈山说着向外走去。看着他的背影，刘芬芳又想起了一件事。

"今天我英勇闯关的时候，幸亏有人掩护了我，否则我差点走不了。"

陈山一愣，回过头看着刘芬芳。刘芬芳从口袋里掏出一颗钢珠，说："就用这个，叭叭几下，把日本宪兵打趴下，我这才趁机跑了。这人是不是你派来的？"

陈山看着那颗钢珠，愣了。

钱时英为唐曼晴展开了一幅画卷，然后默默地看着唐曼晴的脸。画卷中，唐曼晴坐在一艘画舫中，身影曼妙。

"曼晴，还记得我们第一次见面的情形吗？"

唐曼晴当然记得。那日，她坐在画舫船头，有些百无聊赖。陈老板、陆老板、徐老板等商贾名流也在。

钱时英当然也在。他在画舫中远远看着她，随手画了一幅速写，然后走到她身边，说："送给你。"

她看到速写画中栩栩如生的自己，意外地抬眼看了钱时英一眼。钱时英彬彬有礼地说了一句，冒昧了，还请唐小姐不要见怪。

"画得挺像，你是来跟我收钱的吗？"

钱时英笑了：说："要谈钱的话，我的画可不便宜。"

"有多贵？说说看。"

"和唐小姐此刻思念的人一样贵重。"

这一句击中了她，让她看向钱时英的眼神忽然就不一样了。

想到这里，唐曼晴感叹时间过得快。已经一百天了。她看向钱时英的眼神闪着光，像是浮着一层雾气。钱时英告诉她，那天画得潦草，所以今天重画，补上。

唐曼晴眨眨眼睛，摇了摇头，说："倒是郑重了些，可惜画技平平，回去好好练练，明年再重画一次。"

钱时英笑了："只怕我明年也画不好。"

"那就接着练，接着画。直到我满意为止。"

钱时英收起笑容，说："曼晴，我怕我会让你失望的。"

"只要你一直在，一直愿意画，我就永远不失望。"

"永远这个词，太重了。我怕我办不到。"

唐曼晴笑了笑，放下画卷，起身去旁边拿来药箱，说："把衣服脱了，换药。"

钱时英配合地脱掉了衬衣。唐曼晴看到钱时英身上还有两处陈旧的枪伤，有些心疼地伸出手，轻轻抚摸。钱时英低声说，子弹还在里面，不知道是不是和他的骨头长在一起了。

"我给你找最好的医生，一定可以取出来的。"

"等哪天赶跑了日本人再说吧。"

"现在你能告诉我了吗？你究竟是重庆的，还是延安的？"

钱时英不响。

过了会儿，唐曼晴说："行，算我没问。"

钱时英开口问："等赶走日本人了，你会留在中国吧？"

唐曼晴也不响。

117

钱时英说："也算我没问。你能不能答应我，以后别再管我的事？"

唐曼晴说："我想做的事从来由不得别人，也由不得你。"

钱时英无奈地看着似笑非笑的唐曼晴。唐曼晴继续说："总之以后，你在哪里，我便会在哪里。"

钱时英感动沉默，而唐曼晴也没有看他，只是低头为他细心地包扎着伤口。

陈山回到家的时间是10点15分。在过去的这么长时间里，张离一直坐在桌前等他。

陈山回来后，张离端起那碗生馄饨去了厨房。陈山走到厨房门口，看着张离烧水做饭。

"一会儿你把今天发生的事一五一十地告诉我，日后遇见钱时英或者唐小姐，我也好心中有底。"张离不回头地说。

"好。不过除此之外，我还有件事要向你汇报。"陈山把钢珠递到张离面前，"你认得这东西吗？"

张离不响，只是望着陈山。陈山继续说："盘尼西林被劫的现场，刘芬芳今天冲关卡的现场，都留下了这个。你要是知道这东西是谁的，帮我捎句话给他。"

张离沉吟不语。

"如果继续用这个，会很危险。荒木惟一定会追查的。"陈山说罢不等张离回答，便即离去。

2

"姓陈的招了？"荒木惟问

"对。"乔瑜站在荒木惟办公桌前点头哈腰，"他就是'裁缝'。骨头是很硬，但也没硬得过咱们的刑具。"

荒木惟皱眉不语，过了会儿才开口问："那消息是怎么走漏的？现在药又在什么地方？"

"这个……"乔瑜磕磕巴巴地说，"这不是他突发心脏病，翘了辫子吗？所以这些都还没来得及招。"

荒木惟看着口供上的指印，冷冷地将口供扔在了桌上。这时，敲门声响了起来。进来的是千田英子。荒木惟对乔瑜挥了挥手，乔瑜便离去了。

乔瑜关上房门后，千田英子向荒木惟汇报，宪兵司令部传来消息，他们设在巨福路的临时关卡昨晚遭遇一辆可疑货车冲卡逃跑。她怀疑车上装的就是从沈记货场转移的药品。宪兵司令部大概在事发二十分钟后，在附近所有主要街道设立了关卡，但整晚都没有发现这辆车的踪迹。唯一的可能是，嫌疑车辆并没有出城，就藏在了那一带。但初步的搜查并没有找到这辆车的下落。

荒木惟缓缓点头。千田英子递上一颗钢珠，说："货车冲卡的时候，有人偷袭我们的宪兵，掩护货车过关。偷袭者用的武器是这个。"

荒木惟看着那颗钢珠，凝神思索。忽然，他眼神一亮，想起了前几日被凶器割开颈动脉的日兵，那名日兵手背虎口处的青紫伤痕就呈圆形，而且和这颗钢珠的大小差不多。这么说，两次事件是同一批人干的，那么那辆车上装的，一定就是药品。

忽然，荒木惟桌上的电话响了起来。

打电话来的是唐曼晴，她说她那儿有些新到的明前茶，想给荒木惟送过来，不知道方不方便。荒木惟握着电话说，唐小姐太客气了。

"茶香还须遇知音。我知道荒木先生是爱茶之人，应当不会拒绝我的这份心意吧。"

"那就多谢唐小姐了。"荒木惟挂上了电话。

千田英子站在一旁问："那个唐曼晴为钱时英做伪证的可能性很大。她又要来做什么？"

"来了自然就知道。"荒木惟说，"对钱时英和另外两人的监视要继续。还有那辆车，究竟有没有出城，还是藏在什么地方，尽快给我一个结果。"

"是！"

陈山与张离并肩走在街头，他们买了一些日用品。张离问陈山，唐小姐究竟知道多少。这个陈山也不知道，他可以肯定的是，这女人对钱时英动了真心。张离听了淡淡一笑，说，这是他的福气，也是运气。然后，两人就看到一辆汽车停在了他们身边。汽车后排车窗摇下来，露出了唐曼晴的笑脸。

陈山和张离看到，车里除了唐曼晴和司机，还有一名腿上放着箱子的穿西服的男子。唐曼晴说："真巧，我刚想去尚公馆找陈组长，不想在这里碰上了。"

"唐小姐找我有事？"

"我和时英想请二位今晚去我家里吃饭，不知道二位是否有空赏光？"

陈山看了张离一眼，笑着对唐曼晴说："当初被唐小姐打断肋骨的时候，我可没想过有朝一日还能成为唐小姐的座上宾。"

唐曼晴笑笑，说："世事一向难料。年轻人要是不敢想，哪来的前程？"

"听起来很有道理。原来是唐小姐一直在指教我，对，挨揍也是一种指教。"

"能有此胸襟，日后你会更了不得的。"

张离开口说："陈山这人无知无畏，口无遮拦，唐小姐不要和他一般见识。"

唐曼晴对张离笑笑，说："陈太太多虑了。陈组长胆识过人，我确实很欣赏他。不过我看他在家应该还是听你的，那么今晚的便饭陈太太愿意赏光吗？"

"不胜荣幸。"

"那晚上见。"

张离略一点头，唐曼晴摇上车窗，汽车向前驶去。

陈山目送着唐曼晴的汽车驶离,说:"跟这个女人抬杠抬惯了,一下子要客客气气地说话,我还真有点不习惯。"

张离说:"多个朋友总比多个敌人好。你应该学会尊重她。"

那名西装男子是唐曼晴特意叫来,为荒木惟的钢琴调音的。荒木惟向唐曼晴表示了感谢,唐曼晴说,荒木先生昨天给她那么大的面子,她也不过是礼尚往来,希望合乎荒木先生的心意才好。

闲聊了几句后,唐曼晴看了一眼钢琴,说:"打仗需要冷酷,而一个爱琴的人,内心一定是温柔的。"

荒木惟笑了笑,说:"看起来,唐小姐很擅长揣摩人心。"

"一点儿自作聪明罢了,还请荒木先生不要见怪。"

荒木惟又笑了,问:"那么钱时英又是怎样的人?"

唐曼晴心中一跳,表面依然微笑着:"他也是个值得欣赏的男人。"

荒木惟继续问:"你欣赏他什么?"

唐曼晴的眼睛望向窗外,窗外春光明媚,她的眼睛散发着光彩:"他啊,会画。"

荒木惟愣了一下,随即笑了:"唐小姐,你说起这个中国男人的时候,眼睛会发光。这不是好事。"

唐曼晴笑着从窗外收回目光,说:"我倒觉得,没有比这更好的事了。"

陈山、宋大皮鞋和菜刀在一片女人的哭声中走出了陈老板家。

菜刀手里拎着一个花瓶,让陈山瞧瞧能值多少钱。陈山瞄了一眼,说,肯定是古董,卖了它应该比你家全部家当还值钱。菜刀听了咋舌,后悔没再多拿一只。

宋大皮鞋也抱着一个花瓶,却有些怏怏的。陈山把手中的盒子打开,取出里面的一小叠美元,把盒子里剩下的美元和金条都递给了他:"我答应过会替你报仇的。这是给宋老爹的。"

菜刀替宋大皮鞋抱过花瓶,宋大皮鞋接过盒子,看到里面的美元和金条后,骂了句:"他娘的,本来以为他死了,我爹的仇报了,我肯定高兴。可我这心里怎么空落落的?"

陈山问他:"还记得宋老爹从前拦着你,不让你去青帮拜师的时候说过什么吗?"

宋大皮鞋说:"说我是个孬包。"

"哪怕是仇人家破人亡,你心里也过意不去。你这样心软的人,当不了坏人,干不了坏事。"

宋大皮鞋自嘲地一笑,说:"我就是个孬包。"

陈山看了宋大皮鞋一眼,继续说:"人死如灯灭,树倒猢狲散。这陈老板一死,他的三姨太就卷款跟着相好的跑了。这剩下的一屋子老老小小,以后的日子怕也是难过的。"

菜刀不以为意："家底还是有的呀，我们这么穷都能过，他们有什么过不了的？"

陈山说："好日子过惯了，过穷日子才更难。"

回到尚公馆后，陈山去了乔瑜的办公室，将那一叠美元放在桌上推到乔瑜面前。

"陈老板家里托我向你求情，想要个全尸回去入土为安。"

"哟，找到你那儿去了？"

"那不是你忙着审讯，人家见不着你嘛。"

"人都死了，见或者不见，也都没多大油水了。"

"你这立了新功，上头的奖金还能少了你？回头步步高升，那更是前途无量。这落魄人家的一点点油水对你来说算什么？"

乔瑜高兴地说："哎，你别取笑我了。我这点小小功劳，跟你炸了重庆兵工厂的战功可没的比。我只求在尚公馆站稳了，能混下去，别被人给忘了就成。"

"谦虚了啊。我也就是运气，捡了个便宜。重庆那任务要是落到你身上，你保准比我干得更漂亮。"

两人笑了起来。乔瑜收起了钞票，说回头他会让人把尸体送到后门。然后他又思索起来，说："这中共到底是有多大的本事，能在咱们的重重防守之下，还把消息给传出去，还把药给转移走了？"

"连老大都没想明白的事，咱们还是别费神了。"

"对，不操这个心了。这年头，今日不知明日事，吃好喝好才重要。等奖金发下来，华懋。"

说着，乔瑜拿起桌上的一叠表格，收好夹进文件夹。陈山似乎无意般地瞟了一眼，问那是什么。乔瑜说是物资清单："明天有一批军需物资会送到宪兵司令部，里面也有咱们的份。"

陈山和陶大春在绣春楼茶馆见面。飓风队得到了消息，昨晚那辆在巨福路冲卡逃跑的汽车，装的就是那批被中共抢走的盘尼西林。陶大春说，这车要是还在城里，藏不了多久的，日本人的势力遍布上海，掘地三尺也会把它挖出来。

接着，陶大春又问陈山，打探日军医院仓库的事有无进展。陈山说，实在是没机会接触相关的情报，加上荒木惟对他一直不是特别信任，他也不敢过多探究。不过，最近他查到有一批特务被调往一个代号为 A37 的机构。这个机构位于闸弄口附近，但具体地点不详。

"你怀疑这个 A37 就是医药仓库？"

"对。"陈山点点头，"这批人员的调动，就发生在那批盘尼西林被劫之后，我猜，会不会是尚公馆为了加强药品仓库的安保所做的人员增补？"

陶大春若有所思地点头："有这个可能"

顿了一会儿，陈山说："我有一个办法，可以确定它的具体位置，但我需要你们的帮助。"

荒木惟闭目坐在办公桌旁,听着千田英子的汇报。

"那天那辆汽车最后逃跑的地方是在巨福路。而这天在贝勒路,圣母院路,都有宪兵队的临时关卡。可以确定的是,这辆车没有经过那两个关卡,那么他开往的方向只能是这一带。"

千田英子在地图上画了个圈,高恩路自然就在那个圈中。千田英子继续说:"如果他当天就急着出城,一定会经过大段城区街道,我们的巡逻队的人满城戒严,却没有见过这辆车,所以他们已经出城的概率很小。最大的可能,是藏身在在巨福路以东五公里方圆内。"

荒木惟看了看地图,决定去实地查看。

千田英子把荒木惟带到了那夜刘芬芳撞停日兵汽车的地方,告诉荒木惟,那辆车就是从这里往东逃跑的。荒木惟望着东面的街道,让千田英子往前开。千田英子驾车前行,驶到一个路口时,荒木惟看着地图,让她继续往前。千田英子继续前行,又至一个路口时,荒木惟让她左拐。不久,汽车开到了第三个路口。这时,荒木惟已经在地图上画出了一个比千田英子猜测的更小的区域。

此时,刘芬芳骑着脚踏车路过附近。他已经理了平头,剃光了胡子。他一眼瞥见一辆车内的荒木惟和千田英子,没敢停留,继续向前骑去。骑到前面不远处街角,他停下来躲在暗处,暗中观察。

荒木惟用手指敲了敲他在地图上画下的区域,吩咐千田英子,明天集中所有可以调动的人手,彻底搜查这个地区。

3

陈山和钱时英坐在唐曼晴书房的沙发上。钱时英泡着工夫茶,将茶水倒至小茶杯里,并将茶杯递给陈山。

"昨天的事,谢谢你。"

陈山并不接茶水,顾自取出一根烟放到嘴边点燃:"见死不救的事,我还干不出来。"

钱时英把递向陈山的茶杯放下,拿起自己的杯子喝了一口。

陈山吸了一口烟,吐出个烟圈,说:"我也得谢谢你,要是让荒木惟查到电话记录,大家都得死。"

"还记得小时候,你才九岁吧。有次你被弄堂里那帮小子欺负,我就替你出头,结果被他们堵在了死胡同里。这时候,原本已经跑掉的你又折了回来,拿着竹竿跟他们拼命。"钱时英的声音很低,他觉得有团东西堵在自己的喉咙里。

陈山笑了笑:"结果我们都被打得鼻青脸肿。"

"在马场会议室的时候，不知怎么的，就想起了小时候这件事。这种并肩战斗的感觉，久违了。"

陈山看了大哥一眼，拿起他递过来的那杯茶，举起来："以茶代酒。"

钱时英笑了笑，与陈山碰了碰杯，两人都喝了一口。

陈山说："不过你别以为就这么扯平了。你七年不回家的旧账，抹不掉的。"

"小夏去哪儿了？"

"原来你还记得小夏。"

钱时英沉默了一下，说："今年回上海后，我回去宝珠弄看过几次，都没见到她。"

陈山说："咱们这些野草一样胡乱生长的弟妹，不用你操心。你也操心不过来。"

钱时英又问起陈金旺。最近一次去宝珠弄的时候，他发现他也不在了。陈山冷笑了一下，说，你要真想知道，我想你有的是办法查出来。不想回家，就不用找那么多借口。

钱时英端起茶杯放到嘴边，此时停住了。他看着茶水中自己的脸说："有家不能回的滋味，你不会懂的。"

陈山有些动容，终于不再抢白。

张离起初是独自一人站在阳台上，望着月朗星稀的夜空。后来，唐曼晴端着两杯果汁过来了，给了她一杯，问她晚餐的牛排是否合胃口。张离说，口味很好。

"没想到唐小姐的手艺这么好，让我想起了我爸爸第一次带我去红磨坊吃的那块牛排。"

唐曼晴喝了一口果汁说："能让陈太太想起这么美好的往事，我很荣幸。"

张离说："能尝到唐小姐手艺的人应该不多吧，所以荣幸的是我们。我和陈山。"

唐曼晴笑了："陈山可能并不这么想。你是从小被爸爸带去吃牛排的大家闺秀，他是泥地里打着滚长大的穷小子。你们，不是一类人呢。"

张离也笑了笑："唐小姐和钱先生也不像是同一类人。"

"没关系，不同的好东西会让拥有它的人更有魅力，但本质相似的人才会在一起。"

张离微笑不语。

钱时英问起了盘尼西林，但陈山说现在不会给他。

"日本人一定会继续追查的，药多在你手上留一天，你就多一分危险。张离也是。"

"就是因为日本人一定会追查，现在才不能动。你我现在肯定都被荒木惟的人盯着，一有动作，必死无疑。"

钱时英想了想，觉得以静制动倒也不是不对。他说："你得确保你藏药的地方绝对安全。"

陈山说："你要相信我，我们好不容易才死里逃生，我不会再在这件事上栽跟头的。"

"好，我同意药品暂时由你保管。但你要答应我，一旦时机成熟你要第一时间配合我转移药品。"

"那你也要答应我一件事。"

"行了，别闹。这批药事关重大，绝不容有任何差错。"

陈山不屑地看了钱时英一眼，说："你以为我要跟你谈条件吗？"

钱时英一愣。陈山继续说："我要你回去跟陈金旺磕个头，叫他一声爹。"

钱时英略感愧疚。陈山在烟灰缸里掐了烟头，起身就走，不回头地说："他现在住在大庆里，你去的时候，提防着点日本特务。"

钱时英沉默地坐着，接着，他听到了门被陈山带上的声音。

陈山和张离从唐曼晴家出来后，没看到黄包车，两人便并肩行走在夜晚的街头。陈山扭头望了张离一眼，想起第一次送她回宿舍的情景。那时，他和张离一前一后，隔着两米远。回去后，余小晚问他，去了那么久，是不是把离姐送上海去了。

陈山说："这么走着，我觉得我们就像从重庆一路走到了上海一样。但不是我送你，而是我跟着你。"

张离问她："那你会一直跟着我吗？"

"我肯定愿意，可你什么时候才能不再跟我藏着掖着？这次的事还不够证明我的心意吗？我跟你，早就是一根绳上的蚂蚱了。"

张离沉默了一会儿，说："好吧，其实在来上海之前，我就认识钱时英，现在他是我的上级。"

"我就知道那天在米高梅，你们肯定不是第一次见面。"

"幸亏你不是荒木惟。"

"可别小看了荒木惟，在他眼皮底下，我们只要栽一次跟头，就全完了。"

"现在轮到你来提示我潜伏的风险，说明你成熟了。"

"那当然，全靠老婆调教得好。"

忽然，一阵脚踏车铃声响起，陈山和张离望过去，看见刘芬芳正骑着车过来。

"可算找到你了，陈山。"刘芬芳把车刹在陈山面前，一脸汗水和紧迫，"借一步说话。"

张离主动离开，去前面的路口等陈山。刘芬芳压低声音对陈山说："刚才我看到那个叫荒木惟的日本人了。就在高恩路附近，他们应该很快就会搜查，我怕车子被他们找到。"

"躲是躲不掉了。"

"那要怎么办？"

"跑。"

陈山十分镇定,胸有成竹。他让刘芬芳别管了,乖乖守着诊所,越老实越好。他小跑着赶上张离,把此事向她汇报。

张离一凛,问:"你跟时英商量过对付荒木惟的计划吗?"

"他现在自身难保,一动不如一静。要对付荒木惟,请老陶出手就好了。"说完,陈山成竹在胸地对满脸疑惑的张离挑了下眉毛。

4

千田英子把陈山叫到了荒木惟的办公室。影佐机关长已经亲自签署了搜查令,今天尚公馆的特务会把巨福路附近一带彻底搜查一遍。

荒木惟正在看地图,见陈山进来,让他也看一眼。

"你认为,在这个区域内,药最有可能藏在什么地方?"荒木惟审视着陈山问。

陈山的目光从地图上掠过,边看边说:"他们是开车跑的,如果药真的藏在这一带,那么这个藏药的地方必定交通方便,是汽车可以直接抵达的地方,不可能藏在弄堂里。这么大一辆车运着药,能藏在哪里?可能性最大的,有两种地方。第一种是工厂或者作坊,能停得下汽车,甚至这地方就是他们的据点,日常还有人正常出入,所谓大隐隐于市。另一种可能就是,那地方几乎无人出入,是个被废弃的地方。"

荒木惟想了想,说:"药品那么珍贵,这种事一定是越少人知道越好。所以越隐蔽越好。"

"我也这么想。"陈山继续看着地图,并在地图上圈出了三个地方,"要是我没记错,这里有一家织布厂,这里有一个酒坊,这里有一个被闲置的肥皂仓库。这三个地方,都有可能藏药。"

荒木惟看了一眼地图,沉吟了一会儿,吩咐千田通知乔瑜和小四,分头去织布厂和酒坊检查。然后他指着肥皂仓库说:"我们去这里。"

"是!"千田英子和陈山说。陈山故作镇定,内心忍不住狂跳。他瞟了一眼墙上的钟,8点05分。

陈山和荒木惟坐在汽车后排,千田英子驾车前行,已经驶到了肥皂仓库附近。山口和三名尚公馆特务所坐的吉普车紧跟其后。陈山掏出怀表看了一眼,8点半。他抬起头,肥皂仓库的大门已经看得见了。那扇破旧生锈的铁门大开着。

荒木惟显然也看到了敞开的门口,面露疑惑。

"就是这里。"陈山说,"门怎么开着?"

荒木惟让千田英子停车。三人下车后,后面军车上的尚公馆特务亦跟着下车。

千田英子手一挥,带着后车上的四名尚公馆特务冲进了仓库。

陈山不慌不忙地蹲下来,察看着地上的车轮印。他用手指探入车轮印的底部,试了一下车轮印的深度。荒木惟亦蹲下身来查看。

"看样子有货车刚开走,重车。"陈山说。

此时,千田英子从仓库内跑了出来,向荒木惟汇报,没有发现药品。但有东西刚刚被转移走的迹象。

荒木惟扭头看着车轮印延伸的方向,说:"让山口他们继续在仓库内搜查,我们追!"

在一个路口,千田英子把车停了下来。此时,地上的车轮印已经淡到几不可见了。陈山下去查看,也未能确定车轮印可能的方向,抬起了充满迷茫的脸。

千田英子和荒木惟也下来。陈山从荒木惟手中拿过地图,看了看说:"这里向前,往西或者往北,都可以出城。还有一个可能。他们并不打算直接出城,而是另外找了个地方躲藏。"他指了指地图上某个位置说,"这附近这个地方,也好像是个仓库。"

荒木惟只瞟了一眼,说:"不可能是那里。"

陈山眼神一闪,注意到荒木惟和千田英子交换了一下眼色。

"千田,你和陈山……"荒木惟看了看向西和向北的两个方向说,"先往西追。"

"那万一他们往北面跑了呢?"陈山问。

荒木惟说:"我来解决。"

陈山又说:"可我们只有一辆车。"

荒木惟用不容置疑地语气说:"你们上车,马上走!"

"是!"千田英子说。陈山不便再多问,随她一起上了车,向西前行。从后视镜里,他看着荒木惟站在街边,目送他们的汽车驶远。

千田英子和陈山的汽车消失在前面路口之后,荒木惟四下张望了一下,确定无人后,转身走进了一条小弄堂。

他来到了一个院子门口。那个院子有高墙阻挡,从外面根本看不到院内的景象,铁门紧锁,一片寂静。

他按响门口的门铃,一共按了四次,三长一短。不一会儿,有人打开了铁门上的小窗。

"什么人?"铁门后的男子眼神凶狠地审视着荒木惟,用日语问。

荒木惟淡淡地说:"尚公馆,荒木惟。"

这里是日方的特种物资仓库。

进办公室后,荒木惟就坐在了沙发上。仓库主任随着看门的日兵匆匆入内,向他敬礼致敬，介绍自己叫东田俊一。

"荒木科长突然造访，请问有何指教？"

荒木惟亦起身回礼，说："东田主任，为了追查一批重要物资的下落，我需要临时借用你们的车辆和人员，以便尽快查明物资去向。请配合和支持我。"

东田俊一马上给荒木惟安排了十一名安保人员。除司机直树以外，全都跳上了军用卡车厢。荒木惟坐在副驾驶座领路，汽车很快就驶过了刚才他与千田英子、陈山分离的那个路口。然后荒木惟手一指，说："北！"

5

千田英子驾车行驶在城外有些坑坑洼洼的道路上。陈山坐在副驾驶座上，不停扫视着道路两旁。忽然，他看到树丛中隐约露出了一辆汽车的尾部。

"等等！"

千田英子猛地踩下刹车，望向陈山视线的方向，也看到了那辆车的车尾。

两人同时下车，分别拔枪在手，快速掩近树丛中的汽车。

千田英子低声让陈山掩护她，陈山点点头，举枪对着汽车驾驶室方向悄然迈进。千田英子背靠车身掩近了驾驶室。她猛地转身，举枪对准了驾驶室。只见驾驶室内的司机头上有弹孔，鲜血自他头部中弹处流出。千田英子拉开车门，探拭司机的颈动脉。人已然死去。

陈山举枪掩近时，千田英子已经在驾驶室内翻找。陈山从司机身上摸出钥匙，打开车后厢，里面空空如也。千田英子此时也从驾驶室储物箱中找到了一份清单，然后来到陈山身边。她扬了扬手中的清单，说："是宪兵队的军需车。"

陈山眼神一闪，说："那军需物资呢？"

"应该已经送达宪兵队，这上面有签收人的签名。"

"那么司机就是在卸下军需后空车离城的路上遇害的。"

千田英子神色有些凝重地回望了一眼大路："我们大概上当了。"

荒木惟坐着直树驾驶的日本军车来到了城北的一条道路。离路不远的地方是一段苏州河。远远地，他看到一辆货车停在前方道路上。周围空无一人。

荒木惟让直树停车，迅速观察着附近的地形。他的目光最终停留在了马路右边的一个山头上。

"如果有埋伏，他们只能藏身在那里。"

直树的目光随荒木惟望向那个山头，山头上有茂密的树木和岩石。

荒木惟又望向马路左侧的草地，同时命令直树带人从路基左侧下方前进，靠近那辆车，要提防车上安放了炸弹。

直树下车，后车厢的日兵亦下车集结。直树向日兵一挥手，众日兵便随他一起

127

从路基左侧下方的泥地中前行，向前方停在路中央的汽车靠近。荒木惟目光如炬地坐在车里，看着前方动静。

日兵们缓缓靠近汽车，始终没有遭到伏击。直树对一名手下日兵使了个眼色，日兵点点头，举枪靠近驾驶室。其余日兵仍藏在地基下方，举枪掩护他。他举枪瞄准驾驶室，发现里面空无一人，回头对直树摇了摇头。

荒木惟将这一幕看在眼中，不动声色。

直树又用手指了指后车厢，那名日兵便靠近后车厢。他掀开上面的篷布，发现里面竟是一木箱又一木箱的货物。掀开一个木箱后，他发现了里面的鸦片。接着，他又掀开了另一个木箱，却不料触动了箱内所藏的炸弹。

一声巨响，火光冲天。

直树等人纷纷在路基下卧倒。仍坐在驾驶室的荒木惟亦下意识地低伏躲藏。而就在此时，城内特种物资仓库方向忽然传来了爆炸声。

荒木惟立刻下车，直树亦跑了过来。两人望向城内，看见了巨大的腾空而起的烟火。两人的脸色变了。

荒木惟神色严肃地跟直树说："留两个人查看前面那辆爆炸的车，其余人马上赶回特种物资仓库！"

荒木惟和直树驾车赶到特种物资仓库的时候，千田英子和陈山已经到了。仓库成为一片火海，地上躺着数名日兵的尸体，东田俊一也在其中，已经昏死过去。荒木惟看着这一幕，有些不敢相信。

回城途中，千田英子看到空中的烟火后，就加大油门赶到了这里。下车后，她径直奔入仓库，查看尸体，发现了东田俊一。那时，东田俊一还没昏厥，他叼着烟蒂，发出了一声呻吟。

千田英子蹲身，拔掉那枚烟蒂："什么人干的？"

东田俊一气若游丝，说："飓……风队。"

东田俊一嘴里的那根烟就是陶大春给他叼上的。那时，被炸毁的一座库房正冒着黑烟，东田俊一在内的数名日兵均已倒地。陶大春带手下冲进来，他一挥手，又一名军统特务引爆了另一座库房。

陶大春走到重伤的东田俊一身边，蹲下身，说："别忘了向你的上级汇报，今天的事，是军统飓风队干的。"然后，陶大春将正吸着的烟塞在东田俊一的嘴里，"美美地抽一口，再和这个世界告别。"

陈山走向荒木惟，问："科长，这是什么地方？"

荒木惟冷冷地看了陈山一眼，没有回答，眼神发直地走向千田英子。

陈山望着荒木惟的背影，嘴角露出了一抹不易觉察的笑意。

张离端坐在桌前等陈山回家。桌上已经摆放了三个小菜。墙上的钟已经指向6点，她略感不安。不久，门开了，陈山沉着脸提着公文包走进家门。

张离迎上去，接过陈山递来的公文包："顺利吗？是不是不顺利？"

陈山皱着眉头说："先不着急吃饭。"他走到电唱机旁，挑了一张唱片放上。

电唱机内传出《一步之遥》的舞曲。陈山转身面向张离，笑意就慢慢浮了上来，对她做了一个邀请的动作："我想请你跳支舞……"

张离了然，终于舒了一口气，笑了，接口道："来庆祝今天的胜利。"她将手交到了陈山的手中。

荒木惟沮丧地坐在办公桌后。千田英子站在桌对面，她还是不明白，特种物资仓库的地点如此机密，甚至连她也不知道，那飓风队是怎么找到的。荒木惟说："是我大意。"

千田英子更加迷惑了。荒木惟眼神有些放空，说自己不该擅自调用特种物资仓库的人手，引狼入室的人就是他。荒木惟挫败地站起身，走到钢琴前坐下，打开琴盖，呆呆地看着琴键。

"也不一定是这样。科长，您不要太自责了。"

"自不自责，结果都在了。这是他们的调虎离山之计，我中计了。"荒木惟用力地拍在琴键上，钢琴发出一声杂乱的声音。

千田英子担忧地看着荒木惟。荒木惟的眼神逐渐开始发亮："这一定是一场有预谋的行动。"

"对啊。"千田英子说，"一辆空的军需车，另一辆装着鸦片的货车，引着我们去找遗失的药品。可他们的目标分明就是我们的特种物资仓库。"

"调虎离山，声东击西。中国军人老祖宗的孙子兵法，果然厉害。"

"这些鸦片，会是陈老板说的交易中被夺走的那批鸦片吗？"

"已经死无对证。"

荒木惟觉得那个指挥行动的人太可怕了。那个人用混淆视听的手段真的送走了药品，又利用他急于找到药品的心理，获知了存放药品的特种物资仓库地址，然后有预谋地将之摧毁。那个人是谁？夺走药品的人明明是中共，毁坏仓库的人又是军统。难道是他们联手制造了这一系列行动？药品究竟又在哪里？

"刚开始我觉得，他们是用那辆空的军需车把药品送出了城，因为军需车出城不会受到任何我方的盘查，但是从一路的车轮印看，军需车出城的时候应该还是空车。重车的车辙印痕不会这么浅。"千田英子说。

荒木惟说："派人去高恩路附近重新仔细搜查，包括那个肥皂仓库。"

"是！"

"所有参与过马场封锁行动的人，都有可能是泄露者。去查一查，这些人今天的动向，包括他们的亲属朋友的动向。"

"是!"

陈山拥着张离,伴着《一步之遥》的音乐,在家中客厅中跳舞。那一刻,两人的心中美好而宁静,就像天边的云霞。

第九章

1

一天前。绣春楼茶馆。

陈山将一份地图递给了陶大春。他已经在上面用红笔画出了路线，并圈出了两个路段。

"宪兵队明天会有一辆军需车抵达，这是它的出城线路。我需要你们明天设法把它拦截下来。"陈山指指地图上的两个红圈说，"这两个地方都适合动手。"

"为什么要劫军需车？"陶大春一时搞不明白。

"因为军需车一路不会受到任何盘查，行事会比较隐蔽。但劫这辆车的目的，只是为了混淆敌人的视线。"陈山又指了指地图上的某个路口，继续说，"你们截下这辆车后，就往闸弄口开，在这个路口往西出城。另外，你派一个人，在8点之前，从高恩路肥皂仓库把一辆货车开走。"

陈山嘱咐陶大春，这辆货车也要先开到闸弄口，再往北出城。车上装的，是早些时候他从陈老板那里抢下来的鸦片。这种害人的东西，刚好可以借此机会烧了，炸了，连带着再炸几个鬼子。

明天早上，荒木惟就会去高恩路一带搜查药品的下落。以他的缜密，要查到高恩路肥皂仓库并不困难。一旦他发现有车从仓库开走，一定会顺着车辙印追到闸弄口。只要他急于追查药品的下落，在路口看到两条可疑的车辙印分别去向不同的方向，他一定会设法同时追踪。在高恩路一带搜查的时候，他的搜查力量一定是分散的，那么从肥皂仓库出发追踪的汽车，顶多只有一辆。到了这个岔路口，为了确保不放弃任何一个方向，他极有可能向最近的机构求援。所以，只要他上了当，就会亲自带飓风队去找这个A37的所在地。如果这个A37就是那个医药仓库，飓风队就可以乘虚而入，一举摧毁它。

今天，一切都进展得很顺利。

陶大春先安排一名飓风队队员扮成车夫，在一个偏僻的路口忽然拉着黄包车斜刺出来，挡住日本宪兵驾驶的军需车。车一停，陶大春就扑到驾驶室的踏板上，用枪指住了日本宪兵的脑袋。接着，他坐进副驾驶座，挟持着日本兵把车开到了特种物资仓库附近的街口。等在那里的两名飓风队员过来接应，上了车。汽车被挟持着继续前行，往西出城十里之后，飓风队员干掉了那名日本宪兵。

高恩路肥皂仓库里的鸦片，是江奇开车拉走的。他刚走不久，千田英子便驾车带荒木惟和陈山来到了肥皂仓库。江奇驾着货车驶到医药仓库附近街口，经过了一个路口。在这里，他的货车和之前日本宪兵所开的那辆军需车的车辙印分道扬镳，向北驶去。把车停在郊外路上之后，江奇在某箱鸦片里安装好了炸弹。

在路口发现了那两道驶向不同方向的车辙印之后，荒木惟便命令陈山和千田英子向西追赶。等到两人所在的汽车消失在视野中时，荒木惟转身进了巷子，随后又敲开了一个院子的铁门。而这一切，都被跟在其后的陶大春看在眼中。等拉着荒木惟和十一名日本特务的军车开出院落，走远以后，飓风队展开了行动。

张离与陈山仍在共舞。听完整个行动的讲述后，张离看着陈山说："看来一切果然如你所料。我会向组织提出申请，为你请功。"

"我心不在此。"陈山说，"把这功劳留着给陶大春吧，他比我喜欢那玩意儿。能把荒木惟玩得团团转，这比什么奖励都来劲。"

"要不是你利用了荒木惟急于找到药品的迫切心理，他本来不会这样轻易上当的。"

"那你的意思是我全凭运气？"陈山脸上带着孩子气的要强。

张离笑了："当然也有实力。"

"当然。而且军需车的事我只是碰巧从乔瑜那儿看到，这是老天助我，荒木惟他就算想破脑袋，也怀疑不到我头上。"

"我还有一个问题。"

陈山看了张离一眼，说："这个问题我不能回答。"他很清楚张离要问盘尼西林的下落，但是他不能告诉她藏在何处。

"药的下落你不会让飓风队知道。所以药应该还没有出城。"张离凝视着陈山，陈山笑脸相迎，说："你可以带话给钱时英，药藏在荒木惟做梦也想不到的地方。至于什么时候拿出来，交给谁，得看我心情。哈哈……"

"事到如今，我和钱时英的身份也瞒不了你了，往后心应该向着谁，你清楚了吗？"

"我高兴的时候就清楚，不高兴的时候就糊涂。"

"别皮了。"张离脸上浮起担忧，"你要是改不了这自由散漫的个性，往后可怎么让人放心？"

"那你到底是我的军统上级，还是我的中共上级？"

"都是。在国家利益面前，不分国共。但如果国共利益冲突，我们会永远站在中共的旗帜下。"

陈山正色道："那我现在到底算哪一帮的？你们中共算是拉我入伙了吗？"

"我们从不轻易接纳人，你还需要考核。"

"说得好像老子多稀罕入伙似的。入不入伙，我该怎么干还是怎么干。老婆指哪儿，我打哪儿。"陈山用手比作手枪状，虚空射击，口中发出叭叭的鸣枪声。

"那什么时候把药交出来？"

"放心吧，药一定是你们的，但要万无一失，就得等东风。"

荒木惟接起电话，电话中传来了小日向白郎严厉的声音。

"被劫的盘尼西林还未找回，因为你个人的鲁莽行为，又导致秘密特殊物资仓库遇袭被毁。荒木君，你要对这件事全权负责。"

"是！"荒木惟低垂着头说，"我愿意接受所有应由我受的处罚。"

千田英子站在一旁，同情地看着荒木惟。

"三天之内，你要将你失职的行为写成报告递交上来，并接受处分！"

"是！小日向阁下。"

啪的一声，小日向在电话那头重重挂下了电话。荒木惟缓缓放下了电话，脸上的神色却很平静。千田英子看着他的脸，顿了一会儿后向他汇报，高恩路一带已经彻底搜查了两遍，仍然没有找到盘尼西林。

荒木惟没有说话，坐下来点燃一支长长的火柴，并用燃着的火柴去点燃一支抽过一半的雪茄："还有别的线索吗？"

千田英子摇了摇头："所有可能知道军需车信息的，和参与过马场封锁的人，在我们尚公馆，就只有乔瑜、小四两人。从马场出来之后，他们一直待在尚公馆没有离开，也没有接触过可疑人员。科长，小日向先生对您的处罚太苛刻了。这件事完全有可能是其他部门的人走漏的消息。"

荒木惟没有说话，只是专注地看着点燃雪茄的火苗，他的瞳孔中有火光在燃烧。

千田英子继续说："我们已经尽力了。尚公馆有那么多碌碌无为得过且过之人，相比他们，科长您的兢兢业业难道不应该得到奖赏吗？不做不错，多做多错的话，谁还会愿意承担风险，拼死战斗呢？"

"不用为我觉得不平，千田。这个世界大多数人都不会留意过程，他们只在乎结果。"

"这就是我认为最不公平的地方。"

"不公平才是这个世界的常态。我一点也不在意。"

千田英子的眼睛和声音中罕见地带着些温柔："我懂得你，科长。但是别人不懂。"

"不重要。千田，每个向死而生的军人，只要做到问心无愧就可以了。线索虽然断了，但这件事没完，只要有丝毫线索，我都不会放弃追查。"

"是。"千田英子仿佛释然了些，"我会永远站在您身边的。我会竭尽全力！"

荒木惟看向千田英子，一脸庄重地点了下头。

张离的忽然到来让刘芬芳非常意外，他问她是不是要拔牙。张离说只是刚巧路过，就来串个门。

坐下后，张离看着刘芬芳说："那天的任务完成得不错，够胆大心细的。"

刘芬芳把一杯茶水递给张离，装傻说："啊？拔牙……也能叫任务？"

"如果那天你给我打电话的时候就告诉我陈山给你的任务，我就能早点过去帮你。"

"他都告诉你了？"

"他的事从来不瞒我，所以你不用提防我。"

"那我不是怕坏了陈山的事吗？万一他没告诉过你，我却不小心说漏了嘴，那就坏纪律了。做特务的规矩，我还是懂的。"

"怪不得陈山重用你。他常对我说，要说办事靠谱，你比菜刀和宋大皮鞋强得多。"

刘芬芳听了这话，得意起来："他们怎么跟我比？他们两个，也就是跟屁虫，酒肉朋友。你懂的。"

张离喝了口水，问："那天藏了药之后，有没有挪地方？"

刘芬芳刚欲张口，忽然像是想到了什么般地顿了一下，然后才说："这个事情你要问陈山的。他也不是啥事都叫我做的。菜刀他们两个虽然笨一点，但忠心还是没的说的。我反正坚持一个原则，尽力完成任务，坚决守口如瓶。作为一名特务，这样才活得长。陈太太你说是哦？"

"没错。大家以后都是一条绳上的蚂蚱了。你的安全，就是我们大家的安全。"

刘芬芳点点头，瞅了一眼张离的水杯，说为她加点水。张离笑着道谢。拿着水杯转过身后，刘芬芳眼珠子转了转。

陈山提着公文包走进尚公馆院子时，看到荒木惟坐上了千田英子驾驶的汽车。他让到路旁，对着车内的荒木惟敬礼。荒木惟略一点头，车子便已驶离。

陈山若有所思。乔瑜此时从外走来，叫了他一声。陈山一扭脸，问他这些天科长老不在楼里，在忙什么。乔瑜说肯定有啥秘密行动呗。

"尚公馆就数你消息最灵通，你肯定知道。"

"具体的我也不太清楚，只知道这回可能有大鱼可钓。"

"什么大鱼？"陈山又问。

"这我就不知道了。只知道日本方面新派来一名特工，叫什么……枝子小姐。查电台的本事那叫一个厉害，已经连着端了两个发报点了。一个军统，一个共党。"

接着，乔瑜就那个神秘的枝子小姐多说了两句。她有一辆专用的侦缉车，还有一个小组，她和她的小组也不在尚公馆，而是另有据点。枝子小姐每次都是单独行动，雷厉风行。两次行动都是几分钟赶到现场，一眨眼就把发报点给端了，打得对方措手不及。

"她的据点在哪儿?"

乔瑜神秘地看着陈山说:"这我就不知道了,机密。科长把她当宝贝一样藏着。"

2

毕勋路158号是一座别墅,高墙铁门,透露着冷硬的质感。深夜,忽然电闪雷鸣,伸出墙头的树冠被风雨吹打得不停摇摆。

忽然,别墅的铁门开了,一辆电讯侦缉车从里面驶出来。这辆厢式货车的顶部,有一个圆形天线在缓缓转动。

电讯侦缉车内,一名日兵正操作着精密的电讯侦缉设备,搜索附近的电波信号。一名身穿日式军装的女特务站在他身后。电讯侦缉车驶上街头缓行,乌云密布的天空中不断亮起闪电,狂风卷起树叶,滚动在滚滚的车轮旁。

军统上海站亨利路发报点设在一处内外两间的民房里。内室,一名军统特务正在发报。室内窗帘紧闭,只点亮了一盏光线微弱的台灯。外屋亦没有亮灯,两名军统特务互相点烟,一人吸了一口后,掀起窗帘一角,向外张望了一下。屋外狂风大作,废报纸被风吹至半空。豆大的雨点瞬间洒落了下来。

军统特务在内室专注地发着报。嘀嘀的电波声飞越屋顶,穿透半空,随即便被那辆电讯侦缉车捕获。同时被捕获的电波信号点还有另外两个。操作侦缉设备的日兵将它们在地图上逐一标注。那名日本女特务坐在车厢的一角,为自己倒了一杯茶。她的手指纤长而美丽。日兵将标有三个信号点的地图送到她面前,恭敬地说:"枝子小姐,发现三个信号点,请您鉴别。"

枝子轻抿一口茶水,静默了一会儿。然后她的耳朵轻动了一下,她放下茶杯,指尖点在了地图上的亨利路信号点。

接着,那辆电讯侦缉车的车灯忽然刺破了大雨中黑暗的街道,向着亨利路疾驶而去。

大雨滂沱中,日军侦缉车在上海站亨利路发报点附近停下。一拨日兵迅速跳下车向前冲去,枝子亦跟着从后车厢跳下。她的军靴踩在水洼中,溅起了小小的水花。

枝子身穿雨衣,大步流星地走向亨利路发报点。大雨中,风将她身上的雨衣吹得鼓起,让她显得气度非凡。

砰的一声,有日兵踢开了民房的房门,并立即向门内的人开枪。外屋的两名军统特务举枪还击。随即,其中一名军统特务和一名日兵被击毙倒地。

另一名军统特务迅速滚到一旁,借着柜子的掩护向日兵继续开枪,接连打伤两名日兵。其余日兵一时不敢进屋。里屋正在发报的军统特务立刻关闭了发报机,并匆忙点燃了手中写有密电码的纸。这时,他看到一枚手雷滚进了屋,大吃一惊。手雷瞬间炸响,他和屋里的一切变为碎片。外屋的军统特工亦被内屋爆炸的气浪掀翻在地,接着,被一群冲进来的日兵活捉擒拿。

那枚手雷是枝子扔的。她从容而洒脱地走到民房门口,掏出手雷打开保险就从开着的房门掷进了民房。两分钟后,一名军统特工被日兵押着扔到了她的面前。

军统特务从黑夜的大雨中抬起头,只看得到枝子高挑苗条穿了雨衣的身影,却看不清她的面容。他咬牙跃起,欲扑向枝子,却被枝子一脚踢在腮帮上,重重地摔回地上。接着,他就被日兵按住,不得动弹。

"带回。"枝子的身影岿然不动,声音冷峻。

"是!"

陶大春跟陈山在绣春楼茶馆碰了个面。他告诉陈山,亨利路上的发报点暴露了。此前,他们的发报点一直很隐蔽,亨利路那个民房是一个新地点,并且第一次启用就莫名其妙地暴露了,损失惨重。他还是想不通日本人究竟是怎么发现的。

陈山告诉他,荒木惟手下有一个专门查电台的日本女特工,昨夜之前,已经端掉两个发报点了。所以陈山建议,安全起见,暂停所有发报工作。

"好。"陶大春点点头,"你要尽快查清这名特工的来路,确定她的身份和落脚点。此人不除,只怕我们上海区的发报工作会陷入瘫痪。"

陈山皱起了眉头,说:"此人来头不小,荒木惟这些天都亲自陪同她工作,已经有三天没回尚公馆了。我会设法尽快找到他的藏身处的。"

周海潮躺在李氏诊所的病床上,头部包裹着绷带,脸上亦有伤痕。护士正在给他量血压,高压一百一,低压七十五。另一名护士在一旁记录着,嘀咕按说这体征都基本正常了,怎么昏迷十二天了还不醒。刚说完,周海潮的眼睛就缓缓睁开了。

他记起了昏迷前的情景。那天,背部受伤的他跌跌撞撞地走在一条弄堂里,终于支撑不住跌倒在地。

这时,一双日本军靴出现在他面前。他顺着军靴往上看,看到了千田英子冷漠的面容。他绝望地求千田英子别杀他,他说的都是真的。但是千田英子一言不发,她身后的两名日兵上前将他架起拖走,扔进了汽车。

不知道走了多久,车门打开了,他被再次扔到地上。千田英子坐在车上冷冷地说,如果你的老相好余小晚肯救你一命,我就再给你一次机会证明自己。说完,汽车便驶离而去。

他奋力起身,回想着千田英子的话,似乎明白了什么。然后,他摇摇晃晃去了李氏诊所。接下来的事情,他便记不清了。

护士叫来了余小晚。周海潮的眼睛空洞地睁着,仿佛没有知觉,只有小手指在不停地抽动。余小晚缓缓走到周海潮面前,面无表情地看着他。

"你这算是醒了,如果真能像换一个人似的活着,那我祝你好运。"

这时,周海潮的眼睛里溢出了泪水。护士忙拿纱巾帮他擦掉。

余小晚转身走出了病房,边走边嘱咐护士,注意观察病情,每天输液的剂量三天内不变。而随着余小晚的离开,周海潮的目光慢慢倾斜,嘴唇不停地颤动着,像是想要说一千句话。

陈山来诊所找刘芬芳,坐在刘芬芳的对面啃起一只梨。刘芬芳说,他就知道嫂子是来套话的,差点上当。

"话都到嘴边了,我一想,你们俩什么关系?你要想让她知道,还能不告诉她呀?干吗上我这儿问呢?"

陈山望着窗外,说:"警惕性很高,做得好。"

"那是。"刘芬芳得意起来,"有什么至关重要的任务交给我就对了。我这张嘴巴就跟上了拉链似的,牢得不得了。"

陈山盯了刘芬芳一眼,说:"还真有重要任务!"

余小晚整理衣物的时候,听到了敲门声。她疑惑地走到门口问是谁,刘芬芳在门外说邻居。

余小晚打开一道门缝,看到刘芬芳一手撑在门框上,一手推了推头上戴着的有些滑稽的礼帽。

"你好,我叫刘芬芳,是一名牙医。我就住你对面,今天刚搬来。听房东说余小姐你也是医生?"

余小晚斜了刘芬芳一眼:"连我姓什么做什么你都打听过了,你这是想干吗?"

"余小姐千万别误会。你是外地人吧?我们上海这个地方,邻居之间很讲情意的,远亲不如近邻嘛。"

看余小晚仍满脸戒备,刘芬芳继续说:"大家是邻居了,以后有什么事情你尽管同我讲,我会罩牢你的。"说着,他朝余小晚绅士地鞠了一躬,不想帽子却掉落在了地上。他狼狈地捡起帽子,说:"不打扰了。"并主动拉上了余小晚的房门。

余小晚站在屋内,看着已被刘芬芳从外关上的门,嘀咕了一声,莫名其妙。

回到诊所后,刘芬芳问陈山,这个余小姐到底是干吗的,为什么非要让他盯着她。陈山说,不该问的别问,这也是特务必备的素质。刘芬芳便做了一个把嘴巴用拉链拉上的动作:"好,打死我也不问。"

陈山从口袋里取出钱包,掏出一张钞票给他:"余小晚喜欢吃大肠,回头你去老正兴叫份草头圈子,打包带给她吃。"

刘芬芳便照做了,再一次敲开了余小晚的门。余小晚抱着双臂挡在门口,问他又想干吗。刘芬芳便把那盘草头圈子递上去,说:"大家是隔壁邻居呀,互相送点吃

137

的蛮正常的。你不要这么提防我的。我的诊所就开在吕班路,我要敢对你怎么样,跑得了和尚跑得了庙吗?"

余小晚打量着草头圈子,不由得回想起陈山在她重庆的家中为她做红烧大肠的情景。她喃喃自语:"原来上海人都好这一口。"

刘芬芳赶紧接话:"老正兴你听过哦?招牌菜,杜月笙去了都每次都点的。"

余小晚接过来闻了闻,说:"我闻到了重庆的味道。谢谢了。"

说完,余小晚便关上了房门。刘芬芳被关在门外,一脸蒙,他在琢磨,重庆的味道是什么意思。

吃完草头圈子后,余小晚去了吕班路,看到了刘芬芳牙科诊所的招牌,心想原来还真是个拔牙的。接着,她看到陈山从诊所内出来了,叫了一辆黄包车离去。余小晚呆了一下,陈山的黄包车已经跑远了。她明白了。

刘芬芳上楼时,余小晚公寓的房门忽然开了。他有些意外,下意识躲了一下。余小晚冷冷地看着他,让他没由来地紧张,磕磕巴巴叫了一声余小姐。

"下班啦。"余小晚嘴角泛起一丝笑意。

"是啊。"刘芬芳也笑了下。然后,他就看到余小晚拿着一支针筒逼近了他。

刘芬芳退了几步,问她想干什么。余小晚把他逼到了墙角,用针筒对准了他的脖子。

"说,陈山派你来干什么?"

"谁是陈山?"

"还装呢?不说我一针扎死你!"

"那你先告诉我你到底是谁?为啥他要让我盯着你?"

3

刘芬芳带余小晚来到了陈金旺的住所。陈金旺正躺在家门口的躺椅上抱着收音机晒太阳。刘芬芳远远地指了下,说,那个就是陈金旺。余小晚感慨地看着陈金旺,他的白发在阳光下像一丛秋菊一样怒放着。

刘芬芳瞅了余小晚一眼,问:"你真是陈山以前的媳妇?"

"如假包换。"

"那万一撞见陈山,你可不能告诉他说,是我把你带来这里的。"

"放心吧。"余小晚说着走上前去,在陈金旺面前蹲了下来,眼神温柔地看着他。陈金旺睁开眼睛,看着余小晚,笑了起来,笑到流出了口水。余小晚也微笑着,掏出手帕给他擦拭口水。

"可算找到你了……爸。"

陈金旺脸上的皱纹舒展开来:"小夏,你回来啦?"

余小晚脸上的笑容一时凝结，随即又绽放，说："对啊，我回来了。我……又有家了。"

在来陈金旺住处的路上，张离和陈山说，她给陈金旺扯了块料子。天热了，她想找个裁缝铺子给他做两身新衣裳。陈山说："你看看，要是方便的话，也可以给我也做一身？"这时，一件晾着的衣服从弄堂里的晾衣绳上被风吹落，落进陈山怀里。陈山下意识地接住衣服，接着，他和张离就看到了坐在门口的陈金旺。他穿了一身干净的衣裳，正吃着花生米。而那条晾绳上挂满的都是陈金旺的衣服，阳光下升腾着水汽。门口不远的竹衣架上，陈金旺的被褥也正翻晒着。

陈山和张离不禁对视一眼。陈金旺抽了抽鼻子，眼神直勾勾地盯着张离和陈山的身后，说："生煎！"

张离和陈山同时回头，看到余小晚端着一碗生煎包站在离他们不远的地方。张离一眼看到了余小晚戴着她俩合买的那条珍珠项链。

余小晚说："听说上海城很大，看来其实也挺小的。"

陈山说："余小晚，你都成特务了。我爹藏得这么深，你都能把他给挖出来？就差掘地三尺了。"

余小晚平静地接话："你们二位，一个是我的假丈夫，一个是我的假闺密。跟你们在一起久了，耳濡目染的，不会都不行。"

"小晚。"张离叫了她一声，"我们割头换命的情意，从来都不是假的。你要相信我。"

余小晚冷笑了一声："我拿什么相信你？"

陈金旺此时叫唤了起来："小夏！生煎！小夏！我要吃生煎！"

余小晚欲绕过张离和陈山，被陈山挡住了。他伸出手，说："我来吧。你并不是小夏，我这个儿子虽然不孝，但让我在这儿干站着看别人伺候他，这等于就是打我的脸。"

余小晚气急欲抢白，张离抢先说道："小晚，我有话跟你说。"

陈山蹲在陈金旺的椅子旁，手里端着生煎。陈金旺正用手抓着生煎缓慢地往嘴里塞，吃得满嘴流油。

陈山扭头望了一眼，张离和余小晚正在远处说着话。

张离让余小晚回重庆，余小晚不答应。家都没了，还回去干什么。张离问她，那上海就有你的家吗。余小晚冷冷地看着张离说，上海有我的仇恨，仇恨有时候可以支撑一个人活下去。说完，她的手伸向颈部，抓住那串珍珠项链用力一扯。项链断了，珠子像雨一样落在地上，在两人的脚边跳跃，滚了一地。

张离诧异地看着那些在地上不停跳动的珠子，伤心又无奈："你这又是何苦？"

余小晚咬着嘴唇,眼中有泪:"我一直把这项链戴在身上,是想有朝一日见到你时把账跟你算算清楚。这是我们俩共同买的,那时候我们还是亲人。"

看到这一幕,陈山站起了身。张离愣愣地看着那些跳跃的珠子,没再说话。余小晚顾自俯下身,将散珠一颗一颗地捡起来,将一半分到张离手中:"你一颗,我一颗,你一颗,我一颗……我们每人十六颗,还剩这一颗。"

余小晚把自己的十六颗珠子放进口袋,然后拎起一块断砖,对准地上的一颗珍珠拍了下去。珍珠顿时碎了。

余小晚扔掉砖,拍拍手上的土,看着张离说:"从此以后,我们不再是亲人。"

张离心中的难过翻江倒海地涌上来。她流着眼泪叫了一声小晚,但余小晚大步离开,头也没有回。

陈山走到张离的身后,双手按着她的肩头说:"你不用理会她,你越理她,她越是放不下。"

"可是我不理会她,那永远放不下的会是我。女人之间的感情,你不会懂。"

陈山戴着帽子蹲在一个弄堂口,向路上张望。一辆自行车在他身边停着。不久,他看到荒木惟的汽车驶来,驶向了霞飞路。他赶紧骑着自行车追上前去。为免被荒木惟发现,他不敢紧跟,一会儿就拐进了一条弄堂。

陈山把车停在弄堂口,看着荒木惟的汽车转弯后,才顺着地上的车辙印慢慢追赶。转过了一个弯道,车辙印延伸去往了毕勋路,最后消失在了毕勋路一幢别墅门口。陈山打量了几眼别墅,高墙铁门,铁门紧闭,前后几无行人。门牌号是158。

陈山没有停留,骑着自行车继续向前而去。因为他很清楚,别墅阳台上肯定有时刻端着望远镜监视别墅外动静的特务。他望向附近,看到了不远处的一棵大树。

陈山骑着自行车去了菜刀的修鞋摊,让他收摊,再叫上宋大皮鞋,有活儿干了。宋大皮鞋和菜刀就来到了别墅附近,然后趴在了那棵大树上。借着茂密的树冠遮挡,宋大皮鞋用望远镜监视着别墅。看到荒木惟的汽车驶入别墅大门时,他问菜刀几点,菜刀看了看手里的破坏表,说9点12分。

接下来的几天,两人都趴在那棵大树上监视158号别墅。侦缉车会在清晨驶出别墅大门,傍晚才回来。白天,千田英子会驾车载着荒木惟进入别墅。汽车一进别墅,日兵便立即再关上铁门。因为这事,刘芬芳很不开心,责问陈山为何不叫他这个专业特工去,而是叫了两个废物。陈山故作严肃地问他,"都被余小晚看穿,你还想盯特务?"

刘芬芳嗫嚅起来:"那……那不一样。盯女人我不在行,盯男人我可以的呀,怎么也比大字不识的菜刀和宋大皮鞋强,他们就算盯了,能像我这样把情况都给你记下来吗?"说着,他扬了扬手中的笔记本。

这时,菜刀和宋大皮鞋推门进来了。陈山扭头让刘芬芳准备好纸笔记录。

"前天9点12分,小日本的车进了那别墅,中午11点36分走的,下午1点40分又进去了,一直到晚上7点才走。昨天早上8点52分,小日本的车进去,直到下午4点25分才走。今天去得晚,9点半才到。我们走的时候,车还没出来。"

菜刀流利地说着,他的记忆力让刘芬芳吃惊不已。刘芬芳记乱了,让他慢点说。陈山问车出来之后都往哪儿走,宋大皮鞋说东。

菜刀接着说:"除了这辆车,没有其他人进出。不对,每天一大早7点钟光景,会有人送菜到门口,但不给进去。"

宋大皮鞋补充说:"送菜的是六大埭菜场的菜贩子,姓刘。问过了,收钱就给送。霞飞路那一带好些有钱人家,都是他的客户。"

"行了。"陈山说,"回去歇着吧。"

"明天还盯吗?"宋大皮鞋问。

"等我的消息。"

4

深夜,陈山和张离出现在了毕勋路158号别墅附近。

两人躲在街角,远远地看见别墅内亮着灯。有人打着手电在院墙内巡逻,别墅内还传来狼犬的吠声。

陈山端起望远镜,还能看到别墅二楼的阳台上有手持步枪的日兵在走动。

他低声说:"先有千田英子,现在又来一个女特工,荒木惟枉为日本特工精英,尽干些让女人为他建功立业的事。"

张离说:"你和乔瑜也算为他立过功。知人善任就是他最大的本事。"

"说得也是。按说书里的讲法,荒木惟这就是将相之才,要不是他欺负到咱们中国人头上来,我也敬他是半个英雄。"

张离有些异样地看了陈山一眼。陈山说:"你的眼神里有话。还想说什么说吧。"

"钱时英也说过类似的话。"

"是吗?"陈山看着张离的眼睛问。

"相比单纯的仇视敌人,能尊重和认可敌人的强大,是更难得的。"

"你的眼神是想说,钱时英读的书多,识大体。所以他说这话不稀奇,没想到我这个混混能说出这话来,够稀奇的是吧?"

"也不稀奇。"张离说,"不是一家人,不进一家门。"

就在此时,别墅的门忽然开了。两人顿时噤声观察。只见一个特务拿着一个陶罐走了出来,那是一个中药罐。他用力一撒,把药罐中的中药渣全撒在了路面上。和药渣一起被倒在路上的,还有原本盖在药罐上的那张包药的纸。接着特务又走回了铁门内,别墅铁门重新被关上。

陈山与张离对视一眼。张离说,看样子,是那个日本女特务病了。陈山向前跨出一步，张离眼疾手快地拉住了他，问他想干什么。

"只要知道她去哪儿看的病，我们就有机会了。"

张离看着地上那张包药的纸，说："不行。"

话音刚落，便有人骑着自行车从别墅门前经过。别墅二楼阳台上的特务立刻将手电照向了门前马路。直到骑车人毫不停留地离去，手电光才移开。见此情景，陈山神色凝重。张离说："跟我来。"

两人换上清洁工的服装后，推着垃圾车来到了别墅门口。他们戴着帽子，一路清扫着街道。扫到别墅门口时，别墅二楼特务手中的手电光又照了过来。两人只顾埋头扫着药渣，那张包药渣的纸也被陈山扫进畚箕，倒进了垃圾车。

别墅旁还有一堆生活垃圾，里面有一些剩菜残羹，夹带着苹果核和十几个新鲜莲蓬的壳，被张离一并扫进了畚箕，倒入垃圾车。清扫完药渣后，两人推着垃圾车向前走去。别墅二楼的特务没有怀疑，收回了手电光。两人对视一眼，陈山对张离竖起了大拇指。

在一个街角，陈山和张离停下来，蹲在路灯下查看簸箕里的垃圾。张离用手撮起一些药渣，辨认着，龙胆草、黄芩、法半夏……

"这你也认得？"陈山说，"你家不是开药铺的吧？"

张离瞥了陈山一眼："钱时英是开药铺的。"

陈山恍然，不无深意地说："对呀，我都忘了这么重要的一茬。"

张离白了陈山一眼，说："要是我的判断没错，这个日本女特务应该是得了肺炎。"

陈山辨认着那张包药的纸。纸张被药渣浸渍，上面的印章已经模糊，但依稀还能辨认出一些字。张离和陈山对视一眼，异口同声地说："太和堂！"

第二日，张离来到了太和堂，坐在一名中医面前，让中医号脉。陈山站在张离身后，跟大夫说，他们都结婚几个月了，一直也没怀上。"大夫，您给看看，我太太这身子，要怎么调理才好？"

张离神色略显尴尬，但她镇定地不理会陈山。

大夫问："月事可还准啊？"

张离的脸有些红了，没说话。

陈山搭话说："大夫，是这么回事，前阵子我太太得了肺炎，老也不见好。"

张离意会，轻轻咳了两声。陈山继续说："我想着我太太这身子要是调理不好，怀上了孩子只怕也不好。所以还是先看病。"

"肺病啊，"大夫不高兴了，"肺病你挂我的号做什么？那要找秦大夫看的呀。我只看妇科。"

陈山哦了一声，问："那秦大夫是你们这儿看肺病最好的医生吗？"

"那当然。肺炎病人都愿意挂他的号。"

张离问秦大夫哪天坐诊，大夫有些不耐烦地说，逢五坐诊，初五，初十，十五，以此类推。今天是五月二十四，那就是明天坐诊。张离又说，太和堂名声在外，听说连日本人也有来问诊的。大夫就告诉她，前几天就来过一个，小包车送过来，还有便衣跟着，腰间都鼓出一块来。

"那不是枪是什么？那排场……结棍嘞。"

"这排场是什么大人物呀？"陈山装作好奇地问。

"这我就不晓得了，挂的就是秦医生的号。秦医生不敢说，咱们也不好问。"

张离与陈山交换了一下眼神。

之后，陈山把得到的有关枝子的消息汇报给了陶大春。除了坐车出门，她几乎足不出户。但他推测，明天她极有可能去太和堂复诊。因为她吃的中药主治肺炎，肺炎并不好治，才吃五帖药，肯定得有下一次。

"她上一次就诊，应该是荒木惟亲自送她去的。荒木惟最近常坐一部尚公馆新调拨给他的黑色别克轿车，车牌号334。"

"我知道了。"陶大春说，"明天我会在太和堂附近伺机行动。"

荒木惟坐着车牌号334的汽车迅速从毕勋路别墅驶出，去往太和堂。陶大春等人已埋伏在太和堂附近。当荒木惟的汽车驶近后，一名飓风队员推着一辆两轮板车忽然冲了出来，将板车拦在了马路中间后就跑。

驾车的千田英子一惊，在板车前刹车停住。陶大春和另一飓风队员立刻向轿车开枪，但子弹根本无法穿透车窗。那是一辆防弹车。

刺耳的倒车声响起，千田英子疾速倒车。江奇将一颗炸弹拉开拉弦之后扔到了车底下。炸弹爆炸了，但车体并无太大损伤，径直倒车掉头后迅速驶离。陶大春等人追上几步，对着黑色轿车开枪，但根本无法击穿汽车钢板，只能怅然地望着黑色轿车远去。

陈山喝了一口茶，说："我也没想到，荒木惟竟然给这名特工配备了防弹车。"

陶大春说："看来尚公馆对此人的重视程度，甚至超过了我们的预料。这次贸然行刺失利，我们想再下手只怕更难。"

"防弹车也不是完全无懈可击。"陈山思索着，"我知道有一种穿甲子弹，德国生产，碳化钨弹芯，底火被涂成大红色，弹头是黑颜色的，理论上能够在二百米内穿透二十毫米钢板。"

"我来想办法搞到这种子弹。只是她这次遇袭之后，以后恐怕会更少出行，不知道什么时候再有机会动手。"

陈山想了想，说："有一个办法，引蛇出洞。"

如果发报诱敌，故意让这个神秘特工找到信号的话，她一定会下令即刻围捕。

不管她到时候用的是防弹车，还是电讯侦缉车，都用穿甲子弹来对付，要干掉她也不是很难。

"好。"陶大春放下茶杯，"我来安排，等我准备好穿甲子弹，我再通知你。"

5

"你安排医生去给她诊治了吗？"荒木惟关切地问千田英子。

"是的。"千田英子说，"仓田医生去过了，医生说她应该是因为昨天遇刺受了惊吓，加上肺病未愈，才引起的发烧。"

荒木惟起身向办公室外走去，但千田英子忽然叫住了她。

"科长，您确定今天还要去别墅吗？"

荒木惟似乎有些不解，他看了千田英子一眼，问："有问题吗？"

"我的意思是，军统和共党连续有电台被抓之后，已经多日没有动静。昨天不论是谁对她行刺，既然失手，短时间内他们应该都不敢再有动作了。所以您是不是也可以暂时休息一下？"

"你应该了解我，我的人生里没有"休息"这两个字。"

"就算您不想休息，除了去她那里，尚公馆这个庞大的特务机构里难道就没有别的工作需要您做了吗？"

荒木惟冷冷地看着千田英子，千田英子的表情中仿佛有些隐忍。随后，她鼓起勇气说："您太重视她了。她很厉害，但没有那么重要。"

荒木惟语气冷淡地说："今天你不用去了，留下来处理其他事务，有需要可以给我打电话。"

荒木惟说罢，顾自走出了办公室。等候在门外的山口赶紧跟着他下楼。千田英子亦走出了办公室，站在走廊上目送他离去的身影，眼中明显有不满和忧怨。

陈山此时从厕所出来，一眼看到千田英子的神色，又看到荒木惟的背影，心中泛起嘀咕。随即，千田英子看见了他，神色恢复如常。她关上荒木惟的房门后，冷冷地离去。

夜幕中，千田英子独自一人，落寞地走在回家路上。迎面走来一个身穿西服的男人，手中提着两瓶用绳子系成一对的酒。两人擦肩而过时，男人忽然撞到了千田英子。千田英子一惊，提防般地退开两步，做好了打斗的起手姿势。

西服男人手中的清酒险些坠落，他赶紧抄住已经落到半空的两个酒瓶，并迅速向千田英子用日语致歉："对不起，对不起。"

千田英子看了一眼男子的脸，又看了一眼酒瓶，标签上写着"札幌"字样。男子以为她是中国人，又用生硬的中文说了一遍对不起。

"请问，你是从札幌来的吗？"千田英子用日语问。

"难道姑娘你也是?"

"札幌的清酒,有两家特别出名,千田家和完治家。"

"是啊。"男子感叹说,"两家的酒各有千秋,但还是千田家的更合乎我的口味。"

"谢谢你。"千田英子激动地说,"真高兴在异国他乡也能遇见知音。"

"姑娘也喜欢清酒吗?"

"是的,尤其是千田家的清酒。"

西服男人惊叹一声:"很高兴认识你。在下安西俊。"

"我叫作……伊藤英子。安西先生,请问你能不能把这两瓶酒卖给我?"

"这个不行呢。因为现在赶着要去看望一位朋友,这两瓶酒是答应了要带给她的。"

"这样啊。"千田英子略有些失望地说,"是我唐突了。"

"不好意思,让伊藤小姐失望了。不过我的朋友过些天还会带些千田家的清酒从日本来上海看我。到时候可以送一些给伊藤小姐。"

"那太好了。太感谢了。"千田英子满脸惊喜。

"不用谢,方便的话,请伊藤小姐告知联系方式,等酒到了我就通知你。"

不远处的弄堂里,陈山和陶大春正望着安西俊与千田英子握手寒暄。那个"安西俊"实则是陶大春的远房表弟,非常可靠。这次运气好,刚好赶上他这几天在上海。他在日本待过三年,日语足够应付任何一个地道的日本人。

张离和陈山挽手在街上走,陈山手上提着一些刚买的菜。这段街道相对僻静,前后行人稀少。陈山低声告诉她,穿甲子弹已经拿到了,老陶打算今晚就动手。他会在理查饭店附近发报引枝子出来,9点动手。9点以后路上人少,就算开枪,也不容易伤及无辜。

张离点点头,说:"希望老陶这次别再失手。"

"不是我说他们,飓风队办事确实比不上中共。陶大春能活到现在,命可真够大的。"

"这样的话以后不许再说!"张离忽然抬高了声音,"谁也不想失手,大家都是拿命在拼,敌人也从来不是软柿子!"

"好啦,"陈山说,"知道啦。"

睡前,陈山关上房门,收拾了桌上的报纸等物正欲上楼,电话忽然响了起来。陈山盯着那部电话呆了一会儿,才走过去接。

"陈山君,马上到我的办公室来。"打电话来的是荒木惟。

"荒木科长,有什么事吗?"

"你只有半个小时。"说完，荒木惟就挂上了电话。

陈山望向墙上的钟，8点15分。他的眼中浮起了未知的忧虑。

陈山坐着黄包车来到尚公馆。荒木惟常坐的那辆车停在院里，荒木惟的办公室透出明亮的灯光。他径直走进了办公楼。

荒木惟已经摆开了棋盘，山口在一旁给他倒茶水。陈山站在门口说："科长，我来了。"荒木惟眼皮也没抬，说："来，陪我下棋。"

陈山走到荒木惟面前坐下："科长叫我来，只是为了下棋？没有别的任务吗？"

荒木惟似笑非笑地说："有这样随时投入战斗的准备，你已经是一个合格的特务。但今天晚上的任务，就是下棋。"

窗外有闪电一闪而过，沉闷的雷声滚动起来。荒木惟执黑在棋盘上落了一子。陈山只得跟着落下一枚白子，他心神不定，暗自揣测着荒木惟叫他来的用意。

此刻，陶大春和江奇正在理查饭店对面的民房里。江奇从箱子里取出电台后，陶大春看了看表，8点50分。他走到窗边，掀开窗帘一角，望向对面的理查饭店大楼。一些住客正打着雨伞出入理查饭店。五楼的一个窗口，露出一个黑洞洞的枪口。

陶大春说："准备，十分钟后开始。"

荒木惟又落下了一子。从盘面看，陈山的局势处于劣势。荒木惟说："陈山君，你心神不宁。"

陈山愣了一下，说："风雷之中岿然不动的定力，我确实不及科长。"

荒木惟喝一口水，抬眼看了陈山一眼："棋局如战局，一旦失了先机，想再扳回局面，恐怕要花加倍的力气也未必能成。"

陈山自嘲地笑笑："我这个人一向只有小聪明，没有运筹帷幄的帅才。"

"既懂得自己的长处，又明白自己的短处，才是你最聪明的地方。我很欣赏你。"

这时，有日兵入内，送上一盆新鲜的莲蓬后离去。荒木惟剥开一个莲蓬，将一颗莲子放入口中嚼起来。

看着那盆莲蓬，陈山心中隐隐有些不安。他想起那天从毕勋路别墅旁收进簸箕的那堆生活垃圾，里面就有十几个新鲜莲蓬的壳，他当时并未在意。

"陈山君，你在想什么？"

陈山一愣，看着荒木惟脸上似笑非笑的表情，他不由得咽了一口唾沫，说："我想起了……小夏。"

"你记得小夏爱吃莲蓬是吗？"

"科长您也知道？"

荒木惟笑了笑，说："我说过会帮你照顾好她，她的喜好，我当然会知道。"

"回上海也快半年了，我究竟要什么时候才能见到她？她到底在哪儿？"

"快了。"荒木惟再次将一颗莲子放入口中。

看着荒木惟嚼动莲子的嘴，陈山脸上的微笑凝结了。从接到荒木惟的电话起，陈山心中就充满了深深的不安。一切仿佛很平静，一切又仿佛暗藏杀机。一定有什么地方不对劲，但他却想不到是什么。直到荒木惟说出陈夏的名字。陈山才突然意识到，自己竟然疏忽了一个最重要的线索。过人的搜索电台信号的能力，令千田英子嫉妒的女特务，毕勋路别墅门口的莲蓬壳……种种线索分明指向一个人，他的妹妹陈夏。

难道陈夏就是枝子小姐？他一心想保护的妹妹真的成了日本人的刽子手吗？今晚他将亲手把妹妹送到飓风队的枪口之下吗？陈山不敢细想。

一声雷鸣，墙上的钟指向了9点。

第十章

1

江奇已经开始发报,嘀嘀的发报音穿透城市上空。电闪雷鸣,大雨滂沱。

侦缉车缓行在夜雨的街道上。仪表设备上亮起了黄灯。枝子问日兵信号点在哪儿,日兵在工作台前用标尺在地图上快速移动,笔尖点住了一个地名。是理查饭店附近一带。

"靠近!"

"是,枝子小姐!"

侦缉车忽然加快速度,向理查饭店疾行。

现在是 9 点 03 分,军统狙击手举枪站在理查饭店五楼房间的窗后。房间内并未开灯,路灯的光芒轻微地映在他脸上,他的枪口瞄准器已经对准了理查饭店门口以西的一个路口。

陈山和荒木惟仍在下棋,窗外又一道闪电划过,荒木惟桌上的电话响了。荒木惟接起来,默默地听着,过了一会儿,用日语说了句"知道了"就放下了电话。然后他把脸转向了陈山。

"有一个任务需要我们完成,在完成这个任务之后,我会给你奖励。"

"什么奖励?"

荒木惟笑了:"我可以保证,一定是你梦寐以求的奖励。"

接着,荒木惟起身出门,陈山跟随。山口驾车将两人载上雨夜的街头。车子迅速行驶,雨刮器不断刮着挡风玻璃上的雨水,世界在模糊和清晰之间不断转变。陈山坐在副驾驶座上,从后视镜可以见到后排荒木惟成竹在胸的神色。这让陈山深感不安。

荒木惟的目的地也是理查饭店。后面,另有一辆载着十余名日本特务的篷布军车跟随,驾驶室里坐的是乔瑜和小四。

军统狙击手凝神望着大雨中的街道。远远地,他看到了越驶越近的电讯侦缉车。他的瞄准镜迅速对准了电讯侦缉车的油箱,并随着侦缉车的前行移动。

就在狙击手扣动扳机击穿侦缉车油箱壁的前一瞬间,荒木惟的汽车从另一个方向驶到了这条街上。副驾驶座上的陈山看到了迎面驶来的电讯侦缉车。他立刻将目光望向了马路中段的理查饭店,后排的荒木惟却依然镇定。

接着,陈山听到了一声枪响。他看到电讯侦缉车颠簸了一下,汽油顿时渗漏了一地。然后江奇从一条弄堂迅速蹿出,将一颗燃烧弹掷向了电讯侦缉车。

电讯侦缉车顿时烧了起来,只得停下。从车上下来了三名日本特务,其中一个特务是女的,但是陈山看不清她的脸。一名日本特务追向已经从弄堂里逃跑的江奇。另一名日本特务则掩护着女特务跑向街道旁。陈山不由得紧张起来。而此时,狙击手的瞄准镜正在跟随着女特务的身影快速移动。

又是一声枪响,女特务在陈山的视野中扑倒在地。

"开枪的人在饭店里。封锁饭店。"荒木惟镇定地下达指示。山口一停车,陈山就迅速跳了下去,掏枪对准了军统狙击手所在的房间窗口。一声枪响,破碎的玻璃掉下来,窗后的狙击手闪到了一边。陈山正欲奔向倒地的女特工,荒木惟却下车命令他马上封锁理查饭店,抓捕凶手。

陈山再次紧张地望了一眼血泊和雨水中的女特工,无奈地奔向了理查饭店大门。乔瑜和小四也带着众特务跟着跑入了饭店。大堂内的几名客人惶恐地躲避着他们,有女人发出低呼。

"封锁所有出口。所有人员,不得出入!"陈山大声说,立马有三名特务冲向了后门。三名特务守在大堂,陈山带着一名特务上了一边楼梯,乔瑜和小四则从另一侧楼梯奔上楼。

这时,荒木惟和山口一起出现在了饭店门口。

陈山与手下刚跑上五楼,就在走廊上看到一个身影闪进了中段的一个房间。接着他看到了从另一侧楼梯上来的乔瑜和小四。陈山对乔瑜点点头,四人向中间房间包抄而去。

陈山带头举枪掩近那个房间,房号是506。他回想着,军统狙击手开枪的窗口,正是五楼东起第六个窗口。陈山一脚将房门踢开。房内站着一个人,却是举枪的千田英子。

陈山和乔瑜均感诧异。千田英子冷冷地说:"你们来得倒快。"

荒木惟和山口也走了过来,看到千田英子后,荒木惟同样有些意外。

"科长,您也来了?"千田英子说。但荒木惟只是冷冷地看了她一眼,从他的眼神中,陈山看出了一丝怀疑。荒木惟把脸扭向陈山,说:"继续搜查酒店,不许放过任何一个角落。"

"是!"

陈山和乔瑜等人离去后,荒木惟看着千田英子问:"你怎么在这里?"

"有朋友约我过来。"

"是吗?真巧。"

"科长您这是什么意思?您难道是在怀疑我吗?"

荒木惟冷静地审视着千田英子，看到了她脸上的怨气。

特务们开始在各个楼层搜查。他们不断拍打房门，举着枪闯入客房，闹得人心惶惶。厨房也被他们搜得一片狼藉。急欲离店的客人也被拦住，有理论者，立即被打翻在地。

陈山与乔瑜从楼梯下来。乔瑜说，这绝对是圈套。飓风队专干这种诱敌之计，他们一定是假发报，真伏击。但狙击手肯定没跑掉。

"但他们打中我们的人了。"

"荒木惟那宝贝特务要真被他们干掉了，那咱们的损失也不小啊。"

"你继续搜，我去门口看看那人的伤势。"陈山说着走出了饭店大门。大雨仍在下个不停。远远地，他看到那名女特务已经被抬至斜对面一间店铺的门廊下。仓田医生似乎正在救治她，为她做着心脏按压。

陈山淋着雨，一步一步向对面的门廊走去。走到半路时，他看到仓田医生放弃了救治，站起身来。

地上的女特务一动不动，似乎已经死了。

陈山的脚一步步踩在水洼里，溅起一些水花，然后停下。他就那样站在雨中，不敢前行，似乎再也迈不动脚步。临行前荒木惟的话一遍遍在他耳旁重复。"有一个任务需要我们完成，在完成这个任务之后，我会给你奖励。""我可以保证，一定是你梦寐以求的奖励。"

陈山继续往前走，巨大的恐惧包裹着他。他梦寐以求的愿望，不过是重新见到妹妹陈夏。那个人是小夏吗？如果她就是小夏，那么亲手筹划诱敌之计并将她送上断头台的，就是他这个曾经誓死守护她的小哥哥。如果真是这样，他绝不能原谅自己。

他看到，仓田医生已经命人为女特务盖上了白色被单。

2

大雨将陈山淋得湿透，他终于失魂落魄地走到了女特务的尸体前。他蹲下来身，伸手想去掀开白色被单。但他的手微微有些颤抖，而且无法伸出去，心中填满痛苦。这时，有人忽然在他身后叫了一声小哥哥。

陈山伸向被单的手倏地停住了。那是陈夏的声音。他不敢相信自己的耳朵，蹲着没动，过了会儿才站起来，缓缓转过身。

一个细瘦的身影站在他面前，穿着长雨衣。她脱下雨衣的帽子，露出了清秀的面容。

陈山有些震惊地看着眼前的陈夏，只见她眼神清亮，笑着看着自己。她的神色比之数月前多了一些沉稳和凌厉。

"是我，小哥哥。"陈夏眼中似乎有泪光闪烁。

陈山愕然地微张着嘴："你能看见了？小夏。"

陈夏含泪点头："是荒木君治好了我的眼睛。小哥哥。"

"他也把你变成了枝子小姐？"

陈夏抹去溢出眼角的泪花，笑着说："小哥哥，现在我和你一样，是有用的人了。"

陈山张了张嘴，竟无言以对。

"我回到上海已经有一个月了。我很想早点见到你，可是荒木君说，如果我能完成他给我的任务再见你，你一定会更为我骄傲的。我做到了！"

"小夏……你什么都不用做的。你只要做一个像原来一样单纯的女孩子就可以。"

陈夏依然在笑着："我知道小哥哥一定也很想我，就像当初在重庆，我总是盼着能早日见到你一样。但是我知道，你在做重要的事，就像现在我也在做重要的事一样。"

陈山忽然吼了起来："你知不知道你在做的事有多危险？如果刚才从那辆车上下来的人是你，现在死在这里的人，就是你了！你知不知道？"

"小哥哥，你不用怕，那是我的替身，她叫秀玲。我知道你担心我。可我不是没事吗？你见到我不高兴吗？"看他发火，陈夏委屈起来。

陈山不忍心再责备，走到陈夏面前，一把将她搂进怀里："高兴，我做梦都盼着你能回来。我怎么会不高兴呢？"

"是呀。"陈夏也抱住了陈山，"我以为你见到了我，见到我眼睛复明的样子，一定会高兴得翻跟斗的。"

"好，等忙完了这里的事，回去我翻一百个、一千个跟斗给你看。"

陈夏天真地笑了："你又吹牛了，小哥哥。"

这一瞬间，陈山觉得自己仿佛又看到了昔日单纯的小夏，脸上也不禁露出了笑容。他说："不吹牛。这次你回来，我向你保证，以后没人再敢欺负你。你想要什么好吃的，好玩的，小哥哥都可以给你。"

这时，一名日兵跑来，叫了一声枝子小姐。陈夏的神色忽然变得沉稳冷静。她转身用日语问什么事。

"秀玲小姐已经阵亡。"

"知道了。"

"侦缉车设备损毁严重，科长请你尽快去看一看。"

"好。"

日兵跑开后，陈夏转身对陈山说："小哥哥，我们分头忙吧，晚点我再找你，我要听你跟我讲在重庆的故事，我也想告诉你，我在日本的故事。"

陈夏说罢一点头，不等陈山回答，便向侦缉车跑去。留下陈山一人茫然地站在原地，心中五味杂陈。陈夏已经奔到侦缉车旁，神色果敢地和日兵说着什么，她的

151

举手投足像极了日本女人。眼前这个已经变成枝子小姐的陈夏，在他看来竟是如此陌生。

荒木惟坐在506房间，千田英子站在他面前，叙述事情的原委。

半个小时前，她接到了同乡安西先生的电话。安西先生就住在这里。他的好友从家乡带来了她父亲酿的酒，他便让她过来取酒。他在电话里告诉她，他晚上有事要出去，但酒已经放在了前台，只要报上名字就可以拿到。所以她并没有见到他。

于是千田英子便来了这里，刚从前台服务员手中接过酒，就听到了枪声。紧接着，她听到了外面路上的刹车音，然后她听到了第二声枪响。她奔到门口，看到了已经起火的汽车。认出那辆车就是枝子的电讯侦缉车后，她就迅速奔上了楼梯。

"合情合理，又无比巧合。"荒木惟沉吟着思索。

千田英子脸色变了："科长，你最不该怀疑的人就是我。"

"我是个只问结果，不问情面的人，你应该知道。"

"是，我知道。所以我一定会向您证明我的清白的。"

"找到那个狙击手，他一定还在这幢楼里。"

"是！"

搜查仍在继续。乔瑜冲进304客房，问那对尴尬依偎在一起的夫妻要证件。小四带着一名特务跑过三楼走廊时，309房间的门开了。小四回头看了一眼，出来的是个穿着红马甲的服务生，朝与他相反的方向走去。如果小四把他叫住查问，兴许对方就会露出些马脚，但是小四并没有多想。

陈山在二楼走廊巡视。走廊上站着几个客人。他们穿着睡衣，衣冠不整，都是刚从房间里赶出来的。

不久，小四下来，向他们挨个儿索要证件。一个穿西装戴金丝眼镜的年轻人朝他愤怒地大喊："你们无权这样做，我要抗议！"刚说完，就挨了小四一个耳光。他的眼镜被打掉了，鼻血被打出来，却也被打蒙了，一时竟停止了叫嚷。

"去尚公馆抗议！"小四抓过眼镜男上衣口袋里的证件看了看，又闻了闻他的衣服，用手指一下下戳他脑门，"以后在公共场合别那么大声嚷嚷，会被枪毙的。"

陈山面无表情地扫视着这群人。这时，他看见一个穿着红马甲的服务员抱着一叠床单枕头从一个房间出来，往走廊尽头走去。陈山的眼光落到另一个开着房门的房间里，房间里一个穿着绿马甲的服务员正不知所措地站在小吧台边。陈山眼神一闪，红马甲服务生与陈山擦肩而过。

小四这时也看见了红马甲服务生，并认出他就是刚才在三楼那个："那个穿红马甲的，过来！"

红马甲身子一僵，站住了，右手本能地往怀里摸去。陈山貌似无意地说："正好，你，那个穿红马甲的带我到仓储室去看看。"

小四看了陈山一眼，说："那交给你了，陈队长。"

红马甲右手归位，礼貌地对陈山说："好的，先生，请跟我来。"陈山便随他往走廊深处走去。

此时，千田英子和荒木惟正拾级而下。陈山和红马甲走到走廊拐角时，千田英子正好走到走廊上。她看到陈山的背影，眼神中闪出疑惑。陈山的背影消失后，荒木惟也走了下来。千田英子收敛心神，随荒木惟一起往大厅而去。

红马甲走在陈山前面，眼神四处飘移，脚步迟疑，显然不知道仓储室在哪里。"走啊！"陈山冷冷地盯着他说，红马甲的右手便又缓缓向怀中伸去。陈山左手迅速扣住了他的右手手腕，低声说："想活命就跟我走。"

"先生，您在说什么？"服务生装作一脸诧异。

陈山扫了一眼他身上的红马甲说："什么时候餐厅的服务员也要去客房里做卫生了？"服务生的左手猛地把手里的床单和枕头往陈山面前一送，但他的动作还没有扩展开来，就僵住了。

陈山比他更快，用枪指着服务生的头，气定神闲地说："你右手食指和虎口这么厚的茧，别告诉我你是握菜刀磨出来的。"

"你想干什么？"服务生阴狠地瞪着他，低声问。

"我不知道你的撤离方案是什么，但如果你想凭着这身工作服就从饭店离开，那是做梦！"陈山指了一下前方，"你看看楼下。"

服务生看过去，回廊处立着一面镜子，正好可以看见大厅的情景。大厅里饭店经理正拿着一本名册，一个个叫着工作人员的名字，被叫到的人走出来站到另一边，旁边一个日本宪兵在监督着。服务生看了陈山一眼，眼中多了几分信任，有几分似有所悟，"接下来要怎么做？"

"跟我走。"陈山收回枪，低声说，"不然的话你无路可走。"

3

陈山带那名军统狙击手闪身进入了清洁房。房间里很黑，陈山借着窗外不时亮起的闪电打量室内。

"现在外面守得跟铁桶似的，你只能先找个地方躲起来，等日本人撤离后，你再想办法离开。"陈山说着跳上角落里的一张桌子，将天花板上的一个木格子用力拆下来，露出了原本隐藏着的通风口。而此刻，木格子拆下时所发出的喀喇声传到了走到附近的山口的耳朵里。山口警觉地停下了脚步，侧耳细听。

狙击手试探地说："我有个朋友也在尚公馆，叫'闪电'，不知道你认不认识。"

陈山说："外面有闪电，还有响雷。能弄出这么大响动，你朋友真牛气。"

两人显然不知道，门外的山口此时已经把耳朵紧紧地贴在了房门上。

狙击手看看那个洞，迟疑地问陈山日本人会不会查到天花板，陈山反问，不躲到这儿还想藏地底下去？

"躲一阵再说，这做人，本来赌的就全是运气。"

"那我今天就赌一把。"

这时，陈山忽然看到了山口投在房门与地面的缝隙处的轻轻晃动的影子。他伸出食指对着房门点了点，狙击手会意地点点头。

狙击手装作无异样地继续说话："你为什么要帮我？"

"老子今天高兴能不能算一个理由？"

"算，当然算，你最好一直都很高兴。"

两人一左一右轻轻来到房门前。陈山将手放在门把手上，狙击手站在了门的另一边，右手探入怀中取出了手枪，对陈山点了点头。

陈山猛地一把拉开了房门，山口毫不提防，一个踉跄扑了进来。接着，狙击手将山口扑倒在地，左臂紧紧压住他的喉咙，右手的枪抵上他的额头，一条腿也死死地制住山口的腿。陈山快速而轻巧地关上房门，闪身到门的另一侧，屏息听着外面的动静，右手轻轻拔出了手枪戒备。门口地面上的光线没有任何变化，陈山轻轻地嘘出一口气。

山口几近窒息的时候，狙击手松开了他的咽喉。但没等他张口呼救，狙击手已经扳住他的头，干净利落地咔嚓一扭。然后，山口的脑袋就像一棵从树上扯下的藤蔓，软软地奄在了地上。

"不知道他听到了多少，反正这个人不能留活口。"狙击手看向陈山。陈山点点头，看着山口的制服说："这家伙是给你送大礼来的。你运气不错，赌赢了。"

饭店经理佝偻着身子站在荒木惟身前，把本周入住的全部客人登记资料递过去。荒木惟接过本子，淡淡地说："再查服务员，从半个钟头前到现在，有哪些人不在工作现场，或单独一人的，都有嫌疑。"

"我们饭店的工人都是老实人。"饭店经理战战兢兢地辩护着。

荒木惟冷冷看着他说："你愿意用性命为他们做担保吗？"

饭店经理立刻汗如雨下，连连摆手："不敢，不敢，我马上去问。"

经理离开后，荒木惟翻起客人入住的资料。他的目光突然停在了一个叫"安西俊"的人那儿。"证件地址"一栏上写着"日本国，札幌"。

狙击手换上山口的制服后，和陈山合力把山口的尸体塞进了通风口，然后原样封好。

跳下桌子后，陈山打量了狙击手一下，说："这家伙是千田英子手下的副队长，外面很多人都认识他，你这样出去很容易被人发现破绽。"

"那这身皮还有什么用？"

"皮在咱们国家一向都很有用，主要看你怎么用。你听我说……"

饭店储物库房的门开着，两个日本兵正在里面，搜索着角落里可以藏人的地方。狙击手进入库房，目光迅速锁定放厨房用品的货架。他走到厨房用品货架旁边，趁两个日本兵不备，迅速将一个标着"胡椒粉"的陶罐扫到了地上。

罐子落地摔碎，里面的胡椒粉腾起一阵烟雾。狙击手呛咳起来，猛烈地咳嗽着，躬下身子，用力撞翻了一排货架。一个个罐子落地，各种辣椒粉、番茄酱、白色粉末绽放出彩色的烟雾。很快，坐在地上的狙击手便弄得满头满脸五颜六色。他的脸颊高高鼓起，似乎已经肿了起来。

在角落搜索的日本兵向他走来行礼，关切地问他是否需要帮助。狙击手摆着手一个字也说不出来，只是不停地打喷嚏和咳嗽。这时，陈山进来了，看着狙击手说："哟，山口君，您没事吧？"

狙击手勉力站起，仍然忍不住呛咳。他头上是自己撒上的辣椒面，脸上是自己抹上去的番茄酱，脸颊鼓鼓囊囊是因为他嘴里塞着几颗大枣。看着那副样子，陈山差点没忍住笑出声。

"山口君，脸都肿成这样了，过敏了吧，赶紧去找医生好好瞧瞧。"

一旁的一名日本兵也被辣椒刺激得连续打起喷嚏。狙击手冷哼了一声，向外面摇摇摆摆地走去，还差点撞上廊柱。那名日本兵也捂着鼻子跟着狙击手走了出去。

荒木惟正坐在大厅的沙发上，闭着眼睛，面色疲倦。千田英子走过来，想把饭店的楼层平面图呈给他。

荒木惟睁开眼睛，想起身，忽然伸手按在了左胸上，脸色痛苦。

"科长，您没事吧。"千田英子急忙伸手扶住了他。荒木惟深呼吸，摇头示意自己无妨，慢慢坐下。他用尽量平稳的语调吩咐千田英子，按照图纸，仔细检查电梯井、通风管道、工具房、暗室及楼顶水箱等处，不要有任何的遗漏。

"您先回去休息吧，千田一定会彻查到底，请务必放心。"

荒木惟疲倦地摇了摇头，不置可否。

大厅的一角，满身挂彩的狙击手正往门外走，日本兵也捂着鼻子跟在他身后。千田英子直起身子，眼神阴鸷地扫视着大厅。她的视线停留在狙击手的身上，扬声道："你们两个去哪里？"

狙击手和日本兵停下来，日本兵向她汇报，山口君全身都是辣椒面，严重过敏，需要去看医生。千田英子皱着眉问发生了什么事情。陈山从走廊走过来，远远看着这一幕。他有些担忧地看了狙击手一眼，迅速思考对策。狙击手正撕心裂肺地咳嗽着，同时用手拼命地抓挠着红红的脖子。千田英子脸上浮现出了狐疑的神色。

陈山看见两瓶送给千田英子的清酒正放在前台接待台的柜台上面，饭店经理正站在接待柜台前。他的身旁有一个行李推车上堆满了行李，显然是出事后还没有来得及送到客人房间里去的。陈山见前后无人,将几个行李略微移位,让它们摆放得非常容易掉下来,然后用力踢了一脚行李推车。行李推车便向着饭店经理滑去。

饭店经理发现行李推车滑来,连忙伸手去扶,顶端的行李就摔落了下来。他又去抓行李,手忙脚乱中放在台面的那盒清酒撞倒了。盒子摔到了地上,千田英子立即关切地向盒子走过去。

饭店经理扶住行李推车,反身捡起清酒盒子,打开来检查是否摔坏。他刚打开盒子,三颗子弹就滚了出来。

饭店经理弯腰,将一颗子弹拾起来。那颗子弹,红色底火,黑色弹头,与狙击手用的穿甲子弹一模一样。千田英子一惊。荒木惟也看见了经理手中的子弹,脸上顿时阴云密布。

大厅里的人都惊住了,一时十分安静。饭店经理战战兢兢地说,这不是饭店的东西,是那位客人暂时寄放在这里的。说着,他指了指千田英子。

千田英子大叫起来:"科长,这是阴谋!"

饭店经理满头大汗地说:"客人的东西我们是不会打开看的。"

这时,陈山装作匆匆赶到大厅的样子,从走廊里奔了出来。他看见饭店经理手里的子弹,也过去拾起一颗,仔细地看了看,说:"科长,这些子弹出现在这里,我认为是有人想要嫁祸给千田英子小姐。"

荒木惟不动声色地说:"很多时候,欺骗我们的正是自己的眼睛。"

大厅一角,狙击手乘着大家的注意力都在千田英子及子弹身上时,溜出了大厅。

荒木惟话锋一转说:"不过,无风不起浪。子弹出现在千田的物品中,那也必须得说说清楚。"

千田英子看着荒木惟,神情有一丝受伤。却没有再申辩,咬紧了牙关。

陈山露出了一个不易察觉的笑容。

那两瓶清酒是陶大春从黑市弄来的,查不到痕迹。行动之前,陶大春和陈山在茶馆见面,向他展示了那两瓶酒。陶大春对于计划还不是很有把握,如果安西俊给千田英子打了电话,千田英子却没有马上去取,计划就全落空了。他对千田英子的了解显然不如陈山。陈山猜准了,以千田英子这样的急性子,只要当时没有紧急事务,她一定会马上去取酒,何况这是来自家乡、她想念很久的酒。而且,事发之时荒木惟不会在办公室,因此可以保证千田英子当时不会有紧急任务。

陶大春摩挲着茶杯说:"既然你这么自信,我相信你的判断。"

陈山嘱咐他,从尚公馆到饭店,开车只需要十分钟。安西俊打这个电话的时间很重要。发报员应该在晚上 9 点开始发报。在接收到发报信号后,9 点 05 分,日本人的电讯侦缉车应该赶到理查饭店附近。千田英子也恰好在同一时间走到前台取酒。也就是说,9 点 05 分,可以狙击侦缉车。务必保证,事发当口千田英子正好在饭店,让她当上这个替罪羊。否则这次行动必然会让荒木惟怀疑他的身边出了内鬼。

"放心吧。"陶大春说,"保护你的身份是我的重要任务。"

荒木惟和陈山走到理查饭店门口,目送千田英子在密密的雨阵中由两个日本兵押上汽车。然后荒木惟转过身,对陈山说,接下来的搜查就交给你了。说完,他由一个日本兵打伞护着,钻进了自己的汽车。

陈山目送两辆汽车离去,转过身命令手下,再对饭店进行一次搜查。

4

陈山回家时已是深夜,他浑身湿淋淋的,被水浸透的皮鞋踩在地板上发出吧唧吧唧的声音。他在沙发上坐下来,脸上浮现出疲惫的笑容。水滴正顺着他的裤管往下滴。

张离放下正在看的书走过来,顺手递给他一张干毛巾。陈山用毛巾随便擦了擦,心事重重。张离意识到他情绪不对,拿起暖瓶倒了一杯热气腾腾的水。

"今天晚上的行动出了差错?"

"荒木惟早有提防,飓风队杀死的是一个替身,而且狙击手差点被捕。"

"也就是说,狙击手仍然逃出来了。听起来不算太差。"张离看着陈山的脸,总觉得还有别的事。

陈山盯着张离,过了会儿才开口:"我见到小夏了。"

张离瞬间反应过来,略有些吃惊:"难道她就是那个神秘的日本女特务?"

"没错。"陈山神情痛苦,"荒木惟不但治好了她的眼睛,还把她变成了一把对付中国人的刀。而小夏还以为,我和她一样在为荒木惟效忠。看到小夏变成那个样子,我真想一枪打爆荒木惟的脑袋。"

张离默默递过水杯,看着陈山接过去一口气喝掉,又重重把水杯放到茶几上。然后,他从沙发边的角落里拖出了一瓶白酒,倒了一大杯,又一口气灌了下去。张离没有阻止他,只是静静地看着。

陈山又给自己倒了一大杯酒,当他再次举起杯时,被张离伸手挡住了。

张离温柔而坚决地说:"你是一名特工,必须时刻保持清醒,在任何时刻都能瞬间做出应急反应。醉酒只会让自己陷入更加危险和糟糕的境地。"

陈山放下杯子,嘲讽地笑笑:"现在还不够危险吗?现在还不够糟糕吗?我、你、小夏、陈金旺,我们每个人头上都悬着一把刀,不知道什么时候就会落下来。"

"只要活着就还有希望。你我没有一天停止过战斗,小夏只是单纯无知并不是不可救药,你爹的病倒是对他最好的保护,至少只要我们安全,他就安全,也不会被敌人利用。这样想的话,一切也没有那么糟。"

"小夏还不是无可救药?怎么救?我能告诉她我们的真实身份吗?"

张离用安慰的眼神看着陈山,说:"当然没那么容易,但相信我,我们一定会有办法。"

陈山颓然地说:"我怕她会走上一条不归路,我怕我根本拉不住她。"

张离却语气坚定:"她不是背叛了自己的祖国,只是受了荒木惟的蒙骗,只要让她明白是非,她一定会回头的。"

陈山似乎得到了些许安慰,长长地舒了一口气。张离又给他倒了一杯水,继续说:"现在的问题可能是,我们不能告诉飓风队的人,这个女特务就是你妹妹小夏,也不能阻止飓风队继续刺杀小夏。"

"不行,我绝不能让小夏受到伤害。"

"你先别急,先把今晚行动的详细过程告诉我。"

荒木惟站在办公室的窗前。雨已经停了,只有一片深沉的夜色。两个日本兵将千田英子带了进来。

日本兵离开后,剩下千田英子一个人站在房子中间。她微微垂着头,脸上带着一种茫然而悲伤的神色。

荒木惟走到她面前,不怒自威地说:"千田队长,关于陈夏被刺杀一事,你有什么解释?"

千田英子直视着荒木惟,悲愤地说:"科长,难道你真的认为是我暗杀陈夏吗?"

荒木惟仍然是那般不温不火的语气:"我认为一名合格的军人,应该懂得控制个人的情感。"

"是的。"千田英子仿佛豁出去一般,"我的确因为科长对陈夏的另眼相看而感到心理失衡甚至是嫉妒。我也曾经警告过陈夏不要对您痴心妄想,因为她看您的眼神中有一丝危险的情感,而这种情感不应该出现。可是,我是一名忠于大日本帝国的军人,只要陈夏有利于帝国的事业,我会把自己所有的感受放到一边。"

荒木惟满意地点点头,从办公桌上拿起一张理查饭店入住登记表递给千田英子:"这位安西俊,引起了我的好奇心。"

千田英子一愣:"来自我的故乡的安西俊?"

"正是他的来处引起了我的注意,所以,我就查了一查,知道我发现了什么?"

"这个人是假的?"

"不错。"荒木惟说,"安西俊登记入住的证件是假的,而且我已向各关口核实过,近期根本没有一个叫安西俊的日本人出入过上海。"

所以,这是一个圈套,一个一石三鸟的计策。第一,移祸江东,当时凶手应该还在现场,嫁祸给千田英子可以转移大家的注意力,这样真凶就有机会逃离现场。第二,千田英子是荒木惟最好的助手,除掉她,对他们来讲也是一大成功。第三,千田英子成为了真凶的替罪羊。

"可惜,这真是聪明反被聪明误。"荒木惟淡淡地说。

千田英子眼前一亮："有内鬼？"

荒木惟点点头。原本他并没有想到刺杀事件中可能存在尚公馆的内鬼，可恰恰是这个替罪羊的计划，时间和事件丝丝入扣，设计得天衣无缝，让他相信此事一定有潜伏在尚公馆的内鬼参与。这个人做贼心虚，怕暴露身份，因此需要一个替罪羊。他将桌上的狙击枪推到千田英子面前。毛瑟 M1898，德国产，是把好枪。

"军统飓风队。"千田英子说，"共党装备不起这样的高档货。"

"既然对手要嫁祸给你，那我们一定要让他们满意。"

"你们嫁祸给千田英子？"张离听完陈山的讲述，轻轻地惊呼一声。

这时，陈山已经换了衣服，正坐在桌前狼吞虎咽地吃面。好久以后，他才从面碗中抬起头来。

"这也是出于无奈。荒木惟心思缜密，他只要沿着案发的路线走一遍，就会察觉到，飓风队一定是提前知道了陈夏的住处，才能把时间和路线掐得这么准。而知道陈夏住处的人屈指可数，到时候他第一个怀疑的人就是我，所以……"

"所以你做贼心虚，画蛇添足地设计了让千田英子去理查饭店拿清酒这一场，想让她来背这个黑锅？"

陈山继续吃面条，张离却有些焦急了。

"太冒失了。荒木惟对千田英子十分器重，他很难相信千田英子会背叛自己，他一定会彻查到底的。要查明安西俊只是一个假身份，对荒木惟来说易如反掌。"

陈山看着张离，慢慢浮上笑意："张离，尽管你根本不用着急，但我还真是喜欢看你为我焦急的样子。"

"你已经有对策了？"

"当然。我在十六铺码头，那是出了名的智勇双全。连重庆我都敢闯，上海滩怕什么？"

张离看着陈山脸上的笑容，也不禁露出微笑："相比你刚才提到陈夏时一脸垂头丧气的样子，我倒宁愿看你吹牛皮。"

陈山脸上的笑容又不见了，他说："小夏看荒木惟的眼神和看别人不一样，我只怕她鬼迷心窍，不辨是非，那就真是十头牛也拉不回来了。"

"小夏的事我们从长计议，先把今晚的事理清楚再说。你接着说！"

一个日本兵押着千田英子进了尚公馆的囚室。

光线阴暗的走廊中，她垂着头麻木地走着，心如死灰，脚上的脚镣拖在地上发出刺耳的声响。日本兵将她推进一间牢房，锁上铁门。然后，他把钥匙放进了自己的上衣口袋，转身离开。

千田英子慢慢地转过头，神情痴傻。此刻，她的脸被从小窗射进来的光线照亮了。

那不是千田英子。尽管她穿着千田英子的制服，身形和头发也和千田英子一模一样。

押送女犯人的日本兵出来后，将铁门关好，低着头站到牢房门口的荒木惟的身后。他才是千田英子，人中处的仁丹胡子是贴上去的。荒木惟吩咐看守，千田小姐只是在这里思过，要以礼相待，同时没有他的命令严禁任何人靠近和探望。

陈山穿着清洁工的衣服，迅速闪身进入了理查饭店清洁房，又迅速关上了门。

打开灯后，他熟门熟路地拉过一张桌子站上去，拆下天花板上的木格，露出了通风口。接着，他两手攀住入口处，一用力，身手灵活地钻了进去。

不久，从通风口垂下了山口的两条光腿。他的尸体滑到桌上，又扑通一声滚到了地上。从门外经过的饭店服务员听到声响后，看了清洁室一眼。他看到了清洁室门口一个头戴毡帽的清洁工。清洁工正在收拾垃圾，把一大包垃圾高高扔进箱里，又是扑通一声响。服务员没有多想，走开了。

陈山从通风口滑下来，轻轻地跳到桌上，快手快脚地将通风口的木格复位，又摆好桌子，清理掉痕迹，然后闪身到门后，在门上轻轻敲了三下。

门开了，戴毡帽的张离把一个大大的垃圾箱推到门口。陈山迅速把山口的尸体拖起来，塞进垃圾箱，并在上面盖了几张油纸。陈山回头看了看屋内，没有异状，便推着垃圾箱出门。

陈山把垃圾箱推到了理查饭店附近的小河边，与张离合力把山口的尸体从垃圾箱里搬出来。张离从垃圾箱里又取出一个包裹，那是狙击手穿走的那套山口的制服。

给山口穿回制服后，两人把尸体推进了河里。这时，天边已经露出了鱼肚白。天快亮了。

5

敲门声重重响起来的时候，荒木惟正坐在办公桌前龙飞凤舞地写着什么。没等荒木惟应声，陈山就闯了进来，直视着他。

"你为什么把陈夏变成这个样子？"

荒木惟饶有兴致地看着陈山，说："她现在不是变得比以前更好了吗？"

陈山吼起来："她以前只是眼睛看不见，但她可以无忧地生活；现在却是每天都生活在刀尖上，不知道什么时候就没命了，这叫更好吗？"

"年轻人，你还是那么自以为是。"

陈山逼视着荒木惟，说："你给我的任务我已经完成了，你治好她的眼睛，我谢谢你。但不要再打陈夏的主意，你放了她，让她回陈金旺身边去！"

荒木惟盯着陈山，问："你有什么资格敢用这种语气跟我说话？"

陈山愣了一下。荒木惟继续说："你要再敢用这种眼神看着我，我保证让陈金旺见不到明天的太阳。"

陈山强忍怒火，握紧拳头，按捺住了自己的情绪。

"你让我做什么都可以，但别动小夏。她不需要过这种刀口舔血的生活。她只要吃个生煎听个收音机，就足够满足了。"

荒木惟笑了："那你真是太不了解陈夏了，你大可以问问她，还愿不愿意回到过去的那种生活？"

陈山又一愣。陈夏昨夜的话在他耳边回响："我知道小哥哥一定也很想我，就像当初在重庆，我总是盼着能早日见到你一样。但是我知道，你在做重要的事，就像现在，我也在做重要的事一样。"说这句话的时候，陈夏笑得很开心。陈山突然有些泄气了。

"陈山我告诉你，人一旦往高处走了，就再也不可能适应低处的生活。这是常识。特工需要比常人更懂得常识。"

陈山无语。荒木惟站起身，走到陈山面前，两手重重地拍在陈山肩上："好了，我能理解你的心情。最近各位都辛苦了，今晚我想在华懋饭店包场，犒劳一下各位，同时也要将陈夏正式地介绍给大家。"

陈山一愣，立刻说："我反对。"

荒木惟微笑着，却不容置疑地说："你没有资格反对。"

陈山尽量保持着语气的平和："陈夏刚刚才遭遇了刺杀，我们还不知道敌人是不是已经知道陈夏有没有被刺身亡。此时再让她高调露面，那不是让她当活靶子吗？"

荒木惟平静地说："千田英子已经被关入了囚室。你无须担心。"

陈山盯着荒木惟说："我担心的恰恰是，这事儿压根儿就不是千田队长干的。"

"但现在我们也没有证据来证明不是她干的。"

"我是陈夏的哥哥，她几乎就是我的生命。"

"她也是尚公馆的生命。尚公馆的利益高于一切。何况今晚参加聚会的，都是尚公馆、梅机关、宪兵司令部特高课、76号特工总部最勇敢的战士。难道这么多人还不能保护陈夏的安全吗？"

"可是……"陈山还想再争辩，但荒木惟打断了他。

"在华懋饭店订好场地，然后通知各个部门，今晚没有任务的人，全部都要到场。去安排！"

陈山走出了荒木惟的办公室，紧锁眉头，脚步沉重。他十分清楚，陈夏这次高调露面，一定会引起飓风队的注意。他不能想象，陈夏一旦陷入到飓风队不死不休的追杀中是一件多么可怕的事。同时他隐隐觉得，今晚这一场聚会也许是荒木惟给飓风队布下的一个陷阱。而诱饵，正是陈夏。如果真是这样，他又如何能够同时保全陈夏和飓风队？

从华懋饭店大门口出来时，陈山眼神一扫，看到了大门左前方匆匆走过的乔瑜。

陈山上前一步，叫住了他。

"今天没在队里见到你，原来跑这儿来了。今晚荒木科长设宴，要犒劳弟兄们。"

乔瑜苦笑一声："那是犒劳你们，我们活儿更多，也没见多发点儿薪水。"

"荒木科长对你不薄啊。我听说76号特工总部那边薪水没咱这儿高。"

"不薄？也没见多厚啊。特工总部那边油水多你懂不懂？他们根本不靠薪水过日子。"

"但你清楚那边有多危险吧，李默群就被暗杀了三次。"

"总之日本人当老板也一样抠门。不说了，我先做事，有空再聊。"

乔瑜要走，被陈山一把拉住，塞给他一张折好的钞票："刚才华懋饭店的经理给的，给兄弟们买碗茶喝。"

乔瑜笑着道谢离去。陈山目送着他的身影消失在旁边的小巷里，脸上的笑容慢慢收了起来。

张离正在住处的院子中用柴块生炉子。浓烟冒起，她用扇子扇了几下，忍不住呛咳起来。陈山走进来，接过她手里的扇子，用巧劲大力扇了几下，烟散开，火苗也蹿了起来。然后，他将手里提的一个纸包递给张离。那是利男居的南乳小凤饼，张离很喜欢。

"你特意跑到浙江中路那边去买的？那么远的路。"

"这世界上，路远怕什么？怕的是没有路。"

两人进了屋。张离拆开纸包，拿出一块饼吃着，问今天荒木惟的反应。陈山说，估计他已经看出来千田英子是个替罪羊了，所以将计就计想要引蛇出洞。

"我就是回来和你商量这事的。"

张离放下饼，说："这的确很像荒木惟的行事风格，这是他对昨天那场刺杀的反击。陈夏成了诱饵？"

"没错。"陈山苦着脸说，"今晚荒木惟在华懋饭店包场办聚会，陈夏将会高调露面。"

"绝不能让陶大春他们知道这件事。"

"我怀疑荒木惟一定会把风声放出去，陶大春他们想不知道都不行。"

"我去通知飓风队，这是陷阱。"

陈山感慨道："事到如今，只好先这样了。张离，你见过飞蛾扑火吗？只有火光熄灭了，飞蛾才会停止。"

张离不响。

陈山继续说："而我希望火光不灭，飞蛾也不死。"

荒木惟来到陈夏住处的时候，陈夏正在桌前摆弄两台打字机。她侧耳倾听着，一只手不停地按着键，另一只手则快速地在纸上画写。见荒木惟进来，她兴奋地说：

"先生，我有一个新的发现。"

荒木惟微笑不语，听她说。

陈夏指了指两台打字机，继续说："打字机每一个键发出的声音都是不同的，而每一台打字机的声音又不同。所以，我只要听过一台打字机每一个键的声音，下次这台打字机打字的时候，我就能凭声音听出打字的内容。"

荒木惟眼前一亮，心中升起按捺不住的兴奋。

"您听，"陈夏一边按动按键一边说，"这是 A 的音，这个是 B 的音，C 的音带点尖尖细细的尾音。它们就像是钢琴上不同按键发出不同的声音一样。"

"机器是有生命的，这是他们在对你一个人说悄悄话。不如我们来试试，看你是否听懂了它们的悄悄话。"荒木惟从书柜里抽出一本泰戈尔的《飞鸟集》，随手翻开一页，坐到打字机前，笑着问："准备好了吗？"

陈夏飞快地拿了一支笔一张纸，脸上漾着笑意，兴奋地说："准备好了。"

荒木惟开始在打字机上打字，随着打字机嗒嗒的声响，陈夏也在白纸上写下一个个英文字母。荒木惟停止打字，陈夏也写完了最后一个字母。她像小孩子献宝一样把纸举到荒木惟面前，说："先生，您看。"

荒木惟对照着，看着陈夏那张纸上面写得不算工整的字母，轻轻吟诵：You smiled and talked to me of nothing and I felt that for this I had been waiting long.

一字不错。荒木惟赞叹地轻笑着："陈夏，你很幸运，上帝如此爱你，才会赐给你这无人能敌的天赋。"

陈夏开心地红了脸："我可以用这个新的本领帮助到您吗？"

荒木惟轻轻摇头，惋惜地说："如果在欧洲，你的天赋甚至可以改变世界，那里使用打字机非常普遍。可惜用中文和日文的地方，都很少使用打字机。"

陈夏有些小小的失望，随即说："我不想改变世界，我只想做一个对你有用的人。"

荒木惟眼里充满柔光，说："上帝也对我十分眷顾，在刚刚好的时间里，把你送到我的面前。"

"什么是刚刚好？"

"刚刚好就是，好钢用在了刀刃上，而这个时代那么需要好刀。你就是。"

"那你是吗？"

"我有时候只是一把刀，但有时候是一名刀客。"

"你说的话太深奥，我听不懂，你能说得简单一点吗？"

荒木惟笑了，说："那么让我来简单地告诉你，今晚将举行一场酒会，我会把你介绍给尚公馆的同事们，还有特高课的一些朋友。等会儿有人送礼服过来，我要把你打扮成酒会上最美丽的仙女。"

"谢谢先生。"陈夏兴奋地笑着，脸上升起雀跃的表情。

荒木惟站起来往外走，陈夏轻轻问他，刚才那句英文是什么意思。

荒木惟一边往外走，一边轻轻念道："你微微地笑着，不同我说一句话。而我觉得，为了这个，我已等待得久了。"
　　陈夏听着，沉醉在优美的诗歌中，眼神澄明地看着荒木惟的背影。

第十一章

1

华懋饭店酒会大厅里灯火辉煌,四处点缀着鲜花。一长排自助餐桌上摆满了诱人的美食,欢快的音乐四处流淌。

梅机关、宪兵司令部特高课、尚公馆、76号特工总部诸人三三两两站在各个角落,有的穿着军服,有的穿着西装。侍者端着高脚酒杯在人群中穿梭。张离身穿小礼服,还新烫了卷发,与几位官太太招呼寒暄。

穿着西服的陈山端着两杯酒走向张离,一边走一边注意着在场的诸人。

与张离闲聊的官太太看陈山过来,跟他笑着开了几句玩笑。陈山笑眯眯地递给张离一杯酒,一手揽住她,深情地对望着。这时,大门突然打开了,两列日本兵跑步进来。大厅里立即安静下来,只剩下音乐的声响。

荒木惟走了进来。他身穿白色礼服,极有绅士风度地平抬着一只胳膊,挽着身穿和服的陈夏。两人相偕而入,仿佛一对璧人。所有人的目光都望向他们。看到和服盛妆的陈夏,陈山脸上原本的笑容凝结了,面若寒霜。张离一眼看出他神色的变化,轻拍他的手,示意他镇定。

众人开始不约而同地向荒木惟聚拢,鼓掌欢迎。张离一边鼓掌一边用眼神示意陈山,陈山面无笑容,机械地跟着鼓起掌来。

热烈的掌声中,荒木惟挽着陈夏走到了大厅中间。荒木惟伸出双手示意安静,大声说:"各位,今晚我要将一名极富天才的战士介绍给大家,她在电讯方面的天赋异禀将会为大日本帝国立下赫赫战功。她就是……夏枝子小姐。"

陈夏上前一步,向众人躬身行日本礼,说了一句日语,然后又用汉语重复一遍:"我是夏枝子。今后还请大家多多关照。"

灯光下,陈夏精致美丽的面庞,优雅得体的身姿引得众人一阵啧啧赞叹。陈山端着酒杯的手又轻轻抖了一下。为掩饰情绪,他低头喝了一小口酒,然后继续远远看着。荒木惟正把陈夏带到麻田等日本军官身边,去做介绍。

"控制好你的情绪,不管你再难受,都不能在这样的场合发作。陈夏很单纯,她并不懂得这套衣服代表了什么。"

张离对陈山耳语。陈山深吸一口气,点了下头。此时,陈夏看到了他,碎步小跑过来,欢喜地问他:"小哥哥,你看我漂亮吗?"

陈山强颜欢笑说："好看，但还是比不过我老婆。"说着他揽过张离，"来，见过你嫂子。"

"小夏，你好，我是张离。"

陈夏惊喜地拉住了她的手："啊，小哥哥你怎么这么快就娶了这么漂亮的嫂子？从前他都夸我最好看的。不过看到嫂子呢，我心里就服气了。"

"哪有？在重庆的时候他就跟我说了，天底下没有再比小夏好看的小姑娘了。"

陈夏咯咯地笑着："这个我相信的，从前他也这样对我说。"

陈山看着言笑盈盈的张离和陈夏，脸上的神情说不出是悲是喜，有些迷离。这时，一个侍者来到陈夏身边，低语了一句。陈夏回头看看大厅中间的荒木惟，抱歉地对陈山和张离笑了笑。"小哥哥，荒木先生叫我，我要先过去了。"

"好。"陈山勉强一笑，"你先去。"

他神色木然地目送陈夏向荒木惟走去。接着，聚光灯就打在了她身上。站在她身旁的荒木惟再次发言。

"今天，我向大家宣布，梅机关机关长影佐将军已经同意，在尚公馆成立夏枝子工作小组。让我们再一次为这位神户特工学校的高才生鼓掌！"

鼓掌声中，陈夏向荒木惟敬了一个礼。荒木惟问她还有什么想对大家说的，她的脸上便立刻换上了凌厉自信的神色。

"我只说一句话，希望夏枝子工作小组的另一个名字，叫作刀锋。"

掌声再次掀起。陈山皱起眉，心中忐忑。因为陈夏现在正处在刺客的最佳刺杀位置。张离看了他一眼，凑到他耳边说："放心。我已经通知老陶，暂停刺杀行动，他们应该不会来的了。"

但陈山还是决定去门口看看，他担心陶大春急着立功，不听劝告。

乔瑜在门外守着，见陈山出来，一脸艳羡地问："陈组长，听说夏枝子就是你妹妹？真漂亮！还是天才！难怪荒木科长这么器重她，哎，哎，大家都说，她是荒木科长的人，千田英子就是为这个才想杀她的？"

陈山哼了一声："尚公馆的闲人可真不少。"

"别不高兴嘛。你妹妹真要傍上荒木科长，你往后就发达了。"

"少管闲事，多关心一下外面布防的情况。出了事可是要掉脑袋的。"

"放心吧。今晚我亲自安排的布防，蚊子都飞不进来。"乔瑜凑到陈山耳边说，"连今天所有的服务员全都是我们的人，每个我都认识，刺客根本不可能混进来。"

"小心驶得万年船。"

这时，大厅里传来了日本军人狂热的呼喊："天皇陛下万岁！大日本帝国万岁！大日本皇军万岁！"乔瑜回头看了看大厅，跟陈山说："你看，都疯成这样了。我去吃点东西垫垫肚子。"说完就走向了自助餐区。

陈山望了望大厅，狂热的呼喊声还在继续。他突然意识到有一点不对，警觉地往大厅里走去。陈夏正向来客们频频微笑着，荒木惟站在离她不远的地方。陈山站到一个比较靠近陈夏的位置，眼神越发警觉，四处搜索。张离端着两杯酒过来，递了一杯给他，低声说："我没有发现任何异常，想必陶大春他们得到消息，不会冒险来刺杀了。"

陈山接过酒杯，抿了一口："但愿吧。但是我有一种不太好的预感……"

就在这时，距离陈夏很近的一个水晶吊灯竟然突然掉落下来。

一声巨响之后，是宾客女眷的惊叫声。地上一片狼藉，灯光变暗，天花板上留下了一个桶大的圆形窟窿。陈山瞬间反应过来，将酒杯一扔，推撞开数人，大步飞奔冲向陈夏身边。

而与此同时，一个黑衣蒙面人从天花板上的圆形窟窿中跳下来，没有丝毫迟疑，对着荒木惟和陈夏就开了两枪。黑衣人还戴着一副特殊的眼镜。

陈山大惊。他欲扑倒陈夏时，荒木惟已经一把将陈夏扑倒，护在了身下。这时周围人等纷纷迅速拔枪。

黑衣人又对着大厅里的几盏灯连开数枪。全场的灯全灭了，一片漆黑。有人声嘶力竭地高叫着"趴下快趴下"，于是大家全趴下了，然后又是几声零星的枪响。

黑暗中，陈夏欲推开荒木惟。荒木惟让她不要动："杀手是奔着你来的。"

这时，陈夏的耳朵轻微颤动了一下，突然说："他往窗边跑去了。"躲在掩藏物后的张离听到陈夏的声音，对着打开的窗口连开数枪。几声枪响之后，是短暂的静默。陈夏的声音又传过来："他逃走了，从窗户跳出去了。"

有人掏出火柴划亮，点起备用蜡烛。人们纷纷从地上爬起。陈山第一个冲到荒木惟和陈夏的身边，他看到荒木惟从地上缓缓地站起，并小心地拉起了陈夏。陈山问陈夏怎么样，但陈夏没理他，马上对荒木惟发出了一声轻呼："先生您受伤了。"

摇曳的烛光下，荒木惟捂着左臂，左手手背上鲜血正不停地流淌下来。荒木惟对着陈夏微笑了下："不用担心，擦破点皮而已。"

陈夏几乎要掉下泪来，手忙脚乱地要为荒木惟包扎。看着这一幕，陈山感到沮丧无奈。

乔瑜举着枪带着几个手下惊慌失措地冲了进来，狂吼着："快，快，保护各位长官！"他跑到荒木惟面前，看到荒木惟流血的手，努力克制着惊恐的表情，小心地问："科长，您受伤了，不要紧吧？"

"科长，我这就送您去医院。"陈山在一旁说。

"不行，"荒木惟说，"你和张离一起，马上保护陈夏回她的住所。"

乔瑜急道："科长，那我送您去医院。"

荒木惟看了乔瑜一眼，说："你必须留在此处搜寻凶手，我断定他在这天罗地网之下跑不远。记住，我要活的。"

乔瑜无可奈何地遵命，同时安排小四送荒木惟去医院。陈夏固执地要送荒木惟去，神情担忧，眼泪在眼眶中打转。荒木惟温和地说："小夏，我现在不能照顾你，你得和你小哥哥先回去。"

167

陈山看到这一幕，牙齿咬得紧紧的。

小四开着荒木惟的车疾驶在去医院的路上。一把枪忽然顶住了荒木惟的头，同时一个压低了的嘶哑的声音说："停车。"

小四吓得急刹车。他回头看，发现后座竟然坐着刚才那个黑衣人。"下车！"黑衣人对他说。

小四惊惧不已，转头看向荒木惟。荒木惟点头挥手，示意他下去。小四手忙脚乱拉开车门，滚下车去。

黑衣人一手持枪顶着荒木惟的头，对小四说："滚。"小四就高举双手一直后退，越退越远，直到他看不见车内的情况为止。然后，车发动起来，开走了。小四不由自主地跟着车跑了几步，忽然停住，回头往华懋饭店方向狂奔。

2

荒木惟开着车在夜路上行驶，脸上带着似有似无的笑意。

坐在副驾驶座上的黑衣人取下面罩，说："科长，刚才冒犯了。"

荒木惟淡淡地看了千田英子一眼："你我都将献身帝国，有何冒犯。等你回了囚室，我会告诉尚公馆所有人，刺客已经被捕。"

千田英子神情严肃起来。她担心万一那个内鬼跟飓风队已经串通了消息，就不会上钩了。荒木惟倒不担心，因为内鬼有可能跟飓风队暗通消息，但他未必知道飓风队的所有行动。他会传令下去，所有参加过理查饭店行动的人员，近几日都会被严密监控。只要这个内鬼暂时联络不上飓风队，又担心自己人被捕，就会想方设法接近囚犯。

"希望他不要让我们失望。"荒木惟微笑着从衣袖里取出了那个破掉的血浆袋。

陈山和张离把陈夏送回了住处。陈山问女佣小莲今晚有没有人来过，小莲定然地摇了摇头。一切都很正常，她也没听见什么响动。陈山想了想，拉上了所有的窗帘，开始检查房间所有的角落和能进人的柜子。

张离拥着陈夏坐在沙发上，陈夏头靠着她的肩，神情失落。张离摩挲着她的背，让她别害怕。

"嫂子，刚才我听出来了，最后一枪差点打中黑衣人的子弹，是从你站的方位击发的。是你开的枪吧？"

"是。"张离和陈山对视了一眼，点点头说。

陈夏的神色变得果敢起来，说："你们不用担心。我不怕，我会开枪。"

听到这句话，陈山砰的一声大力关上了柜门，去里屋检查。

陈夏继续说："为了荒木先生，我一定要成为一个更有用的人。"

张离问她:"小夏,你知道什么是有用吗?"

陈夏愣了一下,说:"我只知道,小哥哥对我好,我也要对他好。荒木先生对我好,那他让我做什么事,我也要尽力去为他做到。"

"这世上除了你小哥哥和荒木先生,还有很多人。"张离搂了搂陈夏的背,"这世界很大,还有很多更重要的东西,比如国家、民族、尊严和自由。你要明白那些,才会知道什么是真正的有用。"

陈夏闷闷地说:"那些东西离我很遥远,我是不太明白。我只知道,除了父亲和小哥哥,荒木先生是对我最好的人。在刺杀现场,是他不顾危险扑在了我身上。"

张离欲言又止。这时,陈山走了出来,说:"张离,小夏今天已经很累了,让她早点休息吧。"

张离拍拍陈夏的肩膀,站起了身。

把满面血污的黑衣人押进死牢后,荒木惟命令看守去外面警戒。看守一走出大门,千田英子立即走到关押着那个痴傻女人的牢房门口,掏出钥匙,开门进去。她粗暴地拉过那个女人,剥下了她身上的制服。

几分钟后,千田英子恢复了本来面貌,那痴傻女人却穿上了黑衣。千田英子将她拖入旁边牢房,忽然扬起手中的铁锁对着她的头重重一击,鲜血立刻流了她满脸。然后,千田英子回到了痴傻女人先前所在的牢房。

"科长,其实我们可以找一个身型和我相似的女特务来扮演刺客,为什么找了这么一个智障来?"

荒木惟缓缓地反问:"你知道她是谁?"

千田英子一愣,摇了摇头。

"她是黄金荣老婆身边的那位小三娘。"

千田英子惊讶:"阿桂姐的保镖,号称'上海滩扈三娘'的小三娘?"

荒木惟点点头。

"她现在为什么变成了这个样子?"

"她的体能等各方面都超过了正常女人的水平,所以,我们的研究人员把她弄去做了各种试验,大概是毒害了她的大脑组织。"

千田英子恍然大悟:"利用她的名气,内鬼不会怀疑到我们头上;而她的精神状态,又让她不会泄密。科长,找这个人来扮刺客真是太高明了。"

荒木惟过来,将千田英子的牢房锁上,从探视小窗把钥匙递给她,转身离去。

他回了自己的办公室,换了一套日常的衣服后,开始翻看文件。不久,他听到了门外咚咚的脚步声。接着,门猛地被推开了,乔瑜旋风一般冲了进来。

"为什么不敲门?"荒木惟冷冷地瞟了乔瑜一眼。

"科长,您没事,真是太好了!"乔瑜跑得气喘吁吁,费力地咽着口水,"可把我

169

吓坏了！"

荒木惟嘲讽地一笑："你这么快就找到了我，看来我低估了你的能力。"

乔瑜一边喘气一边摆着手说："小四跑回华懋饭店告诉我，您被凶手劫持了，我的魂都吓飞了。幸好，我打电话回来，值班的小特务看到您的车回了尚公馆，所以我马上赶了过来。"

"刺客已经抓住了，现在关在囚室里。我会亲自审问。"

乔瑜惊讶地问："科长，你是怎么从刺客手中逃脱的？你还抓住了刺客！"

荒木惟冷冷地说："我是不是需要向你汇报整个过程？"说着，他冷漠地翻开了文件。

陈山和张离并肩走在回家的路上。张离已经提前通知了飓风队暂停刺杀，但今晚上刺客依然来了，所以陈山有些懊恼。但是，在张离看来，今晚的刺客不像是飓风队的人。

"你注意到没有，今天这个刺客戴着一副奇怪的眼镜？"

陈山眼神恍然："什么眼镜？"

"据我所知，那是一副红外夜视镜。戴上它在黑暗中也能视物清晰，所以他打灭了所有的灯还能自如逃离。这种眼镜，美国有，仅供军用。日本也在研发中。"

张离这么一说，陈山可以肯定了，那刺客绝对不可能是飓风队的。上次肖正国送给飓风队的最新装备里并没有这一款物品，军统不可能在半年之内又给飓风队送来一批新型装备。

而张离也能肯定，黑衣人更不可能是中共派来的，因为共党最严明的纪律之一就是不搞暗杀。就算是钱时英要派人来行刺，也不会不通知她。既然这个人既非中共又非飓风队的，就只能是荒木惟自导自演的圈套。

张离说："我猜荒木惟是想用这个方法引出嫁祸给千田英子的内鬼。"

"那他尽情自导自演吧，没准以后还能去给周璇和胡蝶配戏。"陈山冷笑了下，又沉默了一会儿，继续说，"小夏已经被荒木惟迷了心智，我担心以后她不会听我这个小哥哥的话了。"

"小夏很聪明，她现在只是暂时被迷雾蒙住了眼睛，找不到方向。这件事不是一两天可以解决的，但你相信我，总有一天她会明白过来的。"

这时树上一朵不知名的小花飘落下来，正好落在张离的肩头。陈山伸手拿起小花，说："我现在知道为什么你是我的领导了。"

"为什么？"

"你比我更识大体，更冷静清醒。我这人脾气一上来，容易控制不住自己。要不是你管着我，提醒着我，说不定什么时候我就惹出大乱子了。张离，我一直以为我能保护你，可到头来一直是你在保护我。"

"祝贺，你又成长了一点。"

陈山将那朵小花插在了张离的发边，对她感动地一笑。张离没有拒绝。然后，陈山瞥见不远处有个日本特务正骑着自行车不远不近地跟着。"又有尾巴了。"他拉起张离的手，低声说，"荒木惟的戏还没演完呢，咱得陪他演完。"

"走吧，我们回家。"张离拉着陈山的手继续往前走，同时低声叮嘱他，这几天暂停一切对外联络工作，确保安全。

3

小四坐在尚公馆外勤室的办公桌上晃荡着双腿，感叹自己真是触了霉头，好不容易捞着一个给科长开车的机会，半途却被劫了。大林说他是福星高照，科长不但没事，还把刺客抓住了。众人便开始起哄，让走了好运的小四请客。乔瑜在这时忽然走了进来。

"山口副队长已经失踪三十六个钟头，就怕科长马上下令全城搜索了。二组的赶紧找人，别在这里磨洋工。一组的，你们也别闲着，小心陈组长扣你们工资。"

乔瑜说完，大家立即行动。乔瑜让小四跟他去了山口副队长的办公室，被陈山远远看到。陈山想了想，晃荡着走开了。

进门后，乔瑜开始翻查文件柜里的文件，小四查桌面上的文件。那些文件都是机密，所以小四心里有些忐忑。乔瑜说，这是科长的命令。小四放了心，拉了几下抽屉。抽屉没锁，但是拉不开，他猛力使劲推拉起来。桌子也随之猛烈晃动，桌上的一盆仙人掌便掉了下去，摔得四分五裂。

小四大惊失色，然后他看到四卷东西从破碎的花盆里滚了出来。乔瑜拾起一卷，那是一卷法币钞票。

小四拾起另外几卷，眼睛都直了，不由得吞了一口唾沫："我的乖乖，藏钞票藏得不要太高明啊?!"

在两人翻找文件的时间里，陈山去了荒木惟的办公室。荒木惟在弹奏《樱花》，陈山敲门进去后，他也没停止。陈山便站在一边，无聊地看着墙上的天皇画像。

荒木惟终于按下最后一个琴键，琴声戛然而止。但他仍然坐在钢琴前一动不动，窗口温暖的光线匀称地披在他身上。

陈山开口说："科长，昨天晚上出那么大的事，今天你竟然还有雅兴弹琴，不愧是身经百战。"

荒木惟淡淡地说："战士的每一天，都是九死一生。"

"是啊，"陈山感叹，"在重庆那会儿，每天夜里只要我还活着，还真觉得就是一次死里逃生。"

"在上海也是。"荒木惟站起来，走向办公桌，"陈夏怎么样?"

"她受了点惊吓，但情绪还好。"

"陈夏是日本神户间谍学校速成班有史以来最出色的中国学生。她所欠缺的，只是实战经验。"

陈山直视着荒木惟说："大日本帝国没有人才了吗？咱们中国，也有的是比陈夏更有本事的人可用。为什么要让一个几乎什么都不懂的小姑娘去打仗？科长，我看得出来你是真心疼惜小夏，可这种九死一生的事，请让我这个当小哥哥的来。"

"你确实有你的才能，但你代替不了她。我对她的疼惜也和你不一样，你只希望她做个普通女人，一个废物。而在我看来，她原本就不是普通人，怎么能泯于众人？我要让她发光！"

"没有她难道我们就打不赢仗了吗？我只希望她做个普通人，将来嫁个好人家，相夫教子，替我生个小外甥，过平安的小日子。"

荒木惟嘲讽道："陈山，你虽然有些小聪明，但你的见识永远只是一个小市民。"

"做个小市民有什么不好？至少可以睡得着觉，傅筱庵堂堂市长大人，不是照样被人用菜刀像割韭菜一样割了人头？"

"陈夏当不了市长，再说她去间谍学校学习是她自己的选择，我没有强迫她。"

"那是因为她单纯善良。只要有人对她有一分的好，她都会毫无保留地给予回报。"

荒木惟冷冷地问："那你觉得我是在利用她吗？"见陈山不语，他继续问，"知道你和陈夏最大的区别是什么吗？"

"我是男的，她是女的。我是哥哥，她是妹妹。"

"你在超强的压力下能超常发挥，而陈夏则无论逆境顺境都能有同样高超的发挥。这是你们的区别，也是优秀和卓越的区别。陈夏的成长来自内心对特工技能的自发追求，而你，只是来自对生存的渴望，对死亡的恐惧。"

陈山尚未应答，乔瑜就敲响了门。他托着一个托盘进来，上头放着那个摔碎的盆栽。四卷钞票整齐放在盆栽碎片的边上。三卷大的是法币，有一卷比较小的是日元。

乔瑜将托盘展示给荒木惟和陈山，说："我们发现了这个。这是山口副队长桌上的盆栽，刚才不小心被摔碎了。"

荒木惟看着略微皱了一下眉，问怎么回事。陈山笑着说，山口君藏钱这个坏习惯一定是跟他们上海男人学的。特别是乔瑜。乔瑜调侃说，碰见张离他要让她好好搜搜花盆。荒木惟看了一眼乔瑜手上的纸币，想起最后一次见山口时的情景，山口满身挂彩往饭店门外走，跟随他的日本兵捂着鼻子。荒木惟指示乔瑜加派人手，全城寻找山口。特别注意河边、井底，还有无人注意的角落。烟馆、妓院也都去找一找。再过12小时找不到，通知上海警察局和76号特工总部联合搜索。

乔瑜将托盘放在荒木惟的桌上，倒退了出去。陈山脸色平静地问："科长，你这是认为山口已经遭遇不测？"

荒木惟把玩着一叠钞票说："我说了战士的每天都是九死一生。他好像运气不太好。"

　　陈山望着荒木惟，嘴角微微露出了一丝浅笑，但随即收敛。那盆仙人掌是他早上的时候调的包，几乎和山口桌上原来那盆一模一样。之后，他又故意将它移到桌子的边缘。再把一小段铁丝卡进抽屉的一侧，轻轻推拉几下抽屉，直到铁丝完全落进抽屉侧边将抽屉卡死。

　　荒木惟让陈山和他一起去审讯室，陈山说，他一直在等科长这句话。荒木惟看了他一眼，说，看来你对刺客很感兴趣。

　　"陈夏是我的底线，谁敢动她，我一定让他尝遍尚公馆的所有酷刑。慢慢地，一刀一刀把他的肉割下来。至少割一百刀。"

　　"冷静是一个特务最基本的素养。"

　　"在陈夏的事件上，我冷静不了。冷静我就不配当她的小哥哥。"

　　荒木惟盯着陈山看了很久，忽然提高声音说："你不用去了！意气用事不是一个特务的品格。从现在开始，没有我的命令，你不准进入审讯室。你自省吧。"

　　"敢动我妹妹的人，就是我的仇人，我非杀之而后快！"

　　荒木惟冷笑了一声，说："你要敢私自动他一下，我保证让你和他一样的死法。"

　　"是！"

　　荒木惟大步走出门去。门关上后，陈山松了一口气，脸上浮起狡黠的笑容。随后，他快步回到了自己的办公室，拨了一个电话给家里。

　　"这两天我老是见血光，准备吃两天素，拜拜佛。昨天我预订的那条鱼，赶紧给放生了吧。"

　　"好，我这就去办。"张离在电话那边干脆地说。

　　陈山挂下了电话，想了想，大步向外走去。

　　张离来到了查理饭店附近的那条小河边。确定四周无人后，她敏捷地闪到河边一丛草旁边。把草拨开，一段木桩就露了出来。木桩上拴着一条绳子，绳子的另一端垂在河水中。

　　张离拉住绳子往上拖。绳子另一端浮出水面，绑着山口的尸体。尸体上还绑着一块大石头。在她用刀子割尸体上的绳子的时候，马路上传来了汽车停车的声音。她脸色一沉，手上加快了割绳子的速度。

　　从那辆车上下来的是乔瑜和四个特务。乔瑜带特务朝河边走来，吩咐他们沿河岸往下游仔细搜，灌木丛要特别留意。而这时，张离仍然在割绳子，还有一条把石头绑在尸体上的绳子没有割断。

　　又一辆汽车开了过来，在路边缓缓停下。

　　四个特务停步望向汽车，陈山从汽车里伸出头来，问乔瑜在忙活什么。乔瑜见是陈山，打了个哈哈："陈山，鼻子挺灵啊。你怎么来了？"

　　"我正要去接我妹妹，恰好路过。对了，问你个事，理查饭店里的通风管道，你上次有没有全检查过?"

陈山说着要开车走,突然又想起了什么,掏出五根雪茄,冲乔瑜挥舞起来:"要不要?科长的蒙特克里斯托,有钱没处买的货。"

乔瑜眼前一亮,往陈山的车靠了过来。陈山又冲另外四个特务挥着雪茄,让他们赶紧过来。四个特务也笑嘻嘻地过来了。乔瑜问陈山哪儿来的,陈山说偷的,赃物,问他敢不敢抽。乔瑜拿过雪茄说,要是被科长发现了,他扒的是你的皮,我有什么不敢抽的。

陈山开车走后,乔瑜想了一下,让两个特务去饭店检查通风管道,另外两个沿河岸往下游搜。而这时,张离已经躲进了岸边的树丛中。山口的尸体也已经和那块石头一起,沉入了河底。

4

牢房的走廊上响起了脚步声,千田英子立即警觉起来。来的是看守,他拿了两份饭,分别放到她和痴傻女人的牢房门口,然后转身离去。

千田英子不禁有些失望。她从房门下的取饭口将饭盒取进来,发现饭盒里放着的是几个精致的日本寿司,便立即叫住了看守。看守回到她的牢房前,态度恭敬地问:"千田小姐,有何吩咐?"

千田英子将食盒递了出去:"把我的饭和对面那位换一换。"

看守有些为难,但千田英子态度坚决,他干脆将两个食盒都放在了她的门口。看守离去后,千田英子将痴傻女人的食盒拿进来。食盒里只有一些糙米饭和几根咸菜。她将米饭翻了个遍,什么也没有,又仔细检查了食盒的各个角落,也均无发现。她失望地将食盒扔到了一边。

陈山抱着那台亚美牌五灯收音机从陈金旺的房内走出来时,陈金旺正坐在门口吃生煎。他没有用筷子,直接用手抓着吃,吃得前襟汤水淋漓。陈山看了他一眼,蹲下身,一副对小孩说话的样子。

"我说老东西,你好歹也得讲究些呀,吃得一身都是油汤。小夏不在,可没人给你洗。"

陈山放下收音机,拿了块布想给他擦拭。陈金旺却端着生煎左右闪避着他,唯恐他抢食。陈山懊恼地把布扔在桌上,又回头去抱收音机。这时,桌上的布被人轻轻拿了起来。等陈山回过头去的时候,张离正在给陈金旺擦拭胸前的油汤。陈金旺乖乖地任张离擦。陈山望着张离,不禁放下心微笑起来。

陈金旺的眼神却盯在收音机上,嘴里吐出几个字:"夏,小夏。"

陈山拍着收音机说:"对,小夏,我这就用它去给你把小夏换回来。"

陈山抱着收音机和张离并肩朝弄堂外走。陈山告诉她，荒木惟今天亲自去审刺客了，但不让他去。两人都明白，荒木惟是怕万一被他看出什么端倪，前功尽弃。

"所以我就配合他演了一出戏。最好的结局往往是，我们都得到了自己想要的。"

张离莞尔一笑，陈山接着说："你说荒木惟这出戏演得这么认真，要是没人配合他继续往下演，他是不是会觉得很没劲？我给他找个配角，给他串几场戏。"

"你是想……让乔瑜吧？"

陈山点点头："最近发生了太多的事，荒木惟不是个傻子。不给他找一个目标，他这狼狗鼻子迟早要嗅到我身上来。"

张离站住，望着陈山，不无担心："你一定要小心。"

"我不小心我就见不着你了。我可舍不得，所以我一定不会让这种事发生的。"

张离望着陈山没说话，陈山倒是笑了，说："跟你学的，小心驶得万年船，这船上坐着咱们俩呢，我会当好船长的。"

陈夏穿着裙子，正在自己住处的窗前弹钢琴，宛如童话中的公主。她的房间充满阳光，窗台上摆满了鲜花。

陈山抱着收音机走了进来，他还特意在收音机上披了一块纱巾。陈夏听出了他的脚步声，忙转过头说："小哥哥，你听，我会弹钢琴了。"

陈山听得出，那是荒木惟常弹的那首《樱花》，表情僵了一下，勉强笑了："过来看看我给你带什么来了？"

陈夏轻盈地掠过来，揭开纱巾，看到熟悉的收音机，开心地叫起来："我的电曲儿！"她喜滋滋接过收音机，摆在桌上忙碌着插电源，调频道。陈山在一旁笑吟吟地看着她忙碌。收音机里传来沙沙的声音，终于传出了声音，是周璇演唱的《襟上一朵花》。

"襟上一朵花呀，花儿就是他，他呀他呀他呀我爱他……"

陈夏欣喜地回头："你听，周璇。"

这时，收音机好像受到了干扰，声音变得沙哑，时断时续。陈夏轻轻皱眉，继续调着收音机的按钮，可是并没有好转。最后歌声消失了，只留下一片空茫的沙沙声。陈夏扯开桌子旁边一块镂空花的纱布，露出下面一台崭新的德国冯·古拉凯收音机。陈山的心不由自主地酸了一下，在冯·古拉凯面前，电曲儿像一个窘迫的乡下亲眷。他哑着嗓子说："冯·古拉凯，德国货，荒木惟送你的吧？"

陈夏没有注意到陈山的神情，说："是呀，小哥哥，你说荒木先生是不是对我很好？"

陈山盯着那台丑陋的电曲儿，觉得心中有些发苦。他不由得想起陈夏还盲的时候，每天都孤独地坐在门口，听着孩童从她面前跑过的声音，摸索着做针线活，神色无比寂寞。然后，她对在自己身旁啃甘蔗的陈山说："小哥哥，我想要一台收音机。"他吐掉甘蔗渣，拍了拍胸大声地说："哥有的是钞票，你想要几台哥就送你几

175

台。"陈夏就很甜地笑了，说："小哥哥，你待我真好。"

陈夏拧开冯·古拉凯收音机，清晰悦耳的歌声重新响起来："爱他有花一般的梦，爱他像梦一般的花……"陈夏跟着哼，踏着交谊舞舞步，旋转到陈山面前，向他伸出一只手。陈山脸色僵硬，把双手插进了裤袋，皱着眉说，你连跳舞也学会了。

陈夏有些惊讶，不解地看着陈山问："小哥哥你不高兴吗？还是你不喜欢跳舞？不对呀，我听荒木科长说，你也是会跳舞的。"

陈山突然不知道该说些什么了。他木然地被陈夏拉着起舞，却一直盯着那台崭新的德国收音机。

"小夏，你想不想回家？"

"我想爸爸了，你说我们能不能请求一下荒木先生，把爸爸也接来我们身边一起生活呢？"

"难道你不想回宝珠弄了？"

"宝珠弄好是好，街坊邻居们人也不错，可我们现在过得这么好，难道不该把爸爸接过来一起享福吗？"

"现在我们过得好吗？"陈山有些激动，"你知不知道，我们现在的生活充满了谎言，有好多骗子，每天我们身边都在发生着很多见不得人的事情。你还要现在这样的生活吗？"

陈夏脚步僵硬，慢慢停下了舞步，看着陈山说："荒木先生说，为了实现大东亚共荣的理想，必须付出一些代价。就像治我的眼睛，为了看见光明，我必须忍受手术的痛苦。"

陈山痛苦地看着陈夏，无言以对。沉默了一会儿，他说："有空去看看陈金旺吧，他除了念叨陈河，就是念叨你了。"

"可荒木先生说，暂时不让我回去。"

"别成天一口一个荒木先生。小哥哥说的话你都不听了？全听他的？"

陈夏委屈地低下了头。陈山一时不忍，没再说。不过陈夏似乎迅速调整了情绪，又抬头微笑起来："小哥哥别生气，我会跟荒木君好好说的，要是他不放心我，我就让他陪我一起看爸爸。"

陈山看着陈夏一脸天真的笑容，不忍再苛责下去。

荒木惟把陈山叫进办公室，把一叠文件扔给了他："这些是目前查到的刺客背景资料，你接着往下挖。"

陈山懒洋洋接过来，说："你不是不让我去审他吗？"

"你什么时候冷静了，就什么时候去审讯室。"

"一想到他差点要了我妹妹的命，我就冷静不了。"

"那你就好好去查他的底子。你们行动一组负责。"

"'小三娘'？！"陈山翻了翻资料，惊讶起来，"这可是上海滩响当当的女中豪杰！怎么会是她？！她又不是中共也不是军统，为什么要对陈夏动手？没道理啊。"

荒木惟淡淡地说："这世上所有的事情，不外乎人心和利益。陈山，这两样，你对她了解多少？"

"那她对你招供了什么？"

"她一直在装傻，什么也不说。"

"这女中豪杰的名气也不是白得的，果然是个硬骨头。"

陈山坐在办公桌前，思索了许久。当楼下传来刹车的声音时，他起身去窗边观望。是乔瑜回来了。

想了想，他拿起荒木惟交给他的那叠文件，往办公室外走去。

在楼梯拐角，他与乔瑜打了个照面，装作随意的问他山口找到没有。乔瑜摇摇头，说连根毛都没找着。陈山给乔瑜递了根烟，说："上海那么大，找个人和大海捞针差不多。"

"还是你小子溜得快，这些苦活累活都留给哥哥我了。"

陈山弹了弹手里拿着的一叠文件，自嘲地说："我也没比你好多少。科长叫我去查昨天那刺客……对了，你知道刺客是谁吗？"

"谁？军统的老相识？"

陈山摇摇头："上海滩以前出名的'小三娘'，你知不知道？"

乔瑜当然知道，满脸诧异地问："怎么会是她？"

陈山点点头，说："要不是科长不准我靠近她，我真想亲自去审。"

乔瑜突然想到了什么，问陈山能不能把这些文件给他看看。陈山就递过去，让他随便看："对了，你说，这个刺客会不会知道山口的一些什么消息？"

乔瑜听了，立即把文件还给陈山："我去会会她。"说着，便大步往荒木惟的办公室走。

"要是能审出来，发了奖金别忘摆一桌！"

乔瑜回头喊了句："什么时候忘过老兄你？"

陈山意味深长地看着乔瑜的背影，直到他消失在楼道口。

5

"你想提审那个刺客？"荒木惟审视着乔瑜问道。

"是。山口副队长的下落现在还没有找到，而且毫无头绪，现在这个刺客是我们唯一的线索。"

"这个理由似乎不够充分。"

乔瑜仍不放弃，说："科长不是常教导我们说，不要放弃任何一个机会吗？现在她就是我唯一的线索。"

荒木惟想了想，同意了。他在一张文件上签下了自己的名字，移向乔瑜："祝你好运。"

那个痴傻女人一被带到审讯室，就被特务绑在了刑柱上。乔瑜站在她面前，仔细看着她的脸，果然是大名鼎鼎的"小三娘"："这几年江湖上都没有你的消息，原来是换主子了。"

"小三娘"看着乔瑜，眼光发直。

"说吧，谁派你来的？军统飓风队？共党交通站？还是为钱卖命？"

"小三娘"一声不吭。

乔瑜继续说："跟我装傻是吧？看来你是没尝够尚公馆的滋味。"

"小三娘"突然吐了他一口唾沫，嘿嘿笑了起来。

乔瑜擦了一把唾沫，笑了："'小三娘'果然名不虚传。我就佩服有性格的人。今天就给'小三娘'好好梳洗梳洗，算是一份薄礼，不成敬意。"

话音刚落，一名特务就搬了一张架子组合起来的"床"进来了。接着，"小三娘"被脸朝下绑在了上面。

另一名特务则送进来一木桶热气腾腾的水。乔瑜拔出匕首，缓慢地把"小三娘"后背的衣服划开，露出她的背脊，然后用勺子舀了水，均匀地淋在她的背上。

"小三娘"的背上随即一片通红。她惨叫起来，撕心裂肺，头不停地上仰，满脸通红。乔瑜又舀了一勺子水，淋在她背上。惨叫声连绵不绝。乔瑜拿起地上的铁刷子在她眼前晃了几下，说："现在可以说了，谁派你来的？山口去哪儿了？"

"小三娘"的惨叫声渐轻，头重重地垂了下来，不停地哼哼。乔瑜拿着铁刷子狰狞地笑了，慢条斯理地说："咱们慢慢来，一下，两下，三下……先掉皮，再掉肉，然后露出骨头。越刷越干净，越刷越干净……"

监听到这里，荒木惟皱了皱眉，摘下了耳机。他起身走到电话边，打电话让看守告诉乔瑜，别把犯人弄死了，他还有话要问。

看守跑进审讯室的时候，"小三娘"正在不停抽搐。在这几分钟的时间里，乔瑜一直不停地把沸水淋上她的背。这让他的心中充满愉悦，仿佛在进行一场艺术表演，直到"小三娘"抽搐起来，他才如梦初醒。

他惊慌地扔掉勺子，让刚进来的看守马上把医生叫来。一会儿，仓田医生拿着医药箱奔了进来，扑到"小三娘"面前，抽出一管针药给她注射。

看守说："乔组长，科长叫你别把犯人给弄死了。"

乔瑜脸色苍白地说："你怎么不早说！我没想弄死她！"

"科长刚刚才打来电话。"

乔瑜看了一眼"小三娘"，拍拍她的脸："喂，我说了，你可别给我装死！"

仓田医生抽出针管，摸了摸她的脉搏，又拿听诊器听了听心跳，然后对乔瑜摇摇头:"救不过来了。"

乔瑜一屁股坐在椅子上，两眼无神，喃喃自语:"妈的，老子怎么这么倒霉?"

半个钟头以后，乔瑜哭丧着脸站在了荒木惟面前。荒木惟坐在办公桌后面，冷得像一座冰雕。他说:

"我给你机会，是让你找线索，不是让你把线索掐死的。"

"对不起，科长。"乔瑜不敢看荒木惟的眼睛，"我不是故意要弄死她的。我哪能想到她那么不经打呢。"

"你这是第几次打死犯人了?"

"第二次。科长，可这两次纯粹都是意外。我这都是为了让他们开口，真的，想让这些硬骨头说话可太难了。"

荒木惟没说话，把乔瑜从上到下审视一遍，从下到上再审视一遍。乔瑜被看得毛骨悚然，瑟缩了一下，低下头不敢说话了。

"你记住，没有下次了。下次犯人怎么死的，你就怎么死。"

乔瑜惊恐已极，连声说是。这时，敲门声响了起来。

进来的是小四，他向荒木惟汇报，在理查饭店附近的河里发现了山口的尸体。乔瑜听了暗地里松了一口气，讨好地说:"科长，我们二组一直在全力寻找山口君。"

荒木惟问尸体在哪儿，小四说暂时放在停尸间。

"去把陈山叫来。"荒木惟点燃一根雪茄，"顺便叫上仓田医生。"

小四找到陈山的时候，陈山正和大林在角落抽烟。大林神秘兮兮地告诉他，乔组长把刺客整死了，正在挨训。陈山听了有些意外，说了句，他可真有本事。听到小四叫他，陈山利落地按灭了烟头，整了几下衣服。

山口的尸体躺在停尸床上，脑袋以一种古怪的角度弯着。他身上的军装还残留着一些辣椒粉和番茄酱。仓田验完尸，向荒木惟汇报，山口死于颈椎错位。他杀。

荒木惟戴着白手套的手将山口僵硬的脑袋拨弄了几下，看到他头发上还粘着几粒红色的辣椒皮。这时陈山开口说，他记得，那晚山口是因为辣椒粉过敏才提前离开饭店的。

"对对。"乔瑜在一旁讨好地接话，"我怀疑山口副队长是被杀人灭口了。"

陈山看向乔瑜，问:"你的意思是，山口是夏枝子被刺事件中被人买通的内鬼?"

"对。"乔瑜肯定地说，"山口还可能与对方接触过。"

"所以，"陈山皱着眉思索，"刺杀事件之后，对方免得夜长梦多，他就被灭口了?"

"换成谁都想要尽快灭他的口。"乔瑜麻利地补充。

荒木惟仍然仔细观察着山口的尸体，对陈山和乔瑜的话不作理会。乔瑜观察着他的神色，提起了藏在仙人掌花盆中的钞票。那些钞票很新，证明才放进去没多久。

而且花盆里藏钞票，的确不像是正常的存钱。把这几条线索综合起来看，他认为，山口副队长是被人灭口了。

"可我觉得山口副队长不像是一个为了钱可以出卖战友的人。"陈山接话说。

乔瑜说："只怕山口副队长从来都没有把我们这些中国人当成战友啊。"

"也是。"陈山用自嘲的语气说，"如果对方还是一个日本人的话，那可能只是一次聊天，他也并不认为这是出卖。"

荒木惟看了陈山一眼，开了口："你怎么断定对方是日本人？"

"不是花盆里有一卷钞票是日元吗？"

乔瑜点点头，为陈山做补充说明："在上海的中国人一般都习惯用黄金、美元和法币，只有日本人才会身上随时带着日元。"

"那么现在至少可以证明千田队长是清白的。"陈山说。

荒木惟脱下白手套扔到地上，一边往外走，一边说："科里那么忙，千田队长也应该回来工作了。"他走到门口，又回头扫了乔瑜和陈山一眼，"另外，在尚公馆，不要让我再听到'我们中国人''你们日本人'这样的字眼。不然，你们会后悔。"

乔瑜面色一变，连忙答是。望着荒木惟开门而去的背影，他跟陈山说："你说这匹马怎么浑身长的都是蹄子，我怎么老找不着马屁股在哪儿？"

"多干活，少说话，别老想着拍马屁的事。日本人和重庆那帮人可不一样。"

乔瑜意味深长地点了下头："还是在重庆容易混啊。"

千田英子被释放以后，去了荒木惟的办公室。听完山口被杀的事，她非常吃惊。荒木惟问她，觉不觉得他就是那个泄露机密的内鬼，千田英子很坚决地说，不可能。

"我也不相信山口会故意泄密。但是，如果对手棋高一着……"

"您是说，山口这个人脑子愚笨，也许他是被人利用了？"

荒木惟不语。千田英子有些咬牙切齿："就像那个刻意接触我的安西俊。"

荒木惟又沉默了会儿，才说："那个傻女人被乔瑜审讯的时候弄死了。"

"会不会是乔瑜杀人灭口？"

荒木惟摇头，不像。那个女人和军统、共党都没关系，不管乔瑜是哪边的，确实没有必要杀了她。但是或许有另一种可能，要是乔瑜原来的目的，是来侦查这个刺客是不是他们的人，那当他发现这个人不是的时候，就干脆杀了她，以免夜长梦多。这个推理虽然有些牵强，但也不是没有这个可能。只有死人才能保守秘密。

听完，千田英子点点头："确实谁也不敢保证，刺杀夏枝子的组织会不会再派人来接近这个假刺客。"

敲门声响了起来。进来的是仓田医生，他来送小三娘的尸检报告。千田英子问死因是什么，仓田医生沉吟了一下，说小三娘的体内，有很多种药物的残留。而这些药物是大日本帝国的地下工厂正在试验的药物。她的五脏早已被药物毒害，以她的身体素质，根本不可能干行刺这样的事情。

"仓田医生，"荒木惟说，"你刚才所说的话，全都是绝密。绝不能对外说一个字。"

仓田医生看着荒木惟，眨了眨眼睛，明白了过来："是！"

千田英子翻了翻验尸报告，问："仓田医生的意思是，她是自然死亡？"

"如果没有经历酷刑，她也最多还能活一个月。乔瑜的酷刑，只是加速了她的死亡。"

仓田医生离开后，千田英子说："那么，乔瑜并不是故意杀她？"

荒木惟说："乔瑜的嫌疑还是跑不了的。"

然后千田英子问荒木惟，这几天对所有理查饭店行动人员的监视并没有发现异常，是否还要继续盯。

荒木惟想了想，决定暂时都撤了。科里所有重要的事务，暂时不要让乔瑜接触。

深夜，陈山来到了唐曼晴住的培恩公寓外。他在门前不停地转悠，心事重重。他不能确定，荒木惟是否真的相信了山口是刺杀事件中的内鬼这个说法，或许荒木惟已经发现了什么，不过是在以静制动，以便把所有的对手一网打尽。更令他心焦的是，一想到飓风队可能继续对陈夏进行不死不休的追杀，他的心就万分不安。在这样的忐忑中，他觉得自己必须变被动为主动，出击无疑是最好的选择。

钱时英和唐曼晴步行过来的时候，看见等在门口的陈山，都愣了一下。唐曼晴先反应过来，让他一起上去喝杯茶。陈山说，我就是来向唐小姐讨茶喝的。

唐曼晴笑了："我刚得了一罐明前龙井，你运气不错。"

"运气不会一直都不错的，所以多喝喝茶，或许能转运。"

钱时英一直没开口，唐曼晴看了他一眼，跟陈山说："时英懂药，也懂茶。咱们上楼吧。"

第十二章

1

给钱时英和陈山泡好茶后,唐曼晴就去了卧室休息。她说,茶要慢慢品,话要好好说。唐曼晴把卧室门关上后,陈山沉声告诉钱时英,小夏回来了。钱时英观察着陈山的表情,说自己已经知道了。

"张离已经告诉你了?"

"要是我知道小夏在荒木惟手上,应该早就猜到是她的。"

"都怪我!"陈山有些懊恼,"这次如果不是荒木惟早有提防,小夏可能已经死在飓风队枪下!"

钱时英的语气却十分镇定:"锄奸是飓风队的职责。"

"可小夏是我们的妹妹。"

"如果她助纣为虐,不知悔改,必要时,我们也得大义灭亲。"

陈山冷笑一声:"你可真够狠的。成天喊着救国救民,却要对自己的妹妹痛下杀手。"

"没有国哪有家?我当然不会放弃挽救陈夏,我只是说,如果不能把她从歧途上拉回来,那她就是我们的敌人,要是舍不得大义灭亲,那么你我、张离、咱爸,说不定还会有更多的同胞因她而死……"

"不会的。"陈山打断了他,"小夏如果知道荒木惟是在骗她,她一定会站在我们这边的。"

"那就尽快去让她知道自己的错,让她悬崖勒马。"

"你说得容易。荒木惟给小夏治好了眼睛,却治瞎了她的心。她现在把荒木惟当菩萨一样迷信,我都不敢在她面前随便说话。"

钱时英叹了一口气,说:"你和小夏陷入现在这样的处境,我这个当大哥的有不可推卸的责任。一定得想个办法。她为荒木惟多工作一天,我们的危险就多一分。"

"我想过了,只有一个办法,把她从荒木惟身边带走。"

钱时英想了想,说:"要让荒木惟找不到她,也要提防她再回去找荒木惟,就必须让她离开上海。"

"对。"陈山点点头,"先离开,再慢慢说服她。这件事,你应该能办到吧?"

钱时英愣了下,说:"以我现在的身份,只怕不方便出和小夏见面。"

"不用你出面。日军的药品你都敢动，安全送走小夏，应该也不是个难事。"

钱时英没回答，他站起来，走到窗边看着外面的夜景，神情复杂。陈山还在他身后说着，他想让老头子也和小夏一起走，越快越好。钱时英回过头，审视着陈山，让他给他点时间，他会想办法，但他不能因为家里的私事向组织提要求。

"别跟我说这些冠冕堂皇的话，自己家的私事都不愿解决，你还能解决你们组织的大事？"

"你不了解我们的组织。他崇高、伟大、磊落光明……以后，你会慢慢了解，我们跟重庆政府不一样。"

"钱老板是做生意的，那么我们来谈笔生意。你们有一批药品在我手上。"

钱时英看了陈山一眼："这算是要挟吗？"

"你要是觉得是，那就算是吧。"陈山说，"军统飓风队每分钟都有可能向小夏出手，我不能等。小夏也等不了。你把小夏和老头子送走，我就找合适的机会帮你把那批药品运走。"

钱时英微微皱起了眉头："你就算不拿药品来说事，我也会尽力想办法把小夏送走的。我是她大哥。"

"我看着不像。"陈山凝视了会儿钱时英的眼睛，然后起身朝门外走去，"就这么说定了，钱老板。"

钱时英怅然地望着陈山离去的背影，暗自叹息。

周海潮坐在四海旅馆的房间内。因为拉着窗帘，房间里光线幽暗。他正在给自己换绷带。他揭开胸膛上一块纱布，咬着牙将一瓶酒精浇了上去，剧烈的疼痛让他俯下身子发出低沉的呻吟。这时，房门忽然被敲响了。

周海潮掩好衣服，迅速闪身到门后，从腰间拔出手枪，低声问谁。听出是黑皮，周海潮把枪插回腰上，拉开门，黑皮闪身而入。警觉地查看了门外之后，周海潮马上关好了门。

黑皮抽抽鼻子说，你这儿怎么比药房里还臭。周海潮有点不耐烦，让他少废话，人找到没有。黑皮翻个白眼说，上海滩就没有我黑皮找不到的人。

周海潮脸上浮现一丝喜色，问人在哪儿。黑皮歪着脑袋看他，向他摊开了一只手，坐地起价说二十块。周海潮咬了咬牙，从口袋里摸出提前准备好的十块，又从裤兜里摸出一些钞票，凑了二十块给他。

黑皮接过钞票后，递给了周海潮一张纸。

"就这个地址，趁早去。要是她搬了家，可别赖我消息不准。"说完，他就打开门，大摇大摆地离去了。

看着黑皮的背影，周海潮愤怒地拔出手枪瞄准。他的手指已经扣上扳机，但终于还是忍住了。

陈山和乔瑜在办公室喝着茶闲聊。乔瑜神情丧气，直言自己运气差，到尚公馆以后，犯人审一个死一个。陈山让他悠着点，尚公馆审犯人的那些古怪的刑具少用些。乔瑜还是有些困惑，他真的没怎么动那个女刺客，她死得很邪门。

"科长给你发双份薪水啦？"陈山凑到他面前，问道，"管这么多事干吗？你想顶替科长，还是想去76号顶替李默群？"

乔瑜一拍自己的脑袋，点点头："也怪我自己多事。"

这时，陈山桌上的电话响了起来。陈山去接电话，乔瑜揉着自己的头发，兀自沮丧。

电话里传来的是一个低沉的声音："陈先生，你太太老家来人了，带了些土特产寄放在维文书店经理那里。你可以下午3点过来取。"

是重庆那边的电话。陈山心里一跳，脸上纹丝不动，回答说："好的，知道了。"便挂了电话。

乔瑜打量着陈山，问是不是出事了。陈山看他一眼，问，我脸上写着出事了吗。乔瑜便笑起来，说那倒没有："我这就是习惯了，拿着小特务的工资，操着汪主席的心。"

"刚才说到哪儿了？"

"说我多管闲事。"

"对啊。对得起薪水就行了，这活能干得完吗？这共党和军统能抓得完？你们二组越积极，就说明我们一组越消极，那你们还让不让我们一组的人活了？"

"拉倒吧，别给我一套一套的。科长眼里你妹妹是红人，你也不赖。你就是游手好闲，也能吃着干饭。我们就是想喝碗粥，也得卖命。这兵荒马乱的，什么时候死了都没人给你报个丧收个尸。"

陈山看着乔瑜，恶作剧地说："科长说了，战士的每一天，都是九死一生。死是应该的。"

乔瑜愣了一下，沉着脸说："谁爱死谁死去。别跟我开这种玩笑，你这是乌鸦嘴。呸！"

余小晚打开门，想出去泼水，却看到了站在门外的周海潮。周海潮拎着一网兜青苹果，有点落魄，却努力在维持着体面。余小晚将水泼往一边，然后端着盆子扶着门，并没有让他进屋的意思。

周海潮把那网兜苹果朝余小晚一递，说："小晚，青苹果想见你。"

"你跟踪我？"

"没有，没有。就算是在这十里洋场，你这样的美人还是少见的。"周海潮媚笑着，"我随便打听打听，都会有一百个人给我指路。"

余小晚转身进了门，丢了句"进来吧"，周海潮便欣喜地跟了进去。他将苹果放在桌上，对余小晚表达着感谢，说要是没有她，他早就变成了黄浦江边的一个游荡的冤魂。

余小晚不看他，冷冷地说："我是医生。就算受伤的不是你，我也不会见死不救。"

"我知道你心里多多少少还是有我的。"

"周海潮，你千万不要自作多情。我心小，放不下太多不相干的人。"

"我不是不相干的人。小晚，我可以发誓，我会一辈子对你好。我连命都愿意给你。"

余小晚皱了下眉，说："苹果我收下了，因为能吃。但其他的违心的话就不必多说了，说了我也不能当饭吃。"

周海潮却依然那么热切："小晚，我们认识这么久，我对你的爱比海还要深，这你是最清楚的了。我有个叔父在美国，你跟我走吧。我们可以忘记这里的一切，去国外重新开始。"

"谢谢你的邀请，我还是愿意留在自己的国家。"

周海潮忽然单膝下跪，跪在了余小晚面前："小晚，嫁给我吧。我们一起去美国，去投奔美好的自由。"

他热切地望着余小晚。好久以后，余小晚才说："周海潮，如果你不再打扰我，就是给我最美好的自由。"

周海潮看着余小晚冷冷的脸色，知道没有希望，有点吃力地起身。接着，他的语气里就带上了恨意。

"为什么？难道你还是忘不了那个冒牌肖正国？就算他背叛了你，你还是忘不了他！"

"那是我的事，不需要你操心。"

周海潮惨笑起来："我一片真心，你扔在地上，还踏上一脚，连看都不肯看一眼。那个冒牌货明明就是利用你来完成任务，你的心里却只有他。你这完全是鬼迷心窍。"

余小晚生气地说："周海潮，什么时候轮到你来教训我了？你给我滚出去，以后你要敢再来，我一定打断你的腿。"

周海潮愤怒地把桌上的苹果扫落地上："那你想要谁来教训你？那个冒牌货吗？你说，我哪一点比不上他，你说！"

余小晚看着满屋乱滚的苹果反而冷静了下来，说："起码，他不会像你这样发疯。"

"他不会发疯，是因为他不够爱你！"周海潮愤怒地吼叫着。

余小晚看着地上的苹果，倔强地咬着嘴唇没说话。周海潮咬牙切齿地说："那个冒牌货叫陈山。他就是我命里的克星，我的事业、爱情全都毁在他的手里。我和他有不共戴天之仇！但是大人大量，我今天来之前，原本已经想好了，只要你答应和我去美国结婚，我就忘记曾经发生的一切，忘了姓陈的那个王八蛋带给我的耻辱和仇恨……我们俩一切都重新开始。"

"周海潮，你一个人也可以重新开始的。"

周海潮继续吼："可是没有你，我有什么可以重新开始的?！我赢得你，就是赢了那个王八蛋！我赢得你，才能洗刷他带给我的耻辱。没有你，我未来的生活还有什么意思?！"

余小晚笑了："你口口声声说你爱我，只不过是不甘心，只不过想斗赢陈山而已。周海潮，你爱的并不是我，是你自己。"

周海潮的语气又变为哀求："不是的，小晚。没有人比我更爱你。我想赢，只是为了证明我一点也不比他差，我有本事给你幸福。小晚，我会证明给你看的，再给我一次机会好吗？"

余小晚冷冷地拉开房门："出去！"

周海潮愣了，眼神迷乱，好久以后，他问："没有一点点机会了吗？"

余小晚不语。周海潮一咬牙，有些疯狂地笑起来："好，小晚，你一定要记住你今天的选择，一切都是你在逼我。那我告诉你，我和他之间，只能有一个人活下去！"

周海潮说完，走出门去。

不远处的弄堂口，千田英子的脸出现在黑暗中。她一直在暗地监视周海潮。回到尚公馆以后，她向荒木惟汇报，余小晚虽然救了周海潮的命，但她应该并不打算原谅周海潮。现在周海潮一个人住在四海旅社养伤，没什么异常动静。

荒木惟抽了口雪茄，说："暂时不用理会他。等他有东西可以给我们的时候，自然会来找我们的。"

2

陈山走进维文书店，警惕地扫视了一圈。书店里有几个学生模样的人在书柜前安静地看书、选书，几乎没有人注意到他。他也假意看了一圈书柜，然后慢慢向经理室靠近。

经理室里，一位先生穿着青色的长衫，反背着双手，欣赏着墙上的一幅画。那是一幅仕女图，图上的仕女正在弹琵琶。陈山缓慢地推门而入，轻声问："请问有没有张恨水的《秦淮世家》？"

先生转过身来，竟然是费正鹏。费正鹏的脸上洋溢起笑意，双目有神。他说："对不起，卖完了。"

"那有什么新书可以推荐？"陈山满心意外地继续对着暗语。

"张恨水的《金粉世家》倒还有少量存货。"

陈山一笑，说："老费，没想到这阵风够大的，把你都给吹来了。"

"坐。"费正鹏淡淡地说，"我这次来，是有重要的事情向你传达。"

费正鹏向陈山传达的是他营救美国飞行员事件的后续。那些飞行员在歌乐山秘密基地疗伤痊愈，是时候公开了。委员长和美方已经秘密商议好，会在合适的时候对媒体公开这一消息，并谴责日本间谍企图刺杀飞行员，破坏中美关系的恶行。

陈山表情凝重："这件事情一旦曝光，荒木惟一定会立即怀疑到我头上来。那我是不是应该立即撤离？"

"我们费了这么大力气帮你潜伏进尚公馆，你说撤就撤？"

陈山正要分辩，但话到嘴边，却变成了一个苦笑："上海是我的家，我又能往哪里撤？"

费正鹏说："要怪，就怪这狗日的战争吧。"

"放心吧。"陈山说，"76号特工总部向尚公馆递交的情报，我会尽量抓紧搜集，传到重庆。"

费正鹏口气柔和了一些："退路我们已经帮你想好了，刺杀飞行员事件中，乔瑜是一个极其重要的角色，恰好他所做的事情日方也无从对证。从现在开始，你要设法把之前所有事情都嫁祸给乔瑜，等到我们在报上公布这条消息的时候，你就可以脱身了。以你的才智，整个重庆军统第二处都被你玩得团团转，嫁祸乔瑜蒙骗上级只是小菜一碟。"

陈山苦笑了一下，说："老费，你这是骂人不吐脏字。"

"说正经的。这个维文书店，现在只有你我两人知道这个地方。正常的情报，你还是从陶大春那边走；只有与飞行员事件相关之事，或者有紧急情况的，你可以直接来这里向我汇报。"费正鹏突然叹了一口气，有些伤感地说，"你和张离开重庆后不久，小晚也不告而别，直到我看到飓风队的报告，才知道她来闹过你们的婚礼。你知道她现在在哪里吗？"

陈山目光闪烁了一下："婚礼之后她就消失了。我和张离都设法寻找过她的下落，但是……小晚的个性，你还不清楚吗？她要是想躲起来，谁都别想找到她。"

陈山说完后，费正鹏的眼光又落在了那幅仕女图上。陈山这时发现，那幅仕女图上弹琵琶的仕女面容有些像庄秋水，也有些像余小晚。

费正鹏的声音有些苍凉，说："你可以走了。如果有小晚的消息，一定要立即告诉我。"

陈山向门外走去。走到门口，他突然回头说："老费，你穿长衫比你穿军装、中山装，都要好看十倍。"

费正鹏瞬间有些失神，他的目光转向弹琵琶的仕女图，不无伤感地说："曾经也有人这样说过。"

昏黄的台灯下，余小晚从抽屉里取出父亲那支派克钢笔。她再次打开笔套，从里面取出那卷纸，神色悲伤地看着。

爱女小晚，执笔书写之际，爸爸心中却盼你永不读到此信。

爸爸不知道要怎样告诉你许多的事情，现在我一件件讲给你听。

首先，爸爸是一名共产党员，为着抗日的缘故留在重庆，做着必需的工作。其次，爸爸发展了一个下线，他的代号叫"骆驼"。我相信以这个人的身份和工作，应可为党的事业做出很大的成绩。

看到这里，余小晚抬起脸，看了看书桌上放着的小相框。小相框里有父亲的照片、她与父亲的合照以及父母当年的结婚照。然后她抹了下眼睛，继续看。

然近期时有神秘事件发生，我已数次遇到危险，或都与"骆驼"有关。人心最是难测，我不敢妄加论断，但已经做好了利刃加身之准备。上线已失联，我在重庆陷入孤军奋战之境地，所以须孤注一掷。今日我准备去面见"骆驼"，唯愿我一切都是猜错，愿他为了国家，可以坚定信念，一起投身进来反抗压迫。若事有不谐，如有机会，请将我最后的遗言告诉组织，能够对上暗号的，就是可以信赖的人，是我们的同志。

小晚，当你读到此信，爸爸可能已不在人世，但不要流泪，并请记住：人走了还有谁记得？四万万同胞记得。

余小晚读着信，泪流满面，泣不成声。

"你没告诉老费小晚的住处？"

陈山冲张离点点头。老费身份特殊，荒木惟也认识他。现在小晚的行踪很可能也在荒木惟的掌握之中，如果告诉他小晚的下落，只怕老费分分钟就会暴露。

张离想了一下，觉得确实如此。之后，两人谈起了老费说的让乔瑜背锅的提议。张离觉得可行。陈山在马场为钱时英解围那次，恰好他也在现场。劫药品的事，他和陈山也一样有机会了解到日本军需车到达和离开的时间地点。陈山接下来要做的就是把这些事件串联起来，一点一点让荒木惟自己去发现。

陈山倒在沙发上望着天花板出神，他得好好想想。

早上，陈山刚走出门，刘芬芳就突然从一边蹿了过来，一把搭住他的肩膀，要请他去吃生煎。

陈山抖掉刘芬芳的手，狐疑地说："无事献殷勤，非奸即盗。你请我吃东西，是撞邪了还是吃错药了？"

"我怎么就不能请你吃东西了？"刘芬芳瞪着眼很不忿，"你以前动不动骗我的钱去摆一桌，这也不是一次两次了。反正也是被你骗，还不如我自己大方点请你。"

陈山关好门往前走，让他有屁快放："我告诉你，现在我一般不骗人，不骗一般人。"

刘芬芳赔着笑说:"最近手头紧,囊中那个……无限羞涩。最近不是特务事务繁忙吗,诊所都没怎么开,为了事业,瘪了口袋。你都晓得的,我就是那么一个……到死都心怀理想的人。"

"你还学会羞涩了?"陈山斜眼看着他说,"都是兄弟,以后有话直说,别曲里拐弯的,累死人。"

两人说着话走远后,余小晚从巷子另一头走了出来,走到门前,犹犹豫豫伸出了手。门正好开了,张离正要出来,看到站在面前的余小晚,愣住了。

"小晚,你……来了。"

余小晚僵着脸说:"我有话对你说。"

张离让她进屋,但这时,陈山的声音从余小晚的背后传了过来。

"上次还没说明白吗?你还有什么话,就对我说吧。"

张离上前揽住余小晚,让陈山赶紧去上班。陈山却将张离拉过来,用臂膀搂住了她。

"余小晚,从头到尾骗你的人是我,也是我把张离拖下水,让她再也回不了重庆。一切都是我的错。如果你要怪,就怪我这个浑蛋吧。"

余小晚冷笑了下:"我不是来找你这个浑蛋的,用不着演郎情妾意的戏码给我看。"

张离轻轻挣脱开陈山,让他别添乱,赶紧走。陈山依然固执地挡在她面前,说已经乱了。

"这事不能没完没了的,今天她既然找上门来,做个了结也好。余小晚,你说你好歹也是一跳舞皇后,犯不着对我这么个混混死缠滥打。真的,回去吧,有的是男人在等你。过去是我对不起你,与张离无关。要打要骂,尽管冲我来。"

余小晚面色苍白,捏着的钢笔深深地陷进肉里去。她一字一句地说:"还真是一个有担当的男人。是我死缠滥打?你想护着你的新欢,也不用把我往死里踩。今天我就不该来这里自取其辱。从今往后,我和你们不到黄泉不相见。"

余小晚边说边往后退,说完话转身疾走。张离想去追她,被陈山拉住了。

"让她走。只有让她彻底死了心,她才会回重庆去。她留在这里,对她对我们都没好处。"

"你不了解她的性格!你这样激她,说不定会出事的!"张离甩开陈山,追了出去。陈山看着她们的背影出了一会儿神,长长地叹了一口气,然后懒洋洋地说:"滚出来!看了这么久的戏,不用付钞票啊?"

刘芬芳从墙角笑嘻嘻地钻了出来,说:"山哥,是余小姐逼着我带她来的,我想你这么聪明的人,摆平一个女人不过是小菜一碟。是吧?"

陈山斜睨着刘芬芳说:"别说一个女人,一个排的女人摆平也不在话下。只是……这两个不能算。"

"山哥,钞票多愁的是没工夫花,女人多愁的是分不了心啊。"

张离追着余小晚进了一条弄堂，余小晚依然不停步子。在两条弄堂的交叉口，忽然有个男子骑着一辆自行车斜刺里冲出，眼看就要撞到余小晚。张离眼疾手快，迅速飞身上前，推开余小晚，自己却被自行车撞了一下，摔倒在地，手臂顿时蹭破了一大块皮。余小晚愣了下，赶紧关切地把她扶起，询问状况。

骑车男子也慌了，下车询问。张离对他说没事，然后抓住了余小晚的手。

余小晚将张离带到了自己的住处，为她处理伤口。整个过程两人都没有说话。当余小晚看到张离手腕上那串珍珠手链后，终于忍不住泪盈于睫。

"你都不要我这个妹妹了，还留着这些珍珠干什么？"

"我从来没有不认你，是你自己不认自己了。况且我答应过余伯伯，要好好照顾你。"

"欺骗我、背叛我、和我的丈夫私奔，这就是你说的照顾？"

张离压抑着心中的痛苦，说："小晚，那不是你的丈夫，你心里很清楚。而且有些事情眼见不一定为实，总有一天你会明白的。"

余小晚倔强地仰起头，可是眼泪却终于止不住簌簌而下："总有一天是哪一天？你们都把我当傻瓜是不是？在重庆的时候，你跟我说，不论发生什么事，都要我信你。可你们联手挖了我的墙脚，让我同时失去了亲人和朋友！你要我怎么信你？"

"小晚，你别这样，余伯伯看到你这样，会心痛的。"

余小晚冷笑了一下，说："人走了还有谁会记得？"看张离愣住，她又大声重复了一遍，"人走了还有谁记得？！"

张离颤声回答说："四万万同胞记得。"

余小晚突然之间愣了一下，少顷，她和张离用复杂的眼神对视着。张离眼中闪着泪光，微笑着对余小晚张开了双臂。余小晚终于控制不住感情，扑进张离的怀里，紧紧地抱着她，失声痛哭起来。张离轻轻地拍着余小晚的后背，说不哭，自己却潸然泪下。

余小晚说："如果不用这句话逼你表明身份，你是不是打算瞒我一辈子，让我误会你一辈子？"

"对不起，小晚，这是纪律。"

3

张离和余小晚坐在沙发上，茶几上放着那支派克笔。余小晚用手绢擦拭着眼泪。张离正在看余顺年留下的那张薄纸。

看得出来，余小晚的父亲很可能是被那个叫"骆驼"的叛徒杀害的。张离跟余小晚说，她会把这件事向组织汇报，请组织派人追查。余小晚问张离，她和陈山结婚是不是也算任务。张离温婉一笑,拍了拍余小晚的手背,算是默认了。

"离姐,当我知道你们两个人一起离开重庆的时候,我杀了你们的心都有。"

张离笑笑,说:"你杀了我们,那你真成了罪人。"

"现在我慢慢明白,你们俩我一个也恨不起来。我宁愿恨我自己,我也恨不了你。"

"你恨我可以,你再恨我我也只当你是不懂事的好妹妹。"

余小晚想了想,说:"我现在明白了什么叫割头换命。"

"说革命我可以接受,说换命,太江湖。"张离笑着帮余小晚擦掉眼角的泪水。"晚上,跟我回去吃饭。"

晚上,陈山做了好几道菜。看着陈山不停把菜端上桌,张离娴熟地打下手,俨然一家人的情景,余小晚心中涌起万般滋味。

在饭桌前坐定后,陈山给每人面前的小杯都满上了酒。张离说:"小晚,我想安排你尽快离开上海。"

"怎么,我会妨碍到……你们吗?"

"会!"

"放心吧。如果我被日本人抓了,我选择和他们同归于尽。"

"死不算本事,活下去才是最难的。"

余小晚依然坚定地说:"我在重庆比在上海活得好多了。到了上海,我都没跳过舞。可我不想再回重庆了,我只想和你们,我最牵挂的人在一起。"

"你也是我们最牵挂的人。小晚,余伯伯为革命牺牲了,你是他唯一的骨血,组织上和我,都有义务保护你。"

陈山开口说:"有句话叫惹不起躲得起,这话你别不爱听。我建议你听从张离的安排。"

张离接话说:"到延安去吧,那里也是我们自己的,你可以在明媚的阳光下安全地生活。"

余小晚说:"上海也不会永远都是阴霾的。"

"当然。"张离笑了下,"所以我和陈山要留在上海,驱散阴霾,让阳光早日穿透云层。但是你不能留下来,你不是战士,你只是一名外科医生。但延安需要医生,延安需要你。"

余小晚思忖一下:"好,我会考虑。"

张离给余小晚夹了一筷子菜,让她尽早决定。余小晚将面前杯子里的酒一饮而尽,说:"离姐,我希望你可以帮我查明'骆驼'的身份,我一定要知道是谁害了我父亲。"

"我保证,一定全力追查此事。"

余小晚忽然急了:"别,别说保证。爸爸遇害的前一天,我叫他陪我去国泰剧院看《东亚之光》。他说，他保证……"

饭桌上静默下来。余小晚飞快地一拭眼泪，在桌上拍了一掌，对陈山大声叫嚷："倒酒！没看见杯子空了吗？"

陈山撇撇嘴，还是给余小晚满上了。余小晚一饮而尽："再来。"

陈山没动："别逞能了，你不是武松，十八碗还能过岗。"

"我不一定过得了岗，但我一定过得了这坎。满上！"

陈山看看张离，张离朝他点点头，他只得把余小晚的酒杯又添满。

深夜，街道寂静。陈山、张离、余小晚三个人并排走着。路灯将他们的影子拉得很长，时而交会，时而分离。夜风吹来，张离怕冷似的瑟缩了一下。陈山立刻解下外套，披在张离身上。余小晚有些醉眼蒙眬，看着这一幕，没有作声。过了会儿，她开口说："离姐送我就好，你先回去吧。"

"你以为这是太平年间啊，大晚上的，两个女人……"

余小晚不耐烦地打断了他："没了你，这两个女人就不活了？要是你死了怎么办？"

陈山被噎住，看看张离，张离轻轻点头。陈山无奈答应，停住步子："行了余小晚，你们自己小心点。"

张离和余小晚相偕前行，看着两人的身影，陈山嘀咕了一句："女人就是麻烦。"

一回住处，余小晚的半个身子就探进了床底。她拖出一口旧皮箱，推到张离面前，然后笑嘻嘻地看着她，轻轻拍着手心的灰尘。

张离有些疑惑地打开皮箱，看到发报机后，不禁惊讶。

"你居然找到了这个，还把它带到上海来了。你比我想象中厉害。"

余小晚有些得意地说："我在家里找到这台发报机的时候，就已经猜到你们的身份不简单。也许你和肖正国，不，陈山私奔，真的有隐情。"

"小晚。"张离真挚地拉起余小晚的手，"这是我战斗的武器，我很需要它。谢谢你。"

张离提着皮箱出了余小晚家门，急急地往回走。走到弄堂拐角时，她看到陈山正在路灯下站着，无聊地抽着烟，吐着烟圈玩。张离脸上绽开一丝笑容，走到陈山面前，说："回家！"

陈山发现了张离手上提的皮箱："是余小晚带来的？"

张离微笑了下："算是送给我们的一份礼物。"

"真想不到这东西我从你手上拿走，会以这种方式回到你手里。"陈山的手轻抚着皮箱，"路上这么多盘查，她居然把这个东西带进了上海！还真不能小看这个女人。"

"说明你一直都小看女人。"

"全上海、全重庆最厉害的女人都让我碰上了。"

"那你没白活。"

"荒木惟现在有陈夏这个侦听高手，劝你这台发报机近期别使用，先找个安全地方藏起来。"

"能不能放到宝珠弄你家老宅？那里现在没人住，不容易引人注意。"

"好。"陈山点了点头。

4

怀仁药店暗室昏暗的光线中，张离和钱时英相对而坐。钱时英的手中，是余顺年的绝笔信。

读完信后，钱时英说："从这封信的内容来看，这个叫'骆驼'的人，和余顺年同志的死有莫大的关系。"

"不仅仅是莫大的关系，'骆驼'切断了组织和他之间的任何关联，成了一个谜团。"

"所以我们首先要查出，'骆驼'究竟是谁？这颗丢失的棋子在哪里？"

"对，找到'骆驼'后，需要对他进行甄别。我甚至怀疑'骆驼'就是凶手。"

钱时英想了想，说："保护好余小晚，我会尽快安排人送她回延安。"

百乐门舞厅门口的擦鞋摊上，宋大皮鞋正在低头擦拭着一双女式高跟鞋。忽然，一只男式皮鞋踩在了他的擦鞋蹬上。接着，那个男人用粗鲁的声音说："擦鞋。"

"好。"宋大皮鞋本能地应了一声，"老板请坐。"

对方没有反应。宋大皮鞋察觉有异，抬头一看，刘芬芳正对着他咧着大嘴笑。宋大皮鞋把擦鞋布掷到了他脸上，嚷道："好你个刘拔牙，寻老子开心是哦。"

刘芬芳笑着躲闪开，说："有生意不做，还敢殴打客人，你脑子坏掉了。"

然后，陈山也晃荡着走了过来，给宋大皮鞋和刘芬芳一人扔了一根烟，又抛起一根用嘴叼住。宋大皮鞋急忙凑上来，划根火柴给他点燃："山哥，我亲自给您点。"

刘芬芳也挤过来借火，同时问陈山最近有没有什么适合特工干的活："拔牙拔得我梦见自己全身上下都长满了牙。"

"去去去。"宋大皮鞋一把推开刘芬芳，"长牙算什么，我梦见自己全身都挂满了鞋。"

陈山吸了一口烟，问宋大皮鞋生意怎么样。宋大皮鞋看看左右，轻声说，接了一单包打听的活，事主成天泡在舞厅，他只好守在舞厅门口打听消息。

陈山说："干什么都可以，只是有一样，不好委屈自己的。"

宋大皮鞋瞪大了眼："我是顺便擦擦鞋的好哦，主要是还当包打听，我这是顺便

193

挣包烟钱。"

陈山把兜里的烟摸出来扔给宋大皮鞋："烟有的是。只要有我一口吃的，就不会饿着你。"

宋大皮鞋麻利地接过烟，说："你就不能带我们干票大的吗？我老是打听这些小道消息，一点劲也没有。我要跟你做大生意。"

这时两辆汽车驶来，停在了百乐门门口。前面一辆车上下来一个中年男人，殷勤跑向后一辆车，拉开车门，护着一男一女下了车。

陈山望过去，发现男的是麻田，女的是唐曼晴。麻田揽着唐曼晴的腰，中年男人小心地陪在麻田旁边献着殷勤，三人一起进了百乐门。

陈山皱着眉头问麻田旁边那人是谁，宋大皮鞋说是新诚商行的李老板："你看他点头哈腰像哈巴狗似的。这两天常陪麻田和唐小姐过来跳舞。他家跟班在外头等他的时候，我同他闲聊过的，听说麻田私下里同他一起做生意呢。"

"什么生意？"陈山继续问。

宋大皮鞋努力回忆着："好像是丝绸生意，说是过两天就要送一批货去广州。"

陈山眼突然将烟蒂揿灭，一拍宋大皮鞋的肩膀，说："你，宋大皮鞋，是上海滩天字第二号的包打听！"

宋大皮鞋咧嘴笑着问谁是天字第一号，刘芬芳一掌扇向宋大皮鞋的后脑勺："当然是他自己啦。"

陈山起身拍拍屁股，"兄弟们，有钱赚了。你们再帮我打听打听……"

陈山让张离把钱时英约到了四海茶楼的包厢，因为他找到了一个把药品送出去的机会。听了陈山的话，钱时英给自己倒了杯茶，失笑说："你不跟我谈生意了？"

张离在旁微微一笑。

陈山说："你还想谈生意，那就当我没说。你什么时候送走小夏和陈金旺，我什么时候给你药。"

"行了行了。"钱时英摆了摆手，"我知道你那只是气话。现在前线战事吃紧，战士们在浴血奋战，这批药能够早点送出去，就可以及时救回更多的同志。"

张离说："这些道理陈山都懂，不然他也不会急着来找你商量了。陈山，说正事吧。"

陈山完整地讲述了一遍自己的计划。

三天后，也就是十八号，新诚商行有一批货从上海运往广州。特高课的麻田在其中占有股份，所以货物免检。所以，他打算安排刘芬芳、菜刀和宋大皮鞋混进搬运工，把药品混进新诚商行的货物中，送上火车。药品的箱子上留一道小小的闪电的记号。火车经过石湖荡车站后一公里，由钱时英安排在车上的列车员将药品沿铁轨抛下。之后，再由钱时英带人等在铁道旁，接下药品后，用汽车转运至目的地。

钱时英听完，想了想，说火车上还需要一个人随行接洽。张离立即说她去，但是陈山立刻否定了她的提议，他可以让刘芬芳去。

张离毫不相让地说："火车上这个人需要有随机应变的能力，如有突发事件，还需要随机处理，几方协调。我认为我比刘芬芳更合适。"

钱时英说："我同意张离的意见。"

看陈山定定地看着自己，张离说："想说什么？说！"

"要是十分危险怎么办？"陈山满脸忧虑。

"刘芬芳同样会遇到危险。"

陈山一下子语塞，看看钱时英，又看看张离，沉默了。

钱时英说："我们的每一天，都生活在危险之中，随时都可能献出生命。我们的心甘情愿，是让中国人能有尊严地生活，不被强权所欺，不为生存所迫……"

"这就是你们的信仰？"陈山打断了他。

"是！"

陈山想了想，说："不被日本狗欺，不为馒头卖命，就是这意思吧？"

"也可以这么理解。"钱时英略点了下头。

"好吧，你们的信仰，就是把国家利益放在最前面，哪怕置小家于不顾。"

"不是我不想顾小家，而是没有国哪有家？只有赶走了侵略者，我们的小家才有真正的安居乐业。而一个个小家的平安，需要无数抗日志士抛头颅洒热血才能换取。"

张离接话说："所以，我们不经历危险，谁来经历？如果我们不去牺牲，谁去牺牲？"

陈山愣了半晌，一口喝干杯中的茶，说："老子也敢死。"

张离说："敢死不是英雄，死去也不叫牺牲。"

陈山盯着张离，一字一顿地说："但你是我的领导，你必须安全！我不允许你牺牲！"

张离愣了，陈山坚定的目光让她动容。她有些尴尬地看了一眼钱时英，努力装出平静的样子。钱时英已然在陈山眼中看出了他对张离的深情。

张离咽了一口唾沫，说："但是，你必须执行我们共同的决定，事关重大。"

"按计划执行吧。"钱时英缓慢地伸出手，深深看了一下张离，"张离上火车！"

张离也伸出手盖在钱时英的手上，然后两个人看向陈山。陈山终于也把手盖了上去："好，一路顺风。"

5

余小晚洗衣服的时候，敲门声响了起来。她双手湿漉漉地拉开门，见张离笑吟吟站在外面，手里拎着一个纸包。

余小晚立刻欣喜地笑了起来:"离姐,你怎么来了?"

张离迈进门,扬了扬手里拎的纸包:"我在街上看到卖夫妻肺片的,想着你好这一口,就买了送点过来。"

余小晚一口气将夫妻肺片全部吃完了,吃得满额头汗。张离拿了张小凳子,坐在她旁边,和她一起洗衣服。

张离说:"小晚,我最近要出趟远门,可能过段时间才能回来。你要照顾好自己,有什么事情就去找陈山。"

余小晚敏锐地看了张离一眼:"离姐,你这是去……"

张离微不可察地点了点头。余小晚已然明白,想了想,说:"上次你提起过,希望我能离开上海。"

"想好了吗?"

余小晚叹了一口气,说:"我已经没有亲人了。你就是我亲姐姐,我真的很想留在你身边。"

张离动容地说:"如果你想更长久地留在我身边,你就应该选择先离开。将来我一定会去找你的。相信我,那样对你、对我和陈山都好。只有你安全了,我们才能安心去工作。"

"好!我愿意离开上海,我听你的。"

张离笑了:"谢谢你,小晚。"

余小晚的神情却有些黯然:"这一走,也不知道什么时候才能再见了。离姐,你答应我,你必须来找我。"

张离捧住余小晚的脸,让她放心:"我一定去延安找你,那里全都是我们的亲人。"

余小晚忽然有些伤感,说:"我爸爸他,生前应该也一直都向往着去那里吧。"

"是,我们都向往着去那里。那是一道光亮。"

余小晚一把捉住张离的手:"离姐,我好想你现在就跟我一起去。"

"现在我还不能去。等到胜利那一天,在完全属于我们自己的国家,我们想去哪里就去哪里,所有的地方都和延安一样,无比光明。"

"真想那一天早日到来。我还是想住重庆。"余小晚憧憬地说。

张离笑了:"也可以住上海。"

回家后,张离把余小晚同意去延安的事情告诉了陈山。陈山舒了一大口气,这颗定时炸弹终于移除了。现在要考虑的是余小晚怎么走的问题。去延安的道路封锁得很严密,如果她直接去延安,只怕会引起荒木惟的注意。

"有办法了。"陈山说,"就让她跟你一起先去广州。我原来还在担心,你忽然离开上海会引起荒木惟的怀疑,现在余小晚给我送来了一个最好的理由。让小晚先去广州再转道延安,你们的组织应该办得到吧?"

"你的意思是，让我以送小晚去广州为理由，顺理成章地坐上那趟火车，同时完成送药和送人的计划？"

"陈太太，你跟我待久了，果然近朱者赤，越来越冰雪聪明了。"陈山笑着喝了一口咖啡，"我去乔瑜那里添把火。"

钱时英站在邮局大厅的柜台前，将一张字条递给女职员："请帮我将这份电报拍到广州。"

女职员接到字条，开始抄录：陈平贤弟，舍妹将于十八日由沪启程，乘坐火车赴穗，预计二十日到达，请予接待，愚兄时英拜谢。嘀嘀的发报声响了起来，传进了钱时英的耳朵，同时也传进了陈夏的耳朵。

此刻，陈夏坐在尚公馆的电信监听室里。她穿着紧身的日式军装，头戴耳机，凝神侦听。她的眼睛像猫一样习惯性地眯了一下，然后突然睁开，瞳孔里射出的光像刀锋一样幽冷。

陈山拿着一叠文件正要离开荒木惟的办公室，但他已经握住门把手的手又放了下去。他仿佛突然想起什么，回身对荒木惟说："对了科长，有个事我先向你汇报一下。"

荒木惟从一堆文件里抬起头来："说。"

"肖正国的那个正牌老婆，终于肯放过我了，我认为此事值得庆祝。"

荒木惟微微皱眉道："我需要倾听你的风流艳史吗？"

陈山嘿嘿一笑："不是，她决定离开上海去广州。她现在无父无母，一个人在路上让人不放心。张离一直是她的好姐妹，所以我和张离都觉得，应该送她去广州。"

"是吗？让两个曾经势如水火的情敌又成了好姐妹，陈山，你确实有几分本事。"

陈山一时尴尬。陈夏就在这时突然风一样地闯了进来。她的目光幽冷，面容冷酷，没有看站在旁边的陈山一眼，直接对荒木惟用日语汇报。

"那个消失了半个月的神秘电波又出现了，这次我有把握抓到他。"

"带上你的刀锋工作组，出发吧。"

陈夏对荒木惟行了一个日本礼："嗨咿！"

陈山眼愣愣地看着陈夏，几乎无法接受眼前的事实，只觉得心中刺痛。陈夏这时看见了他，冲他甜笑。

"小哥哥，我现在有任务要出去。我想吃你买的生煎，很久没吃了。"

"好的呀。"陈山忍住心痛，努力挤出一个笑脸，"我给你买，想吃多少就买多少！"

陈夏的笑容瞬间收起，旋风一样出去了。

陈山有些失魂落魄地缓步走在楼道口，看着陈夏带着她的工作组跳上军车离开。

这时，乔瑜从他身后闪了出来。

"陈山，看来你妹妹又要立新功了。"

陈山立即打起了精神："是，她喜欢立功。聪明机智、临危不乱、果断勇敢这一点像我，我们家祖传的。"

"啧啧，这就叫老天爷赏饭吃。我要有这样聪明漂亮的妹妹，我就是躺着也能升官。"

陈山有些不屑，指指自己的大脑："老兄，升官发财不靠妹妹，靠这里！"

乔瑜对陈山的说法嗤之以鼻，两人又掰扯了几句后，陈山给他指了条路子。

"科长现在心头，有两块石头。你要搬掉了其中的哪一块，都是大功一件。"陈山看着乔瑜的眼睛说，"第一，我成亲的时候，周海潮那个憨大派人来砸场子，这事儿还没完呢。你要是能把周海潮找出来，顺便再把飓风队也挖出来，是不是大功一件？"

"周海潮这人跟泥鳅似的，竟然从千田英子手上溜掉了，要找他可不容易。"

陈山压着嗓子继续说："第二，咱们不是还丢了一车药品没找着吗？这可是科长最大的心病。"

乔瑜叹了口气："心病得心药治，我没有金刚钻，难揽瓷器活。"

"我琢磨这些药啊，又不能吃又不能用，这劫了货的人不会留在手里，一定会出手。只要多留意那些做黑市买卖的，肯定能顺藤摸瓜。"

乔瑜不以为意，说："你知道上海滩有多少人在做黑市买卖？你还想顺藤摸瓜？咱们现在连那根藤也找不到。"

"反正我现在把人手都撒出去找藤了。到时候要是让我先找着了，还得老兄你帮忙一起抓人。"

"你得了线索还能告诉我啊？为什么不一个人把功劳全揽了？"

陈山环顾下四周，低声说："这么大批药，我就算有线索，要弄回来也不容易。我不找你帮忙，难道找日本人？在尚公馆这日本人的地界，咱们中国人就得抱成一团，才不容易被他们欺负。"

乔瑜恍然，觉得很有道理："陈山，你果然脑子好使。"

陈山说："你有线索别忘了兄弟我啊。"

乔瑜皮笑肉不笑："一言为定。"

陈山拍了拍乔瑜的肩膀，那看似真诚的笑容里隐藏着一丝狡黠："有功一块儿立，有财一起发。"

第十三章

1

已是深夜，荒木惟仍在办公室。他正在弹钢琴曲《君之代》。弹完最后一个音符后，他朝门口转过了脸。站在门口的陈夏立刻对他绽放出了一个兴奋的笑容。

"看来我又能听到好消息了。"荒木惟微笑着看着陈夏。

陈夏兴奋地点了点头："又拔掉一颗钉子。"她站在门口已经有一会儿了，安静得像一只猫，静静倾听荒木惟的琴声。

"祝贺你！刀锋出手，必定不同凡响。"

"谢谢荒木君。我可以……有一个请求吗？"

"你说。"

"我差不多快有一年没见到我父亲了，我可以回去看他吗？"

荒木惟却沉默了。陈夏期盼的目光望着他，但手指绞动着，有些紧张。过了会儿，荒木惟又重新露出了微笑，说："找个时间我陪你一起去。"

"太好了！"陈夏雀跃起来，"谢谢你，荒木君。"

"百善孝为先。如果不是为了你的安全考虑，我应该早点让你回去看望父亲的。"

"我懂的，荒木君也是为了我好。你和我小哥哥一样，都是我的兄长。"

荒木惟笑了笑，说："在女人缘上，我可比不上他。除了你嫂子张离，还有一个女人曾经为了你小哥哥一直从重庆追到了上海，这事你知道吗？"

"我听说啦。"陈夏笑着说，"小哥哥从小就很有女人缘。以前好多姐姐到我家找我玩。我晓得，其实都是冲小哥哥来的。小哥哥要是愿意娶，半条街的姑娘都肯嫁他。"

荒木惟不动声色地试探，"那你们中国女人，共同喜欢同一个男人，还能好得和姐妹一样吗？"

"如果是真心喜欢他，就能忍得了委屈，舍不得让他为难吧。"陈夏看着荒木惟，仿佛是对他说的。

荒木惟回避了陈夏的目光，淡然地转过身去："看来女人的深情确实是男人远不可及的。"

晨曦初露，天色微明，宋大皮鞋扮成倒粪工拉着一辆崭新的粪车静悄悄进了肥皂仓库的院子，菜刀紧随其后。两人一直走到后院一个角落才停下。这里有一口巨大的粪缸，里面还有半缸又黑又臭的粪水。

菜刀从粪车上摸出一把铁锹，开始在粪缸靠近墙的位置挖土。"奶奶的！"他边挖边吐了口唾沫，"我菜刀在十六铺大小也算个人物，现在倒好，成'倒老爷'了。"

"管他什么老爷。"宋大皮鞋说，"我觉得，跟着山哥干这些事情，有奔头的。"

两人嘻嘻哈哈，四五锹后，土里出现了一块木板。宋大皮鞋掀起木板，露出下面的一排排箱子，正是那批被劫的药品。

两人迅速将药品起出，装到粪车里，然后盖回木板铺上土。菜刀还用铁锹舀了几锹粪水淋在地面上。接着，两人推着粪车去往火车站。车站附近有一个预备好的院子，他们将把粪车推去那里，等待行动。快到的时候，两人走进了一条弄堂。一道门忽然打开，一个中年妇女提着尿盆出来，让他们等等。两人装作没听见，径直前行。忽然，宋大皮鞋面色一惊，低下了头。

"那边两个人好像是特务，不能让他们看见我们。"

"哪里有特务啊？"菜刀茫然地问。

"别看，低头，快走。"

宋大皮鞋看见的是乔瑜和小四。两人在火车站查了半宿货，正骑车回去。宋大皮鞋和菜刀加快脚步，但那个拎着尿盆的妇女却叫喊着追了上来。宋大皮鞋回过头，压粗嗓子说："倒不了，装满了。"

"怎么会呢！"妇女高声嚷道，"我今天比以前出来得早，这就满了？给我回来！"

菜刀一慌，不由自主地停下了车。宋大皮鞋用余光瞅了眼乔瑜和小四，两人已经听到了动静，正朝这边骑过来。宋大皮鞋用无奈的语气对中年妇女说："行了，行了，给你倒了。"

宋大皮鞋接过尿盆，憋着气往粪车上倒，却假装失手，将尿液倒得车上到处都是，一大半都倒在了地上。

"哎哟喂！"中年妇女惊叫起来，"这是大白天见鬼了还是怎么的？今天这弄堂里还能过人吗？"

乔瑜和小四两人骑近了。乔瑜往菜刀和宋大皮鞋脸上瞟了几眼，并没有警觉。菜刀赶紧装作用力拉车的样子，俯低身子把脸藏住。乔瑜和小四见尿盆翻倒，抽出一只手来捂住鼻子，飞快地踩起脚踏车往前去了。

宋大皮鞋松了口气，将尿盆塞给中年妇女："都同你说已经装满了呀，你还不相信。你看看这弄堂都香飘千里了，小心邻居们都上门道谢。"说着，他就和菜刀拉着粪车快步离去。

把粪车拉到小院子后，菜刀问宋大皮鞋，怎么晓得刚才那两个是特务。宋大皮鞋很得意，说因为山哥以前给他布置过特殊任务，他见过这两个人。菜刀问啥个任务,宋大皮鞋神秘兮兮的不说。

"现在我还有其他任务,你就在这里看牢这个粪车,一步也不要走开,等我回来,晓得哦?"撂下这句,宋大皮鞋转身就走。

"你又要去做啥?"

"山哥吩咐过不好讲的。我要走了,再迟就来不及了。"

宋大皮鞋跑了起来,菜刀冲着他背影喊叫,让他把南翔大肉馒头给带回来。宋大皮鞋转眼就没了影,只剩菜刀掩着鼻子独守粪车。

此刻,张离正在整理行李,陈山又拿了一些衣服递给她。张离放在了一边,广州天热,不用带那么多。她问起乔瑜,陈山狡猾一笑说,饵已经下下去了,按他的判断,十有八九会咬钩。

乔瑜在有顺早餐店吃早餐。一个身穿簇新丝绸长衫的汉子走过他身边,找了一张角落的桌子坐下。乔瑜看见,此人穿着一双破旧的布鞋,与身上光鲜的衣服极为不搭。那人要了一碗豆浆,慢腾腾地喝着,心神不宁,时不时盯一下门口。乔瑜慢腾腾地吃着东西,警惕地盯着他。不多时,一个商人模样的人坐到了那人对面。

商人低着嗓子问了句货带来了吗,那人就神秘而紧张地掏出了一只盒子,推到商人面前,同时用衣袖遮挡。

乔瑜站了起来,佯装让店家再上一碗甜豆浆,同时顺势看向商人面前的盒子。竟然是一盒盘尼西林。

商人拿起盒子看了看,忽然像是触了电一样,将盒子推了回去:"这是日本军方的货,我可没胆子吃,你还是另找高明吧。"

听得出,商人的声音相当惶恐。乔瑜心中又惊又喜。他一边打量着那个穿丝绸长衫的男子,一边暗暗伸手摸向了佩枪。

商人站起身离开。那人赶紧把药盒子藏进怀里,跟着他往外走。"哎,你别急着走啊……"

话未说完,乔瑜就一步跨过去拦住了他:"这位爷叔,一起喝杯豆浆。"

男子打量着乔瑜,说:"侬啥人啊?我不认得你。"

"都是生意人,做一趟生意,自然就认得了。"

此刻,有顺早餐店对面的老金馄饨店里,陈山和宋大皮鞋正坐在一张桌前吃馄饨。从这里望出去,可以看到有顺早餐店的门口,陈山不时扫视着进出的人。

陈山说:"那两个人我没见过,不是在十六铺码头混的吧?"

宋大皮鞋的神情颇为得意:"山哥你不是叫我找面生的吗?"

陈山点点头:"靠得住吗?"

宋大皮鞋眉飞色舞地说:"我是救过他们命的。我叫他们办事,他们一定要给面子的。"

有顺早餐店那两个给乔瑜演戏看的人是一对表兄弟。穿丝绸长衫那个叫宝根，那个商人叫三炮。他们一个月前才来上海，找不到事做，差点饿死。宋大皮鞋就给了他们一点钱。陈山有些不放心，问他们脑子好不好使。宋大皮鞋连连点头说好，虽不及他灵光，但肯定比菜刀强得多。

"我把山哥你交代的话给他们才说了三遍，他们就记住了，连个标点符号都不差的。"

乔瑜把宝根拉回了座位，他自己则坐在了三炮刚才的位子上。他仔细查看了盘尼西林的批号，0042JP1503，正是丢失的那一批。

"说，这货是哪里来的？"乔瑜一把扣住宝根的手腕，另一手持枪顶住了他的腰。桌面正好挡住了手枪，店中其他人都没发现异样。

宝根看了一眼顶在自己腰间的枪，发起抖来。他低声说："不是讲好做生意的吗？你动枪干啥？"

"想活命就老实点，说！"

"人……人家给我的……"

"嗯？"乔瑜手上的枪用力一顶，宝根就倒豆子一样说了起来。

"真的。不骗你。昨天晚上有人塞给我一身新衣裳和这个东西。我不知道他们是谁。那些人拿米袋子蒙住了我的头，听声音是我不认识的人。"

乔瑜将信将疑地问："那他不怕你拿东西跑了？"

"他们抓了我哥，我要跑了，我哥就没命了啊。"宝根的声音里已经有了哭腔。

乔瑜有些相信了，继续问："他们让你干什么？"

"让我今天到这里来等一个大老板，说只要把货给他看。如果大老板满意，明天上午10点，我就带这个大老板去火车站旁边那家周记金店见面商谈。"

"周记金店？"乔瑜皱起了眉。

"我知道的已经都说了，老板您高抬贵手，把枪挪开好不好？现在这个大老板都跑掉了，我还不晓得回去能不能换我哥的命呢。"

乔瑜思索片刻，将枪收了起来："那个大老板跑了，我还在。有钱的都是大老板，懂吗？你回去告诉你的雇主，货色不错，他有多少我就吃多少。明天上午10点，我去周记金铺见他。"

陈山看见乔瑜一个人从早餐店里走了出来。乔瑜习惯性地打量了一下店门口周边后离开了。宋大皮鞋不知道事情成还是没成，想去问问。刚站起身，就被陈山拉了回去。

陈山清楚，事情肯定是成了。因为如果不成，那么有两个可能：第一，被乔瑜识破了宝根应该马上会跑。但是宝根没跑。第二，乔瑜不打算去见货主，那么他会立即把宝根抓起来。但宝根没有被抓，他现在正抓着一根油条从早餐店出来，晃晃荡荡地边吃边走。

　　阳光斜照进陈金旺住处的大门，在地上投射出一块光斑。陈金旺坐在屋里的躺椅上发呆。他的眼睛一直盯着门口地上这块光斑。

　　陈夏提着食盒，来到了房门口。荒木惟陪她一起来的，但是他只把她送到了大门外，晚点再来接她。

　　阳光从陈夏身后射进来，让她仿佛发出了一圈金光。她的身影挡住了阳光，地上的光斑消失了，屋里也暗了一圈。陈金旺惘然地抬起眼，看见陈夏后，便对她挥手："让让、让让。"

　　"爸爸。"陈夏没动，"是我呀，我是小夏呀。"

　　陈金旺无动于衷，继续挥手："让让、让让。"

　　陈夏走进屋，说："爸爸，我是小夏，小夏回来了呀。"

　　陈金旺懵懂地看着陈夏："小夏？"

　　"是呀，我是小夏。"陈夏拉起了陈金旺的手。

　　"小夏是我女儿啊。"

　　"对呀，我就是你女儿。"

　　"你是我女儿。那我是谁？"

　　陈夏无奈地叹了一口气，把食盒一一打开，放在陈金旺面前。食盒里是蟹粉豆腐、炒鳝糊，以及一盒生煎。陈金旺对其他菜都没看一眼，直接就抓起一个生煎往嘴里塞。

　　陈夏给陈金旺布上碗筷，说："爸，你以前不是老念叨蟹粉豆腐、炒鳝糊吗？以前咱们吃不起，现在你想吃多少就吃多少，我都能给你买。"

　　陈金旺不理会她，只顾着吃生煎。陈夏夹了一筷子鳝糊到陈金旺碗里："爸，来尝尝，华懋饭店做的炒鳝糊呢。"

　　陈金旺却把鳝糊的食盒一下子抢过去藏到了身后。

　　"爸，慢慢吃，没人和你抢。"

　　"留给小夏吃。"

　　陈夏的眼泪忽然涌了上来："爸，我就是小夏呀。"

　　"你是谁？"陈金旺满眼警惕地问。

　　"我是小夏。"

　　"小夏是我的乖女儿。你别和小夏抢好吃的。"

　　陈夏转过身，默默擦了擦眼泪。

　　陈山坐在办公桌前发呆想事，手上装模作样拿着一份文件。乔瑜拿着一叠文件进来了，直接扔到了他面前："给，今天晚上轮到你了。"

　　陈山接过文件翻了翻："这么快又轮到我了。"

乔瑜一屁股坐在陈山办公桌前面的椅子上，顺势把脚跷到桌子上："去火车站检查物资这样的破事也归我们特务科管，不但没油水，连点补贴也没有的。"

这时，门口传来轻微的响动，陈山注意到了，但乔瑜没有注意到。陈山不动声色微微笑了一下，说："是啊，最近大家是都挺辛苦的。对了，老乔，我想请你帮个忙啊。是这样，张离身子一直没好，明天她要送余小晚去广州，所以今天下了班我想陪她再去抓几服药带着上路。"

"这个肯定要去的呀。"乔瑜一口答应，"今晚上你陪老婆，火车站的轮值，我替你去，没问题！"

陈山笑起来："就知道你够义气，谢了啊。"

"自家兄弟，不说客气话。"乔瑜晃着腿说，"听说了吗？上个月，八路军把冀渤特区扫荡司令官坂本旅团长的队伍给灭了，坂本也玩完了。我怎么看这势头不大对啊？你再说这里，钱不多事多，真是还不如重庆……"

这时，门突然被推开了。乔瑜回头一看，是千田英子，吓得立即从椅子上弹了起来。

千田英子不说话，极为严厉地盯着乔瑜。乔瑜脸色一白，转身往外走，支吾着："陈组长，这些手续都交给你了啊。"

"乔组长，稍等一下。"

在千田英子冷冰冰的声音中，乔瑜尴尬地停住了脚步。千田英子继续说："两位组长，十分钟之后到会议室开会。"

说完，千田英子便出了门。乔瑜见她走远了，拍着胸口呼出一口气："吓死我了。刚才的话会不会被她听到了？"

陈山笑了笑，从抽屉里拿出一包没拆过的大重九牌香烟扔给他："听到又怎么样？几句牢骚话而已，她要把这事汇报给科长更好，没准还给我们涨几个铜钿。"

乔瑜苦着脸说："陈组长的意思是，大家涨铜钿，我一个人当炮灰？"

"放心吧。"陈山说，"咱们这些从重庆过来的人，日本人还是看重的，要是发几句牢骚就把我们给毙了，往后重庆的人还敢投靠吗？所以出不了大事，就是往后，还得把嘴巴管严实了。"

乔瑜懊恼地抱怨自己倒霉，走到陈山桌前，把刚才扔给他的文件又拿了回去，出门而去。陈山冲着他的背影喊了句，改天请他吃重庆火锅。

余小晚两只手拎着大包小包进了陈金旺的院子，用脚把门踢了关上，嘴里不停叫着陈金旺。陈金旺便顶着乱糟糟的头发神情痴呆地走了出来。看到余小晚后，他眼里立刻焕发出了神采。

"小夏。"

余小晚把手里的东西放到桌上，走到陈金旺面前看看他，说："陈金旺，你又不洗脸啊。"

陈金旺傻笑着，伸出手去翻桌上的东西，翻到一包生煎，拿到鼻子下面闻闻，迫不及待地打开吃了起来。吃了两口，他好像想到了什么，从枕头下面翻出了陈夏带来的食盒。他把食盒塞给余小晚："小夏，你吃。"

余小晚打开食盒闻了一下："陈金旺，这生煎坏掉啦！不能吃啦！"

陈金旺愣了愣，拖过食盒闻闻，然后抱着食盒哭起来："给小夏吃的，坏了，小夏没的吃了。"

余小晚有些感动，温柔地拿过食盒放到一边去，然后拿了一个生煎吃给陈金旺看。她夸张地咬了一口生煎，说："小夏有的是生煎。小夏想要吃生煎，可以从今年正月初一吃到明年过年。"

陈金旺这才高兴了："小夏，生煎老好吃了。"

2

夜。

火车站货物装运处，码放整齐的货箱已经分成了八列排在地上，等候检查和装运。刘芬芳、菜刀和宋大皮鞋穿着搬运工人的服装，拉着一个运货小推车过来。小推车上正是一些画着极小的闪电标志的货箱。

见等候检查的货箱有八列，刘芬芳顿时有些蒙了，眼神不停在八列货箱之间徘徊。菜刀也蒙了，不知道哪一堆才是李老板的货。宋大皮鞋一努嘴，用眼神给两人指了下，又指了下不远处的乔瑜。

乔瑜正拿着文件勾勾画画，查着李老板的货。李老板走了过去，与乔瑜寒暄起来，并迅速往他的口袋里塞了一个红包。在两人寒暄的时间里，刘芬芳三人低下头，往李老板身旁的那一堆货靠过去，找了一个正好挡住乔瑜视线的角度，将小推车上的货箱与排队等候的货箱调换后，继续推着小推车前行。乔瑜冲他们挥了挥手，说："李老板的货，先上车。"

刘芬芳等人立即将小推车放在一边，去搬运李老板身边的那一堆货箱。他们从队列的尾部开始搬货箱，背着乔瑜和李老板，先搬了三箱带着闪电标志的。

刘芬芳站在公用电话亭中拨通陈山住处电话的时候，陈山和张离正等候在电话旁边。陈山迅速接起来，问怎么样。刘芬芳煞有介事地说："山哥，任务顺利完成，你放一百个心。"

"好。注意口风要严密。"

"你跟一个皇牌特工说这些注意口风根本没有必要，这是基本常识。行了，我需要马上转移，我不说了，万一被人盯上的话我又得虎口脱险了。有什么指示请随时下达。"

"行，完事了有嘉奖。"

陈山挂了电话，对张离笑了："我说了刘芬芳能行。"

张离脸上依然有忧虑："我这一走，至少半个月。乔瑜那边的事情就只能靠你自己了，有把握吗？"

"放心吧，你们货物到达目的地的消息一到，我就把乔瑜引到肥皂厂去。"

陈山已经计划好了，他会在埋过药品的粪坑附近故意留下一个空药盒。只要乔瑜到了肥皂厂仓库，就一定会看到这个"蛛丝马迹"，而这就是他的催命符。刘芬芳会在暗处拍下他拿着药盒的照片。有了这些照片，陈山就有把握把刺杀飞行员失败这件事全都嫁祸到乔瑜身上。

听完计划，张离点了点头，说："我认为乔瑜明天带人去金店围捕的可能性比较大。"

"不管他明天是带人去围捕还是一个人去探风向，只要他出现在火车站附近，就已经是瓮中之鳖了。"

"我这一走，你这里的人手更少了，务必小心行事。"

"昨天我已经十分小心地在街头问了一卦。"陈山表情神秘又严肃地说。

"卦里怎么说？"

"只要你心里装着我，老天就答应会保祐我。"

"你又胡扯。"

"真是什么都逃不过你的火眼金睛。"陈山笑了，"你看，我就不是一个会去算卦的人。我的命没人掌控得了，只有我自己。"

"这我信。"

陈山收起笑，真诚地说："还有你。"

张离躲避开陈山灼热的目光，强自镇定说："乔瑜的事，你不能掉以轻心。"

陈山说："他不是我的对手。从跟我认识的那天起，他就输了。"

陈金旺坐在椅子上，穿着干净的衣衫，头发胡子也打理好了，看上去焕然一新。余小晚坐在他身边的一张小凳上，正在专心给他修剪着手指甲。

"陈金旺，我要出趟远门，可能……以后不能经常来看你了。"

陈金旺懵懂地重复着："来，要来的……"

余小晚细细叮嘱着他："你看那个钟，短的那根针到 7 的时候，到 12 的时候，然后再到 6 的时候，你就该吃饭了。一个礼拜至少要洗一次澡，换两次衣裳。天好的时候开窗通通风，不然屋里潮，对身体不好……"

"来，要来的……不好不来的。"

余小晚看了陈金旺一会儿，不禁失笑，开始自言自语："我说这些又有什么用？谁会懂？谁又会记得？算了余小晚，走都走了，什么都别惦记了。"说完，她不禁黯然低头。

这时，一只苍老的手伸过来，摸了摸她的头。余小晚一怔抬头，发现陈金旺的神情不似往日那么痴呆，正目光温和地看着她。恍惚间余小晚觉得坐在椅子上的人变成了余顺年，他正用慈爱的眼神看着她。

余小晚眼中泪光闪烁，哽咽着说："爸爸。"

陈金旺轻轻抚摸着她的头发，喃喃地说："乖，小夏。"

余小晚不无失落，泪水也溢出眼眶。她不禁趴在了陈金旺腿上哭出了声，嘴里不停低唤着"爸爸"。大门外，陈山和张离正默默地看着屋里的情景。

张离强忍泪意说："你最好同小晚道个别。"

"我们一起道别不好吗？"

"或许她会有些话，只想跟你一个人讲。"

"我只想听你对我一个人讲。"

"我是你的上级，现在你要听我的。"

"你这算不算滥用职权？"

"道个别吧。"张离舒了一口气，"谁也不知道天各一方之后，是不是天人永隔。"

陈山沉默了。张离继续说："我先回家收拾行李，你等会儿记得送小晚回家。"

陈山看了会儿张离离去的背影，然后努力挤出笑容，走进门去，开心地叫起来："陈金旺，我亲自来看你了。"

陈山和余小晚并肩走在大庆里的弄堂，路灯把两人的影子拉得很长。

"鞋匠，你和离姐每天都生活在狼窝中，一定要格外小心，一步都错不得的。"

"放心吧，上海滩是我的地盘，杜月笙看到我也要给个笑脸。我连老虎都不怕，怕什么狼？你离姐就更厉害了，连我都怕她，她指东我不敢打西。"

"是啊，看到她沉着、冷静，心中装着那么巨大的信仰，并且有勇气与狼共舞，我真是佩服她。"

"主要还是我对她的影响太大了。我就是那种临危不乱的人。"

余小晚自语般说："她像我父亲那样，能为这片深爱的土地付出一切，包括生命。"

"战斗、流血这种事情，应该让男人来做。我其实想把她和你一起送走，可惜她根本不听我的。"

余小晚歪头看了看陈山，说："其实，在骨子里你和肖正国是一样的，都是大男人。"

"抱歉。"陈山看着余小晚说，"之前我假扮肖正国，虽然是被迫，但我还是骗了你。"

"不用抱歉。"余小晚笑了，"其实我一开始就应该知道你不是肖正国，你是鞋匠……都过去了，往后你和离姐，都是我的亲人。"

此时两人正好经过一幢别墅的花园，围墙内传来留声机的声音，播放的是《一步之遥》。两个人不约而同地站住了。

余小晚看向陈山,说:"肖正国从来不跳舞,但是我知道,你舞跳得不错。"

陈山微微一笑:"相识这么久,还从来没有正式请你跳过舞,不知道跳舞皇后能否赏个脸?"

"就在这儿吗?"

"虽然简陋了点……"陈山随着乐曲的旋律弯腰做了个邀请的动作。

音乐变得高昂,节奏明显,奔放热烈。余小晚瞬间变回了重庆的舞场皇后,闪动着光彩,骄傲而美丽。她微微扬起下颌,向陈山优雅地伸出手。

"但跳舞,就要有这样天高地阔的舞池!"

路灯下,陈山拥着余小晚随着乐声起舞。两人亲密相拥,在进退之间试探,虽不激烈,却极缠绵。两人都想起了在重庆军人俱乐部舞厅的那次。音乐一个停顿的节拍,他们都四目相对,望进彼此的眼里。

陈山牵引着余小晚,不停地旋转。他们舞步流畅,在这长夜与清风中显得华丽与忧伤。在音乐的尾声,陈山揽住余小晚的腰,余小晚深深地向后仰去,眼角滑下一颗泪,嘴角却带着笑。

3

乔瑜回到办公室做的第一件事就是掏出昨晚李老板给的红包,抽出里面那一叠十元的法币清点。敲门声响起后,他把红包袋和钞票收进抽屉,留下三张放进裤兜。

进来的是小四和另外两个特务。门关上后,乔瑜起身走到三人面前,从裤子口袋里拿出那三张钞票,一人一张发到他们手中:"弟兄们最近都辛苦。拿着,跑累了总得有点喝茶的钱。"

三人推辞不过,道着谢把钱收下。然后乔瑜朝三人招了招手,三人凑近后,他布置了一个重大的任务。

"都把嘴给我闭紧,干好了,升官发财。"

陈山在站台上送张离和余小晚离开。余小晚提着箱子先上了火车。陈山对张离低声交代,别逞强,留得青山在,不怕没柴烧。张离微笑着说知道自己该怎么做。

"好好把小晚送到那儿,再好好地回来,继续对我指手画脚。"

"好好地让我上车行吗?"

张离提着箱子欲上车,被陈山拉住了。

"最后一句,必须得让我说完。"

张离没好气地说:"赶紧说。"

"东西丢了可以再整,人一定要回来。我的衣服破了,等你回来替我补。"陈山一抬手臂,露出腋下一处绽线的位置,又笑嘻嘻地放下。

张离笑了："你和你这衣服，都先凉快几天吧。走啦。"

张离说罢提着箱子上车。陈山目送她上车，再走向她进入的车厢方向，缓步前行，一直探头看着，直到她与余小晚会合坐下。

此刻，火车站旁的周记金店附近，小四正拿着一叠报纸心不在焉地卖着，眼睛盯着金店门口。另一个特务假装在看橱窗里的展品。还有一个特务拿着个馒头，蹲在路边吃着。乔瑜穿着一身白西装，扮成商人的模样，走到金店附近，东张西望。他掏出怀表看看时间，9点55分。来到金店门口后，他扫了一眼小四等人。见小四等人都轻轻点头，他便走了进去。

一辆汽车停在铁轨某路段的荒地中，钱时英和两个中共队员下了车。麻利地将一些伪装物盖在车上后，三人迅速潜行。

这时，陈山还站在站台上。余小晚坐到靠窗的位置忽然叫了他一声："鞋匠，你过来。"

陈山走过去后，余小晚又叫他把脑袋伸过来。陈山似乎有点戒备，说："姑奶奶，侬想做啥？"

余小晚从窗子里伸出双手，举着一条围巾，围在了陈山的脖子上。

"本来是织给肖正国的，现在便宜你了。"

陈山任由余小晚为自己围上那条围巾，无奈地说："那我代肖正国谢谢你了。"

余小晚看着陈山围上围巾的样子，喃喃地说："再见了，鞋匠。"

张离含笑看着这一切，表情欣慰。火车拉响一声长长的汽笛，准备启动。陈山往后退了两步。戴着围巾的他对着余小晚和张离不时地做着鬼脸，动作夸张。余小晚趴在火车窗口，陈山做各种鬼脸的样子就映在她的瞳孔里，她不由得落泪。她对他挥了挥手，缩回了身子。她靠在座椅上，深吸一口气，稳定了情绪。张离伸手握住了她的手，对她笑了笑。余小晚也回握张离，两人温暖的笑容仿佛连在了一起，改变了空气的温度。

火车外的陈山还在摇头摆尾做鬼脸，听到身后传来嘈杂之声，他回头一看，只见门口忽然跑来一队荷枪实弹的日本宪兵。宪兵迅速在站台排成了两列，站台旅客被惊扰，立即躲闪，宪兵所占据的地方空了出来。

陈山不由得吃了一惊。

几个日本宪兵簇拥着一男一女来到了车厢前，女人的肚子高高隆起，即将临盆的样子。陈山看清了，那一男一女正是特高课的麻田和他的太太。火车站的工作人员急忙跑过来，车厢门也打开了，铁梯重新放下。

麻田看到站台上的陈山也感到意外："陈山君，你怎么在这里？"

"麻田科长。"陈山毕恭毕敬地说，"我是来为我妻子送行。"

209

两人闲聊几句后，麻田和夫人便上了车。几个日本兵也跟随着上去了。张离注意到了他们，借着起身从箱子里取东西的机会，仿佛无意地望向车厢尽头。麻田和夫人走向的是相邻的一节车厢。

　　陈山看着麻田的背影，脑袋里急速思考着对策。这时，一个日本兵走过他身边，打量了他一下。他调整出一个微笑，点了点头。

　　准备发车的哨声响起。一名列车员从陈山身后匆匆跑来，一边跑还一边整理着头上的帽子。两人擦身而过时，陈山看到了列车员的脸。他留着小胡子，眼睛被帽子的阴影遮住。陈山不禁疑惑，转头看了看列车员跑来的方向，那里赫然是站台上的厕所。

　　火车拉响汽笛，喷出大团的白烟，轰隆隆地往前开动，离开了站台。陈山站在站台上，看着火车驶离，下意识地往厕所走去。

　　厕所里空无一人，陈山慢慢察看。确认没有异样后，他走出了厕所。走了两步，又忽然站住，折了回去。这次他并未进去，而是绕到了厕所的后面。他来到厕所后窗处，这里有几个一人高的垃圾桶。他一一掀起盖子查看，掀开最后一个桶盖后，他看到里面蜷曲着一个男人。男人昏迷不醒，身上的衣服已经被剥掉了。

　　陈山拍打着男人的脸，不停地叫他，终于男人的眼睛睁开了一条缝，有气无力地说了声救命，然后头一歪又昏了过去。

　　陈山悚然一惊，回想先前那个奔跑着与他擦肩而过的列车员。他猛然想起，那就是那天理查饭店的那名狙击手。

4

　　陈山从站内飞奔而出，一路上横冲直撞，接连撞倒了几个路人、小贩及挑担的挑夫。看到一个油腻中年男人从一辆车上下来，大摇大摆地离开后，他快步走到汽车边上，手握门把手，猛一用力打开了车门。中年男发现异常，迅速赶了过来，朝他叫喊："赤佬，侬想做啥？侬为啥动我的车子？"

　　陈山想了想，努力地挤出一个笑："借个车用。"

　　"车能借？就是借老婆也不能借车啊。你不要动，我叫警察来。"

　　陈山笑了，突然左右开弓两个耳光甩过去："能不能借？说！"

　　中年男人捂着脸愣了半晌，说："你吃了豹子胆，你敢打我？"

　　陈山不得已把枪顶上他的额头，压低声音说："能不能借？"

　　中年男人慌了："能……能借！"

　　"钥匙！"

　　中年男人急忙把钥匙递给陈山。陈山坐进车里，发动起来，飞也似的向绣春楼茶馆冲去。

此刻，周记金店里的乔瑜已经等得不耐烦。他走出金店，在门口打量着走过的路人，发现一个穿着和宝根一样的丝绸长衫的人后，他立即追了上去。小四等人也紧跟上来。但乔瑜很快又发现，走在更前面的还有三个人穿着和宝根一样的长衫。他咬咬牙，吩咐手下每人对付一个，把穿这种衣服的全抓来。

陈山在绣春楼茶馆门口停好车后，直奔茶楼柜台，说出暗语："老家娘舅病危，需老茶梗做药引，十万火急。"

店小二立即神色严肃地拿起了电话。

与此同时，火车上地下党假扮的列车员正在张离和余小晚所在的车厢查票。查完前座之后，他走到张离和余小晚面前，礼貌地让两人出示车票。张离将票递给他，貌似无意地摊开手掌，向他展示她掌心里画着的那一朵蒲公英。列车员将车票还给张离，也向张离亮了一下手掌，手上画着一把剪刀。然后，他彬彬有礼地说："旅途愉快。"

车厢的另一边，飓风队队员假扮的列车员正在车厢里行走。

陶大春急匆匆地走进了包厢。陈山马上迎上去，低声而急促地问他："今天上午10点，从上海开往广州的火车上，你是不是安排了什么行动？"

陶大春看了陈山一眼，走到桌前坐下，冷冷地说："难道你学的保密条例都忘光了吗？与你无关的行动，我无须告知，你也无权打听。"

陈山愤怒地说："张离在那趟火车上，你说是不是跟我有关？"

"她在那车上做什么？你们的行踪，你怎么不向我汇报呢？"

"我来不是跟你吵架的，我就问你，你们打算在火车上做什么？张离绝不能有事，你能打包票吗？"

陶大春沉吟了片刻，告诉陈山，那趟车上有一个刺杀行动，对象是日本宪兵司令部特高课的麻田。麻田上了戴老板的黑名单，罪大恶极，是飓风队锄杀的头号目标之一。他也是今天早上刚得到他要坐火车离开上海的线报，所以临时安排了行动。

"刺杀对象的安保级别很高，这么仓促的时间，根本没办法制订一个周密的计划，你有没有想过失败的后果？"

"你是在教训我吗？"陶大春生气了，"你以为你是谁？论级别，我是你的上司！"

"我的直接上司是费正鹏，是戴局长。跟你们飓风队是平级的合作关系。"

"那也轮不到你来对我们飓风队指手画脚。"

陈山冷笑了一声："你以为杀掉麻田就像宰了只鸡是吧？你们想怎么杀他？用刀

211

还是用枪？我都怀疑你的人能不能靠近麻田。以后制订计划，最好多用点脑子。"

陶大春也回以冷笑："需要用脑子的是你。你以为飓风队是吃素的吗？我们用的方法，万无一失。"

陈山想到了什么，眼神有点发直："难道你们打算用炸药？"

陶大春想了想，说："知道张作霖怎么死的吧？"

"麻田死有余辜，但是火车上还有那么多中国人，凭什么让无辜者为他陪葬？"

"战争总是有牺牲的，我们当然会尽量减少伤亡范围。火车已经离站，谁也不能让行动停止。我们还是一起等好消息吧。"

陈山愤然向门外走去。听到陶大春警告说不要妄动，一切以大局为重，他脚步不停地说："我一向认为，中国人的命比日本人的金贵。你最好能记住这一点。"

"站住！"陶大春大喝一声，"你要敢坏我的事，我一定会向戴局长汇报。"

"你要伤了我的搭档，我也一定会向戴局长汇报。"

陈山愤而离去，陶大春亦气愤难平。

火车车厢内，几个日本宪兵来回巡视，观察着旅客中有无看起来异常的人。有几个男性乘客被他们勒令站起来，进行了搜身。

余小晚略带紧张地问张离，往广州的火车是否总是这么戒备森严。张离不动声色地观察，安慰余小晚不用担心，只是临检。然后她站起身，穿过车厢往厕所走去。

经过那几个日本兵时，其中一个打量了下她，但并未刁难。走到车厢尽头时，麻田太太正好打开洗手间的门走出来，与她打了个照面。麻田太太看张离有些面熟，不由得打量了她两眼。

张离故作惊喜地微笑，说："您是麻田夫人吧？"

"是的。你是……"

"我先生是尚公馆特务科行动一组的陈山，要是我没记错，你们来参加过我们的婚礼。"

"对对对，"麻田太太想了起来，"陈太太，我记得你。"

张离笑着说："这么巧，您也去广州吗？"

麻田太太笑眯眯地抚摸着肚子说："是的。我和先生前往广州，那里气候比上海好多了。我准备在广州的博济医院分娩，那里的产科大夫和产后护理都是世界上最先进的。"

"祝您诞下健康美丽的小宝贝。"

"谢谢。"麻田太太说，"陈太太，请一起到餐车用餐吧。"

"谢谢您的美意。"张离推辞着，"我还是不打搅了，我还有一个姐妹同行呢。"

麻田太太热情坚持："请带着她一起来吧。麻田一直在谈他自己的事情，我一个人也很无聊呢，一起做个伴吧。"

张离心中无奈，只得礼貌地同意。

陈山把车停在路边，钻进了公用电话亭。他打电话给荒木惟，但是一直没有人接。

陈山心中焦急如焚，临时登车的麻田已经是一个没有预计到的突发情况，很可能会影响到地下党员转移药品。而飓风队仓促间发起的刺杀行动，却无疑将张离和余小晚都推到了一个极其危险的境地。一旦爆炸发生，就算飓风队使用小范围定向爆破，仍有可能导致旅客伤亡甚至火车脱轨，后果不堪设想。他必须阻止这场爆炸。而荒木惟是他现在唯一可以借助的力量。虽然这么做无异于与虎谋皮，但他已别无选择。

陈山挂上电话，再次拨打，还是无人接听。他抬起手腕看了看时间，10点40。这时，电话通了。

"是荒木科长吗？"陈山立刻问，"我是陈山，有紧急事件报告。"

"组长，我是大林。科长不在办公室，出什么事了？"

陈山咽了口唾沫，说："你马上去找科长，向他报告，有可疑人员混上麻田课长乘坐的火车。因为时间关系，我来不及把他拦下询问。但我担心麻田课长会有危险，已经开车赶往下一站，请荒木科长立即增援。"

"是！我马上联络科长。"

第十四章

1

张离和余小晚走进餐车,被守在入口的日本兵伸手拦住。独自坐着的麻田太太看见了她们,高声招呼:"请过来这边,陈太太。"

张离和余小晚走到麻田夫人那儿。张离注意到,稍远处的餐车一角,麻田正在与两名日本军官聊着什么。麻田夫人起身请两人就座,张离向她介绍了余小晚。在麻田夫人与余小晚寒暄的时间里,张离的余光看到,麻田正向她们走来。

"哟,夫人是有客人吗?"麻田站到夫人身后,问道。张离和余小晚起身对他躬身行礼。太太对他介绍了两人。麻田看了看余小晚,说:"我听说过你,你是肖正国的妻子。"

"麻田先生你好。"余小晚笑着说,"我曾经是肖正国的妻子,但一直是离姐的好姐妹。"

麻田笑得有些意味深长。麻田太太欣喜地说:"有你们的陪伴,这一路上就不会寂寞了。"

周记金店附近,小四和另外两个特务一人各押着一个与穿宝根同款长衫的男人。乔瑜在之后独自一人回来。他追的那个目标并不是宝根,面前这三个男人同样也不是。

乔瑜非常恼怒,恶狠狠地问他们,为什么都穿成这样。其中一个男子战战兢兢地说,刚才那边有人送这衣服,见者有份。乔瑜明白了,他被人耍了。他给了三人各两个耳光,让他们滚蛋。

大林在尚公馆院子里焦急地等待,一个特务跑来向他汇报,没有找到荒木科长。外出寻找的特务也开着三轮摩托车回来了,同样没找到。大林愤怒地让这几个"废物"再去找,这时喇叭轻响,一辆小汽车驰进尚公馆,正是荒木惟的座驾。

大林快步迎上去,对下车的荒木惟报告,陈山组长紧急报告,有可疑分子混上了宪兵司令部特高课长官麻田课长乘坐的列车,怀疑对麻田课长不利。荒木惟不由得皱起了眉。

"时间紧急,陈组长已经赶往列车即将停靠的下一个车站,希望可以得到增援。

接下来如何行动，请您指示。"

"麻田课长乘坐的列车，什么时候出发的？"荒木惟问道。

大林说："是10点钟从上海开往广州的。下一个停靠的站点是石湖荡。"

"是什么可疑分子？"

"陈组长没说。就说人命关天，十万火急！"

"麻田课长的行程你确认了吗？"

"问是问了，可我这级别，人家不可能告诉我。"

荒木惟抬腕看了一下手表，11点了。他阴郁地叫了声千田。一旁的千田英子问他，是不是需要马上给麻田课长的秘书室打电话。荒木惟略一点头，千田英子便往办公楼内跑去。接着，荒木惟吩咐大林马上通知特务科两个行动组全体集合待命，一旦确认麻田课长的行程，马上出发。

荒木惟去办公室等待。千田英子打完电话后，汇报说麻田课长确实在那趟火车上，他是今天一早才决定出发的。荒木惟起身，他要先带两个小组的人去石湖荡车站。千田英子留在尚公馆，处理其他事宜，并通知特高课马上派人前去增援。

"还有，马上给石湖荡车站打电话，让站长下令停车。"

"是。"千田英子说，"我们现在联系不到陈山，还不知道他看到的可疑人员到底是什么人，你确定要带这么多人去吗？"

"他既然说了人命关天，十万火急，这一定不是开玩笑。"

两辆三轮摩托和一辆载着日本宪兵的军用卡车从尚公馆急驶而出的时候，乔瑜正和另外三个手下骑着自行车晃荡到门口。看着这些鱼贯而出的车，乔瑜有些吃惊。接着，荒木惟的汽车又驶了出来。

车窗降下，乔瑜赶紧迎上去，问是不是有紧急任务。荒木惟让他带着手下马上上车。

埋伏在草丛中的钱时英望了望火车开来的方向，掏出表看时间，11点。陈山和他交代过，如果不出意外，列车到达石湖荡车站的时间为11点20。他对战友们打了个准备的手势，战友们各自藏好，开始检查枪支弹药。

这时，列车上的地下党已经找到了标着闪电符号的箱子。而麻田夫妇正与张离、余小晚在餐车上聊天喝咖啡。

麻田问张离，她是不是有亲人在广州。张离摇摇头，说自己的双亲都在美国，国内已经没有亲人了。麻田有些动容说："你竟然亲自将朋友送到广州去，这份情谊还真是让人感动啊。"

张离点头微笑："我与小晚，如亲姐妹无异。"

麻田又问余小晚，既然与陈太太情同姐妹，为什么不留在上海。余小晚有瞬间的慌乱，然后大咧咧地说自己喜欢陈山，但又不想抢她姐妹的男人："你们说我还该不该住下去？"

麻田和太太都愣住，一时语塞。张离尴尬地圆场，说小晚个性率直，让麻田先生和夫人见笑了。麻田的眼光从余小晚身上移到张离身上，笑得含义丰富。

"陈太太，余小姐，你们俩很有意思。"

麻田太太也笑得意味深长："想不到火车上还可以喝到这么有意思的咖啡，这趟旅途真是充满了惊喜。"

11点15分的时候，打扮成列车员的军统狙击手推着送餐车来到了麻田车厢门口。守在门口的日兵把他拦下检查，打开送餐车上的食物容器盖子，看了看里面的汤和面包后，又盖回盖子，让到了一旁。如果这名日兵多一份细心，顺便检查下餐车的下层，就会看到那枚已经开始倒计时的炸弹。

军统狙击手推着餐车，在麻田一行的桌旁停下，微笑着说："先生太太，你们的菜来了。"

麻田皱起了眉："我不是说12点才送餐吗？"

狙击手边端菜边说："主菜会在12点送上，这是前菜。"他端菜的姿势有些笨拙，手肘险些碰到张离脸上。张离歪着头躲闪了一下，飞快地打量了他一眼，正好看到他的外套腋下线已经绽开，张着个口子。

张离不动声色地打量着狙击手。他胸腹间的纽扣绷得很紧。裤脚很短，甚至露出了脚踝。整套衣服穿在他身上，明显小了一号。

这时，火车拉响汽笛，速度慢了下来。麻田太太说，看来我们快要到站了。麻田告诉她，这个车站叫石湖荡。她说，很美的名字。

"各位，请慢用。"狙击手把送餐车移动一下，靠在麻田身旁不远，转身向车厢口走去。张离看着他快步离开的背影，更觉疑惑。

火车头冒着白烟慢慢停靠在了石湖荡站台。

2

钱时英和两个中共地下党员埋伏在铁轨两旁的野草丛中。一个地下党员看看怀表，然后敏捷地跑到铁轨上，用耳朵贴着铁轨听了一会儿。钱时英拿着望远镜向着车站方向张望，听铁轨的地下党员回到他身边汇报，火车已经进站了。钱时英放下望远镜，拿出怀表计算。停站十五分钟。那么二十五分钟后，火车就会经过这里。

一辆疾驶的小汽车猛地把车刹在石湖荡火车站外。火车站的大门口，还有几个旅客正在排队进站。陈山从车上跳下来，推开前面的人，往火车站里跑。进站口的检票员将他拦住，问他要票。陈山从兜里摸出证件一扬："尚公馆公干。"

检票员抓住证件仔细查看，仍然不放他进入。陈山打量了下车站里面走出来的旅客，又急躁地看向检票员。见检票员睁着一双小眼睛对着他的证件横看竖看，富有耐心，陈山劈手夺过证件，疾步往里走。检票员追了两步，被他用枪指住。

"别给脸不要脸！不然把你的命给没收了充公。"

检票员随即瞪大双眼噤声了，目送着陈山往月台狂奔。

火车就停在前方，看上去一切风平浪静。三三两两的乘客从火车上下来，秩序井然。前面不远处，车站站长带着几个铁路员工匆匆往火车中部的方向跑去。车站站长边跑边喊："快！麻田先生还在车上。"

陈山暗暗松了一小口气，朝火车跑去。忽然，一声爆炸巨响传了过来，地面都为之震动了一下。

站台上的人们全都惊呆了。奔跑中的陈山也惊呆了，呆立了一秒，眼中充满担忧。他喃喃地叫了一声张离，随即加速奔向冒着黑烟的火车。站台上的人们也醒过神来，开始大呼小叫着四处奔逃。

钱时英自然也听到了那声爆炸，他用望远镜观察，清晰地看到一股黑烟从石湖荡车站位置升起。明白情况有变，他下令撤退。

陈山双目赤红地冲上了火车。他进入的那节车厢不是直接爆炸现场，但车厢也有些变形了。行李架断裂，行李散了一地。有些桌椅断裂，散架。不少旅客被震晕，躺倒在地。清醒的旅客则惊惶地往火车外挤。

陈山大声呼喊着张离和余小晚，逆着人流往里面挤。他挤到了两节车厢的相接处。车厢之间的门虽然已经有些破损，但仍旧是闭合的。一个日本兵躺倒在门边，正是在上车前打量他的那一个。他抓起日兵探了一下鼻息，拼命把他摇醒，急切地问麻田课长在哪儿，有没有看见他的太太。日本兵虚弱地指了指关着的门。

陈山脸色一变，放下日本兵，立即用肩膀去撞门。门虽然破损，却依然牢固，连撞几下都撞不开。门上的破损处刺破了他的肩膀，血很快就染红了他的衣服。他龇牙怒目，继续连续撞击，直到将门撞开。

陈山冲进餐车。车厢里硝烟弥漫，满地狼藉，到处是碎片。各处有一些旅客倒在地上或尚未炸毁的座位上。陈山一边寻找着，一边疯狂地大叫两人的名字。后来，他听到了余小晚微弱的声音。

"鞋匠……"

陈山循着声音扑过去，从角落里扶起余小晚。她头发凌乱，神情有些呆滞，还没有从爆炸的惊骇中清醒过来。陈山抓住她的双肩试图让她坐稳，急切地问她有没有事，伤到了哪里。余小晚浑浑噩噩的，忽然眼神一亮，她想起了爆炸前那一幕，张离推着餐车往远处跑。所以她呼喊起来："离姐！快去找离姐！"

陈山问张离在哪儿，余小晚指了个方向，陈山就拔腿跑了出去。余小晚的腿上在流血，她勉力起身，跌跌撞撞地跟在陈山身后。越往中部走，车厢里堆积的爆炸残片越多。一个日本兵横卧在走廊上，不知是死是活。陈山跨过他的身体跑过去，

217

不停地呼喊张离。

车厢中部是爆炸发生的地方，这里被破坏的痕迹明显更严重，桌椅都被炸飞了，一边的车厢壁被炸出一个洞，几乎让车厢从中断为两截。陈山望了望断裂处，车厢顶的铁皮耷拉下来，一个变形的餐桌侧倒在下面，正好将车厢阻隔成了两段，只留了一个洞口，勉强可以看见对面。从洞口望向另一面，硝烟浓重，一切都看不清楚。

这时，一堆桌椅的碎片动了动，底下传来了不断咳嗽的声音。陈山辨出是张离的声音，惊喜地扑过去，疯狂地把桌椅碎片搬开。余小晚亦赶过来帮忙。不久，张离的身形露出了大半。

"张离，你得坚持住，我马上就把你救出来！"陈山说着开始搬一张椅子，但张离忽然发出了一声痛呼。陈山立刻住手，再一细看，椅子断了的一截钢腿尖锐地扎进了张离的肋骨。

"小晚你快救张离！"陈山的声音里满是担忧。

张离痛楚地问道："小晚没事吧？"

"有事还能在这儿吗？"余小晚俯身看张离的伤势，"别说话！"

张离眼睛一闭，晕了过去。陈山握紧了张离的手，紧张得颤抖。余小晚迅速摸了摸张离颈旁的动脉，没好气地说："谁说离姐要死了？瞧你那个没出息的样子！"

陈山愣了。

余小晚推开陈山，迅速查看张离肋骨处的伤口。她目测钢管尖锐部分进入身体不会超过五厘米，这个位置应该不至于伤及重要器官。现在要避免大出血，并且尽快处理伤口。

"那……那我现在要做什么？"

"去找医药箱。车站医务室一定会有，马上去！"

此刻，另一边的车厢，几个日本兵已经进入，正在进行清理。麻田抱着太太坐在地上，他们的周围已经清理干净了。麻田太太用流满鲜血的手神经质地护着自己的肚子，麻田正用手绢为她擦拭。麻田的身边，是一个死去的日兵，他的后背血肉模糊。如果不是他把麻田挡在自己身下，现在的麻田就是那副样子。

麻田太太十分紧张，说肚子痛，感觉不好。麻田安慰着她，说现在就派人找医生。他喊来了村上队长，命令他封锁车站，所有人都不许离开。一定要找到那个送餐的列车员，并立即从离此地最近的医院调来医生和急救药具与药品。要有产科医生。另外，清点他们的死伤人数，向特高课本部求援。

麻田指了指火车断裂处，问村上："我刚才好像听到了陈山的声音。"

"是的，他好像是在找他的太太。"

"把他给我找来。"

陈山快步走进火车站站长办公室，里面有一个日本兵正在打电话叫医生。陈山问瑟缩在一旁如惊弓之鸟的火车站站长,医务室在哪儿。站长说,本站很小,没有医务室,只有医药箱。他指了指角落里的柜子,那里摆着一个画了红十字的小箱子。

陈山一手抱着医药箱,一手拉开柜子下半部分的柜门,里面空空的。陈山出示证件,说:"我是尚公馆的,现在我命令你,迅速去收集尽可能多的药品和纱布!"

站长诚惶诚恐,连声应着。

地下党列车员正在货厢里的小窗口后面小心地打量着外面的情形。站台上一片混乱,受惊的旅客不停地从火车车厢里跑出来,拖着包袱四处乱窜,小孩哭,大人叫,一片混乱。站台出口处站着两个日本兵,手里的长枪已经上了膛,把守着大门,不准人出去。人群拼命地往前挤,想要冲出去。但车厢旁的宪兵小队长村上朝天开了一枪,门口的两个日本兵也端起了枪对准人群。

陈山提着医药箱从车站医务室跑出来,村上操着不熟练的中文叫住了他,告诉他麻田课长让他立刻去见他。陈山神色变得凝重说:"请转告麻田课长,我太太受了重伤,我现在要去救治她。稍后我再去见麻田课长。"

村上忽然抓住了医药箱的把手,说:"身为军人,你一定知道,服众命令是天职。你必须马上去见麻田课长。"

村上举枪指住了陈山。此时车厢内忽然传来麻田太太的痛呼。麻田焦急的喊声也传了过来:"医生,马上给我找医生!"

"给我十分钟,我就能带医生过来。"陈山说,"再跟你一起去见麻田课长。"

村上犹豫了一下,终于把枪放下了:"你只有五分钟。"

3

爆炸前一分钟。

在张离若无其事的打量中,打扮成列车员的军统狙击手走开了。麻田太太伸手去拿桌上的清酒瓶,火车刹车的惯性让她的手晃了一下。瓶子被碰倒了,酒倾倒在台面和张离身上。麻田太太叫了一声,连声道歉。张离顺手在旁边的推车上拿了一块布擦拭,笑着说没关系。

站在麻田身边的日本兵让狙击手回来清洁一下,但狙击手仿佛没有听到,继续加快步子向前面走去。张离面色一凛,眼光往四周扫了一圈,没有发现异常。然后,她的目光落在了送餐车上。

她弯腰看向送餐车下层,那里放着一个棱角分明的物件,上面盖着餐布。张离一把扯掉餐布,一个炸弹赫然露了出来。上面的数字显示,还有 11 秒。

张离一惊,立即起身,用力一把将推车推出去,同时大声叫着:"快跑,有炸弹!"

张离推着车向前跑去。余小晚在她身后喊着,同时往相反的方向跑。麻田把太太推到桌子下面隐蔽。一个日本兵挡在了麻田的身前。那时,陈山正在跑向火车的路上。

张离推着车跑了十几米后,迅速将推车送出,顺势滚倒在旁边的一排餐桌旁隐蔽。

与此同时,轰隆一声巨响,炸弹爆炸了,气浪将全部的人都掀翻,餐车内所有物品一阵乱飞。

张离一声痛呼,扎入她肋部的那根钢管被余小晚拔了出来。迸出的鲜血溅了余小晚一脸。陈山关切又心疼地握着张离的手,让余小晚轻点。

"臭鞋匠,我工作的时候给我闭嘴。"余小晚瞪了陈山一眼,"再啰唆就给我出去!"

陈山忍耐着闭嘴。张离努力地强撑着说自己没事:"有小晚在,你还有什么不放心的?"

陈山说:"你别说话,我就会更放心一些。"

余小晚麻利地为张离止血包扎。陈山告诉余小晚,她只有五分钟的时间。五分钟后她要跟他一起去见麻田。他的太太可能有状况。余小晚头也不抬地问是外伤还是要生了,陈山说应该是要生了。

"我是外科医生,这里有更多的伤员需要我。让她少安勿躁,产程长着呢,一时半会儿不至于生出来。"

"小晚,麻田太太要是有麻烦,我和张离就会有大麻烦。"

余小晚愣了。

张离说:"小晚,你去看看吧,我陪你一起去。"

麻田太太躺在一块餐桌的桌面上,捂着肚子痛苦呻吟。麻田蹲在她身边,不停地给她擦着汗。张离已经由余小晚扶着在一旁坐下了。宪兵小队长村上把陈山带到了麻田面前。麻田听完陈山的话,愤怒地看了陈山一眼,吼道:"我要的是产科医生!她是产科医生吗?"

陈山说:"她不是产科医生。但在产科医生到达之前,她或许能帮您太太缓解一下痛苦。"

麻田迟疑了一下,让陈山把叫她过来。陈山回头对余小晚点了点头。余小晚不放心地看了眼张离,朝她点点头,走了过去。

余小晚问麻田他夫人是第几胎,麻田说二胎。这时,麻田太太稍微平静了些,说:"余小姐,拜托你了。"

"夫人不要害怕,现在你需要放松。"余小晚扭头又对麻田说,"麻田长官,您太太需要一个有所遮挡的私密空间，我好替她检查。"

陈山一眼看到餐车的窗帘，说："用窗帘！"

窗帘为麻田太太隔出了一个私密空间。除了余小晚和麻田，其他人都站在帘外。余小晚正在为麻田太太检查身体，冷静而专业。

"麻田太太的羊水已经破了。二胎产程比头胎快得多，现在宫口已经开了八指，孩子随时可能出来。现在就需要准备接生。"

麻田皱眉说："可是你并不是专业的产科医生，就经验来说，也许你还不如一个接生婆。"

"没错。"余小晚起身坦然地看着麻田，"但我有上百次外科手术的经验。在没有产科大夫到场的情况下，您不觉得我是这里最适合给您太太接生的人吗？"

麻田太太的惨叫一声高过一声。麻田的脸上也密密地冒出汗来，显然在做着思想斗争。终于，他下定了决心，说："好，现在我就将我太太和孩子的性命交到你手上。你必须保证母子平安，我重重有赏；否则……"

陈山站在帘外，禁不住说道："麻田课长，这不公平！"

麻田冷冷地说："两条人命，你难道认为我可以允许她失手吗？"

"医者仁心，但如果她尽力了仍然有意外发生……"

"闭嘴！"麻田打断了陈山，"没有如果！"

张离握住陈山的手，对他摇了摇。陈山抿紧了嘴唇。里面传出麻田冷冷的声音："余医生，你可以开始了。"

"我需要干净的床单、热水、手术刀，如果没有就是消毒剪刀、匕首。闲杂人全部离开这里。"

麻田走出帘外，冲着旁边的两个日本兵大吼："听见没有？快去办！床单、热水、手术刀！"

日本兵应声匆匆跑开。

余小晚让麻田太太平躺到地上，脱下自己的外套麻利地垫在她腰下。麻田太太还在不停地呻吟。余小晚安慰着她，让她跟着她的指令深呼吸。

麻田转头看向陈山，说："陈山君，你是不是应该给我一个解释，你为什么会出现在这里？你是早就知道会有什么事发生吗？"

陈山一凛，说："报告麻田课长，和您在上海车站分别后，我意外在车站发现被人打昏的列车员，他的制服不见了，所以我怀疑有可疑分子混上这趟列车，可能对您不利，所以我立即通知了荒木科长，并且马上开车赶了过来。"

"是吗？"麻田审视着陈山的表情。

"绝无虚言。"

"这件事，我一定会严查到底，绝不姑息！直到找出凶手。"

"麻田课长有任何需要，我都会配合调查。因为我也想查一个水落石出。"
张离坐在一旁，略显忧心的神色从她脸上一闪而过。

陈山扶着张离从火车上下来，走到站台的一个角落，扶着她在货包上坐下。两人同时观察着周围的情况。一些日本宪兵在跑来跑去。有些日本兵捧着床单、水盆、热水瓶等东西往车厢里送，另一些日本兵从车厢里搬出一些桌椅碎片等垃圾。

陈山说："要不是你机警，差点就被陶大春害死了。"

"可你现在这样贸然跑来，麻田和荒木惟都会起疑的。"张离神色严峻。

"今天换成你是我，你能不来吗？"

"现在发生了爆炸，麻田必定会全面搜查火车。我们必须抢在他大搜查之前将货物转移出去。"

陈山眉头紧锁，说："一会儿医院的救护车来了，你跟麻田老婆一块走。出了车站，再看有没有办法通知'那边的人'来转移东西。"

"就怕时间来不及。"

这时，两人看到，两个日本宪兵抬着军统狙击手的尸体从车厢里出来了。麻田在车厢门口烦躁地抽烟，叫住了宪兵。

麻田走到尸体旁边察看，日本宪兵将尸体放下。陈山扶着张离也来到尸体旁。

"他就是刺客。"一丝难以觉察的伤感从张离脸上一闪即逝。

陈山说："果然是他。"

"陈山君，他就是你在上海火车站看到的可疑人物吗？"麻田意外地问。

"是的。"

"你怎么认出来的？"

陈山把尸体脸上的假胡子扯了下来："这胡子太假了，估计买来很便宜。看来不该省钱的时候，不能省钱啊。"

陈山又拿起尸体的右手看了看，说："看这里，常年用枪才会这个部位有老茧，典型的职业杀手。"

张离说："当时我觉得他不对劲，是因为他的制服不够合身，明显小了一号。"

"这些不知死活的支那人！"麻田的脸色异常难看，咬牙切齿。

麻田太太的痛苦叫声又传了过来。麻田忽然一把夺过身边日兵的长枪，猛地举起，大吼着一下下刺向狙击手的尸体。尸体顿时被刺刀刺得血肉模糊。

陈山侧过身子，将她挡在自己身后。张离有些难过地侧过脸，神情却更添决绝。站在旁边的两名负责抬尸体的日本宪兵都面无表情地看着这一幕。刺了数十下后，尸体的脸部已经面目全非，麻田方才气喘吁吁地停止。

陈山冷冷地说："麻田课长，这个人已经死了，你再刺他一万刀，他也不怕痛了。"

麻田阴沉地说："如果我太太和孩子有什么意外，我要让这里所有中国人，都给她陪葬！"

"麻田课长，"陈山压抑着怒气说，"中国人有句老话，吉人自有天相。但要求吉利，就得积口德，存善心。"

"我不信鬼神和报应，我只信我能做到的一切！"

陈山还欲再说，张离悄悄扯了一下他。张离说："麻田先生，有小晚在，太太应该不会有事。我进去看看能不能帮上忙。"

4

麻田太太躺在餐桌上，身上搭着白色的餐布。腿上的餐布已经有一些血迹。她痛呼的声音越来越弱，渐渐平静下来，闭上眼睛，进入了半昏迷的状态。

余小晚在麻田太太腿端的白布下忙碌，额头密密地渗出了汗珠。张离一只手按在麻田太太的肚子上，一只手拿一张干净的餐巾，替余小晚拭去汗水。张离朝麻田太太大喊，让她绝对不能睡着，再用一把力。

余小晚抬眼看了一眼张离。张离没有说话，只是给了余小晚一个鼓励的眼神。余小晚点点头，仿佛受到了鼓舞。张离走到麻田太太头部的那一端，一只手握住她的手，另一只手轻轻拍了拍她的脸："麻田太太，你现在不能睡。你要睁开眼睛，用力，你的宝宝等着见你呢！"

麻田太太没有反应。余小晚有些急躁了，这样下去的话胎儿会窒息。麻田太太现在需要副肾碱、宫缩药，但是都没有，甚至连生理盐水都没有。

"小晚！"张离压低声音，但语气决绝，"镇定！先想办法让她醒来！"

余小晚深吸一口气，镇定了一下。没有药，只能用最古老的土办法，掐人中。"离姐，你来试下。按她太阳穴三下，再掐人中，多加一点力。"

张离按余小晚所说做了一遍，麻田太太还是没有反应。余小晚拿出一个针头，扎进她的足底，轻轻捻动。她从没在产妇身上试过针灸的法子，但现在也别无他法。张离则继续掐麻田太太的人中，观察着她的反应。过了一会儿，麻田太太轻呼一声醒了过来，两眼毫无神采，眼神涣散，已经被汗水湿透的头发胡乱地贴在脸上。

张离十分惊喜。余小晚的额上已满是汗水，说："我尽力刺激她的穴位帮她提气，你陪她说话，让她坚持住！"

张离握住麻田太太的手，让她振作一点，不然她和孩子都会有危险。但麻田太太的眼睛又闭上了。张离想了想，一边用手有节奏地拍着麻田太太的手，一边轻声地哼唱起歌来。

她唱的是日语歌《栗之秋》："静谧的，静谧的，村落之秋，屋后那果树果子落下来的那天晚上，啊，只有我和妈妈两个人，正在用地炉煮着栗子……"

余小晚手起手落，几个针头扎进了麻田太太的涌泉穴、三阴交穴，以及白布盖着的一些穴道。麻田太太努力地睁大眼睛，眼中的光采重新凝聚起来，看向张离，喃喃地叫了一声"妈妈"。

余小晚麻利地动作着，曲起麻田太太的双腿，为她按摩着腹部和穴位，一团团带血的纱布被扔出来。

张离握紧了麻田太太的手，说："你的妈妈在等你平安回家。而且你也是一个妈妈，坚持住，再用一把力。"

麻田太太轻轻点点头，继续开始用力，她已经叫不出来，只能从喉咙里发出如受伤母兽一样的嘶鸣。

余小晚又到白布下面继续忙碌："加油，麻田太太，孩子的头已经出来了，我看见了，再用一把力！"

张离的歌声还在继续："明亮的，明亮的星空，夜鸭正在夜里渡行，啊，父亲的笑脸啊……"

在麻田太太拼尽全力发出的一声大叫声中，一声婴儿的啼哭打断了张离的歌声。张离和余小晚满是汗水的脸上都露出了笑容。

当那一声婴儿的啼哭从车厢里传出来的时候，麻田正在车厢门口附近的空地上背着双手走来走去。他烦躁地看着惊慌失措的人群。人群无助地聚集在一起，仿佛羊群。几个日本兵端着步枪来回巡视，防止有人溜走。丈夫搂着妻子，母亲紧紧地抱着孩子，孩子稚嫩的脸庞上流着泪水，老年夫妇拄着拐杖依偎着，花白的头发在风中飘动。但这些慌张的面孔只让他感到反胃。

听到啼哭，麻田先是一愣，激动与欣喜的表情才浮上脸。他手足无措，又很快调整了心情，激动地往车厢里奔去。

陈山从人群旁回过头，有些愤然地看了麻田一眼，却也暗暗松了一口气。他转过头，为一个哭泣的孩子捡起掉落在地的烤地瓜。然后他看到一队全副武装的日本兵跑步进入了站台。荒木惟和乔瑜紧跟在后面。

荒木惟带着乔瑜向爆炸严重的这一段走来。陈山看到荒木惟，迎上去敬礼，汇报情况。荒木惟问抓到凶手没有，陈山指了指不远处那具尸体。

荒木惟点了点头："我要先见麻田。"

车厢里，余小晚和张离在收拾医疗用具。麻田太太身上已经整理干净，她斜躺在产床上，怀里抱着一个用床单裹好的小婴儿，虚弱但幸福地笑着。麻田说"辛苦了"，她虚弱地报以一笑。这时，一名日本兵在帘外向麻田报告，尚公馆荒木科长到了，正在站台上等他。

"我出去一下。"麻田对太太说，然后把脸转向余小晚和张离，"今天，你们的，立功了！我重重有赏！"

余小晚冷冷地说："我们受不起。"

"多谢麻田先生。"张离的语气也淡淡的，"您的心意我们领了。我们和您太太有缘，同是女人，对她的处境感同身受，帮一把是应该的。"

余小晚接话说："如果麻田先生真有心要赏呢，就让车厢里其他受伤的中国人也能及时得到救助吧。"

"很好。"麻田说，"余小姐真是医者仁心。好，就按余小姐说的办。"

荒木惟跟走出车厢的麻田说了几句话后，问陈山医院的救护车什么时候到。陈山说已经打过电话，应该在赶来的路上。于是荒木惟决定即刻派人送麻田太太和孩子去医院。

麻田太太上车前，让张离和她一起去医院处理伤口。荒木惟看了眼张离，看见了她衣服上肋骨处的血迹，说："一起上车吧。"

"麻田先生。"余小晚说，"刚才您答应我要救助所有受伤的中国人的，您会兑现的吧？"

麻田利落地回答："言出必行。"

陈山说："放心吧，小晚。这里还有我呢。你就陪张离和麻田太太一起去医院吧。"

麻田太太被抬上了后车厢。余小晚也顺着后车厢外临时架起的木梯上了车。陈山扶着张离走到木梯旁，两人对视一眼，互相打气。

"你要小心。"陈山低声说。

"你也是。"

荒木惟站在一旁，仿佛不经意地观察着两人的神色。

陈山目送着汽车驶出站台。后车厢里，余小晚扶着张离，两人都望着陈山，而陈山眼中却只有张离。

5

荒木惟蹲着看了看那具面目全非的尸体后，站了起来。他命令身边的日本兵，马上对火车上的人员和物品进行全面排查。

乔瑜问荒木惟是不是有什么发现，荒木惟若有所思地说："我有一种不好的感觉，这件事情不仅是一次刺杀那么简单。"

乔瑜也对手下大声吆喝起来："仔细检查，凡是可疑的人和物品，统统扣押。宁可抓错，不可放过！"

陈山见到这一切，不由得面色凝重。他蹲下身，为狙击手的尸体盖上白布，同时将目光望向远处藏有药品的车厢。低下头时，他不禁面露隐忧。

麻田太太和婴儿躺在车厢里，她望了一眼坐在一旁的张离和余小晚，说："陈太太，想不到你还会唱日本歌。"

"是啊，离姐。"余小晚接话说，"我都不知道你唱歌这么好听呢。"

张离浅笑一下，说："我听过米高梅的唐小姐唱这首歌。我想，这样的歌或许能唤起麻田太太对亲人的念想，能帮你振作起来。"

麻田太太动情地说："过去，我以为生命就是与死神签订的一项可以随时终止的契约，但今天是你们让我明白了，爱，可以给我力量和死神抗争。陈太太，余小姐，真的谢谢你们！"

站台边，麻田和荒木惟在一起小声商议。陈山和乔瑜站在一旁担任警戒。不远处，一群从火车上下来的旅客被日军勒令在站台等待检查。

日本兵在车厢里翻查着旅客的行李，不停地把行李丢下车，翻得乱七八糟。乔瑜的手下在车厢中一个个检查着旅客的证件。一队日本兵警惕地在站台上来回巡逻。

陈山在站台上走动，然后在一个被摔烂了的行李箱前站定，装作检查箱内物品的样子，思考着对策。忽然，枪声响了。

陈山望去，只见一个日本兵应声倒地。麻田大叫一声，捂住了左臂。荒木惟急忙拉着麻田俯身隐蔽。

站台上的旅客们一阵尖叫声起，四下乱跑。

"保护科长！保护科长！"乔瑜大吼着，陈山冲到麻田和荒木惟身边，掏枪瞄向枪声传来的方向。

到处都是奔跑的旅客，陈山大吼着，让他们躲到柱子后面去。远处的日本兵也叫喊着跑过来，保护麻田和荒木惟。

开枪的是三个忽然出现的蒙面人。他们隐蔽在几盆盆栽的树后面，对麻田和荒木惟所在的方向开枪射击。陈山向着三个蒙面人开了几枪，枪口都有意识地偏离目标。日本兵也在开枪还击，一时间，站台上枪声大作，子弹乱飞。

陈山躲到一个柱子后面，小心探查着枪战的情况。三个蒙面人并不恋战，开了几枪后，转身往站外跑去。陈山盯着其中一个人的背影，眼前闪动起大哥的背影。两个背影重叠在一起，无比契合。

日本兵追在蒙面人身后。其中一个蒙面人忽然转身，扔过来几个东西，叫着："炸！"

日本兵吓得赶紧卧倒，趴了一地。待他们重新抬起身，看到地上滚动着的只是几截旧竹筒时，蒙面人已经跑远了。

荒木惟厉声命令部下全体集合，保护麻田先生，防止敌人声东击西。日本兵从各个车厢跑出来，向麻田身边集结，把他层层保护起来。

乔瑜急切地说："我去追刺客。不能保护好麻田先生，我乔瑜情何以堪！"说着，乔瑜就向蒙面人消失的方向追了出去。陈山望着乔瑜追出去的背影，眼神一闪，也跟了上去。

荒木惟看着两人的背影，面色阴沉，若有所思。

三个蒙面人跑进了一条安静的弄堂。在分路口，他们拉下蒙面的布巾，正是钱时英和两个地下党。钱时英下令分头离开，到老地方会合。

钱时英是二十分钟以前带着人来到火车站外的。他、老汪以及另外两名地下党混在人群中，观察着车站门口。见门口有日本兵看守，四人交换了一个眼神，慢慢在围观的人群中移动，站到了人群的前面。

在车站内候车的旅客想要离开，日本兵组成人墙阻挡，但还是有几个人从空处跑了出来。日本兵回身将他们抓回来，更多的人又趁机跑了出来。一个日本兵开枪打死了跑在最前面的那名旅客，众旅客惊呼一片，立即乖乖回到了站台内。

钱时英等人混在旅客中也进了站台。荒木惟带着的增援队伍赶到，一队日本兵匆匆忙忙在往车站里走。钱时英等人慢慢挪到站台的角落。站台里，一个日本兵小队长命令他的小队分成两组，一组搜查火车上的乘客，一个可疑分子都不许放过，另外一组去查货仓。钱时英听到那名小队长的命令，心中焦急，必须赶在他们查到药品之前把药品转移走。

老汪问现在怎么办，钱时英透过火车站的栏杆，看到了麻田的身影。他眼前一亮，低声对另外两名地下党员说："我们现在马上行刺麻田，转移敌人的注意，为你们争取时间。"

钱时英扫视着站台外面的地形，发现站台外正好摆有八盆盆栽，其中有几盆长得颇为茂盛。他用手势比画着，另外两名地下党员立即明白了，点头示意。三人立即以最快速度散开，各自隐蔽到盆栽后面，掏出手巾蒙好面。

钱时英手势发令，三人同时拔枪，向麻田所在的方向开始射击。

之后，三人迅速撤退。乔瑜远远追来，举枪瞄准，但人影的剧烈晃动让他很快放弃了，收枪后迅捷地向着身影消失的方向追赶。

陈山从车站里追出来时，还能看见乔瑜的背影，便跟着乔瑜追去。乔瑜追进了一条弄堂，陈山在弄堂口站住，迅速打量了一下左右地形，钻进了另一条弄堂。

钱时英拐进了左边的分岔口后，乔瑜紧追而至，犹豫着不知该往哪个方向追赶。他忽然看到水沟里有一块布，仿佛是蒙面人所丢，便走过去查看。

这时，陈山在乔瑜背后的分岔口出现了。他轻轻靠过去，忽然用衣服蒙住了乔瑜的脑袋，一拳将他打倒在地。接着，陈山夺下他的枪，用衣服裹住枪向他手臂上开了一枪。在乔瑜的痛呼声中，陈山将枪扔掉，迅速离开。乔瑜在地上挣扎着，半天都抓不开头上的衣服。

在右分岔弄堂里，陈山不急不徐地走着，并不时回头向弄堂口张望。走了一会儿后，他跑起来。

荒木惟带着两个日本兵赶到乔瑜面前时，乔瑜还坐在地上，一脸痛苦地捂着手臂上的伤口。他的指缝里涌出鲜血，身旁不远处扔着他的手枪。看到荒木惟，乔瑜慌忙站起迎上："科长，我被刺客偷袭了。"

"你们交手了？"荒木惟问。

乔瑜痛苦地说："我追到这里的时候忽然被他们偷袭了。虽然我很英勇，但仍然有人蒙住我的头，还打伤了我的手臂。"

荒木惟狐疑地问："你看到刺客了吗？"

乔瑜摇了摇头："那人是从身后袭击我的，我没看到他的长相。喏，他就是用这件衣服从后面蒙住了我的头。"

此时，陈山也气喘吁吁地从后面追了上来："科长，我没追到刺客。呀，乔组长受伤了。"

荒木惟冷冷地看了陈山一眼："马上回车站，全体护送麻田课长回上海。"

第十五章

1

"麻田课长,目前我们兵力有限,为免刺客再有后续行动,安全起见,我建议先护送你们夫妇返回上海。"

"那就辛苦荒木科长了。"

荒木惟和麻田坐在石湖荡车站站长办公室里,说着火车上发生的爆炸。在两人看来,此事颇为蹊跷。麻田是今天早上临时决定去广州的,知道这件事的人很少。刺客居然能在这么短的时间内安排两次连环刺杀行动,真的很不可思议。荒木惟会留下一部分人暂时封锁火车站,待从上海抽调足够宪兵后再行彻查。

荒木惟抽了口雪茄,把自己陷在烟雾中。他喃喃地说:"家贼难防,内鬼难辨。"

随后,两人在日兵的严密保护下来到站外。陈山和大林跟随身后。麻田上车离开后,荒木惟安排大林留下,封锁车站,并马上打电话回尚公馆,让千田队长协同宪兵司令部特高课,看有哪些人知道麻田课长的行程,全部监控起来。

陈山与荒木惟一同回尚公馆。车上,荒木惟淡淡地说:"今天麻田课长得以脱险,有你的功劳。他也算欠了我们尚公馆一个人情。"

陈山扶着方向盘,对着后视镜中的荒木惟笑了下,说:"科长,不瞒您说,我当时最紧张的是我老婆,并不是麻田课长。可是您不可能带人来救我老婆,是吧,所以呢……嘿嘿。"

"你是我见过的人中,把狡猾和诚实这两种特性运用得最好的一个。所谓滴水不漏。"

"那这小小功劳,我就不要奖励了,只想提个请求。"陈山看着后视镜,荒木惟正在镜中冷冷地看着他。"也不是什么让您为难的事儿,我就想在送您回尚公馆后,要是没要紧事的话,我想先去医院看张离。"

"为了这个女人,你倒是做成了不少大事。"

"所以科长这算是答应了吗?"

荒木惟默认了。

"谢谢科长。"陈山喜道,"您是我见过的人中,最善解人意的一个。"

"为了这个女人,你还学会了拍马屁。"

陈山又嘿嘿一笑:"科长还想让我学什么,就跟我老婆说。只要是她想让我学的，我肯定能学会。"

回到尚公馆后，荒木惟径直走向了自己的办公室。千田英子跟在他身边，边走边向他汇报。接到大林从车站打来的电话后，她马上调查了知道麻田课长今日出行的所有人。特高课行动处一共有三个人知道，分别是负责与火车站联络的机要秘书，开车送麻田夫妇去车站的司机，以及麻田的助手。经查实，这三个人在得知麻田课长的行程后，都没有与外界其他人发生过联络。

"千田，不要把眼光局限在行动处，也许，敌人藏在那些平时我们根本不会注意的地方。"

"是，请科长指教。"千田英子对已经坐到办公桌后的荒木惟说。

"扩大清查范围，包括麻田夫妇的朋友、邻居、当天早上在他家附近出现过的人，以及火车站内部人员。"

"是，英子思虑不详，请科长见谅。"

陈山把车停在祥富南北货品店外，买了一斤云片糕和一斤绿豆糕。然后，他提着糕点不经意地走进了旁边的维文书店。

进门后，陈山立即看了一眼经理室的门。门紧闭着。经理过来招呼，问他想要买什么书。陈山说找本消遣的，听说《蜀山剑侠传》不错，是个四川人写的。

"这书还没有完本，到现在只出版到第三卷，不知您要买哪一卷？"

"就要最新一卷。"

经理眼睛一亮，说："这一卷刚到货，还没有整理上柜，要看请随我来。"

经理把陈山带进了经理室，费正鹏正穿着长衫坐在里面喝茶。

"今天上午飓风队刺杀了麻田，在上海往广州的火车上，刺杀者当场身亡，麻田逃过一劫，荒木惟正在查是谁泄露了麻田的行踪。"门关好后，陈山说。

费正鹏问："飓风队的这次行动，你事先知情吗？"

陈山略一思忖，说不知情。他忽然有些懊悔此前与陶大春的争执，他不该让陶大春知道，张离就在那列火车上。现在他也不能让费正鹏知道，是自己为保护张离而阻止了飓风队的行动。至少在陶大春将此事上报重庆之前，他必须暂时隐瞒。否则他很难向费正鹏交代，张离为什么会去广州，余小晚又为什么也在这列火车上。

"我来找你是想让你帮我一个忙。如果能把泄露麻田行踪的嫌疑指向乔瑜，我就有办法让乔瑜背锅，那么美国飞行员的事也就能顺理成章地栽到他头上了。"

"我会办好的。"费正鹏思考了一会儿才回答。

钱时英带着众地下党队员隐藏在石湖荡车站附近的草丛中。不久，老汪踏着草丛回到了钱时英身边。他向钱时英汇报，他已经按照约定的鸟叫声联系过车上的老曹了，但是没有收到回音，不知是否出了事。

钱时英思索片刻，觉得老曹出事的可能性不大。因为火车发生爆炸的位置是在火车中部，很可能是餐车的位置。按计划，这时候老曹应该是在货厢等待接应。现在日军控制着火车，他可能没听见信号，或者不方便回应。老汪问现在怎么办，钱时英说再等等。老曹没有回应，这本身就是一个信号。可能现在日军的防范太严，不适合动手。老汪继续问，车上是不是还有同志，能不能联络上。钱时英却默然了。

张离包扎妥当，半躺在医院的病床上。余小晚给她削着苹果说，这火车都开了，最后还是没走成，看来是老天爷不让我走。张离莫名有些忧心，望了一眼窗外。余小晚把削好的苹果递给她，她轻轻摇了下头。余小晚就自己吃了起来。

"不吃也好，你现在最需要的是卧床静养。"说着，余小晚就看到陈山拎着糕点走了进来。

陈山说："哟，叫你来照顾病人，你倒好，让病人看着你吃。"

余小晚说："你来得正好，你老婆难伺候死了。你削一个试试，看她吃不吃？"

张离不禁笑了。陈山走到床前，察看她的气色，问她现在感觉怎么样，有没有彻底检查。张离说，已经查过了，所有的伤口都处理了。伤得不重。

"我就知道有小晚在，我可以一万个放心。"

余小晚咬了一大口苹果，嚼着说："现在说得好听，在火车上那会儿慌得跟什么似的。"

张离和陈山都笑了。余小晚咬着苹果，忽然感觉到屋子里有些安静。三人一时都没再说话。她注意到，张离看到陈山手上那本书后，用探询的目光望了他一眼，两人用眼神交流着什么，似乎有话要说。余小晚便拿起床头的水瓶，出去打水。

"你去维文书店了？"余小晚出去后，张离轻声问。

陈山点了下头："这边的麻烦会解决的。现在只剩下一件事，就是得尽快联络上钱时英，转移那批货。刚刚发生了刺杀行动，荒木惟对我的行踪会监视得很严密，而你目前的情形不能随便走动，我们都不适合与他见面。"

"准备什么时候行动？"

"明天就会有大批日兵前往石湖荡火车站彻查。所以想拿到那批药，唯一动手的机会就是今天夜里。我不知道钱时英是否能把握机会。"

"其实我们有一个很合适的人选。"

陈山想了想，问："你是说小晚？"

张离含笑，点了点头。

2

余小晚走进怀仁药店，问掌柜："你这里有没有吃了能瘦的药？"

掌柜说："我不卖这种药。"

余小晚直视着掌柜，说："我最近胖了，衣服都穿不下了，可怎么办？"

掌柜想了想，说："如果贵客您想新做衣服，我家倒是有个好裁缝可以介绍给您。"

"啊，那太好了，我要找的就是好裁缝！"

"您到前面街上找个卖馄饨的小店坐一会儿，自然有好的裁缝去找您。"

"谢谢老板。"余小晚转身走出怀仁药店。掌柜目送着余小晚离去，然后转身匆匆进入了账房。

余小晚坐在馄饨店里，一边吃着馄饨，一边用心打量进进出出的客人。可是并没有人来找她，这让她有点失望。然后，周海潮走了进来。

余小晚吃了一惊，赶紧侧转身子，借着低头吃馄饨隐藏自己。过了会儿，余小晚瞄了一眼周海潮。周海潮坐在墙角，埋头吃馄饨。他面容枯槁，眼圈发黑，头发胡子好久没有打理了，极为落魄。余小晚放下几个铜板在桌上，快步出店。

"客官您走好。"

在掌柜的吆喝声里，周海潮抬起头，看到了余小晚匆忙离开的背影。他先是愣了一下，然后脸上慢慢浮起阴冷的笑，起身跟了上去。

在街头，余小晚急匆匆地走。她悄悄回头瞥了一眼，看见了跟在身后的周海潮。她想了想，步伐如常地拐进了一个弄堂。周海潮急步追至弄堂口，刚探头望向余小晚转弯的方向，却见余小晚正站在转弯处等着他。

余小晚冷冷地问："你跟着我干什么？"

周海潮尴尬不已，只好觍着脸走了过去："小晚，我终于找到你了。我找你找得很辛苦。"

"你找我做什么？上次我已经把话说得很清楚了。"余小晚转身冷着脸往前走。周海潮跟着她亦步亦趋。"我认真想过了，我不会放弃你的，如果能轻易放松的感情，就不是真心。这段时间发生了太多事情，我知道你心里很乱。我愿意等你，只求你不要躲着我。"

"你真的想和我过日子？"

周海潮坚定地点头，举起手说："我发誓，我要一生一世照顾你。为了你，我做什么都可以……"

"你做什么都可以？那你先和我回重庆，把肖正国是怎么死的说清楚。"

周海潮脸色苍白，说："小晚，那你不是要我的命吗？"

余小晚冷笑道："我不要你的命，这已经是我能给你的最大谅解。走开，别让我再看到你。"

余小晚说罢继续往前走。周海潮又跟了上来，急切地说："小晚，你再给我一次机会吧。我保证以后对你死心塌地，重新做人。"

余小晚在前面走着，不理会周海潮的絮叨，寻思着如何摆脱他。这时她看到前面有两个身穿和服的日本女人，正慢悠悠地逛着街。街边一个小贩正在吆喝着卖糖炒栗子。余小晚灵机一动，丢下一张钞票从摊子上抓起一包炒栗子塞进周海潮怀里："拿着。"周海潮不明所以，呆呆地抱着。

余小晚捏了两颗栗子轻轻一抛，正好抛到日本女人亮出的后颈中。热热的板栗一下就顺着背心滑了下去，两个日本女人惊叫起来，拼命反手掏着背心。日本女人转身过来，余小晚做出吃惊的样子指着周海潮。她们见到周海潮怀里抱着的炒栗子，愤怒地冲了过来。周海潮边退边辩解，前面正好过来两个巡警，见到日本女人撕打周海潮，也吹着哨子跑了过来。

余小晚趁机就跑了。周海潮将手里的板栗抛洒向两个日本女人，趁着她们躲闪的工夫转身就跑。

余小晚快步跑进了另一条弄堂，背靠在墙上喘气。她想伸头出去看周海潮有没有追来，一只手忽然伸过来捂住了她的嘴，然后将她拉进了一扇门内。

被捂住了嘴的余小晚呜呜叫唤，手脚亦奋力挣扎，瞪着面前的陌生男子。

钱时英说："别出声，我知道你是在找我。"

余小晚不再叫唤。钱时英继续说："我也知道你叫余小晚。是张离叫你来的吧？"说完，他放开了余小晚。

余小晚看着钱时英，仍然保持戒心："我怎么确定你的身份？"

"今天早上你和张离一起乘车前往广州，火车票是我订的，广州接待你们的同志也是我安排的。这个紧急联系方式只有张离知道，所以一定是她让你来找我的。"

余小晚这才释然，急促地说："离姐让我告诉你，今晚务必想办法将那批药品转移。明天荒木惟很可能会增派兵力彻底搜查车厢，迟则生变。"

"谢谢你冒险来送信。刚才你在街上摆脱周海潮的那一招很高明。果然虎父无犬子。"

"难道你认识我爸爸？"余小晚意外地问。

"余顺年同志与我曾有一面之缘，他牺牲之事，我略知一二。所有革命先辈都值得我们敬重。如果他在天有灵，知道你现在也在为抗日革命而奔走，一定会含笑九泉。"

"我可以像我爸爸，像离姐一样，为革命做更多的事吗？"

钱时英笑了："你现在要做的，是平安地回去，不要让任何人发现你的行踪。"

"我会的。"余小晚用力点着头，"我要和你们一起战斗，直到把日本人彻底赶出去的那一天。"

钱时英很认真地说："四万万同胞齐心协力，这一天很快就会到来。"

一个灰衣人攀着树爬上了乔瑜家二楼的阳台边。确定四下没人后，灰衣人翻身跳进阳台，用铁丝捅开阳台门，闪身而入。

灰衣人直奔房间中的那张书桌，同样用铁丝捅开了抽屉锁。他从怀里拿出一样东西放进抽屉，又把抽屉依原样锁上。这时，阳台外传来路人说话的声音。灰衣人闪身隐蔽到阳台的门后，声音过去后，他迅速出了门，又照原路攀着树下地，急急离开。

陈山坐在刘芬芳家吃着花生米等刘芬芳。除了花生米，他旁边的桌上还有烧鸡、猪头肉和两瓶老酒。

刘芬芳回来后，装作十分深沉的样子，一句话不说，给自己倒了一杯酒，仰脖喝了。

"可以啊刘芬芳，深沉得很像个做特工的料子了。"

"那是。"刘芬芳锁紧眉头，"我们做特工的，不是光摆出个狠三狠四的样子就行，关键得靠脑子。"

"脑子不错。"陈山笑笑，"但那膝盖上的土是在哪儿蹭的？"

"当我机警地从乔瑜家里出来，心想事情办妥了，就稍微地放松了警惕。结果刚出弄堂就被一堆电缆绊了一跤。你说大半夜的，怎么还有人在那儿架电话线呢？"

陈山哦了一声，若有所思。

刘芬芳撕下根鸡腿啃起来，仿佛在奖励自己："反正作为一名特工，正经事情我是肯定不会耽误的。"

"你也干上正经事了？"

听到说话声，刘芬芳一愣，回过头，只见余小晚走进屋来。

"又去给哪家姑娘送草头圈子了？"余小晚继续问。

"送……送什么草头圈子？又不是我送的。喏，送的人在这里，你自己问他好了。"说着，刘芬芳瞟了陈山一眼。

陈山看了眼余小晚，说："看起来你也有好消息给我。"

余小晚坐到桌前，拈了颗花生米吃："有惊无险，不过总算不负所托。对了，下次还有任务，你还让我办吧。我一定办得妥妥的。"

刘芬芳不以为然地说："余小姐，从体力和智力上来讲，女人做事情都不如男人……"

"刘芬芳。"余小晚瞪他一眼，"上次那针没给你扎下去，今天咱们要不要再扎一下试试？"

"两位都是英雄，在下仰慕至极。"陈山站起了身，"我要回医院陪张离了，不妨碍你们龙争虎斗。斗完了记着送小晚去永旺旅馆先住下。这一折腾，去广州的事又要重新安排了。"

余小晚说："鞋匠，我不想走了！"

陈山说："你得走，你走了，我和张离才能无牵无挂地做事。我们都说好了。"

"我在上海也用不着你们牵挂。你看我还能帮着你们呢。"

"今天这种情况以后不会再有。我不会再让你再冒险的。你应该去做你的医生,做你的跳舞皇后,做你自己。"

"我留下来和你们做一样的事,同样是做我自己。手术刀除了能救人,也能杀人。"

陈山看着余小晚闪闪发光的眸子,有些动容。

余小晚一字一顿地说:"鞋匠,我是认真的!"

陈山想了想,笑了:"今晚就先认真地休息吧。"

3

夜深了,荒木惟仍在办公室里翻看着一叠记录。千田英子进来汇报,她已经按照他的指示扩大了搜索嫌疑人的范围,对所有人进行了排查,暂时没有新的发现。

荒木惟问麻田课长提供了什么线索,千田英子说,麻田课长当天早上8点临时决定去广州,打电话通知机要秘书订票,随后由司机和助手护送去车站,其他人对于他们夫妇的行踪并不知情。

"早上10点,列车已经出发了。"荒木惟喃喃地说。

千田英子接话道:"所以这时候才策划对麻田课长的刺杀显然是不可能的。"

荒木惟又想了一会儿,觉得还是不能完全排除这条线上可能知道麻田出行消息的人,所以还要仔细排查。这次的暗杀给他一种奇怪的感觉。表面看起来这是一个仓促执行的计划,杀手只布置了一颗炸弹,没有安排后手,所以麻田课长才侥幸逃过一劫。虽然后来又出现了三个刺客,但是如果他们和引爆炸弹的人是同一伙的,为什么不在爆炸后立即确认麻田的死亡以便迅速补枪,而是在自己率队增援后才出现?

千田英子说,也许他们的时间仓促,刚刚赶到。但荒木惟并不这么看,因为既然放炸弹的凶手可以在开车前混上火车,那么他的同伙一定也事先知情。从上海到石湖荡车站有一小时二十分钟,他们完全有足够的时间在石湖荡车站准备好二次刺杀行动。但他率队到达车站时,距离爆炸已经过去了半个小时。

"所以科长怀疑,两次行刺的不是同一拨人?"

荒木惟没有回答。这时,大林在门外喊了声"报告",他带来了今天特高课和尚公馆所有人的行动记录。

荒木惟接过来快速翻阅,忽然停了下来。记录上显示,今天早上8点到10点,乔瑜的去向不明。他不由得想起了乔瑜主动请缨去追刺客,却负伤在地的情形。于是他问乔瑜人在哪儿,千田英子说他从石湖荡车站回来后就去了医院。荒木惟合上记录本,吩咐两人控制乔瑜,派人搜查他的办公室和住处。

大林带人去了乔瑜办公室搜查。四名日本兵来到了乔瑜的病房外监视。千田英子则带人进了乔瑜家中。

一个日本兵砸开乔瑜家中的抽屉后，拿出一叠报纸抖了抖，一张船票就从报纸里落了出来。

千田英子接过船票，狐疑地审视着。那是一张明天中午从上海到福州的船票。接着，另一名蹲在墙角的日本兵也发现了情况。千田英子走过去，看见墙角的地板被掀开了两块，下面有一个一尺见方的小空间。这里藏着一部电话，现在被拿在日本兵的手里。电话线一直延伸到墙壁里。千田英子拿起电话筒，听了片刻，面色凝重。

"并线电话。"千田英子放下听筒说，"叫技术人员来查明这条线路。"

搜查抽屉的那个日本兵将整个抽屉都拉了出来，把抽屉里的东西全都倒在地上。有几盒"大重九"牌香烟、两盒火柴、一叠信纸、一支钢笔，没什么奇怪的东西。但是另一个日本兵突然发现，桌子下面塞着一本书。他伸手将书掏出来，那是一本厚厚的《圣经》。打开后，他发现书被掏空了，掏空的地方，赫然放着一盒盘尼西林。

确认盘尼西林盒子上的批号是0042JP1503后，千田英子露出了成竹在胸的微笑："抓人。"

夜色里，化装成列车员潜伏在列车上的地下党从货物车厢里钻了出来。他已经把几箱药品移到了货厢门口，他跳下货厢，准备把箱子往地上搬。这时，两个日本兵巡逻而来，手电筒的光四处乱晃着。列车员赶紧掩上货厢的门，伏地隐藏。日本兵打着手电在货厢门上晃了晃，没有看出异样。他们在距离列车员不远的地方停住，拿出烟来点燃，一边吸烟一边聊天。列车员安静又紧张地伏着，不敢妄动。

过了会儿，日兵把烟头一前一后地弹飞。一个烟头落在铁轨上，另一个烟头正好落在列车员的鼻子上。

列车员本能地一抖，将烟头抖到地上。红光闪过，在暗夜里烟头的运行轨迹很显眼。一个日兵看到这一幕，先是一愣，随即叫起来："谁在那里？出来！"另一名日兵则哗啦一声拉动了枪栓。

列车员咬咬牙，拔出手枪，准备冲出来。这时，从站台黑暗的角落里突然如夜鸟般扑出两个黑衣蒙面人。一人从一名日兵身后将其利落地割喉。另一人捂住另一名日兵的嘴，把匕首插进了他的胸膛。

两名日兵倒地后，一个黑衣蒙面人拉下面巾，正是钱时英。他对列车员叫了一声："老曹，是我。"

三个黑衣人从黑暗中鱼贯而出。列车员站起来，十分惊喜，带他们去货仓搬货。这时，又一个日本兵突然从列车另一边窜了出来，大叫了一声。一个黑衣人抬手向他甩出一把匕首，插进其胸膛。但就这一瞬间，他没有接住另一同志递来的箱子。箱子摔到地上，散架了，里面的药盒掉了出来。

黑衣人立即脱下衣服铺在地上，手忙脚乱地将药盒捡起，凌乱地放到衣服里。然后他把衣服系成一个包袱背在身上，把散架的箱子扔到了铁轨边的草丛里。黑夜中，他无法看到，一张药盒标签残留在箱子里。

在他们搬运药品的时间里，四个日本兵冲进了乔瑜的病房，将乔瑜从病床上粗鲁地拉下来，推搡着就往外走。乔瑜感到莫名其妙，没说两句身上就挨了一枪托。

清晨，陈山走进尚公馆大院，发现院中的日本宪兵比平时多了几倍。大林慌慌张张走过来，几乎撞到他。

陈山叫住大林，问他干什么，大清早的像丢了魂。大林把陈山拉到一边，神秘而小声地说，要出大事了，乔组长被抓了。

"怎么回事啊？"陈山神色一动，"贪钱了？"

"贪点钱那就是小事了。在乱世里当个小官，谁还不疯了似的捞啊。我是听说麻田课长遇刺的事，乔组长是内鬼，以前的好多案子都是他犯的。连他手下那几个都一起被抓了。"

陈山掏出香烟递给大林一支，大林赶紧掏火柴给他点烟。两人抽着烟，聊了会儿内鬼的话题。然后，千田英子从办公室走出来，叫了陈山一声，科长找他。

陈山坐在荒木惟办公桌对面，看着桌上的船票和盘尼西林药盒没说话。荒木惟声音低沉地说："你们中国人总是善变。"

陈山开口说："我刚刚听说有人变了。"

"乔瑜和你，是我亲自发掘和培养的人才，所以我给予了你们我最大限度的信任和倚重。现在，乔瑜让我很失望。"荒木惟直视着陈山的双眼，仿佛要将他看穿。陈山坦然地与他对视着。荒木惟突然冷哼了一声，撤回了眼神。

"尚公馆里，敢与我这样对视的人并不多。"

陈山笑了下："没做亏心事，不怕鬼敲门。"

"你把我比作鬼？"

"像您这样的，生为人杰，死是鬼雄。我平生最佩服的就是强大的人。"

荒木惟冷笑道："你的比喻也没错。要比鬼更可怕，才能令敌人胆战心惊。"他指指桌上的船票，继续说："这些都是从乔瑜家里搜出来的，如果没有及时发现，恐怕此时他已经在去往福州的船上了。"

"既然这盒盘尼西林，跟失窃那批药的批号一模一样，那么也就是说，乔瑜很有可能在送走这批药之后，就打算远走高飞，坐今天中午的船去福州？"陈山皱着眉揣测。

"看起来确实是这样。"

"但是恕我直言，只凭这两样东西，我觉得还不能确认乔组长就是内鬼。"

"如果加上他私接在宪兵司令部特高课麻田课长司机家的那部电话，是不是就证据确凿了?"

陈山故作吃惊:"你的意思是说,乔瑜私接电话偷听到了麻田出行的消息?"

"麻田的司机生病,现在的司机是他向大日本特务机关秋田公司借用的。这个司机接上电话才一个月,乔瑜家离麻田的司机家近得只隔了一幢楼。麻田出行是临时决定,只有司机头一天晚上知道了消息。假如是乔瑜窃听了电话,那么一切都能解释得通。"

陈山心中了然,乔瑜家的电话一定是费正鹏装的。他继续假装疑惑不解地问:"那这批药和行刺麻田课长,又有什么关系?"

"今早上我得到消息,昨晚有人夜袭火车,劫走了一批神秘物资,驻守在石湖荡车站的宪兵死伤惨重。"

陈山心中一喜,面上却不动声色:"难道这批药就在这列火车上?"

荒木惟拿出了那张残留在散架箱子里的药盒标签,放在陈山面前。

"我明白了,行刺只是假象。"陈山恍然大悟般地说道,"声东击西,把药送走才是他们的真正目的。"

荒木惟脸色阴郁,起身走到天皇画像面前,沉吟半晌后,说:"被自己家养的狗咬,这次这个跟头栽大了。"

陈山看着荒木惟的背影,得意的微笑从脸上一闪而过。

4

荒木惟和陈山走进刑讯室的时候,刑架上的乔瑜已经衣衫褴褛,浑身是血,像瘟鸡一样耷拉着脑袋。

见两人进来,他立即声嘶力竭、语无伦次地喊了起来。

"科长,我是冤枉的,我是冤枉的啊!陈山,陈组长,你给我作证!我最了解我了,我是什么样的人,我忠心耿耿对吧!我为天皇陛下死也没有关系的,对吧,我是冤枉的啊!"

"闭嘴!"千田英子一鞭子甩过去,乔瑜脸上立刻冒出一道血痕。

荒木惟坐到乔瑜对面的椅子上,说:"乔组长,你知道我最怕什么吗?"

"什……什么?"乔瑜紧张地问。

"我最怕就是冤枉了你,让那个真正的内鬼继续逍遥,没有什么比这更糟的事情了。"

陈山站在荒木惟身后,眼神一闪,强自镇定。

"对对对!"乔瑜连声说着。

"所以少安勿躁,"荒木惟说,"我会给你足够的时间,让你帮我找到真正的内鬼。"

乔瑜忍着痛说:"科长,我对您一向忠心不贰,对大日本帝国忠心耿耿。我是被

238

人陷害的!"

荒木惟审视着乔瑜,说:"麻田课长所乘坐的那趟火车是早上10点从上海出发,如果我没有记错,那天早上我从尚公馆出发时,是在大门口遇到的你。那么你告诉我,昨天早上8点到10点,你人在哪里?"

乔瑜哭丧着脸说:"我得到了线报,和上次被劫的药品有关,所以我去和线人见面了。小四他们跟我一起去的,他们可以作证。"

"地点?"

"火车站前十字路口的周记金店。"

"为什么事先不报告?"

"我怕打草惊蛇,而且当时没有十足的把握,我想先把货找回来再向科长您汇报。"

"人呢?货呢?"荒木惟继续问。

乔瑜沮丧地说:"我被耍了。线人没来。"

荒木惟冷笑道:"那你知道货在哪儿吗?"

乔瑜愣愣地问:"哪儿?"

荒木惟缓慢地靠向椅背。千田英子说:"昨晚有人从出事的火车上劫走了一批货物,就是被劫的那批盘尼西林。"

乔瑜惊呆了:"药怎么会在火车上?"

荒木惟盯着乔瑜说:"这话应该由我来问你。"

"我真的什么都不知道!"

荒木惟专注地为自己点燃了雪茄,烟头红亮起来。荒木惟抽着雪茄,不说话,让乔瑜格外恐惧。千田英子冷冷地说:"根本就没有什么线人。"

"真有!"乔瑜说,"我没撒谎,小四他们可以作证!"

"是的,就是他们证明,你在抓所谓的线人的时候跟他们分开了整整一个多小时,他们没人知道你去了哪里,做了什么。"

乔瑜愣了两秒:"那……那又能说明什么?"

"说明你当时有充足的时间,在一个合适的地方,把药弄上火车。"

"胡说!"乔瑜朝千田英子吼了一句,"完全是胡说八道!我要真想把药弄上车……也不用等这个点才动手!圈套!这一定是圈套啊!我和小四分开去追那个线人,结果越追越远,追到了却发现不是我要找的那个线人。科长,我真的是中了敌人的圈套了啊!"

陈山眼神闪了一下,说:"科长,我倒觉得乔组长说得有些道理。"

"科长!"乔瑜心中暗喜,"你知道陈山向来是个明白人,你看连他都说我有道理。"

陈山继续说:"本来前天晚上轮到我去火车站装货处值班,但临时家中有事,我就请乔组长代为替班。如果他前天晚上就把药装车,可以做得更加神不知鬼不觉,何必要在火车开车前冒险呢?"

乔瑜好像抓住了救命稻草,连声说着陈组长说得对。但是陈山话锋一转,说:"那明知冒险还要行事的原因就是,一旦药品被成功运走,科长一定会从装车环节查起。前天在装货处值班的人是我,只要科长先怀疑我,你就有足够的时间全身而退,坐上今天去福州的这趟船。"

乔瑜愣了两秒,说:"陈山,你这是糊涂了,还是想落井下石?"

"落井下石的是你。"陈山说,"要是你跑了,我可就吃不了兜着走了。"

乔瑜突然恍然大悟,对着陈山吼起来:"我知道了,是你!你前一天故意跟我调班,又故意弄个假线人引我在那个时间去车站,就是为了嫁祸给我!"

荒木惟看了陈山一眼,转头之时有一丝狡黠的神色一闪而过。陈山把荒木惟的神色看在眼里,不动声色。

乔瑜还在大喊着,陈山冷静地打断了他,说:"乔瑜,你这是恼羞成怒还是狗急跳墙?狗急了要跳墙也得找个结实点的墙跳,否则墙倒了,狗也跑不掉。"

乔瑜已经失去了理智,疯狂地乱喊:"就是你!陈山,这一切都是你安排的……科长,是他,是陈山,陈山才是幕后的黑手!"

"那按照你的说法,藏在你家地板下的电话线也是我给你接的?"

乔瑜被陈山问得一头雾水:"什么电话?"

"千田队长,"陈山把脸转向千田英子,"看来有人在质疑你的侦查能力。"

千田英子冷冷地说:"乔瑜,我从你家地板下面找到一部电话,电话并线在麻田课长司机家中的线上。"

"乔瑜!"陈山忽然愤怒地大喊,"本来看在我们在重庆就共事的分上,不想看到你落到这个下场。我还想在科长面前替你说说情,但想不到你不但不领情,还想把脏水都泼到我身上!那就别怪我不客气了!"

"科长,你千万不要相信他!陈山在重庆就不老实,他就是个两面三刀的贱货,他一肚子坏水,早就想好了嫁祸给我!"

荒木惟端起桌上的茶杯喝了一口,神情淡然。

"科长,"陈山镇定地说,"既然乔瑜说我嫁祸给他,那我只能替他梳理一下整个过程了。"

荒木惟望向陈山:"说!"

陈山走到乔瑜身边,说:"我们那批盘尼西林,分明是你暗中帮助军统截下了这批货,却故意打死了重要证人陈老板,用中共交通员'扁担'做你的替罪羊,让我们以为药品是被中共劫走了。陈老板是死在你手里的,没错吧?我没有叫你打死陈老板,是你自己干的吧?"

乔瑜想了想,喊道:"是你叫我去好好审陈老板的!你早就设计好了这一切!"

"小四已经招了。"千田英子说,"是你打死了陈老板,再用尸体的手指画了押认罪,把共党的罪名栽在他头上。"

"不是，不是这样的！"乔瑜慌乱地大叫着。

陈山有些激动，打断乔瑜的话头，步步紧逼："尔后你又使调虎离山之计，将科长引至城外，使飓风队有可乘之机，炸毁了药品库。这次你在火车上搞爆炸，原本只是想逼停火车，让你们的人有机会将车上的货运走，可偏巧你偷听到麻田司机家的电话，知道麻田课长也要坐这趟火车。所以，你干脆来个一箭双雕，又派人在途中行刺麻田，准备立下大功就远走高飞。你真是贪心不止！"

陈山说话的过程里，乔瑜一直在大喊大叫，奋力挣扎。荒木惟只是像看戏一般，云淡风轻地喝着茶。

陈山越说越激动，越来越靠近乔瑜："我为了嫁祸你，所以马上通知科长来截停搜查火车？我为了嫁祸你，所以把张离送上火车，让飓风队把她炸死？"

"你和张离就是一对奸夫淫妇！你们就是军统派来的卧底！你们早就设计好的这一切……"

陈山砰的一拳打到乔瑜胸口上："这一拳是替张离打的！"乔瑜被打得住了嘴，嘴角流出血来。陈山砰的又打了一拳，"这一拳是替麻田太太和她的孩子打的！"

"你打吧！打吧！打死我，就死无对证了！"乔瑜忽然大笑起来，"老天，你开开眼……"

陈山看着乔瑜手臂上的伤，继续说："我还有证据。你手上的伤，当时我就发现了，伤口周围有焦痕，必须枪口贴在你身上开枪，才能造成这样的枪伤。我当时很疑惑，你怎么会受这样的枪伤？"

"你明知现在伤口已经看不出痕迹了，大可以胡说一气！"

陈山不理会，继续说下去："我现在才想明白了，站台的三个刺客他们的任务不是行刺麻田，是冲着那批药来的。当时开枪只是为了转移我们的注意。而你为了配合他们，竟然打伤自己，不惜演了一出苦肉计。乔瑜，你真是好手段。"

荒木惟欣赏了一出好戏一般，轻轻鼓了一下掌："乔瑜，我赞赏你的机智。"

"不是的，不是我干的……科长。"乔瑜惊恐地连连摇头，"这些事情都与我无关啊。陈山，他胡说，他没有证据的。"

陈山说："我们只要取出你手臂里的子弹来检验一下，就可以知道事情的真假了。"

荒木惟拍了两下手掌，大林就走进了刑讯室。

"报告科长，刚才收到检验报告，乔瑜手臂中取出的子弹是从他自己的枪里射出的。"

荒木惟接过报告迅速浏览，合上报告对乔瑜冷笑起来："好一招苦肉计。千田队长，这个硬汉就请你多关照了，我要尽快看到口供。"

千田英子站到乔瑜面前，活动了一下颈部，摸出一副铁指环套在手上，对着乔瑜的脸就是一拳，血水飞溅，乔瑜的牙齿也飞出几颗。

荒木惟带着大林往外走，陈山也赶紧跟上。铁门重重地关上了。后面传来乔瑜的哭号:"我是冤枉的!科长,我真的是冤枉啊……"

5

陈山拎着食盒来到了张离的病房。他走到床前,很自然地抓起张离的手握在手中:"穿这么少,冷不冷啊?"

张离挣了一下没挣脱,又好气又好笑:"现在可是夏天,难不成我还得穿棉袄?不要趁机吃豆腐。"

陈山坐在床沿,用双手合住张离的手,说:"现在握着你的手,我心里才安定些。我觉着我现在是越活越没胆了。第一次在重庆街头轰炸那次,我抱着你跑的时候,我还不知道害怕,我就觉得我们命那么大,死不了。第二次你身上绑着炸弹那次,我开始怕了,我不想死,我就想跟你一起好好活着。昨天看你被压在炸弹渣子里,我怕得要死,我就怕你丢下了我一个人。"

"没了我,也会有很多人跟你并肩作战。那些已经离去的人,也一直站在我们身后。"

陈山笑道:"所以一想到我老婆都不怕,我怎么能怕呢?这胆儿就又肥了。"

张离也笑了:"好,有进步。"

陈山凑到张离耳边低语:"乔瑜这次背定黑锅了。老费这次的执行力还是让我刮目相看的。他竟然想出把麻田司机家的电话并线到乔瑜住处这一招,连我都不知道麻田司机家还有电话。"

"军统在上海也有一个庞大有力的情报网。"

"荒木惟想试探我,我干脆就把屎盆子全扣乔瑜身上了。看起来我的计划成功了。消息已经传给老费了。"

张离点点头,别有深意地说:"本来要带去广州的东西怎么样了?"

陈山继续在张离耳边低语:"钱时英昨晚带人把药转移了。"

砰的一声,门被推开了。

麻田和荒木惟站在门口,余小晚站在他们身后。陈山的嘴还凑在张离耳边,姿势十分尴尬。他干脆顺势在张离脸上飞快地啄了一下。张离脸上浮起红晕,一把推开陈山:"麻田课长和荒木科长来了。"

余小晚也有瞬间的尴尬,但迅速调整好了情绪,平静地站在一边。麻田笑着走进来,说:"看来我们来得不巧,打扰了你们夫妇啊。"

陈山这才反应过来的样子,急忙起身,请麻田和荒木惟坐下。

"我来医院看望麻田夫人和他的孩子,"荒木惟淡淡地说,"顺便也探望下陈太太。"

张离笑着说:"谢谢麻田课长、荒木科长的关心,我的伤没有大碍了。"

麻田口气里仍然带着高傲:"这次多亏陈太太救了我们一家,也要多谢余小姐为我夫人接生。"

余小晚淡淡地说："那我也要谢谢麻田课长言出必行，让车上的中国人也得到了治疗。"

麻田说："余小姐医术高明，这样的人才离开上海，是我们的损失。我诚恳邀请你留在医院工作，请不要推辞。"

陈山眉头微皱，说："麻田课长，小晚已经打算好了要去广州定居的。"

张离也隐隐有些不安。荒木惟站在一边，用探究的眼光看了陈山一眼。

麻田斜了陈山一眼，面露不悦："我在征求余小姐的意见。我太太十分喜欢余小姐。"

陈山望向荒木惟，但荒木惟并不接腔。麻田继续说："余小姐，以你的医术和德行，在同仁医院更能施展所长。我会让医院给你最好的待遇和升迁机会。这也是我太太希望为你做的。我诚恳请你留下。"

余小晚和张离对视一眼，看到了她眼中的忧虑。余小晚说："我想考虑一下。"

"余小姐不用考虑了，只要你留下来，我会跟同仁医院的院长协调，外科主任的位子就是你的了。"麻田的语气里充满了不容拒绝的意味。

张离、陈山有些焦急，余小晚并不看两人，笑了笑，说："留下来也可以，我只做医生，不做主任。"

"好！"麻田哈哈大笑，"欢迎你留在同仁医院，余医生。"

在医院门口，麻田看向荒木惟的脸很阴沉。他已经听说了，刺杀案的幕后主谋是荒木惟手下的人。

荒木惟向他弯腰致歉，说："刺客向麻田课长行刺只是临时起意，此前失窃的药品才是这次事件的主角。出了这等乱子，难辞失察之错，待全部事实清楚之后，我会亲自向尚公馆特务长小日向先生请罪的。"

"我知道你有用人之能，过去你是因为任用支那人立下过功劳。但我也要提醒你，支那人本性狡诈，永远别以为他们会真心实意地对我们忠诚。"

荒木惟再次深深躬身，说："多谢麻田课长提醒。"

麻田冷笑了一声："我还要提醒你的是，昨天遇袭的人是我，下一次他们的枪口也会对准你。"说罢他钻进等在旁边的汽车，然后又深深地盯了荒木惟一眼，重重地关上了车门。

汽车驶远后，荒木惟才慢慢站直身子。

"科长，麻田课长刚才对您十分冒犯。"千田英子冷冷地说。

"但他说得一点也没错。"荒木惟的脸色很阴沉，"打败支那人很容易，收服人心才是最难的。"

余小晚坐在张离的床前啃苹果，陈山抱臂站在一旁，不允许她留在上海。余小晚说，不答应麻田留在上海，那等于是打了麻田的脸。陈山说，先答应下来没问题，过几天他再想办法送她走。总之她不能留在这里。

"现在既然没走成，那就是老天爷不让我走。这是天意。"余小晚无所谓地啃着苹果。

张离看了陈山一眼，说："暂时让她留下，过一段日子再说吧。这和老天爷没有关系，是因为小晚和以前不一样了。"

"还是离姐懂我，是，我当然不一样了。"余小晚两眼放出光来，"以前在重庆，我能治病救人，也能唱歌跳舞。我还参加过战时救护团，我以为我作为一个中国人，已经做得不错。但是看到了你们，我觉得不一样了，刀尖舔血，生死命悬一线，置之死地而后生……我愿像你们一样，刀锋下为了我的国而献出生命，才是最漂亮的生命之舞。"

陈山和张离不禁被余小晚一脸决绝的光彩打动。

第十六章

1

尚公馆后院的空地被持枪的日本兵围住。乔瑜就被绑着跪在这片空地上,身上伤痕累累。荒木惟站在他背后,仔细地擦拭着一把手枪。

荒木惟慢条斯理地走到乔瑜面前,说:"用最不引人注目的身份,完成最引人注目的任务,是一个特务最大的荣耀。乔瑜,即使你背叛了我,我仍然很欣赏你。"

"错了,全错了。"乔瑜努力抬起头,喃喃地说。他的嘴唇上全是血泡,一只红肿的眼睛被血糊住。

"但你的壮举,只能到此为止了。"荒木惟淡淡地说。

乔瑜听完就笑了,直视着荒木惟的眼睛说:"你这个笨蛋。八格。"

荒木惟丝毫没有生气,继续说:"你暂时的成功,会由我来终结。你的命也是。"

"荒木惟,我送你最后一句话,早晚,你也会被人玩死的!"乔瑜大笑起来,望向荒木惟身边的陈山。

荒木惟并不扭头,但他把枪递到了陈山面前:"你来。"

陈山看了看那把枪,接过来对准了乔瑜。乔瑜咬牙切齿地看着他。乔瑜的目光让陈山想起了当初荒木惟训练他的时候。荒木惟连开六枪,每枪都从囚犯的眼睛洞穿而过。他说,子弹穿过眼睛进入小脑,可以让他们以最快的速度和最小的痛苦死去。这就是我能给他们的最后的慈悲。

陈山的手扣上了扳机,荒木惟却突然出手,抓住他握枪的手,将枪口向下压了几分。砰一声枪响,枪口冒出了烟。

乔瑜痛苦地倒在地上,右边胸部中枪,鼻子和嘴里涌出血水。他的眼睛睁得大大的,神情痛苦不已。

陈山看向荒木惟,说:"我记得你教导过我打人眼睛是最佳的杀人方案。为什么不给他一个痛快呢?"

荒木惟慢条斯理地说:"像他这样的人,临死的时候,一定会有很多往事想要追忆。"

乔瑜大张着嘴,嘴里涌出血泡。他抽搐着,脸色开始发绀。千田英子面无表情地在陈山和荒木惟身后看着他。

荒木惟平静地对陈山说:"子弹击穿了他的肺叶,这个漏气的肺内压会升高,却无法排出气体。"他看了看手表,"他至少还可以活十到十五分钟,足够他好好回想这一生。这是他应得的礼遇。你猜他会像鼓胀的气球一样炸掉,还是像离水的鱼一样窒息?"

"我不知道。"说话的时候陈山感觉自己的脸十分僵硬。荒木惟向陈山伸出了手,陈山机械地将枪交还。

荒木惟和千田英子离去了,只有陈山仍站在原地,悲悯地看着地上如死鱼般挣扎和颤动的乔瑜。夕阳正好在他的背后,勾勒出一个棱角分明的影子。

乔瑜眼前闪出一些片断,模模糊糊的镜像中,他还听到了自己沉重的心跳。

第一个片段是他问陈山,他觉得陈老板和钱老板哪个是"裁缝"。陈山说,实者虚之,虚者实之。"裁缝"是什么人,中共地下党的上海头目,这个段位的人,他能这么明摆着让你逮,都不给自己留条后路?

第二个片段是那天清晨,他在火车站附近的一条弄堂里见到的两个推粪工。那两个男人的面孔非常熟悉。他现在终于想起来了,他曾见过他们。那次,两人和陈山在一起,在街角说话。

荒木惟和千田英子已经走远。千田英子问荒木惟,是否真的完全相信乔瑜主导了此事,荒木惟沉默不语。千田英子又说,虽然自从药品被劫以来,每一件事都与乔瑜搭得上关系,但她始终认为,论心机,要说是陈山设计陷害了他,也不是没有可能。

荒木惟开口了,他说:"你知道中国历代皇帝改朝换代的时候,首先要做什么事吗?就是杀掉一些不信任或者有反意的臣子。"

"好像是这样。"

"中国人既聪明又难以驾驭,但如果一个都信不过,岂非无人可用?所以即使皇帝谁也信不过,也不可能杀掉所有人。"

"那他首先杀掉的是什么人呢?"千田英子问。

"是像乔瑜这样的孤家寡人。他们心无挂碍,造起反来最难提防。陈山的智慧虽然不容小觑,但陈夏,陈金旺,张离,余小晚,哪一个都是他的软肋,我控制他,远比控制乔瑜容易。"

"我明白了。您也信不过陈山,无论任何时候您一旦得知他有逆反之心,都可以轻而易举地杀掉他。"

荒木惟笑而不语。

陈山依然站在原地,看着垂死的乔瑜。此刻,乔瑜眼中爆发出了最后的光彩,口中嘀嘀有声,努力伸出一只手指向他。可是更多的血泡从嘴里涌出,他一句话也说不出来。陈山蹲下身,看着垂死的乔瑜,低声说:"借你吉言,我早晚会玩死他,替你报仇。"

陈山说罢起身，转身离开。残阳如血，把陈山的影子拉得长长的。乔瑜在地上抽搐着，无神空洞的眼睛仍然盯着陈山。

费正鹏拎着皮箱走在上海火车站的站台上，一个个车窗看过去。走到4号车厢时，一个戴眼镜的中年胖男人在车上叫了他一声张老板。费正鹏走过去，将皮箱递进窗子。

"郭先生，这里面是您要的书。"费正鹏的手在皮箱上拍了拍，胖男人会心地点点头。

火车长鸣开动起来，费正鹏看着远去的火车，在咣咣的车轮声中想起他和陈山的对话。陈山告诉他，荒木惟认定乔瑜就是内奸，已经把他处决了。他让陈山把详细的过程告诉他，他要马上写报告送回重庆，让他们立即公开飞行员的事。火车走远了，费正鹏心里稍微松了口气。他仿佛能真切地看到飞行员虎口脱险的消息在重庆、在香港、在北平、在祖国各地烟花般爆开的情景。

荒木惟把报纸摔在办公桌上，愤怒地骂了一句浑蛋。千田英子和陈山低着头站在他面前。迟疑了一下，千田英子开口说，重庆政府一定已经得知乔瑜的死讯，所以故意发布这样的消息，想造成不利于我大日本帝国的国际舆论。

荒木惟眼神锐利地盯着陈山，问重庆方面说美国飞行员并未死亡这件事，他有什么解释。陈山想了一下，说当时他被军统的人救出来以后，是在单独的病房养伤的。他没有亲眼见到飞行员的尸体，但之后二处正副处长关永山和费正鹏确确实实地告诉他，飞行员无一幸存。因为保护飞行员不力，他们还被戴笠臭骂了一顿。只是因为碍于国际舆论，他们才没有将事件公开。

荒木惟敲敲报纸："这些新闻又做何解释呢？北平《武德报》是我们的报纸，只好努力地声明这些都是谣言！"

"我认为有两种可能。"陈山镇定地说，"第一，重庆方面在撒谎，他们好不容易安插进来的双面间谍乔瑜被我们除掉了，气急败坏之余，公开了我们曾经刺杀美国飞行员之事，好让美国人来找大日本帝国的麻烦。第二，乔瑜根本就没有行使你给他的任务，他要了半天花招，目的只是为了瞒过我，骗过你。那场爆炸里，飞行员可能真的没死，或者有数人幸存，军统的人统一口径在内部声称飞行员已死，也是为了掩护乔瑜的双面间谍身份。我们都被他耍了。"

荒木惟脸色阴冷难看，没说话。千田英子说，不论是哪种可能，一时之间恐怕都很难查证。

"就算是第二种可能，乔瑜既然已死，这件事也就已经画上了句号。"陈山看着荒木惟的表情说。

荒木惟想了想，让千田英子联络他们在重庆的人去彻查此事，尽快给他一个确切的答复。

钱时英在一间昏暗的密室里发电报。他发送的内容是：樱花已谢，货物入库，拟送往长兴，请安排接收事宜。他全神贯注，无法知晓妹妹陈夏已经捕捉到了他的电台信号。

陈夏在缓慢行驶的电讯侦缉车里认真监听着，同时命令司机向东南方向开。但这时，她耳机里的嘀嘀声忽然消失了。

她神情紧张地仔细倾听，确定没有声音了，沮丧地将铅笔丢在桌上。她仿佛能看到一个黑色的影子在顺利发完报以后，拔掉了电台的电源，无声地融进了无边的阳光里。

第二天一早，陈夏来荒木惟办公室汇报。陈山恰好也在，看见陈山，陈夏给了他一个灿烂的微笑，甜甜地叫了声小哥哥。陈山也点头报以微笑，同时清楚地看到，陈夏脸上的笑容转瞬即逝，冷得让他陌生和忧虑。

陈夏对荒木惟的话语中充满歉意。她说她刚监听到一个可疑电台，可是时间太短，还来不及确定具体方位，信号就消失了。荒木惟的眼神和语气却是温和的，鼓励她不要气馁。在猫捉老鼠的游戏里，猫是永远的赢家。找到这些老鼠，只是时间问题。

陈夏受到鼓舞，说虽然这个电台神出鬼没，完全没有规律可寻。但她认得它了，下次一定会抓到他们。陈山在一边说，对付狡猾的敌人要有足够的耐心。

"对，"荒木惟说，"你只要记下每次发报的时间地点和时长，待缩小范围后再伺机行动，务求一击即中。"

"嗨咿！"陈夏深以为然。

"夏枝子，你还要多向你的小哥哥学习，他孤身潜伏在重庆的时候，获取了军统最机密的情报，帝国的空军才能顺利炸毁重庆的兵工厂，这样的壮举甚至得到了军部的嘉奖。"

"是的。"陈夏一脸崇拜地看向陈山，"我的小哥哥向来厉害，夏枝子以他为荣。"

陈山苦笑了一下："这一切都是科长指挥有方，我只是执行罢了。"

陈夏对荒木惟鞠躬，坚定地说："科长，我一定会努力的，请您看我的表现吧。"

荒木惟微笑起来。陈山将拳头插进裤袋，咬紧了腮帮。

"小哥哥。"陈夏看向陈山，笑容灿烂，"我昨天去医院看了嫂子，可惜没碰到你。"

"我今天去看见你送的花了。听你嫂子说，花是你亲手插的。什么时候学的这洋玩意儿？"

陈夏看了荒木惟一眼："是荒木君教我的。花好看吗？"陈夏望向荒木惟的眼神闪闪发光，让陈山心中担忧。陈山勉强笑了下，点点头："好看。你嫂子很喜欢。"

"荒木君，我想多学一些插花的样式，有时间你可以再教我吗？"

荒木惟用有些宠溺的眼神看着陈夏，不语。陈夏对陈山露出一脸明朗的笑，说要是嫂子喜欢，她就天天给她送。陈山笑笑，心中不是滋味。

2

有人敲响了周海潮房间的门。

周海潮从床上无精打采地爬起来开门。来的是旅馆老板娘，让他把这几天的房钱结掉。周海潮说之前不是交了三十块吗。老板娘操着上海话说，侬住了这么长辰光，那三十块钞票吗早就不够了呀。

"知道了，我等会儿就交钱。"周海潮没好气地关上门，走回床边，直挺挺地又躺了下去。刚躺下，敲门声便又响起来，周海潮不想理会，但是对方敲得相当执着。周海潮火起，一骨碌爬起来大步走过去，一把拉开房门："我不是说了等会儿……"

周海潮定睛一看，是黑皮。黑皮靠在大门外，皮笑肉不笑地看着他。周海潮脸上堆笑，将他迎了进来。

"我托你打听的事情有眉目了？"

"我刚才好像听到老板娘在催你交房钱？"

"放心。"周海潮不动声色地说，"我的钱一向用在刀刃上。只要你有料，我就少不了你的酬劳。"

"痛快，是个爷们儿。"黑皮从口袋里摸出几张照片递给他，"这次你要查的人，来头不简单，普遍的包打听还真不会接你的活儿。不过我黑皮混江湖讲究的就是个信字，既然接了就没有半途而废的道理。但是也仅限这一单，银货两清了，我们谁也不认识谁。"

周海潮翻看着照片，都是陈山的。突然，周海潮神情一紧，死死地盯住了其中一张照片。

那是陈山与人会面的照片。拍摄距离很远，照片上的两个人都很模糊。但是他感觉另一人的背影很像是费正鹏。思索了一会儿，周海潮抖着照片说，这张照片太模糊了。黑皮说，你就知足吧，知道我费多大劲儿才拍到这照片吗。周海潮想了想，问在哪儿拍到的。黑皮便狡猾地笑了。

"你给的是照片的价，可没说要每张照片的详细情报。那可是要额外付钱的。"

周海潮摸出一张皱巴巴的钞票递给黑皮。黑皮看了一眼钞票，有些嫌弃，但最终还是收了："算了，看你是熟客，这条情报算是打折给你。杜美路，海半仙茶楼。"

周海潮点点头，想了想，继续看后面的照片。他翻到最后一张照片，发起愣来。黑皮凑过去看了一眼，说，这张是免费赠送的。上次你托我查过这女人，正巧碰见她，就来了一张。

照片上的人是余小晚，正从同仁医院大门口走出来。

249

黄昏，陈山心不在焉地从尚公馆走出来，上了一辆黄包车，去同仁医院。他靠在车内，疲倦地闭上了眼睛。脑海里闪出来的全是陈夏和荒木惟在一起时的情景。当他再次睁开眼睛时，车夫正拉着他在一条僻静的小巷里跑。

陈山警觉，手伸向腰间别着的枪。这时，黄包车夫停下来，朝他转过了身。陈山同时拔枪对准了车夫。

"是我。"车夫取下了帽子，是钱时英。

陈山收回枪，机警地打量着四周，问钱时英东西拿到没有。钱时英告诉他，药品已经成功转移，他是来道谢的。

"不用谢。"陈山说，"接了活儿就要干得漂亮。我应承的事情已经办好了，我要你要办的事，你没忘吧？"

"我会尽快再安排人送余小晚去广州。"

"余小晚被麻田钦点留在同仁医院，暂时走不了啦。现在应该尽快送陈夏和老头子走。"

"我已经在计划。"钱时英的眉头微皱，"但以小夏目前的身份，要悄悄送她离开，难度很大，但我一定会尽快想办法的。另外，我还想跟你谈谈你。"

陈山愣了一下，说："我有什么可谈的。"

"像我们这样的人，常年如同走钢丝一般地活着，一着不慎，也许就万劫不复。"

"你们不是有信仰吗？你们不是不怕死吗？"

"我们有信仰，但我也怕死。很怕。"

陈山有些意外地看着钱时英。钱时英继续说："人的生命只有一次，何其珍贵，我当然怕死。但是若以我的牺牲换取更多同胞活的机会，换取国家光明的未来，慷慨赴死又何妨？我以我血荐轩辕，是我的理想和夙愿。"

"我以我血荐轩辕。"陈山喃喃地重复着。

"陈山，你有勇有谋，机变无双。虽然你没有正式加入我们，但你早就已经跟我们站在了同一阵线上。这次药品能顺利送走，你的功劳很大。现在我正式邀请你加入我们，中国共产党地下党组织，成为我们的一员。"

陈山没有马上回答，拿出一支烟点燃抽起来。

"陈山，只有接受组织的指引，你才不会再迷茫。你的才华才会更有价值。你可以认真考虑后再答复我。"

陈山不作声，狠狠地吸了几口烟，把烟头弹飞："要加入你们也可以，我有一个条件，你把陈夏送走，将张离调到后方去。"

钱时英暗自叹了一口气，也没有回答。

陈山发火了："流血牺牲是我们老爷们儿的事，她一个女人，不是子弹就是炸弹的，能扛得住几回？"

钱时英沉吟了一下，说："我答应你，我会向上级申请，但愿能尽量把张离调回苏区。"

"行了，送我去同仁医院吧。"

钱时英拉起了车把手，说了句："替我问候张离。"

周海潮来到海半仙茶楼，拿着陈山的照片跟柜台的伙计打听自己的"表弟"。伙计看了看照片，想了起来。

"我是见过他几回。最近一次，就是在楼上听海轩包间，我伺候的茶水。"

周海潮摸出一张钞票塞到伙计手里，神秘兮兮地低声说："借一步说话。"

伙计悄悄而机灵地收好了周海潮的钞票，把他带进了听海轩包间，给他泡茶，殷勤地告诉他，上次他表弟就是在这一间。

周海潮叹了口气，说："我这个表弟啊，和一个舞小姐说跑就跑，家里都急死了。"

"是吗？"伙计神色意外，"那先生我看挺正经的，不像公子哥啊。"

"本来是个规矩人，就怕被人带坏了。我就想知道，最近一次他是跟什么人一起来的？"

伙计想了想，说，也是个男人。周海潮按捺着心中的兴奋，问什么样的男人。伙计告诉他，那个人从进来到离开，脸一直都背着人，没看清。估摸着四十多岁五十左右的年纪，腰杆笔直。听到这些，周海潮有些失望，继续问他们都说了些什么。

伙计摇了摇头："客人说话我们是不好偷听的呀，倒完茶水我就出去了。"

周海潮手里捏着一张五元的钞票，但他只是在手里折来折去地玩，仿佛要给伙计，但又不甘心给。伙计紧紧盯着钞票，突然眼前一亮，说："我就听见他们走的时候说，十天后再来这里见面。"

周海潮压抑着激动的心情，问："上次他们是哪一天来的？"

伙计算了半天，说八月初二。因为那天他回家拜了祖先，他们家是拜初二和十六。周海潮算了下，十天之后，就是明天。他把那张钞票啪地拍到伙计手里，说："要是再看见这两人中的任何一个，记下每个细节。我重重有赏。"

余小晚拎着一个装着衣物、盆子的网兜从同仁医院走出来，陈山和张离跟随其后。余小晚左右张望着，医院门口却不见黄包车。陈山有些纳闷，往常很多黄包车候在门口的，今天却一辆也没有。

余小晚不满地说："平时老见你把那乌龟壳开来开去的，也没派上什么用场。今天要用了，你倒好，甩着两条火腿就来了。"

陈山笑道："今天组里出任务，他们把车都开出去了。要不你们俩在这儿等着，我去叫车。"

"这还用问吗？"余小晚瞪了陈山一眼。此时，正好有一个黄包车夫拉着车跑过来，陈山说："看看，我这种鸿运当头的人，想什么就来什么，挡也挡不住。"

余小晚说："我看你是虱子多，一天不抖两下就难受。"

张离笑着看陈山和余小晚斗嘴不说话。余小晚小心扶她上车,让陈山在后面跟着。黄包车拉着张离和余小晚在前面跑,陈山跟在后面跑。三个人有说有笑地离开,完全没有发现躲在树后监视他们的周海潮。看着他们走远,周海潮阴沉的脸上渐渐露出了狞笑。

3

余小晚哼着小调儿回了刘芬芳的家。她刚把大门打开,后面就冲出一个人,一把把她推进门。

门被那人重重地关上。余小晚先是一惊,看到是周海潮,镇定了下来。她在鼻子前扇了一下风,说:"你喝了多少酒?跑到这里来发酒疯。"

周海潮醉醺醺的不说话,一把拽住余小晚,拖着她就进了屋。被摔在椅子上后,余小晚喊了起来:"你弄痛我了!"

周海潮双目赤红,舌头有些大:"我弄痛你了?你、你知道刚才我看到你和陈山在、在一起,我的心有多痛吗?"

余小晚从椅子上弹起来,说:"你居然跟踪我?周海潮,我已经说得很清楚了,我们桥归桥,路归路,你为什么还阴魂不散?"

周海潮一屁股瘫坐在了椅子上,惨笑起来:"余小晚,余大、大小姐,我为什么变成这个样子,你不清楚吗?所有这一切,都是陈山那个挨千刀的、浑、浑蛋给搅的!"

余小晚冷笑了一声:"你怎么就不明白呢?不管有没有陈山,我都不会喜欢你的。"

"没关系!"周海潮傻笑着摆手,"你现在说什么都没关系。"

余小晚看着周海潮的模样有点疑惑,试探着问,"那你跑到这里来发哪门子的疯。"

周海潮依然在傻笑着:"实、实话告诉你,我已经查清楚了,张离和陈山都是军统的卧底,他们根本就是假结婚,而且我已经掌握了确、确凿的证据。"

余小晚心中一惊:"你要干什么?"

周海潮得意扬扬起来,说:"我只要向荒木惟告发他们,那、那我失去的一切都会重新回来。我、我要向所……有人,证明,陈山就是个两面三刀的浑蛋,我周海潮样样比他强。"

周海潮摇摇晃晃站起来,要往门外走。余小晚寻思了一下,喊住他,想和他谈谈。但周海潮摆着手说:"没、没什么好谈的。我会证明的、证明……"

余小晚将周海潮拉回来,按坐在椅子上。接着她拉开柜子,拿出一瓶青岛啤酒,在桌子边缘一磕,打开了瓶盖,啪地放在周海潮面前。

"今天既然来了,我们就把话讲开,好好说一下恩恩怨怨。"

周海潮看见酒就嘿嘿笑起来,拿起来就大口往下灌。

这时,陈山和张离已经到家了。张离靠在沙发上休息,陈山给她递来一碗中药,然后坐在她的旁边。

陈山说他已经和钱时英说定了,等她的身体好一点,争取把她调到后方去。张离说,她的事情后面再说,得先把余小晚调离上海。

"这件事情,你看要不要跟费正鹏商量一下?"

"好。"陈山眼前一亮说,"我去找他。上次飓风队没有杀掉麻田,老陶怪我破坏了他们的行动,保不定会去重庆告我一状。费正鹏只怕早晚会知道你送小晚去广州的事,不如早点告诉他小晚的下落。"

周海潮一连喝光了几瓶啤酒。他大着舌头说:"就、就凭我的能力,在谁手下都能混出头,只是老天爷让我遇、遇到了一个克星,所以我才事事不顺,处处倒霉。"

余小晚又塞给他一瓶啤酒,说:"你说,你能证明陈山是军统卧底?你吹牛吧?"

周海潮嘻嘻一笑,从贴身的口袋里摸出一张黑皮给他的照片,拍在余小晚面前:"你看,这是什么?"

余小晚心中吃惊,嘴上仍不屑地说:"这算什么?不过是一张偷拍的照片。"

周海潮笑得有些邪气:"你不懂了吧,这样的照、片,我,还有很多、很多……"

余小晚思索着对策,说:"行了,你那些东西我也没兴趣。来,喝酒!"

余小晚与周海潮碰了一下酒瓶,周海潮一气又灌下半瓶。之后,他跟跄着起身,走到余小晚面前,做了一个邀请的姿势:"小晚,请你跳支舞。"

余小晚想了想,起身伸手给周海潮。两人在没有音乐的房间里默契地跳起舞。周海潮抱着余小晚旋转着,越来越慢,最后将头耷拉在余小晚肩膀上,仿佛睡了过去。余小晚手一松,周海潮就像面条一样软软地瘫倒在地。

余小晚揪起周海潮的衣领,拍打着他的脸,轻声叫着他的名字。周海潮满面通红,双眼紧闭,醉得不省人事。余小晚从周海潮的口袋里找出几张照片,开始细细查看。

张离拿起手包,想出门。在医院待太久,有些事情她不放心。但是陈山朝她心知肚明地挥了挥手,说:"我见过他了,一切顺利,他让你安心养伤。"

这时门外传来了重物掉地的声音。菜刀的声音紧跟着传来:"哎哟喂,山哥,救命……"

陈山神色一紧,立即奔出去,只见院子里两尾大鲫鱼正在地上蹦。旁边扔着一只大木桶,水撒了一地。

宋大皮鞋和菜刀正在一人对付一条鲫鱼,一边互相埋怨。陈山和张离奔出来,有些哭笑不得。

看见陈山和张离，菜刀马上把鱼递给陈山："山哥，我听说嫂子住院了，买了两条鱼来给嫂子补补。"

陈山示意他把鱼装进水桶："算你有良心。"

宋大皮鞋也捉住了鱼放进了水桶，说："钱可是我出的。"

张离笑着感谢。菜刀说："嫂子，这鱼让山哥给你炖汤喝。隔壁的王妈说了，女人喝鲫鱼汤顶好了，下奶的。"

张离嘴角抽了抽，忍着笑，有些尴尬。陈山敲了菜刀的头一记凿栗："你嫂子是受伤，不是生孩子！"

菜刀摸摸头："那下次生孩子我再买。"

4

余小晚守着一只铁皮桶半蹲着。照片已经在桶里全部化成了灰烬。周海潮来到她身后，阴森而冷静地看着盆里的灰。

"我把证据都烧了，你也把过去的事情都忘了吧。"余小晚头也不回地说。

周海潮突然发火，把余小晚踹倒在地，然后跪坐在余小晚身上，揪着她的头发抽了她几个耳光。余小晚躲避袭击，但无奈力量悬殊，根本无法避免，只能极力让自己保持着尊严的姿态。

周海潮揪着她的头发吼着："我对你这么好，你却将我最后一点希望也烧了，你怎么就下得了手？你把我的心都伤透了你知不知道？婊子都知道谁给钱就给谁笑脸，你心里就只装着一个抛弃了你的陈山。这样对我公平吗？"

余小晚冷静地擦了擦嘴角流出的血，说："卖国者，人人得而诛之。有没有陈山，我都不可能看上你。"

"我不卖国，也有的是人卖。谁卖不是卖？"

"卖国者不会有好下场。我父亲说过，不能失去每一寸泥土，哪怕是泥土之上的每一粒灰尘。"

"灰尘？"周海潮嘲讽地笑起来，"我把全国的灰尘都送给你要不要？"

余小晚见周海潮注意力分散，一把将他从自己身上推下来，爬起来准备逃走。周海潮恼羞成怒，冲过去一把抓住她，一拳打在她的太阳穴上。余小晚当即晕了过去。

周海潮把余小晚拖到椅子上，把床单撕成一条条将她绑住。之后，他满意地欣赏着余小晚被绑着的样子，又从桌上拿过一瓶啤酒，淋在了她的脸上。

余小晚悠悠醒转过来。周海潮红着一双眼睛，几乎顶着余小晚的额头吼："你父亲余顺年这个老东西一直就瞧不上我，那又怎么样？你现在还不是落到我手上？"他仰天大笑了一阵，"看看，我想要的，最后一定会得到！不管是陈山那个浑蛋的命，还是你，最后我都会得到，哈哈哈……"

"周海潮你是不是疯了?"余小晚大喊起来,"你这个魔鬼,你放开我!"

周海潮猛然收住笑声,认真地对余小晚说:"你父亲就是一个不识时务的笨蛋,怪不得他那么早就被人杀死。"

"周海潮,你不得好死!你一定会下地狱的!"

周海潮又撕了一块床单布条,塞到余小晚嘴里:"谁下地狱你说了不算,阎王爷说了才算。"

余小晚口中发出嗯嗯之声,对周海潮怒目而视。周海潮从贴身的衣服里抽出几张纸,得意地在她面前扬了扬,用怜悯的眼光看着她。

"看见了吗,重要的东西在这里。你烧掉的照片,我还有底,可以再冲印,想印几套就印几套。"

余小晚愤怒地盯着周海潮。周海潮继续说:"你和你父亲一样,都是笨蛋。不过我喜欢女人笨一点。"

余小晚愤怒地摇晃着想要挣脱,周海潮用指背在余小晚脸上抚摸了几下,说:"知道吗?原本我还不确定,陈山是不是真正的军统卧底,但是你做的这一切,反而让我确定了,陈山和张离一定是军统卧底!否则你以为我今天找你干吗来了?啊?"说着,他又大笑起来。

余小晚挣扎着要甩开周海潮的手指。周海潮眼中闪出凶光,咬牙切齿地说:"你不是说,我和陈山没的比吗?你说得对,因为他就要死了,我根本不用跟一个死人比!"

余小晚在椅子上呜呜地叫着,拼命挣扎,周海潮不加理会,走出门去,又上了锁。

周海潮离开后,找到了一处公用电话亭。他拿起听筒,拨通了荒木惟的电话。

电话那边传来了荒木惟的声音。周海潮嘴角泛起狞笑,说:"荒木科长,我是周海潮。"

"是你?"

"荒木科长,之前你和千田队长又救了我一命,也一直没再抓我,我就知道您还是相信我的。这些日子我一直在找证据,现在我终于有情报可以给您了。"

"那就直接到尚公馆来。"

"对不起,荒木科长,我暂时还不能来尚公馆。我想请你明天早上到杜美路上的海半仙茶楼一见。"

"周海潮,我不杀你,不是因为相信你,而是因为你拿不出有价值的东西,就是个废物。不用我动手,军统也不会放过你。"电话那边,荒木惟的声音一直冷冷的,不含任何情绪。

周海潮犹豫了一下,说:"军统第二处副处长费正鹏,想必您也知道,明天他和陈山会在海半仙茶楼接头。这条消息,足够打动您吧?你可以来,也可以不来。但如果你不来，一定会后悔的。"

说完，周海潮挂上了电话。

荒木惟挂上电话，脸上带着玩味的笑容。他告诉千田英子，刚才的电话是周海潮打来的。

"他告诉我说，明天上午，陈山和军统二处费正鹏会在海半仙茶楼接头。"

千田英子一愣，问："你相信他吗？"

荒木惟说："陈山如果是奸细，一定会对我们加倍提防。但他不知道周海潮还活着，这种处心积虑想找他报仇的人躲在暗处，最难提防。陈山要真有什么破绽，周海潮可能比我们更容易找到。"

"科长，"千田英子有些忧虑，"您不能以身犯险，万一是陷阱呢？"

"陷阱我倒不怕。只是周海潮这个人的能耐，我确实并不太信任。"

"对，也许他只是抓了根稻草，就告诉咱们砍翻了一棵大树了。"

"明天你替我去看看那根稻草。在茶楼周围安排便衣随时候命，如果周海潮敢搞鬼，就地枪决。"

"是。"

周海潮往刘芬芳家门口走去。忽然，他一闪身躲进了一户人家的屋檐下。因为刘芬芳正站在自家的大门口，看着挂在门上的铁锁。他从裤腰上扯起用线拴着的钥匙，想要开门。

周海潮紧张地注视着刘芬芳，拿起门口放着的扫帚，随时准备攻击。但是刘芬芳拿钥匙的手又放了下去。他摇了摇头，自言自语："算了，还是等这姑奶奶在家的时候再来拿东西吧，这位可是属老虎的。"

刘芬芳走远了，周海潮才从墙角转出来，快速开门进了屋。

陈山和张离走进怀仁药店的密室时，钱时英已在里面等候。张离说："我把他带来了。"钱时英点了点头，说："以后大家就都是自己人了。"

陈山嘲讽般地笑了笑："原来亲兄弟二十多年，现在才算得上是自己人。"

张离看了陈山一眼，说："你一天不挤对人就很难受是不是？"

"没事儿。"钱时英说，"能挤对的人，才是自家人。"

张离又斜了陈山一眼："说得也是。让他挤对荒木惟一个试试，他才不敢。"

"挤对他又弄不死他。"陈山不以为意地说，"搞不好还被他弄死，这种蠢事我绝对不干。"

闲聊几句后，钱时英问起张离的身体。他拿出两根装在盒子里的红参递给张离，让她带回去和红枣一起炖汤喝。陈山一看，颇为满意，说："行啊，这还差不多，像个兄长的样子。别成天只让我们张离干活，不知道关心下属。"

"行啦。"钱时英扬了扬手,"以后还请你们多多批评,多多帮助。"

陈山说:"以后的事慢慢说,现在我就想知道,送走小夏和陈金旺的事情安排好了吗?"

"今天就是找你们来商量这事的。"

一张巨大的上海地图铺在陈夏的书房里。陈夏神情冷峻严肃,趴在地图上,用笔做着标注,不停地在一个笔记本上做记录。陈山站在门口,静静地看着她忙碌。陈夏做好最后一个标记后,站起身,转头望向陈山,露出了灿烂的笑容。

"小哥哥,怎么站那么久也不进来?"

陈山宠爱地揉揉陈夏的头发,说:"你早就听见我来了,怎么现在才招呼我?"

陈夏咯咯地笑了:"从前你跟我捉迷藏的时候也这样,每次屏住了气躲半天,看你那么辛苦,我就让你多躲一会儿再找你。"

"是啊。"陈山笑着说,"把我憋得慌,又不能把自己憋昏过去。每次都能被你找着,不好玩。"

"看来你今天心情很好。"

"你怎么知道?"

"前阵子你的脚步声既慢又疲惫,像挑着沉重的担子。今天你的脚步声很轻快,好像……好像飞出笼子的鸟。"

陈山对陈夏的敏锐有些吃惊,但脸上没有明显表露,他的目光扫过陈夏面前的地图,问:"忙什么呢?半天不搭理我。"

陈夏便像献宝一样把陈山拖到地图前,说:"你看,荒木君特意叫人给我绘制了这幅大地图,我又在上面补充了每条街上的店铺,还有电线杆的位置及走向。"

陈山淡淡地说:"小夏现在越来越能干了。"

"小哥哥,"陈夏很兴奋,"我这两天又拔掉了两颗钉子,都是重庆特务的电台。"

"是吗?能干得有点儿过头啊。"陈山微皱了一下眉,依然淡淡地说。

陈夏不以为意,指着地图跟陈山讲,她想到了一个办法,如果以后一个区一个区轮流停电,她就能更快更准确地锁定目标,找到那些老鼠。陈山不太想谈论这个话题,哦了一声。

"你看,停电可以缩小我搜寻电台的区域,没电的地方可以直接跳过。如果在停电时,电台的信号突然消失,那就更方便确定方位了。小哥哥,你说我这个办法好不好?"

陈山嘴里有些发干,说:"小夏,你有没有想过别再工作了,回家去照顾陈金旺。现在你什么都不用做,小哥哥也能养活你。小哥哥有的是钱,根本花不完。"

"我也想照顾爹,但荒木君对我悉心栽培,小夏已经不是过去那个一无是处的人了。我想像你一样帮助他,回报他。再说爸爸现在也被照顾得很好。余庆里的房子比宝珠弄的大多了。"

陈山哑然。

"小哥哥，你觉得我刚才想的点子怎么样？我想明天就向荒木科长提这个轮流停电的建议。"

"小夏，"陈山小心翼翼地说，"给日本人做事没必要那么费心，毕竟，最后抓的都是中国人。"

陈夏的目光依然停留在地图上，她又在某处添了几笔："可是科长说过，只有把那些躲在暗处破坏共荣的人抓起来，才能建立我们的王道乐土。"

陈山沉默了一会儿，说："小夏，你现在……开心吗？"

"小哥哥，你为什么突然这么问？"

"我是觉得，你现在的工作应该是有些累。"

陈夏想了一下，点了下头："好像是哦，但想成为一个有用的人，总会有些累的，这辛苦，我愿意。"

"你最近都瘦了。"

陈夏抬头对陈山笑了笑，又低头去看地图。

陈山好像突然想起来似的说："要不，明天我带你去大世界玩一趟吧。"

"大世界？"陈夏的眼睛亮了一下。

"是啊，你以前不是一直想去吗？"

陈夏犹豫起来："可是……"

"以前小哥哥没钱，你眼睛也不好，现在一切都不成问题了，明天我们去玩个痛快。"

陈夏想了一下，有些神往："嗯，好。"

陈山神秘又孩子气地说："你10点到大世界门口等我。你别告诉任何人，我们两个悄悄去，就像以前我们瞒着陈金旺溜出去玩一样。"

陈夏咧开嘴笑了："好。"

陈山伸出小手指，陈夏也伸了小手指和他钩了钩，两人对视而笑。

5

陈山骑着自行车回到家时，刘芬芳正好走到门口。两人一起进了门，陈山问他那天在车站的事做得密不密，日本人现在追查得紧，不能留下尾巴。刘芬芳让他放心，他现在已经是高级特工了，这点事，so easy！

"啥？"

"英文！懂吗？"刘芬芳得意地说，"阴沟里洗（English）！so easy 就是小菜一碟的意思！"

"尾巴翘得够高的啊。你在阴沟里洗什么我是不懂，不过你当心一点，别在阴沟里翻船！"

两人进屋时，张离已经在桌上摆好了几个小菜。陈山见张离下厨，说了她两句。她身子还没好利索，他原本准备去弄堂口的饭馆炒两个菜的。

刘芬芳不客气地上了桌。三人边吃边谈。陈山问刘芬芳，能不能摆平那些成天在陈金旺那边站桩的二鬼子。刘芬芳告诉他，那些人最近盯得没那么紧了，就是每天早上晚上来看一眼。

"我打算明天把我家老东西和小夏送走。你负责把老东西弄出来，别惊动那些二鬼子。出了余庆里，你们就去十六铺客运码头等我。"

刘芬芳一拍胸脯，说："保证完成任务。"

"你叫上菜刀和宋大皮鞋，搭把手。"

"找他们干吗？"刘芬芳很不屑，"就他们那素质，人多只会添乱。"

张离说："我倒觉得让菜刀和宋大皮鞋一起去更好。"

刘芬芳一愣："嫂子有何高见？"

张离给刘芬芳盛了一碗汤，说："他俩从小就跟我公公熟络，更了解他的脾气。三个臭皮匠顶个诸葛亮。多个人手总归是好的。"

刘芬芳恍然，觉得有道理，骗子一般都对熟人下手。陈山和张离对视一眼，都有些哭笑不得。

张离问小夏那边怎么样。陈山说，约好了明天去大世界玩，到时连蒙带骗先带她出城再说。

"你没告诉她实情？"

陈山叹了口气，对张离摇了摇头："现在还不能说，她都快被荒木惟洗脑洗成圣战分子了，成天就想着怎么替荒木惟找电台，抓人。"

刘芬芳说："小夏蛮聪明的小姑娘，怎么会脑子搭牢的？"

张离也微微叹了一口气，说："她对荒木惟有崇拜之情，又以为陈山真的在为荒木惟做事，所以有这样的反应并不奇怪。"

陈山夹了口菜，说："反正先送走，用陈金旺先拴着她，回头再把她脑子里那根搭错的筋给扳回来。"

张离点点头，夹了一块肉到刘芬芳碗里："先吃饭吧。"

阳光从窗外照进来。余小晚仍然被堵着嘴绑在椅子上。她打量着窗口，最终把目光落在了窗台上。那里有一盆植物，阳光洒在上面，带来一些清新的感觉。

周海潮正对着镜子仔细梳理着自己的头发。经过了特意打扮之后，他终于恢复了几分过去的潇洒。他走到桌边，拿起桌上的台历看了看，说："今天是个好日子。看，皇历上写着，今天宜会亲友、宜订盟、宜交易。"

余小晚目光炯炯地看着周海潮，拼命眨着眼睛，似有话要说。

周海潮说："你知道吗？你干爹费正鹏也到上海来了。"看到余小晚目光中流露出了惊讶的神色,周海潮得意了起来。"你果然不知道。我就知道你被他们骗得团团转。小晚啊小晚,你怎么就这么笨呢?"

余小晚眼神中又流露出不相信的神色,口中发出嗯嗯声。周海潮听得出来,她说的是"你骗人"。周海潮突然笑了起来,说:"照片上那个跟陈山接头的人,就是费正鹏,你连他都没认出来,就这么着急烧掉照片,那恰好证明陈山一定有问题。"

余小晚愣了一下,然后用力摇头表示不是这样的。她继续嗯嗯叫着,说的像是"你让我说话"。

周海潮志得意满,说:"本来我只是怀疑,想着是不是赌一把。你的反应让我确定,陈山就是军统的卧底,他大概到死也不会知道,是你出卖了他,送了他的性命。"

余小晚不相信地摇着头,眼神却是茫然的。

"你不相信?没关系,我会让你相信的。今天就是他们接头的日子。"

余小晚心中一紧,眼神一闪。她垂首想了想,再抬起头时,望向周海潮的目光变得柔和似水,还有眼泪在聚集,显得楚楚可怜。

周海潮有些心软,把余小晚嘴里的布条取出来,心疼地说:"抱歉小晚,还得委屈你一下,过了明天,就再也没有人可以把你从我身边夺走。一切都会好的。"

"周海潮。"余小晚的眼泪滚落了下来,"你把我放开。疼死了,再绑下去我的手会废的。"

周海潮连忙查看余小晚的手,并轻轻给她按摩:"小晚,你再忍忍,过了今天,我保证什么都听你的。"

"那把我挪到窗边去晒晒太阳总行吧?这什么鬼地方,冻成冰棍了。"

周海潮看了看窗户。窗户只开了一点缝,其他地方都是用纸糊住的。外面的人几乎不会看见窗户里的情况。周海潮把余小晚的椅子推到窗边,说:"你好好听我的话呢,这些小事都依你。"

余小晚柔声道:"刚才我想过了,你说得对,他们都在骗我。"

周海潮笑了:"你终于醒悟了。只有我自始至终对你一片真心。"

余小晚看了周海潮一会儿,问:"真的吗?"

周海潮把手举了起来:"要我发誓吗?"

"我才不要听什么花言巧语。你叔叔是不是在美国?你带我去美国吧,我再也不想见到那两个骗子。"

"去美国,过的也是寄人篱下的日子。但如果能扳倒陈山,我就会得到日本人的重用。"周海潮说到这里,两眼开始放光,"权利、金钱都会有的。小晚,到时我会给你一个风风光光的婚礼,给你真正的皇后排场,让每个女人都羡慕你。"

"我相信你,海潮。"余小晚似乎被感动了,"那你先把我放开吧,好不好?"

周海潮面对着余小晚蹲下,深情凝视着她:"你能相信我,我很高兴。不过在陈山死之前,我还信不过你。"

余小晚见被周海潮看穿，立刻收起刚才的柔情蜜意，气恼地一口唾沫吐到了周海潮脸上："信不过我还敢娶我？周海潮，你说的话你自己信吗？"

周海潮满不在乎地擦了擦，说："你知道吗小晚，我就是喜欢你这个性子，满身是刺。我最喜欢带刺的玫瑰。"

"呸！"余小晚又吐了周海潮一口唾沫，"像你这样的人渣，喜欢我？你配吗？还想得到日本人重用？你以为日本人都瞎了眼吗？就凭你，空口白牙到日本人面前去胡说几句，他们就会相信你？你真是白日做梦！"

周海潮迷醉地伸出手去，抚摸余小晚的脸："我当然不是空口白牙。陈山到底是不是奸细，今天就会见分晓。"

余小晚突然一口咬住了周海潮的手指。周海潮一声惨叫，拔出手指时，已经冒出血来。周海潮恼羞成怒，一巴掌扇过去，打了余小晚一个耳光。余小晚的嘴唇顿时被打破出血，脸上也多了几个手指印。

"你等着，我一定会干倒陈山的。这世道向来都是成王败寇，等我把他踩在脚底下的时候，我看你求不求我。"

余小晚又吐了他一口血水。周海潮躲开两步，不再理会她。他看了看表，整了整衣服，走出门去。

余小晚试图用力挣脱绳索，但是无济于事。她的手已经被勒出了深深的血痕。

第十七章

1

张离正在对着镜子戴耳环。陈山走到门口，又不放心地回过了头。

"你一个人去见他没问题吧？你伤还没全好呢，可别累着了。要不我替你去吧。"

张离浅笑了下："放心吧。去喝杯茶累不着。再说按级别，我还是你的上级，本来就应该是我去见他。"

"那你得小心一点。"

"你那边也是，一切小心。"

两人一起出门，张离搭上黄包车去往海半仙茶楼，陈山则蹬着自行车去尚公馆。两人在街口去往不同的方向，他们都不知道，此刻的海半仙茶楼附近，小四等便衣特务已等候在那儿。

海半仙茶楼位于杜美路上的一个丁字形道路交叉口上。千田英子带着一群便衣从路口走过来时，小四正蹲在街边监视。从一早到现在，他还没发现情况。

千田英子一挥手，特务们便有条不紊地撒开，隐没在几个据点。周海潮也混在茶楼附近的人群中。他看见了蹲在地上吃油饼的小四，一看他的眼神便知他的真实身份。周海潮还发现，海半仙茶楼对面房子的二楼窗户打开了一条缝，人影从后面一闪而过。他无声地冷笑了一下，低头在摊前买了一包烟。

余小晚还被绑在椅子上。她伸头努力地去碰窗台上的那盆植物，拼命地甩头，终于撞到了花盆上，使之朝窗台边缘挪动了一点点。继续来，一次又一次。半个钟头以后，花盆摔到了地上，四分五裂。余小晚用脚一蹬，连人带椅子摔倒在地上。花盆的残片扎到她的手臂里，鲜血流了出来。她奋力挪动身子，终于用右手两根手指拈到了一块花盆碎片。她捏着锋利的碎片切割捆绑着她的床单，碎片也深深陷入了她的指头中，血红一片。

终于挣脱束缚以后，她飞快地跑到了门口。门推不开，外面上了锁，她能做的就是捶着门大声喊叫。但是无人回应。她后退几步，又用后背冲撞了两下门，依然无济于事。

她跑回屋里，拿了一把菜刀出来，对着门轴就是一阵砍。门轴终于被砍断了，半扇门歪倒下来，余小晚想从门缝里挤出去，一枚板钉钩破了她的衣服。她猛地一挣，出去了。

陈山晃荡着走进尚公馆，走得漫不经心，暗中却仔细观察着院子里的情况。停在院内的摩托车只剩下两辆。值班室大门紧闭，似乎里面已经没有人。一个小特务从外面匆匆跑进来，手里托着一个纸包里装着的"包脚布"和一碗咸豆浆。那是给他买的。

陈山接过"包脚布"咬了一口，问小特务今天院子里怎么空荡荡的，一大早这些车去了哪里。小特务告诉他，千田队长一早就带人出去了，不知道去了哪里。陈山嗯了一声，端着豆浆吃着"包脚布"，神色凝重地走向了二楼的办公室。

打开办公室门的时候，桌上的电话正在响。但他接起时，对方已经挂了。随后，他又疾步出了办公室，骑着自行车去往大世界。

打电话的是余小晚，挂掉电话后，她又打给了陈山的住处，依然无人接听。她离开电话亭，在大街上发疯一样地奔跑。她披头散发，手提菜刀，路人见了无不纷纷躲避。余小晚跑得精疲力竭，也不肯停下，眼里的人和景物都慢慢变成了重影。呼吸和心跳声越来越粗重，是世界上唯一清晰的东西。忽然，她被一辆拐过十字路口的伪军的军用吉普撞倒在地。

余小晚躺在地上，虚弱地睁开眼睛看着天。她的眼神忽然变得坚定，像是充满了力量般，竟然一咬牙猛地坐了起来。

车上跳下来两个大兵，叼着烟，脸色不善地看着余小晚。余小晚一脸痛楚，左边的肩膀耷拉着，胳膊以怪异的角度拗着，显然是骨折了。她勉力站起，朝围观的路人低吼："让开！"

路人为她让出一条路。两名大兵本来满面怒容，看到余小晚如此气势，居然不敢拦她，目瞪口呆地也让到一旁。余小晚咬牙提刀前行，脚步虽然跌跌撞撞，却越来越快，奔跑了起来。她的眼神勇敢而坚定，左脚上的鞋摔倒时掉了，左脚被路上的碎石划破，路面上留下一个个血脚印。她索性把右脚的鞋也甩掉。街上的行人都用惊骇的眼神看着她，她一经过，便纷纷躲避。

周海潮蹲缩在海半仙茶楼门口的烟摊旁边，吸着烟，警觉地观察着街道各个方位。不久，一个身穿长衫的中年男子出现在了前方路口。他向海半仙茶楼走来，看上去很像费正鹏。周海潮绷起身体，紧紧地盯着他。他看清楚了，是费正鹏没错。

费正鹏的身影同时也出现在了千田英子被望远镜圈起来的视野中。千田英子站在海半仙茶楼二楼的一扇窗子后面，她的身旁是准备就绪的狙击手。在她的指示下，狙击手瞄准了费正鹏。

费正鹏看似很悠闲，缓步向海半仙茶楼走去，但他的眼光十分机警地四处打量着。一个肩挑担子的小贩从他身边走过，他看了看小贩的担子，没什么问题。他走向路边一个卖茶叶蛋的小贩，买了一个茶叶蛋，然后就站在路边剥起茶叶蛋来。他一边剥壳，一边转身。千田英子看得出来，他好像要跑。她立刻吩咐狙击手，如果费正鹏不进茶楼，就打他的腿。

　　周海潮见费正鹏转身离开，有些急了，站起身，扔掉烟蒂，朝他走去。这时，一声厉声暴喝忽然响起："周海潮！"

　　周海潮一愣，看见了一个披头散发的女人。女人赤着一双脏兮兮的脚，衣衫破烂，脸上手臂上都伤痕累累，手中捏着一把有些卷刃的菜刀。直到她疯狂地扑过来，周海潮才认出她是余小晚。而这时，他的手上已经被砍出了一道深深的伤口。

　　周海潮急忙躲避，余小晚的菜刀高高举起。她怒目圆睁，仿佛征战疆场上的战士，挥刀砍向不共戴天的仇敌，没有丝毫的犹豫和退缩。忽然一声枪响，她的动作停了。

　　血从余小晚的发间顺着额头流了下来。接着又是两枪，她的身体抖了下，扑倒在地，不再动弹。血从她背上的一处伤口泅出来，很快连成一片。

　　此时的费正鹏低头疾走，乱蹿的路人挡住了他的视线。他只听得到枪声，不知道中枪者是余小晚。接着又是一枪，他身边的一个路人应声倒地。费正鹏混在乱窜的人流中奔跑，最终闪身进了一家糖果店。他紧锁眉头对糖果店伙计点了点头，伙计立刻让费正鹏跟他走。

　　周海潮扑向地上的余小晚，把她的头小心地抬起来，不停大叫。

　　余小晚手中的菜刀还紧紧握着。她并没有迅速死去，而是躺在地上的一堆黏乎乎的血泊里不停地抽搐着。她紧咬着牙，口中涌出血水。

　　余小晚轻声对周海潮说："周海潮，你敢咬出张离和陈山，就算我死了，也会化为日日缠你的厉鬼。"

　　"小晚，小晚！"周海潮的鼻涕眼泪一股脑儿下来了，白花花的糊了一脸，"他们有什么好，你这样值得吗？值得吗！"

　　余小晚笑了，奄奄一息地说："值？像你这样天天为自己算计就叫作值？……我同你说，这是我一生做得最有意义的事情……我真，高兴……"

　　余小晚不再说话了，眼神也黯淡了下来。

　　四周奔逃的人群停在距离周海潮不远的地方，好奇地看着热闹。挑着糖炒板栗担子的陶大春也混在人群中。费正鹏之所以能全身而退，全靠他刚才的及时提醒。他盯着正抱着余小晚痛哭的周海潮，拿出烟盒假装抽烟，把吹管放入口中，对着周海潮吹出了一枚毒针。

　　周海潮突然摸了一下自己的脖子，但他只是挠了一下，没有在意。银针掉落在地后，陶大春悄然走开几步，在街角扔掉了糖炒板栗担子，混在人群中悄然撤离。

千田英子和伏在各处的特工涌过来时，周海潮正抱着余小晚疯狂地呼喊。人群见势不对，纷纷逃散。

千田英子下令封住各个路口，这里的人一个都不许放走。特务们训练有素地奔离，周海潮抱着余小晚向千田英子连连哭求。随后，他放下余小晚，爬到千田英子面前，泣不成声地说："能不能先抢救，能不能先抢救她……"

千田英子冷冷地看着周海潮，慢慢向前走了几步，用脚尖拨弄余小晚，使其正面朝上。这时的余小晚嘴角含血，双眼空洞地望向辽阔的天空。

千田英子的笑容慢慢浮了上来。

2

周海潮还在急切地祈求着千田英子，千田英子的笑容收了起来，冷冷地说："不能！"

周海潮跪在地上，徒劳地想用手去捂住余小晚一直在涌出鲜血的伤口。

千田英子说："周海潮，你有什么情报要报告，现在可以说了。"

周海潮惨笑起来："我只向荒木惟科长当面汇报，如果你不救她，你一定会后悔的！"

千田英子举枪对准了他，说："在我后悔以前，我先让你为刚才的话后悔！"

"我死了不过贱命一条，你们想要情报还是想要我的命？"

千田英子思考了一下，收枪，又笑了："行，那你的命先寄存在你身上，以后随叫随到！"她转头吩咐身边的特务，先把余小晚送到同仁医院去。突然，周海潮大叫了一声，捂住了脖子。接着，他的口鼻开始流血，随后缓缓倒地："有……有毒针……是……飓……风……队！"

"快送医院！"千田英子大喝了一声，特务们七手八脚把周海潮和余小晚抬上车。"这里的人，一个都不许漏掉，全部扣起来！"

糖果店伙计把费正鹏领到了后堂。伙计搬来一架梯子立在墙边，费正鹏上了梯子，把屋顶吊着的孙悟空画像移开。那里有一个可以出去的隐藏的洞。

"一路小心。"伙计站在梯子旁，仰着头说。费正鹏略一点头，从洞口爬了出去。

陈山和张离一起走进了荒木惟的办公室。正在伏案书写的荒木惟抬头看到两人，微露诧异。

"怎么把太太带来了？陈太太不是还在养伤吗？"

张离递上手里的一盒定胜糕，笑着说："荒木科长，我的身体恢复得差不多了。刚才路过'沈大成'，就买了些定胜糕带过来，感谢您的关心。"

荒木惟接过点心，点点头："定胜糕，这点心的名字倒是起得吉利。"

陈山接话说:"人定胜天,战无不胜。最适合科长您这样的英雄。"

"陈山,你现在是越来越精明了,连拍马屁都学会了。"

陈山笑了下:"还不是老婆调教得好。在家靠的是老婆把着舵,在尚公馆特务科靠您罩着。"

张离瞪了陈山一眼。荒木惟说:"这次的爆炸事件,陈太太临危不乱,处理得很好,麻田先生对你赞不绝口。我觉得你的伤痊愈后,可以来尚公馆工作。"

"科长,您饶了我们吧,我可不想三天两头送老婆去医院。"

"这件事后面再说。我刚得了一些武夷山大红袍,不如一起品尝。"

"科长不用客气,我们10点半约了医生,还要去同仁医院复诊呢。"张离说。

"哦……"荒木惟点了下头。这时,桌上的电话响了。

打电话来的是千田英子,她用同仁医院护士台的电话向荒木惟汇报,周海潮在海半仙茶楼外受到袭击。

陈山和张离观察着荒木惟的神色,只见他眉头略微一皱。

"疑似中毒,但人还活着,现在同仁医院救治。"千田英子继续说。

"知道了,我马上到。"荒木惟的声音依然平静。他放下电话,看向陈山和张离:"你们要去同仁医院,正好搭我的车一起去,会会你们的老朋友。"

陈山眉头一皱,问:"什么老朋友?"

荒木惟笑了笑:"你那么聪明,要不要猜一下?"

"难道是重庆来的?"

荒木惟微笑不语,起身向外走去。陈山和张离迅速交换了一个眼神,跟着荒木惟走出了办公室。

三人赶到医院的时候,等在抢救室门口的千田英子马上迎了上来。周海潮还在里面抢救,还能说话,至现在为止,他什么也没说,坚持要向荒木惟当面汇报。荒木惟略一沉吟,推门进了抢救室。

周海潮躺在床上,挂着输液瓶,一个小护士不停地用棉签为他擦拭着从七窍流出的暗黑的血水。医生和另外几个护士则在查看他的身体其他状况。周海潮先看见了荒木惟,又看见了荒木惟身后的陈山和张离。他的眼睛忽然张大,神情激动,张大了嘴,发出急促的喘息声。

陈山看了张离一眼,说:"还真是我们的老朋友,而且跟我挺像的,阎王爷也不爱收他。"陈山上前一步,笑嘻嘻地说:"周海潮,我们又见面了。"

荒木惟走到周海潮床前,挥手示意所有人都出去。见陈山和张离没动,千田英子说:"陈组长、陈太太,你们也出去吧。"

陈山耸耸肩,看了周海潮一眼,说:"我还真是不想多看他一眼。"

在抢救室门外,陈山对千田英子说:"周海潮上次大难不死,居然还有胆再回来找你，真够阴魂不散的。"

"陈组长。"千田英子盯着陈山看了看，"你是在害怕什么吗？"

陈山淡淡地说："像他这种唯恐天下不乱，损人不利己的家伙，什么地方都有。除了挑拨离间，浪费大家的时间之外，也就没什么别的能耐了。"

"那可不一定，要是没有确凿证据，他又何必特意回来送死？"千田英子的目光仿佛变得锐利了一些。

陈山摇了摇头："那是你不了解周海潮。他这个人，为达目的从来都不择手段，这才会对肖正国起了杀心。他是宁死也要掀起点风浪的人，怎么肯隐姓埋名做个小老百姓？"

"等科长出来，一切自会揭晓。"

陈山沉默了，他看了张离一眼，两人的眼神中都有隐藏的担忧。陈山回想起了一个钟头前，他骑着自行车在一个街道的拐角与同样骑着自行车的刘芬芳撞到了一起。刘芬芳喘着气说了余小晚让他转述的事："今天不要去见她干爹，有个周什么潮的要陷害你。"

陈山脸色一变："周海潮？"

"对，是叫周海潮。幸好我反应敏捷，知道你去大世界会走这条路啊，不然就和你错过了。"

余小晚在打完陈山住处的电话后，又把电话打给了刘芬芳的诊所。刘芬芳一接起电话，余小晚便急切地说："你赶紧去告诉陈山！叫陈山今天千万不要去和我干爹见面！哪儿也不要去！周海潮已经知道了，要害他！"

余小晚尽量降低语速，又说了一遍。然后她挂上电话，拔出剁在电话亭板壁上的菜刀，匆匆奔向海半仙茶楼。

听了刘芬芳的话以后，陈山迅速掏出了怀表。糟糕，张离就快要到海半仙茶楼了。他果断让刘芬芳暂停他们那边的计划。刘芬芳一愣，说，菜刀和宋大皮鞋已经把陈老爹接出来了。因为陈老爹太难搞，所以他十分果断地决定给陈老爹打一针镇静剂。幸好他回诊所拿药，不然还接不到余小姐电话。

"听着，现在，你先去大世界找到陈夏，然后让陈夏悄悄把老爷子送回去。"陈山神情严肃地说，"只有陈夏带老爷子回去，今天这事才不会引起日本人怀疑。"

"得令！"

陈山翻身上车，狂奔起来。在通往杜美路的一条大街上，陈山终于赶上了张离。他把车停在张离的身边，没有说话，与张离交流了一个眼色，张离便跳上了自行车后座。陈山载着张离迅速朝远离杜美路的方向驶去。

在路上，张离决定用紧急备用方式，用路边的公用电话通知飓风队。如有可能，务必尽快除掉周海潮。无论来不来得及，都只有兵行险着，赌一把。

陈山站在急救室外，表面平静，内心惊涛骇浪。虽然直到现在还没有费正鹏被捕的消息，看来飓风队应该及时通知了他撤离，也及时执行了刺杀周海潮的任务，但周海潮竟然未死，他究竟掌握了多少证据，又会向荒木惟透露些什么，他毫无把握。而他接下来又该如何应对呢？

他看了一眼千田英子，她正在稍远处指挥着两名日兵去走廊的另一头查看。这时，张离忽然牵住了陈山的手，神色坚定而温柔地看着他。陈山皱起的眉头不由得放松下来，故作轻松地对张离笑了笑。

"没事儿，我应付得来。无论荒木惟出什么招，记住，这担子我一个人能挑。"

"从重庆开始到现在，咱们早就是一条船上的人了。都什么时候了，你还分什么你我？"

陈山看着张离，莫名地高兴："咱们不分你我，那可真好。有你这句话，我现在就是死了也值。"

3

"周海潮，你有什么话，可以说了。"

周海潮看着面前的荒木惟。他的嘴张合着，喉咙咯咯作响，口里不停地涌出血沫，一句话也说不出来。他绝望地对荒木惟伸出一只手，另一只手努力地举起，像是要探手入怀拿什么东西。但手伸进衣服后，他的力气耗尽，吐出最后一口气，头一歪，死了。

荒木惟一直冷静地看着周海潮。他缓缓拔出腰上的佩刀，挑开周海潮的手，又用刀挑飞一粒粒的扣子，将周海潮的衣襟拨开，只见贴身的地方，有一张照片和几张纸。

荒木惟戴着白手套的手伸过去，拿起照片。那是黑皮拍的陈山和费正鹏在海半仙茶楼接头的照片。照片中的两个人都非常模糊。从茶楼的窗户里，荒木惟依稀能辨出上面的背影大概是陈山。而另一人，只有侧影，他无法分辨。

荒木惟沉着脸走出了急救室。千田英子询问情况，他没有回答，只是用奇怪的眼神看了一眼陈山。然后他用日语问千田英子现场另外那个嫌疑人的情况。千田英子也用日语回答他，中了三枪，现在还在抢救。

"救活她，不惜一切代价。那是唯一线索了。"

张离眼神一闪，拉着陈山的手指轻轻颤动了几下。荒木惟在走廊里来回走了几步，像下定决心一样站住，厉声道："来人，把陈山缴械。"

走廊里两个日本兵立刻过来，一人抓住陈山的胳膊，一人迅速从陈山的身上搜出了枪支。陈山没有反抗，任他们摆布。张离站在旁边，也是惊呆了的样子。

"科长，这又是唱的哪一出啊？"陈山满脸的不解。

荒木惟没理会陈山，继续用日语吩咐手下，把陈山夫妻带回尚公馆，千田队长留在医院,密切观察嫌疑人的情况,随时报告。

　　陈山被押回尚公馆以后,又被带进了一间空房。日兵把他狠狠地推到椅子上以后,荒木惟朝他扔了一叠东西。

　　荒木惟坐到他对面,摘下手表放在桌上,认真地看了看时间,说:"陈山,你只有一次解释的机会,时间五分钟。"

　　陈山捡起地上那叠东西,看到了自己的照片,又打开纸张,一目十行地读完。他语气平静地说:"果然到死都不忘兴风作浪。这次他又在你面前告了我什么黑状?"

　　荒木惟不作声,拔出了长刀,用手绢慢慢擦拭。

　　陈山看着纸上的文字说:"不怕贼偷就怕贼惦记,看来他是恨我入骨,惦记上了,不但把我每天的行踪记录得清清楚楚,还逐项分析说明。可这分析也太离谱了吧,我去一趟茶楼就是和人接头?还有这些所谓的路线,我不走道难道飞着回家啊?这世界上从来不缺阴险的坏人,但是想踩我,倒是拿点真凭实据出来啊。"

　　"还有两分钟。"

　　"这张模糊得像鬼影子的照片,难道就是我?你说这西服,街上走的人里面,只要是穿西服的,我保证十个里面有六个穿这样式的。虽然我是长得模样周正,可架不住上海滩的靓小伙多啊,随便找个张三李四拍张照就说是陈山?荒唐。"

　　"一分钟。"

　　"我和周海潮之间的恩恩怨怨,科长您是知道的,他处心积虑地要搞死我也不是一次两次了。如果您一定要用这些不着四六的东西定我的罪,我无话可说。"

　　"时间到。"荒木惟起身,走到陈山面前,手按在军刀刀柄上,慢慢地抽动。金属走动的声音十分清晰。陈山眼睁睁地看着。

　　陈夏在路边等着陈山,不时往两边的路上张望,或者焦急地看表。刘芬芳骑着车过来,停到她身边:"你是小夏吧,陈山叫我来的。"

　　"他人呢?"陈夏皱起眉问。

　　"他说他的顶头上司那里有点事,他先赶过去。"

　　"哦。"陈夏有些失望,"那我自己回去就是了。"

　　"但是……你现在得跟我走一趟,去把金旺叔带回去。"

　　"我爸?"陈夏一惊,"怎么回事?"

　　"陈山说,是为了给你一个惊喜,所以他让我和菜刀他们把金旺叔也接出来了。没想到现在突然出了点事……"

　　陈夏审视着刘芬芳,眼光越来越锐利:"我小哥哥到底出什么事了?说!"

　　刘芬芳有些忐忑,说:"具体的事,陈山真的没告诉我。他只是告诉我,要你把金旺叔送回去。不然,他上司,好像是科长吧,会起疑心的。"

　　陈夏松了一口气,又警惕地问:"我凭什么相信你?"

269

刘芬芳掏出一盒百雀羚递给陈夏："这是陈山本来就要带给你的，说是你最喜欢这种香膏。"

陈夏接过香膏。她还记得陈山之前送她百雀羚时的情景。那时，她的眼睛还是盲的，陈山也还是码头上的小混混。那天她坐在床上做针线活，陈山进来了，先是摸了一下她的头发，然后把那盒百雀羚塞在了她的手里。她摸着百雀羚笑着问是什么好东西。陈山就吹着牛皮说："小哥哥的好东西多如牛毛。这是人家找我办事体面，送给我的。漂亮女人才能用。"她问："我很漂亮吗？"陈山说："我妹妹是全世界最漂亮的女人，就算你以后要嫁人了，小哥哥也得给你办最像样的嫁妆，可不能让人家小瞧你。"她摸索着打开香膏盒子，放到鼻下闻着，十分陶醉。"好香啊，"她说，"这是我最喜欢的味道。"陈山说："以后小哥哥一定常常给你买这种百雀羚香膏，你想要多少就买多少。"

想到这里，陈夏感动地笑了："这不是我最喜欢的香膏，但只有我小哥哥认为这是我最喜欢的香膏。我相信你，走，去找我爸。"

这时，陈金旺正在郊外的一条村道上奔跑，宋大皮鞋在后面追。菜刀背着一个包袱气喘吁吁跑在最后。

宋大皮鞋让陈金旺慢点，陈金旺呵呵笑着继续跑。宋大皮鞋终于累得跑不动了，停下来直喘气。菜刀追上来，叫苦不迭地说，看着陈老爹这么弱，怎么那么能跑。宋大皮鞋说，废话，你跟着三岁的小鬼跑一天也能累死。两人没办法，只得气喘吁吁地继续跑。

宋大皮鞋绝境生智，问菜刀带生煎没有。菜刀没带，出来的时候生煎摊还没开张。宋大皮鞋又想了想，说："笨蛋，你不会假装带了生煎啊。"他停下步子，故意喊着说："菜刀，肚皮饿了，拿几个生煎出来吃。"菜刀响亮地应声："好的呀！"

接着，菜刀就开始翻包袱。陈金旺果然就停了下来，在远处探头探脑地看着菜刀。菜刀故意转身背对着陈金旺，做出埋头吃东西的样子，不时赞叹好香的生煎。陈金旺忍不住蹑手蹑脚地走了过来，菜刀转来转去就是不让陈金旺看。宋大皮鞋瞅准一个机会猛地扑过去，想要抓住陈金旺。谁知陈金旺比他想象的灵活，宋大皮鞋居然扑了个空。陈金旺提起地上的包袱又跑了。

宋大皮鞋沮丧地说："老滑头，怪不得陈山那么多花头精，原来这是家传的。"

陈金旺跑远了，菜刀叫喊着又追了过去。

荒木惟手中的军刀高高地举了起来，但陈山却并无避让之意。军刀利落地劈下。刀锋一转，雪亮的刀刃将陈山手上的照片和纸劈下一半，飘落在地上。

荒木惟收刀入鞘，冷冷地问："为什么不躲？"

陈山镇定地说："我问心无愧。"

荒木惟看了陈山一会儿，说："记住，这个世道，只有真正问心无愧之人，才能活得更长。"

千田英子驾车将陈山和张离送回了住处。一进门,陈山就骂了一句:"周海潮这条疯狗,还真是咬住我不放了。"

张离放下包,淡淡地说:"他本来就心胸狭窄,你揭了他的老底,让他成了丧家之犬,他当然咽不下这口气了。"

"算了,不说他了,晦气。"

陈山说完,和张离对了一个眼色。他比画个动作,示意屋里可能有窃听器。张离点点头,打开了收音机。陈山说:"今天走累了吧?歇一会儿,我来做饭。"

收音机里,新新电台报告员汪五月正在播音:"中国远征军已全部撤出缅甸。除第三十八师和第二十二师进入印度外,其他部队分由杜聿明按蒋介石命令突破封锁线,经南盘江、梅苗、南坎以西返国……"

陈山和张离在收音机里响起的李香兰的《何日君再来》音乐中,四处检查着有没有监听设备。好在没有,但小心为上,收音机就仍然开着。

陈山终于长出了一口气,低声和张离说:"幸好你能听懂日语,又告诉我周海潮已死,不然我在荒木惟面前差点绷不住。"

在急救室外时,张离听到荒木惟说不惜一切代价救活另一名嫌疑人时,就明白周海潮已经死了。她拉着陈山的手指轻轻颤动了几下,用摩斯密码向陈山传达这一讯息。

陈山说:"如果周海潮还活着,那么另一个嫌疑犯就算被救活,那也不能算是唯一线索。但另一个嫌疑犯又是谁呢?"

张离说:"所以我当时在想,难道另一个人是费处?"

陈山摇了摇头:"千田英子认识老费,如果另一个被捕的是老费,当场就会不惜一切去救他,不会等到荒木惟见过周海潮之后才来下这个命令。"

"对。如果那个嫌疑人是与周海潮一起的共谋者,那么同样,不会等到这个时候才来下这个命令。"张离揣测着,"会不会是飓风队的同志?"

"我和陶大春约好了,一会儿会有人在门外叫卖,如果事情办得顺利,就是卖天津大麻花;如果办砸了,就是磨菜刀。"

陈山话音刚落,门外就传来了叫卖声:"天津大麻花,香得来,脆得来。"

陈山和张离都松了口气。这么说,另一个嫌疑人不是飓风队的,那又会是谁。张离思考着说:"小晚怎么会提前知道周海潮的行踪?"

陈山想了想,说:"改天问问她就清楚了。"

张离点点头,又叹口气:"最近我们暂时先不要同她联系了,万一让荒木惟怀疑到小晚身上,就麻烦了。"

此刻的两人,丝毫没有把那另外一名嫌疑人和余小晚联系在一起。

271

宋大皮鞋和菜刀在村里的小路上绕来绕去，就是看不到陈金旺的影子。后来，宋大皮鞋拉住了一个提着畚箕捡狗屎的老汉，比画着陈金旺的样子向他打听，老汉说没见到。菜刀问他村口在哪边，老汉帮他指了指。这时，陈夏和刘芬芳走了过来。

看到陈夏，菜刀不由得惊喜交加。但陈夏一说她来是带她爹回去，菜刀就苦起了脸。

"可是老爷子跑丢了，我们也正在找啊。"

"跑丢了？"陈夏担忧地问，"什么时候？在哪里？"

"可能有一刻钟吧，我们在村口走散了。"

陈夏思索着，他们一家四口曾经在这个小村里住过一段时间。接着，她眼前一亮，让三人跟着她走。

村旁有一道小河，陈金旺正站在过膝的河水里，用包袱皮当渔网捞鱼。他一个人玩得不亦乐乎，猛地一扑，从手里抓起一块石头，开心得摇头晃脑，小心地放进裤袋里。他的袋子里已经装了鼓鼓的一大包。

陈夏跑到河边，看见了陈金旺。她毫不犹豫地冲进河里，把他扶住，劝他上岸。陈金旺从裤袋里摸出一块石头，朝陈夏炫耀："鱼、鱼鱼……"

刘芬芳、菜刀和宋大皮鞋也蹚着河水过来，把一直傻笑的陈金旺连拉带扯地弄到了岸上。陈夏呆呆地站在河水里，看着陈金旺的背影，想起了年少的时光。那时候，陈金旺还身处壮年，他常带着陈河、陈山和她来这里捕鱼。那天，陈金旺捕到了一尾大鱼，他直起身子，就像刚才一样朝她举着："看到了没有，我捉了好大一条鱼，够你三个好好吃一顿！"

她和陈山欢喜地跑过去。陈山接过鱼，但鱼活蹦乱跳，终于挣脱，掉进水里飞快地游走了。陈山扑进水里抓鱼，溅了她一身的水。两人都变成了落汤鸡，还是没能把鱼抓回来。陈金旺和陈河在一旁放声大笑，她和陈山便也笑了起来。河水在斜阳下闪着金光，四周回荡着他们欢快的笑声。

陈夏从回忆中醒过来，看着白发苍苍的陈金旺老态龙钟地上岸，眼里泛起了泪光。

荒木惟穿着雪白的和服，跪坐在地板上，闭目沉思。他的面前放着一把军刀，还有那张被他砍成两半的接头照片。与此同时，千田英子正在医院走廊上来回踱步，但眼睛一直盯着抢救室的门。而陈山和张离则坐在住处的沙发上，讨论着面前的一张上海地图。

4

一个特务推开了陈金旺住处的大门。走进院子后，他朝屋子远远地看了一眼。

透过窗户,他看到陈金旺躺在椅子上打盹儿。然后他转身离开,边走边叼上了烟。可是左摸右摸没有找到洋火,他便又转身往屋子走去,问陈金旺借洋火。

推开屋门后,他觉出了不对劲。因为侧躺在椅子上的陈金旺一动不动。他走过去察看,窗边椅子上的竟然不是陈金旺,而是陈金旺被塞了枕头并用棍子撑起来的衣服。

特务一脚把衣服从椅子上踢下去,拔出枪,气急败坏地往外跑。刚跑到门口,他又猛地站住了,陈夏正扶着陈金旺站在那里。

"陈金旺,你居然逃跑,还敢用衣服做假人来蒙骗我。"

陈夏冷着脸用日语骂了一句浑蛋,特务立马赔着笑说:"夏枝子小姐,误会,误会。"

"逃跑的人还会回来吗?"陈夏用汉语说,"你有没有长脑子?是我带陈金旺出去了,有什么问题吗?"

"我不晓得是您带他出去了,回来就好。你晓得的,我也是奉命行事,夏枝子小姐请勿见怪。"

"科长是命令你们保护陈金旺的安全,而不是把他当成犯人。他是自由的,你最好搞清楚这一点。出去!"

特务退了出去。陈夏想要扶陈金旺进去,谁知陈金旺用奇怪的眼神看着她,忽然把她一把推开,神情愤怒地指着她,叫她东洋婆子。

"爸,我是小夏,我们回去吧。"陈夏伸出手要扶陈金旺,但被拒绝了。陈金旺躲着她,自己跟跟跄跄往里走,一边走,一边在嘴里念叨着东洋婆子。陈夏想要追上去,最终没有动。她看着陈金旺的背影,咬住了嘴唇。

陈山走到窗前点燃一支烟,往外面看了看。门外不远处至少有两个特务在监视。他明白,荒木惟并没有完全消除戒心,他放他们回家却又安排了特务监视,其实是变相的软禁。

张离猜测,荒木惟在等那个正在抢救的嫌疑人的消息。但是他们现在不知道那个人是谁,所以她心里有些没底。陈山当下担心的是陈夏和陈金旺那边,不知道荒木惟会不会忽然起疑心去查看。

"我们要想办法尽快传递消息出去。"

张离话音刚落,桌上的电话就响了。陈山接起来,说了句"我马上到"就挂了电话。张离看着他的脸色,明白是不好的消息。

打电话来的是荒木惟。荒木惟要陈山马上赶到医院去见嫌疑人,并指定张离也一起去。张离一愣,随即产生了不祥的预感:"难道另一个嫌疑人是……小晚?"

陈山的神色也变得凝重了。

余小晚全身都缠着绷带,毫无生气地躺在医院观察室的床上。荒木惟在一旁出

273

神地盯着她。张离和陈山一起进来，一进来，张离就惊叫了一声。陈山的脸上也露出了惊讶沉痛的神情。

一名戴眼镜的中年医生被千田英子带了进来。医生说，病人左臂骨折，身上中了两枪，分别是头部和背部。背部的子弹没有伤及要害，已经取出。但是她头部的子弹，位置很险，再深一分，就直接进入大脑颅腔内。如果非要手术取出子弹，风险太大，她极有可能死在手术台上。

"医生，真的不能救她吗？"张离难过得嘴唇不停颤动，眼泪已经聚集在眼眶中。

"现在她虽然暂时昏迷，但我们已经止住了脑内出血，只要没有出现感染恶化等情况，她暂时也没有生命危险。"

"那她什么时候能醒来？"陈山问。

"这就要看病人自己的造化了。"

张离握紧了余小晚的手，脸上满是担忧。陈山的手放在张离的肩上，安慰她："小晚命硬，她一定能醒的。"

张离哽咽着点了点头。

荒木惟挥挥手，千田英子将医生带了出去。荒木惟转过身盯着陈山问："她是肖正国的妻子。她为什么要阻止周海潮去海半仙茶楼？"

"这个问题恐怕只有她自己才能回答。"陈山看着荒木惟的眼睛说。

荒木惟继续问："据千田队长说，她当时拿了一把菜刀，发疯似的追砍周海潮。是什么样的仇恨，才让一个冷静的女医生变成疯妇？"

"她就是个敢爱敢恨的地道重庆人，周海潮是杀害肖正国的凶手，她当然恨他。"

"那她是不是应该也恨背叛了她的你们？"

陈山的眼睛黯淡了一下，说："很多时候，连我都恨我自己。"

荒木惟审视着陈山，继续问："为什么看起来，你们好像相处得不错？"

张离开口说："女人有的时候很笨的。她只不过是在爱和恨之间，选择了爱，放下了恨。"

荒木惟一时沉默。张离看见余小晚的脚露在被子外面，脚底全是黑灰，伤痕也未得到处理。她将暖水瓶里的水倒进水盆里，放了一块毛巾下去。陈山接过水盆说他来。荒木惟站在一旁，审视着两人。张离轻轻托起余小晚的手，看到她手腕和手指上缠的纱布，眼圈又红了，几滴眼泪落在余小晚毫无知觉的手背上。

陈山认真地替余小晚洗着脚，黑泥洗去后，累累伤痕就露了出来。

荒木惟问陈山，知不知道余小晚的住处，陈山说知道。荒木惟便让他回头告诉千田英子，拍了拍陈山的肩膀，离开了。

荒木惟带着千田英子走在走廊上，脚步声传得很远。他阴沉着脸，脑海里闪过一幕幕画面。周海潮从电话里告诉他，军统第二处副处长费正鹏和陈山会在海半仙茶楼接头。而周海潮身上的那张照片上，也确实是一个与陈山相像的男子在海半仙茶楼与人交谈。见面当天，余小晚举着菜刀疯狂劈砍周海潮。周海潮在死前指了指自己的胸口，除了照片，还有几张陈山行踪的纸。其中一张是一条线路图，陈山家、维文书店和海半仙茶楼三个地址被特意圈了起来。维文书店千田英子已经查过了，但没有发现疑点。但荒木惟觉得，也许是去晚了。

"科长，您真的认为陈山是清白的吗？"

荒木惟没有回答，淡淡地说："这个陈山果然有几分本事，竟然让两个女人相安无事，和平共处。"

"您说会不会有这样一种可能？这个余小晚忽然出现在海半仙茶楼门口，就是为了给陈山通风报信。"

"你之前说，当时你曾经看到过疑似费正鹏的可疑人物？"

"是的。但余小晚忽然冲出来一闹，这个可疑人物就趁乱逃离了现场。会不会陈山其实也已经来到了附近，见此情形也就不再现身了？"

荒木惟沉吟不语。过了会儿，他开口说："派人盯着他和张离，有任何异动，抓。"

"是。"

两人前行几步，千田英子忽然想到了一件事。

"科长，今天夏枝子带陈金旺离开过余庆里一小会儿，但去向不明。"

荒木惟愣了一下，说："我知道了。"

陈山用被子轻轻将余小晚已经包扎好的脚盖上，端起水盆出了观察室。张离在余小晚身边坐下来，握住了她的手。

"小晚，你说过你不是我的亲人但胜似亲人……小晚，你的亲人都在这里，你快醒来，不准你丢下我，不准丢下你的亲人……"

张离的眼泪溢出眼眶，脑海里闪现着自己与陈山婚礼时的情景。

"今天是你大喜的日子，这里有哪一个是你的亲人吗？但我是。我余小晚，跟你不似亲人胜似亲人，我怎么能不来祝福你呢？"

余小晚抹掉即将溢出的泪水，走到神父面前，让他让开。她说她要亲自为他们证婚，她要亲手把自己最好的姐妹，交到她爱的男人手上。

然后张离想起的是，余小晚来到同仁医院为她做手术时的画面。张离的眼泪滴落了下来，喃喃地说："上一次，是你用你的双手，把我从死神身边拉了回来……这一次，我能把你拉回来吗？小晚你醒一醒，你睁开眼睛跟我说话好吗？小晚？"

张离把余小晚的手贴在自己脸上，禁不住泪流满面。陈山端着空水盆站在门口，漠然地看着她们。

深夜。被噩梦裹住的费正鹏满头是汗，嘴唇张合，神情焦急。他看见了庄秋水。

庄秋水抱着一个女婴正在逗弄,他惊喜地喊了一声"秋水",欲走向她,面前却忽然出现了一条大河。河面波光白晃晃一片。再抬头时,庄秋水的身影已经不见了。他四下张望,焦急地呼喊着她的名字。

然后,他看到余顺年独自走在路上。余顺年走到一个弄堂的转弯处时,突然站住了。一支黑洞洞的枪口对准了他。枪响了。余顺年颓然倒地。

忽然,余小晚尖叫着出现在了余顺年身后,凄厉地叫着爸爸。接着,一枚不知从何处射出的子弹又击中了余小晚。余小晚倒在地上,奄奄一息。

费正鹏大叫了一声小晚,猛地从梦中惊醒,坐了起来。

他喘息着渐渐平静下来,心中莫名有些恐慌:"小晚,你到底在哪里?"

第十八章

1

　　荒木惟来到陈夏住处的时候，陈夏正站在窗前望着外面发呆，仿佛不知道他的到来。桌上的茶具已经准备好了，小炉上的水也已经烧开了，热气不停地推动着壶盖，陈夏却仿佛浑然不觉。

　　荒木惟走到桌边，提起水壶开始泡茶，温柔地说："茶香不等人，不如一起喝一杯。"

　　陈夏依然站在窗前没动。荒木惟从茶壶中倒出两杯茶水，缓缓走到她身边，看到了她脸上的泪痕。

　　"夏枝子，出什么事了？"荒木惟微微有些吃惊。

　　"我可以抱抱你吗？荒木君。"

　　荒木惟有些意外，没动。陈夏却主动伸手，环抱住了荒木惟的腰。荒木惟僵了一下，任由陈夏抱着。两人就这样站了几秒钟。荒木惟伸手在陈夏的背上拍了拍，轻轻挣脱了她的拥抱。

　　"说出来吧。只要是能说出来的事，就都有办法解决。"他的眼神中有丝绸般的柔情。

　　陈夏眼神盈盈地看着荒木惟，说："真的吗？"

　　"至少我会试着为你解决。"

　　"荒木君，在我看不见的时候，我可以在你描述的世界里尽情地徜徉，那里有光明有美好有希望。可是现在我的眼睛好了，看到的一切反而像蒙了一层纱，模糊，生硬，冷漠。我感觉自己孤孤单单一个人走在旷野里，所有的人都那么遥远那么陌生。"

　　"你看见过地平线吗？"

　　"地平线？"陈夏回过头，看着荒木惟。

　　"我给你描述的世界，是一个理想的世界。现在这个理想就像地平线，当你站在远处眺望时，它是美丽而具体的，但你真的一步步走近时，它就被眼前并不美好的一切挡住了，消失了。"

　　"所以，失望是注定的吗？"

　　"不。只有扫除障碍，美好的一切才会呈现，理想才会成为现实，永不消逝。"

陈夏似懂非懂地望着荒木惟，说："我一直告诉自己，要做一个坚强的女人，一个有用的人，我要和你并肩战斗，我们一起建立大东亚共荣圈。可是为什么有那么多的人不理解我呢，甚至包括我的亲人？"

荒木惟眼神一闪，问："你今天见到陈山了？他对你说了什么？"

陈夏摇了摇头："小哥哥本来说要带我去大世界玩，可是他没来。"

"他为什么没来？"

陈夏想起了刘芬芳关于陈山为什么没来的话，愣了一下，说："小哥哥说立冬那天带我去大世界玩，我太想去了，以为今天就是立冬。"

"所以你并没有等到他？"荒木惟继续问。

"是。"陈夏点了点头，低下了头，"等不到他。我就去看我爸爸了。我小时候，我们一家在郊外枫泾镇渔梁村住过一段时间，爸爸一直很喜欢那里。所以我把他带去故地重游。"

陈夏说话的时间里，荒木惟一直不动声色地看着她。之后，他淡淡地说："你父亲身体不好，以后还是少带他外出。"

陈夏点点头，微叹了一口气："知道了。今天我们本来很开心。可是他听到我说日本话以后，忽然就发脾气了。"

"他神志不清，这些事情你不用在意。"

"不。"陈夏说，"正是因为现在他的脑子有病，所以他的反应才是最本能的。他连自己的女儿都认不出，却会听到日本话就生气。这让我觉得，要共同建设东亚共荣，这是一件多么……困难的事。"

荒木惟往前走了两步，和陈夏并排站在了一起："任何时代，都有聪明的人和愚昧的人。愚昧的人理解不了大东亚共荣这样宏伟辽阔的事情。你不能指望全部的中国人都像你一样聪明，也正是因此，我们更有义务去带领他们走一条正确的路。"

"可是为什么我心里总是觉得不安和忧虑？"

"因为你的心灵纯净而敏感，就像低飞的燕子一样，容易被夏天的雷电和暴雨所影响。"

"暴雨什么时候会过去呢？"陈夏喃喃地说。

"放心吧，暴雨从来都不持久，你如今所做的一切，至少我都懂得和理解。"

陈夏看了荒木惟一眼，情绪似乎稍有好转。但当她再次望向窗外时，神情又变得低落。荒木惟亦目光阴沉地望着窗外。窗外是在风中乱摆的树枝和颤抖的花草，而桌上的两杯茶水袅袅升腾着热气。

陈山从弄堂口走出来，顺着街往前走，正好看到跟踪自己的特务小四在街上东张西望。陈山若无其事地继续往前走，一辆小汽车停在了他的身边。驾驶座那边的车窗摇下来，是唐曼晴。

陈山望向小四，小四正好转头看向左边。他当机立断拉开车门上车，坐在了后座。唐曼晴踩下油门，继续向前驶去。

"陈组长，你好像在跟人捉迷藏，是不是喝花酒欠了人家姑娘钞票啊？"唐曼晴开着车说。

陈山说："总之不敢欠唐小姐的，我的肋骨可没有铁棍子硬。"

唐曼晴笑了："上海男人就是小家子气，芝麻大点事都要记上几年。"

"我想要不小气来着，但是每到阴雨天肋骨就疼得慌。再说我要是不小气，怎么能显得唐小姐大人大量？"

唐曼晴又笑了，说："我确实大人大量，不然也不会出现在这儿。"

陈山回归正题，问："唐大人来得这么巧，会不会是受人之托？"

"说对了。时英已经料到你的处境了，所以叫我来看看你，一是确认你们的安全，二是可以替你们传个口信。"

陈山从后视镜里观察着街头人等，说："目前安全。但如果从他们的视线消失超过半个时辰，恐怕会有麻烦。所以暂时我不方便去见他。"

"你有什么信息需要我传达给他吗？"

陈山看着车外想了想，突然说："你已经把车开到这里来了。那正好，劳驾你做一次我的司机，送我去绣春楼茶馆。"

"你倒是一点也不客气。"

"客气不能当饭吃，但是不客气可以。除了我妹妹，我对谁都不那么客气。"

唐曼晴忍俊不禁，说："一母同胞的兄弟，你们的性子可真是天差地别。"

"不，"陈山说，"简直是相反。"

这时，张离仍坐在余小晚的床前。护士拿着一个小包走进来问她，是不是余小晚的家属。张离说是，护士便把余小晚的随身之物，那个小包交给了她。

护士离开后，张离打开了包。里面放的是被余小晚拆散的那半串珍珠，已经重新穿好了线。张离抚摸着那半串珍珠，看了昏迷中的余小晚一眼，不禁动容。她从自己手上摘下另外半串珍珠串成的手链，将两串珍珠的串线拆散了，把珍珠合在一起，重新开始串。重新串成项链以后，她把它戴在了余小晚的脖子上。

"小晚，即使已经少了一颗，这些珠子也应该永远在一起，永不分离。"

陈山走进绣春楼茶馆包厢的时候，费正鹏和陶大春已经在座。时间紧迫，长话短说，陈山告诉两人，维文书店和海半仙茶楼都暴露了，以后不能再作为接头地点。陶大春点了点头，说："我们已经猜到了。"

陈山接着说："荒木惟虽然暂时相信了我，但我不知道周海潮临死前向他透露了多少信息，我建议近期我们尽量减少接头，飓风队最好也低调蛰伏。"

费正鹏皱起了眉："可以暂不联系，但重庆刚传来了最新的任务，紧急程度为一级，需要你尽快开始调查。"

陈山的任务是锄杀一个叫黄志忠的人。黄志忠是军统第一处的特务,他盗取了包括兵工厂分布图在内的重庆布防图,已经悄悄来到了上海,应该是要向日本人投诚。他的手上有真正的兵工厂分布地图,一旦这地图到了日本人手上,陈山以前提供的假图马上就会被揭穿。这个人不除,他和张离就不可能再潜伏下去。必须在他见到日本人之前锄杀他,截回布防图。现在,飓风队已经派人探查,但还没有找到黄志忠的踪迹。因为日本人最近对电台查得太严,暂时还没有此人更详细的信息。费正鹏掌握的他的特征资料除了他是军统第一处的之外,就只有年龄三十五岁,身高约一米七,连张照片都没有。

"册那!"陈山骂了一声,"老子在上海提着头和日本人周旋,他们尽在后面放冷枪。"

费正鹏说:"只要有人的地方,就会有冷枪。但黄志忠的事情,是一个意外。你现在要密切关注荒木惟的动向,一旦发现黄志忠跟他联络,必须立刻通知飓风队锄奸。"

陈山没好气地说:"先是周海潮,现在又是黄志忠,个个都直接能将我的军。军统这些人要是拿这份本事去对付日本人,国民政府也不会被人家打得躲到重庆去。"

费正鹏说:"总之如果有人秘密去会见荒木惟,你就要高度警惕了。"

"册那。连这人长什么样也不知道,我怎么警惕?"

"现在不是发牢骚的时候。"

陈山叹了口气,说:"可日本特务那么多,麻田、影佐、秋田……黄志忠也不一定就会去找荒木惟。"

"当然了,其他日本高层身边我们也都会有所安排。"费正鹏点了一根烟,接着说,"说完要紧的,还有一件事,你得给我一个解释。"

陈山下意识地瞥了陶大春一眼。费正鹏说的确实是飓风队行刺麻田被阻止的事。

"是不是你阻止的?张离为什么偏巧就在那列火车上?她去广州做什么?你是不是应该给我们一个交代。"

"这件事,我要单独和你说。"

费正鹏看了陶大春一眼,陶大春便识趣地先走一步。陶大春离去后,陈山告诉费正鹏,那天在火车上的,除了张离,还有余小晚。费正鹏大为惊喜,说:"你找到小晚了,怎么不早告诉我?"陈山沉默了一下,说:"我想把她送到安全的地方之后,再告诉你。"

费正鹏问余小晚现在在哪儿,陈山艰难地开口说,在同仁医院。

"头部、背部中枪,昏迷不醒,能不能醒过来是个未知数。"

"什么?"费正鹏震惊地问,"为什么会这样?"

"海半仙茶楼有埋伏的事,就是她告诉我的。"

费正鹏想起那天在海半仙茶楼外的街上时,曾听到一声暴喝。他听得出是一个女人的声音，叫了一声周海潮。但声音太过愤怒，以至于他无法分辨那就是余小晚的声音。枪响过后，乱窜的行人又挡住了他的视线。他缓慢地伸出手去，怔怔然摸住椅背，慢慢跌坐在椅子上。

"原来是她……我当时，要是多看一眼，也许我能救她啊！"

"这个……也是个意外。"

"怎么会这样？怎么会这样？"

"我去她住处看过了，应该是周海潮先找到她，她知道周海潮要来找我们麻烦，才跑到海半仙茶楼去拦截的。"

费正鹏逼视着陈山，吼起来："说白了，她是为了你！"

陈山默然。费正鹏突然愤怒起来，一把抓住陈山胸前的衣服，继续低吼："她来上海，是为了你；她去海半仙茶楼，也是为了你！她一颗心都在你身上。你为她做了什么？你除了让她哭、让她伤心、让她受伤，你还做了什么？！"

陈山也爆发般地吼起来："我为什么要去阻止飓风队刺杀麻田，是因为张离和余小晚都在那列火车上。我不告诉你她的下落，我让张离送她去广州，就是为了保护她，让她远离危险。要不是张离机警，上次飓风队炸麻田那次，小晚就已经送了命。要不是飓风队莫名其妙地坏事，小晚早就去了广州，也就根本不会有今天的事！"

费正鹏愣了下，抓陈山衣领的手不自觉地松了。

"对不起，是我没保护好她。"陈山呼出几口气，使自己平静下来，"她现在还没有渡过危险期，暂时不能离开医院。日本人也严密监控着她。等过了这一段时间，我再想办法把她救出来。"

费正鹏脸色灰白，一下子老了十岁。他颓然坐下，显得无助又无力，含着泪喃喃地说："我想去看看她，陈山，我想去看看她。"

陈山拍了拍费正鹏的肩，说："等过了这风口，我会安排的。"

费正鹏怅然坐着没动，目光涣散。陈山叹了口气，起身离去。费正鹏从随身的包里拿出一本书打开，取出里面夹的一张照片，照片里庄秋水抱着琵琶。他轻轻地摩挲着照片，神情悲痛。

"秋水，对不起，我没有照顾好小晚，我对不起你……"

2

陈山出了茶馆，坐上唐曼晴的汽车，回福州路。唐曼晴刚才想了一下，明天晚上她会在华懋饭店举行一个宴会，陈山和钱时英可以在宴会上碰头。陈山觉得可行，麻田课长刚经过了刺杀风波，大难不死，唐曼晴可以为他举办一个宴会。

"这个主意不错。"唐曼晴说，"你太太和余小晚好像还帮着他太太在火车上生了孩子。"

"所以如果我和张离在受邀之列，也是合情合理。"

"OK，我来安排。"

陈山想了一下，说："还有一件紧急的事，我想让你替我传个口讯给钱时英。有个叫黄志忠的军统，最近刚从重庆叛逃过来。让他设法去查一查。"

"好，我记住了。"

小四正在福州路一家商铺内张望，却没有发现陈山的身影。他沮丧地一回头，却冷不丁看到陈山正站在自己身后，似笑非笑地看着他。小四吓了一跳，支支吾吾不知道该说什么。陈山问："你是在找我？"小四拼命摇着头说没有。

陈山说："你长得像我在重庆时候的一个手下。"

小四茫然强笑，说："是，是吗？"

"乔瑜没告诉过你吗？他也认识那小子。哦，他叫阿毛。"

"没……没提过。"

"阿毛太短命。真是可惜。"

小四不由得咽了口唾沫。陈山继续说："知道他怎么死的吗？他奉命去查一个有内奸嫌疑的人，盯梢没盯住，就回去老实汇报了，说那人多半有问题。后来那个人没事了，还特地提拔了阿毛，可没过多久，阿毛就挨了冷枪。你猜这枪是谁打的？"

"陈……陈组长，我真的没盯你的梢。"

陈山拍了拍小四的肩膀，微笑着说："军统黑啊，那帮人就喜欢开黑枪。你晓得的，现在日本人跟前的人，那也有很多是从军统来的呀。这光荣传统变不了。乔瑜有本事吧，干了那么多大事，还是栽了。咱们呀，混混日子就好，睁一只眼闭一只眼，别太能干。你想想这世界上能干的人会有好下场吗？都不知道什么时候得罪了人，什么时候又挨了冷枪。"

小四紧张得不知道该说什么。陈山扔给他一个橙子，说："美国来的橙子，拿着。"他狼狈地接住，说："这很贵吧，我吃不起。"

"这世上的好东西还有很多呢，得留着命，才能慢慢吃。"陈山说罢扬长而去，留下惶恐的小四捧着橙子站在原地。

陈山去了陈夏的住处。他走到房门口，还没敲门，门就开了。

陈夏面无表情地站在门后面，说："我就知道你会来的。"说完，她转身朝里走，陈山跟进去，带上了门。他注意到桌上有两杯未动的已经冷却的茶水，明白荒木惟已经来过了。他在桌边坐下，揭开茶壶盖，看了看茶叶的形态，说："好茶啊。不请小哥哥喝一杯？"

陈夏在陈山对面坐下，开始泡茶。她没有看陈山，说："小哥哥就没话想跟我说吗？"

陈山说："我错了还不行吗？"

"昨天你究竟干什么去了？不能说吗？"

"我知道我食言了,但从小到大,只要我答应过你的事,早晚我都会办到的。"

"我也答应过你,不会把我们在大世界有约的事告诉任何人的,所以你可以放心了。我只是告诉荒木君,我带爸爸去鱼梁村玩了。"

陈山看了陈夏一会儿,说:"小夏,你有没有想过离开这里?"

陈夏愣了一下,说:"我不能走。"

"为什么?"

"那小哥哥又为什么不走?"

"我是个习惯了在风里雨里打滚的人,过不了清闲日子。但你不一样,你那么单纯,你应该去过简单平静的生活。"

"我不走。我想和小哥哥在一起共同战斗。"

陈山看着陈夏,说:"我不需要你在这里。"

"那我也不想走,我在乎的人,全在这里。我为什么要走?"

"你在乎的人,也包括荒木惟?"

陈夏咬了咬嘴唇,说:"他可能是这个世上最懂我的人,甚至超过小哥哥你。"

陈山没由来地一阵心酸:"小夏,这话扎心了啊。"

"我也希望,你还是从前那个对我无话不说的小哥哥。"

陈山低下头,端起茶杯喝了一口:"荒木惟也不会对你无话不说的。有些事隐瞒,或者撒谎,恰恰是因为我在乎。你懂吗,小夏?"

收音机里放着交响乐《G 小调第四十交响曲》。陈山坐在沙发上出神,张离在沙发上给他的衬衫缝扣子。张离看了一眼陈山,说:"你把小晚的事告诉老费了?"

"是啊。老费整个人都快瘫了,看上去魂都散了。"陈山眼神呆滞地说,他从来没见过费正鹏那个样子。从前他总是处变不惊,就算子弹擦过他的头发,头发也不会乱一根。

"关心则乱。"张离一愣,抬起头说,"他是真心把小晚当女儿看的。"

"我跟老费商量过了,只要小晚能醒来,我们一定不惜一切代价把她救出来,送回后方。"

张离叹了一口气,说:"我们都欠小晚的。"

"我去过小晚住的地方了,有她被绑架的痕迹。如果我没猜错,就是因为她知道了周海潮的计划,周海潮才会把她绑起来。她为了救我们,才拼了命逃出来通知我们。"

"周海潮虽然死了,但冤有头债有主,最终是日本人害了她。"

"这个仇我记下了。小晚到底能不能醒,现在咱们只能听天由命。我最担心的,还是那个黄志忠。"

陈山跟张离讲了黄志忠的事,他的声音有些疲惫。张离为重庆出了这么大的纰漏而感到吃惊,陈山只是苦笑了一下。虽然他在重庆待的时间不长,但军统八大处那帮人里面，想往上爬的整天就想着钩心斗角搞倒政敌，没希望往上爬的人整天都在混吃等死。这样一帮人，弄出这样的事情来也不奇怪。

张离叹了一口气，考虑了一下说："城防图如果落在日本人手里，你我的个人安危还是小事，重庆全城的百姓乃至全中国的百姓可能都会因此而遭殃。绝对不能让城防图落到日本人手上。"

陈山动容地看了张离一会儿。张离问怎么了，陈山说："我知道这个事情后，第一反应是只想到我自己，而你想到的却是那么多人，这是不是就是你说的信仰。"

"是。"张离郑重地点了下头，"心怀天下百姓，就是我们的信仰？"

陈山点头思索着。张离继续说，必须想办法见到时英，把这件事向他汇报。陈山告诉她，已经让唐小姐带口信给他了，明天唐小姐家的宴会上，应该也能见到他。

"现在我们被荒木惟盯得太紧，人多眼杂，明天还是要尽量避免和他过多接触。"

"我会见机行事的。"陈山点了点头。

夜里，下起了雨。街上行人稀落，举伞前行。费正鹏穿着青灰色的长衫，一手打着伞，一手拎着用麻线吊着的一串纸包中药，从医院外走过。他走得很慢，一直在向医院的一个窗口张望，想象着余小晚现在的样子。但他没有停留，而是悲伤失神地走过医院。

一阵风吹来，把费正鹏手中的伞吹翻了。伞落到地上，被风吹着翻滚到路边。雨水打在费正鹏身上脸上，风吹乱了他有些花白的头发。费正鹏停下脚步，回头看了一眼同仁医院方向，眼神中似有了决定。

陈山轻轻打开华懋饭店休息室的门时，钱时英正站在窗前。房间里没有开灯，唯一的光亮来自窗外灯火通明的城市。此刻，唐曼晴请来的客人正散落在偌大的餐厅各处，喝酒聊天跳舞。唐曼晴举着杯子，与麻田交谈。张离独自在一旁坐着。

"你进来，没人注意你吧？"钱时英从晦暗的光线中转过身来。

"有张离和唐小姐打掩护，应该没什么问题。"

"我听说了周海潮的事，就是因为他，所以那天你才没有如约送小夏和爹来，是不是这样？"

"所有坏事都来赶集了，我实在是分身乏术。屋漏偏逢连夜雨。"

"那就等雨过天晴。你和张离的安全才是最重要的。"

"你能不能尽快再安排一次，把他们送走？"

"我总觉得，如果你不对小夏说实话，她未必肯跟你走。"

"不走也得走！"陈山忽然急了，"你知道她昨天跟我说了什么？"

钱时英看着陈山，陈山继续说："她说荒木惟才是最懂她的人。再这样下去，她会被荒木惟彻底同化，那就没救了。"

"小夏质朴、单纯，容易相信别人。荒木惟帮她治好了眼睛，所以她心怀感恩，被他的谎言误导。但是我相信她的本质善良，而且她也是一个聪明的孩子，不可能一直被荒木惟骗下去。"

"可要是她吃了秤砣铁了心，就是对荒木惟一片痴心呢？我们怎么办？我已经连累了余小晚，我怕我救不了小夏，更怕我以后也保护不了张离，你懂吗？"

"我懂，因为我也怕。"

钱时英的语气一直很镇定，包括这一句。这让陈山感到诧异。

钱时英接着说："就因为我害怕，所以才需要投身战斗，只有千千万万像我们这样懂得害怕的人共同抵御敌人践踏国土的铁蹄，把他们彻底赶走，我们的亲人和爱人，才能得以幸免战火杀戮，生灵涂炭。"

"所以，这就是你们的信仰？"

"也应该是你的。"

陈山看着钱时英坚毅的眼神，忽然觉得有了力量，竟不由自主地点了点头。

"你不能在这里待太久，以免引人怀疑。"

陈山点点头，说："我就想知道你有没有办法查到黄志忠的下落。如果等他找到日本人，再想杀他恐怕就来不及了。必须先找到他，先下手为强。"

"我们这边有个同志，是从重庆策反过来的，恰好曾与黄志忠共过事。据他所知，黄志忠贪财好色，但是又自认为品位不凡。他爱扎在女人堆里，但他不逛低端妓院、不会结交暗娼，他喜欢结交名媛和交际花。"

"凭这些信息要在全上海找他，那还是大海捞针啊。"

"这个人还有个最大爱好，就是抽雪茄，而且只抽哈瓦那雪茄。"

陈山眼神一亮，知道怎么找他了。全上海卖哈瓦那的店铺有二十来家，钱时英已经布了一些人手去专门留意这些地方。

"有情况我会及时通知你。"钱时英从口袋里取出一个白纸叠成的"双三角"递给了陈山。那是"骆驼"最常用的折纸方式，是他的特别习惯。

回家以后，陈山把那个"双三角"给张离看。张离试着将它拆开。这习惯确实很特殊，她在重庆这么久，从没见过有人这样折纸。她担忧的是，"骆驼"会不会为了掩盖自己的癖好，从此之后再也不用这种折纸方法。

陈山也觉得，这个信息不一定有用。但说不定日子久了，这个人认为不会再有人怀疑他了，就会放松警惕，重新露出马脚。而关于寻找黄志忠，他打算明天让刘芬芳他们通消息给所有的包打听，去上海所有卖哈瓦那的店铺放个信儿，留意那些最近才出现的新面孔。

张离说："荒木惟对我们的监视还没有解除，小晚没醒之前，我会尽量减少行动，在医院多陪她。你在外面也要小心行事。"

陈山说："放心吧。负责盯我梢的人是小四，我已经吓唬过他了。这种惜命圆滑的家伙，在没有确凿证据之前，应该不敢在日本人面前乱说话。但要想抓我的小辫子，他还嫩着呢。"

3

老曹来到了钱时英的药店,汇报了一个不好的消息。日军最近各路关卡盘查得十分严,连乡间小路都不放过。那批货现在根本无法运到驻地,只能先藏在了湖州的南浔镇。尽管有人把守,暂时安全,但时间长了还是有被日军找到的风险。

"我们必须尽快把货运往驻地。"老曹拿起茶杯,一口把茶喝干。

钱时英的手指在茶杯壁上来回摩挲着,说:"我来想办法吧。"

他们还不知道,那辆装载着药品的卡车已经引起了日方的怀疑。千田英子把卡车照片交给了荒木惟。不过关于卡车,她只知道这辆车子进入南浔镇后,既没有给当地的店家送货,也没有入住旅社,而是在镇上一个破院子里停了两晚,然后不知去向。

荒木惟仔细地观察着照片上的篷布卡车,车轮印的深度以及篷布底下货物的形状。

"车辆抵达南浔的时间,就在火车爆炸事件后两天。而我们追查那批药品最后失踪的方向,就是浙北方向。"

"马上派一组人过去。"荒木惟看着照片说。

千田英子略一犹豫,说:"最近队里事务繁忙,一组人大老远跑去南浔,万一消息不实……"

荒木惟瞪了千田英子一眼:"要是打草惊了蛇,蛇还会等我们吗?"

"可万一不是呢?或者我们明天又获得更有价值的情报的话,就派不出人手了。"

荒木惟的手指头落在了一幅江浙地图上,在上面慢慢移动,最终停在了南浔所在的位置:"这个地方,这辆车都让我热血沸腾,所以,我的直觉,决战或许就在这里。"

"是,我明白了。马上派一组人出发。"

"不到最后一场比赛,谁也不知道鹿死谁手。"

陈山骑着自行车进了尚公馆的大门。小四正要上车,好像要出任务。几个日本兵牵着几头不停吠叫的狼犬往军车上爬。陈山眼神一闪,把小四叫住,让他带着清单一起去验收十六铺码头刚到的那批货。

小四犹豫了一下,含糊地说今天他另有千田队长派的任务:"码头那边,清单我给你,你能找别人一块儿去吗?"

"那明天你再跟我去也行。"陈山装作不以为意的样子。

小四为难起来:"可今天要出城,明天恐怕也不一定回来。"

"什么任务跑这么远?"

小四嘿嘿笑了两声:"千田队长有令,不能说。"

"那行，一会儿把清单送来我办公室。"

"是，陈组长。"

陈山上楼的时候，与小四同组的另两名特务正风风火火往下冲。冲到陈山所在位置的上层时，一名特务问："什么任务这么急，都不让回家说一声？丈母娘还生着病呢。"另一个特务说："不是还有你老婆帮着照顾吗？"

"就怕她一个人忙不过来，等我回来又少不了一通抱怨。"

"男人家在外是赚钞票的，老婆抱怨啥？你怎么好惯着女人的。"

"没办法的，我家这个是雌老虎。唉，回头买点银鱼回来，给丈母娘补身子，看能不能堵上她的嘴。"

陈山默默听在耳中。两名特务走到下层，与他打了个照面，叫了声"陈组长"。陈山点点头，什么也没说，与两人擦身而过。

陈山手里拿着个纸包从办公室出来，向荒木惟的办公室走去。走了几步后，他停下来，犹豫了一下，改向陈夏办公室走去。推门进去的时候，陈夏正在隔断间里戴着耳机侦听。看到陈山进来，陈夏取下耳机转身叫了一声"小哥哥"。

"在忙呢？"陈山问，"最近那些电台……有动静吗？"

陈夏摇了摇头，脸上升起失望的表情："最近电台好像全都沉到水底下去了似的，根本没有活动的迹象。"

陈山安慰地开着玩笑："也可能没在水底，而是像蛇一样，躲地底下冬眠去了。"

陈夏失落地叹了一口气："真够狡猾的。我一直在盯的那个中共的电台，之前已经差不多快找到它的位置了，但是最近忽然没了动静。都快半个月了。"

陈山的眼神闪了闪："你怎么知道是中共的？"

"因为他们总和延安方面联络啊。只要他们再出现一次，我一定就能把他们找出来。"

"小夏，"陈山有些干巴地说，"这活儿就是守株待兔，也急不来。有空你还是多回家看看老东西……"

这时，电话铃声响了起来。陈夏接起电话，听了会儿，说："好的，科长，我马上过来。"

"荒木惟找你？"

陈夏点了点头。陈山扬了扬手里的纸包说："正好，我也要去找他，一起去。"

两人一起进了荒木惟的办公室。看见陈山后，荒木惟略有些意外。陈山举了举手里的纸包，说："老是来你这里蹭茶喝，也不好意思。今天我也得了点好茶，借花献佛。"

荒木惟对陈山说："中国有句俗语，无事献殷勤……"

陈山笑了："和科长这样的聪明人说话，就是省力，都不用绕弯子。"

"说重点。"

"好吧。手紧，缺钱。"

陈夏插嘴说："小哥哥，我有钱，你要用钱先拿我的去用。"

"我当哥哥的怎么能跟你要钱？你的钱要攒起来以后做嫁妆的。"

陈夏还要争辩，被荒木惟用手势制止了。荒木惟说："帝国从来不会亏待为他战斗的战士。我会和财务处说一声，你可以去预支下个月的月饷。"

陈山的眼光有意无意地扫过荒木惟身后的地图。地图上有标记的痕迹，但是看不太清楚具体地点。

"哦，这是福建岩茶，还是留香涧的珍品，我其实也不懂，还是请行家品鉴吧。"陈山一边拿起水壶，又一边故意去取荒木惟手边的茶杯，想借此机会靠近地图。荒木惟说："现在我不喝茶，没什么事你先出去。"

"是。科长。"陈山尴尬地放下茶叶和水壶，走了出去。

陈夏告诉荒木惟，中共的那个电台近半个月都没有活动过。荒木惟让她不用急，是老鼠就总是要出来偷吃的，只需要耐心地准备好捕鼠器。

"虽然这个电台总是频繁更换发报地点，但是我已经根据坐标划出基本活动范围，而且范围正在逐步缩小。只要这个信号再有一次活动，我就可以准确判断出方位。"

"很好。下次最好是等他们发完报以后再抓人。"

陈夏有些不解，问："为什么要让他们多发一次情报出去？"

"因为我希望能够得到一个活的电台。"

"活电台是什么意思？"

"如果打断他们的发报，延安方面就会知道这个电台已经暴露，所以要等发完报再抓人。"

"您的意思是，抓到发报的人，我们再强迫他继续与延安联系？"

"对。"

陈夏犹豫了一下，说："可是我听说中共的人，他们骨头像钢一样硬。他们会为我们发报吗？"

荒木惟微笑着说："他们是钢，那尚公馆就是一只炼钢炉。"

陈山进家时，张离正在桌上摆筷子，饭菜已经准备好了。陈山放下包走到窗边，从窗帘缝隙里往外看了看。他看到街边树后有一双腿，那显然是在监视的特务。张离说，不用看了，12小时换一次人，就一直有人在。

陈山在饭桌前坐下，告诉张离，今天小四那个组的人忽然全被荒木惟派出去，还下了封口令。从那两个特务的对话和荒木惟的地图上看，他怀疑他们在南浔、吴兴那一片有什么秘密任务。

"银鱼是太湖的特产，而荒木惟的地图上又把南浔、吴兴标注出来了，我猜，那一片是重点区域。"

张离的神情严峻起来，说："上次从火车上安全转移的那批药，应该要经过那片区域。难道是被他们发现了？"

"有这个可能。"陈山思索着，"他们带了好几头狼狗出去，多半是执行搜索任务。"

"既然带狗去搜索，说明药品至少还没有彻底暴露。"

"如果小四那组人真是奔药品去的，一定得想办法把这事尽快通知钱时英。先吃饭，吃完饭我想办法带你溜出去。"顿了一下，陈山继续说，"另外还有一件事，小夏已经盯上了一个与延安方面联络的电台，所以最近你们千万不能用电台。"

张离点点头："我们已经很久没有用过电台了。时英一直很谨慎。"

负责监视的特务在树后，百无聊赖地走来走去，他时不时地看向陈山家的窗户。陈山家的窗户亮起灯，还传来歌剧《今夜无人入睡》的男高音咏叹调。特务打了个呵欠，点燃一根烟，边抽边望着天上发呆。

此刻，电讯侦缉车已经做好出发准备，在尚公馆的院子里待命。陈夏大步走向侦缉车。一个日本宪兵跟在她后面，用生硬的汉语问："夏组长，最近都没有电台活动，今天还需要开侦缉车出去吗？"

陈夏冷冷地说："军人的使命就是战斗，侦缉车的任务就是巡逻。没有敌情，也要一直保持随时准备战斗的状态。"

"是。"日本宪兵低头行礼说道。

"区域停电马上就要开始了，出发！"

4

张离收拾饭桌的时候，陈山将一个小吹管包装成了香烟的样子。这是他跟陶大春要的，陶大春就是用这个杀了周海潮。在飞针上涂上刘芬芳的麻药，绝对够外边那个特务睡一宿。

出门后，陈山就叼起了那根"烟"，手里还拿着一个小花盆和一个小铲子。树后的特务立即警惕起来。

这时，家中的张离推开窗户，冲陈山喊："你去树下面挖那里的土，那里的土肥。"

陈山叼着"烟"，哼哼了一声，表示知道了。特务躲避不及，只好硬着头皮与他相对而行。两人擦肩而过时，陈山仿佛无意的样子看了特务一眼。接着，一根针就从他的"烟"中飞出，刺入了特务的脖子。

特务毫无察觉地走了过去。陈山随便在树下装了一点土，往家走。特务靠着树干慢慢滑下，坐在树下阴影处睡着了。

陈山和张离溜出了门。

在龙江路与怀德路交叉路口，陈山让张离快去快回。他会在这一带转一转，半小时后就在这里接应她。

张离在树木的阴影里对陈山笑了笑，说："放心吧，我会小心的。"

"还有，记住，尽量不要用电台，陈夏的能力，也许超出你我对她的估量。"

"知道了，你也要小心。"

陈山向龙江路跑去，张离则踏上了怀德路。在药店的密室中，她和钱时英相对而坐。小圆桌上的小台灯照着两个人的脸。

"我们的药确实送去了南浔吗？"

钱时英起身在室内快速地来回走了几步："没想到他们的动作这么快。"

张离睁大了眼睛："告诉我，难道他们真是冲我们那批货去的？"

钱时英点了点头："可能性非常大。"他迅速地从柜子的暗箱里拿出无线电台，"我们必须马上通知新四军长兴驻地的同志尽快前来接应，否则药品很有可能被日军找到。"

此刻，陈山像个幽灵隐藏在龙江路一处屋檐的阴影下，他的眼睛在暗处闪闪发光。忽然，他发现前面不远处，一辆电讯侦辑车缓缓开了过来，车顶上转动着缓慢旋转的圆形天线。

陈山神色一凛。

这时，张离正帮忙组装天线，插电源。她问钱时英，除了发报，还有没有别的方法通知长兴的同志。钱时英说，敌人已经出动，时间来不及了。张离犹豫了一下说，陈山特意叮嘱不让发报，陈夏极有可能已经盯上了我们的电台。

钱时英点了点头："没有时间犹豫了，马上准备发报，速战速决。"

"好，你马上拟电文，我来发报。"张离接上电台的电源线，准备发报。

与此同时，陈山开始在街头发疯般地奔跑。他的呼吸粗重，风声也在呼啸。就在这时，街道上所有房屋里透出的灯光突然集体灭了，停电了。

密室的小台灯突然熄灭了，两人被困在黑暗中。钱时英带张离去了另一个备用据点。

忽然停电后，陈山停步，望着黑黢黢的街道，迟疑了一下。他想起了陈夏告诉他的那个想到的办法，一个区一个区轮流停电，能更快更准确地锁定目标。想到这里，他加快速度向怀仁药店奔去。

陈山喘着粗气闯进药店，问他们还在不在里面。掌柜说刚一停电，他们就很着急地走了。陈山问去了哪儿，掌柜说不知道。陈山心中咯噔一下，这次糟了。

钱时英带张离去了龙江路三垛弄的一个民宅。张离迅速插好电台，手指伶俐敏捷地按着发报键，发送情报。

电讯侦缉车嘀嘀嘀的信息提示声响了起来,那是仪器捕捉到信号的声音。陈夏戴着耳机侦听,她眼前一亮,忍不住喃喃地说:"终于出现了!"旁边正在地图案板上缓缓移动标尺的日本兵精神一振:"谁?"

陈夏把右手食指放到嘴边,示意他噤声,但她还是忍不住回答:"中共的那个神秘电台,终于又浮出水面了!这次我一定抓住他!"

陈夏拿过日本兵手中的铅笔,用笔尖在地图上点住了一个地名,画了一个圈。日本兵在一旁看着地图上的那个圈,说:"这一片覆盖龙江路和怀德路,全部搜索完毕大约需要一小时,只怕时间不够。"

陈夏说:"今天的停电区域正好覆盖怀德路。"

日本兵有些兴奋:"夏组长,请下令吧。"

陈夏下达命令:"加速开往龙江路!"

陈山骑着路上停着的一辆自行车,一阵飞驰后,撞进了宝珠弄的老房子里。他拿出余小晚带来的那部电台,开始迅速发报。这样一来,侦缉车嘀嘀嘀的信号声就变得杂乱。

陈夏有些疑惑,凝神细听。侦缉车开到一个分岔路口,停了下来。放大的电波音还是两个信号。陈夏像是对身边的日本兵说,又像是自言自语:"奇怪,两个信号那么像,是一部电台掩护另一部电台,把我引向错误的方向?"

旁边等候的日本兵问:"夏小姐,我们先去哪里?请下令。"

侦缉车往左边的分岔路开过去,缓缓前行。

陈夏戴着耳机继续侦听,她神情犹豫地思索着。两组交缠在一起的信号特别相像,就像一个人发出来的。陈夏闭着眼睛侧耳倾听,终于下定了决心,取下耳机拍在一名日本兵正在操作的地图案板上。

"车掉头!去龙江路!"

侦缉车掉转车头,向原先在分岔口右边的道路开去。

"放慢速度,注意隐蔽。派人通知千田队长,还有76号特工总部宪兵队涩谷队长前来接应。"陈夏命令道。

5

张离发报完毕。钱时英和张离一起麻利地收拾好电台,装进一个小皮箱。此时,侦缉车已经停在弄堂外等候。一辆军用卡车也无声地驶来,涩谷从驾驶座下来,奔向从侦缉车上下来的陈夏。

陈夏吩咐涩谷兵分两路搜索并且接近目标。涩谷朝从卡车上跳下来的日兵一挥手,一队日兵随陈夏悄无声息地向弄堂口奔来,另一队随他绕道前往弄堂的另一头。

屋外风很大，毛毛雨绵密地飘下来。钱时英和张离踩着地上的落叶，沙沙地走着。忽然，钱时英一把拉住张离，两人的脚步同时停下了。

张离一怔，望向钱时英，低声问怎么了。钱时英示意她噤声，侧耳听着。张离也听着，果然，有一些极细碎的脚步声在弄堂的另一头向他们靠近。

陈夏已经听到了来自两人的低语，她立刻举手示意队伍暂时停下。众宪兵屏息静立，按兵不动。钱时英一拉张离，两人立刻躲至暗处，贴着墙面隐藏身形。借着弄堂中某户人家射出的灯光，钱时英和张离清楚地看到了不远处宪兵队伍中的两个身影。两人对了一个眼神，同时拔枪，从暗处闪出，砰砰两声响，一人一枪击中了灯光照见的两名日本宪兵。

"抓活的！"陈夏用日语喊了一声，她两手同时握枪，边快速奔跑，边拉动枪栓。众宪兵立刻跟上。

钱时英和张离掉头往弄堂深处跑去，后面传来了纷乱的脚步声和日本兵的叫喊。钱时英回头开了两枪，击中了一人。陈夏为躲避子弹，闪身靠墙。但钱时英一停止枪击，她立刻带队继续追击。

钱时英领头狂奔，朝弄堂口跑去，张离在后紧跟。在两人快要跑到弄堂口的时候，涩谷忽然带着另一队日本宪兵出现了，并立刻向两人射击。

钱时英和张离各自还击，转身又往回跑。而陈夏带领的宪兵已经赶来。走投无路之下，两人不由得彼此交换了一下目光。钱时英拉着张离斜插进两座房子中间的小窄道。小窄道只能容一个人通行，张离在前，钱时英在后，迅速往前奔去。

钱时英看到墙边有一堆杂物，迅速将杂物推倒，挡在身后。随后追来的陈夏等人被阻住了去路，在众宪兵搬杂物的时间里，陈夏对着黑暗中的钱时英的背影又开了一枪，但未击中。

钱时英和张离冲进一个荒废的小院，迅速掩好院门，顺手挪过门后的大缸和石头把门顶住。钱时英环视一下院子里的几间屋子，将手里的皮箱递给了张离。

"听我的命令，这个院子后面有一个缺口，你得先留下从那边逃走的痕迹，然后回到这里来躲藏。这是唯一可能躲过敌人逃出去的办法。"

"那你呢？"

"我掩护你。"

张离盯着钱时英说："要走一起走！"

"一起走就是死。你必须活下去！"钱时英一把将张离搂进怀里，紧紧地拥抱了一下。张离一愣，这个久违的拥抱此时更像是一种诀别。她下意识地想回抱钱时英，而钱时英已经迅速松开了她。

钱时英看着张离，眼中有隐忍克制的爱意："如果我没能逃出去，你去猛将堂找一个叫'麻雀'的同志，他会代替我成为你的新联络人。"

张离凄然而不舍地说："你一定要活着逃出来！"

这时，院外传来了脚步声和日军的吆喝声。钱时英摸出一块怀表塞给张离，说："快走！你必须好好活下去，这是命令！"

钱时英说完，就往通往二楼的楼梯跑去。

张离一手拎着皮箱，一手紧紧地攥着怀表，牙齿把下嘴唇咬出深深的齿痕。她深深地看了钱时英一眼，跑向了后院。

第十九章

1

陈夏和宪兵冲进了弄堂。

陈夏用手电筒四处扫射，雪亮的光柱扫过废院子的门口，又折返回来，停在了屋檐下。那里的地上留着几个湿湿的脚印。光柱晃过墙头的野草和门板上残破的门神画像后，陈夏斩钉截铁地说："这家，进去。"

两个宪兵砸开了门。其中一个一脚踢开破败的门板，冲进院子。一声枪响后，他扑倒在地。

这时，张离正在院墙边，从自己白衬衫上撕下一小片布条，挂在缺口外边的一丛灌木上，仿佛是无意被钩破留下的样子。然后，她提起皮箱往院子内跑。

钱时英在废弃房屋的二楼窗口朝陈夏开枪。子弹打在陈夏身边的墙上，火花四溅。陈夏和宪兵用墙体掩蔽着，寻找时机向钱时英回击，一时子弹乱飞。火力掩护之下，几个宪兵强行向二楼的房间突进。忽然，一个黑色物体闪着微弱的火光，从二楼的窗户落到院子里。

"炸弹！"宪兵们迅速大叫着伏到地上，陈夏也立即蹲到墙根边上。但地上的黑色物体并没有爆炸，火光也随即熄灭了。一个宪兵壮着胆子上去踢了一脚，发现那只是个小小的油瓶。这时，后面又了传来玻璃破碎和重物坠地的声音。

"他从后面跳窗跑了！"陈夏站起身说，一群宪兵一拥而上，往后院跑去。

陈夏也跟着跑了两步，但忽然停下，贴墙而站。她觉得，那有可能是对方的障眼法。果然，很快一个黑影从二楼下来的楼梯闪了出来，敏捷地攀上了墙头。黑影眼看就要越墙而出，陈夏抬起枪，果断射击。

砰一声枪响，钱时英从墙上坠落了下来。

陈夏从暗处走出，警惕地用冒着青烟的枪口指着人影。宪兵们赶过来，站成半圆将钱时英围在中间，用枪对准了他。手电的强光照在了钱时英身上，他坐在地上，双手摁着中枪的大腿。一名宪兵上前一步，揪住了他的头发，猛地抬起了他的脸。

雪亮的手电光照在了钱时英脸上，他的嘴角流着一抹血。陈夏惊呆了。钱时英看着陈夏，却是表情温和，甚至带着微微的笑意。

陈夏微张着嘴，惊愕得什么话也说不出来，脑海里闪现着的全是他的残存画面。

那时候的钱时英还是个少年,他将一个莲蓬塞给她:"小夏,你最爱吃的莲蓬。"

此时,千田英子和涩谷带着一队日本宪兵走进院子,来到了陈夏身后。两个宪兵上前,将钱时英提了起来,用枪顶着他。

千田英子说:"夏枝子,听说目标有两个。"

陈夏定了定神,仍有些失魂落魄地说:"是。"

一个宪兵从房子里跑出来汇报,嫌犯已经翻窗逃走,已经有人前去追击。千田英子瞟了钱时英一眼,钱时英的脸隐没在黑暗中。她便上前,抓着钱时英的头发把他的脸仰了起来。

"千田队长,幸会。"钱时英在地上吐了一口血水。

短暂的意外之后,千田英子兴奋地笑了:"确实是幸会。我想荒木科长见到你,会感到很荣幸的。涩谷队长,把我们的老朋友看好。"

涩谷捋了捋手上的白手套,说:"放心吧。"

接着,千田英子对站在一旁有些发愣的陈夏说:"夏枝子,我们去追另一名逃犯。"

宪兵引着千田英子往屋里走,陈夏木然跟随,本能地回头看了钱时英一眼。钱时英盯着她,仿佛求助般地,微微摇了摇头。

此时,张离正藏身于一个房间的柜子里。那是一个杂物间,进门后,她用板凳砸烂钉死的窗户,然后整个推出去。从这里望出去,正好是后院墙缺口的位置。然后她带着皮箱躲进了柜子,喘息不止。接着,她听到了一声枪响,心头一震。当她听到千田英子的话的时候,她痛苦地闭上了眼睛,任泪水流下。

很快,宪兵带着千田英子和陈夏走进了杂物间。千田英子走到破烂的窗户边,看到了后院缺口的院墙。

"另外一个同党就是从这里跑出去的?"

又一个宪兵跑进来,将张离留下的布条呈给了她:"我们在外面的灌木丛中找到这个,但逃犯的脚印到石板路上就看不见了。"

柜子里的张离紧张得满头大汗。她努力屏住呼吸,心跳声越来越大,越来越剧烈。陈夏站在房中央,头痛似的按住两边的太阳穴,闭上了眼睛。

陈夏的耳朵轻微地跳动,视野变成了暗红色。千田英子和两个宪兵都成为淡淡的影子,他们的心跳是她听觉世界唯一清晰的存在。除了这三颗心脏,还有第四颗,就在角落的柜子里。而且,这颗心脏跳得最为猛烈。

陈夏猛地睁开了眼睛。

她顿了一下,指了指破烂的窗户说:"我回忆了一下,刚才应该有人从这里跳出去了。我们在前院的时候,我听到了这个声音。"

"夏枝子,你和涩谷队长先把乱党押回去,其他的人,跟我去追。"千田英子说着带人跑了出去。

陈夏走在最后，离开时，她回头看了一眼张离躲藏的柜子，脑海里全是大哥刚才冲她求助般摇头的画面。

钱时英拖着受伤的腿被押着往前走。宪兵粗鲁地推了他一把，把他推了一个趔趄。"住手！"陈夏朝宪兵怒喊了一声，让宪兵惊愕得不知所以。陈夏稍微缓和了下语气说："这个人还有用处。"

大大的雨点终于噼里啪啦地掉了下来，众人的衣裳很快湿透。钱时英抬起湿湿的脸庞，对陈夏欣慰地笑了笑，然后拖着腿继续往前走。陈夏站在原地，看着他被押上车。车灯下的雨水中混合着钱时英伤口流下的血。陈夏木立不动，神情痛苦而慌乱。

张离拎着小皮箱急冲冲往家奔，越来越密的雨将她淋成了落汤鸡。她紧咬着嘴唇，神情悲痛而隐忍。击中钱时英的那声枪响不断在她耳朵里闪。同时不断闪现的还有千田英子和钱时英说的话。

"涩谷队长，把我们的老朋友看好。"

"你必须好好活下去，这是命令！"

……

张离越奔越快，越觉得呼吸不动。忽然，一只手伸出来，将她拖进了一条弄堂。

张离猝不及防，正要反抗，看清是陈山以后，她安静了下来。陈山警惕地看了看四周，拉起她往前走。大雨仍在不停地下，陈山和张离的身影很快消失在苍茫的雨幕中。他们必须尽快赶回家。

到家后，两人换好了衣服。陈山用毛巾为张离擦起头发。他极力克制着情绪，制造出脸上的平静。张离坐在椅子上，神情木然，仿佛魂魄离了体。

"皮箱里装的什么？"

"电台。"张离的声音像在飘。

"你敢把电台带回家来？"

张离恍惚地嗯了一声。陈山抓住她的两只胳膊，近距离地看着她的眼睛："看着我的眼睛。"

张离定了定神，看着陈山说："我不想失去电台。"

"那就会失去性命。陈夏是根据电波信号找到你们的。我不是提醒过你，不到万不得已不要发报？"

"有一份紧急的情报，必须马上送出去，我们别无选择。"

"他们有没有发现你？"

"也许陈夏知道，但是她放过了我。"

"她有没有亲眼看见你？"

"应该没有。"张离摇了摇头。

陈山略松一口气，说："那就好。"

"可是，"张离的嘴唇颤抖起来，"他们抓走了钱时英。"

陈山浑身一颤，动作僵住。张离整个人抖动得越来越厉害。陈山咬着牙控制住自己，他不得不抱住张离，将她的头按在自己的胸前。张离的眼泪下来了，把陈山的前胸弄湿了一大片。

"他是为了掩护我……"

陈山极力稳住心神问："他还活着对吗？"

张离流着泪点了点头。

"那我们就救他出来，不惜一切代价。我现在就去尚公馆，设法见到他还有小夏。"

"不！现在你什么也不能做。"

"什么也不做？我还能算是他亲弟弟吗？"

"我比你更想救他。他是为了掩护我才故意暴露自己的，可我只能眼睁睁看着他被捕。我没办法。"张离自责地流泪，"我真的没有办法……"

陈山安慰地抚着张离的头说："这世界上，并不是每件事都有办法的。听着，你把电台藏好，哪儿也别去。我这就去尚公馆，哪怕有一丝的希望，我也不会放弃的。"

张离抹掉泪水，重新变得镇定，说："不行。你现在不能去。你现在出现在尚公馆，除了让荒木惟起疑之外，没有任何用处。你要真想救他，就更应该沉住气。我会尽快和组织重新取得联络，救不救，怎么救，都要听从上级的指挥。绝不能轻举妄动！"

"好。"陈山沉默了一会儿说，"你就是我上级，我听你的。"

2

门外大雨滂沱。陈山撑着伞，又拿着一把伞，径自往监视他的特务藏身处走去。此时，特务刚醒，甩了甩头，还有些发怔。

"兄弟，"陈山对满脸惊愕的特务说，"这么大的雨，早点回去吧。放心，我也不会长出翅膀飞了。"

陈山把伞递给特务，转身回房。特务不知所措地站在那里，狠狠地打了个喷嚏。

"当心感冒。"陈山头也不回地说。

几辆军车鱼贯开入了尚公馆大院，侦缉车开在最后。院内灯光通明。密密的雨阵中，宪兵们纷纷跳下车。钱时英被一脚踢下了军车，两名宪兵提起他，押进了尚公馆大门。

陈夏从侦缉车上下来，站在院中，怔怔地看着钱时英一瘸一拐地被押走。荒木惟站在尚公馆大楼的门廊前，微笑地看着钱时英被押到自己面前。当他看清钱时英的脸时，一点也不惊讶。他说："钱老板，你不但像中共，而且果然是中共。"

钱时英微微一笑，说："多谢荒木科长在马场的时候手下留情。"

"我喜欢聪明人。钱老板应该明白，进了这里，想活着出去的唯一办法就是配合。你有多配合，我就有多仁慈。"

"是吗？那我可以告诉你，你一定会失望的。"

荒木惟笑得露出了雪白的牙齿："我会让你改变心意的。"

陈夏远远地站着，看着无畏地与荒木惟峙着的钱时英。她几乎快要站立不稳，仿佛没有感觉到不停淋在身上的雨水。当她疲惫地走进荒木惟的办公室时，已被雨水浇透，不由自主地发着抖。

荒木惟问陈夏，为什么会跑掉了一个人。陈夏说，她当时受到了另一个电波信号的干扰。为了找到正确信号，浪费了五分钟。荒木惟点点头说："虽然只抓到一个，夏枝子，你也是立了大功。"

"谢谢科长夸奖。"陈夏勉强地说，"夏枝子深感惭愧。"

"不过，跑掉的人，没有留下一点线索吗？"

陈夏思索了一下，说："我能听出另一名逃走的中共，脚步沉重，呼吸粗重，应该是个男人。"陈夏说完，身体有点摇摇欲坠。荒木惟问她是不是不舒服，陈夏摇了摇头，说她只是累了："我想回家。"

这时，敲门声响了起来。进来的是千田英子。她看了陈夏一眼，对荒木惟说："我们没有追到逃犯，能跑出的几个方向，我们都派人去追了，但是没有发现此人的踪迹。"

荒木惟让陈夏回去好好休息，陈夏便向两人各自行礼，离开了房间。千田英子兴奋地对荒木惟说："科长，竟然是钱时英！他总算落在我们手里了！"

荒木惟笑了笑，说："确实很有意思。"

黑暗中，陈山呆坐在沙发上，瞪着无神的眼睛。张离从楼上下来，坐在了他身边。陈山问她怎么不睡，张离说怎么睡得着。陈山按住了她的手，说："你也别太担心了。他一直都聪明绝顶。他是我们家最聪明的、读书最多的；他能想出办法来闯过这一关的。大不了……大不了就是被日本人打一顿。那个是没事的，我们小时候老在外面打架，他都会替我挨打，都没事……"

"对，他会没事的。"

陈山却再也说不下去，他坐进沙发，抱住了自己的头。张离走到书桌边，打开抽屉，取出一支钢笔，灌了墨水，又摊开信笺。那是钱时英送给她的结婚礼物。陈山走过来，看着她。她在摊开的信笺上开始书写。

陈山不禁轻声地诵读着张离写下的话："黎明前的夜色暗沉如墨，吾辈必胜之志炽热如火，共产主义信仰必将引领我们奋战到底，迎接最后的胜利……"

墙上的钟指向凌晨两点。两人的神色都在书写和诵读中变得平静和坚定。

此刻，几个宪兵砸开了怀仁药店的门，很快就拖着一个伙计出来，扔上了车。军车开走后，几个宪兵仍在药店附近把守。不远处的墙角，掌柜的正拎着一瓶酒和一个油纸包往药店走来。他远远看见了药店被砸破的门和门口的宪兵，迅速闪进了墙根的阴影下，然后顺着墙根悄悄地溜走了。

电话铃声在凌晨刺耳地响起。和衣躺在沙发上的陈山一跃而起，定了定神，拿起话筒。他本能地看了看表，5点。他听了会儿，说："是，马上到！"

"是荒木惟？是钱时英的事情？"张离从卧室神情憔悴地走了出来。

"是荒木惟，没说什么事。你把电台藏好，保持警惕，如果情况不对，一定先跑路。"

张离低着头轻声说："你也小心。"

陈山一把将张离搂进怀里，紧紧地拥抱了一下，又马上松开，与钱时英的拥抱如出一辙。张离忍住了涌上来的泪水。直到关门的声音传来，张离才慢慢抬起右手。她的手里紧握着钱时英的那块怀表。

陈山走在尚公馆办公楼的楼梯时，陈夏忽然从楼梯转角后面蹿了出来，声音低哑地叫了一声"小哥哥"。陈山看着她双目红肿面色憔悴的脸没说话。陈夏说："我在等你。"

在陈山的办公室，陈夏捂着嘴，控制自己不要哭出声，眼泪疯狂地流。她哽咽着说："小哥哥，是我害了大哥，可是我真的不知道会是他，怎么会是他……"

陈山说："还记得我提醒过你吗？其实咱们干的不是什么好事，抓的都是自己的同胞……"

"可为什么是我大哥？你今天一点也不惊讶，你是不是早就知道他在干什么？"

陈山沉默一会儿，说："其实我那次约你去大世界，是想在那天送你和老东西离开上海。这个计划，是我和大哥商量好的。"

"所以你其实和他是一伙的是吗？"

陈山默认了。

"还有嫂子也是？"

"你嫂子说，是你放了她一马。我谢谢你。"

"要不是我临时被另一个电波信号干扰，可能现在连她也在牢里。"

陈山淡淡一笑，说："要是你直奔另一个信号而去的话，待在牢里的人就是我了。"

陈夏愕然，哭着问："为什么？为什么你们不能早点明明白白地告诉我？"

"有些事不能说，这叫纪律。懂吗？"

299

"为什么你们都要跟荒木君对着干？大东亚共荣不好吗？和平不好吗？"

"他们一天不滚出中国，怎么会有真正的和平？哪有什么大东亚共荣？一旦我们缴枪投降，只能任人宰割受尽欺凌。小夏，你不能再被他欺骗了。"

"荒木君不会骗我的，小哥哥，一定是你们弄错了，一定是弄错了……"

"我一直不敢告诉你真相，就是怕你听不进去。荒木惟对你的影响太大了。你甚至认为他对你比我对你还好。可你知不知道，他对你好是为了利用你。"

"不是的。"陈夏摇着头，"荒木君不是你说的那样。"

"到底谁才是对的，以后你一定会明白。现在我就问你，你既然什么都知道了，你愿意让我送你离开上海吗？"

陈夏犹豫起来，陈山接着说："你愿意走的话我马上安排。"

"大哥都这样了，我怎么可能安心地离开？"

陈山拍拍陈夏的肩膀，问："那你想让大哥和小哥哥安心吗？"

"想。"

"那么你听好了，这件事交给我来处理。我一定会想办法救他的。忘记我和大哥是什么人。你只要记住，他现在叫钱时英，绝不能让日本人知道他是我们的大哥，否则只会连累更多的人。"

陈夏不住地点头，哭得不停地抽搐。陈山继续说："我可能马上要去见他。你一定要稳住，不能让荒木惟看出蛛丝马迹来。"

陈夏又哭起来："我怕我做不到。"

"做不到就是死！"

陈夏不敢再哭了。陈山用鼓励的眼神看着她问："能做到吗？"陈夏咬唇含泪点头。陈山站起身来，递了张手帕给她，然后神色冷静决绝地向外走去。

3

荒木惟带着陈山往刑讯室走去。荒木惟双眼布满血丝，脸色疲惫却又带着种病态的亢奋。他说："昨晚夏枝子的行动组抓到了一个赤党，你猜猜是谁？"

陈山轻松地说："听你这口气，难道这个赤党是我认识的人？"

荒木惟轻笑了一下："不错，是我们的一个老朋友。"

"我们的老朋友？难道，是麻田？"

荒木惟笑了起来："陈山，你很幽默，但不合时宜。"

"科长，你一大早就把我从被窝里叫出来，我也只好苦中作点乐了。"

荒木惟停在刑讯室门口，认真地看着陈山说："我希望你等会儿能更有乐趣。"说完，他推开门，进了刑讯室。陈山咬了咬牙，也跟着进去了。

这时，被绑在刑架上的钱时英已经满身伤痕，陷入了昏迷。陈山的眼光在钱时英身上扫过，眼中有愤怒和痛苦。他强忍着心痛移开了目光，看向地面，再抬起眼时，情绪已经平静如常。

千田英子站在刑具桌边上。刑具桌上琳琅满目，带钉子的棍子、带刺的鞭子、钝铁剑、铁锤、竹签子……桌子旁边还有一个正通红燃烧着的炉子，炉子上烧着烙铁和一枚筷子长的钢针。炉子旁边放着一个大铁桶，里面装满了水，还有一个水瓢漂在上面。荒木惟说："叫醒他。"千田英子便拿起炉子上被烧红的烙铁，一下子烙在了钱时英大腿的枪伤处。

钱时英惨叫着醒了过来，整张脸因为痛苦的吼叫而变形。陈山内心剧痛，强自镇定。荒木惟赞赏地说："千田队长，你很聪明，用这么简单的方法帮他止了血。"

"谢科长夸奖。"

荒木惟对陈山说："认出来了吗？我们的老朋友，大药材商钱老板。"

"看看，"陈山强笑着说，"我在马场的时候说过什么？最有问题的一定是他！"

千田英子汇报说，到目前为止，钱时英什么也没说。荒木惟便开始摇头叹息，说："钱老板，你说这次还会有谁来为你救场？唐小姐吗？要不要我打个电话通知她来看你？"

钱时英忍着剧痛，一声不吭。

"不对。"荒木惟接着说，"如果你是'裁缝'，那么那天唐小姐就是撒了谎，她就是你的同谋。"

钱时英低沉地说道："我不是'裁缝'。"

荒木惟笑了起来："你总算开口了。好了，我知道你的弱点了。你的弱点，看来就是唐小姐。"

钱时英奄奄一息，疲累虚弱地发出声音："你要敢动她，我倒敬你是条汉子。"

荒木惟又笑了："我想动的人，就没有动不了的。"他转脸对千田英子说："好好招待钱老板，免得有人说我们大和民族不懂礼数。"

"是。"千田英子用钳子钳起那枚筷子长的烧红的钢针，向钱时英的肩窝推送。钢针遇肉冒起青烟，慢慢穿透了钱时英的肩窝。肩窝处冒着烟，发出皮肉烧焦的气息。钱时英一声不吭，只有皮肉烧焦时"嗞嗞"的声音回响在刑讯室里。陈山面色发白，咬牙忍住。千田英子猛地将钢针抽回，一汪暗血凝结成红色的面条一样，从钱时英的肩窝处挂了下来。

钱时英终于忍受不住，撕心裂肺地大叫起来。他的脸上全是汗水，衬衣也湿透了，结满了成片的血痂，紧紧地粘连着皮肉。他的眼珠子圆睁着，巨大的疼痛让他脸上的肌肉在不停地颤抖。

陈山拼命地克制着自己的怒火和痛苦。荒木惟不动声色地留意着他的表情，突然发话说："陈山，你来审。"

千田英子用钳子钳起钢针，递到了陈山面前。陈山困难地咽了一口唾液，说："也许钱老板是个吃软不吃硬的人。"

荒木惟嘲讽地说："你以为他像你一样滑头？"

千田英子又取了鞭子递到陈山面前:"陈组长,是你来还是我来?"

陈山只好接过鞭子,干笑着说:"不敢劳您大驾。"

他看向钱时英,拿着鞭子的手微微抖了一下。钱时英盯着陈山大吼起来:"懦夫!来吧,你们这群懦夫,我告诉你们,就算你们能打垮我的身体,但打不垮我的意志和信仰。"

陈山手中的鞭子举起来,却打不下去,只能咬牙问:"钱老板,相识一场,我可以再给你最后一次机会。"

"报告。"

陈夏的声音从门外传来了,荒木惟有些惊讶地望了门口一眼,让她进来。陈山也有些惊讶,放下鞭子望向门口。陈夏走了进来,脸上带着一种奇异的平静和坚定。荒木惟问她是不是有什么新发现,趁这个机会,陈山对钱时英使了个眼色。接着,他背对着钱时英,转身望向陈夏,双手背转在身后,用颤动的手指敲出了一组摩斯密码。

"科长,我想请求您一件事。"陈夏对荒木惟深深地鞠了一躬。

"你说。"

"我想亲自审问这个赤党。"

"哦?"荒木惟狐疑地问,"为什么?"

陈夏鼓起勇气说:"到今天为止,我在上海遇到的所有对手里,他是最狡猾的一个,也是我亲手抓到的第一个共党。所以我想亲自审一审他,希望可以得到更多的线索。您也说过,只有了解敌人,才能更好地战胜他们。"

陈山紧张地看着荒木惟,他已经敲完了那组摩斯密码,钱时英也看在眼中。内容是:张离没事,嫁祸乔瑜。

荒木惟朝陈夏点点头:"就让你试一试,你在特工学校里学到的审问技巧。"

陈山让到一边,陈夏走到钱时英面前,看了他一眼,眼中不由得流露出心疼的神色。她垂下眼帘隐藏情绪,什么也没说,转身从桌上拿了一个杯子,从暖瓶中倒了一杯水,递到钱时英嘴边。钱时英愣了一下,看了陈夏一会儿,顺从地开始喝水。钱时英饥渴地饮完了一杯水,荒木惟和千田英子一言不发,冷眼旁观。

钱时英喘了一会儿,郑重地对陈夏说了声感谢。

"听说你姓钱。"陈夏说。

钱时英不语。

陈夏继续说:"我猜你用的一定不是真名。但我还是叫你钱先生吧。我不了解您的信仰,也许它有让您为之献身的魅力,可是您有没有想过自己的家人?如果他们看到您这样受苦,会有多么难过?"

钱时英说:"我所做的一切最多只让家人难过,但是,可以不让家人受这样的苦。"

陈夏努力克制着自己,但她的声音还是有一丝颤抖:"你还有亲人吗?"

"有！"钱时英的眼中泛起了一丝柔情，"我有一个我最爱的妹妹，应该跟你差不多大。"

"你有多久……没见她了？"

"差不多有十年吧。不知道她是不是已经把我给忘了。"

陈夏眼中满是忧伤。钱时英继续说："可这么多年了，我从来也没有忘记她，一闭上眼，她的模样就那么可爱、那么鲜活地跳出来。"

钱时英闭上眼，沉浸在回忆里。他想起的是某年的中秋节，那时候他还是个少年。他牵着童年的陈夏站在院子中，指着天上的月亮说月亮圆了。月亮圆了，我们小夏也可以去走月亮了。

陈夏问他什么叫走月亮，他就告诉她，走月亮是一种风俗。在中秋节这一天，女孩子可以结伴在月下去游玩。如果走过三座桥路线不重复，这个女孩子明年的运气就会特别好。陈夏说："我也要去走月亮。"他说："明天大哥带你去走月亮。"陈夏就拍着手跳了起来。

钱时英还记得，他们身边是一张桌子，上面摆着月饼和芋头。父亲陈金旺躺在旁边的躺椅上，用小茶壶吸溜着茶，眉开眼笑地看着。弟弟陈山则在院子里追着一只小猫疯跑，一不小心跌倒在地。

钱时英睁开眼，眼神穿透陈夏，仿佛望向远方："我妹妹最爱的节日是中秋，一家人可以聚在一起，赏月，吃芋艿，毛豆，烧香斗。我答应过她，要带她去一次陆家石桥走月亮，看起来是没有这个机会了。"

陈夏声音微颤地说："我想，你的妹妹也一定在等你带她走月亮。只要你配合，交代出同党，那么你以后还有很多机会。"

"我放弃这个机会。"钱时英双眼清亮地注视陈夏说，"那么我的妹妹，还有千万个像我妹妹一样的小姑娘，她们才有机会在自己的土地上安静地赏月，和心爱的人一起走月亮。"

陈山心中难过，掩饰地扭头望向旁边的刑具，眼中流露出悲伤。荒木惟一言不发地看着陈夏和钱时英。

陈夏焦急地说："你想过吗？也许你走的路是错的，你的坚持是错的！"

钱时英坚定地说："那些骑着马拿着枪跑到别人家里去的强盗，无论他们说得多么好听，也改变不了自己是强盗的事实。"

陈夏一时语塞。千田英子有些不耐烦了。钱时英继续说："小姑娘，我不知道你为什么会和这些人在一起，但你和他们是不一样的……"

"够了！"荒木惟打断了他。

钱时英笑了，说："你以为你能蒙骗她多久？只要是个中国人，早晚都会明白，你们的所谓和平亲善都是伪装。所有温文尔雅的表象掩盖不了你身为侵略者的野心。"

千田英子上前一步，一巴掌扇在了钱时英脸上："闭嘴！"

陈夏一阵心痛，眼中涌上泪水，却强自忍耐一声不吭。荒木惟说："夏枝子，你累了，先回去吧，这里的事我来处理就好。"陈山亦对陈夏点了点头。陈夏控制好情绪，向荒木惟行礼，离开了审讯室。

走到门口时，陈夏还是忍不住回头望了钱时英一眼。钱时英肿起的眼睛中分明流露出关爱之意，这让陈夏觉得心如刀割。走出刑讯室大门后，陈夏听见了钱时英的一声惨叫。她加快步速，低着头往前疾走，泪水终于控制不住夺眶而出。她用牙咬住了右手手背，咬出深深的齿痕。

4

张离坐在光线阴暗的猛将堂教堂里，闭着眼睛好像在祷告。刘兰芝穿着修女服走到她面前，说："姐妹，愿神赐福于你。愿你在神的面前放下你所背负的劳苦重担。"

"求神不如求人，我的重担神无法担负。我想要找的是人。"

"求人不如求己，不管你是否求告，神对你的怜悯和祝福依旧。"

"我想要找的是家里的人，我的兄弟，我的姐妹，虽然他们像蒲公英的种子一样撒在大江南北，可是我们有同一个母亲。"

"在神的里面，我们所有的人都是兄弟姐妹。"说完，刘兰芝在胸前画了个十字，离开了。

张离的眼光落在耶稣被钉在十字架的像上面。

钱时英又一次陷入了昏迷，他的姿势与钉在十字架上的耶稣很相似。陈山在一堆刑具面前，吊儿郎当地拿着一根带着铁钉的棍子看来看去。荒木惟说："陈山，该你了。"

陈山拿着那根棍子走到钱时英面前，荒木惟则盯着陈山的背影。陈山像是想到了什么，忽然转过来嬉皮笑脸地对荒木惟说："刚才科长有一句话我很赞同。"

"什么话？"

"他的弱点既然是唐小姐，那就把唐小姐请来就好了。"

"打蛇打七寸，一枪要是能结果了他，何必费那么多子弹，是吧？"陈山故作轻松地看着正审视他的荒木惟。千田英子也看了荒木惟一眼。这时，小四忽然跑到审讯室门口，轻轻敲了敲门。

陈山注意到了小四手臂上有伤，用纱布包扎着。小四要向荒木惟汇报什么，刚叫了句科长，就被荒木惟抬手打断了。小四看了陈山一眼，不再说话。荒木惟对陈山说："好，你去请唐小姐。"

说完，荒木惟便走出了审讯室，小四跟出。千田英子看着陈山，陈山把手中的棍子扔到地上后离去。千田英子这才走出了审讯室，让门口的特务锁门。

陈山走在走廊上,看着前面荒木惟与小四的背影,听着背后传来的钱时英所在的审讯室被上锁的声音,眉头微微拧起。千田英子跟在他身后,意味深长地望着他的背影。

张离安静地坐在教堂的椅子上,低垂着头,一直保持着先前的姿势。"麻雀"走了进来。他走到张离身后的一排长椅边坐下,距离张离只有一臂之遥。

张离没有改变姿势,平静地说:"'裁缝'同志昨夜被捕了。"

"我们已经得到消息。尚公馆端掉了怀仁药店,只有掌柜刚好去买消夜,侥幸逃脱。凡是和'裁缝'有联系的同志,都已经成功疏散。你的情况比较特殊,暂时保持原状。"

张离沉稳而笃定,说:"他不会叛变的。"

"是以防万一。这是我们的纪律,你应该明白的。"

"没有万一。他也许会死,但决不会叛变。麻雀同志,我们必须去救他。"

"麻雀"沉默了一会儿说:"'蒲公英'同志,你的心情我能理解,但是我们已经讨论过了,要从尚公馆监狱里成功营救钱时英同志的可能性太小了。所以……"

"就不能试一试?"

"你也是我们的老同志了。你应该知道,但凡有能力营救,组织绝不会放弃任何一个自己的同志。"

张离不再说话,抬起头眯着眼看耶稣受难的雕像。

"'蒲公英'同志,不管你愿不愿意,有些告别是无法避免的……把悲伤收起来,我们继续战斗!""麻雀"说罢,拍了拍张离的肩膀,起身离去。

张离默默地坐了一会儿。当她再次站起来时,脸上的悲伤和无助已经被坚定勇敢代替。然后,她大步离开了教堂。

在荒木惟的办公室,小四汇报了遭到伏击的情况。那车药都找到了,但在他们正打算把车开走的时候,才发现中了埋伏。人员死伤大半,最后还是让对方跑了,还被抢走了一辆车。好像对方早就知道他们会去,就张着网在等他们往里钻。

千田英子不由得看了荒木惟一眼。荒木惟挥了挥手,让小四出去。

千田英子说:"他们抢走了我们的车,再用我们的车转运药品,应该早就轻松通过了我们的关卡。再想找他们就太难了。"

荒木惟沉吟着:"他们事先埋伏,那一定是早就得到了消息。"

"钱时英被捕之前发出的最后一个电报,会不会就是为了通知他们转移药品?"

荒木惟说:"一条命换一车珍贵的药品,姓钱的果然很会做生意。"

"可是乔瑜作为内鬼已经被我们除掉,除了小四这个组的人,咱们科里没有别人知道他们的行动。消息又是怎么走漏的?"

"如果不是凑巧他们刚好就打算在这时候转移药品,那就只有另一个可能,另有内奸。"

千田英子心中一惊,眼神一凛,与荒木惟对视:"陈山、张离跟钱时英和唐曼晴最近走得挺近。"

"你知道该怎么做了吧?"

"是!"千田英子匆匆离去。

陈山走下楼梯时,看到院里停着几辆车。小四组里的两名特务扶着另外两名受伤的特务向大楼走来。一群人神情疲惫,垂头丧气。陈山应了声他们的招呼,若有所思地向外走去。

晚上,陈山来到了米高梅舞厅。舞厅内灯红酒绿,歌舞升平。台上不知名的歌女正在唱着一首《玫瑰玫瑰我爱你》。舞池内的男女双双对对地起舞。陈山的目光穿过人群,看到了雅座区的唐曼晴和另一位舞女正在陪着两名日本军官喝酒。另一位舞女和日本军官猜着拳,唐曼晴只是举着酒杯淡然地坐在一旁。

陈山看到自己身边的吧台上有一束玫瑰,便走过去,抽出一朵花,放到鼻子边闻了闻。接着,他径直走向了唐曼晴。途中他眼观六路,很快就发现了躲在角落盯着自己的小四。

陈山假装没有看见迅速低下头假装喝酒的小四,大大咧咧走到唐曼晴身边,在一张沙发上坐下,却不说话。唐曼晴抬眼看了下陈山。这时候,小四已经在陈山身后不远处的一张椅子上坐了下来,试图偷听他们说话。但他的身影被陈山从墙上的装饰镜中看到了。

陈山看了一眼台上的歌女,说:"上一次听这首歌,是黄莺小姐唱的。不知道黄莺小姐现在怎么样了?"

唐曼晴晃了晃杯中酒,喝了一口:"看来你对这段扭转乾坤的往事挺得意的。"

"哪儿的事。"陈山说,"要是没有唐小姐从中周旋,我陈山小命都没了,能扭断的只有自个儿的脖子。"

唐曼晴笑了笑,说:"你应该感谢荒木先生。要不是他有惜才之心,谁也救不了你。"

"我知道钱时英为什么喜欢你了。"

唐曼晴一愣,眼睛不眨地看着陈山。陈山递上玫瑰,说:"这枝花就当替他送的。我能请你跳支舞吗?"

唐曼晴大方接过,将花枝折断一截,并将花朵插入了自己的发鬓。那花朵艳红而热烈,音乐声更响了。

陈山拥着唐曼晴在舞池中起舞,他瞟向小四,小四正盯着他。唐曼晴说:"你的尾巴现在听不到。可以说正事了。"

陈山的脸色忽然一肃,把唐曼晴拥紧了一些,在她耳边低声说道:"他被捕了,在荒木惟的牢房里。"

唐曼晴饶是见多了世面，听到此话，身躯也禁不住一震。她努力平静着自己，问："什么时候的事？"

"昨天。发报以后被包围了，没能跑掉。"

"他现在怎么样？"

陈山停顿了一下说："能扛住。"

唐曼晴沉默着，克制着心痛。

"荒木惟让我请你去问话。关于马场那天的事，是因为有你作证，他才得以脱罪，现在荒木惟一定会紧紧抓住这件事不放的。你要有心理准备。"

"所以他确实是共党？"

"他是不是共党，你一直都知道的。"

"还有办法替他脱罪吗？"

"除了叛变。"

"需要我做什么？"

"劝他投诚。"

唐曼晴并不惊讶，问："然后呢？"

"只要他假装有投诚的意思，我就有时间筹划营救他。"

"你不要鲁莽行事，他把你的安全看得比他自己的更重要。"

"我也一样！"陈山咬着牙说。

唐曼晴有些动容地看着陈山，过了一会儿，她说："事关重大，现在要荒木惟卖人情给我不是一件容易的事。所以我现在不能空着手跟你去。"

唐曼晴说着推开陈山，猛地扇了他一巴掌。陈山一愣，看着唐曼晴。周围的舞客也都停止了跳舞，立刻有保镖冲上来，问她出了什么事。另一名保镖欲上前冲向陈山，陈山迅速拔枪对准了他。保镖顿时愣在原地不敢再动。但唐曼晴身边的另外两名保镖也立刻拔枪对准了陈山。

唐曼晴对陈山说："回去告诉你们科长，我唐曼晴不是他想见就能见的。你要有种，应该把枪口对准我！"

舞客们全都不敢作声，远远地看着这一幕。远处的小四也挤过来看着。陈山顿时会意，唐曼晴是需要时间去周旋经营，并让小四了解是因为她的不配合，自己才无法立刻请她回去问话，便于他向荒木惟交差。

陈山心中感激，但此时只是目送唐曼晴淡定地离去。

陈山收起枪，保镖仍然用枪指着他。他淡定转身，向着与唐曼晴相反的方向离开了舞厅。

5

惨白的灯光下，陈山站在荒木惟面前，告诉他，自己请不动唐曼晴。荒木惟看了陈山一会儿，朝他挥了挥手。

陈山离去后，千田英子说："唐曼晴这是想跟钱时英划清界限的意思吗？"荒木惟说："我倒希望是这样。"

"看来马场那次，唐曼晴极有可能给钱时英做了伪证。科长您不打算追究吗？"

"她要是打死不认，或是声称被钱时英蒙骗利用，我也动不了她。她本身不可能是共党，动她没有意义。"

"是呀，她在上海滩根基深厚，一定会有很多人帮她说话的。"

"所以只要她识趣不再掺和，这件事大家心知肚明，就让它过去吧。这女人本来够聪明，但是再聪明的女人动了凡心，也会干蠢事。"

千田英子的眼神闪了闪，偷望着荒木惟的眼神中莫名有些温柔。荒木惟并未看千田英子，说："总之这次，钱时英跑不掉了。"

陈山有些心事重重地走在走廊上，迎面碰到了过来的小四。陈山问他这么晚怎么还在，他支支吾吾说值班。陈山说："不对吧，今天明明是我们一组当值。"小四便又改口说回来拿忘在办公室的药。

陈山笑了笑："这样啊。"

小四不敢看陈山的眼睛，陈山没再多说，离开了。小四边走边回头看，直到陈山的身影消失在楼梯口，才走到荒木惟办公室门口，敲响了门。

陈山半个身子重新闪出楼梯口，正好看到小四进入荒木惟的办公室。这下，他更确定了小四是在负责盯梢自己。

陈山走进陈夏住处的时候，陈夏正在弹钢琴。但琴声杂乱，几乎听不出曲调。听到陈山的脚步声，陈夏立即停止弹琴。她望向陈山，面色苍白，神情憔悴。

"小哥哥，大哥他现在怎么样了？"

"白天的时候，谢谢你。多亏你跑来审了他，他才能少受些罪。"

陈夏的泪水流了下来："只要能活下去，比受多少罪都强。他能活下去吗？"

"会。"

陈夏忽然哭起来："我讨厌你们！"

陈山愣了一下，看着陈夏。陈夏继续哭着说："你们都骗我。大哥明明就在上海，为什么不回家？还改了名换了姓？你明明跟他一样，却装作帮荒木君做事的样子，连我和荒木君一起骗！"

"是啊，我们骗你是因为不得已，是因为怕你受伤害，是因为我们是亲人。荒木惟呢？他才是真正的骗子。"

"不，他对我的好是真的，我看得出来。这绝不是欺骗。"

"是吗？如果你现在去告诉他，钱时英就是我们的大哥，你猜他会不会对大哥手下留情？"

陈夏无言以对。陈山继续说："如果你去告诉他，我和大哥其实是一伙的，你猜他会不会放过我？"

陈夏的嘴唇哆嗦起来。

"你信不信，他随时都下得去手把大哥和我，甚至连你一起杀掉？"

陈夏喃喃地说："不会的……"

陈山拍了拍陈夏的肩膀，说："小夏，醒醒吧，他才是真正的骗子。一开始他就用你的性命要挟我，从第一次他带你到他的办公室等我那次就是，我被逼假扮另外一个人去了重庆。如果不替他卖命，我甚至连给你打电话的权利也没有。我好不容易找到你的藏身地，想救你出去，却中了他的圈套，差点连你嫂子的命也搭上。你知道了这些之后，还觉得他是真心对你好吗？"

陈夏哭着摇头说："我不知道……"

"他治好你的眼睛，培养你，又用他所谓的和平和大东亚共荣欺骗你，只是为了利用你帮他残害你自己的同胞，你懂不懂？"

"我不知道。现在我只想救大哥出来，你有没有办法？你告诉我，我可以帮你们做什么？"

"你现在能做的，就是离开这里，不再替豺狼做事。保护好你自己，就是对我们最大的帮助。"

"那你和大哥怎么办？"

"小哥哥答应过你的事，哪回食过言？我会救大哥的！一定会！"

陈夏含泪看着陈山，终于信任地点了点头。

"好，我回去准备一切，包括救大哥，并且送你和陈金旺离开。等我的消息。"

陈夏点着头说："如果有什么是我能做的，一定要告诉我。"

"好。"

陈山一身疲惫地回到住处，推开门时，一室黑暗。他摸到开关打开灯，看到张离一动不动地坐在沙发上。

"怎么不开灯？"

张离没有作声。陈山走到她身边坐下，两人沉默了会儿。之后，陈山开口说，钱时英进了尚公馆，皮肉之苦难免。不过今天多亏小夏帮忙，下午就暂时没再对他用刑。张离心中难过，嘴上只哦了一声。

"小四他们今天回来了，虽然不清楚情况，但看样子像是吃了败仗。南浔那边的药是不是送走了，你有消息了吗？"

"是。"张离面无表情地说，"已经顺利转移，运往根据地。我代表党组织，感谢你的努力。"

"不用谢我，只要把我大哥捞出来就行。"

张离又沉默了一会儿，艰难地说："对不起，陈山。"

陈山似乎猜到了什么，但还是不甘心地问："什么意思？难道组织上根本就不打算救人？"

"不是不打算，而是无力营救。"

陈山愣了下，怒极反笑："老子豁出命去给他们抢药送药，现在老子要救人，他就一句无力营救来打发我？他们还有点人情味吗？这就是你们用生命去信仰的组织？"

"陈山，信仰不是算账。如果一定要算，那么所有的行动都不可能是单打独斗，我们必须衡量营救的代价。"

陈山冷笑说："代价大的事就不干是不是？"

"难道要以我们的暴露为代价，要以牺牲更多人的性命为代价去营救吗？"

"我不管。反正我非救他不可。他是我大哥！"

"哪怕搭上你自己的命、我的命还有小夏和你爹的命吗？"

陈山沉默了。张离顿了下，继续说："你看，你也知道这不值得。如果今天在牢中的人是你，你会希望我们全都为了救你而去牺牲吗？"

"我不要听这种假设。现实并没有假设！"

"你冷静。"

"我冷静不了！"陈山猛地一挥手，"要我见死不救，我做不到！也许他只是你们的同志，但对我来讲，他是我的亲人，是我大哥！"

张离的眼泪夺眶而出，也有点激动："他也不仅是我的同志，还是我的……未婚夫！"

陈山吃惊地看着张离，想起齐云之前跟他说过，张离原来有个相好的，三年没音讯了。但她死心眼，一等就等成了老姑娘。

陈山恍然大悟，愣在那里。张离压抑着情绪，平静地说："我一直以为他牺牲了，直到在上海再次见面，我才知道他还活着。"

陈山木然地走到桌前坐下，给自己倒了一杯水。他发现自己拿杯子的手微微颤抖，干脆又把杯子放下了。

"你为什么不早点告诉我？"

张离恢复了冷静："因为我必须同你结婚，继续潜伏，这是组织的命令。"

"既然你们是……你更应该向你的组织争取营救他的机会。"

张离也坐到了桌前，说："我们的组织不会放弃营救任何一个同志，只是事不可为，无可奈何。陈山，每个共产党员都在用生命浇灌信仰，钱时英也好，我也好，我们都早已做好了随时牺牲的准备。"

"不！"陈山有些激动，"我不允许你去牺牲！战斗，不是为了去牺牲，是为了要活下去！"

"不！确切地说，战斗是为了让更多人更好地活下去！所以我必须服从组织的安排，必须肩负他的使命继续活下去……"张离的声音变得哽咽，"你明白吗？我必须一直坚持下去，直到胜利的那一天！"

陈山看着张离坚毅的神情，眼前闪现出钱时英受刑后毫不屈服的样子。他咬牙切齿地说："疯了。你们都是疯子。"说罢，他起身向门口走去。

张离叫了他一声，他在走到门口时停下。他的声音暗哑而艰难："我答应过小夏，一定会救大哥的。我对小夏，从来没有食言过。"

张离无奈悲伤地看着陈山的背影。陈山终于打开房门走了出去。

黑暗中，剩下张离自己无声地落泪。

第二十章

1

深夜，宋大皮鞋、菜刀、刘芬芳和陈山围坐在宝珠弄老宅的桌子前，商量营救陈河的办法。

得知陈河干了共党，菜刀满心仰慕。宋大皮鞋则有些忧心，尚公馆是日本人的地盘，连76号李默群都没法跟他们叫板。他们这种包打听，也就只有码头舞厅里打听点小道消息的本事，去那里救人，难度太大。刘芬芳让他们别插话，听陈山说。三人争执起来，很快就扭成一团。陈山沉着脸，猛地一拍桌子，三人顿时被镇住。

"我大哥在尚公馆里受着大刑，随时可能没命，你们怎么还有心情在这儿打架？"

宋大皮鞋和刘芬芳面露惭愧之色，菜刀赶紧分开两人，把他们按坐下去。陈山说："咱们中国人就是太会内讧，国民党老是防着共产党，把这种打自己人的本事拿去打日本人，小日本早被赶出去了。"

宋大皮鞋和菜刀有些愣愣地听着。刘芬芳附和着："说得对！说吧，陈山，咱们到底怎么救人？"

陈山取出一叠钞票扔在桌上，让刘芬芳去弄一条渔船。明天下午3点前，务必把船停在十六铺货运码头等候接应。枪和子弹也都想办法搞一些回来。菜刀等在渔船上，等他的烟火弹为信号，一见信号就开船。宋大皮鞋也去找条船，在苏州河的三号码头等着。此外，刘芬芳再找辆"干净"的车，两点之前，到闸弄口肥皂仓库后门等他。

"那意思是，陈河坐我的船从苏州河走？"宋大皮鞋问。

"对。"陈山说，"刘芬芳开车引敌人去十六浦码头。菜刀开船让日本人以为陈河跑了，我带陈河去苏州河上宋大皮鞋的船。刘芬芳，菜刀，要是敌人追得紧，你们只管弃车弃船，保命要紧。"

菜刀和刘芬芳连连点头，宋大皮鞋继续问："那咱们带着陈河去哪儿呀？"

陈山说："我不能走，你带陈河先到杭州新泰旅馆躲一躲，等我的消息，我再计划下一步行动。"他看向刘芬芳："刘芬芳，你最晚等到3点，菜刀和宋大皮鞋最晚等到4点。过了这个点，要是还没见我，或者没见信号的，就散了吧，不用再等了。"

"啥意思？不救了？"菜刀一问，脑袋上就挨了宋大皮鞋一巴掌。他捂着头，依然不解："你打我做啥？"

刘芬芳问："那你到底要怎么把人从尚公馆里弄出来？"

"这是我的事，不能让你们跟着我冒险。"

"山哥，你这么说就见外了。"宋大皮鞋不满道，"咱们可是拜过关二爷的异姓兄弟。朝天一炷香，就是同爹娘。发过的誓可不是放过的屁，风吹就散，你大哥就是我大哥，你指哪儿我打哪儿，我们都跟定了你。"

"兄弟们，我要是失手了，以后就不能罩着你们了。山哥没带你们发什么财，尽让你们跟着我受苦了。"

陈山站起了身，对三人鞠了一躬："就这样吧，兄弟们，拜托了。"

说罢，陈山走了出去。菜刀和宋大皮鞋都感觉到了陈山神色的异样，面面相觑。刘芬芳亦起身，吩咐两人明天一早，到他的诊所碰头，一起去找船。说完跟着陈山离去。

屋里只留下宋大皮鞋和菜刀两人瞎琢磨。宋大皮鞋说："今天山哥说话，同往常好像不一样了。"菜刀说："是哦，共产党和国民党，都是打日本人的是不是？"宋大皮鞋说："对，都是不怕死的人。"

"那山哥敢从日本人手里救陈河，他又是哪个党的？"

宋大皮鞋示意菜刀噤声："你想害山哥还是怎么的？他要是什么党肯定会同我们说的，你瞎猜什么？让别人听见怎么办？你是怕他死得不够快吗？"

菜刀捂住嘴，不停地摇起头。

唐曼晴曼妙的身姿出现在了尚公馆的走廊上。她的美自带气场，特务们见到她，都不自觉地避让到一旁。

千田英子眯眼看着唐曼晴，迎向她，叫了一声"唐小姐"。唐曼晴说："千田队长，我想拜访荒木科长，麻烦你带个路。"

"好，唐小姐请跟我来。"

路过陈山的办公室时，唐曼晴从敞开的办公室门看到了坐在办公桌后的陈山，两人眼神交会，随即错开。

来到荒木惟的办公室以后，唐曼晴从容地坐到了椅子上，眼神依然妩媚。荒木惟淡淡地微笑着，说："唐小姐，昨天我特地派人去请你，没能请动你。今天怎么又自己上门来了？"

唐曼晴也笑着说："我这人呢，就是有些不招人喜欢的地方，凡事呢，总要知根知底才敢接招，不然只怕赴了鸿门宴，吃了哑巴亏。"

"这么说来，唐小姐今天算是有备而来了？"

"倒是想准备些什么，可盘算了一晚上，还是空着手来了。"

荒木惟饶有兴致地看着唐曼晴。唐曼晴继续说："这事儿要是搁别人手上，我大概会请几个有头有脸的朋友来帮着说个情。不过从昨天到今天，荒木科长应该还没有接到过求情的电话。要再换一个寻常人物,我也会备些小黄鱼,中国有句老话,有钱能使鬼推磨。可我想了想,荒木科长这样的高人,只怕也很难为金钱所动。"

"你很了解我。"荒木惟点了点头,"不费这些无用之功,对大家来说都好。"

"那么荒木科长想请我来,是需要我做些什么呢?"

荒木惟看了唐曼晴一眼:"唐小姐高看钱时英的事,我知道。"

唐曼晴微笑看着荒木惟,不语。荒木惟继续说:"过去的事无论是非黑白,我相信唐小姐不会刻意包庇一个共党。现在这个共党既然已经落在我手上,我只希望唐小姐置身事外就好。"

唐曼晴的眼神妩媚,又不失坚定:"我既然来了,就没打算置身事外。我能看上的男人不多,我还是想救他。"

"怎么救?"

"一个闭口守住所有秘密的人,让他开口比让他死更有价值。"

荒木惟的眼睛亮了:"那唐小姐是有办法让他开口吗?"

"那要等我见了他,才知道我有没有这个办法。"

荒木惟意味深长地看着唐曼晴,若有所思。

刘芬芳给陈山打来了电话,说:"进口的麻药已经到货了,您还是老时间过来拔牙吗?"

"对。"陈山说。

"好,那我等你。"说完,刘芬芳挂掉了电话。

事情正在按原计划进行。陈山放下电话,走到办公室门口,恰好看到唐曼晴从荒木惟办公室出来。千田英子正要带她去审讯室。两人走到陈山办公室门口的时候,陈山说:"唐小姐,昨天我好像听说,我们荒木科长是请不动你的?"

"是啊。"唐曼晴的脸微微上扬,"可我就是喜欢不请自来,陈组长有什么意见吗?"

"不敢有意见。"

唐曼晴不再理会他,继续向前走去。千田英子则瞪了他一眼,跟上唐曼晴。陈山看着唐曼晴的背影,心中充满了希望。

昨夜,他用街上的公用电话给唐曼晴打了一个电话,告诉她,只要她明天去见钱时英,并想办法带消息给他,让他假意投诚,带荒木惟去闸弄口的肥皂仓库,他就有办法救他。

"怎么救?你和他一起走吗?"唐曼晴问。

陈山说:"不走。我得留下来。"

"能确保万无一失吗?"

"不能。但必须拼一次。"

"如果失手,不光时英活不成,你和张离,还有你的家人怎么办?"

陈山想了想，说："能想的我都想过了，不需要你再提醒。你要不想我大哥死，就按我说的做！"

唐曼晴沉默了一会儿，说："好，我试一试。"

2

牢房阴暗的走廊里，审讯室内传来的鞭打声和惨叫声此起彼伏。虽然那不是钱时英的声音，唐曼晴的心还是揪紧了。在清脆响亮的脚步声中，这条走廊在此时的她看来仿佛无比漫长。

千田英子忽然站定，转身看着唐曼晴。唐曼晴平静地与千田英子对视。

千田英子说："唐小姐，我知道你很有本事，希望你真的有办法让姓钱的听你的话。"

唐曼晴说："千田队长也很有本事。但男人是不是听你的，并不是由你决定的。我们做女人的，表明心意便好。"

千田英子莫名被戳中心事，一时无言以对。她愣了一会儿，转身快步向钱时英所在的审讯室走去。打开审讯室门后，千田英子对唐曼晴说："祝你好运，唐小姐。"

虽然是白天，审讯室内的光线还是很暗。太阳被云彩挡住，只从一扇气窗投射下一些惨淡的光线。唐曼晴进入审讯室，看到那束光照在钱时英的头上。钱时英被绑在刑架上，低垂着头。唐曼晴看不清他的面目，却依然感觉得到他强壮肩臂的肌肉。他被捆绑的身姿像十字架上受难的耶稣。

唐曼晴慢慢走到钱时英身边，看到了他满身的伤痕。她的嘴唇颤抖起来，泪水已经盈满了眼眶。

"对不起，我来晚了。"

钱时英虚弱无比，红肿的眼睛睁开了一道缝，却没有出声。唐曼晴扭过头，让千田英子打开他的镣铐。

千田英子冷冷地说："唐小姐，你最好弄清楚，他是个囚犯。"

"他伤成这样，已经是插翅难飞了。荒木科长到底要什么，你应该比我更清楚。"

打开钱时英的镣铐后，千田英子便站到了门外，远远地看着两人。唐曼晴抱着钱时英坐在地上，坐在从气窗投入的那束光线中。唐曼晴握着钱时英的双手，他的十个指甲已经全被拔光了，手指头肿得不成样子。她握着的几乎不是手，而是两大团血肉。唐曼晴的手颤抖着，不知道是恐惧还是愤怒。钱时英无比虚弱，像是秋风中的一根稻草，在旷野里瑟瑟发抖。但是钱时英仍然努力地挤出了一个笑容，他咳嗽了一下，嘴角就挂下了一小团血块。

"你不应该来的。"

"如果我不来，你都没个人告别，就这样一个人上路了，你不嫌孤单吗？"

"曼晴，对不起，我辜负了你。"

"不，从一开始我就知道你是什么样的人，我也知道这一天早晚会来的，可是没想到，这么快……"

钱时英微笑着，抬起头看着那缕微薄的阳光说："曼晴，我真想和你再骑一回马，驾……驾……"他仿佛能从阳光里看到自己与唐曼晴奔驰在春天的草场上的情景。唐曼晴的白纱巾随风飘起，在他脸颊轻抚。

唐曼晴也笑起来，抬起头仿佛看着天空。她接着钱时英的话说："天那么蓝，马场那么开阔，你在去年冬天的时候告诉我，冬天很快就会过去，然后春风浩荡，然后春风十里，然后春光烂漫，然后春花怒放……驾……驾……"

"你不会怨我吧？"

"你不选我，我不怨你。可你连自己的命也不爱惜，我就会怨你一辈子。"

钱时英笑了："曼晴，我已经没得选了。"

"不，你还有得选……"唐曼晴压低了声音说，"陈山想救你……"

站在刑讯室门口的千田英子努力想听清两人的说话声，却什么也听不到。远远的，她只看到唐曼晴抱紧了钱时英，两人耳鬓厮磨，低声细语。

陈山坐在办公室的椅子上闭目养神，手指却有些焦虑地在桌面敲击着。墙上的钟已经指向了 1 点 50。

桌上的电话忽然响了起来，陈山敲击桌面的手指顿时停止。他猛地睁开眼睛，盯着电话，等它响过三声之后，才轻轻接起："喂，我是陈山。"

"陈组长。"打电话来的是千田英子，"钱时英供出了中共窝点，科长命你马上整队出发！"

"是！"陈山放下电话，眼中仿佛燃起了希望。他迅速穿好外衣，向外走去。昨夜，他已经在闸弄口肥皂仓库内埋好了炸药。在走廊，他看了看表，两点了。刘芬芳、菜刀和宋大皮鞋应该已经各就各位了。

在大林和另外一名特务的押送下，唐曼晴用轮椅将虚弱的钱时英从审讯室推到了尚公馆的院子。这时，陈山、四名特务、四个日本宪兵以及一只警犬已经守候在一辆轿车和一辆篷布军车旁，整装待发。陈山望着钱时英，却无法从他平静的眼神中读出任何答案。推着轮椅的唐曼晴脸上亦无悲无喜。

荒木惟和千田英子走出办公室楼后，钱时英就被唐曼晴推到了荒木惟面前。荒木惟说："钱老板，识时务者为俊杰。很高兴你愿意配合我们。"

钱时英面无表情地说："还是唐小姐一语点醒梦中人。"

千田英子说："唐小姐果然有颠倒众生的本事。"

唐曼晴笑了笑："也谈不上什么本事。一个人只要还有欲望，就不会想死。"

荒木惟接话说："我很想知道，唐小姐是怎么说服钱老板跟我们合作的。"

钱时英淡淡一笑："不知道荒木先生还记不记得，我曾经在长白山杀过人的往事。"

"记得，为了求生，你杀死了那个欲置你于死地的人。"

"这件事千真万确，绝非杜撰。我就是这样一个人，生死当前，我想活，这是本能。唐小姐不过是提醒了我，不要放弃美好的生命。"

"没错。"荒木惟说，"只要你做出正确的选择，美好的生命，美好的前程，还有美好的唐小姐，都会属于你。出发！"

荒木惟、千田英子及钱时英上了轿车，其他人和警犬上了后面的篷布军车。唐曼晴站在一旁，看着钱时英。上车前，钱时英回头对她笑了笑，她亦勉强一笑。

轿车当先一步驶出了尚公馆院子。坐在篷布军车驾驶室内的陈山望向唐曼晴，唐曼晴眼神飘忽，并没有看他，这让陈山内心隐隐有些不安。

两辆汽车驶离之后，唐曼晴怔怔地走进了自己的汽车。司机问她是不是回家，她呆怔了一小会儿，说去外白渡桥。

轿车和篷布军车一前一后行驶在街头。快两点半了，陈山内心紧张不已。大林在一旁说："这姓钱的共党这么多大刑都扛住了，来个唐小姐，他就什么都招了。这可真是英雄难过美人关啊。"陈山说："那不是好事吗？"

"是好事。要再端几个窝点，多少总有点奖金发发。不过我们这到底是要去哪里啊？科长也不说一声。"

"科长不是在前头带路吗？跟紧了就行。"

此时，两辆汽车快到闸弄口了。看到街边闸弄口的路牌，陈山心中略定。只要在前面路口左拐，他们的汽车就会抵达肥皂仓库方向。而当千田英子和钱时英推开仓库门的时候，仓库就会爆炸。他会带队送向仓库后门，刘芬芳在那里发动汽车，迅速驶离。在千田英子和荒木惟驾车追赶刘芬芳汽车的同时，他就从仓库一角带钱时英离去。想到这计划，陈山一脸的紧张亢奋，他已做好了背水一战的准备。但是，前面的轿车忽然右拐了，驶向了与肥皂仓库相反的西郊方向。

陈山的脸色顿时变了，绝望浮上心头。

3

荒木惟、千田英子和钱时英所乘坐的轿车停在了西郊的一处小树林。陈山所乘的篷布军车也随之停下。

接着，钱时英被千田英子押着下了车，荒木惟亦跟着下去。陈山只得带队下车，跟了上去。

荒木惟看了一眼钱时英，问："钱老板，你确定你们的据点就在这里？"

"穿过这片树林，里面有一个鞭炮作坊，那是中共上海地下党最后的秘密据点。

我曾经告诉过我的下线，一旦我被捕，就让他们来这儿暂避，等待新任上级的重新唤醒。"

"我们怎么知道，你是不是在里面设了埋伏？"千田英子问。

"千田队长这是怕了吗？"钱时英朝千田英子瞥了一眼，千田英子冷哼了一声。

荒木惟说："钱老板，我不会允许任何人在我面前耍花样。但凡有人敢这么做，我一定让他付出代价。"

陈山眼看着大林带着四名特务和警犬进入了密林深处，除他以外，只剩千田英子和四名日本宪兵守在荒木惟身边。钱时英虚弱地坐在地上，靠着一棵树干喘息着，双眼却炯炯有神。

荒木惟看着钱时英说："戴罪立功也好，假意投诚也罢，现在这个时候，与其闲着，不如我们来把前尘往事捋一捋。在马场的时候，你到底是怎么把情报送出去的？"

陈山不由得盯紧了钱时英。钱时英平静地看着荒木惟说："荒木科长抓住乔瑜的时候，那件事不是已经盖棺定论了吗？"

"他是军统的人，你是共党的人。你们是怎么串通一气的？"

钱时英微笑了一下："军统和共党就像一张桌子上打麻将的人，有时候固然各自为政，互相为敌。但只要有共同利益，也完全有可能合作。"

"乔瑜已经死了，现在你只要把一切推到死人头上，我们大概也挑不出你的毛病。钱老板打算盘的本事，果然厉害。"陈山插话说。

钱时英看到自己的鞋带散了，一边用戴着手铐的手系鞋带一边说："错了，如果我只能光说这些死无对证的事情，那对荒木科长而言，我就是个没有价值的人。"钱时英系完鞋带，抬头望着荒木惟继续说："荒木科长，其实乔瑜并不是我的内线，他不过是个替死鬼。"

陈山心头一惊。荒木惟和千田英子都紧盯着钱时英。

"我们真正的内应，是荒木科长一手挖掘和培养的陈山。真正帮我把药送出上海的人，真正在重庆救走飞行员的人，一直都是陈山。"

陈山愣了一下，很快反应过来，气急败坏地说："姓钱的，你这是想临死之前再咬我一口吗？"

钱时英说："荒木先生，你一直以为把陈山玩弄于股掌，却不知道他在你眼皮底下做了多少小动作。"

这时候，树林的另一边忽然传来了巨大的爆炸声和火光。荒木惟等人尽皆望向火光升起的方向。千田英子吃了一惊，"果然有埋伏！"她、陈山和四名宪兵几乎同时举枪对准了钱时英。

钱时英的脸上却泛起了微笑。唐曼晴的耳语声仿佛还在回荡，她说："陈山想救你，但张离说，不如带鬼子去西郊小树林，再拉几个垫背的，就可以安心上路了。你想听谁的？"

"我是个言出必行的人，既然你执迷不悟，说吧，你还有什么遗言？"荒木惟脸色铁青地瞪着钱时英。钱时英看着荒木惟微笑说："荒木先生，你知道对你这样聪明的人来说，最痛苦的事是什么吗？"

"这就是你要说的遗言？"

"如果你想听，我就说完。"

"那我就成全你。"

"你明明算计到所有的事，却根本控制不了局面。这是一个聪明人最大的悲哀。"

荒木惟冷笑道："我现在算到你马上会死，你说，我控制得了局面吗？"

钱时英笑而不语。陈山的心却在此时拧成了一团，荒木惟忽然叫了他一声。

"在。"

"去，杀了这个临死还想踩你一脚的人。"

陈山望向钱时英。他知道，自己此时若有一丝犹豫，都有可能被荒木惟怀疑。他唯有举枪大步走向钱时英。强烈的阳光照在钱时英身上，让他像一个发光体。陈山往前走，每一步都像踩在刀尖上，步履维艰，而钱时英脸上分明含着视死如归的笑意。

陈山走到了荒木惟等人的前面，此时只有钱时英一人看得到他的神情，他的脸上满是痛苦和无奈。钱时英的右手突然多出了一张刮胡子用的刀片，他的手弧度很大地一挥，向陈山挥去。

陈山下意识地一蹲闪开，那枚刀片径直向陈山身后的荒木惟飞去。荒木惟因为被陈山挡住视线，猝不及防地看到飞近的刀片，本能地一闪。刀片擦过了他的下巴，血立刻迸射而出。

千田英子飞身上前，一手护住荒木惟，一手拨枪射向钱时英。一声枪响，钱时英的胸口多了一个血洞。

陈山愣愣地看着。两名宪兵随即冲上前去，用刺刀齐刷刷地扎进了钱时英的左胸和右胸。钱时英圆睁着双眼，目光直直地望着前方，双手不由自主地握住了两把刺刀的刀身。他大吼了一声："我钱时英愿为共产主义终生奋斗，誓死保卫我的祖国，保卫我的山河……"

两名宪兵用刺刀在钱时英胸中咯的一声旋转，钱时英面露痛苦已极的神色，用哀求的眼神望着陈山。

陈山终于举起枪来，对准钱时英的胸口。他咬紧牙关，酝酿着最后的勇气。终于，他扣动了扳机。

陈山枪中的子弹飞奔向钱时英的胸膛，钱时英眼中流露出感激的神色。陈山眼含血丝，回想起少年时钱时英为保护自己跟人打架的画面。他也记得就在不久之前，两人之间的谈话。钱时英说，就因为我害怕，所以才需要投身战斗，只有千千万万像我们这样懂得害怕的人共同抵御敌人侵略的铁蹄，把他们彻底赶出我们的地盘，我们的亲人和爱人，才能得以幸免。他说，所以，这就是你们的信仰。钱时英说，也是你的。"

　　陈山的身后，荒木惟的下巴被刀片划伤，血流不止，委顿在地。大林等挂彩的特务赶了回来。在千田英子失态的喊叫中，宪兵将荒木惟抬上了车，而远处的树林深处，依然火光冲天。陈山就那么望着血泊中的钱时英，直到他的双眼中的光芒黯淡下去。陈山压抑着无边的悲伤，就那样平静地望着他，与他最爱的兄长做着最后的告别。

　　天很蓝，白云自由自在地飘着，安静无声地扩大，犹如灵魂消散形状，融进蓝天。

　　张离独自一人站在外白渡桥上，怔怔地望着桥下的江面。唐曼晴的汽车驶来这里，在桥头停下。唐曼晴独自一人下车，向张离走来，和她并排站立，望着江面。唐曼晴没有说话，从"孟姜女"烟盒中抽出一支烟。

　　"你见过他了？"

　　唐曼晴抽了一口烟，张离看得出她的手指在颤抖。她掩饰般地弹了弹烟灰，手却抖得更厉害了。然后，她捂着脸哭了起来。张离难过地看着她说："他选择了听我的，对吗？"

　　"你猜对了。"唐曼晴泣不成声地说。

　　"谢谢你，唐小姐。"

　　"你们为什么都这么残忍，非要我亲手送他上路？"

　　张离的泪水也流了下来："至少你还能见他最后一面。"

　　唐曼晴趴在栏杆上抽泣着："你们图什么呀？到底图什么？"

　　"他应该告诉你了吧。"

　　唐曼晴难过地哭着，没有声音。

　　"他说过，你是真正懂他的人。"

　　唐曼晴终于哭出声来："我不懂，我为什么要懂？"

　　张离安慰地拍着唐曼晴的后背，抱住了她，自己的泪水也再次夺眶而出。两个悲伤的女人在这个秋日的外白渡桥上拥抱在一起，却无法给对方一丝安慰。

　　白云飘散，天边出现了一抹血红的彩霞。

　　在公寓，唐曼晴披着一床毛毯，头发乱得像秋天的草。她赤着脚盘腿坐在西洋式的真皮沙发上不停地抽烟。茶几上的一只搪瓷饭盆里，躺满了烟蒂。陈山静静地站在她面前。她连眼皮也没有抬，重重地吸了几口烟，又喷出来。

　　"你哥没了？"

　　"你早就知道？"

　　"他没有选择去你说的闸弄口肥皂仓库，而是去了张离安排的小树林，我就知道，他回不来了。"

"你们可真够狠的。"陈山咬牙说,"他不是你们最在意的人吗?你们怎么就舍得这样送他上绝路?"

"陈山,以后你会懂的。真正爱一个人,就要尊重他的选择。"

陈山沉默了片刻,说:"荒木惟下令,不许收尸,暴尸三天。如果有人收尸,按通敌罪论处。"

唐曼晴把一封信移到了陈山面前:"这是你哥塞在我抽屉里的,他提前写好的遗书。"唐曼晴边说边抬起了眼皮,望着陈山一字一顿地说,"干了这一行,他就没想过能活多久!"

唐曼晴在皮沙发上坐直了身子,两条腿垂了下来,套上了皮拖鞋。她又从那盒孟姜女香烟盒里取出一支烟,点着了,吐出一口烟。她的右腿就架在左腿上不停地晃荡着,脚尖上挂着一只摇摇欲坠的皮拖鞋。

"小赤佬,你滚。让我一个人待一歇。"

4

陈夏坐在陈金旺身边,给他梳理乱糟糟的头发。陈金旺大口啃着鸡腿,一脸满足。陈山走进来,默默看着两人。陈夏看着陈山的脚,说:"你走。"

陈山悲伤地站在门口,一动不动。他的眼睛熬得通红。

陈夏忽然吼了起来:"我叫你走!"

"对不起,小夏。"

"你答应过我什么?"吼完,陈夏就哭出声来,"你说你一定会救大哥的。你骗我!"

"对不起,我没有办法。"

"是我害死了大哥,你骗我说没事儿,你一定能救他。可你又骗了我!你们全都骗我!"

一直混沌地咬着鸡腿的陈金旺忽然抬起头,看着陈山,眼神一亮,好像突然清醒了的样子。他扔下手里的鸡腿向陈山冲过来,激动地说:"你回来了!"

"阿河!"陈金旺一把抱住了陈山,"我的阿河啊,你终于回来了。"

陈山眼神一黯,片刻后挣脱陈金旺的拥抱,说:"我是陈山。"

陈金旺紧紧地抱住陈山不肯撒手:"阿河,阿河,你终于回来了。回来了就好了,就好了。"

陈夏哭着说:"别闹了爸,他是小哥哥,是陈山!"

"你们不要骗我,我认得的,阿河,他就是我大儿子阿河。"

陈山忍无可忍,说:"陈河没了。你惦记了十几年的大儿子没了!他……他十几年也没回来过,你还惦记他做什么?"

"小哥哥!"陈夏阻止陈山继续说。

陈金旺又开始啃鸡腿，口齿不清地说："陈河去北平念书了，清华大学高才生，他是我们陈家最长脸的儿子。我晓得，他以后当官了要让我享福的。"

陈夏的眼泪止不住地流下来。陈山颓然地在陈金旺身边坐下："吃，吃吧，你使劲地吃。"陈金旺笑呵呵地把手里的鸡腿狠狠地塞进嘴里，面颊塞得鼓鼓的，脸上带着笑，却有两行浊泪慢慢流了下来。

"小夏，是小哥哥没用，救不了大哥。但我用我的生命向你发誓，我会报仇的，一定。"

陈夏看着陈山，内心却是莫名的悲伤："你会杀了荒木惟吗？"

"我们不杀他，早晚他也会杀了我们！"

陈山出了门，陈夏怔在当场。

刘芬芳和宋大皮鞋、菜刀，在弄堂口的一辆车里等陈山。他们寂静无声，整个世界仿佛沉在海底，也是无声的。

陈山走到车前，菜刀急忙为他开门。陈山坐进副驾驶座后，刘芬芳小心翼翼地说："别难过，陈河不在了，我们几个还在。我们都是兄弟啊。"

陈山笑了起来："小看人。告诉你们，我连这都扛不了我还算什么男人？我怎么会难过？"陈山边笑，边侧过脸去流下了热泪。众人静默，仿佛整个世界都陷入了寂静。突然陈山猛踹了一下车厢，大吼道："为什么还不开车？车子是用来停的吗？"

刘芬芳慌手慌脚地将车发动，开了出去。

陈山进家时，张离正从厨房往外端菜。她系着围裙，神色如常，说："回来了，吃饭吧。"

放下菜，张离又进了厨房，一阵风似的在房间和厨房进进出出，很快就摆了满满一桌菜。陈山看看张离的脸色，不知道如何开口。张离坐到他对面，神色平静地说："他走了，对吗？"

陈山沉重地点点头，他这才看到，张离在桌上布了三双筷子和三碗酒。张离深吸了一口气，抑制着快要滚落的泪珠说："我们不能哭。我们要替他活下去，我们要替他笑着活下去。笑到胜利的那一天。"

陈山从口袋里拿出陈河用过的那把刀片，放在桌子上，然后端起其中一碗酒，洒在地上："哥，咱兄弟俩从没一起喝过酒。今朝我敬你一杯。"

陈山放下酒碗，端起另一碗酒，红着眼睛对张离说："现在我来告诉你，就让我哥做个见证。我愿意站在你的阵营！"

张离不响，端起酒碗与陈山一碰，咕咚咕咚地把一碗酒给喝完了。

"好，那我问你，你站在我的哪一个阵营？"

"共产主义阵营。"

钱时英临死前的画面在他眼前晃动，仿佛跟他一起说了下面的话。

"我陈山愿为共产主义终生奋斗，誓死保卫我的祖国，保卫我的山河……"

"你真的想好了?"

"大哥生前曾经希望我正式加入共产党阵营,是我不懂事,故意跟他较劲,才没有答应他。现在我郑重地答应他,答应你,从此刻开始,我将永远和你站在同一阵营,为救国救民贡献自己的毕生力量。民族存亡关头,我等唯有置之死地而后生。"陈山说完拿起桌上的刀片,在自己手指头上划过,血球随即爆出。

他继续肃然地说:"这是我平生第二次发誓,我也愿意坚持到,胜利!"

张离倒满一碗酒,举起,对着空中遥敬:"时英,你听到了吗?我知道英灵不远,必能含笑九泉。"

陈山摸出陈河那封信,递给张离。张离接过信,小心地展开,贪婪地读着。

"再见,我深爱的亲人。民族存亡关头,我等唯有置之死地而后生。身为子民,我必须对得起我的祖国,对得起这苍茫而深爱着的故土大地,对得起我身上流着的每一滴热血。再见,我深深爱着的美丽而又支离破碎的世界。等到胜利那一天,阿弟你须在我坟前洒酒,坟后种花,以告慰我的灵魂。"

读完后,张离强抑悲伤。信纸上已经落下了一滴滴眼泪,模糊了钱时英刚劲有力的字迹。陈山走到窗前,推开窗户,望向天空那一轮明月。夜鸟纷飞,鸟瞰上海,月光下这个沦陷的城市,有灯火辉煌,也有残垣断壁。

医生为荒木惟的下巴贴上了胶布。千田英子站在荒木惟的床边向他汇报,已经检查过了,刀片是钱时英事先藏在鞋底里的。

一个日本医生手拿一叠检查单告诉他,他的外伤并不严重,但心脏的情况不容乐观。荒木惟伸出手让医生直说:"我是不是时日无多?"

医生看了千田英子一眼,千田英子对医生点点头。医生说并没有那么严重:"如果您注意保养,应该不会有什么问题;但如果过于操劳思虑,随时都可能有生命危险。"

"谢谢您。我知道了。"荒木惟平静地说。

医生行礼离开后,陈夏出现在了病房门口,手中提着一网兜水果。她的眼中有一贯的关切,但此时又多了些复杂的忧伤,她叫了一声"荒木君"。荒木惟看了千田英子一眼,千田英子会意离去。

陈夏坐在床前,为荒木惟剥着橘子问他的伤势。荒木惟说:"你看到了,没事。"沉默了一会儿,陈夏继续问:"那个共党如果不是主动向你攻击的话,你是不是不一定会杀他?"荒木惟很确定地说:"不,所有胆敢阻挡和平大业的人,都是我们的敌人。对敌人,我从不留情。"

"荒木君,一定要杀那么多人吗?"

荒木惟眼神凌厉地盯着陈夏说:"我杀的,全都是该死的愚民。"

"不。"陈夏眼中盈满泪水,"荒木君,我现在眼睛不瞎了,现在大街上经常响起枪声,好多人都死于围捕军统和共党地下交通员时的乱枪中。他们是无辜的,我都

323

看得见！"

荒木惟突然有些失控地大声喊起来："他们只是不幸为那些愚民做了陪葬。只有这些人死干净了，东亚才能共荣。"

陈夏眼中的泪水滴落下来："你一直说大东亚就快共荣了，可是，我看不到。我只看到，每天都有人在死。每天的战报传来，都有无数人死去；尚公馆的牢房里，也每天都有人死去。"

荒木惟目露凶光说："你这是在质疑我吗？"

"难道这些人的生命就不是生命吗？"陈夏激动起来，"谁又该死？谁又不该死？谁，又能任意审判别人的生命？"

荒木惟的脸涨得通红，他的手挥舞起来："死！这些人都应该去死！就是因为他们的存在，东亚共荣事业才如此困难重重。谁也不可能逆转大日本帝国统治支那的道路。所有阻挡者都应该去死！去死！"

陈夏被荒木惟的模样惊到了，这是她第一次见到荒木惟狂怒的样子。千田英子一直等候在门外，听到动静不禁冲了进来。

"科长！出什么事了？"

荒木惟竭力平静着自己，捂住了胸口。千田英子赶紧为他拿药端水。她对陈夏怒目而视，说："你知道你在干什么吗？"

陈夏含泪关切地看着荒木惟。荒木惟吃了药之后情绪稍缓，制止千田英子继续说下去。千田英子无奈噤声。

"科长。"陈夏鼓起勇气继续说，"我不想惹你生气。可是，那个钱时英已经死了。中国人讲究死者为大，不管他生前做过什么，死后都应该入土为安……"

荒木惟冷笑道："我就是想让那些破坏东亚共荣的愚民知道，不要以为一死百了，凡是与大日本帝国作对的人，我一定让他死无葬身之地！"

陈夏难以置信般地看着荒木惟，终于不再说话。荒木惟推开被子下床，说："千田，我们回尚公馆。"

千田英子惊讶道："科长，医生说了，您现在需要休息。"

"不。我的时间不是用来等死的，我不怕死，也不惧怕失败，我怕的是因为没有尽全力而带来的失败。这才是我不能容忍的真正的失败。"

千田英子既钦佩又不忍，扶着荒木惟走向了病房门口。陈夏让到一旁。千田英子怨恨地看了她一眼，而荒木惟甚至连看也没看她一眼。陈夏像是终于明白了什么，唯有绝望地看着荒木惟和千田英子离去，泪水再次溢出了眼眶。

5

雨淅淅沥沥地下着。

大林和一个小特务穿着雨衣在西郊小树林看守着钱时英的遗体。两人抽着烟，躲在一棵树下避雨，抱怨着这份苦差事。钱时英的遗体就在不远处。

陈夏打着伞前来，看到钱时英的尸体时，忍不住泪如雨下。她咬着牙，不顾一切地向树林中快步走去。大林和小特务一时未发现她，就在她即将进入大林的视线时，一只手伸出来拉住了她。

陈夏一惊扭头，是陈山。她刚要出声，被陈山捂住了嘴。陈山拉着陈夏躲在一棵树后，然后，千田英子就来了。大林和小特务赶紧熄灭了烟头，对她敬礼。

"如果有人胆敢动一下尸体，直接枪决。"千田英子冷冷地说。

"是！"

陈夏与陈山对视一眼，眼神倔强，但最后，还是被陈山用力拉走了。

被拉到一处僻静的街头后，陈夏用力甩开了陈山的手。

"别拉着我！"

"要是刚才我不拉着你，我们行动一组的二十条枪都对着那个树林子。大哥还没入土，你是想让我再眼睁睁看着你送命吗？"

"他们认得我。他们不会对我开枪的。"

"但千田英子会。"

"难道我们就这样什么都不做，让大哥死不瞑目吗？"

"你想做什么都可以。千田英子大概也不至于杀了你。然后呢？你打算怎么跟荒木惟说，你有什么理由非要替他收尸不可？"

"我不管，我就想为大哥做这最后一件事，哪怕荒木君杀了我。"

"胡闹！"陈山看着陈夏说，"大哥到死也不和我们相认是为了什么？"

陈夏愣了。陈山继续说："为了让我们好好活着。懂吗？我们要好好活着，继续完成他未完的心愿。"

"他的心愿？"

"对，他临终喊的一句话是，为共产主义终生奋斗，誓死保卫我的祖国，保卫我的山河。"

陈夏动容地看着陈山问："共产主义真的可以让人连死都不怕吗？"

"不，大哥也怕死。他告诉过我。就因为他害怕，所以才需要投身战斗，只有千千万万像他那样的人联合起来，共同抵御敌人践踏国土的铁蹄，把他们彻底赶走，我们的亲人和爱人，才能得以幸免战火杀戮，生灵涂炭。这，就是他的共产主义信仰。"

"我的大哥，是个英雄。"

"不想让大哥白白牺牲性命，你就要听我的，小夏，小哥哥知道，你已经不是从前那个什么都不懂的小姑娘了。咱们还有更重要的事做。"

"那我要怎么做？"

"继续待在荒木惟身边，等待时机。让大哥入土为安的事，交给我。"

325

唐曼晴蓬头垢面地盘腿坐在沙发前的一块毛毯上，身上披着毛毯。她抽着烟，接着陈山的电话。她说："就算你不打这个电话来，时英的事，我也不会坐视不理的。"

陈山在电话那头沉默了一会儿，说："大恩不言谢。"

唐曼晴没有再说话，挂了电话。她最后吸了一口烟，把烟头按灭在烟缸里。她坐直了身子，身上的毛毯顿时滑落下来。她起身，跋上皮拖鞋走向洗手间。她的腰板挺直，面容决绝，像是又有了力量。吴妈走上前来，问她要不要吃饭。她伸手拢着头发，让吴妈帮她打电话约《申报》的唐主任，她要请他吃饭。

晚上，唐曼晴去了远东大酒店。她穿着一件紧身的旗袍，走得袅袅娜娜，风情万种，妆容精致的脸上带着一种将赴刑场的决绝。她来见麻田。早些时候，她去过他的办公室，带着一小袋金条，求他帮忙。麻田伸出鸡爪子一样的手，捏着她的手，猥琐地笑了起来："唐小姐，咱们之间，谈钱就俗气了，有什么事还是今晚到远东酒店详谈吧。我等你。"

唐曼晴停在515房间门口，伸手按响了门铃。麻田穿着浴袍为她开了门。唐曼晴露出一个颠倒众生的笑容，走了进去。

第二天，唐曼晴去尚公馆找荒木惟。她在荒木惟对面坐下，一身白裙，不施脂粉，神色略显憔悴，却有别样的冷艳风情。

"你想为钱时英收尸？"荒木惟审视着她问。

"是。人死为大，还望荒木科长成全。"

"唐小姐，他要是对你有一点真情，就不会临死还利用你，摆了我们一道。我不明白你为什么对一个死人还如此执着？"

唐曼晴凄然一笑："荒木科长这样太过冷静理性的人，大概是不会懂得男女之间的感情的。"

站在一旁的千田英子眼神一闪。荒木惟说："我确实不懂，也不想懂。所以唐小姐还是请回吧。"

唐曼晴没有动。

"唐小姐还有什么话要说吗？"

唐曼晴看了一眼墙上的钟，10点。这时，荒木惟桌上的电话响了起来。

荒木惟不接电话，望向唐曼晴："看来唐小姐是在等这个电话。"

唐曼晴笑了笑："我当然知道荒木科长的脾性。我没有足够的筹码说服你，就只好另请高人了。"

桌上的电话仍在一声一声地响着。荒木惟说："麻田课长很关照唐小姐，这我知道。但我这尚公馆特务科，不归他宪兵司令部特高课管。"

唐曼晴笑了笑，说："那小日向特务长呢？"

荒木惟的脸色变了，立刻提起了话筒："喂。小日向阁下……"

唐曼晴神色平静地看着荒木惟。荒木惟不住地用日语说着："是……是……属下明白。"

荒木惟搁下电话后，唐曼晴静静等待着他开腔。

"唐小姐，你的面子果然很大。"

千田英子站在一旁，似乎有些钦佩地看着唐曼晴。唐曼晴站起身来，对着荒木惟鞠了一躬："多谢。"

一身白裙的唐曼晴走进树林，走向钱时英的尸体。四个身穿短打腰上系着白麻布的汉子抬着一口黑漆大棺材，跟在她身后。

唐曼晴走到钱时英的尸体前，心疼地跪下，抱住他已经冰冷僵硬的身体，用自己雪白的面庞贴住他的脸。泪水流下，她却带着微笑："对不起啊，时英，我来晚了。"

远远的，陈山和大林等特务站在不远处望着这一幕。陈山喉结滚动，努力克制着内心的悲痛。荒木惟和千田英子也站在树林的一片空地上，看着那四个壮汉将钱时英的尸体抬入棺材。

千田英子说："小日向特务长为什么会过问钱时英的事？"

荒木惟说："应该是麻田到小日向面前替唐曼晴说了情。说是暴尸有伤中日亲善。"

千田英子说："我看到今天的《大美晚报》，也不知他们怎么就得知了暴尸钱时英的事，说我们一边口口声声东亚共荣，一边行事凶残，表里不一。我觉得一定有人故意煽动别有用心的媒体。"

荒木惟看着远处的唐曼晴，说："这个女人要没些手腕，是坐不上中日亲善大使这个位子的。"

"您的意思，是唐曼晴搞的鬼？"

"不重要了。我们还有更重要的事可做。"荒木惟说罢转身，边走边说，"《大美晚报》向来都不听话，不听话不能没有代价。"

棺材盖还没有盖上。唐曼晴走到一处被钱时英的鲜血浸透的泥土前，蹲下身，捧起一捧泥土装进一条白手绢，放进了棺材。一个壮汉给唐曼晴递过去一缕长长的马尾毛和一个马鞍。唐曼晴接过，也放进棺材。

"时英，先让忠厚的马尾毛和马鞍陪你。以后，我来陪。"

四个壮汉将棺材盖慢慢合上，其中一人喊了一声"起"，他们就抬起棺材往外走去。

唐曼晴肃穆地跟在后面。陈山默默地看着，目送唐曼晴和钱时英离去。从他面前经过时，唐曼晴目不斜视。

　　一阵风刮来，小树林里的树叶仿佛约好了同时凋零一样，纷纷扬扬的黄叶飞得铺天盖地，追逐棺材而去，就像在为钱时英送行。

第二十一章

1

余小晚依然毫无生气地躺在病床上,脸上的伤痕较之前愈合了一些。张离给她擦好了手,将毛巾扔进水盆。然后,张离握住她的手,贴在脸上。不久,张离无声地抽泣起来。

张离真切地感觉到,自己珍惜的一切都在迅速地从她身上剥落。曾经,钱时英是大河,她只需要做一条小溪,将自己的力量注入大河,再一起奔腾向前。如今大河却封冻,她唯有让自己变成大河,才能奔涌向前。

"小晚,你一定要醒来!我……不能连你也失去了……"

钱时英的坟已经弄好了,墓碑也立好了。唐曼晴伫立在墓碑前。良久,她取下自己的纱巾系在墓碑上,然后转身离去。

关永山坐在他军统第二处的办公室里,接了一个手下打来的电话。手下告诉他,费正鹏两天前回到了重庆。对此,他很意外,因为费正鹏并没有回来报到。但这名手下在朝天门码头亲眼见到了费正鹏。关永山神色凝重,吩咐他密切监视费正鹏,随时向他报告费正鹏的一切动向。

费正鹏戴着帽子,做了简单乔装,提着一个小皮箱进了美丰银行。

一名军统特务在大门口不远处看报纸,暗中注意着费正鹏的行踪。另一名特务过来,与他交头接耳,说了些什么。不久,费正鹏空着手出来了。看报纸的特务继续跟踪,另一名特务则进了银行。

这一天,费正鹏去了三家银行,分别是川康银行、美丰银行和聚兴诚银行。他还秘密约见了两个中人,准备出售在重庆的房产。费正鹏从川康银行和聚兴诚银行提取了所有的存款,存入美丰银行。据经理交代,费正鹏将二十万美元汇到了美国旧金山的一个账户。同时,费正鹏还在银行的保险箱里寄存了一口小皮箱,里面装的全是金条。

汇报完费正鹏的行踪后,特务又向关永山亮出了一根费正鹏寄存的金条。他之所以向银行借来一根,是因为箱中那批金条有些怪异。关永山接过来,翻来覆去仔细察看，脸上阴晴不定。那不是市面上常见的小黄鱼，而是十两重的大黄鱼，而且金条上的图案号码被磨去了。

特务离开后，关永山盘算片刻，拿起了电话，说："给我接戴老板的专线。"

此刻，费正鹏正在家中收拾行李。他打开一个小木盒，里面装着几件女人的首饰，还有一张庄秋水与童年余小晚的合影。他久久地看着。

余小晚突遭不测，让费正鹏坚定了带余小晚离开中国的想法。他悄悄回到重庆转移财产，就是为逃离中国做准备。但他自以为隐秘，却不知这一切尽在重庆军统的监视之下。而老谋深算的军统第二处处长关永山并未打草惊蛇，他像一个老练的猎人，耐心地等待着猎物露出更多的破绽，以便一招制敌。

费正鹏重回上海前，关永山就查清了他那批金条的出处。民国二十七年，中央造币厂曾发生过一起失窃案，这根金条正是当时失窃的，而且当年经手案件的人正是费正鹏。他马上打电话给戴笠汇报此事，并告知戴笠，费正鹏此次秘密潜回重庆，就是为了转移财产。他处理完事情，又要赶回上海，还带上了那箱金条。

"您看，要不要扣下费正鹏？……是，是，局座放心，我坚决执行。"

关永山放下电话，脸上浮起了笑容。想了想，他又拿起电话，让胡秘书给他订一张去上海的船票，并准备好一套伪装身份的证件，越快越好。

黄志忠的踪迹，飓风队还没有查到。幸好日本人那边也没有发现他，他也没和日本人联系上。飓风队能做的，就是继续蹲守。

在南京路旁的一个弄堂里，江奇和两名手下听到前面不远处有喧闹声。

是一群混混在打架。宝根和三炮被黑皮为首的一群混混堵住狠揍，已经被打得鼻青脸肿，坐倒在地。黑皮示意打手们让到一旁，自己则拿着一根铁棍走到了两人面前。

三炮哀求着，让黑皮缓几天，再缓几天，钞票他一定会还。黑皮说："你除了贱命一条，拿什么还？"

江奇并不想多管闲事，转身绕行。但是他听到了"盘尼西林"四个字，立马又停住了脚步。

说出这四个字的是三炮。他抱着头高喊这次三天绝能把钱还上，因为他有盘尼西林。黑皮的铁棍堪堪停在了他的脸前，黑皮问盘尼西林哪儿来的，三炮说从日本人那里弄的。接着，江奇就顶住了黑皮的脑袋。

江奇的两名手下也掏出了枪，黑皮的手下都举起双手，躲在一旁。

"兄弟，哪一路的？管闲事不太好吧？"黑皮说。

江奇对三炮说："你真有盘尼西林？"

三炮硬着头皮点头。

"你欠他多少钱？"江奇又问。

"六……六十三块。"

"他的债，我替他还了。三天后你来这里拿钱。"

黑皮不敢吭声，也不走，问江奇："你替他出头，就不怕他骗你？"

"他要敢骗我，三天后，我就把他的尸体还给你。"

三人将三炮和宝根带进了绣春楼茶馆的包房，接着就是一顿踹。陶大春冷冷地看着他们，和江奇一起去了另一间包房说话。

陶大春问江奇，两人哪儿来的盘尼西林，江奇告诉他，有个叫宋大皮鞋的哥们儿给他们的，一个月前，让两人拿着那支药去骗尚公馆的乔瑜。陶大春听后神色一凛，江奇又递上了两张泛黄的照片。这是让他们带路，去那个宋大皮鞋家里找到的。

陶大春看着照片。第一张照片是陈山、宋大皮鞋和菜刀的合影。照片中，三个人都还是少年。三人似乎没有想要合影，是在嬉笑打闹时被人抢拍下来的。

江奇指着照片上的陈山问："我见过这个人来找你。他是不是我们的人？"

"规矩都忘了吗？不该你问的事就别问。"

江奇又指着宋大皮鞋说："他们说，盘尼西林就是这个人给他们的。"

陶大春似乎明白了什么："有没有惊动他？"

"没。去的时候，姓宋的家里就没人。"

第二张照片是陈山、陈金旺、陈河和陈夏的合影。照片上陈山的穿着打扮与第一张一模一样，连有一撮头发乱的模样都是一样的。显然两张照片是在同一时刻拍的。江奇告诉他，已经找街坊认过了，这三个人从小住在宝珠弄，是三兄妹，分别叫陈河、陈山和陈夏。他递上一张《大美晚报》，上面有一个大字号的新闻标题，《日本谍报机关杀毙中共特务"裁缝"，暴尸数日，惨无人道》。新闻上还配有钱时英的照片。

"报上说，上次我们没找着的那批盘尼西林，是被这个代号'裁缝'的中共地下党给弄走了。您不觉得，这个叫钱时英的人和这个叫陈河的，长得太像了吗？"

陶大春似恍然大悟，不由得神色凝重。这时，茶馆前台店小二进来，低声而急促地通知陶大春，刚收到紧急联络的讯号，老家又来人了。陶大春既惊讶又疑惑，喃喃地说："生旦净末丑都聚齐了，这是要唱大戏呢。"

2

四海茶楼里，说书先生正在台上说着《三国演义》第四十六回《用奇谋孔明借箭　献密计黄盖受刑》。

"……又差人往旱寨内唤张辽、徐晃各带弓弩军三千，火速到江边助射。比及号令到来，毛玠、于禁怕南军抢入水寨，已差弓弩手在寨前放箭；少顷，旱寨内弓弩手亦到，约一万余人，尽皆向江中放箭，箭如雨发。孔明教把船吊回，头东尾西，逼近水寨受箭，一面擂鼓呐喊。待至日高雾散，孔明令收船急回。二十只船两边束草上，排满箭枝。孔明令各船上军士齐声叫曰：'谢丞相箭！'……"

关永山坐在下面，一边喝茶一边听书。陶大春走进茶楼，在门口随意地扫了一眼全场茶客，迅速发现了关永山。他眼神一亮，有些许惊喜，然后装作随意地在关永山临桌的位置坐了下来。

关永山喝了一口茶，像是自言自语："十里洋场的花花世界，果然是上海才有的味道啊。还真是挺想念。"

陶大春没有看关永山，望着说书台说："您真是太神了！我正有事想直接向您汇报，您就从天而降。"

茶馆伙计过来，送了一盘瓜子放在陶大春桌上。陶大春要了一壶碧螺春，伙计应声离去。关永山仍然没有看陶大春，但口气严肃地说："维文书店费经理贪墨公款，证据确凿。"

陶大春愣了一下，但没去看关永山，也没插嘴。关永山继续说："老家大老板震怒，全权授权我处理此事。即刻起，我将是你的唯一上级。"

"是。"陶大春低声但坚定地说。

"好了。"关永山口气一缓说，"你有什么事情要汇报的，说吧。"

陶大春不动声色地将陈山的全家福照片递给了关永山。关永山接过照片，用桌上的点心盘子做遮挡，仔细查看起来。

茶馆里，客人渐稀，陶大春与关永山坐在同一个桌子上，相对而坐。陶大春将他的猜测告诉关永山，陈山背叛组织暗通共党，把药送给了他大哥钱时英，又让乔瑜背黑锅。军统和尚公馆，全都被陈山骗了。

关永山冷冷地说："戴老板已经下令，对费正鹏这样的蛀虫绝不能容忍。至于这姓陈的叛徒，只要我们把费正鹏供出去，就他那贪财惜命的德行，我不信他还能死保陈山。不用咱们动手，日本人也会把他们连根拔起，斩草除根！"

福州路宏文书局里，费正鹏仍然穿着长衫，安静地坐在柜台里。他的面前摆着一本《五彩绘图增补针灸大成》和一个长长的布包。布包上排列着几排针，他正照着面前的针灸书给自己扎针。后来，陈山来了。陈山打扮成中年人的样子，戴眼镜，蓄着小胡子，慢慢翻看着摆在柜子里的书。

费正鹏扫了陈山一眼，说："过来吧，不用这么小心，这里是安全的。"

陈山仍然慢腾腾地翻着书问："老板，《蜀山剑侠传》出新本了吗？"

费正鹏埋下头，继续忙活手上的事务，淡淡地说："小心无大错，谨慎的人总是活得比较久。"

陈山走到费正鹏面前，这才看见他的左手上插着密密的银针。陈山看着费正鹏越来越密集的白发说："你气色不好，这阵子没见你，不是去拜师学医了吧？"

"小晚怎么样了？"费正鹏慢慢捻动着银针，一根手指随之颤动着。

"张离每天都在给小晚按摩，让她的肌肉不至于萎缩。"

"她现在需要的不是按摩，而是醒过来，站起来。"

"你是想用这些针把她扎醒？我怕你这种扎法，她还没有醒，您先倒了。"

费正鹏把银针一根根拔出来，插回布包，不抬头地问："你吃过饭了吗？我做辣子面给你吃吧。"

荒木惟和陈夏相对而坐。两人中间摆了一个小火炉，炉上的一个小陶壶里煮着水。荒木惟用一个小木碗碾着茶说："茶文化源自中国，却在日本发扬光大，自成一道。我喜欢煎茶。因为经过炭火的炙烤，茶叶的香味会更加浓厚。"

陈夏不说话，怔怔地看着荒木惟，眼神复杂。荒木惟说："夏枝子，你不如过去那么快乐了。"

陈夏低垂了双目，不吭声。荒木惟继续说："战争是为了和平，但战争也必须以鲜血为代价。就像煎茶，要先破碎，煎煮，才有历经磨难以后的甘甜。"

荒木惟把碾碎的茶投入已经沸腾的陶壶，用竹筷慢慢搅拌。

陈夏开口说："可历经磨难的，为什么都是中国人？"

荒木惟正欲回答，桌上的电话铃响了起来。他把竹筷递给陈夏，示意她继续搅拌，自己起身去接电话。

电话那边的人操着一口重庆腔的普通话说："福州路宏文书局老板四（是）重庆特务，叫费正鹏。"

"你是谁？"

"福州路宏文书局老板四（是）重庆特务，他就四（是）费正鹏。"

接着，话筒里就传来了忙音。荒木惟思索了几秒，挂了电话，又拨出一个内线："千田！马上到我办公室来。"

"是又要去哪儿抓人了吗？"看荒木惟挂了电话，陈夏问。

荒木惟有些愠怒："夏枝子，你的话太多了。"

陈夏不再说话，低头起身离去，与匆匆前来的千田英子在门口擦肩而过。

"科长，有什么吩咐？"

荒木惟当机立断地说："通知行动队，马上出发，去福州路宏文书局，会会我们的老朋友。"

陈山想了想，还是决定回去吃。

"我过来，一是告诉你小晚的情况，还有就是，暂时还没有黄志忠的下落，但我会继续打听的。"

"我给你包点辣椒回去，正宗的重庆朝天椒，冬天里吃了驱驱寒气。"

"我和张离都喜欢。"

费正鹏取过一张纸，开始包辣椒，一边包一边继续说："陈山，做特务的，大多

333

没有什么好下场,你有没有考虑过将来的退路?"

陈山瞟了费正鹏一眼,他正在折着纸张,陈山的眼神被吸引了。费正鹏用的是双三角折法。

费正鹏折着纸包,并未注意到陈山的神色,继续说:"陈山,我要你不惜一切代价救出小晚。"

陈山不动声色地问:"不潜伏了?黄志忠也不用找了?"

"我想过了,这个国家千疮百孔,病入膏肓,不是咱们这些人能救得回来的。走吧,只要救出小晚,我就带你们一起远走高飞,离开中国。"

"那张离呢?"

"我一直把小晚当成女儿,把你当成女婿。张离,跟我没关系。你不会……想跟她假戏真做吧?"

"我一定会设法营救小晚,但我不会走。"

费正鹏将包好的辣椒递给陈山:"为了张离?"

"我看过余顺年写给小晚的一首诗。"

"什么诗?"

"《致女儿书》。"顿了会儿,陈山开始背那首诗,"我不愿失去每一寸泥土,哪怕是泥土之上的每一粒灰尘;我不愿失去每一滴河水,哪怕是河床之上升腾的水汽……"

"不识时务,就是最愚蠢的忠诚。就算赶跑了日本人,这江山也不是咱们这些小人物的,不过是替上头的人当炮灰罢了。"

"我不这么想。你当这江山是自己的,那它就是你自己的,每一寸都是。"

费正鹏冷笑道:"你要这么想也成,可你得有看得住这江山的命,不然,哪一寸都跟你没关系。好好考虑一下吧,再不走,以后怕是想走也走不了了。"

陈山停了停,最终没有回头,走了。

荒木惟所坐的汽车快速驶到了福州路上。汽车后面跟着一辆站满日本兵的篷布军车。

走在街上的陈山看到了迎面驶来的汽车,急忙侧身进了街边的一个衣帽店,顺手拿起一块布料看看,遮住自己。汽车驶过后,陈山从店里出来,远远看到车停在了宏文书局的前面。

陈山放下布料,奔出店门,迅速跳上一辆停在店门口的黄包车,让车夫掉头,从后面走,去派克路。

千田英子迅捷地从篷布军车的副驾驶位跳下来,像一支箭一样射进了书店。军车上的四名宪兵也跟着她冲向书店。其他宪兵随即散开,包围了四周。

千田英子冲进书店经理室的时候,费正鹏正在煮一碗面条。"举起手来。"千田英子举枪对准了费正鹏。

费正鹏缓缓举手，转过身来。荒木惟此时笃定地走了进来。他的视线落在墙上，注意到那里有一扇窗已经打开。

费正鹏对着荒木惟一笑，说："如果我没有记错，我们第一次见面，是在重庆的军人俱乐部。"

荒木惟笑了："费先生记性真好。"

"我正在煮面，荒木先生要不要来一碗？"

荒木惟玩味般地看着费正鹏，没说话。

面煮好后，费正鹏与荒木惟在饭桌上相对而坐，两人面前各有一碗辣子面。费正鹏顾自吃得稀里哗啦。

荒木惟没动筷子，看着费正鹏说："费先生果然气度不凡，我还从没见过，拿我当客人招待的敌人。"

费正鹏抹了下嘴，说："因为我刚巧想投诚的时候，你就来了。你不就是客人吗？"

荒木惟笑了："有意思。你说你想投诚，那你应该知道，投诚是需要见面礼的。"

"但投诚也是会开出条件的。"

荒木惟不说话，只是眯着眼笑。他把手肘放在桌面上，身子前倾，看上去是想要听费正鹏怎么开条件。

费正鹏说："两个条件。一、我要带走余小晚；二、我要一笔打入国外账户的钱。"

"你为什么要带走余小晚？"

费正鹏温和地说："因为她事实上是我的亲生女儿。"

"那你的见面礼呢？"

"'闪电'。"

3

"谁是'闪电'？"荒木惟眼睛里亮了一下。

费正鹏平静地说："张离。"

"那陈山又是什么人？"荒木惟继续问。

"他不过是被美人计迷昏了头，完全被张离利用。他彻头彻尾就是一个自作聪明的笨蛋。"

陈山坐的黄包车快要跑到福州路路口的时候，发现那里已经设了路障，几个日本宪兵正在检查证件。

陈山急忙招呼黄包车夫停下。黄包车夫停下车，望了一眼路障，说："刚才都还没有呢。嗨，现在这兵荒马乱的，又在抓乱党吧？"

陈山想了想，递了一张钞票给黄包车夫："不用找了。"黄包车夫接过钞票，说派克路还没到。陈山下车，低着头往回走。他的眼神四处打量，寻找着脱身的办法。然后，他看到了一处公用电话亭。

陈山打电话给家里，但是无人接听。他又打给刘芬芳的诊所，刘芬芳也没有接。他焦急地走出电话亭时，突然看见两个店铺之间有一条小小的缝隙。而从缝隙望出去，那一头是一条很小的弄堂。缝隙的宽度，刚够一个人侧着身子挤过去。

陈山前后望了望，迅速挤进了缝隙，往前匆匆走去。挤出缝隙后，他打量了一下眼前的小弄堂。见弄堂前面不远处靠墙长着一棵大树，他便向那棵大树走去。他助跑几步，跳起来，一只脚蹬在树干上，一只脚蹬在墙上，左右交替快速地攀上树，然后跳到弄堂的围墙上，又沿着弄堂里的围墙走了一段，跳下来往前走去。

张离刚进家门，陈山就像一阵风一样冲了进来。

"出事了，立刻去找你在中共的同志，尽可能立刻离开上海！"

"出什么事了？"张离一惊。

"费正鹏暴露了，供出'闪电'只是时间问题。"

"要走一起走。'闪电'是我们两个人。上线被捕，按纪律我们必须一起撤。"

"不行，我不能走。我走了，陈夏和陈金旺怎么办？余小晚怎么办？"

"你留下来也救不了他们，你根本就自身难保。"

"张离，你要相信我。"陈山迫切地说，"如果你先走，我就能把所有的事情都推到你的头上。只有你出去了，找到中共上级组织，到时候才能接应我把陈夏和陈金旺救出去。还有一件十分重要的事，费正鹏极有可能就是叛徒'骆驼'，也就是杀死余小晚父亲的凶手。"

"你怎么知道？"张离满脸诧异。

陈山把辣椒放在桌上，迅速打开纸包，指着双三角折法的地方给张离看。

"双三角？"

陈山点点头："没时间了，走吧，张离，你比我更清楚，我的建议是最理智和正确的决定。你先走，可以帮助我做的事有很多。我留下，也能跟荒木惟周旋更久。"

"好，我接受你的建议。从重庆到上海，比这更冒险的事我们都有惊无险地过来了。我相信这一次我们还是可以化险为夷。你一定要稳住，等我回来找你。"

"好，等这次出去后，我想让你做我的入党介绍人，我要跟你和陈河一样，正式加入共产党。"

"我代表党组织，欢迎你提出加入请求。"

陈山迅速从口袋里掏出自己的钱包塞到张离手中，忽然抱紧她，闭上眼睛感受了三秒，然后推开："快走！"

张离最后望了陈山一眼，眼中有泪光闪烁："保重！"

这时，坐在汽车里的荒木惟已经能看到两人居住的那栋小楼了。

千田英子踹开房门，带着一队日本宪兵冲进屋子时，陈山正施施然坐在沙发上看报，手里还端着一杯茶。千田英子立刻用枪指住陈山，陈山有些惊讶，但依然保持着冷静，索性继续翻看报纸。

其他的宪兵在屋里搜查，很快回来，向千田英子报告屋里没有其他人。

陈山有些不满，说："千田队长，你这是想干什么？"

这时，荒木惟走了进来。陈山站起身，问："科长，你怎么亲自来了？"

荒木惟看了陈山一眼，打量了一下屋里的情形，没有说话。千田英子问道："张离在哪里？"

"她去同仁医院看余小晚了。"陈山有些茫然地说。

"千田，"荒木惟淡淡地说，"去同仁医院请张离，直接把她带到我的别院。"

千田英子应声后，带人离去。陈山故作迷茫地问荒木惟："科长，这么急着找张离，是有什么事吗？"

荒木惟挤出一个笑容，说："正巧午饭时间到了，我想请二位贤伉俪一起吃顿饭。走，不如我们一起去我的别院，等陈太太。"

"科长太客气了。"

陈山随荒木惟走了出去，小四带着一队日兵上了楼，继续搜查房间。

毫无悬念地，陈山已然明白，费正鹏已经叛变，并且供出了张离。费正鹏之所以没有供出自己，只是为了留一条后路，期待能借助他的力量救走余小晚。无论如何，此后他在荒木惟眼皮底下的每一步都将变得举步维艰，一场最惊险的战斗已然来临。此时他只希望张离远走高飞，再也不要回来。

荒木惟的别院是一处风雅的日式住宅。荒木惟带陈山进了一间和室，与他盘腿各坐在小桌旁。陈山的桌上摆放着做好的河豚鱼汤，汤色雪白，看起来十分美味。荒木惟的桌上却只有茶。他为自己倒着茶，小口喝着茶水。

荒木惟说："在日本，我们把河豚鱼称为'味觉之王'，冬天是食用的最佳时节，此时的鱼肉最为肥美。"

陈山说："但我听说过一句话，'拼死吃河豚'，每年都有人因为吃河豚中毒，甚至被毒死。"

"可人们还是前赴后继，去探寻这种难得的美味。"

"科长今天忽然赐我美味，想必另有美意。"

"还记得你潜伏在重庆军统二处时的上司吗？"

陈山略一沉吟，荒木惟利箭般的眼神正审视着他。他说："记得，关永山和费正鹏。"

荒木惟说："今天费正鹏请我吃了一碗辣子面。"

"他来上海了？"陈山意外地问。

"然后他告诉我，张离是他安插在你身边的卧底，代号'闪电'。"

陈山呆了，满脸吃惊的表情。

"陈山，你是不是应该告诉我，你究竟是她的同伙呢，还是一直是个傻子？"

陈山脸上露出无奈的笑容，说："我要说我从来没有发现过她的异常，您大概不会信我。"

"你是我一手调教出来的人，以你的本事，她要想搞什么花样，根本瞒不过你。"

陈山的眼神有点放空，他说："科长，我还记得钱时英临死之前，说过的一句话。明明算计到所有的事，却根本控制不了局面。这是一个聪明人最大的悲哀。"陈山迎向荒木惟的目光继续说，"论才智我比不上科长，但有时候也喜欢自作聪明。我当然对张离的行为有所察觉，但是我警告过她，千万别玩火自焚。我以为我控制得了她，可是……"他自嘲地一笑，接着说，"如果我隐瞒了她可能在盗取情报的事情，是对科长您的不忠的话，我承认是我的错。可要我亲手把我最爱的女人交到您手里，抱歉，我办不到。"

"所以，千田应该不会在同仁医院里找得到她，对不对？"

"我不知道，今天早上出门的时候她和往常没什么不一样。"

"那你应该不希望一会儿她出现在这里，和你一起喝这碗河豚鱼汤。"

陈山沉默了一会儿，说："是，我不希望。"

荒木惟笑了："我喜欢真小人，胜过伪君子。"

"我很清楚，在您面前耍花样，那是找死。"

"你知情不报，以为能逃得过一死吗？"

陈山面如死灰。不多时，千田英子快步走了进来，向荒木惟汇报，张离不在同仁医院。护士徐勤告诉她，张离今天就没有来过。

荒木惟看着陈山说："如你所愿了，陈山。"

陈山惨笑了一声："可也证明了，我确实什么也控制不了。我拿她当宝，她拿我当傻子。现在我只想知道，你能放过小夏和陈金旺吗？"

"你觉得你现在有资格跟我谈条件吗？"

"他们是无辜的。你从前拿他们的性命要挟我为你办事，以后就用不着了。我求您放过他们，就当积德。陈金旺也不知有多久可活，杀一个连自己儿子也不认得的老头，有意思吗？小夏呢，怎么说也为你做了不少事，她甚至……对你痴心一片，你真对她下得了手吗？"

千田英子听到这里，神色略有些异样。荒木惟冷笑着说："不是我不放过他们，而是你。他们的死，是你包庇张离所必须付出的代价。"

"我错了。"陈山满头是汗，"我后悔了，科长，求你再给我一次机会。"

荒木惟说："一条河豚鱼，毒素遍布全身，虽然我请了最好的厨子，但也不能保证，没有刺破一点儿内脏，就是它的皮和没有洗净的血液里，也有毒。"

陈山看着那碗鱼汤发怔。

"喝了它。"荒木惟说,"如果你的运气够好,我可以给你一次将功折罪的机会。要是你命数已尽,我会送陈夏和陈金旺早点去跟你会合,黄泉路上,你也不会寂寞。"

千田英子举枪对准陈山。枪栓拉动,子弹上膛。荒木惟微笑着看着陈山。陈山无奈端起面前的鱼汤:"原来,这就是命。"

陈山将鱼汤一饮而尽。然后他站了起来,接着脸色突变,布满痛楚之色。他捂住腹部倒了下来,面前桌上的碗被撞翻,跌成了碎片。

陈山躺在地上,身体抽搐着,两眼无神,面前的人影变得模糊,渐渐失去了意识。

4

猛将堂教堂的长椅上,张离和"麻雀"一前一后地坐着,貌似两个正在祷告的人。张离此时手中仍紧握着陈山那只皮夹。她下意识地打开,看到里面放着他俩的黑白结婚照——是他们在婚礼上相视而笑的画面。那是在余小晚还未到达教堂前拍摄的。

张离用手指抚摸着照片上陈山的脸庞,内心伤痛,但语气依然保持着平静:"费正鹏被捕,我是军统卧底的身份已经暴露。"

"麻雀"说:"撤退的路线我已安排好了,你应该立即离开上海。"

"麻雀同志。"张离有些艰难地说,"我知道我应该服从命令,但我现在还不能走。"

"这不光是命令,也是……钱时英同志生前嘱托我的。现在你既然暴露,也是时候离开了。"

张离沉默了一会儿,说:"'麻雀'同志,在我离开之前,还有一个请求。我请求营救陈山同志。"

'麻雀'深深地叹了一口气。张离继续说:"当初不救时英的决定,我理解,因为他是一个信仰坚定,早已将生死置之度外的战士。但陈山不一样。他是我和钱时英一路考察之后,才积极向我党靠拢的同志。钱时英同志生前一直想做他的入党介绍人。现在时英不在了,我希望我能继续钱时英同志的使命,把他带到我们的队伍当中来。尤其陈山同志才智过人,即使在还未加入组织之前,就已经义无反顾地为我们做了很多工作。还有余小晚,如果不是因为我,因为陈山,她也不会被卷进来,甚至至今昏迷不醒。他们只是普通人,他们所付出的却丝毫不比我们少,我们的使命不就是解救像他们这样的普通百姓吗?"

"麻雀"没有说话,但深深动容。

"费正鹏被捕之前,陈山一直在寻找从重庆叛逃的军统特务黄志忠。这个人手持重庆兵工厂分布图,企图卖国求荣。以陈山的才智,找到并拦截黄志忠的任务,只怕非他莫属。相信组织上一定也明白，这份分布图有多重要。"

"麻雀"沉吟了一会儿，说："你说的我都理解。但是你也知道，常规的营救根本不可能成功，你是不是已经有了营救计划？"

张离望向教堂正中的耶稣像，在胸前画了个十字，眼神清亮而坚定："是！但得看他能不能先过荒木惟那一关。"

躺在同仁医院病床上的陈山动了动手指，然后缓缓睁开了眼睛。他的视线由模糊渐渐变清晰。他听到千田英子在说："科长，他醒了。"

陈山终于看清，千田英子站在自己床边，荒木惟坐在稍远处的椅子上。他看了看天花板，问："这里是地狱吗？"

荒木惟说："如果人间即炼狱这句话成立，那么这里就是地狱。"

"看来我还活着。"

"猫有九条命。但你的命比猫大。"

陈山失神地笑了一下："就算有十条命，还不是全攥在你手里。这就是命。"

"死了一次，倒是活了个明白。就是不知道是不是真明白了？"

"大彻大悟。"

"还愿意为张离去死吗？"

陈山脸上浮起悲伤的神色，他缓缓地扭头望向千田英子，说："千田队长，你也是女人，你告诉我她对我真的只是虚情假意吗？"

千田英子有些意外，一时语塞。陈山继续说："她在重庆的时候伴我出生入死，真的只是为了获取我的信任，为了利用我，好回上海潜伏吗？"

千田英子恢复平静的神态，说："这个女人心机太深，骗子也好，真心也罢，在当时可能是无法分辨的。但所谓日久见人心，你自己心里现在还不明白吗？"

"不重要了。"陈山面如死灰地说，"不管她是不是爱过我，我已经为她死过一次。我不欠她了，我必须对得起自己。"

"那你现在是想死还是想活？"

"你说呢？"

荒木惟接话说："刚才你说对了一句话，你的命从一开始就一直攥在我的手里。"

见陈山神色悲怆，荒木惟继续说："想活命，你就必须一次次攻克难关，证明你自己。"

"不成功，则成仁。"陈山咬着牙说。

"两天。"

陈山望向荒木惟。荒木惟接着说："两天之内，把张离抓回来。不然下次不会再有河豚鱼汤喝，你和陈夏、陈金旺都得替她死。"

荒木惟和千田英子从陈山的病房内出来，走过负责看守陈山的两个特务后，千田英子说，费正鹏来了，正在余小晚的病房里。荒木惟想去会会他，陈夏却匆匆跑了过来。

陈夏问起陈山的情况，荒木惟没有回答，扭头让千田英子先过去。千田英子离开后，荒木惟对陈夏说："陈山说过，他在阎王爷跟前就像一条泥鳅，我认为这个比喻很恰当，所以你不用担心。"

陈夏脸上的忧虑没有丝毫减少，眼中闪着泪光："荒木君，你能不能告诉我，这一切到底是怎么了？为什么越来越糟了？为什么我的嫂子成了……成了奸细，我的小哥哥又差点送了性命？为什么？"

荒木惟低头看了一眼地面。阳光从他的背后照向他，在他身前的地面投下他的影子："夏枝子，你看这影子。"

陈夏低下头，荒木惟转身迎向了阳光，继续说："我们奔向光明的时候，身后必然有黑暗的影子，但这丝毫也不会影响光明的到来。越是糟糕的时候，你越需要坚定自己的信念。"

"我做不到啊，荒木君。"陈夏痛楚地哭着说，"你告诉我，我该怎么办？我很怕。"

"你怕的是有一天你不得不在你的小哥哥和我之间做出选择，对不对？"

"我不要那样。"

"那就去和你的小哥哥聊一聊。告诉他应该站在哪一边，让他不要逼你有朝一日做出最艰难的选择。"

陈夏看着荒木惟，脸上的神色从刚才的无助变得平静镇定："好，我去！"

将陈夏带到陈山的病房后，千田英子走进了隔壁房间。房间里，一名日本特务正戴着耳机窃听陈山病房内的动静。千田英子走到特务身旁，接过了耳机。

听到门关上的声音后，陈山睁开眼睛，看到了缓缓走过来的陈夏。陈夏在他床边的凳子上坐下，握住了他的手："小哥哥，是我，小夏。"

陈山笑了笑，说："你小哥哥是死了一回，可也没变成傻子和瞎子，还认得你。"

陈夏哭起来："为什么我觉得还是做瞎子好呢？"

"孩子话。"

"小哥哥，嫂子她……真的是军统的卧底吗？"

"你都知道了？"

"是。可是我到现在还觉得难以置信。"

"小夏，要是小哥哥以后不能再照顾你，你得自己照顾你自己。"

"你说什么呢？小哥哥。这话我不想听。"

"我当然也想继续照顾你们。我陈山这辈子要说还有什么念想，就是想看着我妹子小夏风风光光地嫁人，还有就是，让陈金旺这个老东西天天有生煎吃，天天酒足饭饱，在弄堂里骂娘，寿终正寝的时候，我给他整个上好的楠木棺材……"

"别说了，小哥哥。你不会有事的。"陈夏哭得更厉害了。

"我当然也不想有事，我特别想让你永远只做个孩子。可要是如果……如果真有那么一天，我再也不回来了，小夏，你就得像个大人的样子，就得长大。你懂吗？"

陈夏抽泣不止，说："我不要长大，小哥哥，你说过会一直保护我的，你又要食言吗？"

陈山抬起手，轻轻摸着陈夏的头："只要小哥哥还有一口气在，一定拼了命保护你。可要是我不成了，你也别怨我，行吗？"

听到这里，千田英子皱起了眉，她有点不耐烦了。

5

陈夏落寞地走出了同仁医院大门。因为哭过的缘故，她的眼睛有些红肿。荒木惟和千田英子站在医院楼房走廊的窗口后面，看着她。听到千田英子说他们没有谈论任何有关张离的细节，荒木惟似乎有点失望。

"但我不确定，他们是不是已经发现了窃听器。"

荒木惟沉默了一会儿，说："已经发现，才是这兄妹俩的正常水准。"

"那他们如此滴水不漏，会不会已经密谋了什么？"

荒木惟不屑地一笑："那就说明，他们真的不想活了。"

陈夏独自一人走出医院。她的眼睛仍然红红的，神色却很平静。她脑海里还在回想着与小哥哥在病房里的谈话。她问嫂子真的是军统的卧底吗，陈山说你都知道了。说着，陈山扯动自己身下的床单，指指床下。她弯腰一看，果然发现床下有窃听器。电线贴着床板和墙角在床下通向隔壁的房间，她立刻就明白了，对着陈山点了点头。

"是。可是我到现在还觉得难以置信。"说话同时，她拉过陈山的手，在他掌心写下了几个字：我要怎么帮你。陈山也在她的掌心写下：和爸爸待在一起，等我营救。

陈夏走在满是落叶的街道上，皮鞋踩在落叶上，发出沙沙的响声。她扭头望了一眼路边的医院围墙，目光越过高墙，落在了某个病房的窗口。那是余小晚的病房。

余小晚依然在安静地沉睡。费正鹏坐在她身旁，正为她扎着银针。荒木惟和千田英子走进病房，费正鹏听到动静，却没有回头，只是专注地扎着针。荒木惟也没有作声，在一旁冷眼看着。小心取出最后一根针后，费正鹏长长地嘘出一口气。

荒木惟这才开口说："我知道中医有很多神奇的治疗术，不过似乎见效很慢。我可以把余小晚送去大日本陆军医院，那里有全上海最好的设备和医生。"

费正鹏整理着装针的布包说："我认为现在不应该移动她，我对自己的针灸术有信心。"

"既然你这么想，我也可以让最好的军医来同仁医院为余小晚治疗。"

费正鹏躬身致谢。荒木惟走到余小晚的病床前，俯下身去观察着余小晚蜡黄的脸，然后站直了身子。

"费先生，我不食言，你也不能食言。既然我已经让你见到余小晚，你必须帮我找到军统在上海的据点，灭掉飓风队。不然你得替余小晚死，这是一笔账，账必须算清楚。"

费正鹏小心地用一根棉棒蘸水湿润着余小晚干裂的嘴唇，说："我不是把张离交给你了吗？"

"我们没有抓到张离，她失踪了，那就等于你没有把张离交给我们。如果你不能告诉我们张离的行踪，你的投诚就完全没有价值。"

费正鹏低下头，说："也许陈山会知道张离行踪，而我，可以劝说他说出你们要的线索。"

"那么，就请费先生现在跟我去见一见陈山。"荒木惟转身往门外走。费正鹏搓着手跟了上来，低声下气地说："荒木先生，天气冷了，能不能为余小晚买一个取暖的水汀？"

荒木惟笑了笑，说："情债欠下了，就是欠一辈子。你慢慢还。"

费正鹏想了想说："绣春楼茶馆，是飓风队的据点。"

荒木惟看了费正鹏一眼，对门口守卫的宪兵说："给余小姐配一个水汀。"

陈山身穿病号服，和费正鹏一起坐在医院花园的长椅上。陈山眯着眼睛，一副懒洋洋的样子。费正鹏告诉他，刚才给小晚做针灸的时候，他看到她的手指头动了一下。只要坚持下去，他相信她一定会醒过来。

陈山跷起二郎腿，翻着一张报纸："所以，你向日本人投诚是为了余小晚？你说她要是醒了，会不会领你的情呢？"

"她领不领情，我都只能这么做。军统都把我卖了，日本人的枪口都顶着我脑袋了，你说我为了重庆那帮孙子搭上我自己和小晚的性命，值吗？我不能让小晚死在这里，我必须带她走！你也得走！"

"怎么走？"

"我已经存了足够多的钱，只要你帮日本人抓到张离，我就能带着你们一起离开。"

"足够多的钱？原来在重庆时，你那与世无争的样子，都是骗人的。"

"这狗日的战争里，容得下与世无争吗？欠秋水的我是还不清了，但我答应过她和顺年，以后我就把小晚当我的亲生女儿。还有一口气，我就必须保护小晚。"

陈山冷笑了一下："战争没完，没把鬼子赶跑，你谁也保不住。"

费正鹏急切地说："只要能抓到张离，我和小晚，你和你的家人，就都能保住性

343

命。我知道你有办法找到她的。"

陈山鄙夷地看了费正鹏一眼："老费，你应该去做个生意人。"

"你也别告诉我你宁可拿我们五条命去保她一条命。要不是因为你是小晚中意的男人，你以为我为什么要保你？"

"你要现在把我供出去也来得及。"

费正鹏咬着牙说："你以为我不敢吗？"

陈山收起报纸，盯了费正鹏一会儿，笑了："你尽管去试试。我保证会告诉他们，美国飞行员还活着，就是你救的；重庆兵工厂分布图也是假的，这一切的幕后功臣都是你。老费，总之我一定有办法把你拖下水。"

费正鹏怒极低斥："你到底想干什么？那张离给你灌了什么迷汤，让你连自己的命也不要了？"

"命我当然要，但不是被日本人、被你牵着鼻子走。"

费正鹏没有接腔，沉吟着。陈山继续说："老费，真要是军统的人出卖了你，你以为千田英子现在去绣春楼还能见着飓风队的影子吗？飓风队没在那里埋个雷等他们就算不错了。最后的最后，你大概可以抛头露面，做出向日本人投诚的样子，上个报纸，给重庆方面扇个耳光。你的价值利用完了，没准荒木惟也会让你走。可你走得了吗？你明明知道戴老板有仇必报，你扇了他耳光，就算你跑到天涯海角，他也会把你揪出来跟你算账的。"

"那你到底想怎么做？"

"我也不想跟你鱼死网破。你要真想救余小晚，想保自己的性命，从现在起，你得听我的！"

一声尖锐的刹车声，千田英子所乘坐的日本军车停在了绣春楼茶馆门前。茶馆大门紧闭，千田英子持枪示意两名特务先冲上前去，自己和小四跟在身后。

当先的一名日本特务一脚踹开茶馆大门，却引发了门后安装的炸弹。爆炸声中，一股气浪带着火光冲出了茶馆大门。千田英子和小四脸色大变，纵身跃向一旁躲开。

当先冲在前面的那名日本特务被当场炸死。千田英子脸上也有擦伤，她坐起来，看着一地狼藉的茶馆大门，愤怒地喊了一声："八格！"

千田英子狼狈地去了荒木惟的别院，向他汇报情况。对此，荒木惟觉得情理之中，没再多说。他问起千田英子的伤势，千田英子受宠若惊般地说："不要紧，谢谢科长关心。"荒木惟对她这突如其来的感谢感到了一丝异样，他避开千田英子的目光，询问陈夏的动静。

知道陈夏回了余庆里和父亲在一起后，荒木惟想了想，让千田英子把父女俩都接到这里，然后通知陈山，抓捕张离的倒计时48小时，已经开始了。

陈夏扶着陈金旺进了荒木惟的别院。接他们过来的小四告诉陈夏，科长正在等她。陈夏没有说话。跨过门槛的时候，她体贴地让陈金旺慢一点。一进别院，她就打量起了院内的结构布局。

第二十二章

1

陈夏跪坐在荒木惟面前,神色平静地问:"荒木君,如果我小哥哥不能把我嫂子抓回来,你会杀了他吗?"

"你觉得呢?"荒木惟给自己倒着功夫茶,没有看陈夏。

"你是想给他压力才故意那样说的,对吗?"

"你的小哥哥有一种能力,就是他总能完成看似不可能完成的任务,给我惊喜。"

"那要是这次他的运气不够好,没办法完成任务呢?"

荒木惟平静地看着陈夏,没有回答,说:"既然我们上了战场,谁能保证我们每次都可以全身而退呢?"

"荒木君,其实你活得很累呢。"

荒木惟有些意外地看着陈夏。陈夏继续说:"你第一次把我从宝珠弄带到尚公馆,就是为了让我小哥哥能乖乖地听你的话,为你做事,对吧?"

荒木惟没有否认。

"现在你特意把我和爸爸接来这里,也是同样的原因。"

荒木惟开口了,语气中似乎有些怒气:"从前你不会这样和我说话。"

"从前你告诉我说,真正的和平是收服人心,让大家共同接受东亚共荣。但其实从头到尾,你也并没有信过我们一家。你不相信我们,却要我们把心交给你,这样骗得了人吗?"

"我没打算骗你。战争就是如此残酷,不成功则成仁。如果失手的是我,是你,我们一样要付出生命的代价。你的小哥哥当然也不会例外。"

"那你能放我们走吗?让我们去当个普通人,远离战争。"

荒木惟忽然提高了声音:"当普通人,就能避得开战争吗?当炮弹砸在你面前的时候,你只有当炮灰的命。你们从来也不是普通人,所以主动战斗,早日结束战争才是你们存在的意义,你明白吗?"

陈夏呆了一会儿,说:"我怕我自己做不到。"

"你可以的。"荒木惟变得温和起来,"你们兄妹都有那种不断超越自己的能力,我不会看错的。"

陈夏扭头看了一眼窗外,说:"我喜欢这个屋子,因为窗外就有我最喜欢的梅花。闭上眼睛，我就能听到花瓣落下来的声音。睁开眼睛，就能看到那些花瓣飘下来的样子，我觉得自己就像那些花瓣，根本把握不了自己的命运，只能被风吹得四处飘散。"

"错了，御风而舞，也是一种飞翔。随波逐流，也是一种能耐。"

陈夏沉默了一会儿，问："我可以住在这间屋子里吗？"

"这里不适合居住，但隔壁可以。在那里你应该也能看得到这棵树。"

"谢谢，荒木君。"

陈山换好自己的衣服后，千田英子就走了进来。陈山耐心地扣着衬衣袖子上的纽扣，告诉她，如何抓张离他有办法。不过行动之前，他还有几件事要做。

他想去看一眼余小晚。去一次余庆里，再亲手给他家那老东西做一次生煎。万一他回不来，就当是跟他们告别。

千田英子看了陈山一会儿，说："你一共只有 48 小时。"

"我知道。多谢千田队长通融。"

"还有，你父亲和你妹妹现在都在科长的别院里。"

"那正好。"陈山神情平静地说，"见完我的家人之后，我就会告诉科长我的详细计划。"

陈山来到余小晚的房间，为她洗了脚。给她盖好被子后，他站在了她的床边。他知道千田英子正站在门外看着他，但他不在意，只是默默地望着余小晚。

"喂，我说，睡够了就早点醒来，你应该在舞厅里旋转、发光，让所有男人的目光都停留在你身上。就这么睡着，太浪费了。"

说完，陈山解下自己的围巾，放在余小晚的床头，平静地离去。他回了住处，剁肉馅，扯面团，为陈金旺做生煎。门外有两个看守他的特务，房子周围还有不下五个。

11 点的时候，窗外传来了一声模仿鸟鸣的口哨声。陈山撇过脸，看到了窗外的刘芬芳。他把一包报纸包着的垃圾从窗口扔了下来。刘芬芳捡起垃圾离开，打开看到了那张写了一串数字的纸条。

之前，在千田英子赶到陈山家抓捕张离前，陈山给刘芬芳打出了最后一个电话。他对刘芬芳说："这几天你要随时来我家后门等我的消息。之前教你用《茶花女》做密码本的法子，还记得吧？"刘芬芳说："我这样的特工，过目不忘。"这时，陈山听到了千田英子带人驾车来到门口的声音。他的语速变得很快，说："我会传密码给你，译出来，然后按我说的去做。"他刚挂下电话拿起报纸，房门就被踹开了。

荒木惟桌上的电话铃响了起来。荒木惟接起，是一个带重庆口音的男子的声音。他说："费正鹏已经抓到了吧？"

荒木惟说："你的声音，好像和上次有点不一样。"

电话那头传来了男子的笑声，他说："我们的情报是不是很准确？"

"你再打电话来，不会只想问这件事吧？"

"好事做到底，今天下午两点，'闪电'会回来找她相好的。"说完这句，刘芬芳就挂了电话。

千田英子走进办公室，告诉荒木惟，陈山现在去他的别院见陈夏和陈金旺了，他下午会动身去找张离，去之前会向他汇报详细计划。

荒木惟诡异一笑："好，我等着听。"

陈山提着饭盒出现在陈夏的视野中时，陈金旺正盘腿坐在床上打盹。陈山来到了陈夏房间的门口，接着就被守在门外的小四和另一名特务拦了下来，要求检查随身物品。

陈山很配合，递上饭盒让小四检查，举起双手让另一个特务搜身。一切都没问题，小四为他打开了房门。门关上后，小四趴在门口仔细听着里面的动静。此时，荒木惟和千田英子也乘车驶入了别院，后面还跟着一辆坐着数名特务的篷布卡车。

陈夏接过陈山的饭盒来到陈金旺面前。闻到香味，陈金旺忽然就醒了，眼睛闪亮，嘴咽唾沫："生煎啊。"他一把夺过饭盒，用手抓起生煎，狼吞虎咽地吃起来。陈山俯在陈夏耳边低声说："一会儿等我走了之后，你想办法带爸爸出去，刘芬芳会在外面等着接应你。"陈夏点了下头，陈山关切地摸了摸她的头，"自己小心。"

"你也是，小哥哥。"

两人刚说完，千田英子就推门进来了："科长已经来了，他在等你。"

陈山再次扭头看了看正在狼吞虎咽的陈金旺，说："都把你养胖二十斤了，还跟个饿死鬼投胎似的。慢点吃，没人跟你抢。"

陈夏分明看见陈山的眼中忽然盈满了泪水。而陈金旺依然浑然不觉，顾自吃着生煎。陈山转身走了出去，与千田英子消失在房间门口。陈夏能清晰地听到陈山与千田英子在门外的对话。陈山问科长在哪里，千田英子说就在隔壁会客室。她展开自己的手掌，她的手心里，握着一只生煎包。

荒木惟盘腿坐在会客室的案几前，陈山大大咧咧地走过来，坐在荒木惟对面。然后他叹口气说："我从小就运气好。"

荒木惟没说话，不动声色地看着陈山。陈山继续说："陈金旺总说我，我这样的人早晚会把运气用光，栽沟里的。他成天盼着我能像我大哥陈河那样，做个斯文稳当的读书人，结果我就是不成器。"

"那你的大哥，现在人在哪里？他有你风光吗？"

陈山沉默了一下，眼前浮现起大哥牺牲时的那一幕。他悲伤地笑了起来："陈金旺这个人嘴毒的，我也信，陈河肯定是老陈家最出息的儿子。我肯定比不上他，但现在让陈金旺过着好日子，天天吃生煎，住大房子，穿新袄子的人，是他根本想不起来的二儿子，陈山。我今天出了这个门，也可能就把运气用完了，再也回不来了。"

陈山停顿了一下，接着说："但是好歹，我也让陈金旺享了一阵子的福。还有陈夏，也得到了您的照顾。是你把我从一个街头混混，变成了这人模狗样，也做成了好多从前我从来不敢想的……大事。"

说到这里，陈山忽然对着荒木惟深深地鞠了一躬："我谢谢您，科长，知遇之恩，值得我陈山豁出命去回报。"

陈夏把藏在掌心中的那只生煎掰开，里面落出了一个钻戒。陈金旺已经吃饱了，坐在床上打了个饱嗝，看也没看陈夏一眼。就在他刚才狼吞虎咽的时候，陈山将自己从饭盒中事先拿出的一只生煎包塞到了陈夏手里，在她耳边低声说："我在里面藏了张离的钻戒。"

接着，陈山脱下了自己的皮鞋，要过陈夏头上的发夹。他用发夹插入鞋底一撬，鞋底便分了层。他取出藏在里面的一小包用油纸包着的炸药递给了陈夏。陈山穿上鞋，用力在地上一踩，分层的鞋底便又合上了。他将发夹交还给陈夏，让她等他去见荒木惟之后，用钻戒在灯泡上开个小洞，把炸药灌进去。开灯两秒后，就会发生爆炸。他需要借着爆炸趁乱从这里脱身。

陈夏先看了一下屋顶的灯泡，想了想，把眼光落在了床头柜放着的台灯上。

2

荒木惟依然不动声色地看着陈山，说："抓到张离，为大日本帝国做更多的事，就是对我的回报。也是对你自己的成全。"

陈山说："有时候我觉得啊，打仗真他妈操蛋，好好的小日子也过不成了。我一开始一点儿也不甘心，为什么非得扮成肖正国，成天过着提心吊胆的日子？小时候我特爱听大书，《杨家将》啊，《七侠五义》啊，特别佩服那些书里头的英雄。等在重庆做成了几件事之后，我忽然觉得打仗其实也不错，说不定有一天，我也会成为别人故事里的英雄。"

"如果没有经历过生死的边缘，你是没有机会听到自己血液奔跑的声音的。我第一次见你，就知道你不是一个寻常人。"

陈山笑了笑，向荒木惟伸出手："我会做更多事来证明你的眼光的。"

荒木惟下意识地向陈山伸出了手。就在两人握手的那一刻，轰然一声巨响。两个房间之间的隔墙被气浪炸开，倒向了荒木惟和陈山。

陈山将荒木惟的手用力一拧，将他推向倒下来的墙壁。同时他飞身一滚，躲向了屋子的另一边。翻倒的桌子挡住了他的身子。荒木惟被倒下来的墙砸倒在地，屋

349

内一时烟尘弥漫，看不清人影。

千田英子握着枪大叫着冲进来，一队特务紧随其后。她不断大喊着"科长"寻找荒木惟，随即，在倒下的墙下看到了荒木惟的一条腿。

众人上前，七手八脚抬起办公桌。荒木惟抱头躲在墙与桌子之间支起的三角空当处，满面尘土，但并未受重伤。被千田英子扶起后，他问陈山在哪儿。众人审视了屋内一圈，不见踪影。

千田英子下令马上封锁别院，把陈山找出来。特务们迅速奔出。她要为荒木惟去找医生，荒木惟神色冷静，说自己没事。

陈夏睁着眼睛躺在沙发后的地面上，她的额头有几处擦伤。当两名特务破门而入时，她立刻闭上眼睛假装昏迷。

陈金旺还在床底下。把炸药倒进灯泡，收好油纸后，陈夏就说和他玩捉迷藏，让他躲到那里，又拖过床上的被子把床沿盖住。然后，她打开了台灯。轰的一声巨响，台灯爆炸了。与此同时，陈夏跃至沙发后面，躲过了爆炸的气浪。

特务找到了她和陈金旺，但千田英子显然没能找到陈山。守在前后门口的特务也没有看到陈山出去，猜测他可能是翻墙跑了。

千田英子向荒木惟做了汇报，陈夏和陈金旺的屋子里发生了爆炸，但现在陈夏昏迷了，轻微外伤，应该没有性命之忧。陈金旺被吓傻了。虽然还不清楚具体情况，但她觉得，他们兄妹二人一定是串通好的。

荒木惟神情平静地问时间，千田英子愣了下，看了下表，1点半。荒木惟说："马上带队出发。"

"去哪儿？"

"重庆人又给了我一个消息，两点钟，张离会到海半仙茶楼去接应陈山。就算他能从这里飞出去，我们也可以在那里张着网等他。"

"那陈夏和陈金旺怎么办？"

"在我们没有回来之前，控制住他们。如果他们企图逃跑，杀！"

轿车和篷布卡车开走后，大门被迅速关起。躺在床上的陈夏忽然睁开了眼睛。

荒木惟和千田英子乘坐的汽车停在了海半仙茶楼附近。远处，篷布卡车内的特务纷纷下车，向荒木惟小车处集结，然后四散埋伏在了街角、茶楼内或茶楼对面。为了万无一失，千田英子还通知了行动队前来增援。千田英子下车查看，与手下交换眼神。街上行人来往，与平日无异。

篷布卡车内已经空无一人。从爆炸后就像吸盘一样吸在汽车底部的陈山终于松开了手。他躺到地上，长长地吁了一口气。

他钻出来，警惕地查看。荒木惟的汽车就停在远处。一些特务散布在海半仙茶楼附近的街道上，没人注意到小汽车里的情况。千田英子正往海半仙茶楼走。看四周无人，陈山迅速潜入驾驶位，熟练地拉出方向盘下的电线扯断，然后把两根线接在一起。打着火后，他迅速在街上掉头，冲了出去。

千田英子正要迈进茶楼，扭头望向篷布车，看到了驾驶座上的陈山。她大喊了一声，并拔枪射向篷布车。但此时陈山已经掉转车头驶离。子弹打在了挡板上。千田英子一边开枪，一边迅速追向汽车。

荒木惟迅速让司机掉头追赶。车开过奔跑中的千田英子时，急刹停下，荒木惟打开车门，千田英子立刻纵身上车。

陈山驾驶着篷布卡车在前面路口左转时，恰好迎面相遇四辆赶来增援的三轮摩托车。摩托车上的特务认出篷布卡车是自家的，但未看清车内之人，亦不知发生何事，所以没有停下，与之擦肩而过。

荒木惟已经明白海半仙茶楼是个烟幕弹，命令全体追上去。千田英子从车窗伸出手，分别做了收队和追赶的手势。原本散布在街角各处的特务们纷纷聚拢跑来。此时，尚公馆行动队增援的特务也驾着三轮摩托赶到。千田英子对着第一辆三轮摩托车上的特务大喊："追那辆大卡车！"

三轮摩托立刻掉头，奔跑而来的特务们也挤了上去，跟着荒木惟的汽车一起追向陈山逃跑的方向。

3

徐勤推着一辆装药品的小推车走向了余小晚的病房。走廊上有两名中共装扮成的护工，推着一辆推车慢慢地走着，与徐勤交换了一下目光。

昨天，徐勤趁着给陈山挂吊瓶的机会，用摩斯密码在陈山的手背上敲击出了"张离"二字。陈山的眼睛忽然亮了。小四在门外观察着徐勤，但她的背影挡住了手指的动作。

徐勤继续敲击着："张离让我告诉你，明天下午两点，引荒木惟去海半仙茶楼诱捕她。路上你要设法逃脱，她会在钱时英同志的墓地等你。你们行动的同时，我来负责营救余小晚。"

费正鹏提着水汀和食盒进了病房大楼。走到二楼后，他把手上的物品放在地上，对守在余小晚病房门口的两名特务喊了一声："二位兄弟，过来帮个忙。"

两名特务认出了费正鹏，其中一人向费正鹏走去，问这是什么东西。费正鹏说，天冷了，他给小晚买了个水汀，还给两位兄弟带了些吃的。费正鹏说着掀开食盒，露出了里面的红烧狮子头和草头圈子。

这时，徐勤已经推着车走到了余小晚病房门口。她手中暗中拨动了一个开关，推车的车轮顿时卡住,无法前行。守在门口的另一个特务探头过来看了一下,问怎么回事。徐勤说,好像是车轮卡住了,想请他帮忙抬进去。特务对徐勤并不戒备,伸手便来帮忙抬车。

徐勤在前,特务在后,两人抬着推车进了病房。走廊上扮作护工的一名中共队员回头看了一眼,另一名特务正被费正鹏拖住,背对着余小晚的病房。他闪进病房,对着特务的后脑猛击一记,将他砸晕在地。

楼梯口,费正鹏把食盒递给特务,说:"上了年纪,腰不行了。帮个忙。"特务接过食盒,与费正鹏一起向余小晚病房走去。

费正鹏心中稍有忐忑。前一天,在医院花园,陈山告诉他,要真想救余小晚,想保自己的性命,从现在起,就得听他的。他沉吟了一会儿,问要他做什么。陈山说,告诉荒木惟,他对张离已经死心了,怎么抓到她,他自有办法。另外,明天下午两点来这里,找一个叫徐勤的护士,她是自己人,会帮忙救小晚离开这里。

费正鹏和特务走到余小晚病房门口的时候,另一名特务已经被移到床底,徐勤正如常地为余小晚测量着体温。

余小晚静静地躺在病床上,她的颈间依然戴着那串珍珠项链。陈山留下的那条围巾依然放在她的枕边。

特务进入病房,未见到同伴,就问徐勤。躲在门后的中共队员忽然闪出,勒住了他的脖子。特务手上的食盒坠落,费正鹏在它落地前堪堪接住。特务挣扎反抗,刚要叫喊,徐勤扑上前来,将一只口罩捂住了他的口鼻。不一会儿,特务昏迷了过去。走廊上的另一名中共队员推着一辆病人推车匆匆进房,徐勤拔掉余小晚的输液管,让费正鹏把余小晚抱上推车。

费正鹏抱起余小晚,小心放在推车上。徐勤拿起枕边的围巾放在余小晚胸前,又替她盖上一条被单。接着,徐勤推着车出了病房,费正鹏跟在后面。两名中共同志将昏过去的特务抬上病床,盖上被子,又将另一名特务塞入了柜子。

钱时英的新坟上已经冒出了短短的青草,在风中轻摇。不远处的山路上,停着一辆车,中共队员大庆正在车旁等候。

张离和中共队员大吉来到钱时英的墓前,为他上香。大吉问:"长眠在这儿的,就是'裁缝'同志吧?"张离说是。大吉点了一支烟,说:"狗日的鬼子,就是把他们全杀光了,也不够替我们的同志和同胞报仇血恨。"张离沉默不语,将香插到了钱时英坟前的土中。

"这怎么还有个空穴?"大吉指了指钱时英旁边那个墓碑上没有字的墓问。张离看了一眼空墓碑,说:"那是他的爱人……给自己留的。"

"至死都想陪着自己的男人,一定是个好女人。"

"让女人愿意至死相陪的,也一定是个好男人。"

"要我说,男人一辈子要能找上一好老婆,就是最大的福气。"

"大吉，你哪儿人？"

"绍兴。"

"有媳妇了吗？"

"要不是这次要救人，我现在正在老家拜天地。今天要救的人到底什么来头？"

"是一位很可能吸收加入我党组织的同志。"

"当初'麻雀'连'裁缝'同志也不让救，为什么偏要救这还没有加入组织的小子？"

张离愣了一下，说："不管有没有加入组织，都是自己的同志。新娘子会理解你的。"

大吉笑了："她是旧娘子，嫁过人，但心地善良，地里家里的活都是一把好手。还没过门呢，就把我娘给照顾得舒舒服服的。还带了个女娃，叫吉祥，三岁了。嘿嘿，这老婆娶进门，我就能现成当爹了，多省心啊。"

张离看到大吉脸上洋溢着平实的幸福，也不禁微笑："恭喜你啊，大吉。"

"就希望今天这任务别出什么岔子。"

张离取出怀表看了一眼，2点20分。"最多等到3点，3点人还不到，我们就撤！"

此时，陈山仍驾着汽车行驶在街头。忽然，一个小男孩蹿出来，横穿马路。陈山不由得一阵紧张。为躲避他，他猛向右侧打方向，汽车撞上了路旁一个无人看管的摊子，又险些撞墙。

陈山惊出一身冷汗。一个女人跑出来，喊了一声小胖，被吓蒙的男孩就哇的一声哭出声来。母亲赶紧抱走了孩子，但就这一阻挡的工夫，荒木惟和千田英子的汽车便拐过之前的一个路口，追近了。

陈山迅速倒车回到主路上，再次重新向前驶去。后面的汽车紧追不舍，千田英子探出身子向陈山的车子开枪。陈山在驾驶座上略微低伏着身子，猛踩油门。从后视镜里，他还看到汽车后面跟着的四辆三轮摩托分头驶向了不同的巷道。他清楚摩托车是要分头包抄，略感忧心。他瞄了一眼手表，已是下午2点25分。

4

受了惊吓的陈金旺依然神志不清地蹲在房间角落，抱着脑袋，瑟瑟发抖，口中不停念叨着"捉迷藏"。房门外，负责看守的小四和另一名特务正在聊着天。

陈夏从床上一骨碌坐起来，走到后窗边观察窗外的动静。院内只有少数几个日兵走动，她的目光从后院的小路一直延伸到了后院门口。陈山告诉他，从后门出去，刘芬芳的汽车就等候在附近的街角。确定好撤离路线后，陈夏走到蹲在角落的陈金旺身边，说："爸爸，别怕。"

陈金旺抬起头来，眼神茫然，说："捉迷藏变放炮仗了。"

"炮仗放完了，我们去找小哥哥吧。"

"阿河，我要去找阿河……"陈金旺神志不清，力气却很大。他忽然站起身来，原本蹲在他身前的陈夏顿时被撞得坐倒在地。

陈金旺径直跑向门口，打开门冲了出去。守在门外的特务猝不及防，迅速拔枪。但陈金旺毫不理会，径直跑向花园，口里喊着："阿河，阿河，你在哪儿？好回家吃饭嘞！"

"爸爸，爸爸，你别乱跑！"陈夏叫着追出来，小四和另一名特务一时不知该不该开枪，因为荒木惟平素对陈夏很好，万一真射杀了两人，倒霉的还是他们，而且父女俩现在也并没跑出院子。见陈夏追着陈金旺跑向花园，两人也只得追过去。

陈金旺又跑向了大门口，在那儿看守的两名日兵见陈金旺疯癫的样子，拉动枪栓，举枪对准了他。陈夏大惊，用日语喊了一声"不能开枪"。陈金旺不管不顾地继续往前冲，小四把枪对准了他的背影，想开枪，但还是不忍。另一名特务也举枪，眼睛却瞟向小四。最终，小四朝天开了一枪。

陈金旺根本不为所动，继续跑向门口甚至欲挡开守门日兵的枪。日兵骂了一声"八格"，手中枪响，正中陈金旺的腹部。

陈金旺脸上的表情一僵，喊了一声"阿河"，接着委顿在地。

陈夏叫喊着跑过去，担忧地扶住了陈金旺。日兵神情冷漠地看着两人。陈夏抬起头，对日兵怒斥："谁让你开枪的？"

"科长有令，如果你们想强行离开的，杀！"

"他只是一个神志不清的老人！马上叫车送他去医院！"

日兵略一犹豫，陈夏放开陈金旺，拔枪在手对着日兵脚前空地连开数枪，日兵连连跳脚避让。陈夏用枪指着他，含泪吼道："叫车！马上送他去医院！如果他有三长两短，我一定要你偿命！"

日兵一时被震住。跑过来的小四见陈金旺脸色苍白，血流不止地呻吟，也慌了神。他也叫起来："来人哪，马上送陈老爹去医院！"

徐勤推着余小晚快步走在走廊上。她低声告诉费正鹏，从东面楼梯下楼，一楼走廊东出口外，有人在等着接应。但是来到东面楼梯口的时候，费正鹏忽然看到，两名正在上楼的男子正是前来换班的尚公馆特务。而两名特务也认出了费正鹏和推车上的余小晚。

徐勤抢先拔枪，向楼梯上的尚公馆特务射击。对方也迅速还击。费正鹏一猫腰，用力将余小晚的推车推向走廊西面，然后就地一滚，开枪射击。徐勤让他从西面下楼，费正鹏便推着余小晚向走廊西面狂奔。

徐勤击毙了一名特务，但也险些被对方击中。为躲避子弹，她飞身跃向了一旁。另一名特务借机冲上二楼走廊，向费正鹏开了一枪，击中了费正鹏的腿。费正鹏腿一软，摔倒在地，推车脱手向前滑去。

两名中共队员从余小晚病房冲出来，向特务射击。费正鹏得以起身，向推车追去。推车此时继续向前滑动着。因推动的力量偏差，推车斜着撞向了西面楼梯口附近的墙面，又反弹着滑向楼梯口，眼看就要滚下楼梯。费正鹏大惊，忍着腿上的伤痛，飞奔过去。他的手臂又被特务射出的子弹擦伤，但他没有丝毫停步，扑向了余小晚。

就在推车即将坠下楼梯的一瞬间，他紧紧拉住了推车一头的把手。但车子带着惯性仍往前冲着，费正鹏望着车上沉睡的余小晚，用尽力气拉住推车。推车的另一头凌空翘起在楼梯上，因为用尽了全力，费正鹏额头青筋暴起。鲜血从他的裤管流下，湿透了他脚下的地面。

徐勤终于将那名特务击毙。两名中共队员奔向费正鹏，帮他把推车拉上二楼的走廊平地。

"快走！"徐勤匆匆赶过来，费正鹏一点头，扶起推车上的余小晚。"你的伤……"徐勤看到了费正鹏脚上的伤，费正鹏咬牙忍痛说："不要紧，走！"

在两名中共队员的帮助下，费正鹏背起余小晚，向楼下跑去。

一辆救护车正等候在走廊东侧出口处。车上身穿白大褂的中共队员看到跑来的徐勤等人，迅速接过余小晚，抬入后车厢。徐勤和两名中共队员及费正鹏相继上车。

费正鹏坐倒在车厢内，几欲虚脱。徐勤查看了下他腿上的伤口，为他止血。

陈山仍在街头驾车飞驰。荒木惟和千田英子所坐的车已经越追越近。看着后视镜中总也甩不掉的尾巴，陈山心急如焚。而同时，那四辆三轮摩托车正在不同的巷道中抄近路，准备包抄他。

陈山一个急转弯，拐进了一条小路。荒木惟和千田英子的车迅速追赶，但还未拐过去，就听到一声巨大的撞击声。当他们驶到路口时，只见火光冲天。陈山那辆车已然撞墙着火。此时，负责包抄的四辆三轮摩托车也从小路前方及另一条岔路赶来，将陈山的汽车合围。

千田英子迅速下车，与众特务一起，枪指篷布卡车，一步步靠近。特务紧盯着车子，千田英子的目光却在察看车辆附近那几间临街房屋紧闭的门。特务拉开车门，只见车内并没有陈山。

千田英子观察着地上的痕迹，察觉到一个浅浅的脚印。她当即锁定了车辆右侧街边的一扇门，并迅速向门内开了数枪。门被打出一些枪眼，但门内毫无动静。一名特务上前踹开房门，忽然，一块黑乎乎的炸弹从门框上掉了下来。千田英子等人迅速卧倒躲避。

炸弹久未爆炸，那只是一块黑色的木块。千田英子迅速起身扑过去，狠狠地将木块踢飞，纵身跳进了院里。众特务随即跟进。房子的后窗大开，显然，陈山已经从那里逃跑了。

荒木惟坐在车里，皱着眉，冷冷地看着这一切。

陈山撒腿狂奔。跑到一半，他见一个男子骑着自行车停在一家店铺门口，车未上锁就进去了。陈山飞奔过去，跃上自行车就骑。他脚下不停，一手握着车把，一手从口袋里掏出几张钞票一扔。从店铺里叫喊着追出来的男子赶紧上前捡钱。

千田英子和众尚公馆特务在附近各弄堂中搜索。荒木惟下了车，在旁边缓步走动，他的目光打量着附近的道路，神情冷漠地思索着。他问司机要地图，司机为他展开供其察看，指着一个位置说："我们现在在这儿。"

张离和大吉仍在墓地等候。大吉从怀里摸出一个木头做的刻着"吉"字的小娃娃，展示给张离，问好不好看。张离说："你做的呀，手很巧。"大吉就嘿嘿笑了起来。

"我叫大吉，那女娃娃的名字叫吉祥，名字里头都有个吉字，我……我想送她这个，你说她会不会喜欢？"

"当然会喜欢了。"

"那就好。"大吉高兴地说，"我娘说了，娶了人家，也要把人家的娃当亲生的看待，这样人家也能掏心窝子地对你好。回头要是福气好，能再让媳妇给我生个儿子，那咱胡家就有后了。"

张离看了一眼手表，已经2点45了。远远地她看见一个人骑着自行车过来，正是陈山。张离不由得一阵高兴："来了！"

她快步迎向陈山。陈山也看到了她，抬起屁股，凌空狂踩，骑得更快了，脸上洋溢着幸福的笑容。此时陈山的眼中，张离的笑容温柔又动人，披肩长发被风吹动着，格外美丽。

张离跑下山坡，陈山也终于骑到了她面前。他把车往边上的树上一靠，大步走向张离。

"小夏和你爸爸有安排吗？"

陈山点点头："我引开了荒木惟的大部分人手，小夏应该有机会跑出来。我安排了刘芬芳接他们去嘉善西塘躲一躲。过几天我再去找他们。"

"好，赶紧先离开这里，以免夜长梦多。"

"等一等。我想跟我大哥道个别，就一分钟。"

陈山跑到钱时英墓前，说："陈河，老子陈山，嫉妒了你整整二十八年。现在，我不嫉妒了。"

大吉、张离和大庆一起，在车旁等待。大吉皱了皱眉，说："他在磨蹭什么。多留一分钟，就多一分钟危险。"张离说："'裁缝'同志是他的亲哥哥。"大吉愣了。

陈山蹲下来，抚着墓碑说："你一个到死都不敢在墓碑上留真名的人，我嫉妒个屁啊。你一个连喜欢的姑娘都不敢相认的人，我一点都不羡慕。你给我听好了：从今天起我不会再活在你的阴影里，我会让陈金旺知道，他最长脸的儿子陈河能做的事，我陈山也一样做得到；陈河做不到的事，我也会做到。我会替你照顾老爹，妹子，还有……心爱的女人。你要是在天有灵，就保佑小夏和陈金旺吉星高照……"

陈山说到这里，被大吉不耐烦地喊了一声。陈山扭头看了一眼已经在路边车旁等候的张离、大吉和大庆，又摸了一下墓碑才站起："从今天起，咱哥俩的担子，我陈山一肩挑了，你就看着吧！"

陈山以庄严无比的神色敬了个礼，然后转过身，大踏步地离开。张离从他的神色中看到了与钱时英极为相似的坚毅和正气，不由得动容。

5

徐勤为费正鹏包扎好腿上的伤口后，费正鹏说："我想知道，现在你们要把我和小晚带去哪里。"

"延安。"

"延安。"费正鹏有些心虚，"我不去延安。我和小晚是要去南洋的。"

"余小晚是余顺年同志的遗孤，也是他们整个余家的唯一血脉。照顾每一位烈士的遗孤，是我们组织上的责任。"

"可我不想去延安。余小晚需要跟着我，她也不能去延安。"

"你们都得去延安……余顺年同志究竟是怎么牺牲的，等你到了延安，也一并跟'中社部'说个清楚吧。"徐勤说着拿出一副手铐，欲将费正鹏铐上。

费正鹏一惊，猛地扣住徐勤的手腕："你干什么？"

"余顺年同志是被'骆驼'所害，你要不是'骆驼'，心虚什么？"

"要不是为了替你们做事，军统也不会查到我头上，我跟顺年也就不会起争执，那枪也就不会走火，顺年也就不会死。我跟顺年这么多年朋友，我怎么可能杀他？那就是一场意外！"

"这些话，你可以到了延安以后慢慢说。"

费正鹏吼了一声："我不去！"

费正鹏与徐勤交手，他将徐勤拖往自己身前，并用随身所带的刀片抵住了她的脖子。两名中共队员掏出枪，对准了他。

"不许动！"

"停车，不然我就杀了她。"

"你跑不掉的。带着余小晚，一下车，你就等着日本人把你抓回去吧。"

"停车！"费正鹏似乎权衡了一下，还是喊了一声。

救护车停下了。后车门打开，费正鹏挟持着徐勤下了车，一直退到一个弄堂口。

两名中共队员枪指费正鹏，也跟着下了车。

"余小晚就交给你们了。"说着，费正鹏将徐勤往前一推，反身向弄堂里跑去。

一名中共队员扶住徐勤，另外一名则追向费正鹏。他对着弄堂里的费正鹏的背影开了两枪，但未击中。费正鹏忍着腿上的伤痛，继续没命地狂奔。

三人没有再追，匆匆上车，急速驶离。护送余小晚安全撤离更重要。

大吉、大庆、张离和陈山所坐的汽车行驶在街头。张离为三人相互做了介绍。大吉和大庆是兄弟俩，绍兴人。

大吉瞅了陈山一眼，说："'裁缝'同志的弟弟，有些话我得跟你说说。以后要顾全大局，特工战线上每一分钟都有可能流血牺牲。刚才你在坟前磨蹭半天，一点组织纪律性也没有。"

"放心吧，耽误不了你。"陈山说，"我也是枪林弹雨里爬出来的人，敌人是不是有可能追上来，我心里清楚。"

"但愿吧。下不为例。"

陈山还想再说什么，被张离制止。此时，车子开到了一条偏僻的窄街上。

忽然一声枪响，一颗子弹从正面击碎了他们的车窗玻璃，并击中了大庆的肩膀，一时血流如注。大庆吃痛，无法把住方向盘，脚下油门却不及松开，车子立刻向街边墙上撞去。

陈山、张离大惊。大吉喊了声大庆，陈山迅速扑上前去把住了方向盘。眼看着汽车即将快速撞墙，张离急得大喊，让大庆刹车。大庆忍痛踩住刹车，终于在即将撞墙之前堪堪住住。但惯性还是让张离一头撞在了前车座的靠背上。

街头悄无声息，一片被危险包围的寂静，犹如台风眼。世界的声音仿佛只剩下大吉不停呼喊出的"大庆"。

张离回过神来，说："有狙击手埋伏。"陈山观察周围店铺，发现开着店门的几家店铺内都不见人影。街上也没有行人。大吉对陈山怒目而视："刚刚是谁说不会耽误我的？"

"对不起……"陈山低声说。

大庆血流如注，脸色苍白，虚弱地说："没事，这还死不了呢。"

张离迅速拿出车上的医药箱，用纱布给大庆包扎止血。大吉不再理会陈山，对着车外高喊："狗娘养的，有种给我明着来，老子一枪要是毙不了你，我就跟你姓！"

大吉说着就欲下车，被陈山一把拦住。

"不能动。现在都不确定狙击手埋伏在哪里，一下车就是送命！"

"大吉！"张离说，"我们的任务是带着陈山撤离！"

大吉说："不下车，等鬼子把我们包围了，要么被捕，要么乱枪打成马蜂窝。"

陈山观察着车外街道的楼房说："要先确定狙击手的位置。"

"刚才那颗子弹是从正面击中我们的，那么，最大的可能是……"张离说着，和陈山同时望向了街口的两幢楼房。

张离让陈山把衣服脱下来，陈山当即会意。他脱下衣服，推开车门，将衣服丢了出去。砰的一声枪响，衣服被子弹击中。张离迅速锁定了狙击手开枪的位置，就在前面左侧的楼中。陈山从窗口瞄准那个狙击手露头的位置，开了一枪。狙击手一缩脑袋，头皮被子弹擦破，一时压低了脑袋不敢抬头。

陈山说："他要是还会再露头，我一定能毙了他。"

大吉要去引狙击手露头，坐着等死不如主动出击。张离说太危险了。大庆让大吉开车，他去。"我受了伤，本来就是累赘，你保存实力护送陈山撤离。"

"那你一下车就跑，一直跑进街对面那个店铺里，越快越好。"大吉担忧地看着大庆。

陈山举枪瞄准了狙击手的位置。大庆深吸一口气，猛地推开车门，向街对面飞奔而去。大吉立刻调换到驾驶座上。狙击手果然露头，向飞奔中的大庆打出一梭子子弹。大庆咬牙狂奔，一路高喊着。他与子弹的赛跑，就如同和生命的赛跑。陈山瞄准狙击手，一枪击出，洞穿了狙击手的头颅。

"漂亮！"张离喊了一声，陈山也露出了笑容。

子弹停止了，大庆望向那幢哑火的高楼，脸上也露出轻松的表情。此时，他距离对面店铺还有两米远，他的脚步明显慢了下来。

忽然，又一声枪响。子弹是从街道后面射来的。这一枪击中了大庆的后背，大庆顿时向前一扑，跌倒在地。

"大庆！"大吉双眼通红地喊叫了一声。

陈山和张离都是一惊。回头一看，一队日本特务骑着摩托车从街道后面赶来，正是为首的日本特务开枪击中了大庆。两人再往前一看，另一队日本特务也从前面街口向他们包抄而来。

张离高声说："快开车！再不走就来不及了！"

大吉双眼通红地看了眼仍在地上爬行的大庆，吼了一声"狗娘养的"，迅速发动汽车向前驶去。

但是随即，日本特务就开枪打中了他们汽车的轮胎。又一枚手雷掷来，炸毁了汽车的左前轮。汽车再也难以前行。

张离说："下车，从弄堂撤。"

大吉大喊一声："我掩护！"

第二十三章

1

"我们现在在这儿。"司机为荒木惟展开地图,指着一个位置说。荒木惟的目光在地图上迅速扫过,最终定在了宋公园。宋教仁埋在那里,钱时英也埋在那里。

荒木惟把千田英子叫过来,问附近的街道有没有设卡,千田英子在地图上为他指出了几处较大的街口。就算陈山弃了车,也不可能逃得掉。荒木惟的手指按在宋公园位置,问:"那他要是不从街上走呢?"

千田英子愣了一下。荒木惟继续说:"只要翻几座墙进了宋公园,他就跑出了你们的包围圈。那里天高路阔,你还抓得到他吗?"

千田英子有些恐慌:"科长的意思是,中共有可能会派车在宋公园接应陈山?"

"我赌他一定会往那边跑。"

陈山和张离的感情不是装出来的。这些重情之人,临走之前总要去看一眼故人。所以,荒木惟赌赢了。现在,他的汽车就停在离陈山汽车不远的街角。

在密集的枪声里,千田英子说:"唐曼晴给钱时英立坟的时候,大概没想到这坟也是替陈山和张离挖的。"

"要活的!"荒木惟说。

"是!"千田英子说罢下了车。

街头,大吉已经冲下了车。他奔到一个弃置的售货车旁,借着售货车的掩护,一枪击毙一个日兵,弹无虚发。

车上,张离让陈山先走,她来断后。陈山让她一起走,张离的声音就陡然提高,说:"一起走就是谁也走不了!听我命令,你必须活着出去,找到黄志忠,保护重庆兵工厂分布图。"

"我办不到!我连黄志忠人在哪里都不知道……"

"你必须办到!"张离打断了陈山,"因为我们在做的事,比我们的生命更重要。"

陈山深深地看着张离,此时敌人已经距离他们越来越近,再也不容犹豫。

车外,大吉的左肩被打中了。他边开枪边往地上的大庆靠近。大庆已经奄奄一息，让他赶紧走。刚说完，一颗子弹就击中了他的脑袋。大吉痛心疾首地吼了大庆一声，红着眼，吼叫着向敌人接连开枪。

张离也跳下车，对着尚公馆的特务开枪。陈山不得不跟着下车。他与张离背靠背站在街头，分别向两个方向的敌人开枪。

"从弄堂跑，就有机会出去！"

陈山瞥了眼不远处的一个弄堂，说："一起走！"他拉着张离，边开枪边向弄堂口跑去。但此时，千田英子已经冲到了阵前，对准张离连开数枪，击中了她的腿。

"你快走！"张离委顿在地。陈山犹豫着，而张离看到，千田英子的枪口瞄准了陈山。

张离反身扑在陈山身上。随着一声枪响，张离猛地瞪大了眼睛，趴在了陈山肩头。血从她的背心处蔓延开来。

"张离！"陈山痛彻心扉地大喊一声。

"走！"张离艰难地抬起头，看着陈山，"去猛将堂，找'麻雀'。"

"我不走！"

张离眼中全是泪："走！"在说出这个字的同时，她握住了陈山握枪的手。

"不要……"

陈山满面惊恐，张离却在微笑。她看着陈山，对准自己的心口，扣动了扳机。

一下剧烈的震动从张离的身体传导到陈山身上，痛得陈山失去了言语。张离口吐鲜血，用饱含期待和深情的目光看着他，轻轻推了他一下，从他身上滑落。

千田英子又一梭子弹打过来，陈山不得不痛苦地奔向对面的弄堂。他迈开腿飞奔，两眼熬得通红，却不敢回头。所有枪声都隐去，晃动在陈山眼里的，仿佛是一个无声世界。

张离带着恬淡的笑容，身子慢慢委顿下去，像一堆被水冲刷后的沙堆一样，矮了下去。她仰面倒下去，像一朵鲜花的形状，开放在冰凉的地面上。鲜血在地上蜿蜒流去，像开成了另一串蜿蜒的小花。

大吉被特务们逼到了墙角。他远远地看了一眼奔跑中的陈山，笑了一下，咬着牙骂了一声"册那！"然后他猛然敞开怀，拉开了胸前挂着的一排手榴弹弦线。

日兵惊得连连后退。大吉一边剧烈地狂笑，一边向着特务最多的地方奔去。

"娘，儿子不能给你讨儿媳妇了……"

沉闷的炸响声把他的吼声完全覆盖。火光中，他和那一堆日兵被炸成了碎片。

陈山被爆炸声惊得回头看去。他看到大吉所在的位置只余一阵烟雾，与此同时，一个东西飞过来，落在了他脚下的雪地上。那是一个木娃娃的脑袋，上面有个"吉"字。陈山将它捡起，继续向前跑。

奔跑中，钱时英和张离一直在他眼前晃。钱时英倒在血泊中，没有闭合的双眼渐渐黯淡，像被白昼抹除的星辰。然后就是一声枪响，在他脑海中爆开，张离微笑着看着他，将他推开。诸多声音也在他耳边回响，张离的声音，他自己的声音，钱

361

时英的声音，混在一起，一遍又一遍重复。

"我们不能哭。我们要替他活下去，我们要替他笑着活下去。笑到胜利的那一天。"

"民族存亡关头，我等唯有置之死地而后生。"

"再见，我深爱的亲人。"

……

陈山痛彻心肺，却唯有夺命狂奔。泪眼迷蒙中，他看到前方出现了一队堵截的特务。他连开数枪，将他们一一击倒，自己的肩腹也都中了枪。他拖着越来越沉重的身体艰难奔跑，血越流越多，越来越举步维艰。张离还在他面前晃，如影随形。他第一次见到她时，她将一名特务摔翻在地的情景。他在军统第二处走廊与她迎面相遇，她气质如莲，行走如风。她与他坠落山谷，拥抱着在树枝间翻滚。她穿着洁白的婚纱，握着一束白玫瑰，与他手挽手走过教堂的甬道。她坐在他的自行车横梁上，风吹过，她的头发轻抚着他的脸颊……一条条互相交错的弄堂仿佛记忆的回廊，终于，他跪倒在这回廊中，仰天发出一声号叫。然后，他眼前一黑，昏死过去。

2

夜幕下的猛将堂十分静谧。陈山从教堂的阁楼中醒来。他模糊的视野中，一个长身玉立的男子站在窗前，望着窗外如水的月色。他的喉咙干咳，已经包扎好的伤口和他一起醒来，释放出火热的剧痛。他想说话，废了好大劲儿才发出一声呻吟。

听到声音，窗前的男子迅速走到了床边，说："你醒了？"

"水……"

男子又立刻为他倒了一杯水，将他扶起，喂他喝下。

"睡了一天两夜，总算熬过来了。"

"这是哪儿？"陈山问。

"猛将堂。"

"'麻雀'……我要找'麻雀'。"

"我就是麻雀。"说着，男子从口袋掏出一封信递给陈山，"这是她留给你的。"

陈山一眼就认出了信封上娟秀的字体，但他不敢伸手，只是愣愣地看着。仿佛不触碰，发生的事情就没有真正发生一样，这个世界就还有回旋的余地。"麻雀"只得将信放在他的被子上。

良久，陈山终于颤抖着打开了信封。

陈山，见字如面。当你看到这封信时，我应该已经追随时英而去了。请原谅我们将最后的重任交付予你。

重任在肩，我知你此时必然举步维艰。然你历经涅槃，共产主义信仰终成，便可想象我们会化身为你的翅膀，陪你负重飞翔。战火纷乱，但这仍然不失为一个最好的时代，我们可奋战可一展宏图，投身报国，一生不致虚度。这亦是一个最坏的时代，原谅我无法选择做一个普通人，不敢享受人世间最美好的爱与幸福。此生若有遗憾，便是亏欠小晚。你有生之年，务请护她周全。这亦是我对余顺年所做的承诺。

谢谢你赞美过我的头发，来生若逢盛世，愿与你一生一世一双人，偿还今生亏欠。

这封信，就是张离在这间阁楼中写下的。写完信后，她站起身，浇了下窗前那盆晏饭花，又拿起剪刀，剪下了一绺头发。现在，那绺头发就在信封里，用红色丝线束着。陈山取出秀发，贴在脸上，不由得泪如雨下。泪眼迷离中，他仿佛看到张离的背影出现在自己眼前，她正走在前往延安的阳光大道上，一回眸，对他露出一个温柔又淡定的笑容。这个永远也无法再触摸到的笑容让他无比心碎。他看着窗前那盆盛开的晏饭花，痛哭流涕，泣不成声。

费正鹏躲在一间民房里，为自己腿上的伤口换药。伤口有些感染了，疼痛让他的脸苍白了许多，坠满汗珠。包扎好伤口后，他戴上帽子和围巾，一瘸一拐地出了门。

路上，两名日本特务迎面而来。费正鹏快步走到路旁的一个早点摊前，买了五个包子。特务过去后，他才继续走。不久，他又遇上了一个报童，便买了一份报纸。在报纸的第二版，他看到了张离牺牲的新闻和照片。新闻的标题是《投诚新政府夫妇竟为军统卧底，一人被毙一人在逃》。费正鹏的眉头拧成了一团。

荒木惟和千田英子来到了余小晚的病床前。对着空床，千田英子说："就在我们围捕陈山和张离的同时，费正鹏伙同这里的一名护士一起救走了余小晚。"

荒木惟冷笑了一声："我到底还是低估了陈山。金蝉脱壳，声东击西。他这盘棋下得可真够大的。"

"至少张离没能跑掉。"

"但是她死了，咽下了所有的秘密！这根本算不上胜利！"

千田英子低下了头："科长，已经验过尸了，她的致命伤是从陈山的那把 M1911 里射出来的。"

荒木惟自嘲般地说："我送他的枪，却最后打断了我的线索。这可真是莫大的讽刺。"

"一个人连死都不怕，就太难对付了。这个张离，跟那个钱时英一样敢死。但陈山和他们不太一样，他一直都很想活。"

"我现在只想知道他到底藏在哪里。为什么出动上百人也没能把一个受伤的陈山给我找出来。"

"对不起，科长。根据他受伤留下的血迹，我们已经基本锁定了他最后出现的位置，但搜查了那附近的几百户人家也没有找到。不排除有人前来接应，把他转移到了别的地方。还有他平日交好的那几个叫菜刀皮鞋的，前天之后也全都下落不明。但我们已经扩大搜寻范围，一有消息我会立即向您汇报。"

顿了会儿，荒木惟阴沉着脸问陈金旺的情况。千田英子说，腹部中枪，但应该没有生命危险。他就住在楼下，陈夏一直陪着他。

荒木惟问了陈金旺的病房号，千田英子想陪同，被荒木惟拒绝了。看着荒木惟的背影，千田英子忍不住叫了他一声，但荒木惟继续前行。

"陈山已经背叛了我们，陈夏和陈金旺也明显有叛逃之意，您不打算处置他们父女俩吗？"

荒木惟停下来，转过身来，冷冷看着千田英子。那眼神让千田英子不寒而栗。

"你是要教我怎么做吗？"

"对不起，科长。"千田英子低下头，"我只是觉得必须给陈山一点教训，让他为自己的背叛付出代价。"

"我当然要他付出代价。但陈山的本事，就是你不知道下一步他还能干出什么事来。张离死了，他不会甘心就这么一走了之的，他一定会回来为她报仇。他一天不死，陈夏和陈金旺都是他的命门，你说我该不该留着？"

"是。千田见识短浅了。"

荒木惟不再理会，径直向前走去。千田英子呆立了一会儿，默默地看着他的背影，有些疼惜。

荒木惟来到陈金旺病房门口的时候，陈金旺在病床上打着点滴昏睡。陈夏坐在一旁，神色平静。看到荒木惟后，她的眼神就冰冷了起来。

在荒木惟看来，陈夏此刻的眼神和从前完全不同。但他也只是冷冷地看着她，两人的对视像对峙。

终于，荒木惟先开了口："那天你的房间为什么会突然爆炸，你是不是得给我一个解释？"

陈夏寒着脸说："荒木君为什么命令手下可以对我和爸爸开枪，是不是也得给我一个解释？"

荒木惟愣了一下，说："你从前不会，也绝不敢这样跟我说话。"

"你从前也不会拿枪口对准我和我的家人。"

"陈夏。"荒木惟忍着气说，"你的小哥哥现在已经叛逃，你的嫂子张离已经死了。我只想知道，你现在到底站在哪一边？"

"荒木君，如果让你选，让你在你的家人和我之间选择站在哪一边，你会选我吗？"荒木惟沉默了，陈夏继续说："就算我告诉你我站在你这边，你就会相信我吗？"

我多想所有的事情非黑即白，非对即错，我多想自己是个像白纸一样简单的小姑娘，没有感情，没有喜欢的人，也不用做那么痛苦的……选择。"

说完，陈夏眼里就盈满了泪水。

荒木惟眼如寒霜，问："所以你不再相信我了？"

"荒木君告诉过我，真正的和平是自由，是蓝天白云是清风明月。在我的眼睛什么都看不到的时候，我的脑海里每天都会浮现这样的画面。可我现在看到的只有腥风血雨。你希望我，希望我们所有人都相信你，相信东亚共荣才是真正的和平，可你相信过我们吗？"

"我一直都相信你。"

"不，你没有。你从来也没有真正相信过我的小哥哥。"

"那是因为他从来也没有真正对我忠诚过，我就是一直以为自己能控制得了他，这才养虎为患！"荒木惟愤怒地说。

"你看，你用的词是控制，却不是相信。你对小哥哥，对我，对我们所有中国人，一直都只是想控制而已，这才是你内心真实的想法。"

"我不想跟你玩文字游戏。现在的事实就是，陈山背叛了我。"

"荒木君，如果换成你倾尽全力，仍然得不到别人的信任和认可，你会灰心吗？你会想要离开吗？你会怀疑这个人所向你描述的一切吗？"

荒木惟逼视着陈夏问："你也想要背叛我吗？"

"如果离开就是一种背叛的话，是的，我不想再被你控制了。"

"你确定？"

"是的，我不再相信你了，就像你也不相信我一样。所以，你要杀了我吗？"

荒木惟朝陈夏举起了枪："那你是以为我不敢杀你吗？"

"你当然敢。"陈夏含泪冷笑了一下，"要么控制利用，要么舍弃杀戮，像你这样一个理智冷静，心冷得像石头一样的人，杀死我和杀一只蚂蚁又有什么分别？"

荒木惟看着陈夏含泪控诉的样子，心中不忍。而陈夏勇敢地迎视着他的枪口，毫不畏惧。千田英子悄然站在门外，看着这一幕。荒木惟忍耐着，终于还是把枪放下了。

"我培养你成就你，不是为了让你在翅膀硬了之后来质疑我的。你需要冷静一下，我也是。"

荒木惟说罢转身大步离去。陈夏泪如雨下，压抑着，无声地哭。

荒木惟走出病房，头也不回地大步离去。他的脸上有说不出的疲惫和沮丧。千田英子看着荒木惟的背影，有些心疼。她走进病房，径直走向陈夏，猛地扇了陈夏一个耳光。

陈夏有些意外地捂住脸，随即倔强地逼视着千田英子。千田英子不满她对抗的眼神，再次扬手欲打，但陈夏出手更快，别过了千田英子的手臂。

千田英子负痛一声惊呼，然后挣扎了一下："你是想找死吗？放开我。"

陈夏用力一推一扭,千田英子向前踉跄了两步,身子还打了个转。就在她面向陈夏之时,陈夏迅速上前还了她一个巴掌。千田英子气愤地掏出枪,指住了陈夏。

"开枪啊,要是不怕荒木君怪罪,就一枪杀了我。"陈夏冷冷地说。

"你凭什么这样跟科长说话?"千田英子忍着气说,"我告诉你,最好不要高估你自己。在他眼里你只是一台能帮他做事的机器。科长现在不杀你,只是为了引陈山出来。但总有一天,他会把你们家所有人都杀光的。"

"那我也要告诉你,中国人是杀不光的。"

千田英子看着陈夏一脸的英气,心底升起一种莫名的震慑感。她咬着牙说:"胜利一定属于大日本帝国。"

陈夏与千田英子勇敢对视着:"那我们就等着瞧,谁会笑到最后。"

千田英子一步步向后退去,退到门口时才收回枪。"你已经死定了,就让你再多活两天。"

3

"麻雀"给陈山送来一碗面,坐在对面看着他吃。但陈山不动筷子,只是看着面发呆。他问"麻雀":"你们是怎么找到我的?"

"枪声响的时候,我们就等在了两条街的外围,准备接应你们。如果你们一个也没能突出包围圈,我们就一个也救不了。"

陈山沉默着,低头开始吃面。"麻雀"告诉他,余小晚同志已经在被送往去延安的路上,作为烈士余顺年同志的遗孤,组织上会尽最大的努力医治和照顾她。费正鹏代号"骆驼",是余顺年发展起来的单线联系的下线党员。他涉嫌杀害余顺年同志,原本他们打算把他送往延安接受调查,但他中途逃跑,去向不明。

陈山开口说:"他那样的人,让他做一个孤魂野鬼,比杀了他更痛苦。"

"他躲在上海的日子也不会好过。军统或者尚公馆、梅机关,都比我们更想要他的命。"

陈山问陈金旺和陈夏的情况,"麻雀"如实告知。陈山很清楚,荒木惟现在不杀他们,是为了引他回去找他们。"麻雀"问他还有什么想知道的,他看着"麻雀",放下了筷子,有些艰难地说:"张离现在在哪里?有消息吗?"

"宋公园。"麻雀说,"尚公馆或者76号处置的大部分抗日志士,都会被就地埋在那里。"

陈山立刻红了眼睛,说:"也好,跟我大哥做个伴。"

"和他们做伴的人有很多。在我接替'麻雀'这一代号之前,我也在那里送走过我的亲人。"

陈山眼神一闪,有些意外。"麻雀"走到窗前,说:"她叫李小男,代号'医生',是我的上级。在她被捕之前,我一直以为她只是明星电影公司一个傻乎乎的三流演员。确实，她连我和敌人一起骗了。她是最好的演员。"

"人活着可真难。"陈山放下了筷子。

"麻雀"站在窗前的阳光里，说："只有把这条艰难的路顽强地走下去，他们才不至于白白牺牲。"

"我会的。"陈山从口袋中掏出了张离那束头发，"我答应过她我会不惜一切代价，找到黄志忠，保护好重庆兵工厂分布图。保卫河山，如同保卫自己的生命。"

"只是为了张离吗？"

"不，因为我和她、和我大哥都有同样的信仰，共产主义信仰。"

"不再回军统了？"

陈山淡然一笑，说："从军统把费正鹏出卖给日本人开始，就已经放弃了我和张离。但我们不会放弃重庆，因为，每一寸土地都是我们的家园。"

"麻雀"欣慰地点了点头，回到桌前："陈山同志，现在组织上已经接受钱时英同志和张离同志对你的推荐，并且已经完成考察，现在组织上正式同意你加入中国共产党。"

陈山站了起来，与"麻雀"隔着一张桌子，相对而立。"麻雀"举起了右拳："请跟我一起宣誓。"

陈山也举起右拳："我宣誓。"

"我志愿加入中国共产党，坚持执行党的纪律，不怕困难，不怕牺牲，为共产主义事业奋斗到底。"

陈山的神情无比庄严，眼前同时浮现出钱时英和张离的模样，他们和他一起念着入党誓词："我志愿加入中国共产党，坚持执行党的纪律，不怕困难，不怕牺牲，为共产主义事业奋斗到底。"

"麻雀"离去后，陈山看了眼皮夹内他与张离的结婚照，合上钱包揣入怀中。他将那盆饭晏花自盆中掘出，将张离的头发埋入，再重新将花种了回去。把花重新摆上窗台时，陈山在花盆下压了一张纸条。

"请帮我照看这盆晏饭花，她会为你怒放。"

陈山化了装走上街头。他戴着眼镜，围着围巾，身穿长衫，完全不似他平时的模样，反倒有些钱时英的意味。他掏出怀表看了一下时间，10 点 15。然后他注意到了怀表盖的夹层，便抠动它。夹层弹开后，他看到了里面隐藏的一张小照片。

那是一张黑白合影，钱时英和张离在对着他微笑。照片上的两人都穿着学生装，坐在照相馆的长椅上。那是他们最年轻的时光。陈山用手指触摸着他们的笑脸，心中痛楚。这时，照片掉到了他的手掌中。他看到了照片背面的字：钱，是英雄；张，不离分。

"我钱时英誓死保卫我的祖国，保卫我的山河……"

"战火纷乱，但这仍然不失为一个最好的时代，我们可奋战可一展宏图，投身报国，一生不致虚度……"

"民族存亡关头，我等唯有置之死地而后生。"

这些声音反复地交错在一起，像鼓点一样在陈山胸膛里擂击。他将照片放回怀表夹层，把怀表放入胸前衣服的内袋，大步走在落叶翻滚的上海街头。风吹乱了他的头发，而他神情从容，义无反顾。他的心脏上挡着一块金属铠甲。

陈山用钥匙捅开门，进入那间民房的时候，菜刀、宋大皮鞋和刘芬芳正在里面干着急。他没了音信，张离又牺牲街头，菜刀和宋大皮鞋心中完全失去了主张。见陈山进来，两人顿时从桌前坐起，迅速迎了过去。

宋大皮鞋关切地观察着陈山的神色，陈山一脸平静，把一篮子吃的递给了菜刀。刘芬芳站在菜刀身后，皱着眉对陈山说："让我们躲着别出去，你倒抛头露面地在外面买这些，太不谨慎了。你不知道日本人现在到处在找你吗？"

陈山不理会刘芬芳，说："今朝有酒今朝醉。来，边吃边说。"

"就是嘛，"菜刀吆喝着，"天又没塌下来，吃饱了才能干正经事。"

四人在方桌边坐下，摆好酒菜。刘芬芳自责地说："都怪我，没能接到陈夏和陈老爹，当时看到他们抬着受伤的陈老爹上了车去了医院，我也不敢明着抢人，只好先走了。要不然，现在你就能和他们一块儿远走高飞了。"

"这事怪不着你。"陈山说，"你的任务是接应，他们没出来，你也接不了。"

菜刀说："都怪我们没本事，帮不了你，山哥。"

"现在能帮的只剩一件事了，帮山哥离开上海。"宋大皮鞋接话道。

"这次我也同意。"刘芬芳故作深沉地说，"虽然我刘芬芳的特工素养已经无人可及，可是尚公馆人太多，我双拳难敌四手。陈山，你还是走为上策。"

菜刀说："难得我们三个人蹲同一个茅坑啊。"

"谁跟你同一个茅坑？"刘芬芳斜了菜刀一眼，"这叫战壕。"

宋大皮鞋从口袋里抓出一叠皱巴巴的钞票递给陈山："山哥，这些钱你拿着，路上花。"

刘芬芳也递上了一叠："你给我的活动经费剩得也不多，都在这儿了。日本人暂时不会动陈夏和陈老爹的。你索性先躲一阵子，等日本人放松警惕了，再杀回来，想办法带走他们。"

陈山喝了一口酒，没说话。宋大皮鞋看了菜刀一眼，菜刀说："你看我干啥？我这个人不会算账的，钱到手怎么用掉的都不知道，存不下钱的。"

"得了吧。"宋大皮鞋说，"你就是死抠。平时山哥给你的零花钱还少吗？"

"那我也要留着当'老婆本'的呀。"

"得了吧，就你那德行，边吃花生米边抠脚，哪家姑娘能看上你！"

"说得好像谁家姑娘能看上你一样……"

"行了！"陈山打断了两人，把桌上的两叠钱推了回去，"我不会走的。"他为四只杯子都满上酒,说:"来,我敬兄弟们一杯。兄弟们跟我出生入死的,我没本事让你们享什么福,但也不能再连累你们。你们先走。要是我能把自己的事儿干完了,还有命活着去找你们,大家就继续做兄弟。"

刘芬芳说:"你还想干什么?"

宋大皮鞋说:"山哥,我知道你有本事。但是现在你要还敢出去,那就是送死啊。"

陈山看着自己杯中的酒说:"人这玩意儿,早晚是个死。躲着就不会死吗?在重庆的时候,经常会有轰炸。你走在街上,鬼子的飞机忽然就会乌泱乌泱地飞过来,砸一堆炮弹下来。最近的一次,有个人就在我眼前被炸死,断掉的腿直接飞过来,砸在我身上。"顿了下,他继续说,"仗打起来,躲是躲不掉的,倒不如迎上去。哪怕死个粉身碎骨,也算死得其所。"

"山哥你说话越来越像嫂子了。"菜刀说,"我怎么都听不懂呢?这个死什么其所是什么意思啦?"

宋大皮鞋说:"山哥,嫂子已经没了,你还得好好活着。她要是在天有眼,肯定也不想你送命的。好死不如赖活着呀。"

"你们都不懂他。"刘芬芳说,"陈山,说吧,现在我还能帮你做点什么?"

"我之前说过我要找的那个重庆来的黄志忠,你们有线索了吗?"陈山问刘芬芳。

"皮鞋打听到一件事,不知道算不算线索。南京路的恒隆贸易商行最近有个叫李肖雅的女人老是来买哈瓦那雪茄。从前从来没来过的,新客,而且她自己不抽雪茄。"

陈山眼神一亮,问:"这女人是什么身份?"

"就知道你会对她有兴趣。我查过了。这个女人是百乐门的交际花,山东人。"

陈山回想着黄志忠的资料,上面写着他的籍贯是山东烟台。既然李肖雅不抽雪茄,那么她很有可能是替人买的。刘芬芳又说,最近有个出手阔绰的客人,经常找李肖雅包夜。他去李家的时候,李肖雅必定闭门谢客。她住在白克路73号。

4

白克路73号是一幢带院子的小洋楼。陈山手里拎着一个小布袋从门口经过,假装无意地打量。但院门紧闭,看不见里面的情况。这时,一辆黄包车停在了院门口,下来的是一个打扮时尚的美艳女人,应该就是李肖雅。她走到院门口,懒洋洋地拍门,用山东话喊着:"老赵,开门。"

陈山转到了李肖雅的宅院后面,这里有些僻静,没有行人。他助跑几步攀上墙,跳进了院子。

李肖雅已经进了楼,院子里没有人。陈山观察着小洋楼,目光停在了二层的阳台上。而此时,江奇驾驶着汽车载着陶大春经过了李肖雅家。陶大春也查出了李肖雅就是黄志忠的相好。而每次她买完雪茄回来，黄志忠就会来这里一次。今天，她刚又从恒隆贸易商行买过哈瓦那。陶大春决定，天黑就动手。

陈山从二楼阳台进了屋，又摸进了李肖雅的卧室。他拉开衣柜看了看，里面挂满了衣服。这时，他听到了往卧室靠近的高跟鞋的声音。

陈山迅速躲到床下，接着，他就看见一双高跟鞋进了卧室。然后李肖雅的声音响了起来，她说："陈妈，晚上准备牛排，黄先生要来。"

天黑后，李府的灯亮了起来。不久，一辆黄包车悄无声息地停在了李府门口。

从黄包车上下来的是一个披大衣戴礼帽的男人，他就是黄志忠。黄志忠的脸隐没在黑暗中，模糊不清。他走到李府门口，在灯光下，有节奏地敲门，像在敲华尔兹舞步的鼓点。江奇就在不远处假扮成乞丐，人趴在地上，眼睛却是不眨地盯着黄志忠，直到他走进院门。

黄志忠搂着李肖雅进了卧室。卧室里只亮着一盏台灯，光线昏暗暧昧。黄志忠不断亲吻着李肖雅的脸颊，吻得她咯咯笑。

陈山在床底下屏息不动。他听到李肖雅问黄志忠什么时候带她去南洋，黄志忠说等做成现在这笔生意，把钱拿到手就走。

"是要跟日本人做生意吗？"

"宝贝儿，这你就别管了，到时候只管帮我数钱就行。"

话音刚落，陈山感到头顶的床板一沉。黄志忠抱着李肖雅坐在床上亲吻了起来，解下她脖子上的长丝巾，越吻越热烈。突然，黄志忠不动了。陈山的枪口已经抵住了他的太阳穴。李肖雅忍不住尖叫起来。

"闭嘴！再叫我就打死他！"陈山瞪了李肖雅一眼，李肖雅生生收住尖叫，缩在床上发抖。黄志忠倒是一动不动，颇为沉稳。

"哪条道上的朋友，报个名号，凡事好商量。"

陈山扯过耷拉在床边的丝巾，扔给李肖雅，指着床边的一张椅子说："把他的手绑在椅子上。绑紧点。"

李肖雅哆哆嗦嗦地照做后，陈山又命令她进衣柜，然后将衣柜从外边反锁起来。

黄志忠打量着陈山，说："你不是飓风队的。"

陈山说："我是谁不重要，但我知道你叫黄志忠，刚从重庆来上海。你应该也清楚，我是为什么东西来的。"

黄志忠笑了起来："想要我的东西，你有这个本事吗？"

"我没什么大本事，但只要你把东西交给我，我可以保你一条命。要不然我就把你交给飓风队，他们的手段你应该比我更清楚。"

"他们要敢动我，我保证我一死，那东西第二天就出现在日本人手里。"

"看来你留了后手。不过这没用。"陈山微笑着看着黄志忠，"飓风队的人一来就会下杀手，他们根本不会给你说话的机会。最后东西就算落到日本人手上，军统是落不着好处，可你的小命一样保不住。你手中的图，对飓风队来讲，根本一钱不值。他们不需要拿回图纸，只要一枪毙掉你，防止图纸落入日本人之手即可。"

陈山不知道，此时，陶大春已经带领飓风队来到了卧室门外。陶大春听出了陈山的声音，有些吃惊。两人的谈话还在继续。黄志忠说："你又有什么资本跟我谈判？"陈山说："图纸交给我，我能保你的命。"陶大春思考了片刻，用手势向队员下达了击毙两人的指令。

"空口白牙。"

"我能帮你联系上尚公馆特务科科长荒木惟。"陈山话音刚落，卧室的门就突然被撞开了。陈山反应极快，拉住黄志忠就地一滚。一梭子弹射向了他俩刚才待过的位置。

陶大春、江奇冲到了卧室门口。陈山借着床铺的掩护，左手扯开绑住黄志忠手的丝巾，右手向门口开枪还击。陶大春和江奇一时无法露头。

"走！"陈山冲黄志忠大喊一声，黄志忠趁着陈山的火力掩护，撞开窗户，跳窗而逃。

打光一匣子弹后，陈山也跟着黄志忠跳窗而出。两人相继落到地上，就地一滚，滚到了几棵小树后面。

陶大春和江奇扑到窗边，对着两人落地的位置一阵扫射。陈山躲在树后，换上了新弹匣。

"想活命就跟我走！"趁窗口的火力暂停间隙，陈山猫着腰，在夜色的掩护下往后院跑去。黄志忠略一犹豫，也跟着他跑去。

陈山跑到翻墙进来的位置，纵身攀上墙头，又伸手给黄志忠。而此时，江奇追了过来，一枪打到陈山身边的墙上，火花四溅。陈山开枪还击，击中了江奇的右肩。江奇手一震，枪失手落地。但陶大春和三名飓风队员也随之赶来，向陈山开枪。陈山已经将黄志忠拉上墙头，黄志忠心一慌手一滑，忽然摔落在地。

陈山有些焦急，就在此时，墙外忽然扔进了一个手雷，落在了陶大春附近。手雷爆炸之际，陶大春慌忙跃开躲避。陈山一喜，扭头看见刘芬芳出现在墙头。陈山再次伸手，将黄志忠拉上墙头。而墙上的刘芬芳又接连向陶大春扔了两个手雷。两名飓风队员被炸伤，倒地不起。

陈山带着刘芬芳和黄志忠一起跃出墙外，向弄堂口狂奔而去。

陶大春追向墙边，江奇和另一名飓风队员紧随其后。接着，江奇蹲下，让另一名飓风队员踩着肩膀上了墙。上墙后，他伸手将陶大春和江奇拉上来，三人一齐追出墙外。

5

陈山和刘芬芳、黄志忠在街道上狂奔。陈山问刘芬芳怎么来了,刘芬芳故作沉着地说:"我刘芬芳天生就是当特务干大事的,让我当缩头乌龟,那不是我的做派!"陈山不禁一笑。而此时,陶大春已带手下追近,再次向他们射击。

陈山带两人刚跑进一条弄堂,陶大春的子弹就打在了弄堂口的墙上和黄志忠的脚边。陶大春追到弄堂口,下令分头堵截。江奇追进弄堂,陶大春和另一名飓风队员则向另外两个弄堂口跑去。

陈山带着刘芬芳和黄志忠在小弄堂里左拐右拐地狂奔。江奇在后面追赶,由于右手受伤,他只能左手开枪,连开数枪也未能击中。警车的鸣笛声从附近传来时,黄志忠忽然放慢脚步,让刘芬芳跑到了前面。看了眼陈山和刘芬芳的背影,他忽然拐进了另一条弄堂。

陈山和刘芬芳迅速反身,追赶黄志忠。陶大春则从另一个弄堂口追进来,堵截黄志忠。黄志忠一出现,陶大春就立刻向他射击,黄志忠只得赶紧往回跑。赶到的陈山向陶大春开枪,并示意刘芬芳带黄志忠撤向另一条弄堂。

陈山边打边撤。陶大春在陈山火力停歇之后,再度追赶黄志忠。

在一个弄堂中的岔口,陶大春四下张望。弄堂内静寂无声,少顷,他听到了渐远的脚步声,便继续追赶。他跑远后,刚才那个岔口旁的一个垃圾堆动了一下,各种杂物底下藏着的正是陈山和黄志忠。黄志忠想推开盖在身上的草席离去,被陈山用枪顶住了腰。

此时,江奇和另一名飓风队员追到这里,略一停留后,分别向两个方向追去。

待一切归于寂静后,黄志忠问:"你到底是什么人?"

陈山说:"能保你命的人。"

"你连身份都不肯透露,我凭什么相信你?"

"凭我刚才从飓风队手里把你救出来。"

黄志忠不吭声了。陈山继续说:"你要再敢跑,我保证你再也见不到明天的太阳。"

陶大春追到一个街口,四下张望,但他追的那个身影已经消失了。不远处的一个弄堂里,刘芬芳正躲在一堆杂物后面,小心翼翼地控制着自己的喘息。不久,江奇和另一名飓风队员与陶大春会合。陶大春咬牙切齿地说:"这小子一天不除,早晚是个大祸害。"

陶大春想起了李肖雅。江奇说应该还在屋里,三人便返回了李府。江奇撬开衣柜门锁,将李肖雅拽出来,摔在地上。李肖雅抱着脑袋祈求,说自己一无所知。陶大春冷冷地看着她，说："你要真是什么都不知道，可就只有死路一条了。"说着，他把枪口对准了她："知不知道？"

"我知道，我知道……"

唐曼晴正在米高梅的化妆间卸妆。一个小姑娘捧着一束玫瑰花进来，问："请问你是唐小姐吗？"

唐曼晴点点头，说："是我。"

小姑娘把玫瑰花送到她面前，说："这是陈河先生送给你的。"

唐曼晴愣了一下，接过花，道了声谢。小姑娘出去后，唐曼晴在玫瑰花束中找到了一张纸条，上面写着：我在后门等你。

唐曼晴来到后门，四处寻找。看到陈山从暗处走出来后，她冷静地说："荒木惟在四处找你。"

陈山让她找个暂时藏身的地方，唐曼晴想了想，说行。陈山就冲暗处招了招手，黄志忠走了出来。唐曼晴看了黄志忠一眼，没有半点惊讶，向不远处自己的汽车看了一眼，说："上车，我送你们去。"

唐曼晴带两人来到了自己杜美路上的一所小公寓。这套公寓她置办多年，除去在这里住过一阵子的钱时英，没有别人知道她是房子的主人。黄志忠打量了一番公寓的布置，这里有两个卧室，各有一张床。他看见卫生间，走进去关上了门。

陈山对唐曼晴说："出去说话。"

两人坐进了停在公寓外的汽车。陈山说，大恩不言谢。他把钱时英的怀表掏出来，拿出夹层中那张照片，把表递给了唐曼晴。唐曼晴接过怀表，脸上柔情涌起。

"时英的表。"

"你比我更适合保存它。"

唐曼晴静默了片刻，说："张离也埋在宋公园。我去宋公园看时英的时候，给她的坟立了个碑。以后你要是有机会可以去看一眼。"

陈山心中难过，喉结滚动着说了一声"谢谢"。

"你是他的阿弟，我答应过他的，你的事我一定会管。我们两个现在是同命相怜了。"

陈山想了想，把钱时英和张离的合影展示给唐曼晴看。

"其实在很早以前，他们才是真正的一对。"

唐曼晴轻瞥了一眼照片，一点也不意外，淡然地说："我早就知道了。"

"你知道？"

唐曼晴笑了笑，说："小赤佬，你虽然够聪明，但看人这件事呢，你这一辈子怕是比不过我了。"

"你一点也不介意吗？"

"就算他们有过一段，但从你们回到上海的第一天起，我就看得很清楚，张离爱的人是你陈山。人呢，嘴巴会说谎，但眼睛和心不会说谎。时英从来没有说过他爱我，但我晓得，如果在太平盛世，他是一定会同我在一起的。"

陈山默默地听着，一脸伤感。唐曼晴接着说："张离是一个了不起的女人。她和时英一样，胸中有沟壑心中有信仰，为了坚持共产主义信仰，赶走侵略者，他们宁可放下个人儿女私情。所以在没有完成使命之前，他们大概永远不会正视自己的感情，也不会向他们所爱的人说出自己的心意。可我们懂他们的，不是吗？"

陈山怔怔地盯着唐曼晴，过了一会儿才说："我能叫你一声嫂子吗？"

唐曼晴笑了："我是早就把你当成阿弟的了。"

陈山也笑了："那当初伤我两根肋骨的事也一并勾销了。"

"只有小气的男人才会永远记得两根肋骨的事。"唐曼晴看了一眼公寓窗口漏出的灯光，"不管你要做什么，自己多小心。"

陈山感激地点了点头。

陈山和黄志忠在客厅沙发上相对而坐。黄志忠又问了一遍陈山，他到底是什么人。陈山说："军统第二处航侦科的肖正国，听说过吗？"黄志忠就忽然瞪大了眼睛。

"你就是那个假冒肖正国，把局本部闹得天翻地覆的汉奸？叫什么……陈山？"

陈山笑了起来："看来我在重庆的名气还不小。"

"前两天我看到报上说，你和张离其实是军统派过来的卧底，代号'闪电'，是真的吗？"

"一半真一半假。"说着陈山苦笑了一下。

"怎么说？"

"张离确实是'闪电'，可她临死还摆了我一道，让我尚公馆的上司以为我跟她是一伙的。"

"那你现在岂不是自身难保？"

"所以我才要拿到你手上的分布图去交给荒木惟，好重新获得他的赏识和信任。当然你该得的利益也不会少。我可以把你引见给荒木惟，让你在尚公馆谋个一官半职。"

黄志忠审视着陈山，说："小子，我也不是傻子。这东西给了日本人能换多少好处，你我心里都清楚。你现在跑来凭空插一杠，我怎么知道你会不会过河拆桥呢？"

陈山说："你在上海待了这么多天，还没跟日本人接上头，我猜你就是缺一条路。你在上海人生地不熟，想见到尚公馆里有头有脸的人可不是一件简单的事。而我可以给你这条路。"

"听上去好像有点道理。"

"另外，你要是有本事躲得过飓风队的追杀，自己把图交给日本人，当然也可以把我撇开。"

黄志忠看着陈山没说话，眼神中始终有戒备。陈山继续说："你现在不用回答我，我会给你一夜的时间考虑。睡吧，今晚这里至少是安全的。"

第二十四章

1

夜深了，黄志忠倒在床上睡去。陈山把单人沙发拖进黄志忠的卧室，蜷缩上去，也沉沉睡去。

陈山醒来时，第一反应就是看床。床上只有一堆凌乱的床褥，黄志忠已经不见踪影。

陈山从沙发惊跳起来，冲出卧室，喊了两声，但是没有回应。他推开每一扇房门查看，也不见黄志忠的身影。接着，他向大门外奔去。

陈山奔进李肖雅的洋房时，李肖雅正慌乱地提着行李箱走出卧室。她准备跑路，留在这里，就算昨晚来的飓风队不杀她，黄志忠也不会放过她。看到陈山，李肖雅吓得扔掉箱子，捂住了嘴。但陈山并未掏枪，问黄志忠来过没有。

李肖雅反问说："你不是跟你一道走了吗，怎么你还来找我呀？"

"除了你这儿，他还有可能去哪儿？"

"我哪里会晓得的？"

"昨晚留你一条命，你难道不该还我个人情吗？"

"你问的怎么跟昨天那帮人一样？"

"那帮人后来也问过你？你告诉他们什么了？"

"我只知道姓黄的在找一个叫麻田的日本人。他让我帮他打听，麻田平时都去什么地方，我就找人打听了。昨晚上'包打听'刚回的消息，麻田今天一早要去庆元棋院。"

陈山听了迅速转身就跑。李肖雅松了口气，提起箱子也开始往楼下跑。

躲在庆元棋社附近的黄志忠等到了麻田乘坐的汽车。他冷不防跑到路中央，把汽车拦住，不停地喊着："麻田长官！麻田长官！我有重要情报要向您汇报！"

日兵猛踩一脚刹车，后座的麻田和横山都因惯性撞到了前排座位上。黄志忠继续在车外叫着："我是重庆来的，我有重要情报啊，麻田长官！"

横山下车查看，黄志忠对他点头哈腰，说："在下重庆军统第一处的黄志忠，有重要情报想面呈给麻田长官。"

话音未落，一枚手雷就在两人身后炸响。两人被这突如其来的变故吓了一跳，望向身后麻田所在的汽车，只见汽车已经起了大火。
　　手雷是埋伏在附近的陶大春扔的，准确地击碎车窗玻璃后，在车内爆炸。在爆炸的这一瞬间，陈山堪堪骑着自行车赶到。而与此同时，陶大春身边的飓风队狙击手举枪瞄准了黄志忠。
　　黄志忠看到了狙击手，一把拉过横山挡在了自己面前，那颗原本射向他心脏的子弹就击中了横山。横山倒地，陈山急刹在黄志忠身旁，黄志忠迅速跳上自行车后座。倒地的横山勉力掏枪，欲射陈山，被陈山抢先一步击中了眉心。狙击手也向陈山开枪，陈山迅速向前骑行，避开子弹的同时，向陶大春和狙击手的藏身处掷出了一枚炸弹。
　　轰然一声巨响。陶大春和狙击手卧倒隐蔽。待烟雾散去，两人再出来时，陈山和黄志忠已不见了踪影。横山陈尸在地，麻田的汽车仍在燃烧。
　　"又是陈山！"陶大春恨得咬牙切齿。他看到几个日本特务从庆元棋院冲了出来，只得下令撤退。江奇驾驶着三轮摩托车横冲直撞地冲过来接应，陶大春和手下狙击手跳上车，急速撤离。

　　陈山载着黄志忠穿进了附近的弄堂，脱离了陶大春的视野。一回到公寓，两人就瘫在沙发上喘起粗气。
　　"这是二十四个钟头之内我第二次救你了。"
　　"多谢了。"
　　"拿什么谢？"陈山盯着黄志忠的眼睛说。
　　黄志忠犹豫了一下："你真不会过河拆桥？"
　　"你还有的挑吗？麻田死了，你还有别的路吗？"
　　"你怎么知道我没有？"
　　"你要提防我，我理解。所以你可以不用跟我去见荒木惟，只要告诉我东西在哪儿，回头我领他出来跟你一起去取东西。这样就绕不开你了，放心了吧？"
　　黄志忠犹豫了片刻，一咬牙，说："分布图藏在霞飞路上交通银行的一个保险柜里。"
　　陈山继续问："我怎么让荒木惟相信你手上确实有分布图呢？"
　　黄志忠解开了衣扣。陈山看到他的脖子上戴着一条金项链，项链的吊坠是一个金灿灿的观音像。接着，黄志忠撕开了缝在内衣里层的一个口袋，从里面取出一张重庆地图和八分之一地图大小的桃花纸。
　　"把桃花纸蒙上去，桃花纸上画圈的地方和地图对应的部分，就是兵工厂分布图。"说着，黄志忠把桃花纸蒙在地图左侧，桃花纸上用笔标记出了那一片区的一个地点。陈山暗暗心惊，桃花纸上的标记和朱士龙身上的地图的那部分完全吻合。
　　"这只是图的八分之一，你拿这个给他，再领他出来见我，我再给他剩下的八分之七。"

"好。我去见荒木惟。"陈山收起了地图和桃花纸,"明天上午 9 点,你在海半仙茶楼等我。"

宋大皮鞋不见了。菜刀打了个盹,醒来就不见人了。刘芬芳皱起眉,故作深沉地训导。菜刀不以为意地反驳。两人正说着,宋大皮鞋提着两个大包袱回来了。他是为跟陈山一起走做准备去了。他回了趟家,把他爹的牌位和他修鞋的家当带了过来。

"胡闹!"刘芬芳训斥道,"万一被日本人盯上了,谁也别想走。"

"哦哟,你昨晚跑哪里去了?"宋大皮鞋不以为意地说。

"我有非常艰巨的任务!"

两人又吵了会儿嘴,直到陈山到来。宋大皮鞋问陈山何时动身,陈山没理会他,扭头问刘芬芳昨晚跑得是否顺利。宋大皮鞋说:"山哥,我同你说话你没听见啊?"

"该说的我都说过了。你们先走吧,去西塘。要是明天的任务完了,我还有命在,一定会去找你们的。"

"我必须留下,跟你一块儿干。"刘芬芳胸脯一挺,"我一个干特务的,不能跟他俩一样当缩头乌龟。"

"你也走。"陈山感慨地看着刘芬芳说,"刘芬芳,我是个骗子啊。"

刘芬芳一愣,陈山继续说:"从一开始卖那把生锈的枪给你,我就是个骗子。我根本就不代表什么组织,也给不了你任何特工的名分。"

刘芬芳笑了:"说得好像要明媒正娶、讨我做老婆一样。"

菜刀哈哈笑了,宋大皮鞋却笑不出来。菜刀笑了两声也感觉不对劲,闭了嘴。

陈山说:"我就是知道你想当特务,才一次次拉着你跟我一块儿冒险。"

刘芬芳说:"可哪次干的都是如假包换的特务才能干的事,所以我不傻,你是不是骗我,我火眼金睛能看不出来吗?哦,不对,让我盯余小晚那次,不算。"

"会死人的,刘芬芳,咱们的运气不会一直这么好。你干着玩也就算了,搭上命犯不着。走吧,去当你的刘拔牙,过你的安生日子。"

"老子不干!老子干特务上瘾了,哪怕没组织没名分,只要能干掉日本人,老子就是特务!没皇帝的封号,老子也是英雄!"

"是啊。"陈山动容地看着刘芬芳,"哪怕以后谁也不知道我们,谁也不记得我们,我们也是英雄。"

宋大皮鞋和菜刀愣愣地听着。陈山吼了一声:"拿酒来!"

菜刀一脸蒙,还是拿了酒坛来,迅速倒满了四碗酒。陈山端起酒碗,豪气地说:"我陈山这辈子结交了你们几个好兄弟,是我的福气。但我们的兄弟缘分就到今天为止了。我先干为敬!"

"什么意思?"刘芬芳问,"你还是看不起我怎么的?"

"不，你是我最敬重的兄弟。"

陈山这么一说，菜刀和宋大皮鞋有点不悦了。陈山继续说："但明天的行动九死一生，恐怕连小夏和我爹的命也得搭上，我不能再连累你们。"

菜刀和宋大皮鞋愣了。

"朝天一炷香，就是同爹娘。有肉有饭有老酒，敢滚刀板敢上墙。是好兄弟，就干了这一杯！"

陈山忽然吼了一句，将杯中酒一饮而尽。

刘芬芳还不放弃，说："是兄弟你就告诉我们，明天你要去哪儿？干什么？你一个人去是死，加上我们，说不定就能活。一个人跟鬼子是斗不过。中国人全上了，我就不信还打不跑小鬼子。"

"说得好。但我不是一个人。还有张离，还有陈河，还有千千万万战士跟我并肩作战。兄弟们的情意，我陈山谢了。"陈山将三根金条放在桌上，"我能留给兄弟的，也就这点了。走吧，好好活。谁的命都金贵，好死不如赖活着。"

陈山说罢离去，宋大皮鞋叫了他一声，陈山没停步。刘芬芳跟着出去了，剩下菜刀和宋大皮鞋纠结地坐在那儿。

"皮鞋，我怎么觉得，那个拔牙齿的是同我们有点不大一样的？"

"菜刀，要是明天真的会死，你说我们要不要去？"

菜刀呆呆地看着宋大皮鞋，咽了口唾沫："我连女人的滋味还没尝过咧。"

刘芬芳跟着陈山走在弄堂里，说："是真兄弟就说句实话，明天你到底有什么计划，我要怎么帮你？我知道，要不是十分紧要的事，你不会豁出命去，甚至连陈夏和陈老爹的性命也不管了。"

陈山继续往前走，他感慨地看着前方，面露忧色。

刘芬芳继续说："你也别替我们惜命。你得想想，要是有我帮忙，你的胜算多少大一点。万一你搭上全家人的性命也完不成任务的话，回头去了地底下你怎么见你媳妇和大哥？"

陈山站住了。

"老大，这是我头一回叫你老大。我求你了，求你给我下命令吧。"

陈山感激地看着刘芬芳，沉默了半分钟，说："明天上午9点，交通银行西面弄堂，不怕一去不回的，就去等我。"

2

陈夏耐心地为陈金旺擦着脸，陈金旺摇头晃脑，又嚷嚷着要吃生煎了。陈夏问他是不是想吃大壶春的生煎，回头她就给他买。陈金旺说："阿河，我要吃阿河做的生煎。前两天他刚给我做过的。"

"不是大哥做的,是小哥哥,陈山。"

陈金旺像没听见似的,兀自说着:"阿河啊,我有点想阿河了呀。"

"爸爸,为什么你总不记得小哥哥呢?这些年他其实很辛苦也很努力呢,你不晓得吗?"

"阿河,阿河好回家了啊。"

陈夏刚要说话,隐隐听到有人在远处轻轻叫了一声"小夏"。陈夏停止了手上的动作,凝神听着。她的耳朵颤动起来,像一个雷达,把医院里的各种说话声、脚步声和虫鸟鸣叫的声音全都收容进来。

"小夏,到窗口来。"

这次陈夏听清楚了,是陈山的声音。

陈夏仿佛随意地起身,看了一眼门口。小四正和另一名特务在门外抽烟聊天,并未留意室内。陈夏缓缓走到窗前,果然看到了陈山。陈山在医院病房对面的一棵树下站着,戴着帽子围着围巾。他仰起脸,对着陈夏微笑,面容沉静。在陈夏看来,此时的小哥哥仿佛忽然成熟,像极了大哥陈河。

夜已深,墙上的钟指向两点半。

黄志忠和陈山分睡在两屋。黄志忠已经熟睡了,打着呼噜。他脖子上挂着的黄金观音项链随着他的呼噜不断起伏。陈山从床上坐起,蹑手蹑脚地起身,无声无息地捅开了黄志忠房间的门锁。

陈山走到黄志忠床边,伸手检查他的衣物、枕边和床下。但除了从黄志忠口袋里掏出了一些零散钞票外,他一无所获。他又拿起黄志忠的鞋子,忍受着臭味从鞋垫底下找到了一张银票。他大失所望,把所有东西复原。

8点钟,两人穿衣梳头,准备出门。刚走到门口,黄志忠突然想起来什么,说,等等。他跑回卧室,从床垫被子下面翻出一把保险柜钥匙,藏进怀里。

陈山眼神变了一下,假装不在意地问什么东西。黄志忠说:"应该是你昨晚想找的东西吧。"说完,黄志忠便当先一步走了出去。

陈山来到尚公馆的时候,千田英子正在向荒木惟汇报麻田被刺事件。

"从现场情况来看,刺杀麻田课长的凶手很可能是飓风队。"

"那个叫黄志忠的,竟然让他跑了?"荒木惟微微皱着眉问。

"据目击者说,当时黄志忠曾经高喊,他是重庆来的,有重要情报要告诉麻田。"

荒木惟思索着,此时室外忽然传来了大林的喧哗。大林断断续续地说:"陈……陈组长,麻烦您……你得……把手举起来!"

荒木惟和千田英子对视了一眼,均感诧异。

陈山镇定地站在尚公馆办公楼前，大林等尚公馆特务正拿枪指着他。

"别乱来啊，不然……不然……我可不客气了。"大林的声音有点慌张。

陈山毫不理会，他冲办公楼高声喊着："荒木惟！你不是在找我吗？老子陈山回来了！"

荒木惟和千田英子从办公楼走了出来。荒木惟与陈山四目相对，陈山毫无怯意。

"陈山，你还敢回来？"千田英子冷冷地质问。

陈山盯着荒木惟说："你们不就在等着我回来吗？"

荒木惟说："你敢这样大摇大摆地走进来，一定有什么可以保住你性命的筹码吧？"

"当然。"

"那你知不知道，不管你现在耍什么花样，都是死路一条？"

"错了。"陈山说，"比起我的一条贱命，你一定有更想要的东西。"

陈山来到了荒木惟的办公室，将那张重庆地图和左侧八分之一的桃花纸叠在一起，放在了荒木惟的桌子上。

千田英子指着图上的一个标注点对荒木惟说："这是国军在黄头岩的兵工厂。应该是真的。"

陈山坐在荒木惟对面，平静地说："简单地说，当初我拿回的分布图是假的，我们都被费正鹏和张离骗了。"

荒木惟冷笑道："不，被骗的是我，不是我们。"

陈山说："不管你信不信，那天我之所以逃出去，就是为了去拿回这张真正的兵工厂分布图。"

"要是陈夏和陈金旺也在那天跑了，你就不会再回来了。"

"你说得没错。"陈山笑了下，"老子本来就是个混混，要说我对你有多忠诚，那谈不上。可要说我对军统或者中共有多忠心，那也是扯淡。老子一个小老百姓，最重要的首先是活着。要不是这样，也不会一直被你拿捏得死死的。"

"我怎么知道这次的这张图究竟是不是真的？"

"麻田被杀的事，你应该知道了。"

荒木惟看着陈山，没说话。陈山继续说："杀他的人是军统飓风队。而当时有个叫黄志忠的军统特务，正想把这张图交给麻田。"

听到这里，千田英子不禁与荒木惟对视了一眼。

陈山说："这个黄志忠现在在我手上。这八分之一的图，也是他给我的。"

荒木惟说："剩下的图呢？"

"人嘛，总是各取所需。这图是给你，还是给小日向特务长，或是给哪位梅机关、竹机关、秋田公司或者76号的头面人物，对黄志忠来说都一样。"陈山顿了下，继续说，"但我执意把图给你的目的你应该清楚，我们，都需要将功折罪。"

荒木惟沉吟着。陈山继续说:"这是我们的最后一盘棋,你要图我要人。这盘棋下完,从此你走你的阳关道,我走我的独木桥。你敢下吗?"

"好,我接招。"荒木惟说,"我要剩下的图。"

陈山带荒木惟来到了黄志忠所在的海半仙茶楼的包厢。

见到荒木惟,黄志忠讨好地伸出了手。但荒木惟只是淡淡地看着他,并不打算与他相握。黄志忠只得尴尬地把手缩回去。

荒木惟说:"生意谈成了才是朋友。在没有看到货之前,我们没有任何交情。"

"好。"黄志忠说,"那我们就谈生意。我的货在交通银行的保险箱里,只要你们答应我的条件,我立即亲自带你们去取货。"

"你要什么?"

"第一,尚公馆特务科行动组组长以上的职位;第二,三条大黄鱼;第三,半年之内,派六个人专职保护我的安全。"

荒木惟考虑了一下,说:"我答应你!帝国从不亏待有诚意的朋友。"

"那么现在我亲自带荒木长官去银行取货。"

陈山要陪同前往,荒木惟看着他说:"现在应该没你什么事了。"

陈山一笑,说:"你就不怕黄志忠用一张假图让你再次颜面扫尽?"

荒木惟沉吟着看了黄志忠一眼。

"不会的。"黄志忠忙说,"我吃了熊心豹子胆也不敢蒙骗您啊,荒木长官。"

陈山说:"我必须一起去的原因至少有两个。第一,以我在军统第二处侦防科的工作经验,应该一眼就能看出来,黄志忠的图究竟是真是假。黄志忠是我带到科长跟前的,我要确保情报的真实性。第二,万一黄志忠是军统派来的死士,那银行保险柜里藏的是个炸弹呢,我也能替科长您挡一挡。"

"胡说八道!"黄志忠朝陈山嚷起来,"你这是戏文看多了吧?"

"一起去!"荒木惟站了起来。

陈山平静地看着黄志忠,黄志忠无奈,不敢再多言。

3

陈山和黄志忠被大林等特务押上了停在茶楼外的一辆小汽车,另外一群特务上了旁边那辆篷布军车。

在车里,陈山轻声对黄志忠说:"现在你可以放心了吧,买家见到了。"黄志忠面色紧张,说:"不见到金子、位置和保镖,我放不了心。"

荒木惟站在茶楼门口,低声向千田英子交代,一旦拿到并确定是真的兵工厂分布图,陈山和黄志忠一个不留。说完,他便离开,回了尚公馆。

千田英子、陈山和黄志忠所坐的小汽车跟在载满特务的军车后面,驶向交通银行。在一条僻静街道上，军车轮胎忽然被铁钉扎破了，接着就偏离了方向。司机猛踩刹车，用力修正方向，好不容易才将车子歪斜地停在路中央，把小汽车的路也堵死了。

军车司机刚跳下车，就被一枪撂倒。车上的特务吱哇乱叫着跳下车，密集的枪声响了起来。陈山和黄志忠在汽车里抱头缩成一团蹲伏着，不时有子弹击在车窗玻璃上。陈山缩着头，嘴角却有一丝微笑。

这次突袭是昨天他和"麻雀"计划好的。"麻雀"负责拖住日本人，他来说动黄志忠先行前往银行，并抢在日本人之前赶到银行，毁掉图纸。由于人手不足，所以"麻雀"决定将消息透露给军统的飓风队。

陶大春带领着飓风队员在高楼和街面上展开攻击。街上已经倒下了很多日本宪兵的尸体，也有几个飓风队员和中共队员牺牲。江奇攻到了陈山的车旁，千田英子推门下车，与他对射。小汽车上，司机已经中枪而亡。陈山突然出手，一拳打在旁边负责看押他的特务的太阳穴上，将他打晕。陈山伸手夺过他的枪，对黄志忠低吼："还不走，等死啊！"

黄志忠慌忙推开车门，仓皇逃出。陈山追上他，拉着他往一条弄堂跑。千田英子发现了两人，对手下高喊一声："别让他们跑了！"

千田英子正欲追赶，却被飓风队的火力打得抬不起头，只能躲在车后。再抬头时，陈山和黄志忠已不见了踪影。

"我们这是要去哪儿？"黄志忠问跑在自己前面的陈山。此时，两人正跑在一条河边的小路上。

"我带你抄近道先到交通银行去把分布图取出来，以免夜长梦多。"

黄志忠却突然停住了脚步。陈山也只得停住。黄志忠开始往后退，他不信任地看着陈山，说："日本人不到场，我绝不会开保险箱的。"

"日本人已经答应你所有条件。如果你现在不去，难道等着飓风队来打暴你的头？走！"

黄志忠想了想，同意了。就在此时，随着一声枪响，黄志忠倒在了地上。血很快从他后背洇出来。

陈山一惊，举枪瞄准了黄志忠后面的人。但与此同时，一个蒙面人用枪口指住了陈山的头。

两人在远处零星的枪声中僵持着，黄志忠在血泊中抽搐。陈山不由得露出一丝绝望，自嘲地说："看来是我低估了飓风队。"

蒙面人一手执枪指着陈山，另一只手慢慢取下了头上戴的帽子和蒙面巾，露出了一张女人的面孔。

"是你？"陈山吃了一惊，"'雄狮'。"

"雄狮"也有点惊讶："没想到是你！刚才我差点把你也锄杀了。"顿了下，她接着说:"你不是肖正国。"

陈山说:"真正的肖正国已经牺牲了。"

"你到底是什么人?"

"我叫陈山,身在敌营心在汉,我从来也没有害过中国人。你信不信我?"

"雄狮"看着陈山坚定清澈的眼神,问道:"那你为什么要阻止飓风队杀黄志忠?"

"飓风队一枪就可以要了黄志忠的命,但这种叛徒早就做好了鱼死网破的准备,他死了,也会有办法把重庆兵工厂分布图交给日本人。他的命不重要,图才重要。"说话间,陈山并没注意到,自己身后的黄志忠半坐起身,一只手向怀中探去。

"小心!""雄狮"眼神一闪,陈山本能地躲闪开。

雄狮对着黄志忠又开了一枪。黄志忠再次中枪倒下,陈山立刻扑向他。黄志忠呛咳着,流出鲜血:"你这个大骗子……"

"钥匙呢?"

黄志忠忽然用力将手一甩,用尽最后力气把手里一个亮晶晶的东西抛了出去,正是银行保管箱的钥匙。陈山的目光追随着钥匙在空中划出了一条抛物线,然后落进了湍急的河流。

黄志忠又欲去扯颈间的项链,陈山一愣,随即抢在他之前一把扯下了那个黄金观音吊坠。黄志忠无力再挣扎,声音嘶哑地狂笑起来,像一条毒蛇发出的嘶嘶声。"大骗子,你永远,永远也别想拿到分布图。哈哈哈……"笑声未绝,他口里的鲜血便喷薄而出。

黄志忠气绝身亡,陈山愤怒地一拳砸在地上,他抬脸看了"雄狮"一眼,说:"你坏了我的事。"

"雄狮"有些意外,说:"锄杀汉奸是我的职责。"

"听着,事已至此,让黄志忠死不是我想要的结果。但是没有别的办法了,现在我必须赶在日本人之前去银行,设法打开保险箱,绝不能让兵工厂分布图落到日本人手中。"

"雄狮"看了陈山一眼,说:"你走吧。"

"多谢。"

"也多谢你之前救过我一命。"

陈山一笑,说:"那就算扯平了吧。"他看了黄志忠的尸体一眼,想了想,将黄金观音项链放入口袋,奔跑而去。"雄狮"亦反身奔向弄堂口,加入了与日本特务的枪战。

陈山狂奔到交通银行西侧的弄堂,前后张望,却没看到人影。忽然,一只手拍上了他的肩膀。陈山扭头一看,正是刘芬芳,他的背上还背着一只包。

"说好9点的,你迟到了五分钟。这不是一名优秀的特工的素养。"

陈山笑了，说："行了，你最厉害。"

话音未落，又有两只手从陈山背后拍上了他的肩。陈山再次转身，只见菜刀和宋大皮鞋站在那儿。

"菜刀，皮鞋，你们怎么也来了？"陈山既诧异又惊喜。

"就你们当英雄，我们当狗熊？我们混码头的时候，又不是没见过刀枪棍棒，我们怕过吗？"说着，宋大皮鞋一手搭上了菜刀的肩。菜刀挺直了后背，说："就是！"

陈山说："菜刀，你赶紧走吧，你家里还有老妈。"

"老妈已经被我送去舅舅家了，有金条给我舅，他不会亏待咱妈的。"菜刀咧着嘴向宋大皮鞋挤眉弄眼，"昨天夜里福州路上的醉红楼也去过了，姑娘也睡过了。没牵挂了。"

刘芬芳说："我说你们怎么昨晚又出去，天亮才回来？哦，原来是逛窑子去了。"

宋大皮鞋拍了一记菜刀的脑袋："不是让你别说的吗？"

陈山看着笑闹成一团的三个兄弟，眼神中满是感激："好兄弟，谢谢你们帮我。"

菜刀说："以前我们是帮你，但这次不是。"

"对的。"宋大皮鞋说，"国家又不是你一个人的，也是我们的。我们是在帮我们自己。"

"好！"陈山动容地一拍宋大皮鞋的肩，"帮我们自己！"

刘芬芳说："差不多了啊，赶紧干正事。陈山，你下命令吧，现在要怎么干？"

"我要赶在日本人之前，找到放在交通银行保险箱里的重庆兵工厂分布图，但现在黄志忠死了，钥匙没了。"

宋大皮鞋张大了嘴："没有钥匙，怎么搞？"

陈山想了想，说："菜刀，你舅舅看管的化学品仓库，是不是就在一条街外？"

菜刀点点头："对。就在莱福街。"

陈山说："好，我要跟他借两样东西。"

陶大春、"雄狮"等人仍然在和日本人激烈枪战。千田英子等人被飓风队的火力压制，被打得抬不起头。不断有日本特务中弹死去，千田英子的手臂也被子弹挂了彩。一撮日本特务意欲突围，部分中弹身亡，部分追入了陈山逃蹿的那条弄堂。

"雄狮"打死了一名日本特务后，被另一名忽然冲进弄堂口的日本特务踢飞了手上的枪。两人近身搏斗，"雄狮"奋力夺下日本特务的枪，就地滚开。她半跪在地举枪对准特务，一扣扳机，却发现枪内并无子弹。而此时对方又从腰间拔出另一支枪，对准了她。

"雄狮"心生绝望。一声枪响，倒下的却是日本特务。陶大春站在特务尸体的另一边，对她喊了一声："走！"

接着，陶大春用力吹了一声口哨。分布各处的军统特务开始边打边退，"雄狮"也随陶大春飞奔隐没在弄堂中。

千田英子放弃追赶，她奔至陈山和黄志忠刚才逃离的弄堂，又沿着弄堂追到了河边。接着，她就看到了黄志忠的尸体。而陈山已不知去向，她不由得皱紧了眉头。

4

千田英子找到一处公用电话亭，向荒木惟汇报情况。

得知情形后，荒木惟有些生气。他握着电话说："我马上赶去交通银行。他们一定在那里。"

"是。"千田英子说，"我立即带队过去，与科长会合。"

陈山和提着公文箱的刘芬芳推门走进了交通银行的大堂，径直来到大堂经理桌前。陈山对经理说，他有一笔大业务需要和行长面谈。大堂经理礼貌地回应，他们的业务员可以提供很好的服务。刘芬芳提起箱子拍了拍，并轻轻提起衣服下摆，露了一下手枪的枪身，说："我只和行长谈。"

大堂经理立刻顺从地带两人进了行长办公室。行长是一个犹太人，正坐在办公桌后打盹儿。刘芬芳把箱子往办公桌上一扔，抽出两把手枪，一把对准行长，另一把对准大堂经理："别动，子弹可不长眼。"

大堂经理惊得抱头蹲下。行长眼睛里充满恐惧，也慢慢地举起了双手，同时把脚移向桌下的按钮。

"别动。"陈山用枪顶上了行长的脑袋，"你的脚能比我的枪快吗？"

那只脚便颤抖着腾空。

此刻，菜刀正在银行配电室中剪电线，宋大皮鞋在门口给他望风。终于，他从那堆花花绿绿的电线中找到了最粗的一根，利落地将其剪断。

行长办公室的顶灯随之熄灭，行长神色一变。陈山微笑着说："现在你可以踩了。踩！"

行长假装镇定的脸上露出了一丝惊慌，汗水从脑门淌了下来。他说："我不踩。"

陈山说："那是你自己不想踩。想活命，就按我说的做。"

行长惊慌地咽了一口唾沫。

接下来，行长和经理带陈山和刘芬芳进了保险库。对着密密麻麻贴着编号的保险箱，行长说："先生，保险箱的钥匙由银行和客人各执一把，两把同时使用才能打开。请问您带了钥匙吗？"

"当然。"陈山说。

"那么请问先生是要找哪个保险箱？"

刘芬芳傻眼了，问陈山："是哪个啊？"

陈山思索着钥匙在空中翻滚时的瞬间。钥匙上挂的写有数字的小牌子也随之翻滚。"72号。"他说。

行长说："我去拿银行的那把。你那把在身上吗？"

陈山看着一排保险箱最底层的72号保险箱，说："不用了。"

行长愣住了："不用去拿了？"

陈山笑了："因为我的钥匙不见了。"说着，他把手中的箱子放在桌上，打开。里面放着的是用塑料袋装着的两包粉末和一捆绳子。

刘芬芳用绳索将行长和大堂经理分别捆在了两张椅子上，再用布团把两人的嘴堵住。陈山则把塑料袋中的粉末混在一张纸上，然后将那张纸放到了72号保险箱前。刘芬芳点燃一根已经浇了汽油的火把，对着那堆粉末开始烧。

熊熊大火中，保险箱的门板竟然开始融化了。刘芬芳看得瞠目结舌，不远处角落的行长和大堂经理也是如此。那两堆粉末分别是铝粉和三氧化二铁，两者混合燃烧，能产生三千摄氏度的高温。那是他在重庆的时候，美军飞行员队长教他的。他们的部队曾经用这种办法烧毁过敌军的坦克。

钢板即将融化完的时候，陈山让刘芬芳灭火。他撬开已经极薄的箱门，看到了里面放着的一个铁盒。

陈山戴上手套，取出铁盒打开，里面是满满一包金条和一卷图。陈山展开那卷图，是一张重庆地形图和右侧八分之一大小的桃花纸。

桃花纸不全，陈山有些失望。他回想着黄志忠临死前的情形。黄志忠狂笑着，说："你永远，永远也别想拿到兵工厂分布图。"扔掉钥匙以后，黄志忠又去扯颈间的项链。想到这里，陈山掏出口袋中的黄金观音吊坠，若有所思地说："先离开这儿再说。"

陈山和刘芬芳一阵风似的从保险库冲到大堂时，菜刀和宋大皮鞋也正从银行门外往大堂冲。背着大背包的菜刀对两人低吼了一声："日本人来了！"

话音刚落，两辆日本军车就急刹在银行门口。陈山招呼三人从后门走。四人刚涌向后门，队长涩谷就带着日兵冲下了车。

在涩谷的指挥下，一小队日兵冲进了银行，另一小队日兵则开始包围银行。很快，荒木惟的汽车也停在了银行门口。

荒木惟摇下车窗，从车窗口向银行大楼投去森然的一瞥。千田英子紧跟着驾车赶到，奔到荒木惟车前。荒木惟轻轻挥了一下手，千田英子便冲进了银行。

陈山四人跑出了银行后门。刘芬芳指了指一个弄堂，四人便跑了进去。一名日兵看到了背着包袱跑在最后的菜刀，大喊了一声。菜刀抱头狂奔，子弹打在了弄堂口的墙上。

三名日兵追了过去。

刘芬芳让菜刀把包里的武器拿出来。陈山放慢脚步殿后，借着一堆杂物的掩护向冲进弄堂口的三名日兵射击。一名日兵被他击毙，另两名立刻隐蔽，开枪回击。

刘芬芳和菜刀躲在陈山身后，拉开背包，取出里面的手榴弹、子弹和弹夹，与宋大皮鞋分了。菜刀拿着手榴弹十分兴奋，他嘎嘎笑着，一扬手把手榴弹抛了出去。

陈山喊一声："走！"刘芬芳和宋大皮鞋随他向前跑去，菜刀兴奋地站在原地，等着看手榴弹爆炸。手榴弹落在了两名日兵面前，日兵迅速卧倒躲避。但手榴弹在地上滚了两圈也没有爆炸，因为他忘记拉引线了。

"册那，要拉引线你不晓得啊！"陈山冲追过来的菜刀大喊。宋大皮鞋拍了菜刀脑门一记："侬就是个憨度！"

菜刀捂着头跑："人家这是头一次，头一次……"

5

千田英子带大林等特务冲进了保险库。特务们为行长和大堂经理松绑的时间里，千田英子快步走到被烧毁的 72 号保险箱前，看到了那只铁盒里只剩一张重庆地形图。

大林跑向千田英子身边汇报，东西被陈山拿走了，人已经跑了。千田英子回到荒木惟车里请示，两人从车里出来后，涩谷跑过来汇报，有四个人往弄堂跑了。荒木惟命令他带人追，吩咐千田英子马上下令，堵住附近所有的公路铁路码头。

陈山四人跑到了一条断头弄堂的中段，被一堵墙挡住了去路。他们已经将日兵甩开了一段路，尚未看到敌人追近。

"等等。"陈山说。

菜刀和宋大皮鞋一脸蒙地站住，不停地喘息。菜刀说："怎么不跑了？等敌人追上来了，我们跑不过子弹的呀。"

"越过围墙，快！"陈山说着转头，看到了墙脚的一只废弃柴油桶。

不一会儿，一群日兵追到了附近。见到挡在路中央的铁桶，日兵慎重地放慢了脚步，小心翼翼地缓步上前。一场虚惊，仅仅是铁桶而已。日兵开始大步持枪向前，跑在最前面的一人开始攀越围墙。这时，几颗手榴弹陆续扔了过来。

爆炸声响起的时候，荒木惟的汽车正行驶在附近的道路上。他和千田英子看着地图分析，陈山他们往这个方向走，如果没有汽车接应，最大的可能会从苏州河上逃跑。突然一阵爆炸声，荒木惟的肩膀不由得抖了一下。他望向爆炸的方向，冷静地命令司机赶过去拦截。

陈山四人又来到了一个弄堂口。从这里再过两条街，就是苏州河，刘芬芳包好的船已经等在小码头。

陈山让三人先走，图还有一大半没拿到，他必须找齐。而他现在能想到的只有一个地方，李肖雅的家。

如果图在那儿，一定在一个极隐秘的地方。总之他一定要跑一趟。

三人要同去，被陈山拒绝了。去李肖雅家并不在他的计划内，他不能让他们跟着冒险。但三人态度强硬，让陈山心中感动。于是四人一起奔向李肖雅家。刘芬芳一脸正色，菜刀和宋大皮鞋脸上洋溢着热忱单纯的笑容。他们三人都不知道，自己正在奔在英勇赴死的道路上。

四人在又一处弄堂口停步，前面就是一条宽阔僻静的街道。菜刀和宋大皮鞋在前，刘芬芳在最后。陈山示意三人隐蔽，自己探头出去，看了看街道上的情形，并未发现异常。

"你们等我，我撒泡尿。憋死我了。"刘芬芳说罢走到一旁拉开裤子撒起尿来。陈山全神贯注地盯着街头的动静，确定没有敌情，头也不回地说了声："走！"

陈山跑了出去，菜刀和宋大皮鞋紧紧跟着。宋大皮鞋回头对刘芬芳喊了声："走了。""来了来了！"刘芬芳边撒尿边应着。

穿过街道，跑到弄堂对面，又跑出一段路后，陈山忽然停步，差点与宋大皮鞋和菜刀撞成一团。陈山回头望去，他的脸色变了，刘芬芳并没有跟来。

撒完一泡长长的尿，刘芬芳心满意足地系上了裤子。刚跑出弄堂口，他就看到荒木惟的汽车拐个弯，驶上了这条街道，并径直向他开过来。

刘芬芳愣了下，向陈山等人逃跑的弄堂看了一眼，心知自己如果跟着跑进去，四个人可能都会死。他愣了一秒，随即又跑回了刚才撒尿的那个弄堂。

千田英子和荒木惟显然看见了他。汽车在弄堂口停下，千田英子追进了刘芬芳跑入的那条弄堂。奇怪的是，千田英子跑出数十米远，也未见到刘芬芳的身影。此时，陈山也看到了向前行进的千田英子。见千田英子回头望了一眼，陈山忙把菜刀和宋大皮鞋往一个门台里拉去。

千田英子回过头，望了街对面长长的空无一人的弄堂一眼，又转过头来。她认为刘芬芳不可能在短时间内跑那么远，于是继续往前走去。此时，荒木惟在大林等两名特务的陪同下也从大街街面走进了弄堂。

千田英子听到脚步声，折回到三人身边。荒木惟望着长长的弄堂，又缓慢地转过身去，望向街道另一侧的弄堂。六名日本宪兵匆匆赶来，脚步声在空旷的街头传出很远。

"我们只看到一个人拐进这条弄堂，还有其他的人难道是蒸发了吗？"荒木惟的手慢慢抬了起来，指向街对面的弄堂，"那边也去看看。"

"是！"

听到这里，躲在屋顶上的刘芬芳急了，悄然向弄堂扔出了一块瓦片。瓦片一落地，千田英子就条件反射般地奔向了发出响动的位置，特务和日本宪兵也随即冲了上去。

　　荒木惟独自一人站在后面。刘芬芳忽然从屋顶跃下，从后面扑向了他。但刘芬芳没想到，荒木惟猛地向后踢出一脚，把他踢倒在地。

　　刘芬芳纵扑上前，一把抱住荒木椎的腿，把荒木惟掀翻在地。千田英子看着搏斗中的刘芬芳和荒木惟，却不敢开枪。刘芬芳与荒木惟在地上翻滚着，终将荒木惟压在身下。

　　陈山三人在对面的弄堂看着这一幕。大林不知哪儿来的胆子，忽然持刀扑上去，一刀扎在了刘芬芳后背。刘芬芳顿时没了力气，一口鲜血喷在了荒木惟脸上。荒木惟下意识地一闪避，向左一扭头，刘芬芳喷出的血都溅在了他右侧脸颊上。

　　千田英子一惊，上前一把掀开刘芬芳。刘芬芳怀中一颗手榴弹滚了出来，掉在地上。

　　大林退到了一旁，一名日本特务对着刘芬芳的肚子和腿开了两枪。躺在地上的刘芬芳双眼发直，满脸是血，丧失了力气。

　　"科长！科长！你没事吧？"千田英子奔向荒木惟。荒木惟坐起来，从口袋里掏出手帕，擦拭脸上的血，愤怒地说："没事。"

　　千田英子猛地一巴掌扇在大林的脸上："这样也敢动手，不怕伤着科长吗？"

　　大林捂脸后退了两步："对不起，对不起，我也是想救科长。"

　　荒木惟站起身，兀自走到了刘芬芳面前。刘芬芳看着荒木惟青得像挂霜一样的脸，笑着高喊："走呀！走呀！走呀！"

　　陈山看着刘芬芳，两眼通红。他轻轻地对菜刀和宋大皮鞋说了一声："走！"

　　千田英子等人的注意力都在刘芬芳身上，并未发现陈山。而只有趴在地上的刘芬芳才看得到对面弄堂里的三人。看着三人走远，他脸上露出了欣慰的笑容。

　　"涩谷队长。"荒木惟冷冷地说，"对面弄堂，搜索。"

　　随即，涩谷带着五名日本宪兵穿过街道，直直地扑了过去。

　　荒木惟看着地上的刘芬芳，说："听说你是个牙医。"

　　刘芬芳笑了两声，说："爷爷不仅是最好的牙医，还是全上海最好的特工。"

　　荒木惟把擦过血的白手帕扔掉，向旁边的宪兵伸出手，宪兵便将手中的长枪呈给了他。荒木惟像是打棒球一样，高高地举起枪托，重重地挥了下去。刘芬芳的嘴被枪托砸中，头一歪，几颗牙飞了出来，落在离他不远的地上。

　　荒木惟丢掉长枪，拍拍手掌，说："不管是牙医还是特工，我都可以做到让你满地找牙。"

　　刘芬芳哈哈大笑起来，满嘴是血地发出含混的低吼。他用漏风的声音十分虚弱地说："朝天——……炷香，就是……同爹娘……"他的手摸索着，摸到了刚才掉在地上的手榴弹，抓在手里。荒木惟冷笑一声，用刺刀把刘芬芳的手钉在了地上。

刘芬芳依然大笑着。他的笑声激怒了荒木惟，荒木惟猛地一脚踹向了刘芬芳的胸口。随着一声咔咔的声音，刘芬芳的胸骨折断了。

刘芬芳吐出一口血，眼睛望着天空，像是要把黛青色的初春的天空望穿。

荒木惟掉转枪头，把枪管顶在了刘芬芳的额头上，扣动了扳机。

一声枪响，一切归于平静。

少顷，荒木惟缓慢地扭头望向街对面的弄堂，脸色阴沉得可怕。他咬牙切齿地说出了两个字："陈——山！"

第二十五章

1

在那声撕天裂地的枪声中，陈山、菜刀和宋大皮鞋几乎跑到力竭。菜刀忽然摔了一跤，宋大皮鞋停步去扶。跑在最前面的陈山也停下了脚步。

宋大皮鞋对着陈山的背影叫了声"山哥"，陈山没作声。宋大皮鞋说："咱们这是，没有刘芬芳了吧？"陈山的眼泪就缓缓流了下来。

"是，没有了，以后也没有了。"陈山转过身来，满眼悲伤地看着两人。两人也同样热泪滚滚。

"听着，我已经没有刘芬芳了，不能再没了你们。"

菜刀和宋大皮鞋泪流满面，咬着嘴唇拼命地点着头，强忍着呜咽声。"跑！"陈山忽然吼了一声，三人继续向前跑去。

此时，又有两军车的日本宪兵赶到了这里。千田英子吩咐大林带人从弄堂后面追，赶上涩谷队长并配合行动。她则登上了一辆军车的副驾驶室，带两车宪兵从前面堵截。荒木惟的车子也跟了上去。

陈山三人刚从一条弄堂跑到一条街，就看到两辆军车分别从街道的两侧向他们开来，而涩谷所带的追兵也从弄堂里追了过来。紧跟在涩谷后面的是大林和他所带的特务。陈山望向三方来势汹汹的敌人，一时四面楚歌，唯有街道对面的另一条弄堂是可能逃走的出路。

三面来敌同时向他们开火，陈山三人一边跑向对面弄堂，一边还击。陈山抢先一步跑进了弄堂，拉过弄堂口一辆平板车做掩体。三人趴在平板车后面向敌人开枪。不断有人倒下，不断有更多的人涌过来。

"册那！"宋大皮鞋喊了一声，"拼了！山哥你快走！"

陈山开了一枪，说："要走一起走！"

菜刀吼起来："一起走就是一起死！不想刘芬芳白死就赶紧走！去找你的图！"

陈山还在犹豫，千田英子已经跳下车，向他们射来一梭子弹。陈山一把推开菜刀，子弹一整排打在了菜刀身后的墙上。

"还等啥？"宋大皮鞋说，"等鬼子把我们包围了，就真走不了了！走！"

陈山边往弄堂里退，边看着两个兄弟的背影，眼中满是不舍："兄弟们，保重！"

陈山说罢转身向前疾奔，而宋大皮鞋和菜刀面临的火力却越来越集中了。

"菜刀，刘芬芳已经当过英雄了，现在轮到我们了！"

"好！反正窑子也去过了，做男人的滋味也尝过了，死就死了！"

两人哈哈大笑，然后异口同声地喊了起来："朝天一炷香，就是同爹娘。有肉有饭有老酒，敢滚刀板敢上墙！！"

在他们的吼声中，陈山独自奔跑在弄堂里，眼泪随着跑动飞向各处。在菜刀和宋大皮鞋一遍遍的吼声中，千田英子、大林带着特务、涩谷带着日本宪兵不断开枪欺近。宋大皮鞋和菜刀相继中弹倒地，奄奄一息地躺在地上。一群日兵迈过他们的身体，向弄堂深处追去。

宋大皮鞋躺在地上，在千田英子迈步经过他时突然伸手抱紧了她的腿。千田英子挣脱不开，举枪向他胸前连开数枪。宋大皮鞋仍睁着双眼，抱着她的腿。大林前来帮忙，竟然也无法将他的手扳开。大林看到宋大皮鞋满是血的脸上，竟然露出的了得意轻蔑的笑容。直到又一名特务过来帮忙，才合力扳开了他的手。千田英子一挥手，带着众人追入了弄堂。

陈山独自一人奔跑着，满脸是泪。他眼前不断浮现菜刀、宋大皮鞋及刘芬芳的笑容和表情。而他只有牙关紧咬，迈步狂奔。

荒木惟缓慢地走到宋大皮鞋和菜刀的尸体面前，看了一眼，说："费了不少子弹啊。"

站在一旁的大林向他汇报，两人身上的弹孔分别是 33 个和 26 个。荒木惟抬起头，望着黛青色的天空，喃喃地说："陈山，你果然不简单。"

天色渐暗，陈山筋疲力尽地走在弄堂里。他想坐下来喘口气，却听到狼犬的叫声在接近。他只得继续向李肖雅家的方向前进。忽然，他看到一只狼犬迎面狂吠着向他奔来。而稍远的地方，一队日兵正跟着狼犬赶来。

陈山看着扑向自己的狼犬，举枪射击，却发现枪内已无子弹。他被狼犬撕咬得伤痕累累，终于抓住机会，猛地环扣住狼犬的脖子将其扭断。但此时，跟随狼犬而来的日兵也转过弯道来到了弄堂，并向他开枪射击。

陈山连连闪避，退到一个门洞中。他的肩头已然中了一枪。追兵越来越近，在陈山几欲绝望之时，陈夏忽然从天而降。她从旁边一间民房的房顶上跳下来，向追兵连开数枪，同时将一支枪掷给了陈山。

陈山抄手接住枪，惊喜地叫了一声"小夏"。

"小哥哥，我们冲出去，以最大火力压住他们的同时上院墙。只有上墙一条路。"

陈夏开始报数："一，二……三。"两人同时跳出门洞，猛地射出密集的子弹。接着，陈夏掏出手雷，打开保险，扔向了日兵。

烟雾升腾中，陈夏一拉陈山："走！"陈夏身手矫健地借助墙上几个凸起爬上了旁边的院墙,并伸手将陈山拉了上去。烟雾过后,烟熏火燎的日兵们已看不见他们的身影。

陈山和陈夏并肩跑着,在派克路附近的弄堂,两人推开一个荒僻的院子,坐倒在地喘息。
"小哥哥你受伤了。"
"肩部枪伤,还被狗咬了几口,晦气。"
"有没有问题?"
"这简直就不是伤。对了,你怎么就来了?昨天我说的话,你没听清吗?"
昨天陈山站在树下对她说的话,她当然听清了。陈山说,明天他会去见荒木惟,这是她和爸爸最后逃离的机会。但是陈夏很清楚,自己今天要是不来,她的小哥哥就走不了了。从前都是他罩着她,总算也有她能帮上小哥哥的时候了。在来营救陈山之前,她先把陈金旺送回了宝珠弄。守在病房外的两个特务不难对付,将他们打晕后,她把他们拖进了床底。
听完事情的经过,陈山说:"你怎么能不管陈金旺呢?"
"我现在要管的是你。你把我从小管到大,现在也让我管你一次。"
陈山动容地看着陈夏,说:"小夏,你长大了。"
"在我没长大的时候,做了太多错事,小哥哥你怪我吗?"
"我只怪自己没能力保护好你,才会让你被荒木惟利用。"
"小哥哥。"陈夏哭了,"我最想回到的是过去的日子,只要能抱着五灯电曲儿听戏就开心得不得了的日子。"
"那咱们等这件事了了,就回宝珠弄,带上老东西,带上五灯电曲儿一起走。"
陈山话音刚落,狼犬的狂吠声就响了起来。陈夏耳廓颤动,凝神细听了一会儿,说:"千田英子来了,离这里不到五百米。有狼犬,他们就一定能找得到我们。"
陈山说:"我得去派克路,找剩下的重庆兵工厂分布图。"
"好,你快去找,我把他们引开。"
"小夏,你一定要小心。"
陈夏紧紧地抱了一下陈山:"你也是,小哥哥!回头我们在宝珠弄碰头。"
陈山揉揉陈夏的头顶,强忍着悲伤,说:"好。"
陈夏看了一眼陈山,义无反顾地往街上跑去,并特意加重了脚步声。陈山看着陈夏的背影,重重地闭了闭眼睛,随即恢复坚毅的神情,朝着相反的方向狂奔。
陈夏闪到千田英子身前,双枪连发,每一枪都打倒一个日兵。千田英子就地一滚,躲开了射来的子弹。借着路灯的光亮,她认出了陈夏。
陈夏在躲开千田英子向她还击的一枪之后,看到了更多赶来的日本宪兵。她不敢恋战,跑进了一条弄堂。荒木惟的汽车赶过来了,荒木惟恰好看到陈夏跑进弄堂的身影,不由得眉头一皱。千田英子奔过来向他汇报:"科长,是夏枝子……"

荒木惟脸色铁青，说："追！"

司机立刻开车，在弄堂口停下。荒木惟从车窗口看到了已在弄堂里跑出数十米远的陈夏。他的脸色变得无比难看，他举起手枪，用左手稳稳地托住，轻轻拉动了枪栓。

奔跑中的陈夏听到了拉动枪栓时的金属声。接着是一声枪响，与此同时她感到后背被猛推了一下。她的眼前忽然闪现出一幅童年的画面。屋檐下挂着红彤彤的夕阳，少年时的她晃荡着一双好看的脚。她坐在夏天的床沿上，把收音机紧紧捧进自己的怀里，脸上挂着幸福的笑。

红彤彤的夕阳不断放大，将她包裹住，然后爆炸开来，变成了她后背上的一朵血花。她扑倒在地，像一朵被冷雨打落在地的栀子花。

奔跑中的陈山忽然脚下一滑，跌倒在地。他的胸口被一块碎砖撞到，带给他剧烈的疼痛。与此同时，他听到了远处传来的枪声。他随即站了起来，捂着胸口痛处回望一眼，喃喃地叫了一声"小夏"。空气仿佛被抽离掉了，他的心肺鼓涌着疼痛。他悲痛地扭过头，继续坚毅前行。

看着陈夏倒地后，荒木惟的呼吸停窒了一下。他失去了从容不迫的风度，下车急步奔向弄堂深处的陈夏。

"科长，小心！"千田英子追了上去。

荒木惟跑到了陈夏面前。陈夏的后背满是鲜血，趴在地上。荒木惟呼吸急促，甚至有些慌乱。他弯下腰，把她翻了过来。陈夏面容平静地看着荒木惟，嘴角有血，却面露微笑："荒木君。"

荒木惟慌乱地扶起陈夏的头，又试图用手去堵住陈夏胸前那个正在汩汩冒血的弹口。血迅速染红了他的白手套。荒木惟看着陈夏，眼神发直，对身后的千田英子说："军医，快叫军医。不，把她送到医院去。"

荒木惟看着宪兵把陈夏抬上车，看着车子驶去。他失去了往日的冷静，大叫着："陈山一定在附近，给我仔细搜！所有可疑人员，全部杀！杀光！"

2

陈山从后墙翻进了李肖雅家的院中，自后窗进入客厅。洋房里空无一人，黑暗中，他掏出了口袋中黄志忠那条观音项链。

陈山警惕地扫视了一眼乱糟糟的客厅，目光停留在了正对大门的墙上。墙上的凹槽里放着一尊观音像，观音像前的小香炉里却没有插一根香。他径直走过去，把观音像转过来。观音像的背面是光滑的瓷片，没有异常。陈山又将观音像放平，在底座，他看到了一个形状像钥匙孔的洞口。

陈山眼神一亮，把手里那枚观音挂坠塞进去，轻轻一扭，观音的莲台底座就整个脱落了下来。接着，他就从观音像的肚子里掏出了重庆地形图和六小张标着记号的桃花纸。

狼犬把荒木惟和宪兵领到李肖雅家门前时，陈山已经离开了。他们砸开门冲进洋房，只见到一堆冒着青烟的纸灰。荒木惟用手枪拨了拨那堆灰烬，找到一角没有燃尽的图纸，上面写着"分布"残破的字样。

后窗开着，巨大的穿堂风吹乱了荒木惟的头发。荒木惟面如死灰，他一字一句地说："求助宪兵司令部，找到陈山，哪怕是尸体。"

陈山筋疲力尽，跌跌撞撞地走在街上，眼前的路面高高低低忽远忽近。骑着三轮摩托或者开着汽车的日本宪兵正在各条街道搜索他的行踪。看到几辆摩托车后，他躲进了一个弄堂口。手电筒的光束在他的视野里捅来捅去，混乱的砸门声此起彼伏。另外，还有孩子的哭声和女人的号叫。数声枪响过后，一切归于平静。

街上巡逻的日军走过后，陈山顺着墙根出了弄堂，往反方向跑去。在街道的拐角处，一辆小汽车冲出来，陈山猝不及防，险些撞上。他闪避开车头，却失去平衡滚倒在地。小汽车发出吱的一声响，紧急刹住。

陈山想从地上爬起，却又倒了下去。他吃力地抬起头，看到从车上下来一个人。明亮的车灯射着他的眼睛，让他看不清对方的样子。人影背着光走来，越来越近，停在了他面前。

陈山的视线越来越模糊，终于，他失去意识昏了过去，血慢慢从他身上的伤口流了下来。

这些血液凝固以后，被荒木惟戴了白手套的手捻了起来。荒木惟还看到了地上的车轮印。他即刻命令千田英子排查附近活动过的一切车辆。

唐曼晴把车停在了一条城郊的小路上。四周一片黑暗，十分寂静。她走下车，拉开后门，看了眼躺在座位上的陈山，然后打开尾厢，拿出医药箱，为陈山包扎伤口。

"谢谢你，嫂子。"陈山虚弱地说。

"快走吧，我只能送你到这里了。"

陈山看了眼车上的血迹，问："我这样会连累你吧？"

唐曼晴说："你不马上走更会连累我。"

"我们陈家，欠你太多了。"

"这世界上所有事，但凡我心甘情愿，便谈不上欠与不欠。"

陈山下车，转身对唐曼晴深深鞠了一躬："保重。"

唐曼晴略一点头，看着陈山摇摇晃晃地远去。陈山的身影很快消失在黑暗中。唐曼晴摸出钱时英的怀表摩挲着，眼睛里泛起了泪光。

大街上设起了哨卡。每一处哨卡前都有四个宪兵，他们端着上了刺刀的步枪，严阵以待。

荒木惟和千田英子在一处哨卡前停车下来，询问情况。到目前为止，这里还没有发现可疑人物经过。

荒木惟想了想，说："报告一个小时以来的通行情况。"

"这一个小时之内一共过去两个清扫大街的工人，一个下夜班的电工，我们都认真核对过，绝对不是尚公馆特务科的陈山。还有一位女士开着车过去，车上贴了特别通行证。"

"一个开车的女士？"

"是一个漂亮的女士，年龄大约二十多岁，车上贴的是宪兵司令部特高课签发的特别通行证。"

"车牌号是425？"

"是。"宪兵回想了一下，说。

荒木惟脸色铁青，口中蹦出了一个名字："唐曼晴。"

荒木惟带着一队宪兵冲进唐曼晴的寓所时，唐曼晴正光着脚穿着睡衣窝在沙发上喝红酒。荒木惟走进去，仿佛是回自己家。他微笑着坐到唐曼晴对面的沙发上，甚至还给自己倒了一杯红酒。

"唐小姐，按常理，现在这个时刻你应该是在米高梅跳舞的。"

唐曼晴看了眼在家中四处搜查的宪兵，面不改色地晃动着杯中的红酒说："荒木君，按常理，在我的印象中你一直是一个有礼貌的人，从不乱闯民宅。"

荒木惟微笑着说："你说对了。我不闯民宅，但对付敌人，也从来不手软。"

唐曼晴也笑了："看来是把我当成敌人了。"

"不，我是怕敌人伤害到你，所以我得来保护你。"

话音刚落，千田英子就奔入了客厅。她的手中拿着一只带血的汽车座套。

"唐小姐，你汽车后座上的血，请问你如何解释？"

唐曼晴没有答话，只是慢条斯理地又喝了一口酒。

荒木惟起身，向唐曼晴弯了弯腰："唐小姐，敌人在哪里？如果你不说，那你就是敌人的同党了。"

唐曼晴晃动着酒杯，盯着荒木惟，依然不说话。

荒木惟继续说："你最好说清楚。这是事关我大日本帝国的大事。如果证据确凿，就算是上海派遣军司令官松井将军也不敢救你。"

唐曼晴保持着风度，放下酒杯，用上海话说："等我一歇。"

荒木惟微笑着欠了欠身，温文尔雅，也用上海话说："慢慢来。"

唐曼晴进了卧室，打开衣柜挑衣服。最终，她的手落在了一件旗袍上。与钱时

397

英第一次见面时,她就穿了这件旗袍。现在,她又穿上了这件旗袍,然后对着镜子梳头发抹口红。看着镜子里的自己,她轻声说:"时英,我一点也不后悔的。"

然后,她选了一双白色的高跟鞋。她穿着那双鞋从卧室里出来,朝荒木惟淡然地笑了一下:"走吧!"

3

一大早,荒木惟就匆匆赶到了陆军医院。他撞开陈夏的病房,快步来到陈夏床前。

陈夏躺在病床上,脸色白得和床单的颜色一样。一名小个子军医正带着助手在收拾器械。荒木惟问她的情况怎么样,军医朝他摇了摇头。荒木惟一把揪住军医的衣领,低沉地吼道:"救活她!救活她!"

军医拼命地挣扎着辩解,子弹击穿了她的肺叶,她拖不过三个小时,现在是她最痛苦的时候。荒木惟愣了下,把视线转向陈夏。

陈夏睁着的眼睛没有焦点,眼神仿佛穿透了天花板,看向不知名的地方。她的身下有一摊血,而且越来越多,在床单上晕染开来,顺着床沿往下淌,蜿蜒成一条红色的细流。

荒木惟松开军医的衣领,无声地挥了挥手,所有人就出去了。他坐在床边,缓缓抱起浑身抽搐的陈夏,无比温情地说:"我答应过等到共荣了,带你去看日本的樱花。"

陈夏的眼神没有改变,但她听到了荒木惟的声音,努力钩起手指头,钩住了荒木惟的袖子。荒木惟温柔地在她的额头抚了抚,她的脸上就浮起了淡淡的笑容。

陈夏想起了童年时的中秋节,一家人都在院子里。大哥指着空中的满月给她看,爸爸在躺椅上喝茶,小哥哥则在院子里疯跑。她想起小哥哥背着自己走在宝珠弄至吴淞口码头的路上,爸爸迎面走来,手里举着给他们买的生煎。

在她生命的最后一刻,她想起的是自己与荒木惟并肩坐在三角钢琴前的情景。钢琴的正上方本来雕刻着两个栩栩如生的天使,但其中一个天使人像在多年的辗转中遗失了。那时,她的眼睛还未复明,荒木惟牵引着她的手,轻轻抚摸着那个仅存的天使。他说:"陈夏,你愿意做个天使吗?"她问:"我可以吗?"

天使的形象渐渐在她脑海里变成了轮流出现的父亲、大哥和小哥哥的笑脸,然后渐渐淡去。

随着一声枪响,她的笑容凝固了。

千田英子听到枪声冲进来时,荒木惟正将脸紧紧贴在陈夏的脸上。陈夏的眼睛没有闭上,但是已经失去了神采,一串泪珠从眼角滑落,湿润了荒木惟的脸庞。荒木惟缓慢地抽离了那把抵在陈夏心口的手枪,陈夏钩住荒木惟袖子的手也无力地垂落下去。荒木惟紧紧地搂着陈夏，身子忍不住颤抖。

良久，他将陈夏轻轻放在床上，伸出手，慢慢地捂合了她的眼睛。

千田英子只是默默地看着，眼神中满是对荒木惟的疼惜。看着已经死去的陈夏，荒木惟只觉得心口一顿剧痛，他捂住胸口，摇摇晃晃。千田英子喊了一声"科长"，上前扶住他。荒木惟惨白地笑了一下，说："樱花谢了。"

荒木惟神色疲惫地坐在病床上，吊着点滴。千田英子关切地站在一旁，眼中都是疼惜。

"科长，我从来没见过你这个样子，为了一个夏枝子，值得吗？你告诉过我，对敌人是绝不能仁慈的。"

"夏枝子从来也不是敌人。"

"科长……"

荒木惟伸手制止千田英子再说下去："她本来可以是简简单单地做一个天使的，是我害了她。"

"科长，请振作起来，陈山还没有抓到，还有很多事等着我们去做。"

荒木惟缓慢地笑了："不需要教导我。"他扯掉了吊水的针，深吸一口气，重新变得精神抖擞。

"通知76号特工总部以及涩谷宪兵小队，让他们全力配合尚公馆进行搜捕，找到陈山。"

"是。"千田英子领命，快步走了出去。

陈金旺穿着干净的衣服，神情平静地从屋内搬出一个小方桌，摆在了家门口。然后，他在小方桌四周放了四个小凳子，往桌上摆上了一锅粥和一盘生煎。

荒木惟和千田英子走来时，陈金旺正坐在方桌前的一个小凳子上吃生煎。一排背着长枪的日本宪兵呼啦啦过来，把他包围了起来。涉谷队长带着两条狼狗，守候在不远处。陈金旺呆呆的，仿佛根本没意识到自己被包围，仍是不紧不慢地喝粥吃生煎。荒木惟问他陈山在哪里，他也像没听见一样。

千田英子走上一步，脸带愤怒。荒木惟举起手，示意她不要妄动。他又问了一遍，这次陈金旺听到了，抬起头，看着荒木惟，嘴里咬着生煎，好一会儿才咽下。

"你是弄堂口做生煎的李阿大吧？"

千田英子低声对荒木惟说："好像这老东西早就不认得陈山了，科长，还是把他关起来，等着陈山自投罗网吧。"

陈金旺巍颤颤地站了起来，朝荒木惟神秘地笑了一下："你找陈山啊？他是我的二儿子呀，他老结棍的。"

荒木惟和千田英子对视了一眼。此刻的陈金旺仿佛神志变得清明了，他甚至得意地笑了下："他要是跟你们躲猫猫，你们天黑找到天亮，也寻不到他的，哈哈哈……"

千田英子说："老东西，陈山现在在哪儿？"

陈金旺突然向空中举了一下手臂，吼了起来："还我河山！陈河的河，陈山的山！还我河山……"

荒木惟冷冷地看着突然变得意气风发的陈金旺，陈金旺对他逼近了一步，继续近乎狰狞地咆哮着："还我河山！陈河的河，陈山的山！"

千田英子一脚将陈金旺踹倒在地。陈金旺的头撞到桌角，血流了下来。荒木惟冷冷地看了陈金旺一眼，转身往回走了几步，向涩谷使了个眼色。陈金旺以手支地，勉力坐起，还在喊着："还我河山！陈河的河，陈山的山！"

涩谷的手一挥，两条狼狗就朝陈金旺扑了过去。

陈金旺的袖子被狗咬住，他奋力一甩挣脱，飞起一脚踢在了狼狗身上，嘴里怒骂着："畜生！畜生！"

又一条狼狗扑过来，咬住了他的腿，把他拖倒。两条狼狗扑到了他的身上。很快，狂吠声就淹没了陈金旺的怒骂。

这一刻，陈山正在附近一幢小楼的楼顶远远地看着这一幕。几分钟以前，他穿着农夫的衣服躲避开特务和宪兵的追索，沿着条巷道跑到了宝珠弄弄口。看见日本宪兵的身影后，他迅速闪身躲开，爬上了那幢二层小楼。

那排日本宪兵排列整齐，一动不动，枪刺闪着的锋利光芒灼烧着陈山的眼睛。陈山靠着墙壁慢慢蹲下来，痛苦地用手捂着脸，无声痛哭。他的整个身体因为强自压抑的痛苦而不断地颤抖着。

荒木惟烦躁地在审讯室来回走了两步，解开了衬衣的第一粒纽扣。然后他停下来，从桌上的雪茄盒里拿出一支雪茄，用雪茄剪夹去了头。想了想，他又把雪茄放回盒中，手里仍捏着雪茄剪，走到缩在墙角的唐曼晴身前。

"唐小姐，我最后一次问你，陈山在哪里？"

唐曼晴缩在墙角不吭声，一动不动。

"本来你应该衣着光鲜地在米高梅跳舞，被所有男人仰望。现在你的肋骨已经全部断了，何必要承受这种非人的痛苦呢？我十分不明白，你图个什么？"

唐曼晴惨淡的面容上竟然露出了一点笑容："图个心安。"

"不不不，没了地位，没了东亚共荣的荣光，没了帝国做你的强大后盾，你哪有什么心安？你会失去一切的。"

唐曼晴淡淡地笑着，没有说话。

荒木惟继续说："你现在只要告诉我，陈山在哪里，我立即亲自送你去陆军医院，保证你能得到最好的医治。否则，我也能保证让你失去你以前拥有的一切。"

唐曼晴仰起伤痕累累的脸，仍旧笑着："我最后一次回答你，我不知道。"

"唐小姐，我一直在想一个问题。你有一半大日本帝国血统，又有一半中国血统，但你心里到底愿意是日本人，还是中国人？"

"我可以是日本人，也可以是中国人，但我不能是杀人的人。"

荒木惟忽然愤怒起来："那你就是我大日本国的叛徒。你对不起我大和民族，对不起天皇陛下，对不起日出之国这个称号。"

唐曼晴轻笑一声，说："既然这么说，那我就算是中国人！"

荒木惟直视着唐曼晴的双眼，唐曼晴也毫不畏惧地看着他。荒木惟忽然长长地叹了口气，走上前去，蹲在了唐曼晴面前。

"值得吗？你维护那些中国人，谁会来维护你？你知不知道你的生死，现在就在你的一念之间？"

"我只有一个要求，我死后请将我葬在时英身边，我已经为自己预留了墓穴。"

"我不可能答应你。"

"我知道你会的，因为你和别人不一样，你始终尊重你的敌人。现在我就是你的敌人。"

"不管如何，你终究算是半个日本人。我送你去医院吧，养好断掉的肋骨，回日本去。春天快要到了，你可以到富士山下赏樱花。"

"可我现在愿意是中国人。"说完，唐曼晴古怪地微笑起来。猛然间，她一口咬向荒木惟颈旁的大动脉。荒木惟本能地一闪，避开要害，却被咬住了肩膀。唐曼晴大力咬下去，牙齿深深地印入了荒木惟的肩头。

荒木惟凄惨地笑了，平静地说："中国人就是爱咬人。"

荒木惟的肩头上很快沁出了一小摊血，但他毫不在意，抱紧了唐曼晴，把嘴巴附在她耳边轻声唱起了《君之代》。

"愿我皇长治久安，愿我皇千秋万代，直至细石变成巨岩，长出厚厚的青苔……"

荒木惟一边唱，一边收紧双手，把唐曼晴折断的肋骨推进她的脏腑。那些骨头斜斜的切口像尖刀一样扎破了她的内脏，甚至扎破皮肤突兀地冒出来。唐曼晴的鲜血浸染在荒木惟的白衬衫上，无比鲜艳。

荒木惟一松开手，唐曼晴就像一朵开败的百合花，慢慢地委顿下去。她眼中的光华渐渐黯淡，笑容却永远凝结。她眼前闪现出了钱时英英俊的面容。钱时英长身玉立地站在一团光晕中，微笑着向她伸出手，她伸手握住，与他手牵手走进那团白光。

荒木惟俯视着唐曼晴，冷冷地说："恕不远送。"

4

黄昏。办公室里没开灯，光线很昏暗，荒木惟的脸色也很灰暗。他坐在琴凳上，右手轻轻拂过琴键，一串音符在室内跳跃。

他闭上双眼，双手按下琴键，开始弹奏莫扎特《安魂曲》的第七部分，《泪》。曲调抒情忧伤，他的脸上带着一种深沉的悲哀，琴声如行云流水般从他指间倾泻而出。

荒木惟的身旁还放着一个琴凳，琴凳上放着陈夏送给他的那双鞋。悲怆的琴声衬得他的脸色越加灰暗。

陈山神情憔悴却平静地来到了猛将堂，他的手中抱着一只五灯电曲儿收音机。在门口，他看到有个叫刘兰芝的嬷嬷在扫地。他就一直看着她，直到她扫到院门口。

刘兰芝看到陈山像一棵树一样站着，一动不动，只是脸上浮着很浅的笑意。她问："你找谁？"

"我来过这里。"陈山说。

"我没见过你。"

陈山停顿了一会儿，说："请问天黑了以后，这边的路还好走吗？"

"不好走。到处都是坑。"

"我想找一个会拉马头琴的人。"

"对不起，这儿只有唱诗班。"

陈山笑了："你就是刘兰芝吧？"

"谁告诉你的？"

"张离。"

陈山又停顿了一下："我真的来过，只是上次是被人抬进去的。"他瞥了一眼教堂上方小阁楼的窗户，接着说，"'麻雀'同志告诉我说，你刚好出门去扫墓了。"

"是啊。"刘兰芝的脸上有忧伤一闪而过，"每年这个时候，我都要去看我家忠良的。"

刘兰芝带陈山进房间时，"麻雀"正在为一位叫春羊的女子剪头发。一些碎发落在春羊身上的白色围单上，地上也有一些。刘兰芝对着"麻雀"的背影说："他来了。""麻雀"说："等一会儿，我马上就能剪好了。"

刘兰芝让陈山坐一会儿，她去为他们准备午饭。陈山在一旁坐了下来，静静地看着"麻雀"给春羊剪头发。他看着镜中的春羊，依稀中仿佛看到了张离的模样。在他的幻想中，及肩长发的张离在镜中对他一笑。

春羊从镜中看到陈山在看着自己，对他笑了下："你好，我叫春羊。"

陈山回过神来，镜中的张离变回了春羊的样子。他淡淡地笑了下，说："头发还是留长点好。"

荒木惟裹着一件厚厚的大衣坐在陈夏住处的榻榻米上，神情憔悴，面容清减了许多。千田英子跪坐在对面，两人中间摆着一碗汤药。

"科长，该喝药了，请您保重身体。"

荒木惟的眼光转向窗外，外面传来了一阵鞭炮声："有人在放鞭炮，这声音真像打枪。"

"我去关上窗户吧。"

"不，我喜欢听见枪声。这样热闹。"

"听说春节是中国人团圆的日子。"

荒木惟笑了笑，说："我很希望能够送陈山去和他的家人团圆。"

"快了。"千田英子说，"中国人就是一盘散沙，他们坚持不了多久的。我们很快就能回美丽的奈良了。"

荒木惟有些茫然。千田英子问唐曼晴的尸体要怎么处置，荒木惟呆了一会儿才回答。

"这是个有节气的女人，就把她葬在她之前为自己准备的墓穴里吧。"

"科长，你又对敌人仁慈了。"

"不，是尊重。尊重一个虽然连朋友也算不上，却能懂我的人。替我买一束鲜花，放在这个曾经美丽的女人面前。"

"是。"

陈山在猛将堂的房间里坐着，擦拭着那台五灯电曲儿。"麻雀"走进来，默默地看着他，说："这是家里的东西吧。"陈山点了点头。

"眼睁睁看他们杀了我爹，我没本事救他，只敢在天黑以后去屋里带走这个东西。我是不是很怂？"

"懂得有的事可以做，有的事不论多想做也不能去做，就是成长。"

"你是想说，我终于和我大哥、和张离成为同样的人了吗？"

"麻雀"点点头："你们从来都是同样的人。"

"可是，现在我成了……孤儿了。"

"后悔吗？"

陈山想了想，问："'麻雀'，你最快乐的时光是在什么时候？"

"麻雀"愣了一下。陈山显然并不想听"麻雀"的答案，他自顾自说了下去："我最快乐的时光，是当初跟宋大皮鞋、菜刀一起混码头的日子。朝天一炷香，就是同爹娘，有肉有饭有老酒，敢滚刀板敢上墙。那种流血流汗却从来没有想过明天的日子，真他妈痛快。可大概命中注定，我不能一直活得那么没心没肺，我得失去他们，得挑起担子，得成为一个孤家寡人。"

"麻雀"说："我曾经也以为我再也没有亲人了。但等我到延安的时候，我才发现我一点也不孤独，我从来也不是一个人。"

陈山看着"麻雀"，对他的话似懂非懂。他按动了收音机的开关，电台中，著名的陈曼莉莉正在播报新闻："中国战区最高司令官蒋介石夫人宋美龄在美国国会发表演说，为中国争取援助和支持。蒋夫人的气度与才华令美国人大为惊叹。"

在宋美龄的英文演说中，"麻雀"说："全世界的反战人士都会帮助我们的。胜负的转机，从来都是在一瞬间发生的。我们一定会胜利。恭喜你完成任务，准备一下，去延安吧。"

陈山沉默了一会儿，说："我想等过了惊蛰再走。"

陈山在屋内的桌上立了一排牌位。牌位一共有十个，上面的名字分别是陈河、张离、陈夏、陈金旺、菜刀、宋大皮鞋、刘芬芳、大吉、大庆、唐曼晴。一旁的床上，放着一张报纸，报纸头版配着唐曼晴的照片，新闻标题是《中日亲善大使唐曼晴小姐于前日香消玉殒》。

陈山划燃了火柴，专心地点了十炷香，然后一根一根插在香炉里。每插上一根香，他的脑海里就闪现出一个人的脸。陈河长身玉立，卓尔不群地走在人群中。张离淡定从容，优雅大气，一回眸时长发飞扬令他怦然心动。陈夏天真纯净，稚气欢快地在阳光下奔跑。陈金旺憨态可掬，自得其乐地吃着生煎。宋大皮鞋和菜刀、刘芬芳三个人搭着肩并排站在阳光下，露出白牙齿灿烂地笑着。大吉和大庆挎着枪，自信满满，笑容可掬。唐曼晴风情万种地一转身，深深地回望了他一眼。

"各位亲人，陈山不辱使命。你们的深仇大恨，陈山一定要报。"

最后，陈山往香炉中插上了第十一炷香。这第十一炷香是烧给他自己的。如果有一天他牺牲了，那就没人给他烧香了。

5

千田英子来到荒木惟的办公室，向他汇报特高课新任命的课长是池田纪由。他刚才派人送来了请柬，后天将在米高梅举办就职晚会。荒木惟恍若未闻，问有没有陈山的消息。千田英子说还没有。荒木惟一脸厌倦地挥挥手，千田英子就低头退了出去。

这时，米高梅宴会厅已经开始为后天的宴会做布置了。摆鲜花，拉彩带，挂条幅，为室内正中的巨大水晶吊灯更换灯泡。还有工人把一架漂亮崭新的钢琴搬到了大厅。

陈山也在做准备。他在猛将堂的小阁楼里，把一些黑色粉末小心倾倒进一排小铁罐中。然后，他拿起一个盒子打开，里面还有一排小钢珠。那是张离的弹弓子弹，他拿起一枚，放在眼前仔细地看着，嘴角浮起温柔的笑容。

一阵热烈的掌声在米高梅宴会厅响了起来。灯火辉煌的大厅中站着一个身材矮胖的日本人，他西装革履，戴着金丝眼镜，是新上任的特高课长池田纪由。

池田纪由举手示意大家安静，说："感谢诸君的光临，鄙人不胜荣幸。在座的各位是上海各界的精英，为中日友善做出了巨大的贡献。期待在日中两国未来的发展，能够继续合作，互利互赢，促进日中永续之和平与繁荣，共建东亚共荣的王道乐土。"他拿起一杯酒，举起，"为天皇陛下，为东亚共荣，为圣战，举杯。"

众人纷纷举杯。

池田纪由继续说："今天是中国的节气惊蛰，在日本叫启蛰，万物启蛰百花惊醒，每年的这一天，我都会到东京赏樱花，我期待，有一天，上海的街头也可以开满日本的樱花。所以，今天，我要为大家献唱一首我们大日本国的民歌《樱花》。"

众人一边点头赞许，一边热烈鼓掌。池田纪由提高了声音："我特地邀请尚公馆特务科科长荒木惟先生来为我伴奏。"

荒木惟满面含笑地在掌声中走上台，冲众人行礼，然后在钢琴前坐下。池田纪由走到钢琴旁边，对坐在琴凳上的荒木惟点头示意，荒木惟便开始弹奏《樱花》。

"樱花啊，樱花啊，阳春三月晴空下……"

在场的日本人也跟随着一起唱，舞池中四个身着和服盛妆的女子和着节拍跳起了日本民族舞。荒木惟弹着琴，神情却有些恍惚。

钢琴内部，翘起的琴键带动小锤敲击着拉紧的钢弦。在密密的钢弦下，有一个黑色的阴影。

荒木惟弹着琴，池田纪由投入地唱着歌，厅内一片歌舞升平。陈山扮成侍者，正托着酒盘在人群外行走。荒木惟忽然心有所感，一边弹琴，一边抬起头往人群看去，恰好与陈山四目相对。

陈山朝荒木惟露出了一个笑容，眼神却冷得像冰。荒木惟忽然意识到了什么，然而他的弹奏已达曲子的高潮，双手条件反射地同时重重按下了两个琴键。

那两个同时翘起的琴键带动小锤敲击拉紧的钢弦，下方的一根引线被绷断了，火花迅速向钢弦下黑色的阴影而去。那是陈山事先安装的炸弹。

砰的一声巨响，正陶醉在歌声中的池田纪由被炸弹掀上半空。荒木惟也被气浪掀飞开来。

宴会厅乱成一片。人人都在逃窜，许多人被炸弹和钢琴的碎片打伤，血流满面。

荒木惟从地上爬起来。他的右臂已经被炸飞了，眼神却非常冷静。他像狼一样搜索着，终于看到了站在大门口的陈山。

陈山手上还端着一杯酒，他向荒木惟微笑着，举了一下酒杯。荒木惟抬起左手指着陈山大吼："抓住陈山！"

话音刚落，大厅正中的水晶吊灯就闪了两下。荒木惟本能地抬头望去，这时，吊灯上安装的炸弹爆炸了，像绽开了一朵金色的花，无数亮晶晶的东西呼啸着奔向荒木惟。

荒木惟立在当场，他的额头、脸颊、身体全部被吊灯上射出的小钢珠击中，深深地镶嵌进去。他旋转了半圈，终于颓然倒地，血迅速地往四周漫开。

陈山从容地离开。"米高梅舞厅"五个霓虹灯做成的字还在他身后胡乱闪烁。伪警察局的警车响着刺耳的警笛向这边奔来。霓虹灯光衬得他的身影极为高大，纷纷而下的春雨淋湿了他的脸，不知是雨水还是泪水。他在心里对张离说："张离，我说过让荒木惟粉身碎骨的。今天惊蛰，我的任务终于完成。"

这时，雷声从遥远的地方滚了过来，铺天盖地地滚动着。陈山淋着雨走在街头。雨越来越大。一个炸雷在他头上响起。

深夜的码头上，一个胖子正向费正鹏介绍着一位清瘦的男子。那是一位姓沈的先生，可以给他搞到去香港的船票。

费正鹏略一点头，叫了声沈先生。沈先生问费正鹏钱带了没有，费正鹏就晃了晃手上提着的箱子。

"跟我来。"

沈先生把费正鹏带到了一间民宅前。沈先生站到门口旁，对费正鹏说："请吧。"

费正鹏推门而入，看到屋内有个人背对门坐着，背影十分熟悉。费正鹏看了一会儿，脸色忽然变了。然而此时房门已经被那位沈先生从后面关上。沈先生和屋内角落另外两个男子同时举枪对准了费正鹏。

背对着门坐的正是关永山，他正在看一张《申报》。他身边的桌子上放着一把黑色的长柄雨伞。

沈先生说："处座，人带到了。"

关永山隔了一会儿才转过身来："老费，别来无恙啊。"

费正鹏强自镇定，说："关处长，好久不见。"

关永山扬了扬手中的报纸："刚刚看到一些好消息，飓风队又干了几票大的，锄奸之势势如破竹。所有的叛徒想要有好下场，实在是太难了。"

费正鹏不由得苦笑了一下："先对我不义的人，分明是你们。要不是你们出卖我，我又怎么会被捕？我扳着手指头留足了飓风队全部撤离的时间后，才供出了各个据点。这已经是对党国仁至义尽，你们还要对我赶尽杀绝吗？"

"党国对我们一向赏罚分明。你箱子里的钞票，就是你背叛党国的证据。既然日本人不杀你，那就只好我们自己动手了。"

"好一个赏罚分明。"费正鹏咬着牙说，"我不过是为自己留条后路，党国从上到小，有谁不贪？我只后悔没有早一点背叛这个所谓的党国。"

"想要太多，往往最后只会什么也没有。"

费正鹏又笑了："好，关永山，我希望你也记住你自己说的这句话。"

关永山脸色变了变，站起身来走到费正鹏身边，说："跪下！"

费正鹏顺从地跪在了地上。他额前一缕灰白的头发耷拉下来，盖住了他的一只眼睛。关永山拿起那柄黑色的长柄雨伞，伞杆轻轻顶在了费正鹏的太阳穴上。那把雨伞其实是一支特工专用的装了消音器的枪。

费正鹏的一行眼泪流了下来，他缓慢地闭上了眼睛，轻声说："顺年，咱们的恩怨现在两清了。秋水，我就快要来了。"

随着一声轻微却又短促有力的枪声，费正鹏直愣愣地扑倒在地上。一会儿，他的脑袋下就洇开了一小摊血。一颗"炮"字象棋从他的衣袋里滑出来，滚到了桌腿边上。

印刷厂里，一张张报纸快速地从印刷机的口子里转出，涌上重庆的街头。《中央日报》《大公报》《扫荡报》《新华日报》等各大报纸的头版标题都相似：军统王牌特工重创日本尚公馆，局本部戴笠局长亲自签发嘉奖令！

樱田薰站在荒木惟的办公室里，仔细看着墙上挂的天皇画像。办公室的门没关，千田英子用军人的步伐走到樱田薰跟前。

行完军礼，千田英子铿锵有力地报告说："尚公馆特务科行动队队长千田英子向樱田科长报到。"

樱田薰转过身，向千田英子还礼。

"鄙人樱田薰，荒木科长的职位由我来接任。尚公馆的诸多事务还请千田队长多多关照。"

千田英子再次行礼说："樱田科长尽管吩咐，英子自当尽力。"

樱田薰笑了，掏出一张照片递给千田英子："我今天来，还带来了一份礼物。"

千田英子接过照片看了看，照片上的人是军统第二处处长关永山。

"此人现在在上海，我有他的详细行踪路线。"

千田英子立即行礼说："请科长下令！"

天上淅淅沥沥地下着小雨。偶尔从辽阔的江面上传来的汽笛声穿过雨阵，在十六铺码头的上空穿梭。

关永山撑着一把黑色的长柄雨伞，踏着轮船的踏板上了"太平号"轮船。

樱田薰穿着一身西装一直坐在甲等舱里。关永山收拢雨伞，矮身进入舱位。看见关永山后，樱田熏就笑了起来。

关永山迅速转身，千田英子却反背着双手堵住了他的后路。关永山脸色苍白地笑了一下，仿佛不经意般抬起了那把雨伞。千田英子一脚踢落雨伞，然后纵身跃起，用剪刀腿把关永山绞翻在地。

樱田薰拿起那柄雨伞，对准了关永山。

十六铺码头的江面上，大小轮船鳞次栉比。一声细微而有力的枪响从"太平号"传出。这时候汽笛的声音又响了一下，完全抹掉了那声枪响。

6

"麻雀"与陈山在猛将堂小阁楼里相对而坐。"麻雀"说:"你没有听从命令,擅离猛将堂,组织上会对你严肃处理。"陈山说:"我承认自己的错误,愿意接受党组织的处罚。但我只是做了我应该做的事。""麻雀"便盯着陈山不说话了。

"你就算把我的脸盯出一个洞来,我还是一样的回答。"

"麻雀"叹了一口气,把一张船票放在了陈山面前:"走吧,到那儿以后,会有人接你。"

陈山拿起船票,仔细地看着。

"另外,费正鹏已经被军统作为叛徒处决了,余顺年同志的仇,军统算是替我们报了。"

陈山点点头,挥了挥手里的船票:"张离和陈河要是能看到,一定会高兴的。他们想去的延安,我来替他们去。"

"到延安后先进行的是身份甄别,接着还有严肃的处理。我们的组织,眼中不能揉沙。"

天空中下着雨,陈山站在延安的一条土路边。一个行李箱放在他脚边,他手上提着一个用布包着的长方形的东西。

一个年轻人向陈山走来。他穿着八路军的军装,戴着一顶破旧的八角帽,鞋上沾满了泥。年轻人操着一口江浙普通话说:"听讲你是陈山同志?"

陈山点了点头。年轻人先向他行了一个军礼,又热情地向他伸出了双手。

"你好,我叫胡大利,警卫营一连战士。我是来接你的。"

陈山伸出手与胡大利相握,但他有些不习惯。胡大利要去接他手里那个用布包着的东西,但他将布包往回收了收。胡大利看了他一眼,不介意地笑了一下,提起了旁边的行李箱。

两人向着一条土路走去。胡大利边走边说:"你手里那东西,这儿很多人都有。"

"是吗?"陈山有些意外。

"每个人的东西都不一样,但这东西,都叫作'亲人的回忆'。"

陈山眼神黯了一下,抱起手里的东西拍了拍:"你说的这个名字有意思。但我的这个东西叫电曲儿,是我妹妹最喜欢的。"

胡大利沉默了一下,又说:"听讲你是从上海过来的?"

陈山点了点头。

"听讲你老厉害,你在舞厅里把个日本大特务都炸死了……"

陈山笑了,问:"你哪儿人?"

"绍兴的。"

"你的话真多。"

胡大利愣了一下，随即又说："我两个哥哥也在上海干革命。他们叫胡大吉和胡大庆，你认不认得他们?"

陈山一下子就愣了，过了一会儿，说："是，我认得。"

"真的啊!"胡大利大为惊喜。

"你……好久没见他们了吧?"

胡大利一笑，眼睛就剩下一条缝："我大哥哥讲了，等到胜利了，我们再一起回绍兴种田。我们干不了别的，我们只会种田。"

"你也有好久没回家了吧?"

"嗯，快三年了。"

陈山从口袋里掏出那个刻有吉字的木娃娃给胡大利，说："你要是回家，就把它带给你大嫂和侄女。"

"我大哥都结婚啦?"胡大利惊喜地说，"哎呀，太好了。他又不识字，都不会给我写信。你要不说，我都不知道他讨老婆了呢。"

陈山表情复杂，沉默了一会儿才说："胡大吉是个英雄。是英雄，当然会有姑娘喜欢的。"

胡大利笑了，不以为然："他英雄?他那么瘦，那么胆小，他会是英雄?"

两人路过王家坪时，听到了八路军总部大礼堂里的喧哗声。胡大利看着礼堂外面有些兴奋，说："今天有演出。你运气真好。"

陈山问："什么演出?"

"文艺汇演啊，叫《胜利向我们走来》。走，我们先去放行李，然后我带你进去看。那些女演员长得可漂亮了。"

胡大利拉着陈山挤进了礼堂后排的人群里。陈山看向台上，一位穿灰布军衣的女子正在朗诵诗歌。女子留着短发，腰间扎着一根武装腰带，英姿飒爽。

陈山朝着女子笑了。她的脖子上系着她与张离共同为他织的那条毛线围巾。

"我不愿失去每一寸泥土/哪怕是泥土之上的每一粒灰尘/我不愿失去每一滴河水/哪怕是河床之上升腾的水汽/我不愿失去任何/因为她属于我的祖国……"

陈山站在人群中，眼泪悄悄漫过了眼眶，但他的脸上盛开着笑意。

胡大利说："我没骗你吧。看，多漂亮啊。"

陈山说："是，你没骗我。"

"听讲这姑娘还很有本事呢，能写诗能跳舞，是我们中央医院的外科医生，叫余小晚。"

"中央医院在哪儿?"

"听讲在李家洼。"

陈山提着从礼堂附近小卖部买来的东西走进礼堂后台时，余小晚正坐在一面破镜子前卸妆。陈山一步步走向余小晚，并没有惊动她，而是站定了，长久而沉默地看着她。

余小晚突然在镜子中看到了陈山。她呆愣愣地望着镜子，眼睛里的泪水越积越多。她猛地转过头，眼泪终于突破眼眶，滚滚而下。

"鞋匠，怎么是你？"

陈山满含热泪地笑了："怎么不可以是我？"

"鞋匠，我一直在等你。"

"我也一直在找你。现在，你是我唯一的亲人了。"

外面又响起了轰隆隆的春雷声。陈山笑了，他朝余小晚举了举手中的网兜，网兜里面装着六只青光光的小苹果。

于无声处听惊雷

——电视剧《惊蛰》致全体主创

编剧　海飞

诸位主创老师：

这其实是一个剧本的创作札记，其中有编剧眼里的《惊蛰》模样。我想，这个故事的根，应该是从这万字长言里面来的。换言之，编剧眼中的剧本中的故事，是这个样子的。如果您觉得也许此文对您在《惊蛰》二度创作中有用，那么我将万分欣喜。如果觉得读了无益，那也无妨。我写下这个创作谈的初衷十分简单，哪怕万分之一地有助于提升整个成片的质量，那也将是一种小小的胜利和欢愉。

为什么要写《惊蛰》

从2010年创作谍战剧《旗袍》，到2015年创作《麻雀》，再到现在的《惊蛰》，我仿佛经历了那个战火中离乱的时代。有许多时候，我会在杭州金汇大厦17楼办公室的窗前发一阵呆，如果有风吹来，我会觉得我简直就是一张活着的泛了黄的照片。如果允许抬起头，目光跨越山水，我会看到上海黄浦江边泊着的船只，听到外滩钟楼传来的声音，外白渡桥上硬度实足的钢构架，邮递员、马车夫，热气腾腾的上海早晨，当然也有日本军人沉重的军靴，所有的一切，在升腾与重演，这一定就是那个年代的上海。我无比热爱着的最繁华也最苍凉的，最爱情也最疼痛的上海。

再允许我盘点一下我的一些微不足道的谍战小说，比方讲《向延安》，比方讲《捕风者》，比方讲《棋手》，比方讲《醒来》，比方讲《唐山海》，比方讲《苏州河》……那个年代所有的人事，像皮影戏一样，在我的脑海和笔下苏醒，我如此沉迷，如此深深地爱恋着笔下的人们，以及那个年代所有的爱情与子弹、玫瑰与枪炮。同时我对自己的创作深怀自恋，也深怀警惕。我一直在想的是，如果在我在电脑前创作的每时每刻，耳畔都能听到雷声阵阵，让我猛然中觉醒，那才是最好的状态。不要在主题上类同，不要在题材上类同，不要在表现手法上类同，不要在桥段和细节上雷同，不要在人物关系上雷同，不要在……所有的剧作元素上类同。我坚信，每一个编剧的创作力一定会枯竭的。我还给我的同行们打比方，我说你们晓不晓得的，编剧的创作就像是一口井，井水被吸上来了，有些井很快会干枯，有些井还会不断喷泉。这就相当于编剧个体的不同，但愿大家都能做那口井水充盈与丰沛的井。而这需要不停地学习与汲取，不停地创作与思考，不停地行走……

411

《惊蛰》也是这样，我需要找出与其他谍战剧不同的点，我需要找到春风中摇曳的第一根野地里的青茅草。创作初期，我给《惊蛰》的定位如下：

1. 双城谍战。故事从主人公陈山在重庆军统内部的暗战一直写到在上海汪伪特务机关76号的惊天逆转。差不多重庆和上海各占一半的故事量，故事地域跨度大，叙事冲突必须要激烈。

2. 潜伏与反潜伏。通过一次意外事件，一个街头的"包打听"被阴差阳错地作为日谍，被迫潜伏到重庆国民政府窃取至高机密。日谍潜入我方，而且是男一，这样的戏其实挺少或不曾见过。当然，主人公守住了决不背叛祖国的底线，通过自己的机智果敢，以及在恋人和同志的帮助下，实现了反潜伏梅机关的完美逆袭。这相当于是特工资源上的"草船借箭"。

3. 兄妹精英特工生死对决。大哥陈河是忠诚的中共党员，因为误入歧途的小妹陈夏的进击而身份暴露，为了守住情报并保护弟妹，英勇赴死，却死不瞑目。二哥也就是男一号陈山，从一名街头包打听成长成一名精英特工，为了完成使命，不能对小妹正义直言，眼睁睁看着妹妹走上一条不归路。兄妹三人相爱相杀，极其虐心。三兄妹分别取名河、山、夏，连起来的寓意就是：华夏河山。

4. 特工战线的姐弟恋。假冒他人身份的主人公陈山，爱上了假妻子的真闺密。为了完成使命，两人上演了一段爱在心中口难开的唯美爱情。同时，甜蜜中也有刀尖舔血中的挚爱……而命运的轮回或者安排，让陈山在经历战火绵延中的人事后，重逢的却是青苹果"余小晚"。

然后，有了对主线内容的定位，我觉得我心里有底。然后，我的脑海中开始浮现心爱的朝天门码头（我甚至在小说《醒来》中为一名特工设置了"朝天门"的代号），然后，假定我仍然站在杭州金汇大厦17楼某间房的窗前，那么，窗外我将要看到的是一片原野，乌云压境，接着是倾盆大雨中的电闪雷鸣。那是活生生的惊蛰啊，天空中滚动着裂帛般的一声巨响，惊蛰就此来临。

《惊蛰》中遥远的城市

我从小生活在诸暨县枫桥镇一座叫丹桂房的村庄，我总是在泥土和植物的芬芳中，告诉自己是一名快乐的农人。而事实上，农村还有牛粪的气息，露天阴沟的污浊之气，以及对你狼视眈眈的中华田园犬。我当然相信，篱笆与茅舍，以及竹林和溪流，提供了诗意与想象，但相对而言，我同样热爱着城市。我对巨大的建筑，包括宽广如操场般并列着的铁道线局部（或许跟我小时候喜欢辽阔的晒谷场有关，在那儿我可以打我童年的虎跳和不成章法的迷踪拳），以及巨大的广告牌，有着与生俱来的好感。我童年和少年的零碎部分，其实是在上海外祖父家度过的。我骑着脚踏车从上海市杨浦区龙江路75弄12号，抵达外滩，大概20里的路程。我竟然免费地站在外白渡桥上看风景，我竟然背着双手站在外滩看风景，我竟然看到了黄浦江与苏州河的交汇，我竟然像一枚诸暨产的钉子一样钉在了上海，成为风景的一部分。

关于上海，我查阅了大量的旧上海地图，以及日本人生产的战时地图。关于谍战故事中所有的场景，我或者曾经抵达，或者翻阅过资料，我甚至去过上海警察博物馆，也到过上海1933老场坊，这儿曾经是工部局宰牲场，现在却成了一个时尚之地。连续多年的谍战剧创作生涯，让我的笔始终与上海有着纠缠不清的瓜葛。我对上海民国风情及各种社会时事的了解，让我在创作上并没有太多的惧怕与慌张。

但是对于重庆这座倾斜的城市，我从未涉足，更没有半丝的了解。所以在创作《惊蛰》小说的时候，我购置了大量的图书，那是必须学习和吸收的，比如《陪都重庆：大轰炸下的抗日意志》《重庆往事》《重庆大轰炸》《重庆抗战史》等等。此外，我专门去了重庆，多么像一个游手好闲的游客，晃荡着四处行走。当然一定是去了八路军的联络站，渝中区化龙桥虎头岩村86号的那个新华日报馆；当然一定去了渣滓洞；当然也有军统曾经的据地磁器口；以及寻找着林林总总的与军统相关的那些陈旧而令人兴奋的碎片。我到处寻找着陈山的影子，也寻找着费正鹏以及荒木惟的影子，哪怕小到一个普通军统人员的宿舍，哪怕小到面馆门口的一盏汽灯。在那个遥远的如水波般缥缈的年代里，张离一头短发，青春勃发却又安静地出现在重庆的街道上。余小晚上班时是宽仁医院的外科医生，下班后是舞厅皇后，她穿着高跟鞋笃笃远去，婉约而苗条。有哪个爱跳舞的女人是不苗条的呢，当然她也有着重庆妹子的火辣辣的特性，甚至有些微的嚣张，所以她叫陈山为鞋匠。在华华公司，她是能买到从湖州运来的丝绸的……而鞋匠，是她对陈山多么亲切的一个称呼，代表各种的欢喜，其实是……连绵不绝的爱意。

在这样一座被战火烧灼的城市里，后市坡的祺春西餐厅，是可以吃到上好的牛排的。在青年路的国际军人俱乐部里面跳舞，对于陈山而言也是蛮惬意的一件事，而且他还即兴地和周海潮在舞厅里干了一架。在国泰大戏院看话剧《卢沟桥之战》的时候，可以听到震耳的呼喊抗日口号的声音。从大戏院出来，一场寻常得司空见惯的空袭，在警报声中来临。这一次，陈山救了张离，发疯般地抱起张离奔向了医院。如此种种，我们可以看到的是同大上海一模一样的歌舞升平。那时候的上海，战争停息了，零星的枪声大约是军统在锄奸，或者是日本人在围捕共党地工人员或国民党军统人员。但是重庆不一样啊，重庆那时候因为地域优势而令日本人无法攻克，所以他们动用得最多的就是飞机轰炸。这些飞机基本隶属于驻扎在武汉的日本海军航空队，这些蝗虫般的飞机低空飞行的时候，重庆市民可以看到机身上贴着的膏药形状的日本国旗。

重庆，除了防空洞，当然是有专门针对日本战机的国军高炮部队的，这些高炮无疑是日军的眼中钉。高炮部队，其实就是拥有高射炮群的防空部队。我当过兵的，现在的炮兵部队，已经改名为火箭兵部队了。但我特别喜欢看那种炮轰的场面，有些高射机枪，差不多是小炮的一种。你想一想啊，万炮齐鸣，是一种什么样的气势，那纷飞的炮弹无疑是一场海浪的奔涌。

重庆，当然也流落着一些日谍和一些汉奸间谍。资料显示，被军统抓获的日谍并不在少数。比如，美国密码之父亚德利，曾经利用抓获的潜伏日谍的招供，向汉口的日本空军基地发送假的气象情报。比如，毕业于黄埔军校第16期通信科的江厚昌，1942年曾调重庆防空司令部任通信大队上尉排长，他也带人破获过日谍案。

重庆，当然也有着许多隐蔽的兵工厂，分布在各处。就像电影《一江春水向东流》一样，其实许多工厂企业，也在这战乱纷争之中搬迁到了重庆。重庆俨然是一座新的世界。而《惊蛰》的故事，也在这个新世界里，像打开一扇窗一样地豁然打开了。有许多如此种种的细节，都被写到了《惊蛰》的小说和剧本中。

事实上有生之年，每个人都应该至少去一次重庆。除了吃火锅，你可以去坐过江缆车，缆车下面是浊黄的嘉陵江水。电影《疯狂的石头》，开场就拍了那缆车。也可以坐穿楼墙而过的轻轨。机车穿过了楼里深藏的人生，这样的景观，可能全世界只有重庆才有。

双城气味和双面人生

无论是本剧的主创，还是只是这篇文字的看客，请允许我告诉你此剧中特别重要的东西，就是气味。我十分珍惜《惊蛰》的气味，这个小说首发在《人民文学》，迅速被花城出版社出了单行本，也迅速被《小说月报》选载。小说不是剧本，但是小说是剧本的根，小说的气味几乎就是这个剧的气味。

我想，如果有时间，其实是可以读一下《惊蛰》这个小说的。

就算是一个人和另一个成为朋友，成为恋人，成为闺密，都需要气味相投。如果气味不投，那就只能是同事、同学，或别的什么。而我们十分重要的是定下这个气味，这个气味是传达给观众的气味。没有一个小说，或者影视作品会被所有人喜欢，所以要选好一种气味，定下一种调性，来传达给读者或观众，并接受那些喜欢这种气味的读者与观众的检阅。

在我看来，这个剧首先要在重庆和上海之间，有着明显的地域辨识度，这包括场景以及服化道，包括着方言和风俗。这需要有特别强大的反差，就如同穿着泳装和穿上大衣，是冰火两重天。而事实上，那时候的重庆和上海就是两重天的感觉。顺便说一下时局，国民政府退居重庆，那是经过考察考证，通过国民党高层开会讨论定下的，应该是和重庆在战时的地理优势有关，所以重庆才能成为陪都。迁都重庆以后，中国东部沿海及长江中下游一带的高校、工厂和文化、科研、金融等机构也随政府西迁，重庆由西南地区的区域性城市变为全国乃至亚洲的政治、军事和文化中心。所以，重庆需要特别的重庆，上海需要特别的上海。至于上海的味道，就不多说了。

另外要说的气味，是这个剧的人物。我一直认为，写剧本必须得先写人物，人物推动故事前行，而不是故事推动着人物前行。一些被我认为是枪火剧的，打打杀杀的伪谍战剧，就是故事在推动着人物前行。好的谍战，一定是平静的水面以下，波澜四起的，在无声之中令人窒息的那种紧张，才会让人被紧紧吸引。在这个剧本中，各种人物都各有各的腔调，这个腔调是很重要的。所以这些人物需要有节奏感，在陈山被荒木惟逼着奔跑，跑慢了就是死的时候，我们能见到的是气喘吁吁的陈山，在慌张中他必须完成使命。钱时英英勇就义时，写下了给弟弟的信，他的要求是坟前烧纸，这是多么活生生的人才会有的要求。甚至费正鹏，这个最终成为汉奸叛徒的人，照样深爱着余小晚的母亲。爱屋及乌，他也爱着余小晚，他发誓要替已亡的意中人，好好照顾她的女儿。那么，他穿着青灰色长衫，穿着布鞋，头发梳得一尘不染，手中拎着一串纸袋装的中药，出现在余小晚的楼下时，这样的高挑男子，也是令人觉得可亲、真实与心动的。他多么像深爱着我们的父亲，不过是父亲有罪，父亲是个罪人，他必须用生命来赎罪。但谁又能说，父亲作为一个生命个体，他必须是无罪的？所以，这些人物要有正常的与小说和剧本十分贴切的气味，所以，不能浮，需要实，需要那种民国时期正常人生活中的实。也就是说，这个谍战剧，应该当作是上海和重庆的双城生活来拍，生活之中，加进了谍战的元素，而不是谍战时有一些生活元素加进。

还有一些气味，来自于音乐，来自于主创人员对当时重庆和上海的了解，对时事的了解。哪怕一份报纸，都需要还原曾经的样子。把当初的底片打捞起来，认真地审视。这样的气味是真实的，好的气味就是，哪怕剧中有一辆马车驶过，都会让你闻得到马的特有的气味，那种冒着热气的牲畜的气味。

《惊蛰》的气味是多么的重要，剧中每个人都是双面人物，他们有着双面的人生，那么双面的气味又是两样的，考验着演员的演技。他有两层皮，需要在剧中成为两种人。

上海和重庆，这两座完全不同的城市，也是最美好的城市，他们的气味令人着迷。当然，我也十分热爱我的老家小城诸暨，也热爱着我此刻生活着的城市杭州。我讲过的，城市是我所热爱的，在城市里也能听惊雷的，还能听到各种汽车因为雷的轰响，而使车载警报系统骤响了起来。无论哪一座城市，都终归会四处被雨笼罩，我们的人生也会被雨笼罩。

而每时每刻，无声无息中，我们能听到余小晚朗读《致女儿书》的声音稳稳传来。关乎革命，青春，城市，爱情，牺牲……这是真正的这个剧的气味。

那个年代的美与忧伤

我想说说这个年代。事实上，那个年代十分美丽，那个年代是《一江春水向东流》的年代，是周璇和胡蝶的年代，是小流氓戴笠成长为中国特工之王的年代，是黄金荣、杜月笙和张啸林驰骋上海滩的年代，是周佛海、陈公博们摇晃着红酒，出入高档场所，开启他们无耻却又奢华的汉奸岁月的年代……

当然，那也是呢子大衣的年代，也是力士香皂的年代，也是福特汽车的年代，是高跟鞋、旗袍与舞厅的年代。在电影《太平轮》《罗曼蒂克消亡史》中，吴宇森和程耳已经向我们呈现了局部的上海。而我们局部的浙江，局部的重庆，局部的南京，局部的任何地域或人生，都一如既往地在当时的阳光下美丽着。美丽，并不一定就是美好，战乱中那连绵不绝的烽火，让几乎大部分人的人生，都不可能有多少的美好。比方讲陈山，也是这样的，他在见到荒木惟以后，突然开始了他忙乱、慌张、命悬一线的人生……

在电影《无问西东》中，人们在阳光下像辛苦的蚂蚁一样奔突，这其中有大量的知识分子，装作很平静从容的样子，在战火中煎熬着。我相信祖峰饰演的清华大学校长梅贻琦，穿着他洁净的青灰色长衫，像一株清瘦的梅花一样生长在西南联大。也相信米雪饰演的沈母，那糯米汤团一样的广东口音，以及她温婉也端庄的银幕形象，一定让人觉得她是那个年代最连绵不绝的母性与母爱的代言人。那个年代，烽烟四起，人间所有的人深陷在层层叠叠的迷乱中，炊烟照常升起，爱恨还在继续。但是只要阳光还在穿透云层，那么美好将一直存在。

阳光穿透的还有浙西一座叫江山的县城。戴笠，以及毛森、毛人凤，都出自这个地方。戴笠还在江山招收和培养了一批女特工，所以在重庆的军统总部，事实上是有许多"江山帮"的特工的。在停停走走、写写想想的过程中，我采访了大陆的最后一名女军统。她叫王庆莲，她就是在十三四岁的光景，被军统招收入伍，到了重庆的。在江山阴雨密集的日子里，我听王庆莲给我讲她的青春和往事，就是那么烟云般散淡的过往，仿佛战火并不能撕裂生命，仿佛一切变故都不过是一朵偶尔飘过的云。离开江山以前，略通笔墨的王庆莲给我写下：往事近在眼前。

我这样想，哪怕最遥远的往事，其实都是近在眼前的，哪怕一个人弥留之际，也会觉得他的童年如此之近的。张离和陈山的对白中，就有关于戴笠"四一讲话"的内容，其中涉及军统内部人员，在不打败日本人之前是不允许恋爱和结婚的。当然，还有关于军统的种种，从王庆莲娓娓的叙述中，渐渐如大雾散开的山林一般，每一片树叶都在阳光下亮晶晶，每一片树叶就连脉络都十分清晰。

按我的想象，那年年轻的十来岁的小丫头王庆莲，小小的个头穿越春天，穿越惊蛰、谷雨这样的季节，穿越阴晴雨雪的天气，离开了江山的特工短训班，一头扎进重庆雾气深重的军统营地，就像扎进一场电影，一场青春，一场被大雨打湿的爱情。

惊雷之下我所挚爱的人啊

我想象我是陈山在码头上扛包的一位工友或者朋友，我们会在黄浦江的江风之中对着火点根烟。我们会眯着眼看阳光底下波光潋滟的水面，以及我们看到的一九四〇年代的人间。假定我就是宋大皮鞋吧，这个名字是一位评论家大哥张学昕取的，他在车上随口说到了这个人名。我把这个名字取来用了，当然，也许我也是一位包打听。包打听是多么美好的一个职业，换句话说，简直是没有警服的警察啊。盯梢、监视、跟踪、发现蛛丝马迹、捉奸、讨债……

我一定要说的是这一家人的关系。普通男人陈金旺的大儿子陈河,就读于清华大学;小儿子陈山,在街头当一个包打听;女儿陈夏,是一个眼睛失明的美丽少女。陈金旺当然偏爱着大儿子,读了那么多年的书,有了那么多的学问,当然成了他光耀门楣的最大荣耀。陈金旺也喜欢着女儿,那是因为女儿美丽而孱弱,善良而天真,这是需要呵护的呀。最后,陈金旺最看不顺眼的,就是不大不小刚好夹在中间的陈山,这也是最合乎常理的。而正是这个陈山,不仅孝义有加,而且成了一名真正的英雄。他照顾慢慢老年痴呆的父亲,以及深爱着自己的妹妹,当然他也担起了民族大义,以自己的骨头做武器,和敌人斗争到底。这是普通的生活在上海弄堂的一户人家,我能想象当年生活的场景,一定和我外祖父家生活得差不多。我外祖父是拉黄包车的,外祖母在日本人的丝厂里扛活……

特别要说的是陈山,他除了机智、敏捷以外,还有逐步建立起来的爱情和信仰,这就是所谓的成长。在男女情感中,他很会撩,但不是低级的那种撩,而是沉着冷静霸道的撩,是勇敢的给人安全感的撩,而不是无厘头的低级搞怪的撩。他的撩,因此而产生了无穷无尽的魅力。他问张离冷不冷,并用手环住张离的肩膀,张离拒绝的时候,他说,大衣也会着凉。他平静、从容、决绝地在舞厅里走向周海潮,向他挥出拳头并把他打趴在地的时候,是霸道的。也许对了,这就是所谓的霸道的撩,但是,霸道其实是需要有力量的,不信你在公司里霸道一下,在街头霸道一下,在任何场合霸道一下,都很难做得到的。所以,陈山浑身充溢着一种向外的力量,这种力量几乎从体内溢出来,冲破他的皮肤。

我一定还要说的是三个女人。张离,最坚定的共产党人,安稳,安静,安然,她其实是陈河的未婚妻,但是她得到的信息是陈河已经牺牲了。她是陈山革命之路的引领者,甚至她在心底里爱上了陈山,当然她并不知道陈山差点成了她的小叔子。一直到后来,她带着陈山出现在舞场的时候,看到了昔日恋人钱时英,也就是未曾牺牲的陈河。而问题是,陈河带着一个叫唐曼晴的女人,唐曼晴又和陈山有宿仇,但是唐曼晴却固执而热烈地爱着陈河。陈河负有特殊使命,他不能和张离相认。张离也负有特殊使命,同样不能和陈河相认。张离面对着陈河、陈山时,她的心中将是五味杂陈。当然,陈河和张离都用最壮烈的牺牲,告诉陈山,警醒陈山,激励陈山,山河已然破碎,吾等唯有置之死地而后生。张离和她的青春,她的短发,她的笑颜,她的呢子大衣,永远留在了陈山的心中,成为他此生最重最深最痛最真的念想。

余小晚,是一个典型的重庆妹子,宽仁医院的外科医生,泼辣而率真,问题在于她其实发现了陈山假冒她的丈夫肖正国;问题在于她并不爱肖正国,但是她却慢慢地爱上了陈山假扮的那个肖正国;问题在于,她还发现陈山钟情的是自己的闺密张离,而她知道这个丈夫是假的,又怎么可以要求闺密远离陈山。她叫陈山鞋匠,她看着陈山为她和周海潮打架,她和陈山经历了种种的险情,她愿意吃陈山为她削的青苹果……当然,她也为了救陈山,而挣脱周海潮的捆绑,刀劈木门,并且赤脚持刀奔向陈山所在的险情之地。她赤足狂奔，带刀前行，像一个大街上疯掉了的女人，但是每一步的奔跑，都写满了爱意。她的最后结局是重伤以后，被我党地工组织营救，送往了延安。最后，她出现在延安的礼堂里，为大家朗诵《致女儿书》时，看到了刚刚抵达延安的陈山。你一定要相信，冥冥之中，我们漫长的人生中都会出现久别重逢的情节。

唐曼晴是上海滩的名媛，游戏于风尘之中，但是却坚定地爱着陈河，也就是化名为钱时英的温雅男子。她是一个中日混血儿，她其实可以站在日本人的立场，当一名在当时的上海可以横行无阻的日本人。但是，在荒木惟让她选时，她选择了当一名中国人，就此死在了荒木惟的手下。她为什么选择当中国人？是因为她对钱时英爱得深沉。她曾经是陈山的宿仇，后来也晓得了陈山就是钱时英的弟弟，她像一个温良宽厚的大嫂，像一个对小弟弟一样对待陈山的大嫂。她死得壮烈，也为陈山所敬仰，所以完全是一名有风骨有风度有风采的名媛。这样的名媛，其实不多，因为富贵和美丽、谈吐和气质、博学和机智，并不是名媛唯一的标准。

我还一定要说的是荒木惟，他还出现在了我的另一些谍战小说中，比方讲《唐山海》。我愿意他是一个冷静的人，一个头脑敏捷的人，一个有风度的人，一个看上去干净的人。冷静，让他成为有素质的特务头子。头脑敏捷，谍战高手，那他就是陈山最强的对手。有风度，是因为坏人也可以有风度，不过是沾上了许多鲜血的风度人，最后会很没风度地被除去。一个看上去干净的人，并不需要内心的干净，所以，他一定会得到应有的惩罚。我设计这么一个强大的对手，是希望整个剧在斗智斗勇上，需要胶着型地前进。所谓棋逢对手，才是最好的一盘棋局。荒木惟是剧本中的坏人，但是作为创作者而言，我心中的他却是一个血肉丰满的人。他简直就是反面的"陈山"。

我是如此深爱着《惊蛰》中的这些人，是他们构建起了一个虚构而真实的世界，成为一个文艺作品或文化商品中最坚实的部分，最基础的部分。但愿他们能深扎观众的心底，但愿他们继续活在"谍战深海"系列中。

顺便，我必须要讲一讲"谍战深海"系列这个话题。所有我笔下所热爱着的虚构人物，都会被我在一个又一个的谍战故事里通用。他们的职业是固定的，比如说，76号汪伪特工总部的行动处处长，一定就是毕忠良；比如说，专门负责锄奸的军统飓风队的队长，一定就是陶大春。我野心勃勃，如果说野心勃勃太过嚣张，那么或者说是贼心不死，妄图构建"海飞谍战世界"。我觉得谍战故事是一个富矿，在几十米几百米以下的黑暗的矿井之中，有取之不尽的动人的故事。我愿意让这些故事，涌起无尽的波澜。

请坐，于无声处听惊雷

我同周之光先生谈天，有时候我给他讲故事。他是一个特别懂故事的人，我们对剧本的交流几乎没有障碍。他尊重编剧，尊重编剧在剧本中营造的氛围，以及想要的气氛。曾经在某个我几乎已经不能想起来的时刻，我们开始聊起了《惊蛰》。事实上，《惊蛰》最初的名字叫《线人》，香港有过这么一个同名电影，谢霆锋演的。我想，《线人》其实也是合适的，因为陈山饰演的在上海被称为"包打听"的角色，其实就是"线人"。但是，我总是觉得，没有《惊蛰》这个名字好，因为这个节气，万物苏醒，春回大地，平地一声惊雷，多么的摄人心魄，多么的气势如虹。

剧本在不疾不徐中完稿，所有的人物，在稿子上渐次登场。在这个过程中，讨论，修改，力图让每一个人物饱满，力图做到把配角也当主角来写。我的人生，也在《惊蛰》剧本的渐进模式中，不温不火地平静地向前。

顺便说一下信仰的话题。我一直觉得，信仰或者情怀，一直在我们的身边。我必须从《麻雀》的"唯祖国与信仰不可辜负"说起，也必须说说《惊蛰》的"热血青春山河同在"，或者说"致敬烽火年代所有的无名英雄"。包括我现在正在书写的向金喜，正在写着的陈开来，正在写着的所有的英雄。这些平凡而伟大的英雄，一一浮现在我的眼前，我愿意在这深不见底的暗夜里，向他们深深鞠躬。我总是觉得我虚构的这些人物，他们确确实实来这世上走了一遭，他们选择的是牺牲，用骨头、血和肉，与敌人血战到底。这不是一种堂皇的说辞，这是从心底里升起的敬意。他们组成了一组星光，有近有远，有明亮有暗淡，有大有小，但是有一点没有改变，就是他们都有各自的光芒。

我曾经是一名军人，我愿意向笔下的英雄们敬礼。而各自的光芒，是多么重要的一种说辞，如同我此刻写此文给你们读的所有的主创老师，我们也应该有着自己各自的光芒。

我专门写过一个散文叫作《惊蛰如此美好》，后来结集出版。她和《惊蛰》的小说与剧本不同，她简直就是一个丫头，一株野草，或者是春天里蓬勃的香椿。她和故事没有多大关系，她闲适、散淡，仿佛就是我们的一个邻居。看上去她是无意义的，但是，我突然觉得她也很重要，就像赋闲很重要，就像配角很重要，就像亲情、爱情和友情很重要，就像务虚很重要，就像仪式感很重要，就像——我们短暂的人生如烟花一般转瞬即逝，但也很重要。

最后不如重点说说"惊蛰"这个节气。在二十四节气中，这个节气顶顶有气势，响亮，有力，不凡，嚣张……"嚣张"是顶重要的一个词，嚣张是有力量的，不是虚张声势，嚣张是将丛林中飞速前行的豹子一掌拍下来，嚣张是地动与山摇，嚣张是眼神杀人，嚣张是抢亲，是绑架，是上山为匪，是大刀向鬼子们的头上砍去，是酒中掺血的豪饮，是刀光，是野合，是英雄沉闷的一声呼喊。在我这样的描述中，我想你应当看见听见感受到了，一声震雷。我说的是，震雷，震动的滚滚而来的雷。这样的雷声中，万物在冬眠或沉睡中醒来，广袤的天幕之下，草木在野，兔狗穿越草丛，虫豹隐于山林，鸟鹰飞翔，掠过天空的一角。而惊蛰是什么？惊蛰是一声雷响之中，开启的普天之下一场万物众生的群演。那蓬勃得无以复加的生命力，让我心生感动，只为这活着的人间，只为着这活着的剧本。

春如海，《惊蛰》如连绵汹涌的浪。

谢谢并且深深致敬诸位主创，谢谢阅读与感受，谢谢美好得无以复加的惊蛰。

2019 年 1 月 30 日 22：12 于杭州

2019 年 2 月 3 日 17：30 改定